D

Ook verschenen van Lucinda Riley bij Xander Uitgevers

De zeven zussen (2017)
De zeven zussen – Storm (2018)
De zeven zussen – Schaduw (2018)
De zeven zussen – Parel (2018)
De zeven zussen – Maan (2019)
De zeven zussen – Zon (2020)
De zevende zus (2021)

De nachtroos (2018)
De olijfboom (2019)
Het meisje op de rots (2019)
De lavendeltuin (2019)
Het Italiaanse meisje (2019)
De vlinderkamer (2020)
De orchideeëntuin (2020)
De zilverboom (2020)

Lees meer over Lucinda Riley en al haar boeken
op www.lucindariley.nl

LUCINDA RILEY

De liefdesbrief

Uitgegeven door Xander Uitgevers
www.xanderuitgevers.nl

Oorspronkelijke titel: *The Love Letter*
Oorspronkelijke uitgever: Pan Macmillan
Vertaling: Maya Denneman
Omslagontwerp: ZeroMedia
Omslagbeeld: Pavel Gulea/Alamy & Finepic
Auteursfoto: Boris Breuer
Zetwerk: Michiel Niesen, ZetProducties

Copyright © 2018 Lucinda Riley
Copyright © 2021 voor de Nederlandse taal:
Xander Uitgevers bv, Haarlem

Eerste druk 2021

ISBN 978 94 0161 563 1 | NUR 302

De uitgever heeft getracht alle rechthebbenden te traceren.
Mocht u desondanks menen rechten te kunnen uitoefenen,
dan kunt u contact opnemen met de uitgever.
Niets uit deze uitgave mag openbaar worden gemaakt
door middel van druk, fotokopie, internet of op welke andere wijze ook,
zonder voorafgaande schriftelijke toestemming van de uitgever.

Voor Jeremy Trevathan

NOOT VAN DE AUTEUR

Ik begon met het schrijven van dit boek in 1998, twintig jaar geleden. Ik had een paar succesvolle romans gepubliceerd en besloot dat ik een thriller wilde schrijven binnen de setting van een fictieve Britse koninklijke familie. Volgend op de dood van Diana, prinses van Wales, was het nog nooit zo slecht gesteld geweest met de populariteit van de monarchie in Groot-Brittannië. En 2000 was het jaar dat de koningin-moeder haar honderdste verjaardag vierde. De officiële landelijke viering daarvan vond plaats vlak nadat het boek werd gelanceerd. Nu ik terugkijk, denk ik dat ik misschien beter had moeten luisteren toen er in een recensie van een leesexemplaar werd gezegd dat St. James's Palace niet blij zou zijn met het onderwerp van het boek. Voorafgaand aan de publicatie werden instore promotie, bestellingen en pr-evenementen zonder opgaaf van redenen afgezegd en *Seeing Double*, zoals de Engelse titel op dat moment luidde, zag amper het levenslicht.

Vervolgens trok mijn uitgever het contract voor mijn volgende boek in. Ik klopte op meerdere deuren om een nieuw contract te bemachtigen, maar die werden allemaal voor mijn neus dichtgegooid. Het was verschrikkelijk om mijn carrière in één klap in rook te zien opgaan. Gelukkig was ik pas getrouwd en net moeder, dus richtte ik me op het grootbrengen van mijn kinderen en schreef drie romans puur voor de lol. Terugkijkend was die pauze een geluk bij een ongeluk, want toen mijn jongste naar school ging, wist ik dat ik de moed bijeen moest rapen om mijn nieuwste manuscript naar een agent te sturen. Voor de zekerheid veranderde ik mijn achternaam, en na mijn jaren van verstoting was ik dolgelukkig toen een uitgever het aankocht.

Een paar romans later besloten mijn uitgever en ik dat het tijd was om *Seeing Double* een tweede kans te geven. Het is belangrijk om te onthouden dat *De liefdesbrief* in zekere zin een tijdsdocument is. Als het zich in deze tijd zou afspelen, zou het plot niet plausibel zijn vanwege de technologische vooruitgang, met name als je denkt aan de hightechsnufjes die onze geheime diensten nu gebruiken.

Dan wil ik als laatste nog benadrukken dat *De liefdesbrief* volledig fictief is en er geen overeenkomsten zijn met het leven van onze geliefde koningin en haar familie. Ik hoop dat je geniet van deze 'alternatieve' versie, áls die je dit keer wel mag bereiken…

Lucinda Riley,
februari 2018

Koningsgambiet

*Openingszet waarbij wit een pion opoffert om
een zwarte pion onschadelijk te maken*

PROLOOG

Londen, 20 november 1995

'Wat doe je, lieve James?'
Hij keek gedesoriënteerd om zich heen en viel voorover. Ze ving hem net op tijd op. 'Je was vast aan het slaapwandelen. Kom, dan breng ik je weer naar bed.'
De liefdevolle stem van zijn kleindochter liet hem weten dat hij nog op aarde was. Hij wist dat hij hier met een reden had gestaan, dat er iets dringends was wat hij moest doen en waarmee hij tot op het allerlaatst had gewacht...
Maar nu was hij vergeten wat. Bedroefd liet hij zich half door haar naar bed dragen, walgend van zijn versleten, broze ledematen die hem zo hulpeloos maakten als een baby, en zijn warrige brein dat hem opnieuw in de steek had gelaten.
'Lig je lekker?' vroeg ze toen ze het hem comfortabel had gemaakt. 'Hoe is het met de pijn? Wil je nog wat morfine?'
'Nee. Alsjeblieft, ik...'
De morfine maakte zijn brein zo vloeibaar. Morgen zou hij het helemaal niet nemen en dan zou hij zich wel herinneren wat hij nog moest doen voor hij stierf.
'Oké. Ontspan en ga maar even slapen,' suste ze terwijl ze met haar hand over zijn voorhoofd streek. 'De dokter komt zo.'
Hij wist dat hij niet in slaap moest vallen. Hij sloot zijn ogen, wanhopig zoekend, zoekend... Flarden van herinneringen, gezichten...
Toen zag hij haar, zo helder als op de dag dat hij haar voor het eerst ontmoette. Zo mooi, zo lief...

'Weet je het nog? De brief, mijn liefste,' fluisterde ze tegen hem. 'Je hebt beloofd hem terug te geven...'
Natuurlijk!
Hij opende zijn ogen en probeerde rechtop te gaan zitten. Hij zag het bezorgde gezicht van zijn kleindochter boven zich hangen en voelde een pijnlijk prikje in de binnenkant van zijn elleboog.
'De dokter geeft je wat om rustig te worden, lieve James,' zei ze.
Nee!
De woorden weigerden over zijn lippen te komen en terwijl de naald verder in zijn arm gleed, wist hij dat hij te lang had gewacht.
'Het spijt me, het spijt me zo,' zei hij buiten adem.
Zijn kleindochter keek toe terwijl zijn oogleden eindelijk sloten en de spanning zijn lichaam verliet. Ze drukte haar gladde wang tegen zijn gezicht en voelde dat dat nat was van tranen.

BESANÇON, FRANKRIJK, 24 NOVEMBER 1995

Langzaam liep ze de zitkamer in, naar de haard. Het was koud vandaag en het hoesten was verergerd. Ze liet haar broze lijf op een stoel zakken en pakte de nieuwste editie van *The Times* van tafel om de overlijdensberichten te lezen onder het genot van haar gebruikelijke English breakfast-thee. Haar porseleinen kopje kletterde op het schoteltje toen ze de kop zag die een derde van de voorpagina besloeg.

LEVENDE LEGENDE OVERLEDEN
In zijn huis in Londen overleed gisteren omringd door familie Sir James Harrison, door velen gezien als de grootste acteur van zijn generatie. Hij was vijfennegentig jaar. Volgende week wordt hij in besloten kring begraven en in januari zal er in Londen een herdenkingsdienst plaatsvinden.

Ze voelde een steek in haar hart en de krant trilde zo hevig in haar hand dat ze de rest nauwelijks kon lezen. Er was een foto bij het artikel geplaatst van hem met de koningin toen hij zijn Orde van het Britse Rijk ontving. Haar zicht werd wazig van de tranen. Ze streek met haar vingers over zijn sterke gelaatstrekken, zijn dikke bos grijzend haar...

Zou ze... Dúrfde ze terug te keren? Een laatste keer, om afscheid te nemen...

Terwijl haar ochtendthee op tafel koud werd, sloeg ze de voorpagina om en nam alle details van zijn leven en carrière in zich op. Toen werd haar aandacht getrokken door een kleine kop onder het artikel.

TORENRAVEN SPOORLOOS
Gisteravond werd bekendgemaakt dat de beroemde raven van de Tower of London zijn verdwenen. Volgens de legende huizen de vogels daar al meer dan vijfhonderd jaar en bewaken ze de toren en de koninklijke familie, per decreet van Charles II. De Ravenmeester werd gisteravond op hun verdwijning gewezen en op dit moment vindt er een landelijke zoektocht plaats.

'God sta ons bij,' fluisterde ze. De angst vloeide door haar aderen. Misschien was het toeval, maar ze kende de betekenis van de legende maar al te goed...

1

Londen, 5 januari 1996

Joanna Haslam holde op volle snelheid door Covent Garden. Ze hijgde, haar longen reutelden van de inspanning. Toeristen en groepjes schoolkinderen ontwijkend liep ze bijna een straatmuzikant omver. Ze bereikte Bedford Street precies op het moment dat er een limousine voor de smeedijzeren hekken van St. Paul's Church stopte. Fotografen dromden om de auto, waar een chauffeur uit stapte die het achterportier opende.

Shit! Shit! Shit!

Met een laatste krachtsinspanning sprintte Joanna de laatste meters door de hekken en het geplaveide plein erachter op, waar de klok op de bakstenen gevel van de kerk bevestigde dat ze laat was. Bij de ingang wierp ze een blik op het kluitje paparazzi op het trapje en zag dat Steve, haar fotograaf, een goede plek had weten te bemachtigen. Ze zwaaide en hij stak zijn duim naar haar op toen ze zich een weg baande door het kluwen fotografen dat zich verdrong rond de inmiddels uitgestapte beroemdheid. Eenmaal binnen in de kerk zag ze volle banken in het zachte licht van de kroonluchters aan het hoge plafond. Op de achtergrond speelde het orgel sombere muziek.

Nadat ze nog hevig nahijgend haar perskaart had laten zien, nam ze dankbaar plaats op de achterste kerkbank. Haar schouders gingen op en neer bij elke ademhaling terwijl ze in haar rugtas naar haar notitieblok en pen zocht.

Hoewel het ijskoud was in de kerk, voelde Joanna zweetdruppels op haar voorhoofd. De rolkraag van de zwarte lamswollen trui die ze vlug had aangeschoten, plakte onaangenaam tegen haar huid. Ze pakte een zakdoekje en snoot haar dampende neus. Daarna haalde ze een hand door haar warrige bos lang donker haar, leunde tegen de rugleuning en sloot haar ogen om op adem te komen.

Slechts enkele dagen in het nieuwe jaar dat zo veelbelovend was begonnen, had Joanna het gevoel dat ze met kracht en zonder waarschuwing van het Empire State Building af was gesmeten.

Matthew... de liefde van haar leven – of beter gezegd, sinds gisteren de ex-liefde van haar leven – was de oorzaak.

Ze beet hard op haar onderlip omdat ze niet weer wilde gaan huilen en rekte haar hals om naar de voorste banken bij het altaar te kunnen kijken en opgelucht te constateren dat de familieleden waar iedereen op zat te wachten, godzijdank nog niet waren gearriveerd. Ze keek achterom naar de grote deuren en zag dat de paparazzi buiten sigaretten opstaken en met cameralenzen in de weer waren. De aanwezigen gingen onrustig verzitten op de oncomfortabele banken voor haar en spraken op fluistertoon met hun buren. Ze liet haar blik vlug over de menigte gaan. Met moeite, omdat ze uitkeek op voornamelijk grijze achterhoofden, pikte ze de belangrijkste beroemdheden eruit, wier naam ze in haar artikel zou vermelden. Terwijl ze de namen in haar notitieblok noteerde, drongen beelden van gisteren zich aan haar op...

Matthew had 's middags onverwacht voor de deur gestaan bij haar appartement in Crouch End. Na de drukte van de feestdagen waarin ze veel samen waren geweest, hadden ze afgesproken ieder in hun eigen flat van een paar rustige dagen te genieten voor ze weer aan het werk moesten. Helaas was Joanna in die dagen geveld door de ergste verkoudheid in jaren. Ze deed de deur voor hem open in een heel oude thermopyjama en een paar gestreepte bedsokken en met haar kruik van Winnie de Poeh tegen zich aan gedrukt.

Meteen wist ze dat er iets mis was, want hij bleef bij de deur hangen zonder zijn jas uit te trekken en zijn blik schoot alle kanten op behalve naar haar...

Vervolgens informeerde hij haar dat hij had 'nagedacht'. Dat hun relatie volgens hem nergens heen ging en dat het misschien tijd was er een punt achter te zetten.

'We zijn nu zes jaar samen, al sinds ons afstuderen,' zei hij terwijl hij zijn vingers onrustig bewoog in de handschoenen die ze hem met kerst had gegeven. 'Ik weet niet. Ik dacht altijd dat ik op zeker moment wel met je zou willen trouwen. Ons officieel aan elkaar binden. Maar dat moment is nooit gekomen...' Zwakjes haalde hij zijn schouders op. 'En als ik dat nu niet wil, zie ik dat eigenlijk nooit meer gebeuren.'

Joanna's handen klemden zich om de kruik toen ze zijn schuldige, alerte blik zag. Diep in de zak van haar pyjama vond ze een klamme zakdoek waarin ze hard haar neus snoot. Daarna keek ze hem recht aan.

'Hoe heet ze?'

Zijn gezicht en hals kleurden op slag rood. 'Ik wilde het niet,' mompelde hij, 'maar het is gebeurd en ik kan niet langer toneelspelen.'

Joanna dacht terug aan oudejaarsnacht vier dagen geleden en besloot dat hij dat verrekte goed kon.

Ze bleek Samantha te heten. Ze werkte bij hetzelfde reclamebureau als hij. Een projectmanager nog wel. Het was begonnen op de avond dat Joanna vanwege een kwalijk verhaal bij het huis van een Tory-parlementslid had staan wachten en niet op tijd op de kerstborrel van Matthews werk had kunnen zijn. Het woord cliché galmde nog steeds door haar hoofd. Maar als ze erover nadacht, zouden er geen clichés bestaan als het menselijk gedrag niet steeds dezelfde kenmerken vertoonde.

'Ik heb echt heel erg mijn best gedaan om niet aan Sam te denken,' ging Matthew verder. 'De hele kerst lang. Het was zo fijn om bij je familie in Yorkshire te zijn. Maar toen zag ik haar vorige week weer. Gewoon even iets drinken en...'

Joanna eruit, Samantha erin. Zo simpel was het.

Terwijl hij verderging, kon ze hem alleen maar aangapen met ogen die prikten van schok, boosheid en angst.

'Eerst dacht ik dat het gewoon een verliefdheidje was. Maar het is wel duidelijk dat als ik nu zo over een andere vrouw denk, ik me simpelweg niet aan jou kan binden. Dus doe ik wat juist is.' Hij keek haar aan, bijna verwachtend dat ze zijn nobelheid zou prijzen.

'Wat juist is...' herhaalde ze met holle stem. Toen barstte ze in koude, door de koorts aangewakkerde tranen uit. Ergens uit de verte hoorde ze hem meer excuses mompelen. Ze dwong haar opgezwollen, waterige ogen open en keek naar hem terwijl hij zich klein en beschaamd in haar versleten leren armstoel liet zakken.

'Eruit,' piepte ze uiteindelijk. 'Jij lage, gemene, liegende, bedriegende, smerige rotzak! Eruit! Ga gewoon weg!'

Achteraf gezien deed het nog het meest zeer dat hij geen verdere aanmoediging nodig had gehad. Hij was opgestaan, mompelde wat over spullen van hem die nog bij haar lagen en een keertje afspreken als het stof was gaan liggen, en was toen praktisch de deur uit gerend.

De rest van de avond had Joanna gehuild aan de telefoon met haar moeder, op de voicemail van haar beste vriend Simon en in de steeds doorweektere stof van haar Winnie de Poeh-kruik.

Uiteindelijk was ze dankzij ruime hoeveelheden paracetamol, hoestsiroop en cognac knock-out gegaan, dankbaar dat ze de komende dagen nog vrij had dankzij haar voor de kerst gedraaide overuren.

Om negen uur 's morgens ging haar mobiel. Ze sleurde zich uit haar coma en nam op, hopend dat het een diep bedroefde, berouwvolle Matthew was die zich had gerealiseerd wat hij voor verschrikkelijks had gedaan.

'Met mij,' blafte een norse stem met Glasgowse tongval.

Ze vloekte in stilte naar het plafond. 'Ai, Alec,' snifte ze. 'Wat is er? Ik ben vrij.'

'Sorry, maar dat ben je dus niet. Alice, Richie en Bill hebben zich allemaal ziek gemeld. Je zult je vrije dagen een andere keer moeten opnemen.'

'Ik ben ook ziek.' Ze hoestte overdreven in de telefoon. 'Sorry, Alec, maar het wordt niks.'

'Bekijk het zo, als je vandaag gaat werken, kun je als je weer fit bent tenminste echt van die vrije dagen genieten die je dan nog tegoed hebt.'

'Nee, het gaat echt niet. Ik heb koorts. Ik kan amper op mijn benen staan.'

'Je hoeft ook niet te staan. Je mag in de Actors' Church in Covent Garden zitten. Daar is om tien uur een herdenkingsdienst voor Sir James Harrison.'

'Dat kun je me niet aandoen, Alec. Alsjeblieft. Een tochtige kerk is wel het laatste wat ik nu kan gebruiken. Straks moet je naar míjn herdenkingsdienst.'

'Sorry, Jo, je hebt geen keus. Neem maar een taxi op kosten van de krant. Je kunt daarna meteen naar huis gaan en me het stuk mailen. Doe je best om Zoe Harrison te spreken, oké? Steve is er al heen voor de plaatjes. Als ze helemaal opgedoft is, wordt het gegarandeerd de voorpagina. Oké, spreek je later.'

'Verdomme!' Gefrustreerd smeet Joanna haar pijnlijke hoofd terug op het kussen. Toen belde ze een plaatselijk taxibedrijf en strompelde naar haar kledingkast om gepaste kleding uit te zoeken.

Het grootste deel van de tijd was ze dol op haar werk, lééfde ze er zelfs voor zoals Matthew vaak had gezegd, maar vanmorgen vroeg ze zich echt af waarom. Na bij een paar regionale kranten te hebben gewerkt was ze een jaar geleden aangenomen als junior verslaggever bij de in Londen gevestigde *Morning Mail*, een van de bestverkochte dagbladen van het land. Maar haar plek onderaan de ladder betekende dat ze niet in een positie was om te weigeren. Zoals Alec, de nieuwsredacteur, haar herhaaldelijk liet weten, stonden er duizend hongerige jonge journalisten te popelen haar baan over te nemen. De zes weken dat Joanna nu op de nieuwsredactie zat, waren de zwaarste tot nu toe. De werktijden waren doorlopend en Alec, zowel slavendrijver als toegewijd vakman, verwachtte van anderen evenveel inzet.

'Geef mij de lifestylepagina's maar,' snufte ze terwijl ze uit eerbied voor de treurige gelegenheid een niet al te oude zwarte trui aantrok, een dikke wollen maillot en een zwarte rok.

De taxi was tien minuten te laat geweest en kwam vervolgens vast te zitten in een gigantische file op Charing Cross Road. 'Sorry, meidje, niets aan te doen,' zei de chauffeur. Joanna had op haar horloge gekeken, een briefje van tien pond zijn kant op geduwd en was uit de taxi gesprongen. Toen ze door de straten naar Covent Garden holde met zwoegende borst en een loopneus had ze zich afgevraagd of het nog erger kon worden.

Ze werd wakker uit haar overpeinzingen omdat de kerk plotseling stilviel. Joanna deed haar ogen open en draaide zich om. De familie Harrison kwam binnen.

Voorop liep Charles, het enige kind van Sir James. Hij was in de zestig, woonde in Los Angeles en was een hooggewaardeerde regisseur van grote actiefilms vol special effects. Ze herinnerde zich vaag dat hij een tijdje geleden een Oscar had gewonnen, maar ze ging nooit naar dat soort films.

Naast Charles liep zijn dochter, Zoe. Zoals Alec al hoopte, zag ze er oogverblindend uit in een nauwsluitend zwart pakje met een korte rok waarin haar lange benen mooi uitkwamen. Het strak in een chignon vastgezette haar accentueerde haar klassieke Engelse schoonheid perfect. Zoe Harrison was actrice, een rijzende ster. Matthew was gek op haar. Hij zei dat ze veel weg had van Grace Kelly – zijn droomvrouw, schijnbaar – waardoor Joanna zich altijd had afgevraagd waarom Matthew een relatie had met haar, want ze was een slungelige brunette met donkere ogen. Ze slikte een brok weg en durfde haar Winnie de Poeh-kruik erom te verwedden dat die 'Samantha' een petite blondje was.

Zoe had een jonge jongen van een jaar of tien aan de hand die er niet op zijn gemak uitzag in een zwart pak, haar zoon Jamie Harrison, vernoemd naar zijn overgrootvader. Zoe was op haar negentiende moeder geworden en tot op de dag van vandaag weigerde ze de naam van de vader prijs te geven. Sir James had zijn kleindochter en haar besluit om de baby te houden en niets over de vader te vertellen altijd trouw verdedigd.

Joanna zag dat Jamie en zijn moeder erg op elkaar leken. Ze

hadden dezelfde fijne gelaatstrekken, een lichte huid en grote blauwe ogen. Zoe Harrison hield hem zoveel mogelijk uit de belangstelling, en als Steve een foto van moeder en zoon samen had kunnen schieten, haalde die hoogstwaarschijnlijk morgenochtend de voorpagina.

Achter hen liep Marcus Harrison, Zoe's broer. Joanna keek naar hem toen hij haar bank passeerde. Zelfs met haar gedachten nog bij Matthew moest ze toegeven dat Marcus Harrison een echte 'hottie' was, zoals haar collega Alice zou zeggen. Ze herkende hem uit de roddelrubrieken, waarin hij meest recentelijk samen te zien was geweest met een blond Brits lid van de beau monde met een driedubbele achternaam. Marcus was zo donker als zijn zus licht was, maar had dezelfde blauwe ogen. Zijn uitstraling was er een van louche zelfverzekerdheid. Zijn haar kwam bijna tot zijn schouders en hij was één brok charisma in zijn gekreukte zwarte colbert met een wit overhemd eronder dat bovenaan open was. Joanna moest haar blik van hem losrukken. Mijn volgende relatie, dacht ze vastberaden bij zichzelf, wordt met een man van middelbare leeftijd die van vogels kijken en postzegels verzamelen houdt. Ze probeerde te bedenken wat Marcus Harrison ook alweer deed. Een beginnend filmproducent, dacht ze. Nou, zo zag hij er in elk geval uit.

'Goedemorgen, dames en heren.' De dominee sprak vanaf de kansel met voor zich een grote foto van Sir James Harrison omringd door kransen met witte rozen. 'De familie van Sir James Harrison heet u allen welkom en bedankt u dat u bent gekomen om respect te betonen aan een vriend, collega, vader, grootvader en overgrootvader, en misschien wel de beste acteur van deze eeuw. Degenen onder ons die het geluk hadden hem te kennen, zal het niet verbazen dat Sir James erop stond dat dit geen sombere gelegenheid zou worden, maar een viering. Zowel ik als zijn familie respecteren zijn wens en daarom wil ik u vragen nu te gaan staan. We beginnen met Sir James' favoriete lofzang "I Vow to Thee My Country".'

Joanna duwde haar pijnlijke benen in actie, blij dat het orgel begon te spelen omdat ze ineens heel hard moest hoesten. Toen ze het misboekje van de richel voor haar wilde pakken, was een kleine, spichtige hand met zo'n doorzichtige huid dat de aderen eronder zichtbaar waren haar net voor.

Voor het eerst keek Joanna opzij om een blik op de eigenaresse van de hand te werpen. Het oude en voorovergebogen vrouwtje kwam maar tot haar ribben. De hand waarmee ze het boekje vasthield en op de richel steunde om te blijven staan, beefde hevig. Het was het enige zichtbare stukje van haar lichaam, de rest was verborgen onder een zwarte jas tot op haar enkels en een zwarte gazen sluier die haar gezicht bedekte.

Omdat ze niet kon meelezen vanwege het voortdurende trillen van de oude hand, boog Joanna zich opzij om te vragen. 'Mag ik met u meekijken?'

De vrouw gaf haar het boekje. Joanna hield het laag zodat het oude besje het ook kon zien. Schor zong ze met de lofzang mee en toen die was afgelopen, had de vrouw zichtbaar moeite weer te gaan zitten. Joanna bood haar stilzwijgend een arm aan, die werd genegeerd.

'De eerste lezing is Sir James' lievelingssonnet, Dunbars "Sweet Rose of Virtue", voorgelezen door zijn goede vriend Sir Laurence Sullivan.'

De aanwezigen wachtten geduldig terwijl de oude acteur door de kerk naar voren liep. Toen werd de ruimte gevuld met de beroemde, volle stem die ooit duizenden had geboeid in theaters over de hele wereld.

'*Sweet rose of virtue and of gentleness, delightful lily...*'

Joanna werd afgeleid door gekraak achter haar en zag dat de kerkdeuren opengingen en ijskoude lucht binnenlieten. Een plaatsaanwijzer duwde een man in een rolstoel naar binnen en zette hem aan de binnenkant naast de bank aan de overkant van het gangpad. Toen de plaatsaanwijzer wegliep, werd ze zich bewust van een reutelend geluid waar haar eigen luchtwegproblemen bij verbleekten. Het oude vrouwtje naast haar leek een astma-aanval te krijgen. Ze staarde langs Joanna heen en ondanks de sluier was het duidelijk dat haar blik strak op de persoon in de rolstoel was gericht.

'Gaat het?' vroeg Joanna, maar het was een retorische vraag, want de vrouw legde haar hand op haar borst zonder van de man in de rolstoel weg te kijken. Ondertussen kondigde de dominee de volgende lofzang aan. Iedereen ging weer staan. Plotseling greep ze Joanna's arm beet en wees naar de deur achter hen.

Joanna hielp haar overeind en met haar arm om haar middel, droeg ze haar nagenoeg naar het einde van de kerkbank. Als een kind dat bescherming zocht, drukte het besje zich tegen Joanna's jas toen ze op gelijke hoogte met de man in de rolstoel kwamen. Hij keek op met een paar ijzige staalgrijze ogen en liet zijn blik over hen gaan. Joanna huiverde onvrijwillig, trok haar blik van de zijne los en hielp de oude vrouw de paar passen naar de ingang, waar aan de zijkant een plaatsaanwijzer stond.

'Deze vrouw... Ik... Ze heeft...'

'Lucht nodig!' riep de vrouw tussen twee ademsnakken door.

De plaatsaanwijzer hielp haar de vrouw de grijze januaridag in te dragen en de trap af naar een van de bankjes op het voorplein. Voordat Joanna om verdere hulp kon vragen, was hij de kerk alweer in gedoken en had de deuren dichtgedaan. De oude vrouw zakte zwaar ademend tegen haar aan.

'Zal ik een ambulance bellen? U klinkt echt niet goed.'

'Nee!' zei ze ademloos en de kracht van haar stem klopte niet met de broosheid van haar lichaam. 'Hou een taxi aan. Breng me alsjeblieft thuis.'

'Ik denk echt dat u beter...'

De knokige vingers grepen om Joanna's pols. 'Alsjeblieft! Een taxi!'

'Oké, wacht hier.'

Joanna rende het hek uit en Bedford Street op om een voorbijrijdende zwarte taxi aan te houden. De chauffeur was zo galant uit te stappen, met haar terug te lopen en het oude vrouwtje in zijn auto te helpen.

'Gaat het wel goed met haar? Haar ademhaling klinkt niet zo

best,' vroeg hij nadat ze haar met zijn tweeën op de achterbank hadden gezet. 'Moet ze naar het ziekenhuis?'

'Ze zegt dat ze naar huis wil.' Joanna boog zich de taxi in. 'Waar woont u eigenlijk?' vroeg ze.

'Ik...' De inspanning om in het voertuig te komen had haar duidelijk uitgeput. Ze hijgde.

De chauffeur schudde zijn hoofd. 'Sorry, meidje, in haar toestand kan ik haar nergens mee naartoe nemen, niet in haar eentje. Straks overlijdt ze nog in mijn wagen. Daar heb ik geen zin in. Ik kan haar alleen meenemen als jij ook meekomt, dan is het jouw verantwoordelijkheid.'

'Ik ken haar niet... Ik bedoel, ik ben aan het werk... Ik moet daarbinnen zijn...'

'Sorry, mevrouwtje,' zei hij tegen de oude dame. 'U zult uit moeten stappen.'

De oude vrouw tilde haar sluier op en Joanna zag haar doodsbange melkblauwe ogen. Met haar lippen vormde ze geluidloos het woord 'alsjeblieft'.

'Oké, oké.' Joanna zuchtte berustend en ging bij haar achter in de taxi zitten. 'Waarnaartoe?' vroeg ze vriendelijk.

'Mary... Mary...'

'Nee, waarnaartoe?' probeerde Joanna weer.

'Mary... le...'

'Bedoelt u Marylebone?' vroeg de chauffeur vanaf de bestuurdersstoel.

Ze knikte, zichtbaar opgelucht.

'Komt voor de bakker.'

Het oude besje staarde verontrust uit het raam terwijl de taxi weg sjeesde. Uiteindelijk werd haar ademhaling rustiger, liet ze haar hoofd tegen het zwarte leer van de bank zakken en sloot haar ogen.

Joanna zuchtte. Deze dag werd steeds beter. Alec zou haar wat aandoen als hij dacht dat ze ertussenuit was geknepen. Het verhaal van een klein oud vrouwtje dat ziek werd, zou hij niet geloven. Kleine oude vrouwtjes waren voor Alec alleen interessant als ze in elkaar waren geslagen en voor dood achtergelaten door een skinhead die achter hun pensioengeld aan zat.

'We zijn nu bijna in Marylebone. Kun je erachter proberen te komen waar we precies moeten zijn?' riep de taxichauffeur achterom.

'Marylebone High Street 19.' De staccato stem was luid en duidelijk. Joanna keek verbaasd opzij.

'Voelt u zich beter?'

'Ja, dank je wel. Sorry voor het ongemak. Je kunt hier wel uitstappen, ik red me wel.' Ze stonden voor een stoplicht.

'Nee, ik breng u thuis. Ik ben er nou toch al.'

De vrouw schudde zo hard als ze kon haar hoofd. 'Alsjeblieft, het is beter zo, ik...'

'We zijn er nu toch bijna. Ik help u naar binnen en dan ga ik weer terug.'

Het oude besje zuchtte, zakte verder weg in haar jas en zei niets meer tot de taxi tot stilstand kwam.

'We zijn er.' De chauffeur opende het portier. De opluchting dat de vrouw nog leefde, viel van zijn gezicht te lezen.

'Hier.' Ze bood hem een briefje van vijftig aan.

'Dat kan ik niet wisselen, vrees ik,' zei hij terwijl hij haar de stoep op hielp en haar ondersteunde tot Joanna naast haar stond.

'Laat mij maar.' Joanna gaf hem een briefje van twintig pond. 'Wacht hier op me. Ik ben zo terug.' De oude vrouw had zich alweer losgemaakt en liep wankelend naar een voordeur naast een krantenwinkel.

Joanna ging haar achterna. 'Zal ik dat doen?' vroeg ze toen de jichtige vingers de sleutel niet in het slot kregen.

'Dank je.'

Joanna draaide de sleutel om, deed de deur open, en de vrouw slingerde zich nagenoeg naar binnen.

'Kom, kom snel binnen!'

'Ik...'

Nu ze haar veilig thuis had gebracht, moest Joanna terug naar de kerk. 'Oké.' Met tegenzin stapte ze naar binnen. Meteen smeet de vrouw de deur achter haar dicht.

'Kom met me mee.' Ze liep naar een deur aan de linkerkant van een smalle gang. Weer een sleutel, die uiteindelijk in het slot terechtkwam. Joanna liep haar achterna het donker in.

'Het lichtknopje zit rechts achter je.'

Ze zocht en vond het knopje en zag dat ze zich in een bedompt halletje bevonden. Voor haar waren drie deuren en rechts was een trap.

De oude vrouw opende een van de deuren en deed nog een lamp aan. Joanna zag stapels met theekisten. Midden in het vertrek stond een eenpersoonsbed met een roestig ijzeren frame. Tegen een muur was een oude leunstoel tussen de theekisten gepropt. Het rook er naar urine. Ze voelde haar maag omdraaien.

De oude vrouw liep naar de stoel en liet zich er met een zucht van verlichting in zakken. Ze wees naar een ondersteboven gekeerde theekist naast het bed. 'Pillen. Mijn pillen. Kun je die alsjeblieft voor me pakken?'

'Natuurlijk.' Voorzichtig manoeuvreerde Joanna tussen de theekisten door en pakte de pillen van het stoffige oppervlak. De tekst op het potje was Frans, zag ze.

'Bedankt. Twee, alsjeblieft. En wat water.'

Joanna gaf haar het glas water dat naast de pillen had gestaan, draaide het deksel van het potje en liet er twee op een trillende hand vallen. De vrouw stopte ze in haar mond. Joanna vroeg zich af of ze nu kon gaan. Ze huiverde. De stank en troosteloosheid van de kamer kwamen op haar af. 'Moet er echt geen dokter komen?'

'Nee hoor, dank je. Ik weet wat er met me is, lieverd.' Er verscheen een klein, scheef lachje om haar lippen.

'Nou, dan kan ik maar beter teruggaan naar de dienst. Ik moet een stuk voor mijn krant maken.'

'Ben je journalist?' Nu ze haar stem terug had, was het accent van de oude vrouw verfijnd en absoluut Engels.

'Ja. Bij de *Morning Mail*. Ik ben er pas begonnen.'

'Wat is je naam, lieve schat?'

'Joanna Haslam.' Ze wees naar de kisten. 'Gaat u verhuizen?'

'Zo zou je het denk ik kunnen noemen.' Met glazige ogen staar-

de ze in het niets. 'Ik zal hier niet lang meer zijn. Misschien is het wel goed dat het zo eindigt...'
'Wat bedoelt u? Als u ziek bent, laat me u dan alstublieft naar het ziekenhuis brengen.'
'Nee, nee. Dat heeft geen zin. Ga nu maar, lieverd, ga terug naar je leven. Bedankt.' De oude vrouw sloot haar ogen. Joanna bleef naar haar kijken tot ze een paar tellen later zacht gesnurk uit haar mond hoorde komen.
Ze voelde zich vreselijk schuldig, maar ze kon het niet langer uithouden in de kamer, dus liet ze zichzelf zachtjes uit en rende naar de taxi.

De herdenkingsdienst was afgelopen tegen de tijd dat ze weer in Covent Garden aankwam. De limousine van de familie Harrison was al weg en er hingen nog maar een paar mensen rond op het plein. Joanna voelde zich nu echt ellendig, maar kreeg het nog voor elkaar wat citaten te verzamelen voor ze een taxi aanhield en de hele ochtend tot mislukt verklaarde.

2

De bel ging. Steeds weer schalde hij door Joanna's bonzende hoofd.

'O, jezus,' kreunde ze, toen ze besefte dat wie het ook was net zo lang zou volhouden tot ze open zou doen.

Matthew?

Even kreeg ze hoop, maar die zakte meteen weer weg. Matthew was waarschijnlijk nog op zijn vrijheid aan het proosten met een glas champagne, ergens in een bed met Samantha.

'Ga weg,' jammerde ze en ze snoot haar neus in Matthews oude t-shirt. Om de een of andere reden gaf dat haar een beter gevoel.

De bel ging weer.

'Gotverdegotverdegotver!'

Joanna zwichtte, sleepte zich uit bed en naar de voordeur.

'Hallo, lekker ding.' Simon had het lef om naar haar te grijnzen. 'Wat zie je eruit.'

'En bedankt,' mompelde ze, leunend tegen de voordeur om te blijven staan.

'Kom hier.'

Een stel geruststellend vertrouwde armen sloot zich om haar heen. Omdat ze zelf vrij lang was, was Simon met zijn een meter negentig de enige man die haar het gevoel kon geven dat ze klein en breekbaar was.

'Ik hoorde je voicemailberichtjes toen ik gisteravond laat thuiskwam. Sorry dat ik er niet was om Lieve Lita te spelen.'

'Geeft niet,' snifte ze in zijn schouder.

'Zullen we naar binnen gaan voordat straks de ijspegels aan onze kleren hangen?' Hij deed de voordeur dicht met zijn arm nog stevig rond haar schouders en liep met haar de woonkamer in. 'Jemig, wat is het hier koud.'

'Sorry, ik heb de hele middag in bed gelegen. Ik ben ontzettend verkouden.'

'Je meent het,' plaagde hij. 'Kom, ga lekker zitten.'

Hij veegde oude kranten, boeken en bakjes met gestolde noodles op de vloer en Joanna zeeg neer op de oncomfortabele limegroene bank. Die had ze alleen maar gekocht omdat Matthew het een mooie kleur vond. Ze had altijd spijt gehad van de aanschaf en Matthew zat steevast in de oude leren leunstoel van haar oma als hij langskwam. Ondankbare lul, dacht ze.

'Het gaat niet zo lekker met je, hè?'

'Nee. Naast dat Matthew me heeft gedumpt, stuurde Alec me vanmorgen naar een herdenkingsdienst terwijl ik eigenlijk vrij had. Ik eindigde in Marylebone High Street met een raar oud vrouwtje dat in een kamer vol theekisten woont.'

'Wauw. Het opwindendste dat ik vandaag in Whitehall heb beleefd, is dat ik eens ander beleg op mijn sandwich kreeg van de broodjesmevrouw.'

Er kon amper een glimlachje af bij Joanna om zijn pogingen haar op te vrolijken.

Simon ging naast haar zitten en pakte haar handen beet. 'Ik vind het echt heel erg voor je, Jo.'

'Dank je.'

'Is het voor altijd over met Matthew, of denk je dat het gewoon een hobbeltje is op jullie weg naar eeuwig geluk?'

'Het is over, Simon. Hij heeft een ander.'

'Zal ik hem voor je in elkaar slaan? Helpt dat?'

'Graag, maar doe maar niet.' Joanna legde haar handen op haar gezicht en wreef ze over haar wangen op en neer. 'Het ergste is nog dat je op dit soort momenten met waardigheid hoort te reageren. Als iemand vraagt hoe het gaat, hoor je het weg te wuiven en te zeggen: "Het gaat prima, dank je. Hij betekende toch niets voor me en dat hij onze relatie heeft verbroken, is het beste wat me ooit is overkomen. Ik heb nu zoveel meer tijd voor mezelf en mijn vrienden, en ik doe nu aan mandenvlechten!" Maar dat is allemaal bullshit! Ik zou nog over brandende kolen kruipen als ik hem daarmee terugkreeg, zodat het leven weer gewoon verder kan gaan zoals het hoort. Ik... Ik... hou van hem. Ik heb hem nodig. Hij is van mij, hij h-h-hoort bij mij-ij-ij.'

Simon hield haar vast terwijl ze snikte. Hij streelde zachtjes over haar haar en luisterde naar de ontzetting, het verdriet en de verwarring die naar buiten stroomden. Toen ze helemaal uitgehuild was, liet hij haar voorzichtig los en stond op. 'Als jij de haard aansteekt, zet ik thee.'

Joanna deed de gasvlam in de open haard aan en liep achter Simon aan de keuken in. Ze ging aan het formica tafeltje voor twee in de hoek zitten, waaraan ze met Matthew zoveel luie zondagse brunches en intieme etentjes bij kaarslicht had gedeeld. Terwijl Simon druk was met de thee, staarde Joanna naar de glazen potten die netjes op een rij op het werkblad stonden.

'Ik heb zongedroogde tomaten altijd smerig gevonden,' mijmerde ze. 'Matthew was er dol op.'

'Nou.' Simon pakte het potje met de aanstootgevende tomaten en gooide het zo in de vuilnisbak. 'Is er toch nog iets goeds uit voortgekomen. Die hoef je niet meer te eten.'

'Nu ik erover nadenk, waren er veel dingen die Matthew leuk vond en waarvan ik maar deed alsof ik dat ook vond.' Ze legde haar kin op haar handen.

'Zoals?'

'O, van die aparte, buitenlandse filmhuisfilms op zondag in de Lumière als ik liever thuis was gebleven om lekker soaps te kijken. Muziek, nog zoiets. Ik bedoel, zo af en toe kan ik best wel wat klassiek horen, maar ik mocht nooit mijn *ABBA Gold* of Take That-cd's luisteren.'

'Het spijt me, maar daar moet ik Matthew toch echt gelijk in geven.' Simon grinnikte en schonk heet water over de theezakjes. 'Weet je, als ik heel eerlijk ben, had ik altijd het idee dat Matthew probeerde te zijn wat hij dacht dat hij hóórde te zijn.'

'Je hebt gelijk.' Ze zuchtte. 'Ik was gewoon niet aantrekkelijk genoeg voor hem. Maar zo ben ik nu eenmaal, een saaie meid uit Yorkshire.'

'Ik beloof je, als je iets niet bent, dan is het onaantrekkelijk. Of saai. Eerlijk misschien. Nuchter, ja. Maar dat zijn bewonderenswaardige kwaliteiten. Hier.' Hij gaf haar een mok thee. 'Laten we bij het vuur ontdooien.'

Joanna ging tussen Simons knieën op de grond bij de haard zitten en dronk haar thee. 'Jeetje, ik moet er gewoon niet aan denken om weer te gaan daten,' zei ze. 'Ik ben zevenentwintig. Te oud om opnieuw te beginnen.'

'Ja, echt stokoud. De dood zit je al op de hielen.'

Joanna gaf hem een tik tegen zijn kuit. 'Doe er maar luchtig over! Het gaat een eeuwigheid duren voor ik er weer aan gewend ben om single te zijn.'

'Het probleem met ons mensen is dat we een hekel hebben aan verandering en er bang voor zijn. Ik ben ervan overtuigd dat dat de reden is dat veel ellendige stelletjes bij elkaar blijven terwijl ze zonder elkaar veel beter af zouden zijn.'

'Je hebt vast gelijk. Ik heb nota bene jaren zongedroogde tomaten gegeten! Over stelletjes gesproken, heb je nog iets van Sarah gehoord?'

'Vorige week kreeg ik een ansichtkaart uit Wellington. Ze leert daar blijkbaar zeilen. Het is een lang jaar geweest zonder elkaar. Maar goed, ze komt in februari terug uit Nieuw-Zeeland, dus nog maar een paar weken te gaan.'

'Echt loyaal van je om op haar te wachten,' zei Joanna met een glimlach.

'"Als je van iemand houdt, laat haar dan vrij." Dat zeggen ze toch? Ik zie het zo: als ze me nog wil tegen de tijd dat ze weer thuis is, dan weten we allebei dat het goed zit en echt is.'

'Ga er maar niet te hard van uit. Ik dacht dat het tussen Matthew en mij ook "goed" en "echt" was.'

'Bedankt voor de geruststelling.' Simon trok zijn wenkbrauwen op. 'Kom op, je hebt je carrière, je appartement en mij. Je bent een taaie, Jo. Je komt hier beter uit, wacht maar.'

'Als ik tenminste nog een baan héb. Het artikel dat ik over Sir James Harrisons herdenkingsdienst heb ingeleverd, was bar slecht.

Door dat met Matthew en die vreselijke verkoudheid, en die rare oude dame...'

'Woonde ze in een kamer vol theekisten, zei je dat nou? Weet je zeker dat je niet hallucineerde?'

'Yep. Ze zei iets over dat ze er niet lang genoeg zou zijn om uit te pakken.' Joanna beet op haar lip. 'Jakkie, het rook er zo sterk naar urine... Worden wij later ook zo? Het was behoorlijk deprimerend. Ik stond daar en dacht: als dit is waar het leven je uiteindelijk brengt, wat heeft het dan voor zin om door te ploeteren?'

'Ze is waarschijnlijk zo'n excentriekeling die in een krot woont en ondertussen miljoenen op de bank heeft staan. Of in die theekisten. Je had erin moeten kijken.'

'Er was niets met haar aan de hand tot ze een oude man in een rolstoel zag die tijdens de dienst aan de andere kant van het gangpad werd neergezet. Ze schrok zich te pletter.'

'Vast haar ex-man. Misschien zijn het zíjn miljoenen wel, in die theekisten,' zei Simon lachend. 'Maar goed, lieve schat, ik moet gaan. Ik moet nog wat werk afmaken.'

Ze liep met hem mee naar de deur en hij trok haar tegen zich aan voor een stevige knuffel. 'Bedankt voor alles.' Ze kuste hem op zijn wang.

'Tuurlijk. Ik ben er altijd voor je. Ik bel je morgen vanaf het werk. Dag, Butch.'

'Fijne avond, Sundance.'

Joanna deed de deur achter hem dicht en toen ze de woonkamer weer in liep, voelde ze zich opgewekter. Simon wist haar altijd op te vrolijken. Ze waren al hun hele leven beste vrienden. Hij had in Yorkshire op de boerderij naast die van hen gewoond. Hij was wel een paar jaar ouder, maar omdat ze zo geïsoleerd woonden, hadden ze een groot deel van hun jeugd samen doorgebracht. Joanna was enig kind en een wildebras, dus ze was blij geweest met Simons gezelschap. Hij had haar in bomen leren klimmen, leren voetballen en cricket leren spelen. In de lange zomers gingen ze met hun pony's de hei op en speelden urenlang cowboy en indiaantje. Dat waren de enige keren dat ze weleens ruzie hadden, omdat Simon altijd heel oneerlijk eiste dat hij zou winnen.

'Dit is míjn spel, dus spelen we het volgens mijn regels,' hield hij dan bazig vol, met een veel te grote cowboyhoed op zijn hoofd. En als ze elkaar door het ruwe heidegras achternazaten, kreeg hij haar uiteindelijk altijd wel te pakken door haar van achteren te tackelen.

'Pang, pang, je bent dood!' schreeuwde hij dan en hij wees met zijn speelgoedpistool op haar. Dan wankelde ze, viel in het gras en rolde zogenaamd gepijnigd rond tot ze stierf.

Op zijn dertiende ging Simon naar een kostschool en zagen ze elkaar minder. Tijdens de vakanties was hun band er nog wel, maar ze hadden allebei nieuwe vrienden gemaakt. Ze vierden het samen met een fles champagne op de hei toen Simon was aangenomen op Trinity College in Cambridge. Joanna ging twee jaar later Engels studeren in Durham.

Toen zagen ze elkaar bijna helemaal niet meer. Simon ontmoette Sarah in Cambridge en in haar laatste jaar aan Durham vond Joanna Matthew. Pas toen ze weer met elkaar in contact kwamen in Londen, waar ze toevalligerwijs tien minuten bij elkaar vandaan waren neergestreken, was hun vriendschap weer opgebloeid.

Joanna wist dat Matthew Simon nooit echt had gemogen. Boven op het feit dat hij letterlijk boven hem uittorende, had Simon een of andere hoge baan bij de overheid aangeboden gekregen toen hij van Cambridge kwam. Hij zei altijd bescheiden dat hij gewoon een pennenlikker was in Whitehall, maar dat was typisch Simon. Hij had zich al heel snel een kleine auto kunnen veroorloven en een schitterende tweekamerflat op Highgate Hill. Matthew was ondertussen als loopjongen begonnen bij een reclamebureau en toen hij een paar jaar later een treetje hoger op de ladder kwam te staan, kon hij nog steeds alleen maar een vochtige zit-slaapkamer in de wijk Stratford betalen.

Misschien, bedacht Joanna ineens, hoopte Matthew wel dat zijn carrière een boost zou krijgen door aan te pappen met de hogergeplaatste Samantha…

Ze schudde haar hoofd. Weigerend vanavond nog aan hem te

denken zette ze haar tanden op elkaar, legde een cd van Alanis Morissette in de cd-speler en draaide het volume omhoog. De buren hebben maar even pech, dacht ze terwijl ze naar de badkamer ging om een warm bad te nemen. Omdat ze 'You Learn' zo hard als mogelijk was met haar schorre stem meezong terwijl het water uit de kraan stroomde, hoorde Joanna niet dat voetstappen haar voordeur naderden en zag ze niet het gezicht dat naar binnen keek door de ramen van haar woonkamer op de begane grond. Tegen de tijd dat ze de badkamer uit kwam, was de eigenaar van de voetstappen allang weer over het pad weggelopen.

Ze voelde zich schoner en rustiger, maakte een broodje kaas, trok de woonkamergordijnen dicht en ging met haar tenen lekker dicht bij de haard zitten. En ineens voelde ze een flard optimisme voor de toekomst. Sommige dingen die Simon eerder die dag in de keuken had gezegd, hadden misschien spottend geklonken, maar ze waren wél waar. Achteraf gezien hadden zij en Matthew weinig gemeen. Nu was ze vrij en hoefde ze niemand te plezieren of haar eigen gevoelens nog langer op de tweede plaats te zetten. Dit was háár leven en ze zou haar toekomst niet laten verpesten door Matthew.

Voordat de positieve stemming door haar vingers zou glippen en de depressie weer over haar zou neerdalen, nam Joanna een paar paracetamolletjes en ging naar bed.

3

'Dag, lieverd.' Ze knuffelde hem stevig en snoof zijn vertrouwde geur op.

'Dag, mama.' Hij kroop nog even tegen haar aan, liet haar toen los en keek of hij ongewenste emotie op haar gezicht zag.

Zoe Harrison schraapte haar keel en knipperde tranen weg. Dit werd nooit makkelijker, hoe vaak ze het ook deed. Maar ze mocht niet huilen waar Jamie of zijn vrienden bij waren, dus zette ze een dappere glimlach op. 'Zondag over drie weken neem ik je mee uit lunchen. Hugo mag wel mee komen als hij wil.'

'Is goed.' Jamie bleef ongemakkelijk bij de auto staan en Zoe wist dat dit het moment was om weg te gaan. Ze kon het niet laten een lok fijn blond haar uit zijn gezicht te strijken. Hij rolde met zijn ogen en even leek hij meer op het jongetje dat ze zich herinnerde dan de serieuze jonge man die hij aan het worden was. Zoe was immens trots nu ze hem zo zag staan in zijn marineblauwe schooluniform, zijn das netjes gestrikt zoals James het hem had geleerd.

'Oké, lieverd, ik ga. Bel me als er iets is. Of als je gewoon even wilt kletsen.'

'Doe ik, mam.'

Ze ging achter het stuur van haar auto zitten, sloot het portier en startte de motor. Ze rolde het raampje omlaag.

'Ik hou van je, schat. Hou je goed, en vergeet niet een hemd te dragen. En hou je natte rugbysokken niet te lang aan.'

Zijn gezicht kleurde rood. 'Ja, mam. Dag.'

'Dag.'

Zoe reed weg en in de achteruitkijkspiegel zag ze Jamie vrolijk zwaaien. Na een bocht was haar zoon uit het zicht. Verwoed tranen wegvegend reed ze het hek uit en zocht in haar jaszak naar een zakdoek. Opnieuw zei ze tegen zichzelf dat het afscheid haar zwaarder viel dan Jamie. Vooral vandaag, nu James er niet meer was.

Ze volgde de borden naar de snelweg die haar met een uurtje terug in Londen zou brengen en vroeg zich voor de zoveelste keer af of het de verkeerde beslissing was om een tienjarige jongen naar een kostschool te brengen, helemaal nu zijn geliefde overgrootvader een paar weken geleden was overleden. Maar Jamie vond het geweldig op school. Hij had er vrienden en een vast ritme, dingen die zij hem thuis niet kon geven. Hij leek er op te bloeien, op te groeien, steeds onafhankelijker te worden.

Zelfs haar vader, Charles, had dat gezegd toen ze hem gisteravond naar Heathrow bracht. Het verdriet om zijn vaders dood hing zichtbaar om hem heen en het was haar opgevallen dat zijn knappe gebruinde gezicht eindelijk tekenen van ouderdom vertoonde.

'Je hebt het zo goed gedaan, lieve schat. Je mag trots zijn op jezelf. En op je zoon,' had hij in haar oor gefluisterd toen ze met een knuffel afscheid namen. 'Komen jij en Jamie een tijdje naar LA in de vakantie? We zien elkaar veel te weinig. Ik mis je.'

'Ik mis jou ook, pap,' had Zoe gezegd, waarna ze hem lichtelijk verbaasd had nagekeken toen hij door de security ging. Het was een zeldzaamheid dat haar vader haar, of haar zoon, complimenteerde.

Ze wist nog dat ze bijna doodging van schrik en wanhoop toen ze er op haar achttiende achter kwam dat ze zwanger was. Ze kwam net van kostschool en had een plekje op de universiteit bemachtigd, dus het leek belachelijk om ook maar te overwegen de baby te houden. En toch had ze ondanks de woede en veroordeling van haar vader en haar vriendinnen, en de druk van een heel andere bron, ergens diep in haar hart geweten dat de baby geboren moest worden. Jamie was een product van liefde, een speciaal, magisch geschenk. Een liefde waar ze, meer dan tien jaar later, nog steeds niet helemaal overheen was.

Ze voegde zich bij de andere auto's die naar Londen snelden met haar vaders woorden van al die jaren geleden in haar oren: 'Denk je dat die man die je heeft bezwangerd met je zal trouwen? Ik kan je nu al vertellen dat je er helemaal alleen voor staat, Zoe. Jij hebt een fout gemaakt, los het zelf maar op!'

Niet dat er ooit een kans was geweest dat ze zouden trouwen, dacht ze bedroefd.

Alleen James, haar lieve opa, was rustig gebleven; een kalme aanwezigheid die begrip uitstraalde en haar steunde terwijl alle anderen om haar heen haar voor gek verklaarden.

Zoe was altijd James' lievelingetje geweest. Als kind had ze er geen idee van gehad dat de aardige man op leeftijd met de volle, zware stem, die weigerde als 'opa' te worden aangesproken omdat hij zich dan oud voelde, een van de meest geprezen klassieke acteurs van het land was. Ze groeide op in een behaaglijk huis in Blackheath met haar moeder en haar oudere broer Marcus. Haar ouders waren al gescheiden toen ze drie was en ze zag haar vader, die naar LA was verhuisd, zelden. En dus was James de vaderfiguur in haar leven geworden. Zijn omvangrijke landhuis, Haycroft House, in Dorset, met een boomgaard en knusse zolderslaapkamers, was het decor van haar fijnste jeugdherinneringen.

Omdat hij gedeeltelijk met pensioen was en alleen zo nu en dan naar Amerika ging voor een gastrol in een film zodat er 'brood op de plank' kwam, zoals hij het zei, was haar opa er altijd voor haar geweest. Vooral nadat Zoe's moeder plotseling was omgekomen bij een verkeersongeluk op maar een paar meter van hun huis. Zoe was toen tien, haar broer Marcus veertien. Het enige wat ze zich van de begrafenis kon herinneren, was dat ze zich aan James vastklampte en ze zijn op elkaar geklemde kaken en de stille tranen op zijn wangen zag terwijl ze naar de dominee luisterden die hen voorging in gebed. Het was een gespannen en kille dienst geweest.

Charles was teruggekomen uit LA en had een zoon en dochter proberen te troosten die hij amper kende, maar het was James die haar tranen droogde en haar vasthield als ze 's nachts uren lag te huilen. James had ook geprobeerd Marcus te troosten, maar die was dichtgeslagen en weigerde erover te praten. Haar broer stopte het verdriet dat hij om het verlies van zijn moeder voelde, diep weg.

Terwijl haar vader haar met zich mee terugnam naar LA, bleef Marcus op een kostschool in Engeland achter. In één klap was ze niet alleen haar moeder kwijt, maar ook haar broer...

Toen ze in de droge, irriterende hitte van Bel Air in haar vaders huis in haciëndastijl aankwam, ontdekte Zoe dat ze een 'tante Debbie' had. Tante Debbie woonde bij papa en sliep zelfs bij hem in bed. Het was een heel wulpse blonde vrouw die er niet blij mee was dat de tienjarige Zoe in haar leven kwam.

Ze moest in Beverly Hills naar school en vond het er verschrikkelijk. Haar vader zag ze amper, die was druk bezig als filmregisseur een plekje voor zichzelf te veroveren. In plaats daarvan doorstond ze tante Debbies idee van opvoeden: eten voor de tv en een constante stroom van tekenfilms. Zoe miste de afwisselende seizoenen van Engeland vreselijk en had een hekel aan de zinderende hitte en de luide tongval van LA. Ze schreef lange brieven aan haar opa, waarin ze hem smeekte haar te komen halen zodat ze met hem in haar geliefde Haycroft House zou kunnen wonen. Ze probeerde hem ervan te overtuigen dat ze voor zichzelf kon zorgen en dat hij echt geen last van haar zou hebben, als ze maar weer naar huis mocht.

Een half jaar nadat ze in LA was gearriveerd, verscheen er een taxi aan het einde van de oprit. Daaruit stapte James met een mooie panamahoed op zijn hoofd en een brede glimlach op zijn gezicht. Zoe herinnerde zich nog het overweldigende gevoel van vreugde toen ze over de oprit rende en zich in zijn armen smeet. Haar beschermengel was haar te hulp geschoten en kwam haar redden. Tante Debbie ging zitten mokken bij het zwembad terwijl Zoe al haar ellende over haar opa uitstortte. Vervolgens belde hij zijn zoon en vertelde hem dat Zoe ongelukkig was. Charles, die op dat moment in Mexico aan het filmen was, stemde ermee in dat James haar mee terug nam naar Engeland.

Tijdens de lange vlucht naar huis zat ze dolgelukkig naast James, haar kleine hand in zijn grote. Ze leunde tegen zijn brede, capabele schouder in de wetenschap dat ze wilde zijn waar hij was.

De knusse, doordeweekse kostschool in Dorset was een fijne ervaring geweest. Zoe's vriendinnen mochten van James altijd over de vloer komen, zowel in Londen als in Haycroft House. Pas toen ze de grote, bewonderende ogen van hun ouders zag als ze ze kwamen ophalen en de grote Sir James Harrison de hand schudden, begon ze te beseffen hoe beroemd haar grootvader eigenlijk was. James gaf zijn liefde voor Shakespeare, Ibsen en Wilde aan haar door. Ze gingen regelmatig naar een toneelstuk in het Barbican, het National Theatre of het Old Vic. Dan overnachtten ze in zijn voorname huis aan Welbeck Street en namen op zondag bij het haardvuur de tekst van het toneelstuk samen door.

Op haar zeventiende wist ze dat ze actrice wilde worden. James bestelde de prospectussen van alle dramaopleidingen, die ze samen bekeken. Ze wogen de voors en tegens van elke school af, tot ze tot het besluit kwamen dat Zoe naar een goede universiteit moest gaan en eerst een bul in Engels moest halen, waarna ze op haar eenentwintigste alsnog auditie zou doen voor een toneelopleiding.

'Niet alleen zul je op de universiteit de klassieke teksten bestuderen waardoor je opvoeringen meer diepgang zullen hebben, je zult ook ouder zijn en er meer klaar voor zijn om alles wat de toneelschool te bieden heeft in je op te nemen. Bovendien heb je met een bul iets om op terug te vallen.'

'Denk je dat ik niet zal slagen als actrice?' Zoe was ontzet.

'Nee, lieverd, natuurlijk niet. Je bent tenslotte mijn kleindochter,' grinnikte hij. 'Maar je bent zo verbluffend mooi dat ze je nooit serieus zullen nemen tenzij je een bul hebt.'

Ze besloten samen dat Zoe – als haar cijfers zo hoog waren als verwacht – moest proberen aan Oxford Engels te studeren.

En toen was ze verliefd geworden. Midden in haar examens.

Vier maanden later was ze zwanger en radeloos. Haar zorgvuldig uitgestippelde toekomst lag aan duigen.

Omdat ze niet wist hoe haar grootvader zou reageren en bang was dat hij boos zou worden, gooide Zoe het er op een avond tijdens het eten zomaar uit. James verbleekte een beetje, maar knikte toen en vroeg haar rustig wat ze wilde. Ze barstte in tranen uit. Het was zo'n vervelende situatie, zo ingewikkeld, dat ze zelfs haar geliefde opa niet alles kon vertellen.

Die hele week lang, toen Charles met Debbie op sleeptouw in Londen arriveerde en tegen Zoe tekeerging, haar uitschold voor domkop en eiste dat ze vertelde wie de vader was, was James er voor haar en gaf haar kracht en de moed om te besluiten de baby te krijgen. En hij had haar nooit naar de vader gevraagd. Hij zei ook niks over haar tripje naar Londen waarvan ze uitgeput en lijkbleek terugkwam en huilend in zijn armen viel toen hij haar van station Salisbury ophaalde.

Zoe wist dat ze het nooit zou hebben gered zonder zijn liefde, steun en volledige vertrouwen in haar vermogen om de juiste beslissing te nemen.

Bij Jamies geboorte zag ze James' lichtblauwe ogen zich vullen met tranen op het moment dat hij zijn achterkleinzoon voor het eerst zag. De bevalling was wat te vroeg begonnen en zo snel gegaan dat Zoe niet de half uur durende rit van Haycroft House naar het dichtstbijzijnde ziekenhuis kon maken, dus werd Jamie met hulp van de plaatselijke vroedvrouw geboren in het hemelbed van zijn overgrootvader. Zoe lag nog na te hijgen van vermoeidheid en verrukking toen haar kleine, krijsende zoon in James' armen werd gelegd.

'Welkom op de wereld, kleine man,' fluisterde hij, waarna hij hem teder op zijn voorhoofd kuste.

Op dat moment besloot ze haar zoon naar hem te vernoemen.

Of de band toen al was gevormd, of in de weken erna toen opa en kleindochter 's nachts om beurten uit bed gingen om een huilende baby met krampjes te troosten, wist Zoe niet. James was zowel een vader als een vriend voor haar zoon. Het jonge jochie en de oude man brachten uren samen door. Op de een of andere manier haalde James ergens de energie vandaan om met Jamie te spelen. Als Zoe thuiskwam, waren ze in de boomgaard met een bal in de weer. Hij nam hem mee de natuur in. Ze liepen over de meanderende weggetjes van het Dorsetse platteland en hij leerde zijn achterkleinkind over de bloemen die tussen de struiken groeiden. En in hun prachtige tuin. Pioenrozen, lavendel en salie vochten om plek in de brede bloembedden. Half juli dreef de geur van James' lievelingsrozen door haar slaapkamerraam naar binnen.

Het was een geweldige, rustige tijd geweest waarin het voor Zoe genoeg was om bij haar zoontje en opa te zijn. Haar eigen vader zat toen op de top van zijn roem. Hij had net een Oscar gewonnen en ze hoorde bijna nooit iets van hem. Ze had haar best gedaan zich er niets van aan te trekken, maar toch. Gisteren op het vliegveld nog, toen hij haar een knuffel gaf en zei dat hij haar miste, trok de onzichtbare ouderband aan haar hart.

Hij wordt ook oud, ging het door haar hoofd toen ze de afslag naar het centrum van Londen nam.

Toen Jamie drie was, was het James geweest die haar ervan had overtuigd auditie te doen voor de toneelopleiding. 'Als je wordt toegelaten, kunnen we met z'n allen in Welbeck Street gaan wonen,' had hij gezegd. 'Jamie moet binnenkort ook een paar dagen per week naar de crèche. Het is goed als hij leert met andere kinderen om te gaan.'

'Ik word toch niet toegelaten,' mompelde ze toen ze eindelijk had ingestemd auditie te doen voor de Royal Academy of Dramatic Art, op maar een korte fietsrit van Welbeck Street.

Maar ze werd wél toegelaten, en met de hulp van een jonge Franse au pair die Jamie om twaalf uur van de crèche haalde en lunch voor hem en James maakte, had Zoe de driejarige opleiding afgerond.

Vervolgens regelde haar grootvader dat zijn agent en een groepje bevriende castingdirectors naar haar afstudeeropvoering kwamen kijken. 'Lieve schat, de wereld is gebouwd op vriendjespolitiek, of je nu acteur bent of slager!' En toen ze klaar was, had ze een agent en haar eerste rolletje in een dramaserie op de televisie. Jamie ging naar school en Zoe's acteercarrière nam een vlucht. Hoewel ze tot haar teleurstelling op het scherm in plaats van het toneel – haar eerste liefde – haar geld verdiende.

'Lieve meid van me, hou op met klagen,' berispte James haar toen ze thuiskwam na een vruchteloze dag op locatie in Oost-Londen. Het had de hele dag geregend en ze hadden niet één scène kunnen opnemen. 'Je hebt werk, meer kan een jonge acteur zich niet wensen. De Royal Shakespeare Company komt later wel, dat beloof ik.'

Als Zoe haar grootvaders aftakeling de drie daaropvolgende jaren al had bemerkt, had ze ervoor gekozen het te negeren. Dat besefte ze nu. Pas toen hij in elkaar begon te krimpen van de pijn, had ze erop gestaan dat hij naar de dokter ging.

De dokter constateerde vergevorderde darmkanker die was uitgezaaid naar onder meer James' lever. Vanwege zijn hoge leeftijd en zwakke gestel was het uitgesloten dat hij een slopende chemokuur zou ondergaan. De arts had palliatieve zorg voorgesteld zodat hij de tijd die hem nog restte met een positief gemoed kon doorbrengen, zonder slangen en infusen. Als dat soort apparatuur nodig was wanneer James verslechterde, zou hij die thuis kunnen krijgen.

Nog meer tranen vulden Zoe's ogen toen ze eraan dacht dat ze nu alleen het huis in Welbeck Street binnen moest gaan. Een huis waarin twee maanden geleden nog het aangename aroma van de Old Holborn-tabak hing die James stiekem tot aan zijn dood had gerookt. In zijn laatste maanden was hij erg ziek geweest, met uitvallend gehoor en zicht, en vijfennegentigjarige botten die om rust smeekten. Toch was het huis nog steeds gevuld geweest met zijn charisma, zijn gevoel voor humor, zijn levenskracht.

Afgelopen zomer had Zoe het hartverscheurende besluit moeten nemen om Jamie naar een kostschool te sturen. Zijn geliefde overgrootvader voor zijn ogen zien aftakelen was niet iets wat ze haar zoon wilde laten doormaken. Vanwege hun hechte band had Zoe geweten dat ze hem rustig en zo pijnloos mogelijk moest laten wennen aan een leven zonder 'Groot-James', zoals Jamie hem noemde. Dat hij niet de rimpels op Groot-James' gezicht dieper zag worden, zijn trillende handen bij een kaartspelletje, of het feit dat hij na de lunch in zijn leunstoel in slaap viel en pas aan het begin van de avond weer wakker werd.

Dus was Jamie afgelopen september naar kostschool gegaan en had het daar gelukkig goed naar zijn zin, terwijl Zoe haar bloeiende filmcarrière tijdelijk stopzette om een steeds zwakker wordende oude man te verzorgen.

Op een ijskoude novemberavond had James Zoe's hand gepakt nadat ze een leeg theekopje van hem had aangenomen. 'Waar is Jamie?'

'Op school.'

'Kan hij dit weekend naar huis komen? Ik moet hem spreken.'

'James, ik weet niet of dat zo'n goed idee is.'

'Het is een slimme jongen, slimmer dan de meeste van zijn leeftijd. Ik heb vanaf zijn geboorte geweten dat ik niet onsterfelijk ben. Het was overduidelijk dat er een grote kans was dat ik er niet meer zou zijn als hij ouder werd. Ik heb Jamie voorbereid op mijn op handen zijnde vertrek.'

'Aha.' Haar hand trilde op dat moment net zo als die van haar opa.

'Vraag je of hij thuiskomt? Ik moet hem snel zien.'

'Oké.'

Met tegenzin haalde Zoe Jamie dat weekend op van school. Onderweg naar huis vertelde ze hem hoe ziek Groot-James was. Jamie knikte. Zijn haar viel voor zijn ogen en ze kon zijn gezicht niet zien. 'Dat weet ik. Dat heeft hij me laatst al verteld. Hij zei dat hij me zou laten halen als het... tijd was.'

Jamie rende meteen de trap op naar zijn overgrootvader en Zoe ijsbeerde door de keuken, bezorgd hoe haar lieve jochie erop zou reageren Groot-James zo ziek te zien.

Toen ze die avond met zijn drieën boven bij James hun avondeten aten, was de oude man merkbaar opgefleurd. Jamie bleef het grootste deel van dat weekend bij James in zijn slaapkamer. Toen ze uiteindelijk naar boven ging om hem te zeggen dat het tijd was om terug naar school te gaan, gaf James zijn achterkleinzoon een grote knuffel.

'Dag, manneke. Zorg goed voor jezelf. En voor die moeder van je.'

'Ja. Ik hou van jou!' Met alle overgave van een kind hield Jamie hem stevig vast.

Onderweg naar de kostschool in Berkshire werd er niet veel gezegd, maar toen ze de parkeerplaats van de school op reden, zei Jamie uiteindelijk: 'Weet je dat ik Groot-James nooit meer zal zien? Hij zei dat hij snel zal gaan.'

Zoe keek naar het ernstige gezicht van haar zoon. 'Het spijt me, lieverd.'

'Dat hoeft niet, mama. Ik begrijp het.'

En met een zwaai rende hij het trapje op en naar binnen.

Nog geen week later overleed Sir James Harrison.

Zoe parkeerde haar auto bij de stoep in Welbeck Street, stapte uit de auto en keek naar het huis dat zij nu moest onderhouden. Met uitzondering van de victoriaanse gevel stond het bakstenen gebouw hier al meer dan tweehonderd jaar. Ze zag dat de kozijnen om de hoge ruiten wel een laagje verf konden gebruiken. In tegenstelling tot de naburige huizen had het wel vijf verdiepingen en bolde het ietsjes naar buiten, als een lekker volle buik. De ramen van de zolderkamers knipoogden naar haar als twee felle ogen. Ze liep het trapje op, deed de deur open, sloot hem achter zich en pakte de post van de mat. Haar ademhaling was zichtbaar in de koude lucht in huis en ze huiverde. Kon ze zich maar terugtrekken in het geruststellende, redelijk geïsoleerd liggende Haycroft House. Maar er moest gewerkt worden. Vlak voor zijn dood had James haar sterk aangemoedigd de hoofdrol aan te nemen in een nieuwe filmversie van *Tess of the D'Urbervilles* van Mike Winter, een veelbelovende jonge Britse regisseur. Ze had haar opa tijdens zijn ziekbed het script alleen maar gegeven tegen de verveling – het was een van de vele die ze wekelijks opgestuurd kreeg – en had nooit verwacht dat hij het echt zou lezen.

Maar toen hij dat eenmaal had gedaan, had James haar hand gegrepen. 'Een rol als die van Tess krijg je niet elke dag in de schoot geworpen en dit script is buitengewoon goed. Doe dit alsjeblieft, lieve meid. Dit maakt van jou de ster die je verdient te zijn.'

Hij hoefde de woorden 'laatste wens' niet uit te spreken, ze zag het in zijn ogen.

Met haar jas nog aan liep ze door de hal en draaide de thermostaat hoger. Ze hoorde het tikken toen de stokoude boiler tot leven kwam en hoopte maar dat de leidingen niet zouden bevriezen in de dalende winterse temperaturen. Toen ze in de keuken kwam, zag ze dat er nog wijnglazen en vieze asbakken opgestapeld stonden op het aanrecht, overblijfselen van de wake die ze na de herdenkingsdienst had gehouden, waartoe ze zich verplicht had gevoeld. Ze had een geperfectioneerde, maar elegante, dankbare gezichtsuitdrukking op haar gezicht geplakt toen tientallen mensen hun eer kwamen bewijzen en haar trakteerden op verhalen over haar grootvader.

Halfslachtig leegde ze een paar van de asbakken in de overvolle vuilnisbak en bedacht dat het meeste geld dat ze met *Tess* zou verdienen, naar de renovatie van het huis zou gaan. De keuken alleen al moest nodig worden gemoderniseerd.

Op het werkblad knipperde het lampje van het antwoordapparaat. Ze drukte op afspelen.

'Zoe? Zoeeeee?! Oké, je bent er niet. Bel me thuis. Meteen. Ik meen het. Het is dringend!'

Ze trok een gezicht bij het horen van haar over zijn woorden struikelende broer. Ze was ontzet geweest te zien wat Marcus gisteren naar de kerk aan had – niet eens een das – en hij was tijdens de wake erna zo snel mogelijk ertussenuit geknepen zonder zelfs maar gedag te zeggen. Ze wist dat dat was omdat hij aan het kniezen was.

Kort na James' dood was aan Marcus, hun vader en Zoe het testament voorgelezen. Sir James Harrison had besloten nagenoeg al zijn geld en Haycroft House in een trust te stoppen voor Jamie voor als hij eenentwintig werd. Jamies schoolgeld en studie zouden ook worden betaald. Welbeck Street had hij aan Zoe nagelaten, samen met zijn theatermemorabilia, die de zolderruimte van

Haycroft House voor het overgrote deel innamen. Hij had haar echter geen echt geld nagelaten. Zoe begreep dat hij wilde dat ze gretig bleef en haar acteercarrière zou blijven nastreven. Er was ook een geldbedrag in een fund om de 'Sir James Harrison Herdenkingsbeurs' mee op te richten. Dat moest de scholing betalen voor twee getalenteerde jongeren die normaal gesproken niet in staat zouden zijn naar een goede toneelopleiding te gaan. Het was zijn wens dat Charles en Zoe die zouden beheren.

Marcus had hij honderdduizend pond nagelaten, een 'schamel symbolisch gebaar', volgens zijn kleinzoon. Na het voorlezen van het testament had de teleurstelling als elektriciteit van haar broer af geknetterd.

Ze zette thee en overwoog of ze Marcus terug zou bellen, omdat ze wist dat als ze dat niet deed, hij op een onchristelijk tijdstip nog een keer zou bellen, dronken en onverstaanbaar. Hoe verschrikkelijk hij ook met zichzelf geobsedeerd kon zijn, Zoe hield toch van hem als ze dacht aan hoe lief en aardig hij altijd tegen haar was geweest toen ze jonger was. Ondanks zijn recente gedrag wist ze dat Marcus in wezen goed was, maar zijn geringe talent voor zaken en zijn neiging om voor de verkeerde vrouwen te vallen, hadden ervoor gezorgd dat hij blut en gedeprimeerd was.

Na de universiteit was Marcus naar hun vader in LA gegaan en had geprobeerd een plaatsje te veroveren als filmproducent. Uit wat haar vader en James haar hadden verteld, maakte Zoe op dat het niet geheel volgens plan was verlopen. In de tien jaar dat hij in LA was geweest, was het ene na het andere project tot stof vergaan, hem en zijn geldschietende vader gedesillusioneerd achterlatend. En Marcus nagenoeg platzak.

'Het probleem met die jongen is dat hij zijn hart op de goede plek heeft zitten, maar een dromer is,' had James gezegd toen Marcus drie jaar geleden met de staart tussen zijn benen terug naar Engeland was gekomen. 'Dat nieuwe project van hem,' hij had gewapperd met het voorstel dat Marcus hem had gestuurd met de hoop dat hij het wilde financieren, 'deugt politiek en moreel gezien, maar waar is het verhaal?' James weigerde er geld in te stoppen.

Hoewel Marcus er zelf ook wel de hand in had gehad, had Zoe toch een beetje een schuldgevoel omdat zij en haar zoon zo begunstigd waren door James, zowel tijdens zijn leven als in zijn testament.

Met een mok thee in haar handen liep ze de woonkamer in en keek om zich heen naar de kale mahoniehouten meubels, de vale bank en de stoelen, waarvan het onderstel zichtbaar doorzakte van ouderdom. De zware damasten gordijnen waren verschoten en er zaten kleine verticale scheurtjes in de tere stof, alsof een onzichtbaar mes er als boter doorheen had gesneden. Toen ze de trap op liep naar haar slaapkamer, bedacht ze dat ze het versleten tapijt er af zou proberen te halen om te zien of de hardhouten vloer eronder nog gered kon worden...

Op de overloop bleef ze voor de deur van James' kamer staan. Nu alle macabere attributen van leven en dood waren weggehaald, voelde de ruimte leeg aan. Ze deed de deur open en liep naar binnen, zag hem voor zich, rechtop zittend in bed en met een warme glimlach op zijn gezicht.

Alle kracht vloeide uit haar lichaam. Ze gleed langs de muur omlaag, rolde zich op en met slopende snikken liet ze al haar verdriet en pijn eruit komen. Tot dit moment had ze zichzelf niet toegestaan zo te huilen en had ze zich groot gehouden voor Jamie. Maar nu ze voor het eerst weer alleen was, huilde ze voor zichzelf, om het verlies van haar echte vader én haar beste vriend.

Ze schrok van de deurbel. Ze viel stil en hoopte dat de beller weg zou gaan en haar in alle rust haar wonden zou laten likken.

De bel ging nog een keer.

'Zoe!' riep een bekende stem door de brievenbus. 'Ik weet dat je thuis bent, je auto staat er. Laat me erin!'

'Verdomme, Marcus!' vloekte ze zacht, waarna ze boos haar tranen wegveegde. Ze rende de trap af, trok de voordeur open en zag haar broer tegen de stenen portiek geleund staan.

'Jezus, zusje!' zei hij toen hij haar gezicht zag. 'Je ziet er net zo belabberd uit als ik.'

'Dank je.'

'Mag ik binnenkomen?'

'Je bent er nu toch, dus toe maar,' bitste ze en ze deed een stap opzij om hem erdoor te laten.

Marcus glipte langs haar heen. Voor ze de voordeur dicht kon doen, was hij al naar de drankkast in de woonkamer gelopen, waar hij een karaf pakte om een flinke borrel voor zichzelf in te schenken.

'Ik wilde je vragen hoe het met je ging, maar dat zie ik zo ook wel,' merkte hij op, terwijl hij nonchalant in de leren oorfauteuil neerplofte.

'Marcus, zeg gewoon wat je komt doen. Ik heb veel uit te zoeken, dus...'

'Doe niet alsof je het zo zwaar hebt, terwijl goeie ouwe Jimmy je dit heeft nagelaten.' Marcus gebaarde met zijn armen om zich heen en de whisky klotste bijna over de rand van zijn glas.

'James heeft jou een hoop geld nagelaten,' zei ze door op elkaar geklemde kaken. 'Ik weet dat je boos bent...'

'Dat ben ik zeker! Ik heb Ben MacIntyre bijna zover dat hij ermee instemt mijn nieuwe filmproject te regisseren. Maar hij wil zeker weten dat ik het geld heb om de preproductie te starten. Alles wat ik nodig heb, is honderdduizend pond op de bedrijfsrekening en dan weet ik zeker dat hij ja zegt.'

'Je moet gewoon geduld hebben. Zodra het testament is bekrachtigd, heb je het.' Zoe ging op de bank zitten en masseerde haar slapen. 'Kun je geen lening nemen?'

'Je weet hoe het met mijn kredietwaardigheid gesteld is. En Marc One Films heeft ook niet zo'n best financieel verleden. Als ik afwacht, gaat Ben iets anders doen. Echt, als je de mensen zou ontmoeten, zou je er ook bij betrokken willen zijn. Het wordt de belangrijkste film van dit decennium, misschien zelfs van het millennium...'

Zoe zuchtte. Ze had in de afgelopen weken al genoeg over Marcus' project gehoord.

'En de vergunningen om in Brazilië te mogen filmen moeten ook zeer binnenkort worden aangevraagd. Als pap me het geld nou leende tot het testament is bekrachtigd, maar dat weigert hij.' Marcus keek boos naar haar.

'Je kunt het papa niet kwalijk nemen dat hij nee zegt. Hij heeft je al zo vaak geholpen.'

'Maar dit is anders. Dit wordt een klapper, Zoe, dat zweer ik.'

Ze zweeg en hield zijn blik vast. Hij was in de afgelopen weken achteruitgegaan en ze begon zich echt zorgen te maken over zijn drankgebruik.

'Je weet dat ik geen geld heb, Marcus.'

'Kom op! Je kunt toch makkelijk een hypotheek nemen op dit huis, of gewoon geld lenen bij de bank voor mij voor een paar weken tot het testament is bekrachtigd.'

'Hou op!' Ze sloeg op de armleuning van de bank. 'Genoeg! Moet je jezelf eens horen! Ben je echt zo verbaasd dat James je zijn huis niet heeft nagelaten terwijl hij wist dat je het hoogstwaarschijnlijk meteen zou verkopen? En je bent tijdens zijn ziekte bijna nooit op bezoek geweest. Ik heb voor hem gezorgd, ik gaf om hem...' Haar stem stierf weg en ze slikte een snik door die dreigde los te breken.

'Nee, nou ja...' Marcus had het fatsoen beschaamd te kijken. Hij sloeg zijn ogen neer en nam een slok van zijn whisky. 'Jij was ook altijd zijn lievelingetje, hè? Ik kwam er amper aan te pas.'

'Wat gebeurt er toch met je?' vroeg ze zacht. 'Ik geef om je en ik wil je echt helpen, maar...'

'Je vertrouwt me niet. Net als papa en Sir Jim. Dat is de echte reden, hè?'

'Ach, Marcus, dat is toch niet zo gek, door hoe je je de laatste tijd gedraagt? Ik heb je in geen tijden nuchter gezien...'

'Hou op met je "ach, Marcus"! Toen mam overleed, was iedereen o zo bezorgd over lieve, kleine Zoe. En niemand gaf ene ruk om mij!'

'Als je ouwe koeien uit de sloot gaat halen, doe je dat maar in je eigen tijd, ik ben hier te moe voor.' Ze stond op en knikte naar de deur. 'Bel me als je nuchter bent. Zo wil ik niet met je praten.'

'Zoe...'

'Ik meen het. Ik hou van je, maar je moet echt je leven weer op de rit krijgen.'

Hij kwam moeizaam overeind, liet zijn glas whisky op het tapijt staan en liep de kamer uit.

'Vergeet niet dat je me volgende week naar die première zou begeleiden,' riep ze hem na.

Er kwam geen antwoord en even later hoorde ze de dichtslaande voordeur.

Toen Zoe in de keuken een kop kalmerende kamillethee maakte, keek ze in de lege keukenkastjes. Een zakje chips moest maar volstaan als avondmaal. Ze zocht in de stapel onbeantwoorde post naast de telefoon naar de uitnodiging voor de première van de film die ze had afgerond net voordat James echt ziek werd. Toen ze de details nakeek zodat ze Marcus een berichtje kon sturen om hem eraan te herinneren, viel haar de naam bovenaan de kaart pas op.

'O god,' mompelde ze.

Ze liet zich op een stoel zakken en voelde haar maag samenknijpen.

4

Marcus Harrison liep door de bedompte steeg achter het wedkantoor van North End Road, dat dag en nacht open was. Hij maakte de deur van de ingang van zijn flat open. Uit zijn brievenbus in de hal pakte hij een stapel post – ongetwijfeld vol dreigementen dat zijn schaamharen er een voor een zouden worden uit getrokken als hij niet onmiddellijk de bijgesloten rekening betaalde – en liep de trap op. Hij trok een vies gezicht bij de rioollucht, maakte de deur van zijn appartement open, sloot hem weer achter zich en leunde ertegenaan.

Marcus had een verschrikkelijke kater, die nog steeds niet was weggetrokken, ook al was het alweer avond. De rekeningen smeet hij op het aanrecht, zodat ze daar samen met de rest stof konden happen, en hij liep naar de woonkamer, op zoek naar de halflege whiskyfles. Hij schonk een flinke hoeveelheid in een al eerder gebruikt glas, ging zitten en sloeg het achterover. Een aangename warmte verspreidde zich door zijn lijf. Ellendig vroeg hij zich af waar het allemaal was misgegaan.

Hier zat hij dan, de oudste zoon van een succesvolle, rijke vader en de kleinzoon van de meest geprezen acteur van het land. Met andere woorden, de kroonprins.

Bovendien was hij redelijk knap, ethisch correct en aardig. Nou ja, zo aardig als hij kon zijn tegen zijn nerderige, rare neefje dan. Hij was toch iemand die hand in hand zou moeten lopen met succes. Maar dat was niet zo, en dat was ook nooit zo geweest.

Wat had zijn vader ook alweer gezegd na de herdenkingsdienst toen Marcus hem had gesmeekt hem de honderdduizend pond te lenen tot het testament werd bekrachtigd? Dat hij een 'luie alcoholist' was die verwachtte dat anderen zijn problemen voor hem oplosten. Jezus, dat was echt hard aangekomen.

Hoe zijn vader ook over hem dacht, zelf wist hij dat hij altijd zijn best had gedaan. Na de dood van zijn moeder miste hij haar zo erg dat het verlies twee jaar lang als een fysieke pijn had gevoeld. Hij kon zijn verdriet niet uiten, zelfs alleen al het woordje 'mam' bracht een brok in zijn keel, en de harde wereld van een volledig mannelijke Britse kostschool was niet de plek waar je het je kon veroorloven als mietje te worden bestempeld. Dus was hij dichtgeslagen en had hard gewerkt, voor haar. Maar had iemand dat ooit gezien? Nee, ze hadden het te druk met zich zorgen maken om zijn kleine zusje. En toen hij besloot zijn geluk te beproeven als filmproducent in LA en projecten koos waarvan hij wist dat ze zijn moeders goedkeuring zouden hebben weggedragen omdat ze 'iets over de wereld zeiden', waren zijn films stuk voor stuk geflopt.

In die tijd was zijn vader nog begripvol geweest. 'Ga terug naar Londen, Marcus,' had Charles gezegd. 'LA is niet de juiste plek voor jou. Het Verenigd Koninkrijk staat veel meer open voor de low budget arthousefilms die jij wilt maken.'

En hij moest eerlijk zijn, Charles had hem een mooie som geld gegeven om iets in Londen te huren en comfortabel van te leven. Marcus had zijn intrek genomen in een ruim appartement in Notting Hill en had Marc One Films opgericht.

En toen... werd hij verliefd op Harriet, een blonde Sloane met lange benen – hij had altijd een voorliefde voor mooie blondines gehad – die hij bij een van Zoe's premières had ontmoet. Ze wilde zelf ook actrice worden, dus ze was in haar nopjes te worden geassocieerd met 'Marcus Harrison, filmproducent en kleinzoon van Sir James Harrison', zoals het bijschrift bij hun foto's in de roddelrubrieken luidde. Hij gaf al zijn vaders geld uit aan Harriets dure levensstijl, maar toen ze eenmaal besefte dat hij 'een loser was die zijn familienaam exploiteerde', verliet ze hem voor een Italiaanse prins. Marcus kroop met de staart tussen zijn benen terug naar zijn vader, die hem van de zware schulden afhielp die hij aan haar had overgehouden.

'Dit is de laatste keer dat ik je uit de problemen help,' had Charles over de telefoon vanuit LA geblaft. 'Zorg dat je je leven op orde krijgt, Marcus. Zoek een echte baan.'

Vervolgens liep hij een oude schoolvriend tegen het lijf, die hem vertelde over een eco-filmproject waar hij met een paar andere maten uit The City in investeerde. Hij bood Marcus de kans het te produceren. Nog steeds diep gekwetst door Harriets pijnlijke oordeel over hem en zijn carrière sloot hij een grote lening af voor het startkapitaal. Tijdens het halve jaar dat hij in Bolivia filmde, werd hij verliefd op het isolement en de grootsheid van het Amazoneregenwoud, en de vastberadenheid van de mensen die er al duizenden jaren woonden.

De film flopte gigantisch. Marcus zag zijn hele investering in rook opgaan. Achteraf gezien moest hij toegeven dat het script niet veel soeps was geweest. Dat hoe groot de morele waarde van een film ook was, het ook een goed verhaal moest hebben, zoals zijn opa een keer had opgemerkt. Dus toen hij een paar maanden geleden een script van een jonge Braziliaanse schrijver kreeg toegestuurd en na het doorlezen de tranen in zijn ogen stonden, wist hij dat dit de film was waarmee hij zijn sporen zou kunnen verdienen.

Het probleem was dat geen enkele bank nog met hem in zee wilde gaan vanwege zijn belabberde financiële voorgeschiedenis en zijn vader botweg weigerde 'nog meer geld weg te gooien'. Niemand geloofde meer in hem, net nu hij begon te beseffen wat ervoor nodig was om een ethisch correcte, maar prachtige film te maken, waarvan hij zeker wist dat hij over de hele wereld volle zalen zou trekken en misschien zelfs prijzen in de wacht zou slepen. Het publiek zou ontroerd zijn door het centrale liefdesverhaal en ondertussen ook nog iets van de film opsteken.

Hij had geen idee hoe hij de houding van zijn familie moest veranderen en moest beschaamd toegeven dat hij blij was toen zijn opa eindelijk de pijp uitging. Want hoewel het duidelijk was dat Sir Jim een voorliefde voor Zoe had, was Marcus toch een van de slechts twee kleinkinderen.

Maar het voorlezen van het testament was anders verlopen dan verwacht en voor het eerst in zijn leven had hij echte bitterheid gevoeld. Zijn innerlijke zelfvertrouwen en zijn optimisme waren in een handomdraai vervlogen. Hij voelde zich een mislukkeling.

Zit ik in een of andere crisis, vroeg hij zich af.

De telefoon ging en haalde hem uit zijn gedachten. Met tegenzin nam hij op toen hij zag wie er belde. 'Hoi, Zo. Luister, het spijt me van laatst. Ik heb me misdragen. Ik... ben de laatste tijd mezelf niet.'

'Het geeft niet.' Hij hoorde haar aan de andere kant van de lijn diep zuchten. 'Dat geldt voor ons allemaal. Heb je mijn sms gekregen? Je bent toch niet vergeten dat je me vanavond naar die première zou begeleiden?'

'Eh... toch wel.'

'Marcus! Zeg niet dat je niet kunt! Ik heb je echt nodig.'

'Heeft ten minste íemand me nog nodig.'

'Hou op met kniezen, stap onder de douche en ik zie je over een uur in de American Bar van het Savoy. Ik trakteer.'

'Gul, hoor,' grapte hij, waarna hij er gauw aan toevoegde: 'Sorry, ik ben een beetje down.'

'Oké. Ik zie je om zeven uur. Dan praten we verder. Ik luisterde laatst namelijk wel echt naar je.'

'Dank je, zus. Tot zo,' mompelde Marcus.

Die avond zat hij met zijn tweede glas whisky voor zijn neus aan de bar van een schaars verlichte art-decolounge toen Zoe eindelijk binnenkwam in een zwarte strapless avondjurk en diamanten druppels als oorbellen, en alle hoofden, van mannen én vrouwen, bewonderend met haar mee draaiden.

'Wauw, Zo. Je ziet er stralend uit,' zei hij, waarna hij onbewust met zijn hand over de gekreukelde pantalon ging die hij uit zijn berg vuile was had gevist.

'Echt?' vroeg ze nerveus terwijl ze hem een kus gaf en ging zitten. Ze streek met haar hand over haar haren. 'Wat vind je ervan? Niet te ouderwets?'

Marcus bekeek het sluike goudkleurige haar van zijn zus, dat was opgestoken in een of ander chic kapsel.

'Je bent net Grace Kelly, elegant en stijlvol. Oké?' zei hij. 'Genoeg zo?'

'Ja,' antwoordde ze met een glimlach. 'Dank je.'

'Meestal maak je je niet zo druk om je uiterlijk. Wat is er?'

'Niets, niets. Wil je een glas champagne voor me bestellen?'

Hij deed wat ze vroeg. Zoe tilde haar glas naar haar lippen, dronk het half leeg en zette het toen weer op tafel.

'Dat had ik nodig.'

'Je lijkt mij wel, Zo,' zei hij grijnzend.

'Nou, laten we hopen dat mijn halve glas champagne niet hetzelfde effect op mijn voorkomen heeft als die whisky op het jouwe gehad lijkt te hebben. Je ziet er verschrikkelijk uit, Marcus.'

'Om eerlijk te zijn voel ik me ook zo. Heb je nog bedacht hoe je me die honderdduizend pond gaat lenen?'

'Tot het testament is bekrachtigd heb ik het geld simpelweg niet.'

'Je kunt het toch wel ergens lenen met wat jij gaat ontvangen in het vooruitzicht? Alsjeblieft, Zo,' drong hij weer aan. 'Als ik niet gauw over de brug kom, wordt het project onder mijn neus weggekaapt.'

'Ik weet het en ik geloof je. Echt.'

'Dank je. En jij bent toch ook wel een beetje pissig op onze opa? Sorry hoor, maar wat moet een tienjarig joch met miljoenen ponden? Kun je je voorstellen hoeveel dat zal zijn als Jamie over elf jaar eenentwintig is?'

'Ik begrijp dat het je gekwetst heeft, maar het is niet eerlijk om Jamie de schuld te geven.'

'Nee.' Marcus dronk zijn glas leeg en bestelde nog een whisky. 'Ik weet het gewoon niet meer. Alles gaat verkeerd. Ik word dit jaar vierendertig. Misschien is dat het, misschien is het de naderende middelbare leeftijd wel. Ik ben zelfs gestopt met seks.'

'Jezus, dat is pas ernstig.' Zoe rolde met haar ogen.

'Weet je,' zei hij en hij wees met zijn sigaret naar haar, 'dat is precies de reactie die ik van mijn familie verwachtte. Me vanuit de hoogte als een kind behandelen.'

'Dat kun je ons toch niet kwalijk nemen? Je zult moeten toegeven dat je jezelf gedurende de jaren aardig vaak in de nesten hebt gewerkt.'

'Ja, maar nu, nu ik een doel heb waaraan ik volledig ben toegewijd, wil niemand me meer geloven of steunen.'

Zoe nipte aan haar champagne en keek op haar horloge. De première begon over vijfentwintig minuten. Dan zou ze hem weer in levenden lijve zien... Haar hartslag sloeg op hol en ze voelde zich misselijk worden.

'We moeten gaan. Vraag jij even de rekening?'

Marcus wenkte een kelner en Zoe pakte een sigaret uit het pakje.

'Ik wist niet dat jij rookte, zus?'

'Doe ik ook niet. Niet vaak, tenminste. Luister.' Ze inhaleerde, maar voelde zich er nog beroerder door en drukte de sigaret snel uit in de asbak. 'Ik heb misschien een oplossing voor jouw probleem bedacht, maar ik moet het eerst met pap bespreken.'

'Dan wordt het sowieso niets. Hij heeft zijn vertrouwen in me opgezegd.'

'Laat het maar aan mij over.'

'Wat is het dan? Vertel het alsjeblieft, dan kan ik vanavond weer slapen,' smeekte hij.

'Nee, pas als ik hem heb gesproken. Bedankt.' Zoe legde haar creditcard in het leren mapje waarin de kelner haar de rekening had gegeven. 'Heb je voor nu genoeg geld om van te leven? Of heb je wat nodig?'

'Om eerlijk te zijn...' gaf Marcus toe. Hij kon haar er niet bij aankijken. 'Ik ben aan mijn laatste centen toe en sta op het punt uit mijn smerige flat te worden gegooid omdat ik de huur van vorige maand nog niet heb betaald.'

Zoe pakte een chequeboekje uit haar clutch. Ze schreef een cheque voor hem uit. 'Alsjeblieft. Het is wel een lening. Het komt van mijn spaarrekening en ik wil het terug hebben als het testament is bekrachtigd.'

'Natuurlijk. Dank je wel. Heel lief van je.' Hij vouwde de cheque op en schoof hem in de zak van zijn colbertje.

'En geef het alsjeblieft niet uit aan whisky. Oké, we gaan.'

Ze namen een taxi naar Leicester Square, die door het verkeer op Piccadilly Circus maar mondjesmaat vooruitkroop.

'Had je een grote rol in die film?' vroeg Marcus haar.

'De grootste bijrol. Misschien vind zelfs jij het mooi. Het is een goeie film, low budget, betekenisvol,' voegde ze eraan toe.

Het gebied rond de voorkant van het Odeon aan Leicester Square was afgezet. Nerveus schoof Zoe een haarlok achter haar oor. 'Oké. Daar gaan we.' Ze stapte uit, huiverde in de koude miezerregen en liet haar blik over de menigte gretige toeschouwers gaan. Dit was een productie zonder Hollywoodster of special effects, maar ze wist voor wie deze mensen kwamen. Een groot aantal schijnwerpers stond gericht op de gigantische poster op de gevel van het gebouw. Zoe's gezicht was daarop half verborgen achter dat van de hoofdrolspeelster, de wulpse Jane Donohue.

'Wauw, was ik nou maar op de set komen kijken,' grapte haar broer toen hij opkeek naar de poster met de leading lady.

'Wel aardig tegen haar doen, oké?' Zoe pakte instinctief Marcus' hand vast op de rode loper.

'Ben ik dan weleens níét aardig tegen een mooie vrouw?' vroeg hij.

'Je snapt best wat ik bedoel. En beloof dat je vanavond dicht bij me blijft.' Ze kneep in zijn hand.

Hij haalde zijn schouders op. 'Wat je wilt.'

'Dat wil ik.'

Camera's flitsten toen ze de foyer in liepen, die was gevuld met de gewoonlijke mengelmoes van soapsterren, comedians en mensen die beroemd waren om het beroemd zijn. Zoe nam een glas wijn aan en keek zenuwachtig om zich heen. Hij was er duidelijk nog niet.

Sam, de regisseur, begroette haar enthousiast met twee kussen. 'Lieverd, gecondoleerd met die arme Sir James. Ik had naar de herdenkingsdienst willen komen, maar ik moest nog zoveel hiervoor doen.'

'Geeft niet, Sam. Het was goed zo. Aan het eind was hij er echt heel slecht aan toe.'

'Rouw staat je goed, Zoe.' Sam keek vol bewondering naar haar. 'Je ziet er geweldig uit. Er wordt lekker veel over de film gepraat, en deze koninklijke liefdadigheidspremière was een meesterzet van de pr-mensen. Morgen staan we in alle kranten, helemaal met jou in die jurk.' Hij kuste haar hand en glimlachte. 'Geniet ervan, schat. Zie je zo weer.'

Zoe draaide zich om. Ondanks haar smeekbede was Marcus al verdwenen. 'Verdomme!' Ze voelde de adrenaline door haar hele lijf gieren en haar hoofd tolde. Ze besloot dat ze het volste recht had zich bangelijk en onvolwassen te gedragen, dus verstopte ze zich in het damestoilet om te proberen haar luid bonzende hart te kalmeren. Net toen de lampen uitgingen in de zaal, nam ze naast Marcus op haar stoel plaats.

'Waar was je?' siste hij.

'Het toilet. Ik ben aan de dunne.'

'Charmant,' snoof hij toen de openingstitels verschenen.

Zoe zat de film in een staat van verdoving uit. De gedachte dat híj hier was, in deze bioscoopzaal, waarschijnlijk maar een paar meter bij haar vandaan, en ze voor het eerst in meer dan tien jaar dezelfde lucht inademden, bezorgde haar zoveel verwarrende, intense emoties dat ze dacht dat ze het einde van de film niet zou halen zonder flauw te vallen. Na al die tijd waarin ze zichzelf had voorgehouden dat het niet meer dan een kalverliefde was geweest, moest ze toegeven dat die scherpe, diepe gevoelens haar nog steeds niet hadden verlaten. Ze had Jamie als excuus gebruikt voor het gebrek aan vriendjes in haar leven omdat ze hem niet wilde verwarren met een hele reeks verschillende mannen, maar vanavond wist Zoe dat ze zichzelf alleen maar voor de gek hield.

En hoe verdrijf je een geest uit het verleden? Die kom je onder ogen. Als ze zichzelf ooit wilde bevrijden uit zijn onzichtbare greep, moest ze een einde maken aan de fantasie die ze gedurende de jaren in haar hoofd had opgebouwd. Hem weer in levenden lijve zien, tekenen van imperfectie bij hem proberen te bespeuren, was haar enige hoop op genezing. Bovendien was er alle kans dat hij ondertussen was vergeten wie ze was. Het was

lang geleden en hij ontmoette zoveel mensen. Vooral vrouwen.
Het licht ging aan. Er steeg een daverend applaus op uit de zaal. Zoe greep de stoel met beide handen vast om te voorkomen dat ze weg zou rennen. Marcus gaf haar een kus op haar wang en kneep stevig in haar arm.
'Je was geweldig, zusje, echt. Wil je een rol in mijn nieuwe film?' voegde hij eraan toe.
'Dank je.' Ze bleef als verlamd zitten terwijl de mensen om haar heen de zaal uit dromden en al haar eerdere vastberadenheid samen met hen wegstroomde.
'Zullen we meteen naar huis gaan? Ik heb echt last van mijn buik,' zei ze toen ze eindelijk opstonden en achter de rest aan naar de uitgang liepen.
'Je moet toch zeker eerst wat handjes schudden? Complimenten in ontvangst nemen? Ik heb met Jane Donohue op de afterparty afgesproken.'
'Marcus, je had het beloofd! Breng me alsjeblieft naar huis. Ik voel me echt niet goed.'
'Oké,' zuchtte hij. 'Ik zoek Jane even om het uit te leggen.'
Zoe stond in de drukke foyer en telde de seconden tot haar broer terugkwam en ze weg zouden kunnen. Toen voelde ze een tikje op haar schouder.
'Zoe?'
Ze draaide zich om en al het bloed steeg naar haar hoofd. Daar stond hij. Een beetje ouder, met een paar lijntjes onder zijn warme groene ogen en lachrimpeltjes aan de zijkanten van zijn mond. Maar zijn lijf leek in zijn smoking nog net zo fit als een decennium geleden. Ze gaapte hem aan en zoog elk detail in zich op.
'Hoe gaat het met je?'
Ze schraapte haar keel. 'Goed, dank je.'
'Je ziet er... adembenemend uit. Je bent nóg mooier geworden.' Hij praatte zacht, iets naar haar oor toe geleund. Ze rook zijn geur, die zo bekend was en beangstigend bedwelmend. 'Ik vond het trouwens een heel mooie film. Uitstekend acteerwerk.'
'Dank je wel,' wist ze uit te brengen.

'Meneer...' Een man in een grijs pak verscheen aan zijn zij en wees op zijn horloge.

'Geef me een paar minuten.'

Het grijze pak smolt weer weg in de menigte.

'Het is zo lang geleden,' zei hij weemoedig.

'Ja.'

'Hoe is het je vergaan?'

'Prima. Helemaal prima.'

'Ik las het over je grootvader. Ik had je bijna geschreven, maar ik wist niet of je, eh, iemand had.' Hij keek haar schuin aan en ze schudde haar hoofd.

'Ik heb niemand,' zei ze, waarna ze er meteen van baalde dat ze dat tegenover hem had toegegeven.

'Luister, ik moet nu helaas gaan. Kan ik... Mag ik je bellen?'

'Ik...'

Hij stak zijn hand uit om die op haar wang te leggen, maar hield zich vlak voor hij haar huid raakte in.

Het grijze pak verscheen weer.

'Zoe... Ik...' De pijn was zichtbaar in zijn ogen. 'Tot ziens.' Berustend zwaaide hij een keer en verdween.

In de overvolle foyer was ze zich van niets anders bewust dan dat hij bij haar vandaan liep en haar achterliet voor zaken die prioriteit hadden... zoals het altijd was geweest en altijd zou zijn. Maar desondanks maakte haar verraderlijke hart een sprongetje.

Op onvaste benen trok ze zich weer terug op het damestoilet om tot zichzelf te komen. Terwijl ze naar haar spiegelbeeld staarde, zag ze dat het licht in haar ogen dat tien jaar geleden zo plotseling was gedoofd, nu weer straalde.

Marcus stond in de foyer te wachten. 'Tjonge, je hebt écht ergens last van. Red je het wel tot thuis?'

Ze glimlachte en haakte haar arm door de zijne. 'Natuurlijk.'

Het witte paard

*Het paard is met zijn L-vormige zetten het
meest onvoorspelbare schaakstuk*

5

Joanna was weer te laat. Met ellebogenwerk wurmde ze zich door de opeengepakte lijven en sprong op Kensington High Street uit de bus vlak voor de deuren dichtgingen. Al rennend haalde ze stereotype zakenmannen in zwarte en grijze pakken in met hun hippe koffertjes. De kou stak in haar huid. Ze keek op haar horloge en versnelde nog wat. Het was een tijdje geleden dat ze had hardgelopen in plaats van op de bank met een bak ijs *EastEnders* te kijken. Thuis in Yorkshire liep ze acht kilometer per dag, heuvel op heuvel af nog wel, en hoewel ze had geprobeerd dat regime in Londen vast te houden, was het daar toch anders. Ze miste de frisse, schone lucht van de hei, een glimp van een haas of een slechtvalk. De meest bijzondere wilde dieren die je in Londen zag, waren duiven die beide poten nog hadden.

Hijgend kwam ze bij het gebouw van de *Morning Mail* aan. Ze viel nagenoeg naar binnen door de glazen deur en liet vlug haar pasje zien aan Barry, de beveiliger achter de balie.

'Ha, die Jo, op het nippertje, niet?'

Ze trok een gezicht naar hem en sprong in de openstaande lift, terwijl ze hoopte dat ze niet al te erg zweette. Om tien over liet ze zich eindelijk achter haar overvolle bureau ploffen en zocht tussen de papieren naar haar toetsenbord. Ze keek op. Niemand leek te hebben gemerkt dat ze zo laat was binnengekomen. Tijdens het opstarten van haar computer gooide Joanna de kranten, tijdschriften, oude kopij, onbeantwoorde brieven en foto's in haar bakje binnengekomen post. Ze zei tegen zichzelf dat ze van de week een avond over zou werken om alles op te ruimen, pakte een appel uit haar tas en begon aan de post.

Beste mevrouw Haslem...

'Verkeerd gespeld,' mompelde ze.

Ik wilde u bedanken voor het mooie stuk over mijn zoon toen hij zijn modelvliegtuigje van Airfix aan zijn wang had vastgelijmd. Ik vroeg me af of we u om een kopie van de foto kunnen vragen die bij het artikel verscheen...

Joanna legde de brief bij de binnengekomen post, nam een hap van haar appel en opende de volgende, een uitnodiging om naar de lancering van een 'revolutionair' soort maandverband te gaan. 'Ik pas,' mompelde ze en ze gooide het in het postbakje.

De volgende was een grote, gekreukelde bruine envelop die was geadresseerd in zo'n kriebelig en onleesbaar handschrift dat het haar verbaasde dat hij haar bereikt had. Ze scheurde hem open en haalde de inhoud eruit. Er zaten nog twee enveloppen in, met een stuk postpapier eraan bevestigd.

Beste Joanna Haslam,

Ik ben de vrouw die je een paar dagen geleden naar huis hebt geholpen. Ik zou je willen vragen bij me langs te komen. Het is dringend, want ik heb nu niet lang meer. Ondertussen heb ik alvast twee enveloppen bijgesloten, voor het geval dat. Hou ze te allen tijde goed bij je tot we elkaar weer spreken. Dan heb ik nog meer voor je.
Ik moet je waarschuwen dat dit gevaarlijk is, maar ik heb het gevoel dat je een integere jongedame bent. En het verhaal moet worden verteld. Als ik er al niet meer ben, praat dan met de Witte Dame. Meer kan ik je nu niet vertellen. Ik wacht hier op je en bid dat je op tijd zult zijn.

Ik vertrouw je, Joanna

De ondertekening eronder was onleesbaar.

Terwijl ze bedachtzaam op de appel kauwde, las Joanna de brief opnieuw. Ze gooide het klokhuis in de prullenbak, maakte de kleinere bruine envelop open en haalde er een stuk crèmekleurig postpapier uit dat kraakte van ouderdom toen ze het openvouwde. Ze bekeek het. Het was een brief, met inkt geschreven in een vloeiend, ouderwets handschrift. Er stond geen datum of adres boven.

Allerliefste Sam,

Ik zit hier met mijn pen in de hand en vraag me af hoe ik kan beginnen te beschrijven hoe ik me voel. Een paar maanden geleden kende ik jou nog niet en had ik geen idee hoe mijn leven zou veranderen. Nu ik jou heb ontmoet, zal het nooit meer hetzelfde zijn. Ook al weet ik dat we geen toekomst hebben samen, of een verleden waar iemand ooit achter zal komen, toch verlang ik naar jouw aanraking. Ik heb je nodig om me te beschermen en van me te houden zoals alleen jij dat kunt.
Mijn leven is een leugen die voor altijd zal voortduren.
Ik weet niet hoelang het nog veilig is om elkaar te blijven schrijven, maar ik leg mijn vertrouwen in de loyale handen die mijn boodschap van liefde bij jou zullen bezorgen.
Antwoord op de gebruikelijke manier.

Je ware, ware liefde.

De brief was ondertekend met een initiaal. Het kon een 'B' zijn geweest, of een 'E', een 'R', of een 'F'. Joanna wist het niet. Ze voelde de kracht van de woorden en zuchtte. Wie was de ontvanger? Van wie kwam de brief? Er leken geen aanwijzingen te zijn behalve dat het duidelijk een geheime liefdesrelatie betrof. Ze opende de andere envelop en haalde daar een oud programmaboekje uit.

*Het Hackney Empire presenteert met trots
het geweldige tijdperk van music hall*

De datum was 4 oktober 1923. Ze sloeg het programmaboekje open en bekeek de acts, op zoek naar namen die ze herkende. Sir James Harrison, mogelijkerwijs, want op zíjn herdenkingsdienst had ze de oude dame tenslotte ontmoet. Of misschien was ze zelf een van de actrices? Joanna bestudeerde de vervaagde zwart-witfoto's van de artiesten, maar geen enkele naam of gezicht deed een belletje rinkelen.

Ze pakte de liefdesbrief weer op en herlas hem nogmaals. Ze kon er alleen uit opmaken dat ze naar een brief keek van iemand die op dat moment zo bekend was dat de affaire een schandaal teweeg zou hebben gebracht.

Zoals de oude vrouw had aangenomen, was haar journalistieke nieuwsgierigheid gewekt. Joanna stond op van achter haar bureau om een paar kopieën van beide brieven te maken. Daarna stopte ze ze samen met de originelen en het programmaboekje veilig terug in de onopvallende bruine envelop, die ze in haar rugzak schoof voordat ze naar de lift liep.

'Jo! Kom eens!'

Alec hield haar net tegen op het moment dat ze door de deur naar de vrijheid wilde ontsnappen. Ze aarzelde, maar liep toen toch naar zijn bureau.

'Waar ga je heen? Ik heb een klus voor je. Je mag bij De Rooie en haar geliefde posten. En denk maar niet dat ik niet heb gezien dat je te laat was.'

'Sorry, Alec, ik was net onderweg om iets te checken.'

'O ja? Wat dan?'

'Een tip. Kan wat zijn.'

Hij keek naar haar, zijn ogen nog niet helemaal helder van de kater van gisteren. 'Heb je al contact gelegd?'

'Nee, nog niet echt, maar mijn onderbuik zegt me dat ik erheen moet.'

'Je onderbuik, hè?' Hij klopte met zijn hand op zijn aanzienlijke pens. 'Met een beetje mazzel ontwikkel je op een dag net zo'n onderbuik als ik.'

'Alsjeblieft, Alec? Ik ben wel voor je naar die herdenkingsdienst geweest terwijl ik doodziek was.'

'Oké, toe maar. Maar om twee uur moet je terug zijn. Tot die tijd stuur ik Alice wel naar De Rooie.'

'Dank je.'

Buiten hield Joanna een taxi aan en gaf het adres in Marylebone High Street. Veertig minuten later arriveerde ze voor de deur van het huis van de oude dame. Lopen was nog sneller geweest, dacht ze terwijl ze de chauffeur betaalde en een bonnetje vroeg om te kunnen declareren, waarna ze uitstapte en de bellen bij de deur bekeek. Ze drukte op de onderste en wachtte op een reactie. Er kwam geen geluid van voetstappen, dus drukte ze nog een keer.

Niets.

Joanna probeerde de bovenste. Weer niemand.

Nog één keer, wie weet...

Eindelijk ging de voordeur op een kier open.

'Wie is daar?' Het was een vrouwenstem.

'Ik ben hier voor de oude dame die in de linkermaisonnette woont.'

'Het spijt me, maar ze is er niet meer.'

'O, echt? Is ze verhuisd?'

'Zo zou je het kunnen noemen.'

'O.' Joanna liet haar hoofd hangen. 'Weet u waar ze naartoe is? Ik kreeg vanmorgen een brief van haar, waarin ze schreef dat ik haar moest komen opzoeken.'

De deur ging iets verder open en een stel bruine ogen tuurde naar buiten. 'Wie ben je?' De warme blik ging over Joanna's spijkerbroek en marineblauwe wollen jas.

'Ik ben... haar achternichtje,' improviseerde ze. 'Ik heb maanden in Australië gezeten.'

De blik in de ogen veranderde op slag en Joanna dacht er nu medeleven in te zien. 'Kom in dat geval maar even binnen.'

Ze liep door een donkere gang naar een deur aan de rechterkant van de entree en betrad een vergelijkbare maisonnette als die van de oude vrouw. Alleen voelde deze meer als een thuis.

'Kom binnen.' De vrouw gebaarde dat ze in de erg warme, rommelige woonkamer op de roze dralon bank moest gaan zitten. 'Ga lekker zitten.'

'Bedankt.' Joanna keek naar haar gastvrouw met het vriendelijke, open gezicht, die op de stoel naast de gashaard plaatsnam. Ze schatte haar ergens in de zestig.

'Ik heet trouwens Joanna Haslam,' zei ze met een glimlach. 'En hoe heet u?'

'Muriel, Muriel Bateman.' Ze bekeek Joanna aandachtig. 'Je lijkt helemaal niet op je tante.'

'Nee, ja, dat komt omdat... ze met mijn oudoom was getrouwd, als u begrijpt wat ik bedoel. Eh, weet u waar... mijn tante is?'

'Ja, lieverd, ik vrees van wel.' Muriel legde haar hand op die van haar. 'Ik heb haar zelf gevonden.'

'Gevónden?'

Ze knikte. 'Ze is dood, Joanna. Het spijt me.'

'O. O nee!' Ze hoefde de schok niet te veinzen. 'Hoelang al?'

'Sinds vorige week woensdag. Een week alweer.'

'Maar... Maar ik kreeg vanmorgen een brief van haar! Hoe kan ze die dan hebben verstuurd?' Ze pakte de envelop uit haar tas en keek naar het poststempel. 'Kijk, deze is afgelopen maandag verzonden, vijf dagen nadat ze volgens u is gestorven.'

'Och, hemel.' Muriel bloosde. 'Dat is vrees ik mijn fout. Zie je, Rose gaf me de brief vorige week dinsdagavond om op de post te doen. Door de schok dat ik haar de volgende dag vond en de politie en alles ben ik hem natuurlijk helemaal vergeten. Ik heb hem pas een paar dagen geleden op de post gedaan. Sorry, lieverd. Zal ik wat thee zetten? Je bent vast erg geschrokken.'

Ze kwam terug met een dienblad met daarop een theepot onder een oranje theemuts, kopjes, melk, suiker en een schoteltje chocoladebiscuitjes. Ze schonk de donkere vloeistof in twee kopjes.

'Bedankt.' Joanna nipte aan haar thee terwijl Muriel weer op haar stoel ging zitten. 'Waar hebt u haar gevonden? In bed?'

'Nee. Onderaan de trap in haar hal. Helemaal dubbelgevouwen als een pop, lag ze...' Muriel huiverde. 'De schrik in de ogen van het arme schaap vergeet ik nooit meer... Sorry, maar ik lig er al een paar nachten wakker van.'

'Dat kan ik begrijpen. Arme, arme tante. Ze zal wel van de trap zijn gevallen, denkt u niet?'

'Ik weet het niet.' Muriel haalde haar schouders op.

'Hoe kwam ze de afgelopen weken op u over? Omdat ik weg was, hebben we niet zoveel contact gehad.'

'Nou...' Muriel pakte een koekje en nam een hap. 'Zoals je zult weten, was je tante hier pas een paar weken. De maisonnette hiernaast stond al een eeuwigheid leeg en plotseling zie ik eind november een broos, oud dametje arriveren. En een paar dagen later al die theekisten. Ze is er nooit aan toe gekomen ze uit te pakken. Als je het mij vraagt, denk ik dat ze wist dat ze niet lang meer had... Hè, wat naar nou allemaal.'

Joanna beet op haar lip. Ze voelde oprecht verdriet om de oude vrouw en wachtte tot Muriel verder zou vertellen.

'Ik heb haar de eerste paar dagen niet gestoord. Kon ze zich eerst even installeren voor ik me aan haar voorstelde. Maar ze leek nooit het huis te verlaten, dus heb ik op een dag op de deur geklopt. Ik maakte me zorgen, snap je, omdat ze zo broos was en ik nooit iemand dat vreselijke, vochtige hok in of uit zag gaan. Maar er werd niet opengedaan. Ik denk dat het halverwege december was dat ik ineens een kreet hoorde bij onze gezamenlijke entree. Het klonk als een kitten, zo zwak en iel. En daar lag ze, op de vloer in de hal met haar jas aan. Ze was over haar drempel gestruikeld en kon niet meer overeind komen. Ik heb haar natuurlijk omhooggehesen en hierheen gebracht, zodat ze even kon zitten. En een kop thee gemaakt, net als vandaag voor jou.'

'Had ik maar geweten dat het zo slecht met haar ging,' zei Joanna. De leugen gleed ongemakkelijk over haar lippen. 'In haar brieven klonk ze altijd zo opgewekt.'

'Als het enige troost biedt, dat zeggen we allemaal achteraf. Ik maakte gigantische ruzie met mijn Stanley en de volgende dag viel hij dood neer door een hartaanval. Maar goed, ik vroeg je tante waar ze hiervóór had gewoond. Ze zei dat ze heel lang in het buitenland had gezeten en pas recentelijk was teruggekomen. Ik vroeg of ze hier familie had en ze schudde haar hoofd, zei dat de meesten nog in het buitenland waren. Daar bedoelde ze vast jou mee. Toen heb ik haar gezegd dat als ze boodschappen nodig had of als er medicijnen gehaald moesten worden, ze het maar hoefde te vragen. Ik weet nog dat ze me heel beleefd bedankte voor het aanbod en vroeg of ik wat blikken soep voor haar kon halen. Dat was ze van plan geweest zelf te doen toen ze viel, zie je.' Muriel schudde haar hoofd. 'Ik vroeg nog of ik een dokter moest bellen om haar even te onderzoeken na die val, maar dat wilde ze niet. Toen het tijd was om haar naar haar eigen woning te brengen, kon het arme ding amper op haar benen staan. Ik moest haar de hele weg ondersteunen. Nou, en toen ik die akelige kamer zag waarin ze leefde, met al die theekisten en die verschrikkelijke stank, kan ik je wel vertellen dat dat me choqueerde.'

'Mijn tante was altijd al een beetje excentriek,' opperde Joanna zwakjes.

'Ja, nou, sorry dat ik het zeg, maar ook een beetje onhygiënisch. Dat arme, oude mensje. Ik heb natuurlijk voorgesteld de sociale dienst te bellen, zodat ze iemand konden sturen, maaltijdservice regelen en buurtzorg om haar te wassen, maar dat maakte haar zo van streek dat ik dacht dat ze ter plekke het loodje zou leggen. Dus ik liet het er maar bij. Wel stond ik erop dat ze me een sleutel van haar voordeur gaf. Ik zei: "Stel dat u weer valt en de deur op slot is en ik er niet in kan om u te helpen?" Dus daar stemde ze uiteindelijk mee in. Ik heb beloofd hem alleen af en toe te zullen gebruiken om te kijken of alles goed met haar was. Ze bleef maar aan de gang over die sleutel en dat ik hem goed moest wegstoppen en niemand mocht vertellen dat ik een reservesleutel had.' Muriel zuchtte en schudde haar hoofd. 'Ze was echt een aparte. Nog thee?'

'Ja, alstublieft. Mijn tante had onafhankelijkheid altijd hoog in het vaandel staan.' Joanna bezweek en pakte een chocoladebiscuitje.

'Ja, en kijk eens wat ervan is gekomen,' snoof Muriel terwijl ze de thee bijvulde. 'Nou ja, vanaf dat moment ben ik één keer per dag bij haar gaan kijken. Meestal zat ze in bed tegen een stapel kussens aan geleund brieven te schrijven die ik voor haar postte, soms deed ze een dutje. Ik maakte er een gewoonte van haar wat avondeten te brengen, of een kopje soep of wat geroosterd brood. Ik moet toegeven dat ik nooit lang bleef, want ik werd misselijk van die geur. Met kerst ging ik op bezoek bij mijn dochter in Southend, maar de zesentwintigste was ik weer terug. Op het haltafeltje stond een kaart voor me klaar. Ik nam hem mee naar binnen en maakte hem open.'

Joanna leunde naar voren. 'Van mijn tante?'

'Ja. Hij was schitterend. Zo'n dure, weet je wel, die je per stuk koopt en niet met meerdere in een doosje. Met vulpen in dat prachtige ouderwetse handschrift van haar schreef ze: "Muriel, bedankt voor je vriendschap. Ik zal het niet vergeten, Rose."' Ze pinkte een traan weg. 'Ik moest ervan huilen. Jouw tante moet een dame zijn geweest, hoog opgeleid en alles. Om haar nu in die toestand te zien...' Ze schudde haar hoofd. 'Ik heb aangeklopt om haar te bedanken voor de kaart en heb haar overgehaald hier bij de haard te komen opwarmen met een pasteitje.'

'Bedankt dat u zo aardig voor haar bent geweest.'

'Dat is het minste wat ik kon doen. Het was een kleine moeite. En we hebben gezellig gekletst. Ik heb haar weer naar haar familie gevraagd en of ze misschien kinderen had. Ze werd lijkbleek, schudde haar hoofd en veranderde van onderwerp, dus ik heb niet aangedrongen. Ze was zichtbaar verzwakt tijdens de kerst. Er was niets van haar over, vel over been was ze. En die nare hoest was erger geworden. Vlak na kerst werd mijn zus in Epping ziek en zij vroeg me een weekje bij haar te logeren om voor haar te zorgen. Ik ben natuurlijk gegaan. Een dag voor het arme, oude mensje stierf, kwam ik terug.'

'En toen gaf ze u die brief om te posten?'

'Ja. Op de avond dat ik terugkwam, ben ik bij haar gaan kijken. Ze was er verschrikkelijk aan toe, trilde als een rietje en was zo gespannen als een veer. En haar ogen... Er lag een blik in... Ik weet niet.' Muriel huiverde. 'Maar, ja, ze gaf me de brief en smeekte me hem zo snel mogelijk op de bus te doen. Ik zei dat ik dat natuurlijk zou doen. Toen pakte ze mijn hand vast en kneep erin, heel stevig, en gaf me een klein doosje. Ik moest het van haar openmaken en er zat een prachtig gouden medaillon in. Niets voor mij, veel te teer. Je kon zien dat het gedetailleerd was afgewerkt en het was van puur goud. Ik zei natuurlijk meteen dat ik zo'n duur cadeau niet kon aannemen, maar ze stond erop dat ik het hield en werd heel boos toen ik het probeerde terug te geven. Het raakte me wel. Ik ging weer naar mijn eigen woning en besloot ter plekke dat ik zou zorgen dat er, wat ze ook zei, de volgende dag een dokter naar haar zou kijken. Maar de volgende dag was het al te laat.'

'O, Muriel, had ik het maar geweten...'

'Neem het jezelf niet kwalijk. Ik had die brief meteen moeten posten, zoals ze vroeg. Maar mocht het nog enige troost zijn, ook tegen de tijd dat hij dan zou zijn aangekomen, was ze er al niet meer geweest. Ik vond haar de volgende ochtend om tien uur. Onderaan de trap, zoals ik je al vertelde. Wil je een cognacje? Ik kan er wel eentje gebruiken.'

'Nee, bedankt, maar neem vooral.' Muriel ging naar de keuken om een borrel in te schenken.

Joanna dacht na over wat ze tot nu toe te weten was gekomen. 'Ik vraag me af wat mijn tante onderaan de trap deed?' mijmerde ze hardop toen Muriel terugkwam. 'Als ze zo zwak was, kon ze toch nooit zelf naar boven zijn gegaan?'

'Dat zei ik ook tegen de ambulancebroeder,' zei Muriel. 'Hij dacht dat ze haar nek had gebroken, en de kneuzingen op haar hoofd, armen en benen leken hem gelijk te geven. Toen zei ik ook al dat Rose nooit alleen de trap kon hebben beklommen.' Muriel haalde haar schouders op. 'Bovendien, waarom zou ze het willen? Er was boven helemaal niets.' Ze bloosde een beetje. 'Ik heb een keer een kijkje genomen, gewoon uit nieuwsgierigheid.'

Joanna fronste. 'Dat is heel vreemd, ja.'

'Ja, hè! De politie moest natuurlijk ook gebeld worden en toen ze kwamen, stelden ze een heleboel vragen, zoals wie ze was en hoelang ze daar had gewoond en zo. Ik was er erg door van slag. Toen ze was weggehaald, heb ik een koffer gepakt, mijn dochter gebeld en ben daar een paar dagen gaan logeren...' Muriel pakte haar cognac. 'Ik deed alleen maar mijn best.'

'Natuurlijk. Weet u waar ze haar naartoe hebben gebracht?'

'Naar het mortuarium, denk ik. Tot iemand haar zou opeisen, het arme ding.'

De twee vrouwen zaten een poosje in stilte in het vuur te staren. Joanna kwam in de verleiding nog meer vragen te stellen, maar ze zag dat Muriel van streek was. Uiteindelijk zei ze: 'Laat ik maar even binnen gaan kijken, zodat ik kan bedenken wat ik met mijn tantes spullen ga doen.'

'Alles is al weg,' zei Muriel abrupt.

'Wat? Waarheen dan?'

'Dat weet ik niet. Ik was een paar dagen bij mijn dochter, zoals ik al zei. Toen ik terugkwam en mezelf binnenliet in haar huis, om de geest te bezweren of ik weet niet precies waarom, was het leeg. Er is daar helemaal niets meer.'

'Maar... wie kan alles hebben meegenomen dan? Al die theekisten?'

'Ik dacht dat de familie misschien op de hoogte was gebracht en de boel had leeggehaald. Heb je hier nog andere verwanten die dat gedaan kunnen hebben?'

'Eh, nee. Ze zitten allemaal in het buitenland, zoals Rose al zei. Ik ben als enige in Engeland op het moment...' Joanna's stem stierf weg. 'Waarom is alles weg?'

'Dat moet je niet aan mij vragen,' antwoordde Muriel. 'Ik heb de sleutel nog als je het met eigen ogen wilt zien? Het stinkt nu niet meer zo erg. Degene die alles heeft weggehaald, is ook flink in de weer geweest met ontsmettingsmiddel.'

Joanna liep achter Muriel aan en keek toe terwijl ze de deur aan de overkant van de gang openmaakte.

'Ik zal blij zijn als er een nieuwe huurder komt. Een jong gezin zou fijn zijn, weer een beetje leven in de brouwerij. Vind je het erg als ik je alleen laat? Het bezorgt me nog steeds de kriebels.'

'Dat is goed, hoor. Ik heb u al lang genoeg opgehouden. Mag ik uw telefoonnummer, voor het geval ik nog iets wil weten?'

'Ik schrijf het wel voor je op. Kom het maar halen als je de sleutel terugbrengt.'

Joanna stapte Rose' huis binnen en trok de deur achter zich dicht. Ze deed het licht aan in het kleine halletje en keek naar de steile, ongelijkmatige treden aan haar rechterkant. Ze wist dat de vrouw die ze twee weken eerder de kerk uit had geholpen, net zomin als een pasgeboren baby in staat was geweest die trap te beklimmen. Langzaam liep ze naar boven. Elke tree kraakte luidruchtig. Bovenaan de trap was een kleine overloop met aan beide zijden een lege, vochtige kamer. Ze liep erdoorheen, maar er was daar niets dan vier muren en een kale vloer. Zelfs de ramen waren onlangs gelapt. Ze keek neer op een binnenplaats vol onkruid achter het gebouw. Op de overloop ging ze met haar tenen op de rand van de bovenste tree staan. De val was niet meer dan vierenhalve meter, maar vanaf hier leek het véél verder...

Ze liep de trap weer af en snoof de lucht op in de woonkamer waar Rose de laatste dagen van haar leven tussen de theekisten had gewoond. Er hing een licht onaangename geur, maar meer niet. Zoals Muriel al had gezegd, was de kamer helemaal leeggehaald. Joanna kroop op handen en voeten over de vloer op zoek naar iets wat een eerder paar ogen gemist kon hebben. Niets.

Ze inspecteerde de badkamer en de keuken en ging toen weer in de gang onderaan de trap staan, waar Muriel Rose had gevonden.

Ik heb nu niet lang meer... ik moet je waarschuwen dat dit gevaarlijk is... als ik er al niet meer ben...

Er liep een rilling over Joanna's rug toen ze besefte dat het heel goed mogelijk was dat Rose was vermoord.

De vraag was: waarom?

De motor van de auto die aan de overkant van de straat stond geparkeerd, startte toen Joanna de voordeur uit kwam. Marylebone High Street was vol verkeer. Hij keek toe hoe ze buiten een paar seconden stond te weifelen, waarna ze linksaf ging en om een hoek verdween.

6

Joanna bracht een lange, natte middag in de stromende regen door in Chelsea, op een hoopje met andere verslaggevers en fotografen voor het huis van 'De Rooie', zoals haar bijnaam onder Joanna's collega's was.
Uiteindelijk sprintte het roodharige topmodel dat naar verluidt een relatie had met een ander vrouwelijk model haar voordeur uit. Fototoestellen flitsten toen De Rooie door de menigte heen naar haar wachtende taxi rende.
'Oké. Ik ga erachteraan' zei Steve, Joanna's fotograaf. 'Ik bel je als ik weet waar ze heen gaat. Ik gok het vliegveld, dus ga maar niet zitten wachten.'
'Oké.' Ze keek toe hoe ook de andere fotografen op hun motor stapten en het groepje verslaggevers uiteenging in de regenachtige schemering. Gefrustreerd kreunend liep ze naar metrostation Sloane Square. De winkels aan King's Road hingen vol met uitverkoopbordjes, die net zo'n gedeprimeerd gevoel van post-kerstmoeheid uitstraalden als zij. In de metro staarde ze nietsziend naar de reclamepanelen boven haar hoofd.
Posten was zulk ondankbaar werk. Uren, soms dagen rondhangen terwijl je wist dat je niet meer uit de persoon zou kunnen krijgen dan 'Geen commentaar'. Bovendien tartte het haar gevoel van menselijk fatsoen. Al wilde De Rooie een dampende relatie met een schaap onderhouden, daar had toch verder niemand iets mee te maken? Maar zoals Alec haar constant in herinnering bracht, was er op de nieuwsredactie van een landelijke krant geen ruimte voor normen en waarden. De lezers hadden een onverzadigbare honger naar alles wat obsceen en sexy was. Met een foto van De Rooie op de voorpagina morgen zouden ze tienduizend extra exemplaren verkopen.

In Finsbury Park stapte Joanna uit de metro en liep naar de roltrap. Toen ze boven was keek ze op haar mobieltje. Ze had een kort voicemailbericht van Steve.

'Ik had gelijk. Ze zit over een uur in een vliegtuig naar de vs. Fijne avond.'

Ze stopte haar telefoon weg en liep naar de rij bij de bushalte.

Joanna was na haar gesprek met Muriel te druk met werk geweest om na te denken over alles wat ze te weten was gekomen en ze was benieuwd wat Simon hier allemaal van zou maken. Op de terugweg pende ze alles neer wat ze zich kon herinneren, hopend dat ze niets was vergeten.

Uiteindelijk stopte de bus voor Simons appartement. Ze stapte uit en liep vlot de straat over, zo in gedachten verzonken dat ze niet merkte dat achter haar een man met de schaduwen versmolt.

Simon woonde op de bovenste verdieping van een grote, tot appartementen omgebouwde villa bovenaan Highgate Hill, met een prachtig uitzicht over het groen en de daken van Noord-Londen. Hij had het twee jaar geleden gekocht en volgens hem werd het ruimtegebrek aan de binnenkant meer dan goed gemaakt door het gevoel van ruimte dat je kreeg als je naar buiten keek. In Londen wonen was voor hen allebei een enorme opoffering. Yorkshire zat nog steeds in hun hart en ze verlangden naar de rust, de stilte en leegte van de hei waar ze waren opgegroeid. Dat was waarschijnlijk ook de reden dat ze op nog geen tien minuten van elkaar in een lommerrijke buitenwijk van Londen terecht waren gekomen. Joanna was jaloers op zijn uitzicht, maar tevreden in haar eigen aparte appartementje onderaan de heuvel in het goedkopere Crouch End. Oké, dubbelglas en een fatsoenlijke badkamer waren een luxe waarvan haar weerspannige huisbaas nog nooit had gehoord, maar haar buren waren aardig en rustig, wat heel wat waard was in Londen.

Ze belde aan en het veiligheidsslot sprong open. Ze sjokte de zesenzeventig treden op en bereikte hijgend zijn voordeur. Die stond al open. Heerlijke etensgeuren dreven haar tegemoet op de muziek van een Fats Waller-cd.

'Hallo!'

'Jo, kom erin,' riep Simon vanuit de kleine keuken in een hoek van de open ruimte.

Joanna zette een fles wijn op de ontbijtbar die de keuken van de woonkamer scheidde. Met een rood gezicht van de opstijgende stoom uit de steelpan waarin hij had staan roeren, legde Simon zijn houten lepel neer en kwam naar haar toe om haar een knuffel te geven.

'Hoe gaat-ie?'

'Eh... wel goed.

Hij hield haar bij haar schouders vast en keek haar indringend aan. 'Treur je nog steeds om die lapzwans?'

'Een beetje, ja. Maar het gaat al een stuk beter. Echt.'

'Mooi. Nog iets van hem gehoord?'

'Niks. Ik heb al zijn spullen in vier vuilniszakken gestopt en in de hal gezet. Als hij ze de komende maand niet komt halen, gaan ze naar de stort. Ik heb wijn meegebracht.'

'Twee keer heel mooi,' zei Simon knikkend en hij pakte twee glazen uit een kastje boven zijn hoofd en gaf haar de kurkentrekker. Ze maakte de fles open en schonk een flinke hoeveelheid wijn in beide glazen.

'Proost,' toostte Joanna. Ze nam een slok. 'En hoe gaat het met jou?'

'Goed. Ga zitten, dan serveer ik de soep.'

Gezeten aan tafel bij het raam keek ze naar de spectaculaire skyline van gebouwen in de verte, die ten zuiden van hen het financiële centrum van Londen vormde, met de hoge roodverlichte daken.

'Ik zou een moord doen om weer een keer echt de sterren te zien, zonder al die lichtvervuiling.' Simon zette een kom soep voor haar neer.

'Ja, hè. Ik ben van plan met Pasen naar huis te gaan. Ga je mee?'

'Misschien. Moet ik even kijken hoe het dan op het werk is.'

'Jezus, wat lekker,' zei Joanna toen ze de dikke zwartebonensoep naar binnen schepte. 'Volgens mij kun je beter stoppen bij de interne veiligheidsdienst en een restaurant openen.'

'Echt niet. Koken doe ik voor de lol. Het is mijn hobby en houdt me geestelijk gezond na een lange dag in het gekkenhuis. Over werk gesproken, hoe is het op het jouwe?'

'Prima.'

'Nog niet op een gigantisch schandaal gestuit? Ontdekt dat een beroemde soapster van parfum is gewisseld?'

'Nee.' Joanna haalde niet-beledigd haar schouders op. Ze wist dat Simon een gruwelijke hekel had aan de roddelpers. 'Maar er is wel iets wat ik met je wil bespreken.'

'O ja?' Hij liep naar de keuken om de soepkommen in de gootsteen te zetten en pakte een exquisiet uitziende lamsrack met geroosterde groenten uit de oven.

'Ja. Een klein mysterie waarop ik ben gestuit. Het kan iets zijn, of niet.' Ze keek toe terwijl hij twee borden vulde en het dampende voedsel naar de tafel bracht, met een kom aromatische jus erbij.

'Voilà, *mademoiselle*.' Simon ging weer tegenover haar zitten.

Joanna overgoot haar lam rijkelijk met de vette jus en nam een hap. 'Wauw! Dit is verrukkelijk.'

'Dank je. Dus, wat voor verhaal?'

'Laten we eerst van het eten genieten. Het is zo vreemd en ingewikkeld dat ik me volledig moet kunnen concentreren om te weten waar ik moet beginnen.'

'Klinkt intrigerend.' Hij trok een wenkbrauw op.

Na het eten waste Joanna af terwijl Simon koffiezette. Daarna vouwde ze haar benen onder zich op een leunstoel.

'Oké, vertel. Ik luister,' zei Simon. Hij gaf haar een mok en ging ook zitten.

'Weet je nog die dag dat je bij me langskwam toen ik er zo kapot van was dat Matthew me had gedumpt? En dat ik vertelde dat ik naar de herdenkingsdienst van Sir James Harrison was geweest en naast een oud vrouwtje had gezeten dat bijna ineenzakte, en dat ik haar naar huis had gebracht?'

'Ja. Die in die kamer vol theekisten woonde.'

'Precies. Nou, vanmorgen ontving ik op het werk een envelop van haar en...'

Joanna vertelde de gebeurtenissen van die dag zo goed en chronologisch als ze kon. Simon nam af en toe een slok koffie terwijl hij aandachtig luisterde.

'Hoe je het ook bekijkt, haar dood wijst maar op één ding,' rondde ze af.

'En dat is?'

'Moord.'

'Dat is een behoorlijke aanname, Jo.'

'Dat vind ik niet. Ik heb bovenaan de trap gestaan waar ze af is gevallen. Die kan Rose met geen mogelijkheid hebben beklommen. En waarom zou ze ook? De bovenverdieping was volkomen leeg.'

'In dit soort situaties moet je zo lateraal mogelijk denken. Heb je er bijvoorbeeld bij stilgestaan dat de kwaliteit van leven van dit oude dametje zo kon zijn geweest dat ze er echt niet meer tegen kon? De logische verklaring is toch zeker dat ze het op de een of andere manier voor elkaar heeft gekregen zichzelf de trap op te slepen en zelfmoord te plegen?'

'Maar hoe zit het dan met de brief die ze me heeft gestuurd? En het programmaboekje van het theater?'

'Heb je ze bij je?'

'Ja.' Joanna pakte de envelop uit haar rugtas. Ze maakte hem open en gaf Rose' brief aan hem.

Hij las hem vluchtig door. 'En de andere?'

'Hier.' Ze gaf hem de liefdesbrief. 'Voorzichtig. Het papier is heel broos.'

'Natuurlijk.' Simon haalde hem uit de envelop en las de brief.

'Nou, nou,' mompelde hij. 'Fascinerend. Echt fascinerend.' Hij bracht de brief dichter naar zijn gezicht en bestudeerde hem. 'Heb je dit gezien?'

'Wat?'

Hij gaf de brief terug en wees naar wat hem was opgevallen. 'Kijk, er zitten kleine gaatjes langs de rand.'

Joanna keek goed en zag dat hij gelijk had. 'Wat vreemd. Het lijkt wel van spelden of zo.'

'Ja. Geef dat programmaboekje eens.'
Dat deed ze en hij bestudeerde het een tijdje, waarna hij het op de salontafel legde.
'En Sherlock, wat leid je hieruit af?' vroeg ze.
Hij wreef over zijn neus, zoals hij altijd deed als hij nadacht. 'Nou... er is een kans dat dat dametje knettergek was. Die brief kan ze makkelijk ooit van een bewonderaar hebben gekregen die verder geen belangrijk persoon was. Behalve voor haar, natuurlijk. Misschien was haar minnaar een music hall-artiest of zo.'
'Maar waarom zou ze het dan naar mij sturen?' Joanna trok een dubieus gezicht. 'Waarom zou ze schrijven dat het gevaarlijk is? De brief van Rose is behoorlijk netjes opgesteld voor iemand die ze niet allemaal op een rijtje zou hebben.'
'Ik probeer alleen maar alternatieven voor te stellen.'
'En als er geen plausibele alternatieven zijn?'
Simon leunde naar voren en grijnsde naar haar. 'Dan, mijn beste Watson, lijkt het erop dat we hier met een mysterie van doen hebben.'
'Ik ben ervan overtuigd dat Rose niet gek was, Si. En ik ben ook vrij zeker dat ze doodsbang voor iets of iemand was. Maar hoe zoek je zoiets in godsnaam verder uit?' Ze zuchtte. 'Ik zat te denken dat ik het misschien op het werk aan Alec moet laten zien, eens kijken wat hij ervan vindt.'
'Nee,' zei Simon resoluut. 'Daar heb je nog niet genoeg voor. Ik denk dat je er eerst achter moet zien te komen wie Rose wás.'
'Hoe doe ik dat?'
'Je kunt beginnen door naar het plaatselijke politiebureau te gaan, met hetzelfde verhaal dat je Muriel hebt voorgehouden, dat je haar achternichtje bent, net terug uit het land van de koala's. Dan sturen ze je waarschijnlijk naar het mortuarium, als ze tenminste niet al door familie is begraven.'
'Tegen Muriel had ze gezegd dat haar familie in het buitenland zit.'
'Iemand moet toch die theekisten hebben weggehaald. Misschien heeft de politie wel een paar verwanten getraceerd,' zei Simon.

'Zelfs als dat zo is, is het best vreemd dat die kamers binnen achtenveertig uur helemaal zijn leeggehaald. Bovendien kan ik moeilijk naar het politiebureau gaan op zoek naar een tante wier achternaam ik niet weet.'

'Natuurlijk wel. Dan zeg je gewoon dat je al jaren geen contact meer met de rest van de familie hebt, dat ze sinds die tijd misschien is hertrouwd en dat je niet zeker weet welke achternaam ze nu gebruikt.'

'Een goeie. Oké, dat ga ik zo snel mogelijk doen.'

'Cognacje?'

Joanna keek op haar horloge. 'Nee. Ik kan maar beter naar huis gaan.'

'Zal ik je brengen?'

'Nee hoor, ik red me wel. Het is droog en een wandeling zal helpen dat gigantische avondmaal te verteren.' Ze stopte de brief en het programmaboekje in hun envelop en deed ze in haar rugtas. Daarna stond ze op en liep naar de deur. 'Je zoveelste culinaire triomf, Simon. En bedankt voor het advies.'

'Graag gedaan. Maar pas goed op jezelf, Jo. Je weet nooit waar je per ongeluk op kan zijn gestuit.'

'Ik denk niet dat in de theekisten van mijn oude dametje het prototype van een nucleaire bom zit die de Derde Wereldoorlog kan ontketenen, maar zal ik doen.' Ze lachte en Simon gaf haar een kus op haar wang. 'Fijne avond.'

Twintig minuten later, met een fijn gevoel van de verkwikkende wandeling naar Crouch End, stak Joanna de sleutel in het slot van haar voordeur. Ze deed hem weer dicht en tastte met haar hand over de muur naar de lichtknop. Toen ze de woonkamer in liep, schrok ze zich kapot.

Het hele vertrek lag overhoop. Haar kamerhoge boekenkast was omgekiept en de vloer lag bezaaid met honderden boeken. De limegroene bank was toegetakeld met een mes, de stof van het frame en de kussens met geweld aan stukken gescheurd. Plantenpotten lagen ondersteboven, waardoor er overal aarde lag, en haar verzameling Wedgwood-borden lag aan diggelen in de haard.

Ze slikte een snik in, rende naar de slaapkamer, waar ze eenzelfde tafereel aantrof. Haar matras was uit elkaar gerukt en aan de kant gegooid, de matrasbodem eronder opengesneden en geruïneerd. Haar kleren waren uit de lades en kasten getrokken. In de badkamer waren haar potjes met pillen, drankjes en make-up opengemaakt en in het bad gegooid en daar vormden ze een kleurrijke, dikke pap waar een modernist trots op zou zijn. De keukenvloer was een zee van melk, sinaasappelsap en scherven.

Joanna rende terug naar de woonkamer terwijl enorme snikken van ergens diep vanbinnen zich een weg naar buiten baanden. Ze pakte de telefoon en ontdekte dat de kabel uit de muur was gerukt. Hevig trillend zocht ze naar waar ze in de ravage haar rugtas had neergezet en vond hem nog in de gang bij de voordeur. Ze dook erin, trok haar mobiel eruit en met vingers die zo hard beefden dat ze drie keer het verkeerde nummer belde, wist ze uiteindelijk Simon te bereiken.

Tien minuten later stond hij bij haar in de gang, waar ze ongecontroleerd beefde en snikte.

'Jo, wat erg.' Hij trok haar tegen zich aan, maar ze was te hysterisch om getroost te kunnen worden.

'Ga maar kijken!' riep ze. 'Moet je zien wat die klootzakken hebben gedaan! Ze hebben alles kapotgemaakt, alles!'

Simon liep de woonkamer in en nam de ravage in zich op, waarna hij de slaapkamer, badkamer en keuken bekeek. 'Jezus,' mompelde hij terwijl hij over de rotzooi stapte om zich weer bij Joanna in de gang te voegen. 'Heb je de politie al gebeld, zoals ik heb gezegd?'

Ze knikte en liet zich onderuitzakken op de stapel van Matthews kleren die uit een van de opengesneden vuilniszakken in een hoek van de hal puilden.

'Heb je gezien of er iets weg is? Je tv, bijvoorbeeld?' vroeg hij voorzichtig.

'Nee, niet op gelet.'

'Ik kijk wel even.'

Niet veel later was hij weer terug. 'Ze hebben je tv meegenomen, je videospeler, je computer en printer... alles.'

Ze schudde haar hoofd van ontzetting. Blauw licht van een politieauto was nu door het glazen paneel in de voordeur te zien.

Simon liep langs haar heen om de deur open te doen en de politie buiten op het pad te begroeten. 'Hallo, ik ben Simon Warburton.' Hij haalde zijn legitimatiebewijs uit zijn zak.

'O, is het zo'n zaak?' vroeg de agent.

'Nee, ik ben een vriend van het slachtoffer en ze eh... is zich niet bewust van mijn positie,' fluisterde hij.

'Okidoki, meneer. Ik snap het.'

'Ik wilde even wat zeggen voordat jullie naar binnen gaan. Dit was een zeer maniakale en agressieve daad. De dame was zelf godzijdank niet thuis, maar ik stel voor dat je dit uiterst serieus neemt en doet wat binnen je macht ligt om de dader, of daders, te vinden.'

'Natuurlijk, meneer. Na u.'

Joanna kalmeerde kortstondig door de cognac die Simon uit zijn flat had meegebracht. Ze legde een zo duidelijk mogelijke verklaring af aan de politie als haar verbouwereerde brein kon voortbrengen. Daarna stelde Simon voor dat ze voor wat er van die nacht nog restte met hem mee naar huis zou gaan.

'U kunt beter tot morgenochtend wachten met opruimen, mevrouw,' zei de agent.

'Hij heeft gelijk, Jo. Kom, ik neem je mee.' Simon legde een arm om haar schouders en leidde haar door de voordeur, het pad af en zijn auto in. Ze zat ineengedoken op de passagiersstoel. Simon ging op de bestuurdersstoel zitten en startte de motor. Toen hij wegreed, beschenen zijn koplampen het nummerbord van een geparkeerde auto aan de andere kant van de straat. Wat vreemd, dacht hij, terwijl hij links ging rijden en een korte blik in het donkere voertuig wierp. Het was vast toeval, zei hij tegen zichzelf toen hij de heuvel op reed naar zijn flat.

Maar morgen zou hij er toch even achteraan gaan.

7

De telefoon ging precies op het moment dat Zoe klaar was met dweilen.

'Shit!' Ze liet voetafdrukken achter op de vochtige tegels toen ze door de keuken sprintte en opnam net op het moment dat het antwoordapparaat aansprong.

'Ik ben er,' zei ze ademloos en hoopvol.

'Met mij.'

'O, hoi, Marcus.'

'Tjonge, jij klinkt heel blij om mijn stem te horen.'

'Sorry.'

'Ik bel alleen maar omdat jij mij had gebeld, hoor,' merkte hij op.

'Ja. Kom je vanavond even langs om iets te drinken?'

'Tuurlijk. Heb je pap gesproken?'

'Ja.'

'En?'

'Dat vertel ik je dan,' antwoordde ze afgeleid.

'Oké. Zie ik je om een uur of zeven.'

Ze gooide de hoorn op de haak en bracht een gefrustreerde schreeuw voort. De tijd drong. Volgende week zou ze op locatie in Norfolk zijn voor de opnames van *Tess*. Hij had alleen het vaste nummer van Welbeck Street. Al die jaren geleden hadden ze geen van beiden een mobieltje gehad. Als haar opa opnam, had hij altijd gedaan alsof hij ene 'Sid' was. Ze wist niet meer precies waarom, maar ze hadden er wel om moeten giechelen samen.

Dat ze niet in Londen zou zijn om de telefoon op te kunnen nemen, gekoppeld aan het feit dat ze in een klein dorp in Norfolk zou zitten waar hij veel te veel zou opvallen, betekende dat hij toch niet bij haar langs zou komen. En dan zou het moment voorbijgaan. Zoe kon er niet meer tegen.

'Ga alsjeblíéft over,' smeekte ze de telefoon.

Ze keek naar haar spiegelbeeld in een hoekje van de spiegel en zuchtte. Ze zag bleek en vermoeid. Zoe had gedaan wat ze altijd deed in tijden van veel spanning en crises: manisch schoonmaken, boenen, soppen en stoffen in een poging zichzelf uit te putten, zodat ze niet over de situatie zou hoeven nadenken.

En ze was tot het besef gekomen dat ze het totaal niet gewend was om alleen te zijn, wat ook niet bepaald hielp. Tot twee maanden geleden had ze James altijd om zich heen gehad om een praatje mee te maken. Jeetje, wat miste ze hem. En Jamie. Ze was blij dat ze James' verzoek had ingewilligd en die rol van Tess had aangenomen, vooral nu het telefoontje waar ze zo naar verlangde met elke verstrijkende dag onwaarschijnlijker werd.

Marcus belde om half acht die avond aan en Zoe begroette hem bij de deur.

'Ha, Zo.'

Ze keek naar hem. 'Heb je gedronken?'

'Een paar maar, echt.'

'Een paar flessen, zeker.' Ze ging hem voor naar de woonkamer. 'Koffie om nuchter te worden?'

'Whisky, als je hebt.'

'Prima.' Zoe was te moe om in discussie te gaan, dus liep ze naar de drankkast, een lelijk antiek ding van walnotenhout met zware caprioolpoten waar ze regelmatig over struikelde. Hij was waarschijnlijk een fortuin waard. Ze moest eraan denken een taxateur te bellen en de inboedelverzekering te updaten nu James er niet meer was. Misschien kon ze een paar van de mooiere meubelstukken verkopen ten bate van de renovatie. Ze vond de whisky, schonk een glas voor een kwart vol en gaf hem aan haar broer.

'Jeetje, dat is wel erg zuinig, zus.'

'Doe het dan zelf,' zei Zoe en ze gaf hem de whiskyfles, waarna ze voor zichzelf een gin-tonic inschonk. 'Ik ga even wat ijs halen. Wil je ook?'

'Aan het decoreren geweest?' Hij knikte met zijn hoofd naar de nieuwe kunst aan de muren.

'Ik heb een paar stukken uit mijn slaapkamer naar beneden gehaald om de boel wat op te fleuren.'

'Fijn om zo'n erfenis te bezitten,' mompelde hij.

'Niet weer, Marcus! Ik herinner je er liever niet aan, maar pap heeft je een paar jaar geleden mooi wel geld zat gegeven om een zeer fraaie flat in Notting Hill mee te kunnen betalen. Naast dat hij veel van je filmprojecten heeft gefinancierd.'

'Daar heb je een punt,' gaf hij haar gelijk. 'Vertel nu maar eens wat jullie hebben besproken.'

'Oké.' Ze krulde zich op op de bank. 'Ook al heb je ontzettend onplezierig gedaan over het testament, ik begreep wel hoe je je voelde.'

'Wat opmerkzaam van je, lief zusje.'

'Niet zo neerbuigend, Marcus. Ik probeer alleen maar te helpen.'

'Ik vind jou eerder neerbuigend doen, lieve schat.'

'Jezus! Je bent echt onmogelijk, jij! Als je nu even vijf minuten je mond kunt houden, kan ik uitleggen hoe ik denk te kunnen helpen.'

'Oké, oké. Barst los.'

'Om eerlijk te zijn is het volgens mij altijd zo geweest dat pap financieel voor jou zorgde en James dat deed voor Jamie en mij. En omdat ik Jamie alleen opvoed, denk ik dat hij er heel zeker van wilde zijn dat wij het goed zouden hebben, wat er ook zou gebeuren.'

'Misschien,' bromde Marcus.

'Dus...' Zoe nam een slok gin. '... aangezien al het geld in een trust voor Jamie zit, is er maar één gebied van het testament waar ik legaal en eerlijk wat centen voor jou uit kan halen.'

'En dat is?'

Ze zuchtte. 'Dit gaat je denk ik niet bevallen, maar het is echt het beste wat ik kan doen.'

'Vertel nou maar.'

'Weet je nog dat stuk aan het eind van de lezing van het testament, over de herdenkingsbeurs?'

'Vaag. Ik stond tegen die tijd op ontploffen.'

'Nou, het houdt in dat er een bedrag beschikbaar is om elk jaar een getalenteerde jongen en meid aan een toneelopleiding te laten studeren.'

'O. Dus ik moet weer aan de studie?' grapte Marcus.

Zoe negeerde hem. 'Wat pap en ik willen voorstellen is dat we jou het beheer geven over dat fonds en je een goed salaris betalen om het te organiseren en de beurzen uit te reiken.'

Marcus staarde haar aan. 'Dat is wat je hebt bedacht?'

'Ja. O, Marcus!' Gefrustreerd schudde ze haar hoofd. 'Ik wist dat je zo zou reageren! We bieden je iets aan waar je hooguit een paar maanden in het jaar mee bezig bent, maar waarmee je tenminste de kans krijgt op een regelmatig inkomen terwijl je je film probeert van de grond te krijgen. Ja, je zult de promotie moeten doen en de media geïnteresseerd moeten maken om de eerste aanmeldingen te krijgen. Daarna zul je nog een week of twee zoet zijn met audities voor een panel van jouw keuze – ik kom graag – en wat administratie, maar eigenlijk is het gewoon snel geld. Je doet het met twee vingers in je neus.'

Marcus zweeg, dus Zoe besloot haar troef te spelen. 'Het zal je ook helpen opvallen bij mensen in de filmwereld die eerder hun twijfels over je hadden. Het helpt je reputatie én de toekomst van het Britse theater. Je kunt de media-aandacht meteen gebruiken voor je eigen imago en dat van je productiebedrijf.'

Marcus sloeg zijn ogen naar haar op. 'Hoeveel?'

'Pap en ik dachten aan dertigduizend per jaar. Ik weet dat dat niet het bedrag is dat je nodig hebt,' voegde ze er snel aan toe, 'maar het is niet gek voor een paar weekjes werk. En als je wilt, kun je het salaris van het eerste jaar als voorschot krijgen.' Ze wees naar een map op tafel. 'Alles over de beurs en het bedrag dat we erin moeten investeren, wordt hierin uitgelegd. Neem het mee naar huis en kijk er even naar. Je hoeft niet meteen te beslissen.'

Hij boog zich naar voren en friemelde aan de map. 'Dat is heel aardig van je, Zoe. Bedankt voor je vrijgevigheid.'

'Graag gedaan.' Ze wist niet of hij nu werkelijk dankbaar was of sarcastisch deed. 'Ik heb echt geprobeerd iets voor je te regelen. Het is niet de honderdduizend die je wilde, maar je weet dat die uiteindelijk zal komen.'

Marcus stond op. De woede raasde plotseling door zijn lijf terwijl hij kwaad naar het gladde, zelfgenoegzame gezicht van zijn zus keek. 'Zeg, Zoe, wat denk je wel niet?'

'Wat bedoel je?'

'Je kijkt neer op mij, de arme zondaar die de weg kwijt is, maar met wat tijd en geduld gered kan worden. Terwijl, terwijl...' Vol ongeloof wierp hij zijn armen in de lucht. '... jíj degene bent die het helemaal verknalde, jij degene bent die op haar achttiende zwanger werd! Dus tenzij het echt een onbevlekte ontvangenis was, dacht ik zo dat jij meer over zonden weet dan ik.'

Alle kleur verdween uit Zoe's gezicht. Ze stond op, bevend van woede.

'Hoe durf je mij en Jamie zo te beledigen! Ik weet dat je boos bent, en wanhopig, en vast en zeker ook depressief, maar ik heb echt gedaan wat ik kon om je te helpen. Dat dacht ik tenminste. Ik ben dat pathetische zelfmedelijden van jou meer dan zat. Ga weg!'

'O, maak je maar geen zorgen, ik was al onderweg.' Hij liep naar de deur. 'En stop die kloteherdenkingsbeurs maar in je reet!'

Toen de voordeur achter hem dichtsloeg, barstte Zoe in tranen uit. Ze huilde zo hard dat ze de telefoon pas op het allerlaatste moment hoorde overgaan. Het antwoordapparaat nam het telefoontje aan.

'Eh, hallo, Zoe. Met mij. Ik...'

Ze sprong van de bank af en sprintte naar de keuken om op te nemen. 'Ik ben er, Art.' Zijn koosnaam was haar mond uit voor ze er erg in had.

'Hoe gaat het met je?'

Ze keek naar haar betraande gezicht in de reflectie van de glazen keukenkastjes en zei: 'Goed, heel goed.'

'Mooi. Eh, is het heel onbeleefd om mezelf bij jou thuis uit te nodigen voor een drankje? Je weet hoe het hier gaat en ik wil je heel graag zien, echt.'
'Natuurlijk. Wanneer wil je komen?'
'Vrijdagavond misschien?'
'Perfect.'
'Uur of acht?'
'Prima.'
'Mooi. Ik kijk ernaar uit. Fijne avond nog, Zoe. En slaap lekker.'
'Fijne avond.' Ze legde de hoorn langzaam neer, niet zeker of ze nu door moest gaan met huilen of zou moeten juichen van blijdschap.

Ze koos voor het laatste. Ze deed een Ierse dans door de keuken en maakte daarna plannen om de volgende dag door te brengen met zichzelf mooi maken. De kapper en bepaalde kledingwinkels zouden absoluut op het programma staan.

Nadenken over die verschrikkelijke eikel van een broer van haar niet.

8

Nadat Marcus Zoe's huis aan Welbeck Street uit was gestrompeld, was hij terechtgekomen in een slonzige nachtclub in Oxford Street, waar hij een meisje had ontmoet dat sprekend op Claudia Schiffer leek. Daar was hij op dat moment tenminste heilig van overtuigd geweest. Toen hij de volgende ochtend wakker werd en een blik op het gezicht naast hem wierp, besefte hij hoe zeer hij van de wereld moest zijn geweest. De felle make-up was uitgelopen en de donkere uitgroei van haar met peroxide behandelde haar was duidelijk zichtbaar tegen het witte hoofdkussen. Met een zwaar accent lispelde ze iets over dat ze die dag vrij zou nemen om die met hem door te kunnen brengen.

In de badkamer werd hij plotseling heel erg misselijk. Onder de douche probeerde hij de spinnenwebben uit zijn hoofd te krijgen en hij kreunde toen hij zich herinnerde wat hij de vorige avond allemaal tegen zijn zus had gezegd. Hij was een eersteklas klootzak.

Erop staand dat de vrouw niet voor hem van haar werk zou spijbelen, werkte hij haar de flat uit en dronk vervolgens grote hoeveelheden zwarte koffie die in zijn zure, klagende maag brandde. Toen besloot hij een ommetje te maken in Holland Park.

Het was een frisse, vorstige dag en er was sneeuw voorspeld. Marcus liep stevig door over de met heggen omzoomde voetpaden. De vijvers waren donker en stil in de koude zonneschijn. Hij trok zijn jas stevig om zich heen, een boze blik werpend op iedereen die het waagde oogcontact te maken. Zelfs de eekhoorns bleven uit zijn buurt.

Hij liet zijn tranen de vrije loop. Hij had een hekel aan zichzelf gekregen. Zoe wilde alleen maar helpen en hij had haar afschuwelijk behandeld. Hij had de drank weer eens aan het woord gelaten.

En misschien had ze gelijk, misschien was hij wel depressief.
Was wat ze hem had aangeboden achteraf bezien nou zo verschrikkelijk? Zoals ze al zei, was het gauw verdiend geld. Hij had geen idee hoeveel geld er in dat herdenkingsfonds zelf zat, maar hij ging ervan uit dat dat een behoorlijk bedrag was. Vervolgens stelde hij zichzelf voor in de rol van weldoener, niet alleen voor studenten, maar misschien ook wel voor noodlijdende theaters en jonge filmmakers. Hij zou in het wereldje bekend komen te staan als een fijnbesnaard man met inzicht en geld om uit te geven. En die beurs zou absoluut zijn moeders goedkeuring hebben weggedragen.

Een vast inkomen kon hij zeer zeker gebruiken. Misschien zou hij dan weer de controle krijgen over zijn financiën, volgens een budget gaan leven en vervolgens zijn erfenis van honderdduizend pond helemaal in zijn bedrijf kunnen stoppen.

Dan moest hij alleen nog zijn verontschuldigingen aanbieden aan Zoe. En hij zou het nog menen ook.

Nadat hij zijn zus een paar dagen had laten afkoelen, besloot Marcus vrijdagavond onaangekondigd in Welbeck Street langs te gaan. Met een bos rozen in zijn hand, de laatste die de buurtsuper nog had staan, belde hij aan.

De deur ging bijna meteen open. Zoe keek teleurgesteld toen ze hem zag.

'Wat doe je hier?'

Hij staarde naar het subtiel opgemaakte gezicht van zijn zus. Haar pas gewassen blonde haar glansde als een halo. Ze droeg een koningsblauwe fluwelen jurk die bij haar ogen paste en weinig van haar been verhulde.

'Zo, Zoe. Verwacht je bezoek?'

'Ja... nee... Ik bedoel, ik moet over tien minuten weg.'

'Oké, dit duurt niet lang, dat beloof ik. Mag ik binnenkomen?'

Ze leek geagiteerd. 'Sorry, maar het komt nu echt niet goed uit.'

'Dat begrijp ik. Dan doe ik hier wel mijn zegje. Ik heb me als een vreselijke eikel gedragen laatst en heb er echt ontzettend veel spijt van. Ik praat mijn gedrag niet goed, maar ik was erg dronken. De afgelopen twee dagen heb ik serieus nagedacht en me gerealiseerd dat ik mijn boosheid en frustratie jegens mezelf op jou heb afgereageerd. Ik beloof je dat dat nooit meer zal gebeuren. Ik ga mijn leven op de rit krijgen, stoppen met drinken. Ik moet wel.'

'Ja, inderdaad,' antwoordde Zoe afwezig.

'Ik zie nu dat ik fout zat en ik wil heel graag die herdenkingsbeurs op me nemen als dat nog mag. Het is een geweldige kans en nu ik ben gekalmeerd, zie ik in hoe grootmoedig het van jou en pap is dat jullie het mij wilden toevertrouwen. Hier.' Hij duwde haar de bloemen in handen. 'Deze zijn voor jou.'

'Bedankt.'

Hij zag haar blik heen en weer schieten door de straat. 'Dus, vergeef je me?'

'Ja. Ja, natuurlijk.'

Marcus was stomverbaasd. Hij had gerekend op een avond vol schuldbetuigingen, waarbij Zoe hem, terecht, door het stof zou laten gaan.

'Bedankt, Zoe. Ik zweer je dat ik je niet teleur zal stellen.'

'Goed.' Ze wierp een vlugge blik op haar horloge. 'Kunnen we dit een andere keer bespreken?'

'Zolang je maar echt gelooft dat ik ga veranderen. Zal ik volgende week langskomen?'

'Ja.'

'Oké. Heb je toevallig die map nog bij de hand? Ik wil hem graag mee naar huis nemen om dit weekend te bestuderen, dan kan ik alvast een beetje brainstormen.'

'Oké.' Zoe vloog naar binnen, pakte de map uit James' bureau en rende weer naar de voordeur. 'Alsjeblieft.'

'Dank je, Zo. Ik zal dit niet vergeten. Ik bel je morgen om iets af te spreken.'

'Ja. Fijne avond.'

En de deur ging in zijn gezicht dicht. Marcus floot opgelucht, verbaasd hoe makkelijk dat was gegaan. Neuriënd liep hij over straat terwijl de eerste paar sneeuwvlokken begonnen te vallen in de Londense straten.

'Goedenavond, Warburton. Ga zitten.' Lawrence Jenkins, Simons leidinggevende, gebaarde naar een stoel tegenover zich aan het bureau. Het was een slanke en nette man, gekleed in een onberispelijk pak van Savile Row. Hij droeg elke dag van de week een andere paisley vlinderdas. Vandaag was het een felrode. Jenkins bezat een natuurlijke autoritaire uitstraling die aangaf dat hij dit werk al heel lang deed en niet iemand was die een weerwoord tolereerde. Zijn gebruikelijke zwarte koffie stond voor zijn neus te dampen.

'Het lijkt erop dat je ons kunt helpen met een probleempje.'

'Ik zal zoals altijd mijn best doen, meneer,' antwoordde Simon.

'Mooi zo. Ik hoor dat je vriendinnetje laatst wat narigheid had in haar flat? Die schijnt overhoop te zijn gehaald?'

'Een vriendin, meneer. Gewoon een goede vriendin.'

'Ah. Dus jullie hebben geen...'

'Nee.'

'Mooi. Dat maakt het een stukje makkelijker.'

Simon fronste. 'Wat bedoelt u precies?'

'Het zit namelijk zo: we denken dat je vriendin wellicht wat, hoe zal ik het zeggen, uiterst gevoelige informatie in handen heeft gekregen die voor grote problemen kan zorgen.' Jenkins' haviksogen namen Simon in zich op. 'Heb je enig idee waar ik het over heb?'

'Ik... Nee, meneer. Ik heb geen idee. Kunt u het toelichten?'

'We zijn er vrij zeker van dat ze een brief heeft ontvangen die is gepost door een persoon die we op onze radar hebben. Onze afdeling is geïnstrueerd de brief zo snel mogelijk terug te halen.'

'Aha.'

'Het is heel waarschijnlijk dat ze het gewicht ervan niet begrijpt.'

'En dat is? Als ik vragen mag.'

'Geheim, ben ik bang. Wees je ervan bewust dat als ze hem inderdaad heeft, het noodzakelijk is dat ze hem onmiddellijk teruggeeft.'

'Aan wie, meneer?'

'Aan ons, Warburton.'

'U wilt dat ik haar vraag of ze hem heeft?'

'Ik zou voor een discretere aanpak kiezen als ik jou was. Ze logeert op dit moment bij jou, toch?'
'Ja.' Simon keek verbaasd op.
'We hebben haar woning een paar dagen geleden grondig doorzocht en de brief niet gevonden.'
'De boel eerder geruïneerd,' merkte Simon kwaad op.
'Het doel heiligt de middelen. We zullen er natuurlijk voor zorgen dat de verzekering royaal uitbetaalt. Nu, aangezien hij daar niet was, zou ik denken dat als ze hem in haar bezit heeft, ze hem misschien bij zich draagt. In plaats van haar nog meer onaangenaams te laten doormaken, dacht ik dat ik het wel aan jou kon overlaten om te zorgen dat hij terugkomt. Een gelukkige omstandigheid, dat jullie... bevriend zijn. Ze vertrouwt je, neem ik aan?'
'Ja. Daar zijn de meeste vriendschappen op gebaseerd, meneer.'
Simon kon niet voorkomen dat het sarcasme ongevraagd van zijn antwoord af droop.
'Dan laat ik het voor nu aan jou over. Als het jou niet lukt, zullen anderen het helaas moeten proberen. Zorg dat ze blijvend gewaarschuwd is. Het is echt in haar belang dat ze geen verder onderzoek doet. Mooi, dat was het.'
'Dank u wel, meneer.'
Toen Simon het kantoor uit liep, was hij boos en in de war omdat hij in een onmogelijke positie was gebracht. Hij liep terug door de doolhof aan gangen naar zijn onderafdeling en ging achter zijn bureau zitten.
'Ben je bij Jenkins geweest?' Ian, een van zijn collega's, streek op de hoek van zijn bureau neer.
'Hoe weet je dat?'
'De glazige blik in je ogen, je openhangende mond,' meesmuilde Ian. 'Volgens mij kun je wel een stevige borrel gebruiken. Er is een fuif in de Lord George.'
'Ik vroeg me al af waarom het hier zo uitgestorven was.'
'Het is vrijdagavond.' Ian trok zijn jas aan.
'Misschien kom ik zo wel. Ik moet nog iets afronden.'
'Oké, tot later.'

'Later.'

Ian vertrok en Simon wreef zuchtend over zijn gezicht. Toegegeven, het gesprek was geen grote verrassing geweest. Hij had al door dat er iets vreemds was aan Joanna's inbraak. Gisteren was hij tijdens lunchtijd naar wagenparkbeheer gegaan, had lief naar de receptioniste geglimlacht en haar de details van het nummerbord gegeven dat hij die avond bij Joanna's flat had gezien.

'Ongelukje gehad, vrees ik. Niet heel erg, maar er moet wel wat hersteld worden. Niets dringends.'

'Oké.' De receptioniste zocht het registratienummer op in de computer. 'Daar is-ie. Grijze Rover, toch?'

'Ja.'

'Goed, ik pak een formulier voor u. Als u dat invult en terugbrengt, nemen we het in behandeling.'

'Is goed. Bedankt.'

Dat hij had geweten dat het nummerbord er eentje van hun wagenpark was, was puur toeval. Het kenteken van zijn eigen werkauto was NO41JMR. Het nummer dat hij woensdagavond had gezien, was NO42JMR. Het was goed mogelijk dat de bedrijfsauto's met meerdere tegelijk met oplopende nummerplaten waren aangekocht.

Simon zat nietsziend naar zijn computerscherm te staren en besloot naar huis te gaan. Hij trok zijn jas aan, zwaaide naar wat achterblijvers die niet naar de Lord George waren gegaan, nam de lift en verliet Thames House door een zijdeur. Hij besloot een wandeling langs de rivier te maken voordat hij naar de flat ging en keek nog even op naar het grimmige grijze gebouw waar nog veel lampen brandden van werkruimten waarin agenten hun administratie afrondden. Lang geleden had hij alle schuldgevoel al verloren over het feit dat hij tegen vrienden en familie moest liegen over zijn baan. Joanna was de enige die interesse in zijn werk toonde, en om haar ervan te weerhouden nog meer vragen te stellen, zorgde hij er altijd voor dat zijn verhalen over Whitehall zo saai mogelijk waren.

Gezien wat Jenkins had gezegd, zou het niet meer zo makkelijk zijn om haar in het ongewisse te houden. Als dit nu door zijn afdeling werd afgehandeld, wist hij dat waar Joanna op was gestuit van significant belang was.

En ook dat ze in gevaar was zolang ze de brief in bezit had.

Terwijl Joanna in de bolognesesaus roerde op Simons kookplaat, keek ze door de panoramische ramen van zijn flat naar de sneeuw die in dikke vlokken viel. Ze herinnerde zich hoe vroeger op de hei de boeren een hekel hadden gehad aan de sneeuw, omdat het lange, zware avonden betekende waarin ze de schaapskuddes bij elkaar moesten drijven naar de veiligheid van de stallen, gevolgd door de verdrietige taak een paar dagen later als ze de dieren moesten uitgraven die ze over het hoofd hadden gezien. Voor Joanna betekende sneeuw juist pret en ijsvrij. Soms dagenlang, tot de smalle weggetjes rond hun boerderij sneeuwvrij waren gemaakt en weer begaanbaar waren. Vanavond wilde ze dat ze weer lekker knus op haar zolderkamer zat, veilig en niet geplaagd door volwassen spanningen.

Toen ze op de ochtend na de inbraak wakker was geworden, had Simon voor hij naar zijn werk ging, per se haar baas willen bellen. Hij vertelde hem over de inbraak terwijl Joanna op de slaapbank in het dekbed zat gewikkeld en dacht dat Alec wel zou aandringen dat ze gewoon op tijd op het werk zou verschijnen. Maar toen hij de hoorn had neergelegd, zei Simon dat Alec erg met haar meeleefde. Hij had zelfs voorgesteld dat Joanna de drie dagen vrij nam die ze nog tegoed had en ze zou gebruiken om van de schrik te bekomen. En om de praktische zaken af te handelen, zoals de verzekering en de gigantische schoonmaakoperatie om de flat weer bewoonbaar te maken. Een opgeluchte Joanna had de rest van de dag in bed doorgebracht om bij te komen.

Vanmorgen was Simon naast haar op de slaapbank komen zitten en had het dekbed van haar af getrokken.

'Weet je zeker dat je niet een paar dagen naar je ouders wilt?' vroeg hij.

Ze kreunde en draaide zich om. 'Nee, hoeft niet. Sorry dat ik zo zit te mokken.'

'Je hebt alle recht op zelfmedelijden, Jo, ik wil je alleen maar helpen. Misschien is het een goed idee om even weg te gaan.'

'Nee, ik moet vandaag echt naar mijn flat.' Ze zuchtte. 'Het is net als van een paard vallen. Je moet er meteen weer op klimmen, anders doe je het nooit meer.'

Bij daglicht zag haar appartement er niet beter uit toen ze zichzelf uiteindelijk had gedwongen de heuvel af te lopen. De politie had de flat vrijgegeven en ze gaf hun rapport aan de verzekering door. Daarna zette ze zich schrap voor de klus. Ze begon met de keuken en het stinkende goedje dat daar op de vloer lag. Tegen lunchtijd was de keuken weer de oude, minus het servies dan. De badkamer glom en in de woonkamer lagen alle kapotte spullen netjes opgestapeld op de opengesneden bank te wachten op de taxateur van de verzekering. Tot haar verbazing kwam er een telefoonmonteur langs zonder dat ze het bedrijf had hoeven contacteren, om de kabel die met geweld uit de muur was gerukt te repareren.

Omdat ze te moe was en zich te ellendig voelde om nog aan de slaapkamer te beginnen, stopte Joanna wat kleren in een weekendtas. Simon had gezegd dat ze zo lang ze wilde bij hem mocht logeren en voor nu vond ze dat wel fijn. Toen ze bukte om haar ondergoed weer in haar la te stoppen, zag ze iets glimmen op het tapijt, half verborgen onder een spijkerbroek die uit haar kledingkast was getrokken. Ze raapte het op en kwam tot de ontdekking dat het een dunne gouden vulpen was met de initialen I.C.S. erin gegraveerd.

'Goh, een chique dief,' had ze gemompeld. Het feit betreurend dat ze hem al had aangeraakt, had ze hem in een zakdoekje gerold en voorzichtig in haar rugtas gestopt om aan de politie te geven.

Ze hoorde Simon de sleutel in het slot steken en schonk wijn in.

'Hoi!' Hij kwam binnen en het viel Joanna op hoe knap hij eruitzag in zijn onberispelijke grijze pak met overhemd en stropdas.

'Hoi. Glaasje wijn?'

'Bedankt,' zei hij toen ze het aangaf. 'Jeetje, weet je zeker dat het wel goed met je gaat? Jij, aan het koken?' zei hij lachend.

'Het is maar spaghetti, hoor. Niets vergeleken bij jouw kookkunsten.'
'Hoe gaat het met je?' vroeg hij terwijl hij zijn jas uittrok.
'Wel goed. Ik ben vandaag naar mijn flat geweest...'
'O, Joanna, toch niet in je eentje!'
'Jawel, ik moest wat dingen uitzoeken voor de verzekering. En ik voel me veel beter nu ik heb opgeruimd. De meeste rotzooi was toch onbelangrijk.' Ze grijnsde en likte aan de houten lepel. 'Bovendien heeft het in elk geval opgeleverd dat ik nu een comfortabele bank kan uitzoeken.'
'Zo hoor ik het graag. Ik ga douchen.'
'Oké.'
Twintig minuten later aten ze de spaghetti bolognese met grote hoeveelheden Parmezaanse kaas eroverheen.
'Niet slecht, voor een amateur,' grapte hij.
'En bedankt. Wauw, het komt nu echt met bakken uit de lucht,' zei ze toen ze uit het raam keek. 'Ik heb Londen nog nooit in de sneeuw gezien.'
'Betekent alleen maar dat het openbaar vervoer in één klap tot stilstand komt.' Simon zuchtte. 'Gelukkig is het morgen zaterdag.'
'Ja.'
'Jo, waar is die brief van Rose?'
'In mijn rugtas. Hoezo?'
'Mag ik hem zien?'
'Heb je iets bedacht?'
'Nee, maar een maat van me werkt bij de forensische dienst van Scotland Yard. Hij kan hem misschien analyseren en ons informatie geven over de soort postpapier, de inkt en bij benadering het jaar waarin hij geschreven is.'
'Echt?' Ze keek verbaasd. 'Handig, zo'n vriend.'
'Ik ken hem nog van Cambridge.'
'O, aha.' Ze schonk wat wijn in haar glas en zuchtte. 'Ik weet het niet. Rose schreef letterlijk dat ik hem bij me moest houden.'
'Zeg je nou dat je me niet vertrouwt?'
'Natuurlijk niet. Ik weet het gewoon niet zo goed. Het zou na-

tuurlijk super zijn om er wat informatie over te krijgen, maar stel nou dat hij in de verkeerde handen valt?'

'Die van mij, bedoel je?' Hij trok een overdreven bedremmeld gezicht.

'Doe niet zo raar. Luister, ze is vermoord, dat weet ik gewoon zeker.'

'Je hebt geen bewijs. Een gek oud mensje valt van de trap en jij ziet allerlei complottheorieën.'

'Niet waar! Je was het met me eens dat het verdacht klonk. Waarom vind je dat nu niet meer?'

'Gewoon... Oké, laten we het zo doen dan, als je me die brief geeft, breng ik hem naar die maat van me en als daar iets uit komt, zien we dan wel weer verder. En als er niets uit komt, laat je het verder zitten en laten we het daarbij.'

Joanna nam een slok wijn en dacht over de situatie na. 'Weet je wat het is? Ik denk niet dat ik het kán laten zitten. Ze heeft tenslotte haar vertrouwen in me gesteld. Dat zou verraad zijn.'

'Voor die dag in de kerk had je die vrouw nog nooit ontmoet. Je hebt geen idee wie ze is, waar ze vandaan komt of waar ze bij betrokken kan zijn geweest.'

'Jij denkt zeker dat ze de grootste crackdrugsbaron van Europa was?' giechelde Joanna. 'Misschien zat dát wel in die theekisten.'

'Mogelijk.' Simon glimlachte. 'Dus, zullen we het zo doen? Ik neem de brief maandagochtend mee naar mijn werk en geef hem aan die vriend. Vanaf maandagmiddag ben ik de stad uit voor een verschrikkelijk saai congres, maar als ik volgende week terugkom, haal ik hem weer op en dan zien we wel wat hij erover te zeggen heeft.'

'Oke,' gaf ze met tegenzin toe. 'Die "maat" van je is toch wel te vertrouwen, hè?'

'Natuurlijk! Ik verzin wel een verhaal over dat een vriendin haar familiegeschiedenis probeert uit te zoeken, zoiets. Pak je hem even, zodat we het maandag niet vergeten?'

'Oké,' zei Joanna en ze stond op. 'Er is ijs als dessert. Wil jij dat opdienen?'

Samen waren ze een groot deel van de zaterdag bezig de rest van Joanna's flat op te ruimen. Haar ouders hadden een cheque gestuurd zodat ze een nieuwe computer en een bed kon aanschaffen in afwachting van het verzekeringsgeld. Het gebaar ontroerde haar.

Omdat Simon de hele week weg zou zijn voor een 'pennenlikkerscongres', zoals hij het gekscherend noemde, hadden ze afgesproken dat ze in zijn flat in Highgate zou blijven logeren.

'Minstens tot je weer een bed hebt om in te slapen,' had Simon toegevoegd.

Op zondagavond sloot hij zichzelf op in de slaapkamer, zogenaamd omdat hij documenten moest doornemen voor het congres. Hij belde het nummer van zijn baas en bij de tweede keer overgaan werd er opgenomen.

'Ik heb hem, meneer.'

'Mooi.'

'Ik ben morgenochtend om acht uur in Brize Norton. Kan iemand hem daar komen ophalen?'

'Natuurlijk.'

'Dan zie ik ze op de vaste plek. Goedenavond.'

'Ja. Goed gedaan, Warburton. Ik zal dit niet vergeten.'

Joanna ook niet, dacht Simon met een zucht. Hij zou een smoes moeten verzinnen. Dat de brief zo broos was dat hij uit elkaar was gevallen tijdens het chemische analyseproces of zoiets. Hij vond het vreselijk haar vertrouwen te moeten beschamen.

Joanna lag op de bank *Antiques Roadshow* te kijken toen hij uit de slaapkamer kwam.

'Goed. Alles geregeld. Ik geef je een telefoonnummer dat je alleen in noodgevallen mag gebruiken, voor het geval er problemen zijn terwijl ik van huis ben. Je lijkt ze op dit moment aan te trekken, namelijk.' Hij gaf haar een visitekaartje.

'Ian Simpson,' las ze hardop.

'Een vriend van me op het werk. Goeie vent. Je hebt zijn werken mobiele nummer, voor de zekerheid.'

'Dank je. Wil je het bij de telefoon leggen zodat ik het niet kwijtraak?'

Dat deed Simon en daarna ging hij naast haar op de bank zitten. Joanna sloeg haar armen om zijn nek en gaf hem een knuffel.

'Bedankt voor alles.'

'Je hoeft me toch niet te bedanken? Je bent mijn beste vriendin en ik ben er voor je. Altijd.'

Ze wreef met haar neus over de zijne en genoot ervan hoe vertrouwd dat voelde, en toen borrelde er uit het niets diep vanbinnen een plotseling intens verlangen op. Haar lippen raakten die van hem. Ze sloot haar ogen terwijl ze elkaar licht kusten. Daarna openden ze hun mond erbij en werd de zoen hartstochtelijker. Het was Simon die het een halt toeriep. Hij trok zijn hoofd weg en sprong op.

'Jezus, Jo! Wat doen we? Ik... Sarah!'

Joanna liet haar hoofd hangen. 'Sorry, het spijt me. Het was mijn fout, jij deed niets.'

'Nee. Ik zat net zo goed fout.' Hij begon te ijsberen. 'We zijn beste vrienden! Zoiets hoort niet te gebeuren.'

'Nee, ik weet het. Het zal ook nooit meer gebeuren, dat beloof ik.'

'Goed... Niet dat het niet fijn was...' Hij bloosde. 'Maar ik wil niet dat zo'n uitspatting onze vriendschap verpest.'

'Ik ook niet.'

'Oké dan. Ik... ik moet pakken.'

Joanna knikte, en hij liep de kamer uit. Ze staarde naar de tv, het scherm wazig door haar vochtige ogen. Het kwam vast doordat ze nog in shock was, kwetsbaar, en omdat ze Matthew miste. Ze kende Simon al haar hele leven en ook al had ze hem altijd een knappe vent gevonden, de gedachte dat er meer kon zijn, was nooit bij haar opgekomen.

En ze beloofde zichzelf dat dat ook nooit meer zou gebeuren.

9

Op zaterdagochtend lag Zoe op bed te dagdromen. Ze keek op de klok en zag dat het half elf was. Ze stond eigenlijk nooit later dan half negen op. Luieren liet ze altijd aan Jamie over, die op zijn vrije dagen met een heftruck uit zijn bed moest worden gehaald. Maar vandaag was het anders.

Ze begon te beseffen dat ze een heel nieuwe levensfase tegemoet ging. Tot nu toe was ze eerst een kind geweest, wier vrijheid vanzelfsprekend werd ingeperkt. Daarna was ze moeder geworden, een periode die totale onzelfzuchtigheid eiste. En de laatste tijd was ze verzorger geweest om James' laatste weken zo comfortabel mogelijk te maken. Maar vanmorgen besefte ze dat ze, naast haar oneindige rol als moeder, vrijer was dan ze ooit was geweest in al haar negenentwintig levensjaren. Vrij om te doen wat ze wilde, haar eigen beslissingen te nemen én met de consequenties te leven…

Hoewel Art gisteravond al vóór elf uur weer was vertrokken en hun lippen elkaar alleen hadden beroerd voor een kuise nachtzoen, werd ze wakker met een gevoel alsof ze in liefde was gewikkeld op de kalme, tevreden manier die je associeert met een nacht vol bevredigende seks. Ze hadden elkaar amper aangeraakt, maar zelfs zijn jas die langs haar streek, maakte dat het verlangen door haar lijf raasde.

Na zijn aankomst waren ze in de woonkamer gaan zitten en hadden gepraat, eerst allebei wat verlegen en onwennig, maar al gauw met de ontspannen intimiteit van twee mensen die elkaar ooit goed hadden gekend. Zo was het met Art altijd geweest, meteen vanaf het begin. Terwijl anderen om hem heen hem met respectvolle terughoudendheid bejegenden, had Zoe zijn kwetsbaarheid gezien, zijn menselijkheid.

Ze herinnerde zich nog dat ze elkaar voor het eerst ontmoetten, in een trendy, rokerige club in Kensington. Marcus had erop aangedrongen dat ze daar haar achttiende verjaardag zouden vieren met haar eerste legale drankje. Hij had hun opa beloofd op haar te passen en te zorgen dat ze veilig thuiskwam, maar dat had niet meer ingehouden dan dat hij een gin-tonic voor haar had besteld en haar wat geld in handen had gedrukt met de woorden: 'Voor de taxi naar huis, doe niets wat ik ook niet zou doen!' Met een grijns en een knipoog was hij in de menigte verdwenen.

Niet wetend wat te doen was ze maar op een barkruk gaan zitten om naar de mensen om zich heen op de dansvloer te kijken, die luidruchtig lachten en zich dronken om elkaar heen vouwden. James had haar altijd heel beschermd opgevoed, dus in tegenstelling tot veel van haar vriendinnen op de kostschool had ze geen wilde verhalen van nachten waarin ze in slecht verlichte toiletten met drugs had geëxperimenteerd. Ze hield het zweterige briefje van twintig pond dat Marcus haar had gegeven stevig tussen haar vingers geklemd en voelde zich zo niet op haar gemak dat ze besloot naar huis te gaan. Toen ze zich van de barkruk wilde laten glijden, hield een stem haar tegen.

'O, ga je al? Ik wilde je net vragen of je iets wilt drinken.'

Ze draaide zich om en keek in een paar donkergroene ogen met een steile blonde pony eromheen die uit de toon viel bij de modieuzere, langere kapsels van de andere jonge mannen in de club. Hij kwam haar vaag bekend voor, maar ze wist niet waarvan.

'Nee, dank je,' zei ze. 'Ik ben niet zo'n drinker.'

'Ik ook niet.' Hij glimlachte opgelucht. 'Ik heb net mijn eh... vrienden afgeschud. Zij wilden hierheen. Ik ben Art, trouwens.'

'Zoe,' zei ze en onhandig stak ze haar hand uit. Hij kneep er lichtjes in, wat een golf van warmte door haar lijf liet stromen.

Nu ze daarop terugkeek, vroeg Zoe zich af of als ze hem op dat moment had herkend en had geweten wie hij was, ze het daarbij zou hebben gelaten. Zou ze hebben geweigerd toen hij telkens weer met haar wilde dansen, waarbij het gevoel van zijn lichaam tegen het hare allerlei vreemde, maar heerlijke sensaties veroorzaakte? En toen de club uiteindelijk sloot, zou ze hem haar dan niet hebben laten kussen, geen telefoonnummers hebben uitgewisseld en niet hebben afgesproken elkaar de volgende avond weer te zien?

Nee, dacht ze overtuigd. Ze zou precies hetzelfde hebben gedaan.

Gisteravond hadden ze het allebei vermeden over het verleden te praten. Ze spraken over alles en niets en genoten simpelweg van elkaars gezelschap.

Toen keek Art bedrukt op zijn horloge. 'Ik moet gaan, Zoe. Morgen een meet-and-greet in Northumberland. De helikopter vertrekt om half zeven. Je zei dat je de komende weken in Norfolk aan het filmen bent?'

'Ja.'

'Ik kan makkelijk een paar nachten naar ons huis daar gaan. Wat dacht je van volgend weekend? Weet je al waar je verblijft? Ik kan je vrijdagavond laten ophalen, dan kun je bij me langskomen.'

Ze liep naar de schrijftafel en pakte de gegevens van het hotel waar ze de komende zes weken zou verblijven. Ze schreef het adres op een stuk papier en gaf dat aan hem.

'Perfect,' zei hij met een glimlach. 'Ik zal je mijn mobiele nummer ook geven.' Hij haalde een visitekaartje uit zijn borstzakje. 'Hier. Bel me alsjeblieft.'

'Dag, Art. Het was fijn om je te zien.' Ze had zich ongemakkelijk gevoeld, niet wetend hoe ze de avond moest eindigen.

'Insgelijks.' Hij had haar vluchtig gekust. 'Tot volgend weekend. Dan hebben we meer tijd. Slaap lekker, Zoe.'

Uiteindelijk kwam ze toch uit bed, douchte en kleedde zich aan. Ze deed boodschappen, om vervolgens thuis te komen met maar de helft van wat ze had willen kopen. Dromerig speelde ze een tien jaar oude plaat, die ze sinds die tijd niet meer op de platenspeler had gelegd. Ze sloot haar ogen toen de tonen van 'The Power of Love' van Jennifer Rush de kamer vulden. De tekst kende ze nog net zo goed als een decennium geleden.

Op zondagmiddag maakte ze een lange wandeling door Hyde

Park en genoot er van de met sneeuw bedekte bomen. Ze liep over het witte gras om de gevaarlijk gladde paden te vermijden. Thuisgekomen belde ze Jamie op school. Hij klonk heel opgewekt want hij had net te horen gekregen dat hij bij het selectierugbyteam zat. Ze gaf hem het nummer van het hotel in Norfolk om aan het schoolhoofd te geven voor noodgevallen, en vroeg hem waar hij en zijn vriend Hugo wilden lunchen de volgende keer dat ze elkaar zouden zien. Die avond pakte ze haar koffer zorgvuldiger in dan ze normaal gesproken voor filmen op locatie zou doen en bedacht wat ze in het weekend nodig zou kunnen hebben. 'Mooi ondergoed,' giechelde ze en ze stopte een setje van La Perla in haar koffer dat ze met kerst van een vriendin had gekregen en nog niet had gedragen.

In bed dacht ze na over de consequenties van waar ze nu weer opnieuw aan begon. En het harde feit dat er, net als toen, geen hoop was op een toekomst samen.

Maar, dacht ze slaperig terwijl ze zich omdraaide, ik hou van hem.

En liefde overwon alles, toch?

Op maandagochtend nam Joanna afscheid van Simon, opgelucht dat hij vertrok. Na 'de kus' hadden ze geen lol meer getrapt samen en had de spanning zwaar in de lucht gehangen. Misschien zou het helpen dat ze elkaar een week niet zagen. Ze hoopte maar dat ze hun oude, fijne vriendschap weer terug konden krijgen.

Ze negeerde hoe goed die kus had gevoeld. Het waren een paar moeilijke weken geweest en ze was kwetsbaar en gespannen. Bovendien moest ze zich met andere dingen bezighouden. En daar had ze de perfecte gelegenheid voor, want ze had twee hele dagen vrij.

Zodra Simon weg was, pakte ze haar rugtas en haalde de kopie van de brief eruit, het programmaboekje en het briefje van Rose. Toen ze dat deed, voelde ze koud metaal. De vulpen. Door al het andere was ze die helemaal vergeten.

Ze draaide hem rond in haar hand en bekeek hem nog eens goed. I.C.S.

Die initialen kwamen haar vaag bekend voor, maar ze kon niet bedenken waarvan. In kleermakerszit op de slaapbank bestudeerde ze de brieven en het programmaboekje. Als Simon dacht dat ze haar belangstelling ervoor zou opgeven, dan had hij het mis. Bovendien had hij vrijdagavond nerveus en geagiteerd geleken, wat niets voor hem was. Waarom wilde hij per se dat ze dit liet rusten? Ze las de brief nog een keer. Wie was 'Sam' en 'de Witte Dame'? En wie was Rose eigenlijk zelf geweest?

Ze zette een kop koffie en overpeinsde de feiten die ze tot haar beschikking had. Kon iemand anders misschien Rose' achternaam weten? Muriel? Wellicht had ze brieven gezien die aan haar geadresseerd waren? Rose moest toch ook iets van een huurovereenkomst hebben getekend toen ze in de woning in Marylebone trok? Joanna haalde haar notitieboekje tevoorschijn en bladerde erdoorheen op zoek naar Muriels telefoonnummer. Als ze achter Rose' achternaam kon komen, zou dat haar bezoekje aan het politiebureau een stuk makkelijker maken.

Ze pakte de telefoon en toetste het nummer in.

Helaas kon Muriel haar niet aan Rose' achternaam helpen. Ze had volgens haar nooit post ontvangen, zelfs niet van nutsbedrijven. De elektriciteit liep op een meter waar je munten in moest gooien en Rose had geen telefoon gehad. Vervolgens vroeg Joanna naar de adressen op de brieven die Rose haar had gegeven om te posten. 'Een paar waren luchtpostbrieven. Naar ergens in Frankrijk, volgens mij,' antwoordde Muriel. Dat leek in elk geval consistent, dacht Joanna, die zich de Franstalige instructies op het flesje pillen herinnerde.

Muriel gaf haar wel het telefoonnummer van hun huisbaas. Dat belde Joanna meteen en ze liet een boodschap achter op het antwoordapparaat van George Cyrapopolis. Maar voor nu betekende het dat ze zich er op het politiebureau doorheen moest bluffen. Ze pakte haar rugtas en verliet de woning.

Joanna opende de deur naar de receptie van het politiebureau van Marylebone. De wachtruimte was verlaten en het rook er naar oude koffie. De tl-lampen belichtten de afgebladderde verf en versleten linoleumvloer. Er zat niemand achter de balie, dus drukte ze op de bel.

'Ja, mevrouw?' Een agent van middelbare leeftijd kwam uit het kantoortje achter de balie gewandeld.

'Hoi, ik hoopte dat iemand hier me zou kunnen helpen uitvinden waar mijn tante is gebleven.'

'Aha. Is ze weggelopen?'

'Eh nee, niet echt. Ze is dood.'

'Aha.'

'Een paar weken geleden werd ze in haar woning in Marylebone gevonden. Ze was van de trap gevallen. De buurvrouw belde de politie en...'

'U denkt dat een van onze mensen erheen is gegaan?'

'Ja. Ik ben net terug uit Australië. Ik had haar adres van mijn vader gekregen en ik dacht: ik ga een keer bij haar langs. Maar ik was te laat.' Joanna liet haar stem breken. 'Was ik maar eerder langsgegaan, dan...'

'Ik weet het mevrouw, dat gebeurt vaak,' zei de agent vriendelijk knikkend. 'Ik neem aan dat u wilt weten waar ze naartoe is gebracht en zo?'

'Ja. Maar er is wel een probleempje. Ik heb geen idee wat haar achternaam is. Ze kan heel goed hertrouwd zijn.'

'Oké. Nou, laten we eerst eens kijken onder de naam waaronder u haar kende. Dat was?'

'Taylor.' Ze verzon het ter plekke.

'En de datum dat ze dood is aangetroffen?'

'10 januari.'

'En het adres waarop ze is gevonden?'

'Marylebone High Street 19.'

'Oké.' De agent tikte het in op de computer. 'Taylor, Taylor...' Hij keek naar het scherm en schudde zijn hoofd. 'Nee, niets. Er is die dag niemand met die achternaam overleden, tenminste niet dat het door ons bureau is afgehandeld.'

'Kunt u op haar voornaam zoeken? Rose?'

'Oké... We hebben een Rachel en een Ruth, maar geen Rose.'

'Die vrouwen zijn ook allebei op die dag overleden?'
'Inderdaad. En nog vier mensen in deze wijk. Nare tijd voor bejaarden. Kerst net achter de rug, kou... Maar goed, ik zal eens op het adres zoeken. Als we daar die dag heen zijn geroepen, moet dat in de computer staan.'
Joanna wachtte geduldig terwijl de agent zocht.
'Hm.' Hij krabde aan zijn kin. 'Hier ook niets. Weet u zeker dat het die datum was?'
'Ja.'
De agent schudde zijn hoofd. 'Wellicht heeft een ander bureau op de oproep gereageerd. U kunt Paddington Green proberen, of misschien beter gewoon het mortuarium van Westminster. Ook al hebben wij het niet zelf afgehandeld, uw tante zal vast en zeker daarnaartoe zijn gebracht. Ik schrijf het adres voor u op, dan kunt u daar even langs gaan.'
'Bedankt voor uw hulp.'
'Graag gedaan. Ik hoop dat u haar vindt. Was ze rijk?' Hij grijnsde.
'Geen idee,' zei ze kortaf. 'Dag.'
Joanna hield buiten een taxi aan en gaf het adres van het mortuarium op.
Het mortuarium van Westminster was een bescheiden gebouw aan een rustige door bomen omzoomde weg. Joanna ging naar binnen zonder goed te weten wat ze kon verwachten en huiverde toen ze aan Alecs favoriete beschrijving van het gebouw dacht: 'de plaatselijke vleesfabriek'.
'Kan ik u helpen?' Een jonge vrouw achter de balie glimlachte vrolijk naar haar.
Wat een verschrikkelijk deprimerende baan, dacht Joanna toen ze haar verhaal nog een keer deed.
'Dus de agent zei dat mijn oudtante waarschijnlijk hierheen is gebracht.'
'Dat klinkt inderdaad aannemelijk. Ik zal voor u kijken.'
De jonge vrouw vroeg om dezelfde gegevens als de agent. Ze zocht op naam en op datum. 'Nee, ik heb geen enkele Rose op die dag, vrees ik.'

'Misschien gebruikte ze een andere naam?' vroeg Joanna. Haar opties raakten uitgeput.

'Ik heb het adres ingevoerd dat u me gaf en dat geeft ook geen resultaat. Misschien werd ze een dag later binnengebracht, hoewel dat onwaarschijnlijk is.'

'Zou je evengoed willen kijken?'

Dat deed ze. 'Nee, nog steeds niks.'

Joanna zuchtte. 'Maar als ze niet hier is, waar kan haar lichaam dan naartoe zijn gebracht?'

De vrouw haalde haar schouders op. 'U kunt het bij de plaatselijke uitvaartcentra proberen. Als er nog andere familie was, hebben ze haar daar misschien rechtstreeks naartoe laten brengen. Maar als iemand normaal gesproken overlijdt en het lichaam niet wordt opgeëist, komen ze hier terecht.'

'Oké. Bedankt.'

'Graag gedaan. Ik hoop dat u uw tante vindt.'

'Dank je wel.'

Joanna nam de bus terug naar Crouch End en ging naar haar eigen flat om de post op te halen. Met trillende vingers stak ze de sleutel in het slot. Toen ze de voordeur zeer korte tijd later weer achter zich dichttrok, dacht ze hoe verdrietig het was dat wat ooit haar heiligdom en toevluchtsoord was geweest, haar nu het tegenovergestelde gevoel bezorgde.

Terwijl ze de heuvel op wandelde naar Simons flat, vroeg ze zich af of ze niet beter kon verhuizen. Ze betwijfelde ze of ze zich er ooit weer op haar gemak zou voelen, vooral nu Matthew uit haar leven was.

Bij Simon ontdekte ze dat Rose' huisbaas een bericht had ingesproken op het antwoordapparaat. Ze pakte de telefoon en belde hem terug.

'Hallo?' Op de achtergrond hoorde ze geluiden van vaatwerk. 'Hallo, meneer Cyrapopolis? U spreekt met Joanna Haslam. Ik ben het achternichtje van uw overleden huurster.'

'Ah, ja, allo.' George Cyrapopolis had een lage, bulderende stem met een Grieks accent. 'Wat u wilde weten?'

'Ik vroeg me af of Rose een huurovereenkomst heeft getekend toen ze in de woning trok die ze van u huurde.'
'Eh...' Het was even stil. 'Jij niet van belastingdienst?'
'Nee, meneer Cyrapopolis, dat ben ik niet.'
'Hm. Nou, kom dan maar naar mijn restaurant zodat ik jou kan zien. Dan wij praten verder, oké?'
'Oké, wat is het adres?'
'High Road 46 in Wood Green. Restaurant The Aphrodite, tegenover winkelcentrum.'
'Oké.'
'Kom om vijf uur, voor wij gaan open, oké?'
'Ja. Tot dan. Bedankt, meneer Cyrapopolis.' Joanna legde de hoorn neer. Ze maakte een kop koffie en een boterham met pindakaas en bracht het volgende uur door met het bellen naar alle uitvaartcentra in Centraal- en Noord-Londen. Nergens was een Rose geregistreerd, niet op de dag zelf of de twee dagen erna. 'Waar kan ze dan in godsnaam zijn?' mijmerde ze, waarna ze Muriel nog een keer belde.

'Hallo, Muriel, met Joanna. Sorry dat ik je weer lastigval.'
'Dat geeft niet, meisje. Je tante al gevonden?'
'Nee, nog niet. Ik wilde even dubbelchecken wie haar lichaam nou heeft meegenomen.'
'De ambulance. Ze zeiden dat ze haar naar het mortuarium zouden brengen.'
'Nou, dat hebben ze dus niet gedaan. Ik heb het daar geprobeerd en bij het politiebureau en bij elk uitvaartcentrum in het district.'
'O jee. Dus ze is kwijt?'
'Daar lijkt het op, ja. En ze hebben je niet gevraagd of je wist of ze familie had?'
'Nee. Maar ik heb wel gezegd dat het oude mensje zei dat die allemaal in het buitenland woonden.'
'Hm.'
'Ik weet wat,' zei Muriel opgewekt. 'Heb je het al bij de burgerlijke stand geprobeerd? Daar moest ik het melden toen mijn Stanley overleed. Iemand moet Rose' overlijden hebben aangegeven.'

'Dat is een goed idee, Muriel. Dat zal ik proberen. Bedankt.'
'Graag gedaan, hoor.'

Joanna hing op, zocht het adres op van de burgerlijke stand, pakte haar jas en verliet de flat.

Twee uur later kwam ze verstrooid het gemeentehuis van Old Marylebone weer uit. Ze ging op de trap bij de ingang tegen een van de grote pilaren geleund zitten. Bij de burgerlijke stand had ze elke combinatie geprobeerd die ze met haar informatie kon maken. Er waren in de twee weken na 10 januari drie overledenen met de naam Rose gemeld, maar geen van hen op het juiste adres en al zeker niet van de juiste leeftijd. Een klein baby'tje, slechts vier dagen oud – alleen al het lezen had Joanna een brok in haar keel bezorgd – en een twintigjarige en een negenenveertigjarige, die onmogelijk haar Rose konden zijn.

De vrouw die haar had geholpen, zei dat er gewoonlijk een deadline van vijf werkdagen was voor het melden van een overlijden, tenzij de lijkschouwer het lichaam niet had vrijgegeven. Maar aangezien Rose' lichaam ook niet bij het mortuarium was geregistreerd, leek dat onwaarschijnlijk.

Geïrriteerd schudde Joanna onderweg naar het metrostation haar hoofd. Het leek alsof Rose niet had bestaan. Maar haar lichaam moest toch érgens zijn? Was er een mogelijkheid die ze nog niet had onderzocht?

Ze stapte bij Wood Green High Street de metro uit en zocht er naar restaurant The Aphrodite in het allegaartje van wedkantoren, restaurants en tweedehandswinkels. Het was al donker. Joanna trok haar jas stevig om zich heen tegen de bijtende kou. Ze ontdekte het neonbord met de naam van het restaurant en liep naar binnen.

'Hallo?' riep ze, toen ze zag dat de kleine, met felle kleuren versierde zaak verlaten was.

'Allo.' Door een kralengordijn achter in het restaurant kwam een kalende Griekse man van middelbare leeftijd tevoorschijn.

'Meneer Cyrapopolis?'

'Ja.'

'Ik ben Joanna Haslam, het achternichtje van Rose.'
'Oké. Zitten?' Hij schoof twee houten stoelen onder een tafel vandaan.
'Bedankt.' Ze ging zitten. 'Sorry dat ik u hiermee lastigval, maar zoals ik al uitlegde door de telefoon, probeer ik mijn oudtante te vinden.'
'Wat? Lichaam zoek?' George kon het niet laten om te grijnzen.
'De situatie is ingewikkeld. Ik wilde u alleen vragen of mijn tante Rose een huurcontract heeft getekend. Ik probeer achter haar aangenomen achternaam te komen, ziet u. En ik dacht dat die wel op het contract zou staan.'
'Nee. Geen contract.' George schudde zijn hoofd.
'Waarom niet, als ik vragen mag? Het lijkt me toch in uw belang om er een te hebben?'
'Natuurlijk, en meestal heb ik ook.' Hij haalde een pakje sigaretten uit het borstzakje van zijn overhemd. Hij bood Joanna er eentje aan, die ze afsloeg, en stak er toen zelf eentje op.
'Waarom dan niet met mijn oudtante?'
Hij haalde zijn schouders op en leunde achterover. 'Ik heb advertentie gezet in de *Standard*, zoals altijd. Eerste telefoontje een oude vrouw die wil bezichtigen. Zij geeft mij vijftienhonderd pond cash.' Hij nam een flinke haal van zijn sigaret. 'Drie maanden vooruit. Ik weet zij veilig. Geen wilde feesten of vandalisme, toch?'
Joanna zuchtte lichtjes van teleurstelling. 'Dus u weet haar achternaam ook niet?'
'Nee. Zij zei zij hoeft geen bewijsje.'
'Of waar ze hiervoor woonde?'
'Aha!' George tikte tegen zijn neus terwijl hij nadacht. 'Misskien. Ik was in gebouw paar dagen nadat zij is ingetrokken. Ik zag busje. De mevrouw – Rose, zeg jij? – zei tegen mannen van busje houten kisten in woning brengen. Ik stond bij deur en heb mannen geholpen en ik zie daar zitten buitenlandse stickers op. Frans, ik denk.'
'Ja.' Dit, in combinatie met de pillen en de luchtpostbrieven, bevestigde in elk geval waar Rose vandaan was gekomen. 'Weet u precies wanneer Rose erin trok?'

George krabde aan zijn hoofd. 'Ik denk november.'

'Nou, hartelijk bedankt voor uw hulp, meneer Cyrapopolis.'

'Graag gedaan, mevrouw. U wilt blijven voor gyros? Lekker lamsvlees. Heel mals,' bood hij aan in een wolk van sigarettenrook terwijl hij met zijn hand vol nicotinevlekken op de hare klopte.

'Nee, dank u.' Ze stond gauw op en liep naar de voordeur. 'O, nog één ding.' Ze draaide zich naar hem om. 'Hebt u de woning leeggehaald na haar overlijden? Voor nieuwe huurders of zo?'

'Nee.' George keek haar vragend aan. 'Ik ben paar dagen later heen gegaan om te kijken en poef! Alles weg.' Hij keek naar haar. 'Ik dacht familie heeft spullen weggehaald en schoongemaakt, maar dat kan niet zijn dus, hè?'

'Nee. Nou, evengoed bedankt voor uw tijd.'

'Geen probleem.'

'Hebt u de woning alweer verhuurd?'

Hij knikte schaapachtig. 'Iemand belde. Leeg laten heeft geen zin, toch?'

'Nee, natuurlijk niet. Nogmaals bedankt.' Joanna glimlachte zwakjes en verliet het restaurant.

10

Een teleurgestelde Joanna verscheen woensdagochtend op haar werk. De voorgaande twee dagen hadden haar niets opgeleverd. Ze had niet meer informatie over Rose dan waarmee ze was begonnen, behalve dat ze bijna zeker vanuit Frankrijk naar Londen was gekomen. Niet bepaald genoeg om mee naar Alec te gaan en te zeggen dat ik een megaschandaal heb ontdekt, dacht ze. Ze was zelfs nog even langs de bibliotheek in Highgate gegaan waar James Harrisons biografieën gelukkig net waren uitgestald. Ze had door de vier dikke boeken over Sir James' leven gebladerd en was nog steeds niets wijzer over de link die hij met het oude dametje kon hebben.

'Goeiemorgen, Jo.' Alec klopte haar vaderlijk op de schouder toen ze langs zijn bureau liep. 'Hoe gaat-ie?'

'Beter, dank je.'

'Alles al opgeruimd thuis? Je vriend die belde zei dat je flat een behoorlijk zootje was.'

'Zeg dat wel. Ze hebben flink hun best gedaan. Ik kon praktisch alles weggooien.'

'Ach ja, gelukkig was je niet thuis.'

'Ja.' Ze glimlachte. 'Bedankt dat je er geen probleem van maakte.'

'Tuurlijk. Ik weet hoe je van zoiets kunt schrikken.'

Jeetje, dacht Joanna, hij is dus toch menselijk. 'Wat heb je vandaag voor me?'

'Nou, ik dacht ik maak het je makkelijk. Je mag kiezen tussen "mijn rottweiler is eigenlijk een lieve goedzak" – ook al heeft hij een hap uit het been van een bejaarde genomen – of een lekkere lunch met Marcus Harrison. Hij zet een of andere beurs op ter nagedachtenis aan zijn grootvader, goeie ouwe Sir James.'

'Geef mij Marcus maar,' zei Joanna.

'Dat dacht ik al.' Hij schreef het telefoonnummer voor haar op en gaf het met een geslepen glimlachje.

'Wat?' vroeg ze en ze voelde haar gezicht warm worden.

'Van wat ik heb gehoord, heb je meer kans dat Marcus een hapje uit je neemt dan de rottweiler. Doe voorzichtig.' Hij zwaaide naar haar en liep weg.

Van achter haar bureau belde Joanna het nummer van Marcus Harrison om een plaats en tijd af te spreken, blij met het toeval. Dit was tenslotte allemaal begonnen op James Harrisons herdenkingsdienst, en nu kon ze er misschien achter komen of Marcus' gerespecteerde opa een klein oud vrouwtje kende dat Rose heette.

Verrast door zijn diepe, warme stem sprak ze met hem af voor de lunch in een klein restaurant in Notting Hill. Ze leunde achterover en bedacht dat dit weleens een van de aangenaamste klussen kon worden die ze voor de nieuwsredactie had gedaan. Had ze nu maar iets aangetrokken met wat meer glamour dan haar spijkerbroek en trui.

Marcus bestelde een goede fles wijn bij de maître d'. Zoe had al gezegd dat hij alle kosten die hij voor de herdenkingsbeurs maakte, bij het fonds kon declareren en had hem alvast vijfhonderd pond verstrekt voor onkosten. Hij dronk van de fruitige bourgogne en voelde zich aangenaam ontspannen.

Telkens wanneer hij Zoe in Norfolk had gebeld met zijn plannen voor de beurs, was ze welwillend en lichthartig geweest en ze had het niet meer over zijn afschuwelijke gedrag van de week ervoor gehad. Er was iets gaande in haar leven, dat wist hij gewoon. Wat het ook was dat haar ogen weer zo liet stralen, Marcus was er blij om. Het maakte zijn leven stukken makkelijker.

Hij stak een sigaret op en keek naar de deur om te zien of journaliste Joanna Haslam binnenkwam.

Om drie minuten over één stapte een jonge vrouw het restaurant binnen. Ze droeg een zwarte spijkerbroek en een witte trui die strak zat bij haar borsten. Ze was lang en had een heel natuurlijke uitstraling. Ze droeg nagenoeg geen make-up op haar gezonde huid. Heel anders dan het type waar hij normaal gesproken voor viel. Haar dikke, glanzende bruine haar hing zwaar rond haar gezicht en krulde over haar schouder. Ze liep met de maître d' mee naar Marcus' tafel en hij stond op om haar te begroeten.

'Joanna Haslam?'

'Ja.' Ze glimlachte en hij zag niets anders meer dan haar sprekende bruine ogen en de kuiltjes in haar wangen. Hij had een paar tellen nodig om bij te komen.

'Ik ben Marcus Harrison. Bedankt dat je wilde komen.'

'Graag gedaan.' Ze ging tegenover hem zitten.

Hij was even sprakeloos. Joanna Haslam was een stoot. 'Een glas bourgogne?'

'Lekker.'

'Op jou,' zei hij toen hij zijn glas hief.

'Bedankt. Eh, op de herdenkingsbeurs,' toostte ze op haar beurt.

'Natuurlijk.' Hij liet een zenuwachtig lachje horen. 'Zullen we eerst bestellen voor we ter zake komen? Dan kunnen we daarna rustig kletsen.'

'Is goed.'

Joanna bestudeerde hem van achter haar menukaart. Marcus zag er net zo uit als ze had onthouden. Knapper zelfs. Vandaag had hij in plaats van de groezelige outfit die hij naar de kerkdienst had gedragen een zacht koningsblauw wollen jasje aan en een zwarte coltrui.

'Ik neem soep en lam. Jij?' opperde hij.

'Voor mij ook.'

'Geen bord vol babyleaves met een trendy naam als "radicchiosalade"? Ik dacht dat dat alles was wat jullie vrouwen tegenwoordig aten.'

'Sorry dat ik je uit de droom help, maar "wij vrouwen" zijn niet allemaal hetzelfde. Ik ben in Yorkshire opgegroeid en lust elke avond wel een lekkere bal of worst.'

'O ja?' Hij trok een wenkbrauw naar haar op boven zijn wijnglas en genoot van het lichte Yorkshire-accent in haar zachte, melodieuze stem.

'Ik bedoel...' Ze bloosde toen ze zich realiseerde wat ze had gezegd. 'Ik bedoel dat ik graag eet.'
'Dat waardeer ik wel in een vrouw.'
Er fladderde iets in Joanna's buik en ze besefte dat hij met haar flirtte. Ze probeerde zich weer te concentreren op wat ze hier kwam doen en haalde haar taperecorder, notitieblok en pen tevoorschijn.
'Vind je het goed als ik het gesprek opneem?'
'Ja hoor.'
'Oké. Als we gaan eten, zetten we hem wel uit, anders hoor ik later alleen maar gekletter van bestek.' Joanna zette de taperecorder bij Marcus in de buurt en drukte op record. 'Dus je richt een herdenkingsbeurs op ter nagedachtenis aan je grootvader, Sir James Harrison?'
'Ja.' Hij leunde naar voren en keek haar diep in de ogen. 'Weet je, Joanna, je hebt prachtige, heel aparte ogen. Ze zijn geelbruin, net als van een uil.'
'Bedankt. Dus, vertel eens over de beurs.'
'Sorry, je schoonheid leidt me af.'
'Zal ik een servet over mijn hoofd leggen gedurende het interview?' Hoewel haar ego een fijne boost kreeg door zijn complimentjes, raakte Joanna lichtelijk gefrustreerd.
'Oké, ik probeer me in te houden, maar hou dat servet maar bij de hand, voor het geval dat.' Hij grijnsde naar haar en nam een slok wijn. 'Goed, waar zal ik beginnen? Nou, opa, lieve Sir Jim, of "Siam" zoals zijn vrienden in de theaterwereld hem kennen, heeft een groot bedrag nagelaten om elk jaar twee toelagen te verstrekken aan getalenteerde jonge acteurs en actrices die niet de middelen hebben om te studeren. Je weet hoe weinig beurzen de regering tegenwoordig nog uitgeeft. Zelfs degene die zo'n beurs ontvangt, moet vaak nog werken naast zijn studie aan de toneelschool om in zijn levensonderhoud te kunnen voorzien.'
Joanna probeerde zich te concentreren, maar voelde hoe haar lijf instinctief op hem reageerde. Hij was echt ongelooflijk aantrekkelijk. Ze was blij dat ze het interview opnam zodat ze het

later kon beluisteren, want van wat hij zei, drong amper iets tot haar door. Ze schraapte haar keel. 'Nemen jullie aanvragen aan van iedere jonge acteur of actrice die wordt toegelaten tot een toneelopleiding?'

'Absoluut.'

'Dan zullen jullie vast overspoeld worden met aanvragen.'

'Ik hoop het. In mei houden we audities, en hoe meer kandidaten, hoe beter.'

'Aha.'

De soep met erwten en pancetta werd geserveerd en Joanna zette de taperecorder uit.

'Ruikt lekker,' zei Marcus. Hij nam een grote hap. 'En, Joanna Haslam, vertel eens iets over jezelf.'

'Maar ik hoor jou te interviewen.'

'Jij bent vast veel interessanter,' moedigde hij haar aan.

'Dat betwijfel ik. Ik ben een eenvoudige meid uit Yorkshire en het is altijd mijn droom geweest om een gerespecteerde journalist te worden.'

'Wat doe je dan bij de *Morning Mail*? Zo te horen zou een kwaliteitskrant beter bij je passen.'

'Ik leer zoveel mogelijk terwijl ik mijn strepen probeer te verdienen. Op een dag zou ik graag voor een echte krant werken.' Ze nam een slokje van haar wijn. 'Ik hoop bekendheid te verwerven met een goeie scoop.'

'O jee.' Marcus veinsde een zucht. 'Ik denk niet dat mijn herdenkingsbeurs je die zal bezorgen.'

'Nee, maar ik vind het wel fijn dat ik voor de verandering eens aan iets werk wat de moeite waard is om te publiceren. Iets wat voor iemand écht het verschil kan maken.'

'Een persmuskiet met normen en waarden.' Marcus' ogen glinsterden. 'Die kom je niet elke dag tegen.'

'Nou, ik heb vaak genoeg samen met de rest bij beroemdheden gepost en ze lastiggevallen, maar ik hou niet van de kant die de Britse journalistiek tegenwoordig opgaat. Het is opdringerig, cynisch en verwoest soms zelfs levens. Ik zou blij zijn met de nieuwe privacywet als die erdoor komt, maar dat gebeurt natuurlijk niet. Daarvoor liggen te veel redacteuren met de bazen van het land in bed. Hoe kan het publiek ooit hopen op neutrale informatievoorziening zodat ze een eigen mening kan vormen als achter alles wat de media brengt een politieke of financiële agenda zit?'

'Zo, zo. Meer dan alleen een leuk snoetje, mevrouw Haslam?'

'Sorry, ik zal erover ophouden,' zei ze met een grijns. 'Het grootste deel van de tijd vind ik mijn baan eigenlijk best tof.'

Marcus hief zijn glas. 'Nou, op de nieuwe lichting jonge, ethische journalisten.'

Toen hun soepborden werden weggehaald en het hoofdgerecht arriveerde, merkte Joanna dat haar gezonde eetlust haar in de steek liet. Ze prikte wat in haar eten terwijl Marcus zijn bord helemaal leeg at.

'Is het goed als we verdergaan?' vroeg ze toen de kelner hun borden had meegenomen.

'Prima.'

'Mooi.' Ze zette de taperecorder weer aan. 'Gaf Sir James in zijn testament specifiek aan dat hij wilde dat jij dit fonds zou beheren?'

'Hij liet het over aan de familie – mijn vader, mijn zus en ik – om het op te zetten. Als Sir James' enige kleinzoon heb ik de eer de taak te volbrengen.'

'En je zus Zoe is natuurlijk druk met haar acteercarrière. Ik las laatst dat ze Tess speelt in een nieuwe filmversie. Zijn jullie close?'

'Ja. Onze jeugd was, hoe zal ik het zeggen, afwisselend, dus we klampten ons aan elkaar vast voor veiligheid en steun.'

'En je was natuurlijk close met Sir James?'

'O ja.' Marcus knikte verwoed. 'Heel erg.'

'Denk je dat deel uitmaken van zo'n vermaarde familie je heeft geholpen of juist gehinderd? Ik bedoel, zette het je onder druk om iets te bereiken?'

Hij zweeg even. 'Off the record?'

'Als je dat wilt.' Nu ze twee glazen wijn achter de kiezen had, was Joanna's voornemen om het interview professioneel te houden een beetje afgebrokkeld. Ze zette haar recorder op pauze.

'Om eerlijk te zijn is het een gigantische last. Ik weet dat anderen denken: wat een mazzelpik. Maar in werkelijkheid is het knap lastig om een beroemde familie te hebben. Op dit moment voelt het onmogelijk mijn vader te overtreffen, laat staan mijn grootvader.'
Joanna merkte dat Marcus er plotseling kwetsbaar uitzag, niet meer zo zeker van zichzelf. 'Dat kan ik me voorstellen,' zei ze zacht.
'Echt?' Hij ving haar blik. 'Dan ben je de eerste.'
'Dat is vast niet waar, Marcus.'
'Toch wel. Op papier ben ik een goeie vangst, toch? Beroemde familie. Connecties. Iedereen neemt aan dat ik schatrijk ben... Het is heel goed mogelijk dat geen enkele vrouw ooit voor me is gevallen om wie ik ben,' voegde hij eraan toe. 'Ik heb niet bepaald een geweldige carrière, weet je.'
'Wat heb je allemaal gedaan?'
'Nou, productie is altijd mijn lievelingsonderdeel van de filmwereld geweest. Wat er achter de schermen gebeurt. Uitzoeken hoe alle delen in elkaar passen. Dat is wat ik graag doe. Het is ook iets wat nog door niemand in de familie is gedaan. Een niche voor mij alleen... Maar helaas doen mijn films het nooit zo goed.'
Marcus was verbaasd dat hij dit aan Joanna vertelde, maar haar innemendheid ontlokte eerlijkheid bij hem.
'Kan ik er een van gezien hebben?' vroeg ze geboeid.
'Eh.' Hij bloosde. 'Herinner je je *No Way Out*? Dat zal wel niet, want die is rechtstreeks naar VHS gegaan.'
'Sorry, nooit van gehoord. Waar gaat hij over?'
'We hebben in Bolivia gefilmd, in het regenwoud. Het waren de engste en mooiste maanden van mijn leven.' Hij straalde terwijl hij erover sprak en maakte steeds meer gebaren met zijn handen. 'Het is een spectaculaire en ongetemde plek. De film gaat over twee niet-inheemse jongens uit de VS die op zoek naar een veronderstelde goudader diep in het woud verdwalen. De natuur slokt hen langzaam op tijdens hun zoektocht naar een uitweg en ze overleven het allebei niet. Nogal deprimerend, nu ik erover nadenk, maar er zat een sterke morele boodschap in over westerse hebzucht.'
'Aha. En ben je nu ergens mee bezig?'

'Ja, mijn productiebedrijf Marc One Films probeert het geld bij elkaar te krijgen om een fantastisch nieuw script te filmen.' Hij glimlachte en Joanna voelde de opwinding van hem af stralen. 'Het is echt een geweldig verhaal. Toen ik door de Amazone reisde, had ik de eer kennis te maken met een paar Yanomami. Dat is een stam die pas in de jaren veertig in contact kwam met de regering in Brazilië. Kun je het je voorstellen om zo van de moderne samenleving te zijn afgesneden, en de schok als je erachter komt dat je wereld zoveel groter is dan je dacht?'

'Dus ietsje extremer dan van Yorkshire naar Londen verhuizen?' zei Joanna. Het gaf haar stom genoeg een voldaan gevoel dat hij om haar slappe grapje lachte en ze gaf zichzelf een standje om haar gretigheid.

'Wel iets extremer, ja,' ging hij verder. 'Ze waren een vredig volk. Hun cultuur was de ultieme democratie, ze hadden niet eens een hoofdman. Alle beslissingen werden in overleg genomen en iedereen had zeggenschap. Het verhaal gaat over dat de Braziliaanse regering – zonder waarschuwing – met bulldozers door hun dorp reed om een grote weg aan te leggen.'

'Wat afschuwelijk! Is dat echt gebeurd?'

'Ja!' Marcus wierp zijn armen in de lucht. 'Het is walgelijk. In de afgelopen decennia is een groot deel van hun populatie weggevaagd door ziektes. Daar gaat de film over, en over de consequenties van ontbossing, moordzuchtige goudzoekers... Er zit ook een prachtig liefdesverhaal in, met een tragisch, maar ontroerend einde natuurlijk en...' Zijn stem stierf weg en hij keek schaapachtig. 'Sorry, ik laat me nogal meeslepen. Zoe raakt altijd verveeld als ik erover praat.'

'Helemaal niet.' Joanna had zo aandachtig zitten luisteren dat ze haar opdracht was vergeten. 'Het klinkt als een geweldig en waardevol project. Ik wens je er heel veel succes mee. Maar goed, ik heb even wat meer gegevens over de beurs nodig, anders krijg ik op mijn kop van mijn baas. Kun je me vertellen wanneer de aanmeldingen binnen moeten zijn, het adres waar ze naartoe kunnen worden gestuurd, dat soort dingen?'

In tien minuten vertelde Marcus alles wat Joanna moest weten. Ze wilde liever dat ze hem over zijn filmproject kon interviewen, want in vergelijking daarmee voelde de herdenkingsbeurs maar saai.

'Oké. Bedankt, dit was super,' zei ze terwijl ze haar spullen pakte. 'Top. O, nog één ding: we hebben een foto nodig van jou en Zoe samen.'

'Zoe zit de komende weken in Norfolk.' Marcus kneep zijn ogen tot spleetjes. 'Ik weet dat ik niet zo beroemd en knap ben als mijn zus, maar je zult het met mij moeten doen.'

'Prima, hoor,' zei ze snel. 'Als ze haar willen, gebruiken ze maar een still uit haar dossier.' Ze strekte haar arm uit om de taperecorder uit te zetten, maar Marcus hield haar tegen door zijn hand op haar onderarm te leggen. Er ging een tinteling over haar huid. Hij hield zijn mond heel dicht bij het microfoontje en fluisterde er iets in.

Toen tilde hij zijn hoofd weer op en glimlachte naar haar. 'Nu mag hij uit. Cognacje?'

Ze keek op haar horloge en schudde het hoofd. 'Lijkt me gezellig, maar ik moet terug naar mijn werk.'

'Oké.' Marcus leek teleurgesteld toen hij gebaarde dat hij de rekening wilde.

'De fotoredactie neemt nog contact met je op. Enorm bedankt voor de lunch.' Ze stond op en stak haar hand uit, verwachtend dat hij die zou schudden. Maar hij tilde hem voorzichtig naar zijn mond en drukte een kus op haar knokkels.

'Tot ziens, mevrouw Haslam. Het was een genoegen.'

'Dag.' Met licht knikkende knieën verliet ze het restaurant en keerde in een waas van wijn en lust terug naar kantoor.

Eenmaal achter haar bureau spoelde ze de taperecorder een stukje terug en drukte op afspelen.

'Joanna Haslam. Je bent zo mooi. Ik wil je mee uit eten nemen. Bel me alsjeblieft op 0171 932 4841. Het is dringend.'

Ze giechelde. Alice, de verslaggever aan het bureau naast haar, keek naar haar.

'Wat?'
'Niks.'
'Je bent wezen lunchen met Handtastelijke Harrison, hè?'
'En?' Joanna wist dat ze bloosde.
'Blijf uit zijn buurt, Jo. Een vriendin van me heeft een tijdje wat met hem gehad. Het is een lompe boer zonder een greintje moraliteit.'
'Maar hij is...'
'Knap, charismatisch... Ja, ik weet het.' Ze nam een hap van haar broodje ei. 'Mijn vriendin had een jaar nodig om over hem heen te komen.'
'Ik ben niet van plan iets met hem te beginnen. Ik zie hem ook vast nooit meer.'
'O? Dus hij heeft je niet mee uit eten gevraagd? Of je zijn telefoonnummer gegeven?'
Joanna kon niet voorkomen dat ze nog harder bloosde.
'Dus wel!' zei Alice met een zelfgenoegzame grijns. 'Pas maar op. Je hart is onlangs al gebroken.'
'Bedankt dat je me daar even aan herinnert. Sorry, ik moet dit nu uittypen.' Geïrriteerd door zowel Alice' minzaamheid als haar ongetwijfeld juiste inschatting van Marcus – ondanks zijn ethische kant – zette ze haar koptelefoon op, stak die in de taperecorder en begon aan het transcriberen van het interview.
Een korte poos later trok ze wit weg. Ze staarde naar haar scherm, drukte op het terugspoelknopje en ging steeds terug naar dezelfde woorden.
Ze was zo aan het zwijmelen geweest dat ze het moment waarop Marcus het zei had gemist. *Siam...* Blijkbaar was dat Sir James Harrisons bijnaam. Ze deed haar koptelefoon af en haalde de nu gekreukelde kopie van de liefdesbrief uit haar rugtas. Ze keek naar de aanhef. Zou het?
Ze had een vergrootglas nodig en ging er snel naar op zoek. Toen ze er uiteindelijk eentje van sportverslaggever Archie had gepikt, hield ze het boven de eerste regel.
Allerliefste Sam...

Aandachtig bestudeerde ze de ruimte rechts van de 'S' en linksboven de 'A'. Ja! Ze keek nog een keer naar hetzelfde punt, zich ervan bewust dat het een inktvlek kon zijn of een of ander vlekje van het kopieerapparaat. Nee. Er stond absoluut, zonder twijfel, een klein puntje tussen de 'S' en de 'A'. Ze pakte een pen en deed zo goed mogelijk het vloeiende handschrift na terwijl ze het woord opschreef. En toen wist ze het zeker: er was een onnodige opwaartse haal na de hoofdletter 'S' en voor de 'A'. Als je een punt recht boven die haal zette, veranderde het woord onmiddellijk in Siam.

Joanna slikte en voelde de opwinding over haar ruggengraat lopen. Ze wist nu aan wie de liefdesbrief gericht was geweest.

11

Joanna besloot het ijzer te smeden nu het heet was en Alecs medeleven en huidige goede humeur in haar voordeel te gebruiken. Die middag liep ze naar zijn bureau met daarop een stapel edities van hun concurrenten, en maar liefst dríé overvolle asbakken, boven op stapels kopij. Met opgerolde mouwen, zweet op zijn voorhoofd en de altijd aanwezige sigaret in zijn mond zat hij tegen zijn computerscherm te vloeken.

'Alec.' Ze leunde over het bureau en zette haar meest innemende glimlach op.

'Niet nu, schat. We liggen achter op de deadline en Sebastian heeft nog niet uit New York gebeld met zijn verslag over De Rooie. Ik kan de voorpagina niet lang meer vasthouden. De uitgever doet het nu al in zijn broek.'

'O. Hoe lang ben je nog bezig? Ik wil iets met je bespreken.'

'Schikt het om middernacht?' vroeg hij zonder zijn ogen van het scherm te halen.

'Aha.'

Hij keek op. 'Is het belangrijk? Iets wereldbedreigends waarmee we honderdduizend extra exemplaren gaan verkopen?'

'Het kan wel een eerder onontdekt seksschandaal zijn, ja.' Ze wist dat dat de toverwoorden waren.

Alecs gezichtsuitdrukking veranderde. 'Oké. Voor een seksschandaal heb ik wel tien minuutjes. Om zes uur in de pub.'

'Dank je.'

De rest van de dag werkte ze de correspondentie uit haar postvakje weg. Om vijf voor zes verliet ze het gebouw en liep de hoek om naar de pub, waar de journalisten alleen maar veel kwamen omdat hij zo dicht bij hun kantoor was. Verder had hij niet veel pluspunten. Ze ging op een smoezelige barkruk zitten en bestelde een gin-tonic, oppassend dat ze niet tegen de plakkerige bar leunde.

Alec kwam om kwart voor zeven in zijn overhemd binnenwandelen terwijl het ijskoud was buiten. 'Hé, Phil. Hetzelfde als altijd,' riep hij naar de barman. 'Oké, kom maar op, Jo.'

Dus begon Joanna bij het begin, de dag van de herdenkingsdienst. Alec sloeg zijn glas Famous Grouse in één keer achterover en luisterde aandachtig tot ze was uitverteld.

'Om eerlijk te zijn wilde ik het al opgeven. Ik kwam nergens, maar toen ontdekte ik vandaag dus toevallig aan wie de brief was gericht.'

Alec bestelde nog een whisky. Met vermoeide rode ogen nam hij haar in zich op. 'Dat kan best wat zijn. Wat mij intrigeert, is dat iemand duidelijk enorm zijn best heeft gedaan dat oudje van je en haar theekisten te laten verdwijnen. Dat wekt de indruk dat er iets te verbergen viel. Lijken gaan niet zomaar in rook op.' Hij stak een nieuwe sigaret op. 'Joanna, gewoon uit interesse, had je de brief bij je die avond dat je flat overhoop is gehaald?'

'Ja, die zat in mijn rugtas.'

'Is het al bij je opgekomen dat het wellicht geen toevallige inbraak was? Van wat die vriend van je vertelde, is er een hoop nodeloos vernield. Ze hadden je bank en bed opengescheurd, toch?'

'Ja, maar....'

'Misschien was iemand op zoek naar iets waarvan ze dachten dat je het verstopt had?'

'Zelfs de politie stond versteld hoeveel er was vernield,' mompelde Joanna zacht. Ze sloeg haar ogen op naar Alec toen het besef doordrong. 'Jeetje, misschien heb je wel gelijk.'

'Jezus, Jo, je bent nog niet echt op weg om een achterdochtige, oude cynicus als ik te worden. Oftewel, een geweldig goede nieuwsjager.' Hij grijnsde zijn tanden vol nicotinevlekken bloot en klopte op haar hand. 'Je leert het nog wel. Waar is de brief nu?'

'Simon heeft hem mee naar zijn werk genomen zodat het forensisch lab er wat testjes mee kon doen.'

'Wie is Simon? Een smeris?'

'Nee, hij werkt in de ambtenarij.'

'Verdomme, Jo! Naïeveling dat je bent!' Met een klap zette Alec zijn glas op de bar. 'Ik wed tien tegen eendenpoep dat je die brief nooit meer terugziet.'

'Daar heb je toch echt ongelijk in, Alec.' Joanna's ogen schoten vuur. 'Ik vertrouw Simon volledig. Het is mijn oudste en beste vriend. Hij wilde alleen maar helpen en ik weet dat hij me nooit zou voorliegen.'

Meewarig schudde Alec zijn hoofd. 'Wat zeg ik nou altijd? Je kunt niemand vertrouwen. Zeker niet in dit vak.' Hij wreef in zijn ogen en zuchtte. 'Goed, dus die liefdesbrief is weg, maar je zei dat je een kopie hebt?'

'Ja. En ik heb er ook eentje voor jou gemaakt.' Ze gaf hem de brief.

'Bedankt.' Hij vouwde hem open. 'Eens even kijken.'

Alec las hem snel door en keek toen nog eens goed naar de aanhef. 'Ja, er kan inderdaad Siam staan. De initiaal onderaan is onleesbaar. Maar volgens mij is het geen "R".'

'Misschien heeft Rose haar naam veranderd, of misschien is zij niet de afzender. Er is zeker weten een link met het theater, maar Rose en Sir James staan allebei niet in dat programmaboekje vermeld.'

Alec wierp een blik op zijn horloge en bestelde nog een whisky. 'Over vijf minuten moet ik ervandoor. Luister, Jo, ik kan natuurlijk niet met zekerheid zeggen dat je iets op het spoor bent. In dit soort situaties ben ik altijd op mijn gevoel afgegaan. Wat zegt jouw gevoel?'

'Dat dit iets groots is.'

'En hoe wil je nu verdergaan?'

'Ik moet met de familie Harrison gaan praten, zoveel mogelijk over het leven van Sir James te weten zien te komen. Misschien heeft hij simpelweg een affaire met Rose gehad. Maar waarom zou ze die brief dan naar *míj* sturen? Ik weet het niet.' Ze zuchtte. 'Als mijn flat overhoop is gehaald omdat ze dachten dat ik hem heb, dan is hij voor iemand blijkbaar heel erg belangrijk.'

'Ja. Luister, ik kan je dit niet onder werktijd laten uitzoeken...'

'Ik kan toch een stuk schrijven over een Britse film- en theaterdynastie?' probeerde ze. 'Beginnend met Sir James, en Charles, zijn zoon, en daarna Zoe en Marcus. Dan zou ik het perfecte excuus hebben om zoveel mogelijk informatie uit ze te krijgen.'

'Een beetje te luchtig voor de nieuwsredactie, Jo.'

'Niet als ik een gigantisch schandaal blootleg. Geef me alsjeblieft een paar dagen, Alec,' smeekte ze. 'En extra research doe ik in mijn eigen tijd, dat beloof ik.'

'Oké,' gaf hij toe. 'Op één voorwaarde.'

'En dat is?'

'Ik wil dat je me van elke stap op de hoogte houdt. Niet omdat ik me er zo nodig tegenaan moet bemoeien, maar voor je eigen veiligheid.' Hij keek haar streng aan. 'Je bent jong en onervaren. Ik wil niet dat je ergens in verwikkeld raakt waar je niet meer uit komt. Ga niet de held lopen uithangen, oké?'

'Dat beloof ik. Bedankt, Alec. Dan ga ik maar. Tot morgen.' Impulsief gaf ze hem een zoen op zijn wang voor ze de pub verliet.

Alec keek haar na. Negen van de tien keer dat een groentje naar hem toe kwam met een 'geweldige' tip schoot hij het idee binnen een paar seconden af en stuurde hen met de staart tussen de benen weg. Maar zijn beroemde onderbuik sloeg hierop aan. Ze was iets op het spoor. Joost mocht weten wat, maar het was iets.

Zelfs Marcus was verbaasd geweest hoe snel Joanna hem na hun lunch belde. Ze beweerde dat haar hoofdredacteur een of andere speciale reportage over de hele familie Harrison wilde hebben om bij het stuk over de beurs te plaatsen, maar hij hoopte dat zijn charme er ook iets mee te maken had gehad. Hij had natuurlijk ingestemd met haar verzoek hem de volgende avond een bezoekje te mogen brengen in zijn flat. En als gevolg daarvan was hij de hele dag bezig geweest de puinhopen van zijn ongeordende vrijgezellenbestaan op te ruimen. Alles wat onder zijn bed huisde, veegde hij rechtstreeks in een vuilniszak en hij verschoonde zelfs de lakens. Daarna haalde hij zijn dikste boeken onder een stoel vandaan waar ze een ontbrekende poot vervingen en legde ze op een prominente plaats op de salontafel. Het was lang geleden dat de naderende komst van een vrouw iets anders in hem had aangewakkerd dan eenvoudige lust. Joanna was een van de weinige mensen die echt naar hem had geluisterd toen hij over zijn filmproject sprak, en nu was hij vastberaden haar ervan te overtuigen dat hij meer in zijn mars had dan de meeste mensen dachten.

De bel ging om half acht. Hij deed open en zag dat ze zich niet bepaald had opgetut. Ze had haar werkkleren nog aan, spijkerbroek en trui. Hij voelde lichte teleurstelling.

Hij kuste haar op de wangen en rekte dat moment expres uit. 'Joanna. Wat goed om je te zien. Kom binnen.'

Joanna liep achter Marcus door de smalle gang naar een kleine en spaarzaam gemeubileerde woonkamer. Ze had meer luxe verwacht.

'Wijn?'

'Eh, liever een kopje koffie, als je dat niet erg vindt,' antwoordde ze. Ze was doodmoe. Het grootste deel van de vorige nacht was ze opgebleven om aantekeningen te maken bij de biografieën en een lijst met vragen over Sir James op te stellen.

'Saai, hoor,' zei hij met een grijns. 'Nou, ík neem wel een borrel.'

'O, oké, een klein glaasje dan.'

Hij kwam terug met een whisky voor hem en een vol glas wijn voor haar en ging heel dicht naast haar op de bank zitten. Toen ze haar hoofd wegdraaide, schoof hij voorzichtig een haarkrul achter haar oor. 'Lange dag gehad?'

Ze voelde de warmte van zijn dij tegen de hare en schoof ietsjes bij hem vandaan. Ze moest zich concentreren. 'Ja, inderdaad.'

'Nou, ontspan je nu maar. Heb je trek? Ik kan wat pasta in elkaar flansen?'

'Nee, doe alsjeblieft geen moeite.' Ze zette haar taperecorder voor hen op de salontafel.

'Is het ook niet.'

'Kunnen we beginnen, dan zien we daarna wel?'

'Natuurlijk, wat jij wilt.'

Ze rook de muskus in zijn aftershave, zag hoe schattig zijn haren krulden bij zijn kraag... Nee, nee, nee, Joanna!

'Goed, zoals ik over de telefoon al zei, ga ik een groot retrospectief over Sir James en jullie familie schrijven dat als achtergrond zal dienen van het stuk over de lancering van de beurs.'

'Wauw. Ik ben je echt heel dankbaar, Jo. Hoe meer publiciteit hoe beter.'

'Vind ik ook, maar ik heb wel je hulp nodig. Ik wil ontdekken hoe je opa echt was, waar hij vandaan kwam en hoe het beroemd zijn hem heeft beïnvloed en veranderd.'

'Maar dat kun je toch gewoon uit zijn biografieën halen?'

'Nou, die heb ik wel bij de bibliotheek geleend en ik moet toegeven dat ik er tot nu toe alleen doorheen heb gebladerd, maar om eerlijk te zijn kan iedereen zoiets schrijven.' Ze keek hem ernstig aan. 'Ik wil het perspectief van de familie horen, de kleine details te weten komen. "Siam", bijvoorbeeld, dat koosnaampje dat zijn oude acteursvrienden voor hem gebruikten. Waar komt dat vandaan?'

Marcus haalde zijn schouders op. 'Geen idee.'

'Hij had geen banden met Zuidoost-Azië?'

'Nee, niet dat ik weet.' Marcus dronk zijn glas leeg en schonk hem nog een keer vol. 'Kom op, Jo. Je hebt je wijn nog amper aangeraakt.' Hij legde zijn hand op haar bovenbeen. 'Je bent ontzettend gespannen.'

'Ja, daar heb je wel een beetje gelijk in.' Joanna haalde de hand gauw weg en pakte haar glas om een slokje te nemen. 'Het zijn op allerlei manieren rare weken geweest.'

'Vertel me er alles over.'

De hand lag weer op haar been. Ze haalde hem nogmaals weg en draaide zich met een opgetrokken wenkbrauw zijn kant op. 'Nee. Ik moet dit artikel halverwege volgende week af hebben en je helpt zo niet bepaald. Het is ook in jouw belang.'

'Ja.' Hij liet zijn hoofd hangen als een schoolkind dat een standje krijgt. 'Het spijt me, ik vind je gewoon zo aantrekkelijk.'

'Luister, help me even. Een half uurtje maar, oké?'
'Ik beloof je dat ik me zal concentreren.'
'Mooi. Wat weet je over Sir James? Misschien kunnen we bij het begin beginnen, met zijn jeugd?'
'Eh...' Marcus had nooit echt veel interesse getoond voor zijn grootvader, maar hij pijnigde zijn hersenen om zich iets te herinneren. 'Eigenlijk moet je met Zoe praten. Zij kende hem veel beter dan ik, ze woonde bij hem in.'
'Het zou super zijn als ik haar kon spreken, maar het is altijd interessant om een persoon vanuit verschillende perspectieven te zien. Heb je je opa toevallig ooit over een vrouw genaamd Rose horen praten?'
Marcus schudde zijn hoofd. 'Nee. Hoezo?'
'O, die naam kwam voorbij in een van de biografieën die ik heb gelezen,' zei ze vlug.
'Ik neem aan dat James in zijn tijd genoeg dames kende.'
'En wat weet je van je oma? Ze heette toch Grace?'
'Ik heb haar niet gekend. Ze overleed lang voor onze geboorte. Mijn vader was pas een paar jaar oud, als ik het me goed herinner.'
'Waren ze gelukkig getrouwd?'
'Heel erg, volgens de overlevering.'
'Heeft je opa toevallig zijn memorabilia bewaard? Je weet wel, oude programmaboekjes, krantenknipsels, dat soort dingen?'
'Nou en of!' Marcus grinnikte. 'De zolder van zijn huis in Dorset staat er vol mee. Dat heeft hij allemaal aan Zoe nagelaten.'
Joanna ging rechterop zitten. 'O ja? Wauw, daar zou ik graag eens een kijkje tussen nemen.'
'Ja. Mijn zus heeft het er al tijden over dat ze er een keer een weekend heen wil om alles uit te zoeken. Het meeste is vast rotzooi, maar er zitten misschien wel wat programmaboekjes en foto's bij die van waarde kunnen zijn. Sir James heeft alles bewaard. Een echte verzamelaar.' Marcus kreeg een ingeving. 'Hé, zal ik Zoe bellen en regelen dat je dit weekend naar Dorset kunt? Dan kunnen we eens kijken wat er allemaal is. Ze is vast dankbaar voor alle hulp die ze krijgen kan bij het uitzoeken. We kunnen er zater-

dagochtend heen rijden en blijven slapen.' Hij was net een overenthousiast klein kind. 'Dat doe je niet in een dagje.'

'Eh... oké.' Joanna wist precies waarom Marcus zo in zijn nopjes leek met zijn idee en ze hoopte maar dat er goede sloten op de slaapkamerdeuren zaten. Maar de kans op een blik in dozen met Sir James' verleden was te verleidelijk, dus ze zou gewoon goed moeten oppassen. 'Als je het zeker weet,' zei ze onzeker. 'Dus je vraagt het aan Zoe?'

'Natuurlijk. Ze heeft te weinig geld om het huis te renoveren dat Sir Jim haar heeft nagelaten. Misschien kan de verkoop van de spullen op zolder haar nog wat opbrengen,' improviseerde Marcus, wetend dat Zoe nooit zou willen verdienen aan iets wat van haar geliefde opa was geweest.

'Top. Superfijn.' Joanna stopte haar taperecorder in haar rugtas en stond op.

'Je gaat toch nog niet? En het eten dan?'

'Echt heel lief aangeboden,' zei ze onderweg naar de deur, 'maar als ik vanavond niet op tijd naar bed ga, ben ik morgen niks waard.'

'Oké,' zuchtte Marcus. 'Laat mij en mijn spaghetti maar een blauwtje lopen, geeft niks.'

Ze gaf hem haar visitekaartje. 'Daar staat mijn werknummer op. Wil je me morgen bellen om te laten weten wat Zoe heeft geantwoord?' Ze gaf hem een zoen op zijn wang. 'Bedankt, Marcus. Echt super bedankt. Dag.'

Hij keek haar na. Joanna liet zijn hart sneller kloppen. En niet alleen door lustgevoelens. Hij waardeerde haar echtheid, haar openheid en eerlijkheid. Het waren verfrissende eigenschappen na zijn reeks mooie, maar met zichzelf geobsedeerde actrices.

Marcus ging naar de keuken om pasta voor één persoon klaar te maken, vulde zijn glas bij, zette het aan zijn lippen en bedacht zich toen. Met enige moeite goot hij de drank in de gootsteen.

'Genoeg,' zei hij.

Voor Joanna wilde hij een betere man worden.

Toen Joanna door de vrieskou naar metrostation Holland Park liep, accepteerde ze eindelijk dat, hoewel zijn reputatie wellicht terecht mocht zijn, ze zich enorm tot Marcus aangetrokken voelde. Zijn geflirt gaf haar platgeslagen, gekneusde ego een boost. Zijn duidelijke verlangen naar haar maakte dat ze zich weer sexy voelde. Het was jaren geleden dat ze ook maar een blik op een andere man had geworpen en de gevoelens die hij in haar wakker maakte waren opwindend, maar zorgelijk. Ze was vastberaden niet de zoveelste kerf in zijn bedstijl te worden. Een onenightstand mocht lichamelijk misschien bevredigend zijn, maar zou niet de leegte vullen die Matthew had achtergelaten.

Desondanks ging er een warme gloed door haar heen toen ze in de metro stapte en aan het weekend dacht. Ze zou tijd doorbrengen met Marcus en misschien – heel misschien – verdere aanwijzingen ontdekken voor het mysterie. En dat Alec de Cynicus het mogelijk achtte dat ze iets op het spoor was, gaf haar het vertrouwen dit verhaal serieus te nemen.

Bij het klaphekje van metrostation Archway trok ze haar das omhoog tegen de koude wind die vanuit de uitgang door het station waaide. Toen ze het donkere Highgate Hill in liep dat op dit tijdstip bijna verlaten was, echoden haar laarzen dofjes op de bevroren stoep. Ze keek ernaar uit bij Simon thuis lekker in bed te kruipen.

Misschien was het de koude lucht die langzaam langs haar rug omlaagkroop, maar ze hield haar pas iets in toen ze het gevoel kreeg dat ze werd gevolgd. Ze draaide zich een stukje om en probeerde te zien of het de schaduw van een persoon of van zwiepende boomtakken was die op de grond speelde. Uiteindelijk bleef ze helemaal stilstaan en luisterde.

Ze hoorde vrolijk geschreeuw uit de pub verderop in de straat, gestaag gedender van auto's en bussen liet de bladeren en het vuil dwarrelen. Joanna besloot naar een buurtwinkel aan de overkant van de straat te sprinten, waar ze een pakje kauwgom kocht. Ze bleef in de ingang staan en keek naar links en rechts, maar zag alleen een man in een winterjas bij de bushalte aan de overkant een sigaret staan roken.

Expres rustig lopend keek ze nog een keer achterom naar de bushalte. De man was verdwenen, ook al was er geen bus langsgekomen. Haar hart bonsde luid en in een opwelling hield ze een taxi aan, dook erin en bracht buiten adem Simons adres uit. De chauffeur was geïrriteerd dat het maar een ritje van drie minuten was.

Bij Simons gebouw aangekomen, rende ze zo snel ze kon de trap op. Was hij maar thuis. Ze deed de grendel op de deur en zette een stoel onder de greep. Daarna pakte ze zijn cricketbat uit de gangkast en legde die op de bedbank.

Het duurde een hele tijd voordat ze, met de bat in haar hand, in een onrustige slaap viel.

12

Zoe had het grootste deel van haar eerste week in Norfolk doorgebracht met duimendraaien en daardoor had ze veel te veel tijd gehad om na te denken. Een dikke deken van sneeuw belette het draaien van de buitenscènes. Hoewel het mooi en sfeervol was, maakte het de continuïteit van de film onmogelijk. In plaats daarvan hadden ze geroeid met de riemen die ze hadden in de oude cottage die voor de shoot was gehuurd. William Fielding, de acteur die John Durbeyfield speelde, de vader van Zoe's personage, zat op het moment in een musical voor kinderen in Birmingham en zou zich pas volgende week bij hen voegen. Ze had overwogen terug naar Londen te gaan, maar aangezien Art had geregeld dat ze in het weekend in Norfolk zou worden opgehaald, leek dat een zinloze reis.

Op vrijdagochtend werd ze plotseling wakker, druipend van het zweet. Er knaagde een zeer onaangenaam gevoel aan haar. Weg was de roze bril, de verwondering dat het lot hen na al die tijd weer samen had gebracht. Ze voelde alleen maar puur ongeloof dat ze zichzelf ook maar had toegestaan te spelen met het idee van een relatie met hem.

'O god,' mompelde ze toen de paniek haar in zijn greep kreeg. 'En Jamie dan?'

Ze strompelde het bed uit, trok een spijkerbroek en rubberlaarzen aan en maakte een wandeling door het besneeuwde dorp. Ze was zo in gedachten verzonken dat de pittoreske schoonheid volledig aan haar voorbijging. Het was heel leuk dat ze zichzelf onafhankelijk verklaarde, vrij van de ketenen die haar eerder beteugelden, maar ze moest wél realistisch blijven. Wat ze op het punt stond te doen had invloed op Jamies hele verdere leven. Hoe kon ze het voor Art geheimhouden? Als ze elkaar vaker spraken en elkaar weer beter leerden kennen, zou hij het zich toch zeker realiseren, als hij dat niet al had gedaan. En hoe zou het dan met hun drieën verdergaan?

'Shit! Shit!' Van frustratie schopte ze hard tegen de ijzige blubber. Ze had al zo lang met het geheim geleefd, maar het zou voor anderen een flinke schok zijn…

Kon ze haar dierbare zoon echt blootstellen aan de ophef die hen zou omringen als zij en Art weer aan een relatie begonnen en de waarheid over Jamie uitlekte?

Nee.

Nooit.

Wat dacht ik wel niet?

Die middag legde Zoe haar bagage in haar auto en reed terug naar Londen. Toen ze thuis was, zette ze haar mobiele telefoon uit en liet het antwoordapparaat alle telefoontjes aannemen, of het nu welkome waren of niet. Daarna, en dat was niets voor haar, dronk ze een hele fles wijn leeg en viel in slaap op de bank tijdens een film die het niet haalde bij het drama in haar eigen leven.

Marcus had met zijn geduldige creditcard een Volkswagen Golf gehuurd voor de rit naar Dorset. Nu hij met Joanna naast zich over de M3 reed, besloot hij dat het de rode cijfers over een maand helemaal waard was. Ze rook heerlijk, vond hij, naar vers geplukte appeltjes. Hij hoopte maar dat de sleutel van Haycroft House nog lag waar die in zijn herinnering altijd had gelegen. Gisteren had hij een paar keer geprobeerd Zoe te bereiken en op zowel haar mobiel als haar antwoordapparaat boodschappen achtergelaten, maar ze had hem niet teruggebeld. Uiteindelijk had hij besloten dat ze niet kon zeggen dat hij het niet had geprobeerd en liet het weekend volgens plan doorgaan.

Joanna zat stilletjes naast hem. Ze was oprecht verbaasd toen Marcus de voorgaande dag had gebeld dat het doorging. Ze was ervan overtuigd geweest dat Zoe pertinent zou weigeren een verslaggever in de privéeigendommen van haar opa te laten neuzen.

Ze keek naar Marcus' perfecte kaaklijn en vroeg zich af of Sir James toen hij jong was net zo knap was geweest.

Uiteindelijk nam hij een afrit. Ze keek door het raam naar de grootse open velden die lichtjes naar de horizon toe glooiden. Het platteland was minder spectaculair dan de Yorkshire Moors, maar ze genoot er evengoed van om eens niet door hoge gebouwen omringd te zijn. De planten en dieren zaten diep verscholen in hun winterhabitat, weggestopt onder de laag sneeuw die het zonlicht uit een spectaculair blauwe lucht reflecteerde.

Marcus reed over een aantal smalle weggetjes met hoge heggen erlangs met besneeuwde kruinen. Uiteindelijk stuurde hij door een hek een oprit op en kwam het huis in zicht. Het was een groot en zichtbaar oud huis van drie verdiepingen, opgetrokken uit grijs steen. Er groeide mos op het rieten dak, een fel groen tussen de stukken witte sneeuw, en glinsterend in de zon drupten ijspegels van de dakrand, die de kleine glas-in-loodramen omlijstten.

'Dit is het nou,' zei hij. 'Haycroft House.'

'Prachtig,' zei ze ademloos.

'Ja. Sir Jim heeft het aan Zoe's zoon Jamie nagelaten. Mazzelpik,' voegde Marcus er, nogal verbitterd vond Joanna, aan toe. 'Blijf zitten, dan haal ik de sleutel.' Hij sprong de auto uit en liep naar de regenton achter het huis. Hij stak zijn vingers onder de linkerkant van de ton en moest door hard ijs heen breken voordat hij de grote, ouderwetse sleutel voelde die hun de toegang zou verschaffen. 'Gelukkig!' mompelde hij en blazend op zijn bevroren vingers liep hij terug naar de voorkant van het huis.

Joanna was al uitgestapt en tuurde door de ramen met verticale stijlen naar binnen.

'Ik heb hem.' Hij glimlachte terwijl hij de sleutel in het slot van de massief eiken deur stak en omdraaide.

Ze kwamen in een donkere hal met houten balken, waar het naar houtrook geurde. Marcus deed het licht aan en Joanna schrok van een woeste berenkop boven hen aan de muur.

'Sorry, ik had je even voor meneer Walker moeten waarschuwen,' zei Marcus en hij strekte zich uit om de warrige vacht van de beer te aaien.

'Meneer Walker?' herhaalde ze huiverend. Het was binnen zo mogelijk nog kouder dan buiten.

'Ja, Zoe heeft hem naar een enge leraar vernoemd. Maak je geen zorgen, hij is niet hier in de buurt geschoten,' plaagde hij. 'Kom, het is ijskoud. We zullen de haard in de woonkamer aansteken. Het is goed mogelijk dat we van elkaars lichaamswarmte gebruik moeten maken om geen longontsteking op te lopen,' geinde hij.

Joanna negeerde de opmerking en liep achter hem aan naar een knusse woonkamer vol oude banken met stapels kussentjes erop. Aan een muur hingen planken vol familiefoto's en in leer gebonden boeken. Terwijl Marcus naar aanmaakblokjes zocht, bestudeerde Joanna de foto's. Ze herkende Zoe Harrison als klein meisje, stralend in de armen van Sir James. Er waren meerdere kiekjes van haar op verschillende leeftijden, in haar marineblauwe schooluniform of op de rug van een groot vospaard, en andere van haar met Jamie, haar zoon, grijnzend van oor tot oor. Ze zocht naar een foto van de jonge Marcus, maar vond er geen. Voordat ze zich kon omdraaien om het te vragen, hoorde ze hem een triomfantelijke schreeuw geven.

'En er was warmte!' verkondigde hij toen de aanmaakblokjes die hij op het haardijzer had gegooid vlam vatten en schaduwen op de ruwe muren van bepleisterd schotwerk wierpen. Hij deed er wat tondel bij en legde er toen een paar grote blokken bovenop. 'Goed, zo wordt het hier wel warm. Dan nu de verwarming.'

Joanna liep achter hem aan door de keuken met zware balken, compleet met grijsstenen tegelvloer en een antiek groot fornuis. Marcus trok een van de zware ijzeren deuren open en legde er wat kranten in, waarna hij er kolen bij gooide uit de emmer en het geheel aanstak.

'Het lijkt misschien niet indrukwekkend en dat is het ook niet,' grijnsde hij. 'De hemel zij dank voor centrale verwarming. Pap heeft jaren op Sir Jim ingepraat dat hij dat moest laten installeren, maar hij weigerde pertinent. Ik denk dat hij ervan genoot als zijn ballen eraf vroren. Ik trotseer nog één keer de kou om de proviand uit de auto te halen.'

Joanna dwaalde door de keuken en genoot van de originele rustieke charme. Er hing een oud droogrek boven het fornuis en een kruidenrek aan het plafond, waaraan nog droge, gescheurde laurierbladeren, rozemarijn en lavendel hingen. De tafel zat vol putjes van jarenlang intensief gebruik en de verschillende open keukenkastjes stonden volgepakt met een allegaartje aan blik, glazen potten en porselein.

Marcus kwam terug met een goedgevulde kartonnen doos. Joanna zag twee flessen champagne, delicatessen als gerookte zalm (wat ze smerig vond) en kaviaar (wat ze zelfs nog smeriger vond). Ze vroeg zich af of ze dit weekend zou sterven van de kou of van de honger. Met de hoeveelheid alcohol die Marcus had meegebracht kon ze dat in elk geval dronken doen. Ze hielp hem met uitpakken en keerde toen snel terug naar de relatieve warmte van het fornuis.

'Wat ben je stil,' merkte hij op terwijl hij het gekoelde voedsel in de koelkast legde. 'Is er iets wat ik kan doen? Ik weet dat het een beetje gek is, ergens de nacht doorbrengen met een man die je amper kent...'

'Er is niks, ik heb gewoon veel aan mijn hoofd. Werkdingen,' verhelderde ze. 'Ik stel het ontzettend op prijs dat jij het hele weekend de tijd neemt om me met mijn research te helpen.'

'Hoe graag ik ook wil dat je dat gelooft, is mijn insteek niet geheel onbaatzuchtig,' zei hij. 'Ik hoopte dit weekend ook wat lol met je te maken.'

Ze trok een wenkbrauw naar hem op.

'Niet meteen zo doordenken, Jo,' zei hij met geveinsde shock op zijn gezicht. 'Ik bedoelde sprankelende gesprekken en misschien een uitje naar de pub. Zullen we nu op zolder kijken? We kunnen het beste wat dozen naar beneden halen zodat je ze bij de haard kunt doorzoeken.'

Ze ging hem achterna de krakende houten trap op naar de open overloop. Marcus pakte een ijzeren stang die tegen een muur stond en haakte hem achter de beugel boven zijn hoofd. Hij trok een stoffige metalen trap omlaag. Hij klom omhoog en met een ruk aan een touwtje baadde de zolder boven hen in het licht.

Hij bood haar zijn hand aan. 'Wil je zien wat je je op de hals hebt gehaald?'

Ze pakte zijn hand vast en hapte naar lucht toen ze op de hardboard vloer van de zolder stond. De gehele ruimte, die van de ene kant van het huis naar de andere liep, stond vol met theekisten en kartonnen dozen.

'Ik zei toch dat hij een verzamelaar was,' zei Marcus. 'Er is hier genoeg om een heel museum mee te vullen.'

'Heb je enig idee of er een chronologische volgorde in zit?'

'Nee, maar ik neem aan dat dat wat het dichtst bij staat, daar waar we het makkelijkst bij kunnen, ook het meest recent is.'

'Nou, ik wil echt bij het begin beginnen, zo ver mogelijk terug als we kunnen vinden.'

'Zoals u wenst, milady.' Marcus deed alsof hij tegen zijn pet tikte. 'Kijk maar even en wijs dan de dozen voor me aan die je als eerste naar beneden wilt hebben.'

Joanna wurmde zich tussen de kisten door en koos ervoor in een van de hoeken het verst bij de trap vandaan te beginnen. Twintig minuten later had ze een gehavende koffer uitgekozen en drie dozen waarvan de gekreukelde, vergeelde krantenknipsels die erin zaten, deden vermoeden dat de inhoud heel oud was.

Beneden ging ze op het muurtje van de haard zitten in een poging zoveel mogelijk warmte te pakken. 'Ik heb het k-k-koud!' Ze lachte terwijl ze ongecontroleerd rilde.

'Zullen we anders eerst naar de pub gaan? Ik lust wel een schuimend glas ale. Kunnen we lekker opwarmen met een kom soep.'

'Nee, dank je.' Ze begon met de koffer. 'Ik wil graag aan de slag.'

'Oké. Als je het niet erg vindt, ga ik even naar de kroeg voordat mijn vingers eraf vriezen. Weet je zeker dat je niet mee wilt?'

'Marcus, we zijn nog niet eens begonnen! Ik blijf hier,' zei ze vastbesloten.

'Oké. Nou, niets van wat je vindt stiekem onder je kleren verstoppen, want dan ben ik straks genoodzaakt het te gaan zoeken,' zei hij voor hij de woonkamer uit liep. Toen hij het hek uit reed, zag hij een stukje voorbij het huis een grijze auto in de berm staan. Hij keek naar binnen en zag twee mannen zitten, demonstratief over een wandelkaart gebogen en gekleed in windjacks. Moest hij de politie bellen? Misschien observeerden ze het huis om er later in te breken.

Ondanks de nu hoog oplaaiende vlammen van het haardvuur was Joanna nog steeds verkleumd. Vanwege het kwetsbare papier kon ze niet te dicht bij het vuur gaan zitten. Tot nu toe had ze helemaal niets ontdekt wat ze niet al had opgemaakt uit de vier biografieën.
 Ze keek vluchtig in de aantekeningen die ze tijdens het lezen ervan had bijgehouden. Sir James was geboren in 1900 en was in de late jaren twintig begonnen naam op te bouwen als acteur op West End in een hele reeks toneelstukken van Noël Coward. In 1929 trouwde hij met zijn vrouw, Grace, en werd in 1937 op tragische wijze weduwnaar toen ze in het buitenland aan een longontsteking overleed. Volgens de krantenknipsels en interviews met vrienden in de verschillende biografieën, was James nooit helemaal over Grace's dood heen gekomen. Ze was de liefde van zijn leven en hij was nooit hertrouwd.
 Het was Joanna ook opgevallen dat er geen enkele foto van hem als kind of jongeman was. De biografen weten dit aan een brand in het huis van James' ouders – dat ergens in de buurt van Haycroft House moest hebben gestaan – die alles had verwoest wat ze bezaten. De vroegste foto was van hem en zijn jonge vrouw Grace op hun trouwdag in 1929. Van wat ze kon afleiden uit de zwart-witfoto van het trouwfeest, was Grace een tengere vrouw geweest. Haar kersverse echtgenoot torende boven haar uit en het viel Joanna op hoe stevig ze zijn arm vasthield.
 Na haar dood bleef James achter met hun zoon Charles, toen vijf jaar oud. Een van de biografen schreef dat een kinderjuf voor het kind zorgde en dat hij op zijn zevende naar een kostschool

was gestuurd. Vader en zoon waren nooit hecht geweest, iets wat James later toeschreef aan het feit dat Charles zo op zijn vrouw leek. 'Het deed me pijn om hem te zien,' had hij toegegeven. 'Ik hield hem op afstand. Ik weet dat ik een afwezige vader ben geweest, en dat heeft me later veel verdriet gedaan.'

Toen James in de dertig was, had hij een aantal succesvolle films gemaakt voor J. Arthur Rank in Engeland. Zo was hij bekend geworden bij het grote publiek. Hij had kort met Hollywood geflirt, maar Europa kwam in de greep van de oorlog en hij was naar het vaste land gegaan als onderdeel van ENSA, de entertainmenttak van het Britse leger, dat de Britse troepen bezocht om het moreel op te krikken.

Na de oorlog werkte Sir James in de Old Vic, waar hij een aantal van de grote klassieke rollen op zich nam. Zijn vertolking van Hamlet, twee jaar later gevolgd door Henry V, maakte hem tot een van de grotere sterren. Op dat moment kocht hij het huis in Dorset, omdat hij zijn tijd liever daar alleen doorbracht dan zich onder de beau monde van de Londense theaterwereld te begeven.

In 1955 verhuisde James naar Hollywood. Hij maakte er in vijftien jaar een aantal goede en, volgens één recensent, 'gruwelijk slechte' films. In 1970 keerde hij terug op het Britse toneel en speelde in 1976 koning Lear bij de Royal Shakespeare Company. Zijn zwanenzang, zo verkondigde hij in de media. Daarna wijdde hij zich aan zijn familie, met name zijn kleindochter Zoe, die kort daarvoor haar moeder had verloren. Misschien, zo opperde een biograaf, probeerde hij zo de eerdere verwaarlozing van zijn eigen zoon goed te maken.

Joanne zuchtte. Haar schoot en de vloer lagen bezaaid met oude kranten, foto's, brieven... die geen van alle verdere verhelderende info gaven. Hoewel 'Siam' absoluut als Sir James' bijnaam was bevestigd, aangezien die meerdere keren in de enorme stapel bewaarde correspondentie werd gebruikt. In het begin had ze alle brieven helemaal gelezen, over mensen met bijnamen als 'Bunty' en 'Boo', en ellenlange beschrijvingen van de rollen die hij had gespeeld, theaterroddels en zelfs het weer. Niets verdachts te vinden.

Ze keek op haar horloge. Het was al tien voor drie en ze was pas halverwege de koffer.

'Waar ben ik nu echt naar op zoek?' vroeg ze aan de stoffige lucht.

Vloekend om de beperkte tijd die ze had, werkte ze zich door tot de bodem van de koffer en wilde de papieren net weer terugstoppen, toen ze een foto uit een oud programmaboekje zag steken. Ze trok hem eruit en zag de bekende gezichten van Noël Coward en de beroemde actrice Gertrude Lawrence, met naast hen een man die ze ook herkende.

Ze zocht in de stapel, op zoek naar de foto van James Harrison op zijn trouwdag en hield die naast de zojuist gevonden foto. Met zijn zwarte haar en kenmerkende snor was hij naast zijn bruid meteen herkenbaar. Maar de man naast Noël Coward was ondanks de blonde coupe en het gebrek aan gezichtshaar toch ook absoluut James Harrison? Ze vergeleek de neus, mond en de glimlach en... Ja! Die ogen. Ze wist het zeker.

Misschien, mijmerde Joanna, had James zijn haar blond geverfd en zijn snor afgeschoren voor een rol in een van Cowards toneelstukken?

Ze legde de foto snel apart toen ze de sleutel in het slot hoorde.

'Hallo.' Marcus kwam de woonkamer binnen, boog zich voorover en masseerde haar schouders even. 'Heb je al iets interessants gevonden voor het artikel?'

'Heel veel, dank je. Ik vind het echt fascinerend.'

'Mooi. Zal ik wat brood met gerookte zalm maken? Je zult wel trek hebben, en van bier krijg ik ook altijd trek.' Hij liep naar de deur.

'Geen gerookte zalm voor mij, alsjeblieft,' riep ze hem na. 'Maar ik lust wel wat van dat lekkere brood dat je mee hebt genomen, en een kopje thee zou heerlijk zijn.'

'Ik heb ook kaviaar. Wil je dat dan?'

'Nee! Evengoed bedankt.'

Ze richtte zich weer op de stapel foto's en papieren en tien minuten later kwam Marcus uit de keuken. Hij zette een dienblad op de salontafel met een pot dampende thee en een bord met royaal met boter besmeerde stukjes brood. Hij glimlachte lief naar haar.

'Kan ik helpen?'

'Niet echt. Bedankt, maar ik weet eigenlijk zelf niet precies wat ik zoek.'

'Oké.' Hij gaapte en ging op de bank liggen. 'Maak je me wakker als je klaar bent?'

Gelaafd door de thee zocht Joanna verder tot de duisternis de schaduwen lengde. Ze rekte haar pijnlijke ledematen uit en kreunde. 'O god, ik kan wel een warm bad gebruiken,' mompelde ze en ze rilde toen ze zag dat het vuur was uitgegaan.

Marcus' hoofd kwam omhoog van de bank en hij rekte zich lui uit. 'Kan geregeld worden, misschien is het fornuis ondertussen genoeg tot leven gekomen voor een half bad lauw water. Kom, dan laat ik je de badkamer zien en waar je vannacht slaapt.'

Boven ging hij haar voor naar een ruime, maar nogal sjofele kamer waar ze de komende nacht zou doorbrengen. Een groot koperen bed met een lappendeken erover stond in het midden van de ruimte met een laag plafond. Op de houten vloer vol muizengaten lag een oosters tapijt. Marcus zette haar weekendtas op de gammele stoel naast de deur en nam haar toen mee naar een ander vertrek. Daar stond een indrukwekkend mahoniehouten hemelbed.

'James' kamer. Hier maf ik. Het is een erg groot bed...' fluisterde hij in haar oor terwijl hij haar naar zich toe trok.

'Marcus! Hou op,' zei ze streng en ze wurmde zich los.

Zuchtend schoof hij een haarlok achter haar oor. 'Je hebt geen idee hoe graag ik je wil.'

'Je kent me amper. En bovendien doe ik niet aan onenightstands.'

'Wie zegt dat het dat zou zijn? Jezus, Jo, denk je echt dat dat is wat ik wil?'

'Ik heb geen idee wat jij wilt, maar ik weet wel wat ik níét wil.'

'Oké.' Hij zuchtte nog een keer. 'Ik geef het op. Je hebt misschien al gemerkt dat geduld niet mijn sterkste kant is. Ik beloof dat ik je niet meer zal aanraken.'

'Goed zo. Dan ga ik nu in bad, als je zo vriendelijk wilt zijn me te vertellen waar de badkamer is.'

Tien minuten later lag ze in een bad op pootjes en voelde zich net een victoriaanse maagd die over haar huwelijksnacht mijmerde. Ze kreunde toen ze dacht aan hoeveel zelfbeheersing het had gekost om zich los te maken uit zijn armen. Waarom deed ze zo ouderwets?

Naast het feit dat met Jan en alleman het bed delen haar nooit erg had aangetrokken, wist Joanna dat ze bang was. Als ze Marcus gaf wat ze allebei wilden, zou hij haar dan net zo snel beu worden als al die andere vrouwen? En hoe dom zou ze zich dan voelen?

Nou, het heeft geen zin om het te kapot te analyseren, dacht ze terwijl ze zich uit het bad hees. Ze liep rillend terug naar de slaapkamer en trok haar warmste trui aan voor ze weer in haar spijkerbroek stapte.

'Joanna!'

'Ja?' riep ze terug.

'Kom naar beneden. Ik schenk nu champagne in.'

'Kom eraan.' Toen ze de trap af was gelopen, vond ze hem op de leren bank voor een opgestookt haardvuur.

'Hier.' Hij gaf haar een glas aan en ze ging naast hem zitten. 'Luister, Jo, ik wil mijn excuses aanbieden dat ik me als een donjuan gedroeg. Als je me niet op die manier wilt, is dat prima. Ik weet zeker dat ik volwassen genoeg ben om van jouw vriendschap te genieten, als dat alles is wat je me kunt bieden. Wat ik wil zeggen, is dat je volkomen veilig bent vannacht. Ik beloof je dat ik niet je slaapkamer in zal sluipen om je te bespringen. Dan hoop ik dat we nu kunnen ontspannen en een leuke avond kunnen hebben. Ik heb een tafel in de pub in het dorp gereserveerd. Ze hebben gewone Engelse kost, niet van dat luxe, verfijnde spul waarvan ik denk dat je het niet lekker vindt. Dus, proost.' Hij hief zijn glas en lachte naar haar.

'Proost.' Ze lachte terug, opgelucht en teleurgesteld tegelijk om zijn vurige verontschuldigingen en acceptatie dat ze gewoon 'vrienden' zouden zijn.

Een half uur later reden ze de hobbelige anderhalve kilometer over pikdonkere weggetjes naar het dorp. De zeer oude herberg had een laag dak en was knus ingericht met donkere meubels en een grote open haard. Er lag een kat te soezen op de bar waar Marcus een paar gin-tonics bij de barman bestelde, waarna ze aan een tafel in de eetzaal plaatsnamen.

'Ik trakteer trouwens,' zei Joanna toen ze de kaart bekeken, 'als bedankje dat je dit voor me hebt geregeld.'

'Graag gedaan. En in dat geval neem ik de steak.'

'Ik ook.'

De jonge serveerster kwam hun bestelling opnemen en Joanna koos een fles rode wijn uit de verrassend uitgebreide wijnkaart.

'Vertel me eens over jouw idyllische jeugd in Yorkshire,' zei Marcus en hij luisterde met meer dan een beetje jaloezie naar haar beschrijvingen van kerst met de familie, paardrijden op de hei, de hechte gemeenschap die samenwerkte om elkaar door lange, strenge winters te helpen.

'De boerderij is al generaties lang in mijn familie,' vertelde ze. 'Mijn opa is zo'n twintig jaar geleden overleden en Dora, mijn oma, heeft het stokje doorgegeven aan mijn vader. Maar met lammertijd kwam ze nog steeds helpen, tot vorig jaar, toen ze te veel last kreeg van artritis.'

'En wat gebeurt er als je vader met pensioen gaat?'

'O, hij weet dat ik de boerderij niet wil overnemen, dus dan houdt hij het woonhuis en verhuurt het land aan naburige boerderijen. Verkopen zou hij nooit doen. Hij blijft hopen dat ik van gedachten zal veranderen, wat me best een schuldgevoel bezorgt, maar het is gewoon niets voor mij. Misschien krijg ik ooit wel een zoon die dol is op schapen, maar...' Ze haalde haar schouders op. 'Dynastieën eindigen nou eenmaal een keer.'

'Ja, nou ja, ik ben de stamhouder van de Harrison-dynastie en tot nu toe maak ik er een potje van,' zei Marcus.

'Nu we het er toch over hebben...' Joanna sneed haar steak. '... de programmaboekjes die ik heb gevonden, heb ik op een stapel gelegd. Die moeten jullie echt niet op zolder laten wegrotten. Het London Theatre Museum is vast geïnteresseerd. Of je kunt een veiling houden en er wellicht geld voor de herdenkingsbeurs mee inzamelen?'

'Dat is een goed idee. Ik weet natuurlijk niet of Zoe het goed zou vinden. Die dozen zijn tenslotte aan haar nagelaten. Maar we kunnen het haar absoluut voorleggen.'

'Sorry als ik cru overkom, maar je laat je zus niet als een van de makkelijkste klinken,' merkte Joanna op.

'Zoe? Nee hoor.' Marcus schudde zijn hoofd. 'Sorry als ik je die indruk heb gegeven, maar je weet hoe het is met broers en zussen.'

'Eigenlijk niet. Ik ben enig kind. Toen ik klein was, wilde ik altijd graag een broer of zus om mijn geheimen mee te delen.'

'Dat valt vies tegen, hoor,' zei Marcus somber. 'Ik bedoel, ik hou van Zoe, maar we hebben niet bepaald een ideale opvoeding genoten... Je hebt zoveel over de familie gelezen dat je vast weet dat onze moeder is overleden toen we nog heel jong waren?'

'Ja,' zei ze zacht, omdat ze zijn gezichtsuitdrukking zag. 'Dat moet heel erg voor jullie zijn geweest.'

'Ja.' Hij schraapte zijn keel. 'Maar weet je, ik dealde ermee. We moesten allebei erg snel opgroeien. Vooral Zoe, die op heel jonge leeftijd Jamie kreeg...'

'Weet je wie de vader is?'

'Nee, en als ik dat wel wist, zou ik het nooit vertellen,' zei hij abrupt.

'Natuurlijk niet. En ik beloof je dat ik het ook niet vroeg met mijn journalistenpet op.'

'Weet ik.' Zijn gezichtsuitdrukking verzachtte. 'Bovendien maakt het mij niet uit welke pet je draagt, ik vind je toch wel leuk. Maar goed, Zoe is geweldig. Ze beschermt de personen van wie ze houdt fel, maar onder die serene buitenkant is ze erg onzeker.'

'Dat zijn we toch allemaal?' zei Joanna zacht.

'Ja. Hoe zit het eigenlijk met jouw leven, mevrouw Haslam? Ik bespeur bij jou een groot wantrouwen ten aanzien van het mannelijke geslacht.'

'Ik had een langdurige relatie, tot vlak na kerst. Ik dacht dat het voor altijd zou zijn, maar dat was het dus niet.' Ze nam een slok wijn. 'Ik kom langzaam over hem heen. Het heeft tijd nodig.'

'Op het risico af dat mijn hoofd eraf wordt gebeten wegens flirten, maar die gozer is een ongelooflijke sufferd.'

'Dank je. Er is wel iets goeds uit voortgekomen. Namelijk dat ik me realiseer dat ik niet bereid ben mezelf te veranderen voor een ander, als je begrijpt wat ik bedoel.'

'Ja,' zei hij. 'En je hebt gelijk dat je dat niet laat gebeuren. Je bent geweldig zoals je bent.' Toen de woorden uit zijn mond kwamen, voelde Marcus een vreemde steek door zijn hart gaan. 'En nu heb ik trek in zo'n gigantisch toetje met slagroom, chocoladesaus en gekonfijte kersen die je nooit in de zogenaamd trendy restaurants van Londen krijgt. Wat jij?'

Na de koffie betaalde Joanna de rekening en gingen ze terug naar Haycroft House. Marcus stond erop dat ze bij de open haard ging zitten. Een paar minuten later kwam hij uit de keuken met onder beide armen een donzige kruik.

'Alsjeblieft. Als ik je niet warm mag houden, moet je het maar met deze doen.'

'Dank je. Ik ga meteen naar bed als je het niet erg vindt. Ik ben kapot. Welterusten.' Ze gaf hem een zoen op zijn wang. Hij beantwoordde die met een vluchtige kus op haar lippen.

'Welterusten, Joanna,' fluisterde hij.

Hij keek haar na en ging toen in het vuur zitten staren. Hij moest het toegeven: er bestond een piepklein kansje dat hij verliefd op haar aan het worden was.

Joanna deed de slaapkamerdeur achter zich dicht. Ze slikte en probeerde haar hartslag tot rust te brengen. Jezus, wat wilde ze hem graag...

'Nee, dit is werk,' zei ze tegen zichzelf.

Het was gevaarlijk om emotioneel bij Marcus betrokken te raken. Naast het feit dat hij haar hart zou kunnen breken, kon het ook haar gezonde verstand aantasten en dingen ingewikkeld maken.

Ze trok haar spijkerbroek uit en stapte in het grote bed. En nadat ze de kruik onder haar trui had gestopt, sloot ze haar ogen en probeerde te slapen.

13

Op zaterdagavond was Zoe in haar slaapkamer de was aan het uitzoeken toen ze de deurbel hoorde. Ze besloot het te negeren. Wie het ook was, ze kon vanavond niemand onder ogen komen. Voorzichtig deed ze de vitrage opzij die haar voor de drukke straat beneden verborg en keek omlaag.
 'O god,' fluisterde ze toen ze de figuur op de stoep zag staan. Ze liet de vitrage snel los, maar niet voor hij omhoog had gekeken en haar had gezien.
 De deurbel ging weer.
 Ze keek omlaag naar de trainingsbroek en de oeroude sweater die ze aan had. Haar haar zat slordig opgestoken en ze had geen veegje make-up op.
 'Ga weg,' fluisterde ze. 'Alsjeblieft.'
 Ze leunde tegen de muur tot de bel voor de derde keer ging en haar vastberadenheid afbrokkelde. Ze ging naar beneden om de deur open te doen.
 'Hallo, Art.'
 'Mag ik binnenkomen?'
 'Natuurlijk.'
 Hij stapte naar binnen en duwde de deur achter zich dicht. Zelfs als hij gewoon maar een spijkerbroek en trui droeg, was hij een lust voor het oog. Zoe kreeg het niet voor elkaar hem aan te kijken.
 'Wat is er gisteren gebeurd?' vroeg hij. 'Waarom ben je uit Norfolk weggegaan zonder het tegen me te zeggen? Mijn chauffeur heeft meer dan twee uur op je gewacht.'
 'Art, het spijt me, ik...' Eindelijk keek ze op in zijn warme groene ogen. 'Ik ben gevlucht. Ik was zo... bang.'

'O, lieverd.' Hij trok haar in zijn armen en hield haar stevig vast.
'Doe dit alsjeblieft niet. Het is verkeerd. Dít is verkeerd...' Ze probeerde zich los te worstelen, maar hij liet haar niet gaan.
'Ik werd bijna gek toen ik je niet kon bereiken, toen ik besefte dat je weer voor me wegrende. Zoe, mijn Zoe.' Hij veegde een blonde lok uit haar gezicht. 'Ik ben altijd aan je blijven denken, je blijven willen, me afvragend waarom...'
'Art...'
'Jamie is mijn zoon, hè? Toch? Hoe hard je het ook ontkent, ik heb het altijd geweten.'
'Nee... nee!'
'Het maakte niet uit dat je met een of ander belachelijk verhaal kwam aanzetten over een ander. Ik geloofde je toen niet en nu ook niet. Ook al waren we nog zo jong, ik wist dat je me dat nooit zou aandoen, met wat er tussen ons was. Ik wist dat je te veel van me hield om me zo te verraden.'
'Hou op! Hou op! Hou op!' Ze huilde nu en probeerde nog steeds uit zijn greep los te komen, maar hij hield haar stevig vast.
'Ik moet het weten, Zoe. Is Jamie van mij? Nou?'
'Ja! Jamie is van jou!' gilde ze. Al haar energie was op en ze hing slap in zijn armen. 'Hij is van jou.'
'Jeetje...'
Staand in de gang klampten ze zich wanhopig aan elkaar vast. Toen kuste hij haar, eerst op haar voorhoofd, toen op haar wangen, haar neus en uiteindelijk haar mond.
'Heb je enig idee hoe ik van dit moment heb gedroomd, ernaar heb verlangd, erom heb gebeden...' Hij streelde haar oren, haar hals, legde haar toen in één gemakkelijke, voorzichtige beweging op de grond.
Nadien, liggend in een kluwen uitgetrokken kleren, was Art de eerste die wat zei. 'Zoe, vergeef me, ik...' Zijn handen zwierven over de zachte huid van haar rug, niet in staat op te houden haar aan te raken en haar fysieke nabijheid te bevestigen. 'Ik hou van je. Dat is altijd zo geweest en zal ik ook altijd blijven doen. Luister, de auto wacht op me, maar kunnen we alsjeblieft nog een keer af-

spreken? Ik begrijp hoe onmogelijk dit voor je is, voor ons allebei, maar... Alsjeblieft,' smeekte hij weer.

Ze gaf hem zijn boxershort en sokken aan en genoot in stilte hoe intiem het was om hem die alledaagse dingen te zien aantrekken. Toen hij aangekleed was, stond hij op en trok haar ook overeind. 'Er is een manier, lieverd. Voor nu moeten we elkaar in het geheim zien. Ik weet dat het niet ideaal is, maar we zijn het onszelf toch zeker verschuldigd het een tijdje te proberen?'

'Ik weet het niet.' Ze leunde tegen zijn borst en zuchtte. 'Vanwege Jamie... Ik maak me zorgen om hem. Ik wil niet dat er iets aan zijn leven verandert. Dat het invloed op hem heeft.'

'Dat zal niet gebeuren, dat beloof ik. Jamie is ons geheim. En ik ben zo blij dat je het me hebt verteld, Zoe,' mompelde hij. 'Ik hou van je.' Hij glimlachte nog even snel naar haar en liep toen naar de deur. Hij blies haar een handkus toe, deed de deur open en was weg.

Wankelend liep Zoe naar de woonkamer en liet zich op de bank ploffen. Ze staarde in het niets en herbeleefde elke seconde van de afgelopen drie kwartier. Toen dreigden de demonen haar mentale kalmte binnen te dringen. Ze fluisterden hun twijfels. Waarschuwingen over de consequenties van het verbreken van de belofte aan zichzelf waaraan ze had gezworen zich altijd te zullen houden.

Nee.... Vanavond niet, dacht ze.

Ze zou zich noch door het verleden, noch het heden laten kwellen. Ze zou het genot en de vredigheid van dit moment zo lang ze kon om zich heen gewikkeld houden.

Joanna werd zondag om acht uur wakker. Ze was niet meer gewend aan de rust van het platteland. Geen geschreeuw op straat of autoalarmen die afgingen, alleen stilte. Ze rekte zich even lekker uit in het comfortabele, oude bed voor ze zich aankleedde en rillend de trap af liep. Ze trok haar jas aan, die over de spijl onderaan de trap hing, pookte de nog gloeiende stukjes hout in de haard op, deed er aanmaakblokjes, tondel en houtblokken bij om de vreselijke kou te proberen te verbannen.

Er was maar zo weinig tijd, dacht ze, toen ze naar de dozen keek, en met zo'n onmogelijke berg documenten nog op zolder. Op dit tempo zou het haar weken kosten om ze allemaal zorgvuldig en systematisch te doorzoeken. Ze pakte de tweede doos erbij en ging aan het werk.

Om elf uur verscheen Marcus eindelijk, zijn gezicht vol kreukels van de slaap, een donzen dekbed om zijn schouders geslagen, en evengoed zag hij er nog aantrekkelijk uit.

'Goeiemorgen.'

'Goeiemorgen.' Ze keek glimlachend naar hem op.

'Ben je al lang wakker?'

'Vanaf acht uur.'

'Tjonge, dat is midden in de nacht. En alweer druk bezig, zie ik.' Hij wees naar de halflege doos.

'Yep. Ik stuitte net op een paar ongebruikte waardebonnen uit 1943.' Ze wapperde met de papiertjes. 'Denk je dat Harvey Nicks ze nog zal aannemen?'

Marcus grinnikte. 'Nee, maar ze zijn van zichzelf vast wel wat waard. Ik denk dat Zoe en ik binnenkort eens serieus in die zooi moeten duiken. Thee? Koffie?'

'Koffie lijkt me heerlijk.'

'Oké.' Hij slofte richting de keuken. Joanna, die wel een pauze kon gebruiken, liep achter hem aan en ging aan de oude eiken tafel zitten.

'Ik denk dat je opa pas halverwege de jaren dertig is begonnen met verzamelen. Balen, want de biografieën zijn allemaal erg vaag over zijn kindertijd en vroege volwassen jaren. Weet jij daar iets van af?'

'Niet echt.' Hij haalde de afdekplaat van het fornuis en zette de fluitketel op. Daarna ging hij tegenover haar zitten en stak een sigaret op. 'Voor zover ik weet, is hij ergens hier in de buurt geboren en het platteland op zijn zestiende ontvlucht om in Londen op de planken te gaan staan. Volgens de overlevering, tenminste.'

'Het verbaast me dat hij nooit is hertrouwd na Grace' dood. Vijfennegentig jaar is lang voor maar één huwelijk van acht jaar.'

'Tja, dat heb je met ware liefde.'
Een bedachtzame stilte volgde tot de ketel begon te fluiten en Marcus opstond om heet water in een mok te gieten. 'Alsjeblieft.' Hij zette dampende koffie voor haar neus. Ze hield de mok tegen zich aan voor de warmte.

'Je arme vader, dat hij al zo jong zijn moeder verloor.'

'Ja. Ik had de mijne tenminste nog tot mijn veertiende. De vrouwen van onze familie lijken bestemd voor het ongeluk, terwijl de mannen een lang leven beschoren is.'

'Zeg dat maar niet tegen Zoe.' Ze nam een slok koffie.

'Of tegen mijn toekomstige vrouw, natuurlijk,' voegde Marcus eraan toe. 'Maar goed, heb je tijd voor een traditionele *sunday roast* denk je, of moet ik alleen gaan?'

'Marcus, je bent pas net wakker! Hoe kun je in godsnaam alweer aan bier en vlees denken!'

'Ik dacht eigenlijk aan jou en hoeveel trek je moest hebben.'

'Echt?' Ze trok een wenkbrauw op. 'Attent van je. Oké. Ik heb nu wel zo'n beetje voldoende voor een redelijk artikel. Ik vroeg me alleen wel af of ik één foto mag meenemen die ik heb gevonden, voor erbij? Het is er eentje van Sir James met Noël Coward en Gertrude Lawrence, die het tijdsbeeld echt heel goed weergeeft. Ik dacht dat een foto van hem als jonge acteur goed zou passen bij het idee van de herdenkingsbeurs, die tenslotte voor jonge acteurs van nu is. Jullie krijgen hem natuurlijk meteen weer terug.'

'Ik zou niet weten waarom niet. Zoe moet natuurlijk nog wel haar fiat geven voor het gedrukt wordt.'

'Bedankt. Goed.' Joanna stond op. 'Wil je me helpen nog één doos naar beneden te halen?'

Om één uur trok Marcus haar overeind en zette haar ondanks haar protesten in de auto.

'Hoe lang moet dat artikel wel niet worden?' wilde hij weten. 'Je hebt genoeg voor een heel boek! Laten we genieten van wat er nog van het weekend over is.'

Joanna leunde achterover en keek uit het raampje naar het mooie, glimmend witte platteland. Ze reden het plaatsje Blandford Forum binnen, vol achttiende-eeuwse huizen, en Marcus wees alle kroegen aan waar hij als tiener uit was geschopt. Hij parkeerde voor een kleine pub met een vrolijke groene voordeur. 'Hier hebben ze de beste sunday roast van de omgeving. Met de grootste *Yorkshire puddings* die je ooit hebt gezien.'

'Dat is een gedurfde uitspraak tegen een meisje uit Yorkshire,' zei ze giechelend. 'Ik hoop dat je die kunt waarmaken.'

Na een zalige lunch, inclusief de krokante en toch zachte Yorkshire puddings met een hele hoop jus die Marcus had beloofd, trok Joanna haar metgezel overeind.

'Oké! Ik moet die lunch eraf wandelen,' zei ze. 'Suggesties?'

'Ja, ik neem je mee naar Hambledon Hill. Stap maar in, milady.' Marcus hield het portier voor haar open.

Een paar kilometer verderop stapten ze uit en Joanna keek op naar een glooiende, hoge heuvel. Het was inmiddels drie uur 's middags en de zon begon onder te gaan, waardoor gouden stralen op de met sneeuw bedekte helling vielen. Het deed haar zo aan thuis en de Yorkshire Moors denken dat ze een brok in haar keel voelde.

'Het is hier zo mooi,' zei Marcus. Hij haakte zijn arm door die van haar. 'Ik kwam hier vaak als ik tijdens de vakanties bij mijn opa logeerde. Dan ging ik gewoon boven op een heuvel zitten nadenken om even weg te zijn van alles.'

Ze liepen arm in arm naar boven en Joanna genoot van hoe rustig en stil haar hoofd was terwijl ze hier met Marcus was, zo ver bij Londen vandaan. Ze pauzeerden halverwege de heuvel om op een boomstronk van het uitzicht te genieten.

'Waar dacht je dan zoal aan?' vroeg ze hem.

'O, je weet wel... Jongensdingen,' antwoordde hij vaag.

'Nee, dat weet ik niet. Vertel,' moedigde ze hem aan.

'Ik dacht aan wat ik later zou gaan doen,' zei hij, starend in de verte. 'Mijn moeder... was dol op de natuur en zette zich in voor de bescherming ervan. Ze was wat je een *ecowarrior* zou kunnen noemen en deed mee aan protestacties van Greenpeace en lobbyde bij het parlement. Ik wilde dat ze trots op me zou zijn, weet je wel?' Hij draaide zich om en keek haar aan, en ze werd betoverd door zijn blik. 'Iets belangrijks doen, iets wat ertoe deed, ik...' Zijn stem stierf weg en hij schopte tegen de sneeuw. 'Maar het is allemaal misgelopen, dus ik denk dat ze erg teleurgesteld in me zou zijn.'

'Dat denk ik niet,' zei Joanna uiteindelijk.

Hij draaide zich met een droeve glimlach naar haar toe. 'Niet?'

Ze schudde haar hoofd. 'Nee. Moeders houden van hun kinderen, wat er ook gebeurt. Het gaat erom dat je het hebt geprobeerd. En je nieuwe filmproject klinkt echt heel waardevol.'

'Dat is het ook, áls ik het geld ervoor bij elkaar krijg. Om eerlijk te zijn, Jo, ben ik echt heel slecht met geld. Ik heb me pas onlangs gerealiseerd dat ik me altijd door mijn hart heb laten leiden in plaats van door mijn hoofd. Dat ik ergens vol in ga omdat ik enthousiast ben over een idee, zonder de risico's te zien. Zo ben ik ook met relaties... Alles of niets, dat ben ik,' biechtte hij op. 'Net als mijn moeder.'

'Er is niets mis met hartstocht, Marcus.'

'Wel als je die met het geld van anderen financiert... Ik heb zitten denken dat als ik dit nieuwe project van de grond krijg, ik bij Ben MacIntyre, de regisseur, in de leer ga als assistent. Misschien moet ik me meer met de "visie" van de film bezighouden in plaats van met het financiële gedeelte.'

'Goed idee,' was Joanna het met hem eens.

'Maar ik vries hier dood, dus zullen we naar huis gaan?'

'Die zachte zuiderlingen ook,' zei ze met een zwaar noordelijk accent. 'Kunnen niet tegen de kou!'

Ze keerden terug naar de relatieve warmte van Haycroft House en terwijl Marcus de dozen terug naar zolder bracht, ruimde Joanna de keuken op.

'Klaar?' Hij stond al in de gang toen ze met haar reistas de trap af kwam.

'Ja. Bedankt voor dit weekend, Marcus. Ik heb er erg van genoten. En ik wil eigenlijk helemaal niet terug naar Londen.'

Marcus legde de sleutel terug op zijn verstopplek, sprong achter het stuur en startte de motor. Toen hij de oprit af reed, ving hij een glimp op van de grijze auto die hij de dag ervoor ook al had zien staan. Joanna volgde zijn blik.

'Wie zijn dat? Nieuwsgierige buren?' vroeg ze.

'Waarschijnlijk gewoon een paar vogelfreaks die voor wat roodborstjes hun ballen eraf vriezen,' antwoordde hij. 'Ze waren hier gister ook al. Of ze zijn van plan het huis van kostbaarheden te ontdoen.'

Joanna verstijfde. 'Moeten we de politie niet bellen?'

'Ik maakte maar een grapje!' zei hij toen ze langs de geparkeerde auto reden.

Zijn lichtvaardige antwoord stelde haar niet gerust. De rust die ze eerder had gevoeld, verdampte en de rest van de rit naar Londen hield ze de achteruitkijkspiegel stiekem goed in de gaten. Ze verstarde bij elke grijze auto die ze zag.

Marcus parkeerde de Golf voor Simons gebouw.

'Ik verwacht wel dat je voor minstens een dubbele pagina voor mijn familie en de herdenkingsbeurs zorgt.' Hij boog zich over de versnellingspook heen en pakte haar hand vast voor ze kon ontsnappen. 'Luister, Jo, kunnen we nog een keer afspreken? Een etentje aankomende donderdag?'

'Ja,' antwoordde ze zonder aarzelen. Ze boog zich naar hem toe en gaf hem een snelle kus op zijn lippen. 'Tot donderdag. Dag, Marcus.'

'Dag,' antwoordde hij weemoedig.

Ze stapte uit en pakte haar tas uit de kofferbak.

'Ik zal je missen,' fluisterde hij toen ze bij de voordeur met een glimlach naar hem zwaaide.

Joanna sjouwde de tas de vele trappen op, denkend dat Marcus Harrison veel meer in zijn mars had dan ze had verwacht. Maar toen ze de sleutel in het slot stak, werd de warmte in haar buik meteen vervangen door de koude angst dat ze weer was gevolgd. Door wie? En wat zouden ze van haar willen?

Ze trok haar jas uit en met hernieuwde waardering voor het moderne gemak van centrale verwarming met een klokthermostaat, legde ze de foto die ze uit Haycroft House had meegenomen op de salontafel. Ze ging naar de keuken om thee te zetten en een boterham te smeren, waarna ze het music hall-programmaboekje en de kopie van de brief die Rose haar had gestuurd uit haar rugtas pakte. Ze legde alles voor zich neer, herlas Rose' brief en de liefdesbrief, bladerde daarna door het programmaboekje van het Hackney Empire en bestudeerde de foto's van de artiesten. Haar hart sloeg een slag over toen ze eindelijk een gezicht herkende.

Mr. Michael O'Connell! Briljant Imitator! stond er onder een foto in het boekje.

Joanna legde het kiekje dat ze uit Dorset had meegenomen ernaast en vergeleek het gezicht van James Harrison met dat van deze Michael O'Connell. Er was weinig twijfel, ook al was de foto in het programmaboekje oud en korzelig. Met zijn donkerblonde haar en zonder de snor, was de jongeman die zichzelf Michael O'Connell noemde een dubbelganger van James Harrison. Tenzij het een tweeling was, moesten ze een en dezelfde persoon zijn.

Maar waarom? Waarom zou Michael O'Connell zijn naam veranderen? Ja, het was goed mogelijk dat hij had besloten een artiestennaam aan te nemen die hij beter bij zichzelf vond passen, maar dat zou hij dan toch meteen aan het begin van zijn carrière hebben gedaan en niet pas een paar jaar later? Tegen de tijd dat hij in 1929 met Grace trouwde, had hij blijkbaar zijn haar zwart geverfd en zich een snor aangemeten. En in geen van de biografieën stond iets over een naamsverandering. Ze hadden het altijd over 'de familie Harrison' als ze over zijn jeugd spraken.

Joanna schudde haar hoofd. Misschien was het gewoon toeval dat de twee mannen zoveel op elkaar leken. En toch zou het wel eindelijk het belang van dit programmaboekje verklaren en waarom Rose het haar had gestuurd.

Was Sir James Harrison eerst iemand anders geweest? Iemand met een verleden waarvan hij wilde dat anderen het zouden vergeten?

Patstelling

Een impasse waarin geen reglementaire zet meer mogelijk is

14

Alec zat niet achter zijn bureau toen ze de volgende ochtend op kantoor kwam. Zodra hij een uur later binnenkwam, stormde ze gelijk op hem af. 'Alec, ik heb iets ontdekt over…'
Hij hief zijn hand om haar tegen te houden. 'Ik vrees dat het feest niet doorgaat. Je wordt overgeplaatst naar Huisdier en Tuin.'
Joanna staarde hem aan. 'Wat?'
Hij haalde zijn schouders op. 'Het is niet mijn beslissing. Het hele idee achter je eerste jaar hier is dat je aan elk katern werkt. Je tijd op de nieuwsredactie zit erop. Je werkt niet meer voor mij. Sorry, Jo, maar het is niet anders.'
'Ik… Maar ik zit hier pas een paar weken. En ik kan dit verhaal echt niet laten liggen. Ik…' Joanna was zo in shock dat zijn woorden niet echt tot haar doordrongen. 'Huisdier en Tuin? Godsamme! Waarom?'
'Dat moet je niet aan mij vragen. Ik werk hier alleen maar. Neem het met de hoofdredacteur op als je wilt. Het was zijn idee.'
Joanna keek de gang in, naar de kale vloerbedekking voor het glazen kantoor, die slijtageplekken vertoonde door het geijsbeer van nerveuze broodschrijvers in afwachting van vernietigend commentaar van hun baas. Ze slikte omdat ze niet wilde huilen in het bijzijn van Alec, of van wie dan ook op kantoor.
'Zei hij ook waarom?'
'Nee.' Alec ging achter zijn computerscherm zitten.
'Vindt hij mijn werk niet goed? Is er iets anders aan mij wat hem niet bevalt? Mijn parfum? Iedereen weet dat "hondenstront en potgrond" het afvoerputje van de krant is. Ik word gewoon levend begraven!'
'Kalm aan, Jo. Het is vast maar voor een paar weken. Als het je

een beter gevoel geeft, ik heb voor je gepleit, maar helaas tevergeefs.'

Joanna keek toe terwijl Alec iets typte. Ze boog zich voorover. 'En je denkt niet dat...'

Hij keek naar haar op. 'Nee. Typ gewoon dat rotstuk over die herdenkingsbeurs uit en dan mag je je bureau opruimen. Je ruilt direct van plek met Machtige Mike.'

'Komt Machtige Mike op de nieuwsredactie?'

Mike O'Driscoll was regelmatig het mikpunt van kantoorgrappen. Hij had de lichaamsbouw van een ondervoede tuinkabouter en werd geplaagd door een instelling van extreme eerlijkheid. Alec haalde alleen nog een keer zijn schouders op. Joanna beende kwaad terug naar haar bureau en ging zitten.

'Problemen?' vroeg Alice.

'Dat kun je wel zeggen, ja. Ik moet ruilen met Machtige Mike van Huisdier en Tuin.'

'Tjonge, heb je een scoop gelekt naar de *Express* of zo?'

'Ik heb verdorie helemaal niks gedaan,' jammerde Joanna, die haar armen over elkaar sloeg en haar hoofd erop liet rusten. 'Ongelooflijk.'

'Jij denkt dan misschien dat jij het zwaar hebt, maar ik heb straks Machtige Mike aan het bureau naast me zitten,' zei Alice. 'En jij hoeft tenminste niet meer je tepels eraf te laten vriezen voor iemands deur, je mag gewoon lekker artikeltjes schrijven over hondenpsychologie en in welk jaargetijde je je begonia's moet planten. Ik zou het wel lekker rustig vinden.'

'Ik ook, op mijn vijfenzestigste na een grootse carrière als verslaggever. Jemig!'

Joanna begon agressief op toetsen te rammen, te zeer van streek om zich te kunnen concentreren. Tien minuten later werd ze op haar schouder getikt en drukte Alec een gigantische bos rozen in haar handen.

'Dit zal je wel opvrolijken.'

'Goh, Alec, dat had je nou niet moeten doen,' grapte ze snibbig toen hij terugliep naar zijn bureau.

'Tering!' Alice keek afgunstig naar haar. 'Van wie zijn ze?'
'Van een sympathisant denk ik,' mompelde Joanna terwijl ze het kleine witte envelopje van het cellofaan trok en het openmaakte.

Goeiemorgen! Ik bel je later.
Voor altijd de jouwe, M x

Ondanks haar slechte humeur moest Joanna om Marcus' kaartje glimlachen.
'Vertel op. Van wie?' Alice keek haar aandachtig aan. 'Toch niet van...'
Joanna bloosde.
'Ja dus! Je hebt toch niet...'
'Nee, dat heb ik niet! En kop dicht!'
Joanna maakte haar nogal ongeïnspireerde artikel over Marcus en de herdenkingsbeurs af, schuldbewust dat ze er niet honderd procent met haar aandacht bij was ondanks de bloemen en het feit dat hij zo lief voor haar was geweest. Toen ruimde ze haar bureau leeg en sjouwde haar spullen naar de andere kant van het kantoor.
Machtige Mike stond nagenoeg te stuiteren van opwinding, wat het allemaal nog erger maakte. Nu bleek het niet de nieuwsredactie te zijn waar hij zo naar uitkeek, maar het feit dat hij naast Alice zou zitten, op wie hij al maanden smoorverliefd was.
Net goed voor haar, dacht Joanna krengig toen ze op de stoel ging zitten die Machtige Mike pas had verlaten en de foto's van schattige hondjes op het prikbord bekeek.
Na haar werk was de gedachte om terug naar haar lege flat te gaan haar te veel, dus ging ze met Alice naar hun stamkroeg om haar leed met een paar gin-tonics te verzuipen.
Drie kwartier later zag ze Alec binnenkomen. Joanna liet Alice zitten en liep regelrecht op hem af. Ze nam op een barkruk naast hem plaats terwijl hij zijn whisky bestelde.
'Ik hoef het niet te horen, Joanna. Ik heb een klotedag gehad.'
'Alec, ik wil één ding weten: ben ik een goede verslaggever?'
'Je was aardig op weg er een te worden, ja.'

'Oké.' Ze knikte terwijl ze probeerde haar gedachten op een rijtje te zetten en niet met dubbele tong te praten. 'Hoelang blijft een nieuwe medewerker doorgaans op een afdeling voordat hij of zij van plek verandert?'

'Jo...' kreunde hij.

'Alsjeblieft, Alec! Ik wil het weten.'

'Oké, minimaal zo'n drie maanden, tenzij ik eerder van hem af wil.'

'En volgens mijn berekening ben ik er pas zeven weken. Je zei net dat ik aardig op weg was, dus je wilde nog niet van me af. Toch?'

'Nee.' Alec sloeg zijn whisky achterover.

'Dan moet ik wel concluderen dat mijn plotselinge degradatie niets met mijn werk te maken heeft, maar met iets anders waar ik misschien per ongeluk op ben gestuit. Klopt dat?'

Hij zuchtte en knikte uiteindelijk. 'Yep. Maar luister, Haslam. Als je ooit aan iemand vertelt dat je dit van mij hebt, zal het niet Huisdier en Tuin zijn, maar kun je je gaan melden bij het arbeidsbureau. Begrijp je dat?'

'Natuurlijk. Ik zeg niets.' Met een blik op de barman gebaarde Joanna naar haar lege glas en dat van Alec.

'Als ik jou was, zou ik op mijn tellen letten en nergens mijn neus in steken. Hopelijk waait dit dan allemaal snel over,' zei Alec.

Joanna gaf hem een nieuw glas whisky. Wat er maar voor nodig was om hem nog een paar minuten daar te houden. 'Het zit zo, ik heb afgelopen weekend weer wat ontdekt. Het is misschien geen staatsgeheim, maar het is wel interessant.'

'Luister, ik loop al een aardig tijdje mee...' Alec ging zachter praten. 'En als ik zie hoe de hoge heren zich gedragen, zou datgene wat je op het spoor bent best weleens toch een staatsgeheim kunnen zijn. Ik heb de hoofdredacteur niet meer zo schichtig gezien sinds de Di Gilbey-tapes. Dus daarom zeg ik je nogmaals: laat het zitten, Jo.'

Ze nam een slok gin-tonic en bestudeerde Alec eens goed. Zijn vettige grijze haar dat in plukjes omhoog stond omdat hij er constant met zijn handen doorheen ging, een paar rooddoorlopen ogen van de whisky en de buik die over een versleten leren riem heen hing.

'Wat ik wel graag wil weten…' Ze sprak zacht zodat hij zich naar haar toe moest buigen. 'Als jij mij was, je stond aan het begin van je carrière en stuitte per ongeluk op iets wat duidelijk zo pikant was dat zelfs de hoofdredacteur van een van de bestverkopende landelijke dagbladen op zijn vingers is getikt, zou jij het dan "laten zitten"?'

Hij dacht even na, keek toen op en lachte naar haar. 'Natuurlijk niet.'

'Dacht ik al.' Ze klopte een paar keer op zijn hand en sprong van de barkruk. 'Bedankt, Alec.'

'Zeg niet dat ik je niet heb gewaarschuwd. En vertrouw niemand!' riep hij toen Joanna de kroeg doorkruiste om haar jas te gaan pakken. Ze zag dat een fotograaf een poging deed Alice te versieren.

'Ga je ervandoor?' vroeg Alice.

'Ja. Ik moet nog onderzoeken hoe je viooltjes het beste tegen slakken kunt beschermen.'

'Ach, je hebt altijd Marcus Harrison nog om je te troosten.'

'Ja.' Joanna knikte, te moe om ertegenin te gaan. 'Dag.'

Ze hield een taxi aan om haar naar Simons flat te brengen en wilde dat ze niet zoveel gin-tonics had gedronken. Toen ze daar aankwam, maakte ze een beker sterke koffie en luisterde daarna het antwoordapparaat af.

'Hoi, Jo, met Simon. Je nam je mobiele telefoon niet op. Ik kom vanavond rond tienen thuis, dus doe de deur niet op slot. Hopelijk is alles goed met je. Dag.'

'Hoi, Simon, met Ian. Ik dacht dat je nu wel thuis zou zijn en ik kan je op je mobiel niet bereiken. Wil je me terugbellen als je thuiskomt? Er zijn ontwikkelingen. Bedankt, dag.'

Joanna schreef de boodschap op het notitieblok en zag toen het kaartje liggen dat Simon haar had gegeven met het nummer van zijn vriend erop.

IAN C. SIMPSON

Ze zocht in haar rugtas naar de pen die ze na de inbraak had gevonden en bestudeerde de erin gegraveerde initialen.

I.C.S.

'Shit!' zei ze hardop tegen de lege kamer.

Vertrouw niemand...

Alecs woorden gonsden door haar hoofd. Werd ze paranoïde door de gin en de vreselijke dag die ze had gehad? Er waren vast heel veel mensen met de initialen I.C.S. Aan de andere kant, hoeveel inbrekers hadden een gouden vulpen bij zich als ze een huis overhoophaalden?

En die liefdesbrief...

Ze had nooit ook maar een seconde getwijfeld of Simons aanbod misschien niet oprecht was. Hij had hem wel heel graag mee willen nemen, bedacht ze ineens. En wat deed hij eigenlijk precies als ambtenaar? Hij was cum laude afgestudeerd aan Cambridge, hij had een goed stel hersenen dat hij vast niet gebruikte om parkeerboetes af te handelen. En hij was iemand met handige 'maten' bij een forensisch lab...

'Shit!'

Joanna hoorde het geluid van voetstappen op de trap. Ze propte het kaartje en de pen in haar rugtas en sprong op de bank.

'Hoi, alles goed?' Simon kwam binnen, zette zijn reistas neer en liep naar haar toe om een kus op haar kruin te drukken.

'Ja, prima, dank je.' Ze deed net alsof ze moest gapen en strekte haar haastig onder zich opgetrokken benen. 'Volgens mij ben ik in slaap gevallen. Ik heb na het werk een paar drankjes genomen in de kroeg.'

'Was het zo'n goeie dag?'

'Ja. Zo goed. Hoe was je reis?'

'Ik heb veel saaie presentaties moeten uitzitten.' Hij ging naar de keuken om de waterkoker aan te zetten. 'Kopje thee?'

'Ja, doe maar. O, trouwens,' voegde Joanna er terloops aan toe, 'toen ik thuiskwam stond er een boodschap van ene Ian op het antwoordapparaat. Hij vroeg of je hem terug wilde bellen.'

'Oké.' Simon zette twee koppen thee neer en ging naast haar zitten. 'Dus, hoe is-ie?'

'Wel goed. Mijn flat is bijna weer op orde en ik heb alle verzekeringspapieren ingevuld. Ze zijn ermee bezig. Mijn nieuwe bed wordt morgen bezorgd en het computermannetje komt langs om alles te installeren. Dus ik ben gauw weg nu jij weer thuis bent.'

'Rustig aan, er is geen haast bij.'

'Weet ik, maar ik wil eigenlijk wel graag naar huis.'

'Snap ik.' Simon nam een slok thee. 'En, heb je nog iets ontdekt in de zaak van rare oude vrouwtjes en hun correspondentie?'

'Nee. Ik zou er toch alleen verder achteraan gaan als jouw vriend van het forensisch lab met iets kwam?' Ze wierp hem een blik toe. 'Heeft hij iets gevonden?'

'Niks, ben ik bang. Ik ben onderweg naar huis langs kantoor geweest en er lag een briefje op mijn bureau van die maat. Het papier bleek te broos om goed te kunnen worden geanalyseerd.'

'Ach,' zei ze zo gewoontjes als ze kon. 'Heb je de brief voor me? Ik wil hem toch graag houden.'

'Helaas niet. Hij is uit elkaar gevallen bij de chemische analyse. Mijn maat zei wel dat hij dacht dat het meer dan zeventig jaar oud was. Sorry, Jo.'

'Geeft niet. Het was waarschijnlijk toch niet belangrijk. Bedankt voor de moeite.'

Joanna was trots dat ze zich zo beheerst wist te gedragen, terwijl ze hem het liefst met een rugbytackle tegen de grond wilde werken en hem helemaal lens wilde slaan vanwege zijn verraad.

'Graag gedaan.' Hij keek naar haar. Zijn verbazing over haar uitwendige kalmte viel van zijn gezicht af te lezen.

'Bovendien lijkt het erop dat ik nu belangrijker zaken aan mijn hoofd heb dan een kansloze zoektocht. Mijn allerliefste hoofdredacteur heeft, om redenen die alleen hij kent, besloten me van de nieuwsredactie naar Huisdier en Tuin over te plaatsen. Dus ik moet me erop richten hoe ik mijn verblijf daar zo kort mogelijk kan maken.'

'Dat is niet leuk. En hij heeft je dus niet verteld waarom?'

'Nee. Maar goed, ik hoef tenminste niet meer uren bij iemands huis te staan en alleen maar over de bloemenshow in Chelsea rond te zwerven in een zwierig jurkje en een paar witte handschoenen.' Ze glimlachte droevig naar hem en haalde haar schouders op.

'Je lijkt het erg goed op te nemen. Ik zou denken dat je zou koken van woede.'

'Wat heeft het voor zin? Zoals ik al zei, ik heb vanavond wat gin-tonics gedronken om de pijn te verzachten. Je had me in de kroeg moeten horen. Maar goed, als je het niet erg vindt, neem ik een douche en ga ik naar bed. Ik ben moe van alle opwinding.'

'Arme jij. Maak je geen zorgen, op een dag ben jij de hoofdredacteur en pak je ze terug,' troostte Simon haar.

'Misschien.' Joanna stond op om naar de badkamer te lopen. 'Tot morgen.'

'Ja, weltrusten, Jo.' Simon gaf haar een kus op haar wang en toen hij eenmaal de douche hoorde, ging hij naar zijn slaapkamer en deed de deur op slot. Hij pakte zijn mobiele telefoon en toetste een nummer in.

'Ian, met Simon. Ik dacht dat ik had gezegd dat je geen berichten op mijn vaste telefoon moest achterlaten. Haslam logeert hier.'

'Sorry, vergeten. Hoe was de training?'

'Zwaar, maar nuttig. Wat is er?'

'Bel Jenkins op zijn huistelefoon. Die vertelt het je wel.'

'Oké. Tot morgen.'

'Fijne avond.'

Simon toetste het nummer uit zijn hoofd in.

'U spreekt met Warburton.'

'Goed dat je belt. Heb je gezegd dat de brief uit elkaar is gevallen, zoals afgesproken?'

'Ja.'

'En hoe nam ze het op?'

'Verbazingwekkend goed.'

'Mooi. Breng morgenochtend om negen uur verslag bij me uit. En ik heb een speciale opdracht voor je.'

'Goed, meneer. Fijne avond.'

Simon drukte de telefoon uit en ging op het bed zitten om zijn vermoeide spieren wat rust te gunnen. Het was een slopende week geweest op de basis in de Schotse Hooglanden, waar hij antiterreurtrainingen had gegeven. Daarbij voelde hij zich vanavond gedwongen door troebel water te waden. Hij wilde zijn privéleven en werk koste wat kost gescheiden houden en die leken nu met elkaar in botsing te komen.

De volgende ochtend om kwart voor acht liep Simon op zijn tenen door de verduisterde woonkamer naar de douche, tot hij besefte dat Joanna al weg was. Hij pakte het briefje dat ze op de keukentafel had achtergelaten.

Ben naar huis gegaan om schone kleren aan te trekken voor op het werk. Bedankt dat ik bij je mocht logeren. Tot gauw.
X

Er was niets opvallends aan het briefje, maar omdat hij haar zo goed kende, had hij het onmiskenbare gevoel dat er iets niet klopte. Gisteravond was ze er veel te rustig onder gebleven toen ze hoorde dat de brief niet meer te redden was geweest.

Simon zou zijn leven erom verwedden dat ze nog steeds onderzoek naar het oude vrouwtje deed.

15

Terug in Norfolk dompelde Zoe zich helemaal onder in het personage Tess, de vrouw die in haar dorp veracht wordt omdat ze een buitenechtelijk kind heeft gekregen. Zoe kon niet anders dan een verband zien met haar eigen leven. Ze hoopte maar dat zij niet zo tragisch aan haar einde zou komen.

'Als je dit volhoudt, sleep je een BAFTA in de wacht, Zoe,' zei Mike, de regisseur, toen ze met hem meereed naar het hotel nadat hij de ruwe opnamen had bekeken. 'Je straalt gewoon op beeld. Vanavond vroeg naar bed, schat. We hebben morgen een lange dag.'

'Natuurlijk. Dank je, Mike. Fijne avond.'

Ze haalden hun sleutels op bij de receptie en Zoe liep de steile, krakende trap op naar haar kamer. Haar telefoon ging over in haar handtas toen ze de deur openmaakte. Zoekend tussen de pepermuntjes, lippenstift en andere troepjes vond ze hem uiteindelijk en deed de deur achter zich dicht voor ze opnam.

'Met mij,' hoorde ze hem zeggen.

'Hallo, "mij", alles goed?' fluisterde ze met een heimelijke glimlach.

'O, gewoon hectisch zoals altijd. En ik mis jou.'

Zoe liet zich op het bed zakken en hield de telefoon tegen haar oor, genietend van zijn stem. 'Ik mis jou ook.'

'Gaat Sandringham dit weekend lukken?'

'Ik denk het wel. Mike zegt dat hij 's ochtends vroeg wat shots in de mist wil maken, maar ik ben waarschijnlijk rond de lunch wel klaar. Ik denk alleen dat ik om zeven uur al in slaap val. Want dan ben ik al vanaf vier uur op.'

'Zolang het maar in mijn armen is, maakt het mij niet uit.' Het was een lange poos stil op de lijn. Toen zei hij: 'Jeetje, Zoe, ik zou nu echt willen dat ik iemand anders was.'

'Ik niet. Ik ben blij dat jij jij bent,' zei ze opbeurend. 'Nog maar een paar dagen en dan zijn we weer samen. Weet je zeker dat het veilig is?'

'Ja. Degenen die ervan af moeten weten zijn van het belang van geheimhouding doordrongen. Onthoud, discretie is een belangrijk onderdeel van hun werk. Maak je alsjeblieft geen zorgen, lieverd.'

'Ik maak me ook niet druk om mezelf, maar wel om Jamie.'

'Natuurlijk, maar vertrouw me, oké? Mijn chauffeur zal vrijdag vanaf één uur voor je klaarstaan bij het hotel. Ik heb York Cottage op het landgoed voor het weekend, ik heb tegen de rest van de familie gezegd dat ik behoefte heb aan wat privacy. Ze begrijpen het en zullen ons niet storen.'

'Oké.'

'Ik tel de uren af, lieverd. Fijne avond.'

'Jij ook.'

Zoe legde de telefoon weg en ging op het bed liggen staren naar de scheuren in het plafond van haar hotelkamer. Er kroop een glimlach over haar gezicht. Ze had nog nooit een heel weekend alleen gehad met Art.

En zelfs voor Jamie kon ze dit niet afslaan.

Nadat ze een warm bad had genomen, ging ze naar beneden voor het diner. Het grootste deel van de filmploeg was naar het nabijgelegen stadje Holt gereden om een Indiaas restaurant uit te proberen dat erg goed moest zijn, dus de kleine eetzaal met de donkerhouten tafels en stoelen was heerlijk leeg. Ze ging in de hoek bij de haard zitten en bestelde toen ze besefte dat ze enorme honger had de varkensstoofschotel bij de serveerster.

Op het moment dat haar maaltijd werd opgediend, verscheen William Fielding, de acteur die haar vader speelde, licht zwalkend bij de ingang van het restaurant.

'Hallo, jongedame. Helemaal alleen?' Hij glimlachte en er verschenen rimpeltjes om zijn vriendelijke ogen.

'Ja,' zei ze, en met tegenzin voegde ze toe: 'Kom anders bij me zitten?'

'Dat lijkt me zeer aangenaam.' William schuifelde naar haar toe, trok een stoel onder de tafel vandaan en liet zich er langzaam op zakken. 'Die verdraaide artritis vreet zich door mijn botten heen. En de kou hier is niet bepaald bevorderlijk.' Hij leunde zo ver naar haar toe dat Zoe de alcohol in zijn adem kon ruiken. 'Toch mag ik blij zijn dat ik aan het werk ben en een man speel die heel wat jaartjes jonger is dan ik. Ik voel me eerder je grootvader dan je vader.'

'Onzin. Je bent zo jong als je je voelt en vandaag sprong je tijdens het filmen als een jonge bok die trap op,' troostte Zoe hem.

'Ja, en dat werd bijna mijn dood,' zei hij grinnikend. 'Maar onze zeer gewaardeerde regisseur mag niet denken dat ik mijn beste tijd heb gehad.'

De serveerster was met een menukaart naast hun tafeltje komen staan.

'Vriendelijk bedankt.' William zette zijn bril op en bekeek de kaart. 'Eens kijken wat er allemaal is. Doe mij maar de soep, het braadstuk van de dag en een dubbele whisky met ijs om het mee weg te spoelen.'

'Komt voor elkaar, meneer.'

'Ik lust wel een goed glas rode wijn, maar het bocht dat ze hier schenken is net azijn,' merkte William op terwijl hij zijn bril weer af zette. 'Ik geniet wel erg van de lunches. Catering op locatie is altijd een van de fijne voordeeltjes, vind je ook niet?'

'Absoluut. Ik ben bijna twee kilo aangekomen sinds we zijn begonnen met filmen,' moest Zoe bekennen.

'Nou, dat kon je ook wel gebruiken, als ik zo vrij mag zijn. Je bent zeker nog niet over het verdriet van het overlijden van de beste Sir James heen?'

'Ik denk dat ik daar nooit overheen kom. Hij was meer een vader voor me dan mijn echte vader. Ik mis hem elke dag en de pijn lijkt nog niet minder te worden,' gaf Zoe toe.

'Dat komt nog wel, lieve meid. Dat kan ik zeggen omdat ik oud en wijs ben. Ah, dank je wel.' William nam de whisky aan van de serveerster en nam een grote slok. 'Ik heb tien jaar geleden mijn vrouw verloren aan kanker. Ik dacht niet dat ik zonder haar zou kunnen leven. Maar ik ben er nog, ik leef nog. Ik mis haar, maar ik heb intussen wel geaccepteerd dat ze er niet meer is. Het is wel eenzaam oud worden zo. Ik weet niet wat ik zou doen als ik geen werk had.'

'Veel acteurs lijken erg oud te worden. Ik heb me vaak afgevraagd of dat is omdat ze nooit echt met pensioen gaan en gewoon doorgaan tot ze...'

'Er dood bij neervallen, ja.' Hij sloeg zijn glas achterover en gebaarde dat hij een nieuwe wilde. 'Jouw grootvader is vijfennegentig geworden, toch? Een respectabele leeftijd. Het inspireert me te denken dat ik nog een jaar of dertien te gaan heb.'

'Ben je echt tweeëntachtig?' vroeg ze oprecht verbaasd.

'Voor jou, lieve schat, inderdaad. Voor de rest van het wereldje ben ik rond de zevenenzestig blijven hangen.' William hield een vinger tegen zijn lippen. 'Ik herinnerde me alleen hoe oud ik precies ben omdat Sir James op de dag af dertien jaar ouder was. We waren op dezelfde dag jarig. Ik heb het een keer samen met hem gevierd, vele jaren geleden. Aha! Soep, en het ruikt heerlijk. Excuseer me even terwijl ik hierop aanval.'

'Ga je gang.' Zoe keek toe hoe William luidruchtig soep naar binnen lepelde met een trillende hand.

'Kende je mijn opa goed?' vroeg ze toen hij de kom van zich af had geschoven en nog een whisky had besteld.

'Ja, heel lang geleden, voordat hij, en dat bedoel ik vrij letterlijk, James Harrison werd.'

'Hoe bedoel je "letterlijk"?'

'Nou, zoals je vast wel weet, was James Harrison zijn artiestennaam. Toen ik hem ontmoette, was hij zo Iers als maar kan. Kwam ergens uit de buurt van West Cork en heette toen nog Michael O'Connell.'

Zoe keek hem verbijsterd aan. 'Weet je zeker dat je het over dezelfde acteur hebt? Ik weet dat hij gek was op Ierland, hij verkondigde altijd dat het een prachtig land was, vooral tegen het eind van zijn leven, maar ik had geen idee dat hij daadwerkelijk Iers wás. En het wordt ook in geen enkele biografie genoemd. Ik dacht dat hij in Dorset was geboren en ik heb al helemaal nooit een Iers accent in zijn stem gehoord.'

'Aha! Nou, zo zie je maar weer. Zo'n getalenteerd acteur was hij dus. Hij had een geweldige gave voor imitatie, kon elk accent en elke stem nadoen die hij maar wilde. Zo is hij zijn carrière ook begonnen, als imitator in het variététheater. Ik sta versteld dat je dat niet wist, aangezien jullie zo'n hechte band hadden. Maar je hebt dus zonder enige twijfel Iers bloed.'

'Tjonge! En waar heb je mijn opa voor het eerst ontmoet?'

'In het Hackney Empire. Ik was toen pas negen. Michael was tweeëntwintig en het was zijn eerste echte baan.'

'Was jij négen?' vroeg Zoe verwonderd.

'Ja, ik kan er niets anders van maken. Geboren in een rekwisietenbak,' zei William met een glimlach. 'Mijn moeder zat ook in de variétéwereld en mijn vader was niet in beeld. Dus nam ze me mee naar het theater als ze moest werken en dan sliep ik in een la in haar kleedkamer. Toen ik ouder werd, deed ik klusjes voor de artiesten. Ik bracht het eten, gaf berichten door en deed af en toe een boodschap voor een paar centen. Zo ontmoette ik Michael, alleen noemde ik hem net als iedereen "Siam". Zijn eerste baantje was het vertolken van de geest in de fles in het pantomime van het Empire. Hij had zijn hoofd kaalgeschoren, zijn huid donkerder gemaakt en met dat kapsel en die kniebroek leek hij op de koning van Siam, die ik weleens op foto's had gezien. Die bijnaam is blijven hangen, zoals je ongetwijfeld weet.'

'Ja.' Zoe knikte. Ze was haar eten helemaal vergeten en luisterde ademloos.

'Hij wilde natuurlijk dolgraag het echte theater in, maar je moet toch ergens beginnen. Toen had hij al charisma. Alle jonge danseressen stonden in de rij om met hem uit te gaan. Het moet zijn Ierse charme zijn geweest, ook al sprak hij alsof hij een hete aardappel in zijn keel had. Dat moest namelijk wel in die tijd, maar hij vermaakte ons altijd met zijn Ierse volksliedjes,' grinnikte William.

Zoe bestudeerde William nauwkeurig terwijl hij nog een glas achteroversloeg. Hij had drie dubbele whisky's op sinds hij bij haar was gaan zitten. En hij sprak over zeventig jaar geleden. Grote kans dat hij James verwarde met iemand anders. Ze prikte wat in haar koud geworden stoofvlees terwijl zijn braadstuk werd geserveerd.

'Dus hij was een rokkenjager?'

'Zeker weten. Maar hij dumpte ze altijd zo charmant dat ze evengoed dol op hem bleven. Op een dag, halverwege het seizoen, was hij ineens verdwenen. Toen hij niet voor zijn optreden kwam opdagen, werd ik na een dag of twee naar zijn huis gestuurd om te kijken of hij misschien ziek was of gewoon te veel tot zich had genomen. Zijn spullen waren er nog, meidje, maar je opa was er niet.'

'Echt? En is hij ooit teruggekomen?'

'Ja, maar dat was meer dan een half jaar later. Ik ben regelmatig langs zijn huis gegaan om te zien of hij teruggekomen was. Hij was altijd heel gul geweest met snoepjes en af en toe wat muntgeld als ik een klusje voor hem deed. Op een dag klopte ik aan en deed hij de deur open. Hij had een mooi nieuw kapsel en een duur pak aan. Ik weet nog dat hij vertelde dat het van Savile Row kwam. Hij zag eruit als een echte heer. Het was altijd al een knappe vent.' William grinnikte weer.

'Wauw, wat een verhaal. Daar had ik geen idee van. Hij heeft mij er nooit iets over verteld. Heb je hem gevraagd waar hij geweest was?'

'Natuurlijk. Het fascineerde me mateloos. Je grootvader vertelde me dat hij een zeer lucratieve acteerklus had gedaan, meer niet. Hij zei dat hij weer bij het Empire kwam werken, dat het allemaal geregeld was. En de directie vertrok geen spier. Het was alsof hij nooit was weggeweest.'

'Heb je dit ooit aan iemand anders verteld?' vroeg ze.

'Absoluut niet, jongedame. Dat mocht niet van hem. Michael was mijn vriend. Hij vertrouwde me toen ik nog een broekie was, en ik hem. Maar goed, dit was nog niet eens het interessantste stuk.' Williams waterige ogen glinsterden van de opwinding van het entertainen van zijn aan haar stoel gekluisterde publiek. 'Zullen we koffie bestellen en naar een gemakkelijker plaatsje in de bar verkassen? Mijn rug is gevoelloos door deze harde stoel.'

Ze vonden een aangename muurbank in een hoek van de bar. William zuchtte tevreden en stak een sigaret zonder filter op.

'Maar goed,' vervolgde hij zijn verhaal, 'op een dag, niet lang na zijn terugkomst, riep hij me bij zich in zijn kleedkamer. Hij gaf me twee shilling en een brief en vroeg of ik iets voor hem wilde doen. Ik moest voor de Swan and Edgar gaan staan, dat warenhuis aan Piccadilly Circus, weet je wel? En daar moest ik wachten tot een jonge, in het roze geklede vrouw langs zou komen en me zou vragen hoe laat het was.'

'En heb je dat gedaan?'

'Natuurlijk! Voor twee shilling zou ik in die tijd zelfs naar de maan zijn gegaan!'

'En, kwam die vrouw?'

'Jazeker. Ze droeg prachtige kleding en praatte bekakt. Ik wist meteen dat ze een dame was. En dan bedoel ik een échte dame.'

'En dat was één keer?'

'Nee. In die paar maanden heb ik haar wel tien, misschien wel vijftien keer ontmoet. Ik moest haar dan een envelop geven.'

'En gaf ze jou ook iets?'

'In bruin papier verpakte vierkante pakketjes.'

'Echt? Wat denk je dat erin zat?'

'Ik heb geen idee. Al probeerde ik het wel te raden.' William tikte zijn askegel af in de asbak en glimlachte naar haar, waardoor zijn ogen nog verder in zijn geplooide gezicht verdwenen.

Zoe beet op haar lip. 'Denk je dat het iets illegaals was?'

'Kan, maar Michael leek me niet het type dat bij iets crimineels betrokken zou zijn. Het was zo'n zachtaardige man.'

'Wat denk je dan dat het was?'

'Ik denk... Nou, ik dacht altijd dat het een of andere geheime affaire was.'

'Tussen wie? Michael en de vrouw die jij ontmoette?'
'Misschien. Maar ik denk dat ze net als ik een boodschapper was.'
'En je hebt niet in de pakketjes gekeken?'
'Nee, hoewel dat best had gekund, maar ik was een trouwe rakker en je grootvader was altijd zo gul voor me geweest, dus ik zou zijn vertrouwen nooit beschamen.'

Zoe nam een slok van haar koffie. Ze was moe, maar geboeid, of het verhaal nu de waarheid, fictie of een beetje van allebei was, opgesmukt door het verstrijken van de tijd.

'Daarna ontbood Michael me bij hem thuis en vertelde me dat hij weer weg moest. Hij gaf me genoeg geld om een jaar goed van te eten en stelde voor dat ik in mijn eigen belang vergat wat er in de voorgaande paar maanden was voorgevallen. Als iemand me ernaar zou vragen, helemaal iemand van de overheid, moest ik zeggen dat ik hem niet kende. Of alleen van gezicht.' William drukte zijn sigaret uit. 'En toen was het vaarwel Michael O'Connell. Letterlijk, bedoel ik dan. Hij verdween van de aardbol.'

'Heb je geen idee waar hij heen ging?'

'Nee. En de volgende keer dat ik Michael O'Connell zag, was een goede anderhalf jaar later. Ik stond paf toen hij onder de naam "James Harrison" vanaf een affiche op een theater aan Shaftesbury Avenue op me neer staarde. Zijn haar was zwart en hij had nu een snor, maar ik zou die blauwe ogen overal hebben herkend.'

Zoe keek hem vol verbazing aan. 'Dus je zegt dat hij wéér verdween, om vervolgens terug te komen met donker haar, een snor en een andere naam? William, ik moet zeggen dat ik moeite heb het allemaal te geloven.'

'Tja.' Hij liet een luide boer. 'Ik zweer je dat het waar is, jongedame. Toen ik dat affiche bij het theater had gezien en wist dat hij het was, ook al was het onder een aangenomen naam, ben ik naar de artiesteningang gegaan en heb naar hem gevraagd. Toen hij zag dat ik het was, joeg hij me snel zijn kleedkamer in en sloot de deur. Hij zei dat het veel beter voor mijn algehele welzijn zou zijn als ik bij hem uit de buurt bleef, dat hij nu iemand anders was en dat het

gevaarlijk was dat ik hem kende.' William haalde zijn schouders op, 'Dus geloofde ik hem op zijn woord.'
'Heb je hem ooit nog gezien?'
'Alleen vanuit de stalles. Ik heb hem een paar keer geschreven, maar nooit antwoord ontvangen. Wel kreeg ik elke verjaardag een envelop toegestuurd, moet je weten, met een stapel briefgeld erin. Geen briefje erbij, maar ik wist dat het van hem kwam. Dus, dat was het. Het eigenaardige verhaal van jouw geliefde grootvader in zijn vroege jaren, nog nooit eerder over deze lippen gekomen. Nu hij niet meer onder ons is, maakt het vast niet meer uit. En je kunt het misschien verder onderzoeken, als je daar behoefte aan hebt.'
William krabde aan zijn oor. 'Ik probeer op de naam van de jongedame te komen die ik steeds voor de Swan and Edgar ontmoette. Ze heeft het me een keer verteld. Viola... Nee. Iris... Ik weet zeker dat het een bloem was...'
'Lily? Rose?' opperde Zoe.
Er verscheen een glimlach op zijn gezicht. 'Warempel! Het was Rose!'
'En je hebt geen enkel idee wie ze was?'
'Ik kan natuurlijk niet al zijn geheimen verklappen.' William tikte tegen zijn neus. 'Ik had wel een idee, maar misschien is het beter als dat met hem mee het graf in gaat.'
'Ik zal op zijn zolder in het huis in Dorset moeten gaan kijken, waar hij al zijn memorabilia bewaarde, en op onderzoek uitgaan. Misschien vind ik wel iets over wat jij hebt verteld.'
'Dat betwijfel ik, lieverd. Als het al zo lang geheim is gebleven, zullen we waarschijnlijk nooit achter de waarheid komen. Maar het is wel een interessant verhaal voor bij het diner,' zei hij met een glimlach.
'Ja.' Zoe onderdrukte een gaap en keek op haar horloge. 'William, ik ga naar bed. Ik moet morgen vroeg op. Bedankt dat je me dit hebt verteld. Ik laat het je weten als ik iets ontdek.'
'Doe dat, Zoe.' William keek toe terwijl ze overeind kwam. Hij pakte haar hand vast en kneep er even in. 'Je lijkt zo op hem toen hij jong was. Ik heb vanmiddag goed naar je gekeken en je hebt

dezelfde gave. Op een dag zul je heel beroemd worden en dan zal je opa trots op je zijn.'

De tranen sprongen Zoe in de ogen. 'Dank je wel,' mompelde ze en ze liep de bar uit.

16

Joanna had drie ellendige dagen op Huisdier en Tuin doorgebracht en twee ongemakkelijke nachten op een provisorische stapel dekens en kussens op de vloer van haar appartement omdat haar nieuwe bed toch nog niet bezorgd bleek te zijn. Vanavond had ze afgesproken met Marcus te gaan eten en de gedachte aan een zacht, comfortabel bed zou weleens genoeg kunnen zijn om haar over te halen vannacht bij hem te blijven slapen. Ze trok haar afgedragen en enige zwarte jurkje aan en maakte haar outfit af met een strak vestje en ballerina's. Daarna deed ze wat mascara op, wat blusher en lippenstift. Met haar lange haar nog vochtig van de douche liep ze in de richting van de bushalte.

Ze probeerde zo natuurlijk mogelijk te lopen en vocht tegen de neiging constant achterom te kijken. Ze hield haar sleutelbos in haar vuist met de scherpe punten naar buiten gestoken om zich bij een eventuele aanval te verdedigen.

Terwijl de bus over Shaftonbury Avenue naar Soho reed, mijmerde Joanna over de komende avond en ze vond het vreselijk van zichzelf dat ze er zo naar uitkeek om Marcus weer te zien. Ze had zich de afgelopen dagen ook afgevraagd of ze Marcus in vertrouwen moest nemen en hem moest vertellen wat ze over zijn opa had ontdekt. Ze was tot de pijnlijke conclusie gekomen dat ze Simon niet kon vertrouwen en had haar best gedaan hem in het 'vijandelijke kamp' te plaatsen, ook al wist ze niet wie die 'vijand' precies was. Gezien haar degradatie moest ze Alec ook buiten beschouwing laten. Toen de bus in Lexington Street stopte, stapte Joanna uit met de gedachte dat ze wel een bondgenoot kon gebruiken. Marcus zat op haar te wachten in Andrew Edmunds, een eenvoudig, maar charmant door kaarsen verlicht restaurant.

'Hoe gaat-ie?' Hij gaf haar een tedere kus op de lippen.
'Prima.' Ze nam op de stoel tegenover hem plaats.
'Je ziet er fantastisch uit, Jo. Leuk jurkje.' Marcus nam haar helemaal in zich op. 'Glaasje champagne?'
'Vooruit, als je zo aandringt. Speciale gelegenheid?'
'Natuurlijk. We gaan samen eten. Dat vind ik speciaal genoeg. Goeie week gehad?'
'Nee, verschrikkelijk. Ik ben niet alleen gedegradeerd op mijn werk, maar mijn bed is ook nog steeds niet aangekomen.'
'Arme jij. Ik dacht dat je tot die tijd bij een vriend logeerde?'
'Dat was ook zo, maar het werd er een beetje... vol. Simon is weer teruggekomen en de flat is te klein voor ons tweetjes.'
'Heeft hij geprobeerd je te bespringen?'
'Hemel, nee!' Joanna onderdrukte een lichte opwelling van schuldgevoel. 'Hij is mijn oudste vriend. We kennen elkaar al jaren.' Ze haalde diep adem. 'Maar goed, het is een lang verhaal, dat trouwens vaag gelinkt is aan jouw familie. Ik vertel het je wel tijdens het eten.'

Toen ze eenmaal eten en wijn hadden besteld, keek Marcus haar vragend aan.

'Oké, vertel.'
'Vertel wat?'
'Waar je het net over had.'
Joanna keek plotseling onzeker naar hem. 'Ik weet niet of ik dat wel moet doen.'
'Is het zo schokkend?'
'Dat is het nou juist, dat weet ik niet. Het kan iets zijn, maar voor hetzelfde geld is het helemaal niets.'

Hij pakte haar hand vast. 'Joanna, ik zweer je dat ik het voor me zal houden. Volgens mij moet je er echt met iemand over praten.'

'Dat klopt. Je hebt gelijk. Maar ik waarschuw je dat het bizar en ingewikkeld is. Goed.' Ze nam een grote slok van de zeer uitstekende rode wijn om haar wat zelfvertrouwen te geven. 'Het begon allemaal op de herdenkingsdienst van je opa...'

Er waren het voorgerecht, hoofdgerecht en bijna het hele dessert voor nodig voor Joanna Marcus helemaal had ingelicht over oudevrouwtjesgate, zoals ze de situatie noemde. Ze besloot hem niet te vertellen over de anonieme mannen die haar volgden, omdat ze op de een of andere manier bang was de volledige realiteit van wat ze dacht dat er gebeurde onder woorden te brengen.

Aan het eind van haar relaas stak hij een sigaret op en blies langzaam de rook uit terwijl hij haar strak bleef aankijken. 'Dus dat hele gedoe over mij en de herdenkingsbeurs was een dekmantel zodat je informatie kon inwinnen over mijn opa en zijn raadselachtige verleden?'

'In eerste instantie, ja,' gaf ze toe. 'Sorry, Marcus. Maar het artikel wordt natuurlijk wel geplaatst.'

'Ik moet toegeven dat ik me een beetje gebruikt voel. Zeg eens eerlijk, ben je nu met me gaan eten om te zien of je nog meer te weten kunt komen, of wilde je echt met me uit eten?'

'Ik wilde het echt. Dat zweer ik.'

'Echt?'

'Echt.'

'Dus je vindt me wel echt leuk,' viste hij.

'Ja, Marcus, natuurlijk.'

'Oké.' Zijn gezicht klaarde op van wat in Joanna's ogen oprechte opluchting leek te zijn. 'Laten we de feiten nog eens op een rijtje zetten: vreemd oud vrouwtje op de herdenkingsdienst van Sir James, brief, programmaboekje, jouw flat wordt overhoopgehaald, je geeft de brief aan een zogenaamde vriend om te laten analyseren, die je vervolgens vertelt dat de brief dat proces niet heeft overleefd...'

'En weet je? Ik geloof het niet. Ik bedoel, er zijn toch meer brieven van honderden jaren geleden die nu nog bestaan en die chemisch zijn geanalyseerd om vast te stellen hoe oud ze zijn?' Gefrustreerd schudde ze haar hoofd. 'De vraag is waarom Simon tegen me loog, want hij is echt mijn beste vriend.'

'Sorry, Jo, maar ik denk dat je er goed aan doet hem te wantrouwen. Dus,' ging Marcus verder, 'dan vertel je het aan je baas, die zegt dat je erachteraan moet gaan, maar een paar dagen later draait hij honderdtachtig graden en word je naar een nutteloze afdeling van de krant overgeplaatst waar je geen kwaad kunt doen.' Hij wreef over zijn kin. 'Wat je ook op het spoor bent, het is iets. De vraag is: wat ga je nu doen?'

Joanna zocht in haar rugtas naar de envelop. 'Dit is de foto die ik heb geleend uit het huis in Dorset voor bij het artikel. En dit is het programmaboekje dat ik van het oude vrouwtje heb gekregen.' Ze legde ze naast elkaar. 'Zie je? Het is hem, hè?'

Marcus bestudeerde de foto's. 'Hij lijkt er absoluut op, ja. Als iemand hier meer over zou weten, is dat mijn zus Zoe. Alleen is die op het moment in Norfolk aan het filmen.'

'Ik zou haar graag spreken, hoewel ik van nu af aan wel heel voorzichtig moet zijn en moet doen alsof ik me er niet meer mee bezig hou. Kun je dat voor me regelen?'

'Misschien wel, maar het gaat je wel wat kosten.'

'Wat dan?'

Hij grijnsde. 'Een cognacje bij mij thuis.'

Joanna zat in Marcus' woonkamer naar de vlammen in de gashaard te kijken. Ze voelde zich kalm, een beetje slaperig en opgebeurd omdat ze haar geheim met iemand had gedeeld.

'Alsjeblieft.' Marcus gaf haar een cognacglas en ging naast haar zitten. 'En, mevrouw Haslam, hoe gaat het nu verder?'

'Nou, jij probeert te regelen dat ik Zoe kan spreken en...'

Hij legde een vinger op haar lippen. 'Nee, daar had ik het niet over. Ik had het over ons.' Hij streek over haar wang en speelde met een haarlok. 'Want weet je, Sherlock, ik neem geen genoegen met de rol van Watson.' Hij pakte het glas uit haar hand nog voordat ze een slok had genomen en boog zich naar haar toe. 'Laat me je alsjeblieft kussen, Joanna. Je mag me elk moment tegenhouden en ik beloof dat ik dan zal luisteren.'

Haar buik trok samen van verwachting toen Marcus zijn lippen op de hare drukte. Ze sloot haar ogen en voelde zijn tedere zoen hartstochtelijker worden. Zijn tong streelde die van haar. Hij legde zijn armen om haar heen en ze ontspande zich terwijl gezond verstand en goed en kwaad verdwenen in een waas van begeerte. Toen stopte hij abrupt en trok zijn hoofd wat terug.

'Wat is er?' mompelde ze.

'Alleen even controleren of je niet wilde dat ik stopte.'

'Nee, dat wil ik niet.'

'Godzijdank,' fluisterde hij en hij trok haar naar zich toe. 'O, Joanna, jezus, wat ben je mooi...'

Een uur later zag ze zijn gezicht naast het hare, zijn blik vol verwondering, en glimlachte voldaan naar hem.

'Joanna, ik denk dat ik van je hou...'

Hij sloeg zijn armen om haar heen en ze snoof de frisse, schone geur van zijn haar op en het vage aroma van aftershave in zijn nek.

'Gaat het?' fluisterde hij.

'Ja.'

Hij rolde een stukje weg en leunde op zijn elleboog.

'Maar ik meende wat ik zei, hoor. Ik ben stapelverliefd op je.'

'Dat zeg je vast tegen alle meisjes,' antwoordde Joanna bruusk.

'Ervoor misschien, maar nooit erna.' Hij ging rechtop zitten en pakte zijn broek om zijn sigaretten eruit te pakken. 'Wil je er eentje?'

'Ja, doe maar.'

Marcus stak twee sigaretten op en ze gingen in kleermakerszit op de vloer zitten roken.

'Dat was lekker.' Ze lachte naar hem.

'De seks?'

'Nee, de peuk.' Joanna drukte de hare uit in een asbak.

'Wat ben je toch romantisch. Kom hier.' Hij trok haar weer naar zich toe en kuste haar. 'Weet je dat ik sinds die eerste lunch constant aan je heb gedacht? Kunnen we hier niet iets permanenters van maken?'

'Vraag je me nu mee uit?' plaagde ze hem.

'Ik denk het. Hoewel ik er na het afgelopen uur geen enkel probleem mee heb om zoveel mogelijk binnen te blijven.'

'O, Marcus, ik weet het niet. Ik heb al gezegd dat ik net uit een langdurige relatie kom die vervelend is geëindigd. Ik ben nog erg kwetsbaar. Bovendien snelt jouw reputatie je vooruit en...'

'Hoe bedoel je?'

'Ah, kom op. Ik hoor van iedereen dat je zo'n player bent.'

'Oké, oké, ik moet toegeven dat ik met een aantal vrouwen ben uit geweest, maar ik zweer je dat dit gevoel nieuw voor me is.' Marcus streelde haar haar. 'Ik beloof je dat ik je niet zal kwetsen. Geef me alsjeblieft een kans, Jo. We kunnen het zo rustig aan doen als je wilt.'

'Dit was anders niet erg rustig aan, Marcus.'

'Waarom doe je zo spottend?'

'Omdat...' Ze wreef in haar ogen, ze was moe. '... ik het heel erg eng vind.'

'Ik wil alleen maar deel van je leven uitmaken. Geef me een kans en ik zweer je dat ik je niet teleur zal stellen.'

'Oké, ik zal erover nadenken.' Joanna gaapte. 'Ik ben uitgeput.'

'Je mag vannacht wel blijven, aangezien je zelf niet eens een bed hebt.' Hij lachte naar haar.

'Het ging anders prima op de grond de afgelopen dagen.'

'Joanna, doe niet zo defensief. Het was maar een grapje. Ik zou niets liever willen dan 's morgens naast jou wakker worden.'

'Echt?'

'Ja, echt.'

'Oké. Dank je wel.'

Hij stond op en bood haar zijn hand aan om haar overeind te trekken. Hij leidde haar de woonkamer uit naar de slaapkamer, waar hij het dekbed opensloeg.

'Ah, een bed. Hemels.' Joanna kroop erin en ging heerlijk liggen terwijl Marcus naast haar erin stapte en het licht uitdeed.

'Jo?'

'Ja?'

'Moeten we echt meteen gaan slapen?'

De volgende ochtend werd Joanna wakker doordat Marcus zijn neus in haar nek duwde. Ze sliep nog half en werd langzaam wakker terwijl hij haar zachtjes streelde en daarna rustig met haar vrijde.

'O god! Is het al zo laat? Tien voor half tien! Ik kom gigantisch te laat!' Ze sprong uit bed en rende naar de woonkamer op zoek naar haar kleren. Marcus kwam achter haar aan.

'Ga niet weg, Jo. Blijf bij me. We kunnen de hele dag in bed doorbrengen.'

'Dat zou ik wel willen, maar ik ben mijn baan al bijna kwijt,' zei ze terwijl ze tijdens een poging haar panty aan te trekken door de kamer hupte.

'Kom je vanavond terug?'

'Nee, ze hebben beloofd dat mijn nieuwe bed vandaag echt komt en ik moet om half zes rechtstreeks naar huis om de deur voor ze open te doen.' Ze trok haar jurk over haar hoofd.

'Ik kan je wel komen helpen je bed opmaken?' zei hij hoopvol.

'Weet je wat? Ik bel je vanaf mijn werk.' Joanna trok haar jas aan en pakte haar rugtas. Ze gaf hem een zoen. 'Bedankt voor gisteravond.'

'En vanmorgen,' herinnerde hij haar terwijl hij de voordeur voor haar opendeed.

'Ja. Trouwens, wil je Zoe voor me bellen?'

Hij gaf haar een kus op haar neus. 'Laat dat maar aan mij over, mevrouw.'

Marcus keek haar na en rekte zich toen uit. Zijn spieren voelden heerlijk pijnlijk van de afgelopen nacht. Hij kroop weer in bed en viel binnen enkele minuten in slaap.

Om één uur werd hij wakker doordat de telefoon ging. Hij hoopte dat het Joanna was en rende er dan ook naartoe.

'Marcus Harrison?' informeerde een mannenstem.

'Ja?'

'Je herinnert je mij misschien niet, maar ik zat vijf jaar boven jou aan Wellington College. Mijn naam is Ian, Ian Simpson.'

'Ja... Ik denk wel dat ik je herinner. Jij was toch hoofdmonitor? Hoe gaat-ie?'

'Prima, hoor. Prima. Luister, wat zeg je ervan een keer samen wat te gaan drinken? Kunnen we het over vroeger hebben.'

'Eh... Aan wanneer dacht je dan?'

'Vanavond? Kom maar naar de St. James Club.'

'Ik vrees dat dat niet gaat, ik heb al plannen.' Marcus vroeg zich af waarom Ian Simpson in hemelsnaam zo dringend uit het niets met hem wilde afspreken. Hij kon zich geen enkel gesprek tussen hen herinneren. Op school was hij altijd ver uit Ians buurt gebleven vanwege zijn befaamde sadistische neigingen jegens de jongere jongens.

'Kun je die misschien afzeggen? Er is iets wat we moeten bespreken. Je kunt er financieel beter van worden.'

'Echt? Nou, rond zeven uur zou misschien wel kunnen.'

'Perfect, als je het niet erg vindt dat ik er daarna meteen vandoor moet.'

'Prima, tot dan.' Marcus legde de telefoon neer en haalde verward zijn schouders op. Later, vlak voordat hij vertrok, belde hij Joanna.

'Hallo, lieveling, is je bed er?'

'Ja, eindelijk. De bovenbuurvrouw trof ze nog net voordat ze weer wilden vertrekken. Ik had tegen ze gezegd dat ze op de bovenste bel moesten drukken als ik niet thuis was. Maar goed, gelukkig is het er nu.'

'Wil je dat ik je later kom helpen het uit te testen? Ik ben een zeer bevoegd beddentester, kan ik je verzekeren,' zei hij en hij grijnsde bij zichzelf.

'Dat geloof ik graag,' antwoordde Joanna sarcastisch. 'Wat dacht je ervan dat we het rustig aan doen en in plaats daarvan een film kijken? De nieuwe tv is ook aangesloten,' voegde ze eraan toe. 'Je kunt *No Way Out* meebrengen?'

'Echt? Ik heb toch verteld hoe deprimerend die film is? En ik kan het weten, ik heb hem geproduceerd.'

'Echt.' Ze glimlachte bij zichzelf om zijn schaamte. 'Ik wil zien wat jij hebt helpen maken. Ik zorg voor popcorn. Deal?'

'Deal, maar ik mag wel "ik zei het toch" zeggen als jij me erdoor gaat haten.'

'Dat zullen we wel zien. Dag, Marcus.'

'Dag, lief.'

Toen Marcus de bar van de St. James Club binnenliep, herkende hij Ian Simpson meteen, hoewel zijn ronde gezicht en hoekige kaak al losse plooien begonnen te vertonen. Een drinker, dacht Marcus toen Ian op hem af stapte. Zijn potige gestel herinnerde hem eraan dat Ian de aanvoerder van het rugbyteam was geweest. Hij had het team met harde hand naar de overwinning geleid.

'Marcus, goed je te zien, maat.' Ian schudde hem bruusk de hand. 'Ga zitten. Wat wil je drinken?'

'Een biertje zou lekker zijn, dank je.' Marcus keek naar de whisky die Ian voor zijn neus had, maar dacht aan zijn belofte aan zichzelf en weerstond de drang.

'Super.' Ian wenkte een kelner en bestelde een biertje en nog een whisky. Hij leunde naar voren, ellebogen op zijn knieën en zijn handen tegen elkaar. 'En, hoe is het jou vergaan?'

'Eh, sinds mijn schooltijd? Prima. Het is al even geleden, hè? Ik ging zeventien jaar geleden van school.'

'En wat voor werk doe je?' vroeg Ian, die zijn opmerking negeerde.

'Ik heb mijn eigen filmproductiebedrijf.'

'Glamoureus, hoor. Ik ben een arme oude pennenlikker die net genoeg verdient voor brood op de plank. Maar met jouw achtergrond was het natuurlijk een logische beroepskeuze.'

'Soort van, hoewel je eigenlijk wel kunt zeggen dat mijn familie een belemmering was.'

'O ja? Dat verbaast me.'

'Ja, dat zeggen de meeste mensen,' stemde Marcus somber in. 'Op het moment ben ik bezig met het opstarten van een beurs ter nagedachtenis aan mijn grootvader, Sir James Harrison.'

'O ja?' zei Ian weer. 'Wat toevallig, want dat is precies waar ik het met je over wilde hebben. Dank je.' De kelner had hun drankjes op tafel gezet.

Marcus keek achterdochtig naar Ian en vroeg zich af of er ooit een tijd zou komen dat iemand erin geïnteresseerd zou zijn om hem te ontmoeten in plaats van zijn familie.

'Proost.'

'Ja, proost.' Hij nam een flinke slok bier en keek toe hoe Ian zijn eerste glas whisky leegdronk en daarna zijn tweede oppakte. 'Wat wilde je bespreken?'

'Het is allemaal een beetje geheim en je moet begrijpen dat we je echt in vertrouwen nemen door het je te vertellen. Zie je, de situatie is als volgt: blijkbaar was je grootvader nogal een druk baasje en had een affaire met een zekere dame die behoorlijk in de publieke belangstelling stond. Ze heeft hem een aantal redelijk pikante brieven geschreven. Je grootvader heeft ze jaren geleden allemaal geretourneerd, op één na. Hij heeft altijd beloofd dat hij de laatste en meest, laten we zeggen, compromitterende, ervan na zijn dood aan de familie van deze dame zou nalaten. We dachten die terug te hebben gehaald.' Ian pakte zijn glas weer op en nam een slok. 'Maar het lijkt erop dat dat de verkeerde was.'

De brief die Joanna van het oude vrouwtje had ontvangen, bedacht Marcus.

'Ik kan me niet herinneren dat er zoiets in zijn testament stond,' mompelde Marcus onschuldig.

'Nee. Vervolgens heeft de… betreffende familie ons gecontacteerd om te zien of wij deze laatste brief konden terugkrijgen. Het zou een heel gênante vertoning worden als hij in de verkeerde handen viel.'

'Aha. Heeft het zin te vragen wie die familie is?'

'Nee, maar ik kan je vertellen dat ze rijk genoeg zijn om een aanzienlijke beloning uit te loven aan degene die hem toevallig tegenkomt. En dan bedoel ik echt aanzienlijk.'

Marcus stak een sigaret op en bestudeerde Ian. 'En hoe ver ben je zelf gekomen?'

'Niet ver genoeg. We hebben van horen zeggen dat je bevriend bent met een jonge journaliste.'

'Joanna Haslam?'

'Ja. Heb je enig idee hoeveel ze weet?'

'Nee. We hebben het er niet echt over gehad, hoewel ik wel wist dat ze een brief had ontvangen, vermoedelijk de brief die jij inmiddels in handen hebt gekregen.'

'Dat klopt. Eh, luister, Marcus, om het maar heel cru te zeggen: zou mevrouw Haslam jullie vriendschap misschien stimuleren omdat ze denkt dat je haar wellicht naar verdere informatie kunt leiden?'

Marcus zuchtte. 'Ik neem aan dat dat een mogelijkheid is, vooral na wat je me net hebt verteld.'

'Een gewaarschuwd mens telt voor twee, zal ik maar zeggen. En dit gesprek blijft natuurlijk tussen ons. De Britse regering vertrouwt op jouw discretie in deze zaak.'

Marcus had genoeg van Ians geheimzinnige gedrag. 'Luister, even geen gelul, Ian, en zeg me wat je precies van me wilt.'

'Je hebt toegang tot de huizen van je grootvader in Londen en Dorset. Misschien ligt wat we willen hebben wel in een van die huizen.'

Misschien was Joanna daarnaar op zoek, dacht Marcus geschokt.

'Zou kunnen, ja. De zolder van Haycroft House staat in elk geval tjokvol dozen met memorabilia van mijn grootvader.'

'Dan is het misschien een idee als je nog een keer daarheen gaat en die dozen nog eens doorzoekt?'

'Wacht eens even, hoe weet je dat ik dat al heb gedaan?' wilde Marcus weten. 'Hebben jullie mij en Joanna bespioneerd?!'

'Marcus, ouwe rakker, zoals ik al zei, de Britse regering probeert de kwestie gewoon zo geruisloos en snel mogelijk op te lossen. Dat is voor alle betrokkenen beter.'

'Jezus!' Ians toon stelde Marcus niet gerust. 'Kan die brief een Derde Wereldoorlog teweegbrengen of zo?'

'Niet zozeer.' Ian glimlachte met een zachtere gelaatsuitdrukking. 'Het gaat gewoon om een... indiscretie van een bepaalde jongedame lang geleden, die de familie liever stilhoudt. Er kunnen ook andere plekken zijn waarvan we ons niet bewust zijn, oude vrienden van je grootvader die de brief misschien in bewaring hebben gekregen. Het is zo'n gevoelige situatie dat we het net strak moeten houden. Wat ik je zojuist heb verteld, is slechts op een need-to-know-basis. Dus als je het met Joanna deelt, verspeel je onze afspraak en kunnen jullie allebei in een... kwetsbare positie komen. We hebben jou uitgekozen omdat we weten dat je een discreet man bent, met de perfecte en onschuldige toegang tot plekken en mensen bij wie wij niet kunnen komen zonder argwaan te wekken. En zoals ik eerder al benadrukte, zul je vorstelijk worden beloond voor je moeite.'

'Ook als ik hem niet vind?'

Ian haalde een envelop uit zijn binnenzak. Hij legde hem op tafel. 'Alvast een klein voorschot voor eventuele kosten. Waarom neem je de lieftallige Joanna niet mee voor een weekendje weg, heerlijk etentje, lekker wijntje, om uit te zoeken hoe ver ze is gekomen met haar zoektocht? Zachtjes aan, dan breekt het lijntje niet, zoals het gezegde luidt.'

'Ja, ik begrijp je, Ian,' mompelde Marcus, die hem wel op zijn neerbuigende en al vaak gebroken neus wilde slaan.

'Mooi. En als je het gouden ticket vindt, zal wat er in die envelop zit maar kleingeld lijken. Ik vrees dat ik nu moet gaan. Mijn kaartje zit er ook in. Bel me als je nieuws hebt, dag of nacht.' Hij stond op en stak zijn hand uit. 'O, en ik wil je niet bang maken, maar ik moet je waarschuwen dat hier grote belangen spelen. Als er via de verkeerde afvoerpijp gelekt wordt, lig je er zelf naast in de goot. Goedenavond.'

Marcus keek Ian na. Hij ging abrupt weer zitten, een beetje geschrokken van diens laatste opmerking. Hij zwichtte en bestelde een whisky. Hij was nerveus, maar zodra hij een grote slok had genomen, stelde hij zichzelf gerust met de gedachte dat Ian op school ook altijd gebruik had gemaakt van intimidatie om de jongere jongens aan zijn wil te onderwerpen. En dat terwijl de leerkrachten hem zagen als een charmant en zorgzaam type. Ian was duidelijk niets veranderd, maar Marcus was nu een volwassen man en zou zijn dreigementen met een korreltje zout nemen.

Zijn vingers jeukten om erachter te komen hoeveel er in de envelop zat. Stel dat hij die brief zou vinden en ervoor zou zorgen dat hij in de juiste handen kwam. Ian had laten doorschemeren dat hij praktisch zelf zijn beloning zou kunnen bepalen. Dan zou hij misschien genoeg geld hebben om zijn film te realiseren en eens echt verschil te maken in de wereld...

Vervolgens vroeg hij zich af of hij ondanks wat Ian had gezegd over 'lekken via de verkeerde afvoerpijp' het gesprek van het afgelopen half uur aan Joanna moest opbiechten. Daarna zouden ze kunnen samenwerken, vanaf het begin geen geheimen. Maar stel dat Ian daarachter kwam? Hij wilde Joanna niet in gevaar brengen... Misschien zou hij het haar nu nog even niet vertellen, kijken hoe het zich ontwikkelde en dan een besluit nemen.

Wat niet weet, wat niet deert, besloot hij terwijl hij zijn glas leegdronk. Ian scheen de rekening al te hebben betaald, dus pakte hij de envelop en ging naar het herentoilet beneden. Hij sloot zich op in een toilethokje en telde met bonzend hart de stapel bankbiljetten in de envelop. Vijfduizend pond in briefjes van twintig en vijftig.

De volgende stap was natuurlijk met Zoe afspreken en erachter komen of zij iets over die brief wist. Niet meer alleen voor Joanna, maar nu ook voor zijn filmproject...

Toen hij een half uur later met de taxi bij Joanna's huis arriveerde, voelde hij de envelop vol geld schuldbewust in zijn jaszak branden. Hij schudde het gevoel snel van zich af en liet zich door haar naar een knusse woonkamer brengen, waar de gashaard al was aangezet en een grote bak popcorn op de salontafel klaarstond.

'Ik heb je gemist vandaag,' zei Marcus, waarna hij zich naar haar toe boog voor een intense kus.

'Je hebt me vanmorgen nog gezien,' zei Joanna toen ze met tegenzin haar lippen van de zijne had losgemaakt.

'Het voelt als een eeuwigheid,' mompelde hij en hij wilde haar weer zoenen, maar ze dook gauw weg.

'Marcus, de film!'

Hij pakte de oude videoband die hij in een la in zijn flat had gevonden. 'Ik wil wel nog een keer gezegd hebben dat dit geen film is die je in een romantische stemming brengt.'

Joanna schoof hem in de videospeler, zette haar tv aan, waarna ze samen op de bank gingen zitten, zij met haar hoofd tegen zijn schouder.

Marcus kreeg bijna niets mee van het eerste half uur van de film, zo druk had hij het met kijken naar Joanna, die volledig in zijn creatie opging. Zijn buik verkrampte van de zenuwen. Stel dat ze het niets vond? Stel dat ze hém niets vond? Stel dat…

Toen eindelijk de aftiteling over het scherm rolde, wendde ze zich met glanzende ogen tot hem.

'Marcus, dat was geweldig,' mompelde ze.

'Hoe vond… Wat vond je ervan?' vroeg hij.

'Ik vond het fantastisch,' antwoordde ze. 'Het is zo'n film die je echt bijblijft, weet je wel? Zo mooi en sfeervol gefilmd. Je waande je echt in het regenwoud…'

Voordat ze nog iets kon zeggen, kuste Marcus haar. Haar mond smaakte zout van de popcorn toen ze zijn kus beantwoordde. De aftiteling bleef over het scherm rollen, maar daar hadden ze geen aandacht meer voor.

17

Op vrijdagmiddag kwam Zoe na het filmen terug in het hotel en ging vlug naar haar kamer om haar reistas te pakken. Met bonzend hart gaf ze haar sleutels af bij de receptie.
'Uw chauffeur wacht in de bar op u, mevrouw Harrison.'
'Bedankt.' Ze liep door de bar vol plaatselijke bewoners. Voordat ze de tijd kreeg om de ruimte rond te kijken, verscheen er een man naast haar.
'Mevrouw Harrison?'
'Ja.' Ze moest haar hoofd in haar nek leggen om hem aan te kunnen kijken. Hij was lang, goed gebouwd, met rossig haar en heel blauwe ogen. Hij leek daar totaal niet op zijn plek in zijn onberispelijke grijze pak met stropdas. 'Hallo.'
'Zal ik uw tas van u overnemen?' Zijn gezicht plooide zich in een vriendelijke glimlach.
'Graag, bedankt.'
Zoe liep achter hem aan naar de parkeerplaats buiten, waar een zwarte Jaguar met geblindeerde ramen stond te wachten. Hij trok een van de achterportieren open.
'Alstublieft. Stap maar in.'
Dat deed ze. Hij legde haar tas in de kofferbak en ging toen achter het stuur zitten.
'Heb je lang moeten wachten?' vroeg ze.
'Nee, slechts een minuut of twintig.' Hij startte de motor en reed achteruit de parkeerplaats af.
Ze liet zich tegen het zachte reebruine leer zakken terwijl de Jaguar over de landweggetjes zoefde.
'Hoe ver is het nog?'
'Ongeveer een half uur, mevrouw Harrison,' antwoordde de chauffeur.

Zoe voelde zich plotseling ongemakkelijk, beschaamd tegenover deze beleefde, knappe vent. Hij wist vast dat hij haar naar een rendez-vous met zijn werkgever bracht. Ze kon niet voorkomen dat ze zich afvroeg hoe vaak hij al zoiets voor Art had gedaan.

'Werk je al lang voor eh... prins Arthur?' vroeg ze in de stilte.

'Nee, dit is een nieuwe taak voor me. Dus ik hoor straks graag of ik het goed heb gedaan.' Ze ving zijn glimlach op in de achteruitkijkspiegel.

'O nee, dat kan ik niet... Ik bedoel, dit is ook mijn eerste keer... eh.... dat ik naar Sandringham ga.'

'Nou, dan zijn we allebei beginnelingen in de koninklijke enclave.'

'Ja.'

'Ik weet niet eens of ik wel met u mag praten. Ik heb denk ik mazzel als ik mijn tong van ze mag houden en mijn bal... Eh, ja, u begrijpt wat ik bedoel.'

Zoe giechelde terwijl zijn nek rood kleurde. 'Ik zal mijn mond houden, als jij dat ook doet.' Ze voelde zich al een stuk minder ongemakkelijk.

Niet lang daarna pakte de chauffeur een mobiele telefoon op en belde een nummer. 'Over vijf minuten bij York Cottage met het pakketje voor ZKH.' Hij gaf links aan en reed door een zwaar smeedijzeren hek. Zoe keek om toen dat zich langzaam achter de auto sloot.

'We zijn er bijna,' zei hij terwijl hij over een brede, gladde weg reed. Slierten middagmist bedekten het open landgoed waardoor er maar weinig te zien was. De auto sloeg rechts af een smalle laan in met aan beide zijden struiken en kwam vervolgens tot stilstand.

'We zijn er, mevrouw Harrison.' De chauffeur stapte uit en opende het portier voor haar.

Zoe kreeg amper de tijd om het elegante victoriaanse gebouw in zich op te nemen dat tegen hoge bomen aan schurkte. Art kwam al door de voordeur naar buiten. 'Zoe! Wat heerlijk om je te zien.' Hij kuste haar teder, maar ietwat formeel op beide wangen.

'Zal ik mevrouw Harrisons bagage naar binnen brengen?' vroeg de chauffeur.

'Nee, bedankt. Dat doe ik wel,' zei Art.

De chauffeur keek toe terwijl de prins beschermend een arm om Zoe Harrisons schouders legde en haar naar binnen leidde. Hij had een arrogante, ijdele beroemdheid verwacht met grootheidswaanzin, maar in plaats daarvan was het een beeldschone, lieve en nerveuze jonge vrouw. Hij liep naar de auto, stapte in en belde weer een nummer.

'Pakketje afgeleverd bij York Cottage.'

'Goed. Hij wil graag privacy, het terrein leeg. Wij nemen het vanaf hier over. Meld je morgen om twaalfhonderd uur. Goede avond, Warburton.'

'Goede avond, meneer.'

Achtenveertig zalige uren later stonden ze in de hal van York Cottage. Zoe stond op het punt terug naar Londen te vertrekken.

'Het was heerlijk, Zoe.' Art kuste haar zachtjes op haar lippen. 'Het is zo snel voorbijgegaan. Wanneer ben je weer in Norfolk?'

'Dinsdag. Daarvoor ben ik in Londen.'

'Ik bel je, maar misschien lukt het wel om voor die tijd even bij je langs te wippen. Ik ga later vanavond terug naar de stad.'

'Oké, en dank je voor een fantastische tijd.'

Ze liepen samen naar de wachtende Jaguar. De chauffeur had haar reistas al in de kofferbak gezet en opende het portier voor haar.

'Het beste.' Art zwaaide toen de motor werd gestart. Zoe keek toe terwijl hij langzaam verdween tussen de bomen en de auto uiteindelijk het hek van het landgoed uit reed.

'Klopt het dat ik u naar Welbeck Street moet brengen, mevrouw Harrison?'

'Ja, graag.'

Ze staarde uit het raam zonder iets te zien. De afgelopen achtenveertig uur hadden haar emotioneel en lichamelijk uitgeput. De intensiteit van Arts aanwezigheid voor zo'n lange tijd had al haar energie opgeslokt. Ze sloot haar ogen en probeerde te soezen. Gelukkig had ze een paar dagen vrij om bij te komen, om na te denken. Art had het met haar over allerlei plannetjes gehad die hij had verzonnen zodat ze tijd met z'n tweetjes konden doorbrengen. Hij wilde zijn familie over hun liefde vertellen en daarna misschien wel het hele land…

Zoe slaakte een diepe zucht. Leuk bedacht, maar hoe konden ze ooit een toekomst samen hebben? De invloed van de aandacht die Jamie over zich heen zou krijgen, kon catastrofaal zijn.

Waar ben ik aan begonnen, dacht ze.

'Hebt u het te warm, mevrouw Harrison? Zeg het maar, hoor, dan zet ik de verwarming lager.'

'Nee, het is prima zo,' antwoordde ze. 'Heb je een leuk weekend gehad?'

'Ja hoor, heel aangenaam, bedankt. En u?'

'Ja, ook heel aangenaam,' antwoordde ze knikkend in de halfduistere auto.

De rest van de rit zweeg de chauffeur. Ze was dankbaar dat hij aanvoelde dat ze niet in de stemming was voor koetjes en kalfjes.

Ze kwamen net na drie uur in Welbeck Street aan. De chauffeur droeg haar reistas naar de voordeur terwijl zij die openmaakte.

'Bedankt. Hoe heet je trouwens?'

'Ik heet Simon, Simon Warburton.'

'Een fijne avond dan, Simon. En bedankt.'

'Fijne avond, mevrouw Harrison.'

Simon stapte weer in de auto en keek toe hoe Zoe de deur achter zich dichtdeed. Hij gaf door dat ze veilig was afgeleverd en reed terug naar wagenparkbeheer om de Jaguar in te leveren en zijn eigen auto weer op te halen.

Te zeggen dat hij tegen Zoe had gelogen dat hij een goed weekend had gehad, was een understatement. Toen hij vrijdagmiddag uit Norfolk terugkwam in zijn flat was zijn oog meteen gevallen op de brief uit Nieuw-Zeeland. Terwijl hij die las, had hij zich gerealiseerd dat hij diep vanbinnen nooit echt had verwacht dat Sarah bij hem terug zou komen. Dat maakte de realiteit dat ze het hem nu liet weten niet minder erg. Ze had iemand anders ontmoet, legde ze uit. Ze hield van deze nieuwe man, én van Nieuw-Zeeland, had zich verloofd en zou daar blijven. Het speet haar natuurlijk, ze voelde zich schuldig... De gebruikelijke clichés die hol landden in Simons gebroken hart.

Simon had in zijn leven niet vaak gehuild. Vrijdagavond was het gebeurd. Na al die tijd op haar te hebben gewacht en trouw de avances van anderen te hebben afgeslagen, vrat de bitterheid aan hem omdat ze het hem pas vlak voor ze terug zou komen vertelde.

De enige andere persoon die hem zou kunnen troosten, zijn beste vriendin, was niet thuis of negeerde zijn telefoontjes. En tot overmaat van ramp had hij zijn zondag moeten besteden aan het naar Londen terugbrengen van een smoorverliefde filmster.

Waarom was hij nu verdorie trouwens ineens chauffeur, na al die jaren speciale training? Toen ze hem vorige week in Thames House hadden gebrieft voor zijn 'speciale opdracht', was hem verteld dat hij 'een handje hielp' omdat de beveiligingsdienst van het koninklijk huis onderbezet was, maar daar geloofde hij niets van. Als hij op een van de leden van het koninklijk huis moest passen, zou het anders zijn geweest, maar om hem te detacheren om de maîtresse van de derde in lijn van troonsopvolging rond te rijden, leek ronduit belachelijk. En de protocollen wat betrof het aanspreken van de leden van het koninklijk huis waren eindeloos, alsof het niet gewoon mensen waren zoals ieder ander, maar een heel andere soort.

Simon leverde de Jaguar in. Daarin mogen rijden was het enige pleziertje van de afgelopen drie dagen geweest. Hij stapte weer in zijn eigen auto en hoopte dat hij nu was 'ontslagen' van zijn speciale opdracht en zich weer met zijn echte werk kon bezighouden.

Hij reed naar Noord-Londen, hevig hopend dat hij niet in een lege flat zou thuiskomen. Impulsief sloeg hij rechtsaf bij de kruising en reed langs Joanna's flat. Hij zag dat het licht aan was, dus parkeerde hij zijn auto, stapte uit en liep naar de deur.

Hij zag Joanna door het raam kijken en vervolgens de voordeur openen.

'Hallo,' zei ze.

Hij voelde aan dat ze niet blij was hem te zien. 'Kom ik ongelegen?'

'Een beetje, ja. Ik ben net een artikel aan het schrijven voor morgen.' Ze bleef in de deuropening hangen en wilde hem duidelijk niet binnenlaten.

'Oké. Ik kwam hier toevallig langs.'

'Je ziet er moe uit,' zei Joanna, die in tweestrijd was tussen willen weten waarom hij er zo beroerd uitzag en hem niet willen binnenlaten.

'Dat ben ik ook. Druk weekend gehad.'

'Join the club. Alles oké?'

Hij knikte, maar keek haar niet aan. 'Ja, prima. Bel me en kom een keertje bij me eten. We moeten bijkletsen.'

'Ja.' Joanna keek hem aandachtig aan. Ze wist dat er iets mis was en voelde zich vreselijk schuldig dat ze weigerde hem binnen te laten. Maar ze kon hem niet meer vertrouwen. 'Doe ik.'

'Oké, dag.' Simon stak zijn handen in zijn zakken en liep het paadje weer af.

Zoe lag net ontspannen in een warm bad toen er werd aangebeld.

'Shit.' Ze bleef liggen en hoopte dat degene die voor de deur stond, weg zou gaan. Art kon het niet zijn, die was nog onderweg terug vanuit Sandringham, en Jamie was op school. Ze had hem eerder die dag gesproken.

De bel ging weer. Ze gaf het op, pakte een handdoek en liep druipend de trap af.

'Wie is daar?' riep ze door de deur heen.

'Je lieve broertje.'

'Kom binnen! Ik pak mijn badjas even dan kom ik naar beneden.' Ze deed de deur open en vloog de trap weer op, om vijf minuten later de zitkamer binnen te lopen. 'Je ziet er goed uit, Marcus. En je hebt nog geen drankje ingeschonken hoewel je hier al vijf minuten bent.'

'Dat is wat de liefde van een goede vrouw met je doet.'

'Aha, wie is de gelukkige?'

'Vertel ik zo. Hoe gaat het filmen?' vroeg hij.

'Goed. Ik vind het erg leuk.'

'Je straalt, Zo.'

'Echt?'

'De liefde van een goede man misschien?' viste Marcus.

'Ha! Je kent me, getrouwd met mijn kunst en mijn kind.' Zoe glimlachte onschuldig naar hem. 'Vertel, wie is de vrouw die je op het nuchtere pad heeft gebracht?'

'Zo ver zou ik niet gaan, maar... Ja, ik denk dat ze best weleens de ware zou kunnen zijn. Zou je haar morgenavond willen ontmoeten bij een etentje in de bistro bij mij om de hoek? Ik trakteer. Dan kun je haar eens inspecteren. Je weet dat ik veel vertrouwen hecht aan jouw oordeel.'

'Echt waar?' Ze fronste. 'Ik dacht het niet, maar natuurlijk wil ik haar graag ontmoeten.'

Het geluid van een mobiele telefoon klonk. Zoe stond op en begon naar haar handtas te zoeken. Ze vond hem bij de deur en haalde de telefoon eruit. 'Hallo?'

Marcus keek toe hoe er een glimlach op haar gezicht verscheen.

'Ja, dat heb ik, dank je. En jij? Ik ook. Mijn broer is hier, spreek je later? Oké, dag.'

'En wie was dat?' Marcus trok een wenkbrauw op. 'De Kerstman?'

'Gewoon een vriend.'

'Jaja.' Hij bestudeerde haar aandachtig terwijl ze haar dromerige blik samen met haar mobieltje probeerde weg te moffelen. 'Kom op, Zo. Je hebt iemand ontmoet, of niet?'

'Nee... Ja... O god! Zoiets.'

'Wie is het? Ken ik hem? Breng je hem morgenavond mee?'

'Dat zou ik wel willen,' mompelde ze. 'Het is een beetje ingewikkeld allemaal.'

'Hij is getrouwd.'

'Ja, zo zou je het kunnen zeggen. Luister, Marcus, ik kan er verder niets over kwijt. Ik zie je morgenavond, rond acht uur als dat kan.'

'Is goed.' Hij stond op. 'Ze heet trouwens Joanna.' Marcus liep naar de voordeur. 'En je doet toch wel aardig tegen haar, hè?'

'Natuurlijk.' Ze gaf hem een kus. 'Fijne avond.'

Marcus kwam die avond thuis nadat hij onderweg wat schoonmaakmiddelen had gekocht, vastbesloten het laatste vrijgezellenvuil weg te poetsen voor de volgende keer dat Joanna langskwam. Fluitend liep hij de trap naar zijn flat op, maar kwam verbaasd tot stilstand toen hij zag dat zijn deur openstond. Voordat hij de mogelijke inbreker kon confronteren, stak een man in een bouwvakkerstuinbroek zijn hoofd om de deur.

'Ben jij de huurder?'

'Ja. En wie mag jij zijn? En wie heeft je binnengelaten?'

'Je huisbaas. Dat is een vriend van me. Ik heb even naar die vochtplek gekeken.'

'Wat voor vochtplek?' Verbaasd baande Marcus zich een weg langs de bouwvakker.

'Hier.' De man wees naar een stuk muur net boven de architraaf, waar nu vers pleisterwerk zat. 'Je buren meldden het aan hun kant. Het zit in jouw muren, helaas.'

'Het is zondagavond! En mijn huisbaas heeft helemaal niet gezegd dat je zou komen.'

'Sorry daarvoor. Is-ie vast vergeten. Maar goed, het is al klaar.'

'Eh, bedankt,' zei Marcus.

De man stopte zijn spullen in een gereedschapskist. 'Dan ga ik maar.'

'Ja. Bedankt.'

'Goeieavond.'

Marcus keek hem verstrooid na.

18

Op maandagavond, gekleed in een spijkerbroek en haar donkergroene lievelingsblouse waar ze haastig de losse draadjes vanaf had geknipt voordat ze van huis ging, zat Joanna onrustig naast Marcus in de zacht verlichte bistro. Ze vond het erg spannend om Zoe Harrison te gaan ontmoeten.

'Jeetjemina, Jo, maak je niet druk! Vraag alleen niet wie Jamies vader is. Daar is ze paranoïde over, en als ze hoort dat je journalist bent, zal ze zich al ongemakkelijk genoeg voelen.' Hij bestelde een fles wijn en stak een sigaret op.

'Misschien wordt ze rustiger als ik vertel dat het me alleen interesseert wat voor begonia's ze in haar tuin heeft,' zei Joanna nors. 'Ik weet echt niet hoe lang ik het nog ga volhouden op mijn werk.'

Marcus sloeg een arm om haar heen. 'Je zult sneller weer op koppositie zijn dan je denkt, helemaal als we het grote mysterie van Sir Jim ontrafelen.'

'Dat betwijfel ik. Mijn hoofdredacteur zal het toch niet willen publiceren.'

'Ah, maar dan is er altijd wel een sensatieblaadje dat dat wél wil doen, lief.' Hij gaf haar een kus. 'Daar is Zoe.'

Joanna herkende de vrouw die op hen af kwam lopen en was opgelucht dat zij ook casual gekleed was, in een spijkerbroek en een kasjmier trui die goed bij haar ogen paste. Haar blonde haar zat in een knot boven op haar hoofd en ze had geen make-up op, bepaald niet de glamoureuze ster die Joanna verwacht had.

'Joanna, ik ben Zoe Harrison.' Ze glimlachte terwijl Joanna opstond. 'Leuk je te ontmoeten.'

De twee vrouwen schudden elkaar de hand. Joanna, die zich altijd bewust was van haar lengte, besefte dat ze boven de tengere Zoe uittorende.

'Rood of wit, Zo?' vroeg Marcus toen de kelner de wijn openmaakte.

'Ik neem hetzelfde als jullie.' Ze nam tegenover hen plaats. 'Zo, waar heb je mijn broer ontmoet?'

'Eh... ik...'

'Joanna is journalist voor de Morning Mail. Ze interviewde me over de herdenkingsbeurs. Trouwens, wanneer komt dat stuk in de krant, lieverd?'

'O, ergens volgende week of zo.' Ze keek naar Zoe. Er was een flits van ongerustheid over haar gezicht getrokken.

Marcus schonk voor Zoe en Joanna allebei een glas witte wijn in. 'Proost. Op het feit dat ik de twee mooiste vrouwen van Londen helemaal voor mezelf heb.'

'Wat ben je ook een vleier, broertje van me.' Zoe trok een wenkbrauw op naar Joanna en nam toen een slokje wijn. 'Waar schrijf je zoal over, Joanna?'

'Ik zit op dit moment op Huisdier en Tuin.' Ze zag dat dit Zoe opluchtte.

'Maar niet voor lang,' mengde Marcus zich erin. 'Ik hoop dat deze vrouw succesvol genoeg wordt om me op mijn oude dag te kunnen onderhouden.'

'Dat zal ook wel nodig zijn,' zei Zoe lijzig. 'Je bent niet bepaald een kandidaat om de directeur van de Bank of England te worden, hè, Marcus?'

'Let maar niet op mijn zus,' zei hij tegen Joanna en hij wierp Zoe een waarschuwende blik toe. 'We kibbelen altijd.'

'Dat klopt,' zei Zoe. 'Maar je kunt Marcus maar beter zien zoals hij echt is, Joanna. We willen later niet overvallen worden door verrassingen of schokkende dingen, toch?'

'Nee, zusje, dat klopt. Nou, waarom hou je je mond niet, dan kunnen we allemaal kiezen wat we willen eten?'

Joanna zag dat Zoe naar haar zat te grijnzen en wist dat ze ervan genoot haar broer te plagen. Ze glimlachte terug.

Nadat de kelner hun bestelling had opgenomen, excuseerde Marcus zich en rende naar de winkel naast het restaurant voor een pakje sigaretten.

'Ik hoorde dat je in Norfolk *Tess* aan het opnemen bent?' vroeg Joanna.

'Ja.'

'Is het leuk?'

'Heel erg. Het is een geweldige rol.' Zoes gezicht begon te stralen. 'Ik hoop maar dat ik hem eer aandoe.'

'Vast wel. Super om een Engelse actrice in die rol te zien,' zei Joanna. 'Ik ben altijd dol geweest op Hardy's boeken, vooral *Far from the Madding Crowd*. Dat heb ik voor Engels moeten lezen en altijd als het te erg regende om netbal te spelen moesten we hem op video kijken op school. Zeggen ze niet dat iedere man óf een Gabriel Oak is óf een Captain Troy? Ik wilde dolgraag Julie Christie zijn, zodat ik Terence Stamp in zijn soldatenuniform mocht kussen!'

'Ik ook!' Zoe giechelde. 'Een man in uniform heeft iets, hè?'

'Misschien kwam het door al die glanzende knopen.'

'Nee, bij mij waren het absoluut de bakkebaarden die het hem deden,' zei Zoe met een grijns. 'Jeetje, als je nu terugkijkt naar de mensen die je toen leuk vond, moet je er toch van huiveren? Simon Le Bon was ook iemand over wie ik 's nachts droomde.'

'Die was tenminste nog knap. Die van mij was veel erger.'

'Wie?' vroeg Zoe. 'Vertel.'

'Boy George van Culture Club.' Joanna bloosde en sloeg haar ogen neer.

'Maar die is...'

'Dat weet ik!'

Toen Marcus terugkwam met zijn sigaretten, zaten de vrouwen gezamenlijk te giechelen.

'Vertelde mijn zus je een hilarisch verhaal uit mijn kindertijd?'

'Waarom nemen mannen altijd meteen aan dat we het over hen hebben?' wierp Zoe tegen.

'Omdat ze een opgeblazen gevoel van eigendunk hebben.'

'Ja, hè?'
De beide vrouwen rolden met hun ogen en lachten.
'Zouden jullie je kunnen beheersen zodat we aan het voorgerecht kunnen beginnen?' zei Marcus knorrig toen de kelner bij hun tafeltje arriveerde.
Twee flessen wijn later voelde hij zich het vijfde wiel aan de wagen. Hoewel hij blij was dat Zoe en Joanna elkaar mochten, voelde het alsof hij een onwelkome gast was op een meidenavondje. Ze deelden verhalen uit hun tienertijd met elkaar die hij totaal niet grappig vond. Bovendien kwamen ze niet in de buurt van wat hij wilde weten. Zoe vertelde geanimeerd over een grap die ze op de kostschool hadden uitgehaald met een gehate docent en een met water gevuld condoom.
'Dank je, Marcus,' zei Joanna toen hij haar bijschonk.
'Tot uw dienst, mevrouw,' mompelde hij.
'Zit toch niet zo te mokken!' Zoe tikte tegen haar neus en leunde over tafel naar Joanna. 'Een tip van iemand die het kan weten: als hij een pruillip trekt en een beetje gaat loensen, is dat een teken dat hij chagrijnig is.'
Joanna knipoogde. 'Boodschap ontvangen en begrepen.'
'En, broertje van me, hoe gaat het met de herdenkingsbeurs?' vroeg Zoe hem.
'O, je weet wel, z'n gangetje. De lancering staat over een paar weken gepland in de foyer van het National Theatre en ik ben een panel aan het samenstellen voor de audities. Ik heb bedacht dat er één directeur van een toneelopleiding, één regisseur, één bekende acteur en één actrice in moet zitten. Ik vroeg me af of jij de actrice wilde zijn, aangezien het Sir Jims beurs is.'
'Lijkt me super. Drommen knappe achttienjarige jongens met wie ik uitgebreid zal moeten dineren om erachter te komen of ze het juiste kaliber hebben...'
'Mag ik dan jouw afdankertjes?'
'Joanna!' riep Marcus uit.
'Een soort alternatieve Miss World-verkiezing,' voegde Zoe eraan toe.

'Je moet ze auditie laten doen in hun zwembroek,' giebelde Joanna.

'Terwijl ze een monoloog uit *Henry v* voordragen...'

Marcus schudde wanhopig het hoofd terwijl de vrouwen hysterisch giechelden.

'Sorry,' zei Zoe toen ze haar ogen droogdepte met haar servet. 'Echt, ik zou het een eer vinden om in de jury te mogen zitten. O, over acteurs gesproken, ik had een fascinerend gesprek met William, die mijn vader speelt in *Tess*. Hij blijkt James heel lang geleden gekend te hebben.'

'O ja?' antwoordde Marcus zogenaamd nauwelijks geïnteresseerd, hoewel hij zijn oren spitste.

'Ja.' Zoe nam een slok wijn. 'Hij vertelde me een vreemd verhaal over dat James helemaal niet James heette toen ze elkaar voor het eerst ontmoetten. Hij schijnt Iers te zijn, uit Cork te komen, en Michael te hebben geheten... O'Connell was zijn achternaam, geloof ik. Hij zat in een variétéshow in het Hackney Empire en verdween zomaar. O, en William had het ook over brieven, een of andere affaire die James met een vrouw zou hebben gehad.'

Joanna luisterde vol verbazing. Dit was de absolute bevestiging van haar theorie dat de twee mannen een en dezelfde waren. De opwinding tintelde over haar ruggengraat.

'Hoe weet hij dan van die brieven af?' vroeg Marcus zo rustig mogelijk.

'Omdat hij Michael O'Connells loopjongen was. Hij moest voor de Swan and Edgar wachten op iemand die Rose heette.' Zoe rolde met haar ogen. 'William is een goeie vent, maar het klinkt allemaal een beetje vergezocht als je het mij vraagt.'

Joanna's hart begon luid te bonzen. Toch hield ze haar mond en hoopte dat Marcus de juiste vragen zou stellen.

'Het kán best waar zijn, Zo.'

'Misschien gedeeltelijk. William heeft hem vroeger duidelijk gekend, maar volgens mij is zijn geheugen in de loop der tijd vertroebeld en haalt hij James en iemand anders door elkaar. Hoewel ik moet toegeven dat hij heel zeker leek van de details.'

'En je grootvader heeft hier nooit iets over verteld?' vroeg Joanna, die zich niet langer kon inhouden.

'Nooit.' Zoe schudde haar hoofd. 'En om eerlijk te zijn denk ik dat áls er zo'n verhaal was, James dat zeker voor zijn dood zou hebben verteld. We hadden nauwelijks geheimen voor elkaar. Oké, toen hij de dingen niet meer helder op een rij had door de morfine, mompelde hij wel constant over Ierland, iets over een huis in een plaats...' Zoe groef in haar geheugen. 'Ik weet het niet meer precies, maar het begon volgens mij met een "R".'

'Ik heb een paar van de biografieën van jullie opa gelezen. Het verbaast me dat daarin ook niets wordt vermeld,' merkte Joanna op.

'Ja, daarom vind ik het ook zo moeilijk te geloven. William zei dat James hem uiteindelijk vertelde dat het beter was als ze geen contact hadden, en dat hij het contact toen ook verbrak.'

'Wauw. Dat is de moeite waard om te onderzoeken,' zei Marcus.

'O, dat ga ik ook wel doen, als ik tijd heb. De zolder van Haycroft House moet toch worden opgeruimd. Als ik klaar ben met filmen, ga ik daar wel een weekend heen om te zien wat ik vind.'

'Ik kan het ook wel doen, Zo.'

'Marcus...' Zoe trok een wenkbrauw op. 'Ik zie jou geen dozen met stoffige oude brieven en krantenknipsels uitkammen. Na de eerste doos heb je het wel gezien en dan gooi je de rest in een kampvuur.'

'Dat klopt inderdaad.' Joanna rolde met haar ogen. 'Hij liet mij alleen en ging naar de pub. Ik denk dat je wel meer dan een week nodig zult hebben om alles uit te zoeken. Ik heb maar een paar dozen kunnen bekijken.'

'Heb jij James' spullen doorzocht? Wat hoopte je precies te vinden?' vroeg Zoe met een bezorgde frons op haar gezicht.

'O, gewoon een paar foto's van Sir James als jonge acteur voor bij het artikel over de herdenkingsbeurs,' antwoordde Joanna vlug. Ze besefte op dat moment dat Marcus geen expliciete toestemming van Zoe had gekregen voor haar recente schatgraverij.

'Luister eens, dames. Ik bedacht laatst iets,' zei Marcus, die duidelijk het gesprek een andere richting op wilde sturen.

'Wat dan?' vroeg Zoe wantrouwend.

'Nou, om eerlijk te zijn was het Joanna's idee,' corrigeerde Marcus zichzelf. 'Toen we daar een paar weken geleden waren, kwam ze met het idee om een deel van de spullen te veilen om geld in te zamelen voor de herdenkingsbeurs of om ze aan het Theatre Museum te geven. Maar dat betekent dat het hele zootje moet worden uitgezocht en gecatalogiseerd.'

Zoe aarzelde. 'Ik weet niet of ik het wel weg wil doen.'

'Het ligt daar allemaal weg te rotten, Zoe. Als je er niet snel iets mee doet, valt er niets meer te bewaren.'

'Ik zal erover nadenken. Dus je hebt er niets belangrijks tussen ontdekt?'

'Helaas niet, nee. Het legt hooguit de geheimen van het sociale leven in Dorset bloot,' mompelde Joanna.

'Was die acteur over wie je het had William Fielding?' informeerde Marcus.

'En de dame heette zeker weten Rose?' voegde Joanna daar nog snel aan toe.

'Ja en ja.' Zoe keek op haar horloge. 'Ik wil geen spelbreker zijn, maar het is hoog tijd voor mijn schoonheidsslaapje. Ik ga morgen weer naar Norfolk.' Ze stond op. 'Het eten was fantastisch en het gezelschap zelfs nog beter.'

'Heb je zin om morgen met me mee te gaan naar het National Theatre?' vroeg Marcus haar. 'Ik heb om half twee een afspraak met de evenementenmanager om de details van de lancering door te spreken.'

'Ik zou wel willen, maar dan ben ik al aan het filmen. Sorry, Marcus,' antwoordde Zoe, waarna ze zich tot Joanna wendde. 'We moeten eens afspreken om te gaan shoppen. Dan gaan we naar de boetiekjes waarover ik het had.'

'Lijkt me leuk, dank je.'

'Mooi.' Zoe pakte haar jack van de stoel en trok het aan. 'Wat dacht je van aanstaande zaterdag? O, maar Jamie is dit weekend thuis van school. Weet je wat, als jij en Marcus nou zaterdagochtend naar mijn huis komen, kan Marcus een poosje oppassen terwijl wij gaan winkelen.'

'Wacht even... Ik...'

'Dat ben je me verschuldigd, Marcus.' Zoe gaf hem een zoen op zijn wang. 'Fijne avond, Joanna.' Ze zwaaide en verdween naar buiten.

'Nou, je viel in elk geval in de smaak bij mijn zus. Ik heb haar zelden zo ontspannen meegemaakt,' zei Marcus en hij pakte Joanna's hand. 'Kom, we gaan naar mijn huis. Kunnen we onder het genot van een glaasje cognac bespreken wat Zoe allemaal heeft verteld.'

Ze verlieten de bistro en liepen de vijf minuten terug naar Marcus' flat. Hij stak een luxe kaars aan waaraan hij zich te buiten was gegaan en leidde Joanna naar de bank. Ze was nog een beetje in shock van wat Zoe had verteld en liet Marcus een cognacje voor haar inschenken voordat hij naast haar kwam zitten.

'Het lijkt er dus op dat je gelijk hebt dat Michael O'Connell en Sir Jim een en dezelfde persoon zijn,' mijmerde Marcus.

'Ja.'

'William Fielding kende James al die jaren geleden, onder een andere naam, met een ander leven, en heeft er tot aan diens dood nooit een woord over gezegd. Dat is pas loyaal.'

'Misschien was het ook wel uit angst,' voegde Joanna eraan toe. 'Als hij brieven voor James bracht en ophaalde, en er in die brieven gevoelige informatie stond, was het vast noodzakelijk dat hij zijn mond erover hield. Misschien werd hij wel betaald om het stil te houden. Of zelfs gechanteerd.'

Ze gaapte. 'Jeetje, ik ben helemaal moe door al die pogingen om te begrijpen wat het allemaal betekent.'

'Laten we het voor nu dan laten zitten en er morgen verder over nadenken. Ga je mee naar bed?'

'Ja.'

Hij kuste haar en trok haar naar zich toe voor een knuffel.

'Bedankt voor het etentje,' zei ze. 'Ik vond Zoe geweldig.'

'Hm. Je deed toch niet net iets te hard je best om egoïstische redenen? Het zou natuurlijk goed uitkomen voor je research als je beste vrienden wordt met Zoe.'

'Hoe durf je!' Woedend maakte Joanna zich los uit zijn armen. 'Jezus! Ik doe voor jou moeite om goed op te kunnen schieten met je zus, kom erachter dat ik haar echt graag mag, en dan beschuldig je me dáárvan! Jemig! Je kent me echt niet goed, hè?'

'Rustig maar.' Marcus schrok nogal van haar plotselinge uitbarsting. 'Ik maakte maar een grapje. Het was super om te zien hoe goed jullie met elkaar konden opschieten. Zoe kan wel een vriendin gebruiken. Ze is altijd erg op zichzelf.'

'Ik hoop dat je dat meent.'

'Ja, echt. En laten we wel wezen, je hoefde haar ook niet te martelen om dingen te vertellen. Ze kwam er zelf mee.'

'Ja.' Joanna ging naar de gang. Marcus liep achter haar aan.

'Waar ga je heen?'

'Naar huis. Ik ben te boos om te blijven.'

'Joanna, ga alsjeblieft niet weg. Ik heb al gezegd dat het me spijt. Ik...'

Ze trok de deur open en zuchtte. 'We gaan gewoon een beetje te snel, Marcus. Ik heb wat ruimte voor mezelf nodig. Bedankt voor het eten. Welterusten.'

Ellendig sloot Marcus de deur achter haar. Hij overdacht de complexiteit van vrouwen en probeerde vervolgens te bedenken hoe ze William Fielding verder konden ondervragen zonder dat dat argwaan zou wekken bij zijn zus.

19

William Fielding zat in zijn favoriete leunstoel bij zijn oude gashaard. Zijn botten deden pijn en hij voelde zich vermoeid. Hij wist dat zijn dagen als werkende acteur waren geteld. Dan zou hij moeten toegeven aan een leven in een of ander verschrikkelijk tehuis voor verwarde oudjes. Als hij eenmaal ophield met werken, betwijfelde hij of hij er nog lang zou zijn.

Met Zoe Harrison kletsen was een van de geneugten aan het maken van *Tess*. En het had zijn gedachten nogal onwillig terug laten gaan naar het verleden.

Hij keek naar de zware gouden zegelring in zijn knokige hand. Zelfs nu voelde hij nog een steek. Michael was zo aardig voor hem geweest, en hij was zo gemeen geweest om van hem te stelen. Eén keer maar, toen hij en zijn moeder wanhopig waren. Ze had gezegd dat ze door een buikgriep niet kon werken, maar achteraf gezien vermoedde William dat het eerder door een afspraak in een achterafstraatje met iemand met een breinaald was om van een ongewenst klein mensje af te komen.

Toevallig stuurde Michael O'Connell hem net op dat moment naar zijn huis om schone kleding te halen. William had zichzelf binnengelaten en de ring had op de wasbak gelegen. Hij was er rechtstreeks mee naar de lommerd gegaan en had er genoeg voor gekregen om hun geldnood drie maanden lang te verlichten. Tragisch genoeg was zijn moeder enkele weken later aan bloedvergiftiging gestorven. Het gekke was dat Michael nooit tegen hem over de vermiste ring was begonnen, ook al was hij een overduidelijke kandidaat voor de diefstal. Een paar maanden later was William na hard te hebben gespaard naar de lommerd teruggegaan en had de ring teruggekocht. Tegen die tijd was Michael weer verdwenen.

Hij besloot dat hij de ring aan Zoe zou geven als hij haar weer in Norfolk zag. Hij wist dat ze hem een vreemde oude fantast vond en dat kon hij haar niet kwalijk nemen. Maar het voelde juist om hem aan haar te geven. Toen William die avond in bed lag met de ring om zijn vinger zodat hij hem de volgende ochtend niet zou vergeten, vroeg hij zich af of hij haar ook het geheim moest vertellen dat hij al zeventig jaar bij zich droeg. Hij had James Harrisons waarschuwingen voor gevaar absoluut geloofd, want hij was er uiteindelijk achter gekomen wie 'Rose' was...

'Hoi, Simon, hoe is je week?' Ian gaf hem een klap op zijn schouder.

Bij gebrek aan iets beters was Simon met de mannen meegegaan naar de kroeg verderop bij Thames House in de straat.

'Eerlijk? Niet al te best. Mijn vriendin heeft me gedumpt en ik sta nog steeds stand-by voor het paleis als peperdure taxichauffeur,' antwoordde hij.

'Wat naar van de breuk met je vriendin, maar je weet wel beter dan de acties van hen daarboven in twijfel te trekken, toch? Iets te drinken?'

'Doe mij maar een biertje.'

'Eigenlijk zou je mij moeten trakteren, ik ben jarig. Veertig, verdomme. En ik ben van plan straalbezopen te worden,' zei Ian, terwijl hij tevergeefs probeerde de aandacht van de barman te trekken.

Zo te zien had Ian zijn doel al bereikt. Zijn huid was grijs en bezweet en zijn ogen waren bloeddoorlopen en onscherp.

'Dus je bent op zoek naar een nieuwe scharrel?' Ian ging naast hem zitten.

'Ik denk dat ik het stof even laat neerdalen voordat ik de leeuwenkuil weer in ga.' Simon nam een slok van zijn bier. 'Maar ik kom er vast wel overheen.'

'Zo mag ik het horen.' Ian liet een boer. 'Ik hoop dat je er iets van hebt geleerd.' Hij stak zijn vinger naar Simon op. 'Mijn motto is: laat je niet claimen als je een ander kunt nemen.'

'Sorry, Ian, maar dat is niet echt mijn stijl.'
'Over rokkenjagers gesproken, ik had laatst een afspraak met iemand die ons nog wel het een en ander kan leren op dat gebied. Wat een zak! En de vrouwtjes liggen stuk voor stuk aan zijn voeten.'
'Je klinkt een beetje jaloers.'
'Jaloers op Marcus Harrison? Ik dacht het niet! Nog geen dag van zijn leven gewerkt. Zoals ik al tegen Jenkins zei toen hij me vroeg Harrisons hulp in te schakelen bij een onderzoek, bied hem wat geld aan en hij doet alles wat je wilt. En ik had natuurlijk gelijk. We hebben die sufferd betaald om zijn vriendinnetje te bespioneren. Zo te horen aan het gesprek dat hij gisteravond met haar had, beseft hij niet eens dat zijn flat wordt afgeluisterd.'
'Ian, je praat te veel.' Simon wierp hem een waarschuwende blik toe.
'Bijna iedereen in deze kroeg werkt voor ons en ik geef niet bepaald staatsgeheimen weg, toch? Doe toch niet zo benepen en trakteer me op een biertje voor mijn verjaardag.'
Simon liep naar de bar en bedacht dat het niet de eerste keer was dat hij Ian zo zag. Of het nu zijn verjaardag was of niet, Ian dronk de afgelopen maanden veel te veel. Hij betwijfelde dat het nog lang zou duren voordat hij een fikse waarschuwing kreeg. Tijdens de opleiding werd het erin gehamerd: één verspreking, één enkele onvoorzichtige opmerking kon het einde betekenen.
Simon rekende de twee biertjes af en liep ermee naar de tafel.
'Gefeliciteerd.'
'Dank je. Ga je met ons mee? We gaan curry eten en daarna naar een club in Soho waar volgens Jack heel veel tienermeisjes met een grote voorgevel komen. Dat kun jij wel gebruiken, Si.'
'Nee, maar evengoed bedankt.'
'Luister, sorry als ik vanavond mezelf niet ben. Ik moest vanmorgen een uiterst naar klusje klaren.' Ian ging met een hand door zijn haar. 'Arme ouwe vent. Hij pieste gewoon in zijn broek, zo bang was-ie. Ze betalen ons hier verdomme niet genoeg voor.'
'Ian, ik wil dit niet horen.'

'Nee, dat zal. Maar... Jezus, Si, ik doe dit nu bijna twintig jaar. Wacht maar, jij staat nog aan het begin, maar de druk wordt je nog wel een keer te veel. Geen details over je dagelijkse werk kunnen delen met je familie en vrienden...'

'Ja, dat hakt er weleens in, maar ik red me prima. Misschien moet je er met iemand over praten? Of misschien moet je er even tussenuit, op vakantie?'

'Jij weet net zo goed als ik, als je de indruk wekt dat je op instorten staat, bingo! Je ligt eruit en mag pennenlikken bij de plaatselijke gemeenteraad.' Ian sloeg zijn glas achterover. 'Nee, het gaat wel. Ik heb al iets anders op de planning staan dat binnenkort de moeite zal lonen. Het draait allemaal om contacten, hè?' Ian tikte samenzweerderig tegen zijn neus. 'Het was gewoon een vrij aparte manier om mijn verjaardag mee te vieren.'

Simon stond op en gaf Ian een bemoedigende klap op zijn schouder. 'Laat je niet gek maken. Fijne avond nog.'

'Ja, dank je.' Ian zwaaide met een geforceerd glimlachje terwijl Simon de pub verliet.

De telefoon ging de volgende ochtend om zeven uur, net toen Zoe haar tas aan het pakken was voor de reis naar Norfolk.

'Zoe? Met Mike.'

'Hoi, Mike.' Ze glimlachte in de hoorn bij het horen van de diepe bastonen van de regisseur. 'Alles goed in Norfolk?'

'Niet echt, vrees ik. William Fielding is gisteren in Londen in zijn huis bruut aangevallen door een stel klootzakken. Hij ligt op de ic en ze weten niet of hij het gaat halen.'

'O god. Nee! Wat afschuwelijk!'

'Ja, hè. Je vraagt je echt af waar het heen gaat met de wereld. Ze zijn blijkbaar zijn huis binnengedrongen, hebben god mag weten welke waardeloze spullen van hem meegenomen en hem voor dood achtergelaten.'

'O god.' Zoe slikte een snik in. 'Arme man.'

'En sorry dat ik nu meteen praktisch word, maar zoals je je kunt voorstellen, heeft het invloed op ons filmschema van deze week. Dit klinkt zo ernstig dat zelfs als hij het overleeft, hij niet in staat zal zijn verder mee te werken aan de film. We kijken nu ons ruwe materiaal door om te zien wat we wel en niet hebben. Met wat handige montage denken we er wel zo ongeveer te zijn. Maar goed, tot we dat zeker weten staat het filmen even stil. Dus je hoeft vandaag niet naar Norfolk te komen.'

'Dat begrijp ik.' Zoe beet op haar lip. 'Mike, weet je toevallig in welk ziekenhuis hij ligt? Als ik de komende dagen toch in Londen ben, wil ik graag op bezoek.'

'Dat is lief van je, Zoe. Hij ligt in het St. Thomas. Ik weet niet of hij bij kennis zal zijn, maar als dat wel zo is, wens hem veel sterkte van iedereen op de set.'

'Zal ik doen. Bedankt voor je belletje, Mike.'

Zoe legde de telefoon neer en gaf zichzelf een standje dat ze maandagavond minachtend over William had gesproken tegen Joanna en Marcus. Er kwam thuis niets uit haar handen. Verbaasd over hoe deze mishandeling haar raakte, vertrok ze na de lunch naar het St. Thomas.

Ze werd met haar fantasieloze bos bloemen, druiven en vruchtensap naar de intensive care doorverwezen. 'Ik kom voor William Fielding,' vertelde ze de potige ic-verpleegkundige.

'Er mag alleen directe familie bij. Bent u directe familie?'

'Eh, ja, ik ben zijn dochter.' Op het doek tenminste, dacht Zoe.

De verpleegkundige bracht haar naar een kamer in de hoek van de afdeling en daar lag William, zijn hoofd in het verband, zijn gezicht vol felblauwe en paarse plekken. Hij lag aan verschillende machines, die om hem heen stonden en regelmatig piepten.

De tranen sprongen Zoe in de ogen. 'Hoe gaat het met hem?'

'Heel slecht, ben ik bang. Hij zakt steeds weg,' zei de verpleegkundige. 'Nu u er bent, zal ik de arts halen. Hij kan u informeren over zijn toestand en wat gegevens opnemen. We wisten niet dat hij kinderen had. Ik laat u een poosje met hem alleen.'

Zoe knikte zwijgend en toen de verpleegkundige weg was, ging ze zitten en nam Williams hand in de hare. 'William, kun je me horen? Ik ben het, Zoe Harrison.'

Er kwam geen reactie. Williams ogen bleven dicht en zijn hand lag slap in de hare. Die streelde ze zachtjes. 'De hele cast en crew in Norfolk wensen je beterschap. Ze hopen dat ze je gauw weer zullen zien,' fluisterde ze. 'O, William, wat vreselijk wat er is gebeurd. Ik vind het zo erg.'

Het tafereel deed haar zo denken aan hoe ze aan James' bed had gezeten en hem had zien wegglippen dat er nog meer tranen over haar wangen rolden. 'Ik vind het jammer dat we niet de kans hebben gehad nog wat meer te praten over de tijd dat je mijn grootvader kende. Het was echt fascinerend. De dingen die je me hebt verteld... Nou, hij moet je echt vertrouwd hebben in die tijd.'

Zoe voelde een van Williams vingers trekken in haar handpalm en zag zijn oogleden trillen.

'William, kun je me horen?' Een van zijn vingers bewoog nu zo duidelijk dat ze zijn hand moest loslaten. Zijn wijsvinger, met een grote zegelring eromheen, lag op het laken en trok wild.

'Wat is er? Heb je last van die ring?' Ze zag dat Williams vingers er wat gezwollen uitzagen. 'Wil je dat ik hem af doe?'

De vinger bewoog weer.

'Oké.' Ze kreeg de ring maar met moeite af, want hij zat iets te strak.

'Ik zal hem voor je in je kastje doen.'

Toen zag ze dat zijn hoofd langzaam heen en weer bewoog.

'Nee?'

Zijn wijsvinger wees naar haar.

'Wil je dat ik hem voor je bewaar?'

Hij kreeg het voor elkaar een zwakke duim op te steken.

'Oké, natuurlijk doe ik dat voor je.' Ze stopte de ring in haar zak. 'William, weet je wie dit heeft gedaan?'

Hij knikte, langzaam maar overtuigd.

'Kun je het me vertellen?'

Ze hield haar oor dicht bij zijn mond terwijl hij probeerde woorden te vormen.

De eerste poging kwam er als een hees, onherkenbaar gefluister uit.

'Kun je het misschien nog een keer proberen, William?' moedigde ze hem aan.

'Vraag... Rose.'

'Klopt het dat je "Rose" zei?'

Hij kneep in haar vingers en sprak toen weer.

'Hof...'

'Hof?' spoorde ze hem aan. Ze hoorde dat Williams ademhaling verslechterde.

'Hof...'

'Zeg het maar, William. Woont Rose in een hofje?'

'... hof...'

'Rustig aan, ik luister.'

William zuchtte, zijn kracht verdwenen. Hij sloot zijn ogen en zakte weer weg. Zoe bleef nog een tijdje zijn hand zitten strelen in de hoop dat hij weer bij zou komen, maar dat gebeurde niet. Uiteindelijk stond ze op en liep op de afdeling vlug langs de balie voordat iemand haar kon aanspreken en naar persoonlijke gegevens van William kon vragen die ze niet kende.

Voor het ziekenhuis stond ze wezenloos naar het verkeer te staren. Toen besloot ze dat ze echt niet naar huis wilde en belde Marcus.

'Hoi, ben je nog in het National?'

'Ja. De bespreking is net klaar. Gaat het? Je klinkt een beetje gek.'

'Kunnen we afspreken? Marcus, het is zo erg. Ik ben bij het St. Thomas...'

'Jezus, wat is er gebeurd?'

'Nee, met mij niets. Maar een vriend...'

'Oké, zullen we in het café van de Royal Festival Hall afspreken? Dat is dichter bij jou,' stelde hij voor. 'Ik kan daar over tien minuten zijn.'

Zoe stak de straat over en liep langs de zuidelijke oever van de Theems. De bijtende wind droogde haar laatste tranen. Marcus stond met een bezorgd gezicht voor de Royal Festival Hall en ze liet zich door hem omhelzen en naar binnen brengen.

Ze gingen aan een tafeltje in het café zitten en bestelden twee dampende koppen thee.

'Wat is er gebeurd? Heeft iemand een ongeluk gehad?' vroeg Marcus.

'Weet je nog dat ik je over William Fielding vertelde?'

'Ja?'

'Die is gisteren met veel geweld aangevallen. Ik ben net bij hem geweest in het ziekenhuis en de kans lijkt klein dat hij dit overleeft.' Zoe zakte onderuit op haar stoel en de tranen schoten haar weer in de ogen. 'Ik ben er zo van geschrokken.'

Niet half zo erg als ik, dacht Marcus met een grimas. Hij pakte haar hand vast. 'Ach, meisje, rustig nou, hij was toch geen familie?'

'Dat weet ik, maar het is zo'n lieve oude man.'

'Kon hij nog praten?'

'Nee, niet echt. Toen ik hem vroeg of hij wist wie het had gedaan, fluisterde hij iets over ene Rose, een vrouw in een hofje ergens.' Zoe snoot haar neus. 'Ik denk dat hij raaskalde. En ik heb het maandagavond nog met jullie over hem gehad.'

Maandagavond... Was het toeval? Maar hoe konden ze het hebben geweten? Tenzij... Marcus slikte toen zijn bloed hem in zijn aderen stolde. 'Heb je opgeschreven wat hij zei?'

'Nee. Had ik dat moeten doen?'

'Ja. Het kan de politie bij hun onderzoek helpen.' Hij vond een pen en een oud bonnetje in zijn jaszak. 'Schrijf zo precies mogelijk op wat hij zei.'

'Moet ik ermee naar de politie gaan?' vroeg ze toen ze klaar was met schrijven.

'Weet je wat? Jij bent zo overstuur, ik doe het wel.'

'Oké, dank je wel, Marcus.' Zoe knikte dankbaar en gaf hem het papier. Haar mobiel ging en ze schrokken allebei van het geluid. 'Hallo? Ja, Michelle, Mike belde vanmorgen. Ja, hè! Ik ben bij hem langs geweest in het ziekenhuis en...'

Toen Zoe haar telefoongesprek had afgerond, legde ze haar telefoon op tafel en dronk haar thee op.

'Marcus, bedankt voor het luisterend oor. Ik moet nu gaan.'

'Geen probleem, zusje. Je mag me altijd bellen,' zei hij terwijl ze zich naar hem toe boog om hem een kus te geven. Toen leunde hij achterover en keek naar de boten vol toeristen en andere sloepjes die over de zilveren Theems voeren.

Het was bij hem opgekomen dat zijn flat misschien werd afgeluisterd. Die bouwvakker die zomaar was verschenen... Toen hij zijn huisbaas erover belde, wist die van niets... Als het zo was, hadden ze hem en Joanna over William Fielding horen praten.

Als ze hem betaalden om dingen uit te zoeken, dan wilden ze er toch zeker voor zorgen dat zij de eersten waren die het hoorden? Alleen zo kon hij verklaren dat anderen zo snel op de hoogte konden zijn over William Fielding en zijn link met James Harrison.

Het geluid van een mobiele telefoon haalde hem uit zijn gedachten. Het was niet zijn eigen telefoon, besefte hij, maar die van Zoe, die nog op de tafel lag. Hij pakte hem en nam op.

'Zoe? Met mij.' De stem klonk heel bekend.

'Eh, Zoe is hier nu niet. Kan ik een boodschap aannemen?'

De verbinding werd verbroken, maar Marcus had al bedacht waar hij de stem van de beller van herkende: van Zoe's première...

Rokade

Een defensieve zet met de toren om de koning te verdedigen. Het is de enige zet waarbij twee stukken tegelijk verplaatst mogen worden

20

'Kom binnen en ga zitten, Simpson.'
Ians hoofd bonsde. Hij hoopte maar dat hij het dure bureau van zijn baas niet onder zou braken.
'Kun je uitleggen waarom de opdracht niet naar behoren is uitgevoerd?'
'Sorry?'
Jenkins leunde naar voren. 'Die ouwe leeft nog. Naar alle waarschijnlijkheid niet lang meer, maar het is Zoe Harrison al gelukt om hem in het ziekenhuis te bezoeken. God mag weten wat hij haar heeft verteld. Verdomme, Simpson! Je hebt het deze keer echt goed verknald.'
'Sorry, meneer. Ik heb zijn pols gevoeld en was ervan overtuigd dat hij dood was.'
Jenkins trommelde met zijn vingers op het bureau. 'Ik waarschuw je: nog één zo'n blunder en je ligt eruit. Begrepen?'
'Jawel, meneer.' Ians wattige hoofd tolde. Hij vroeg zich af of hij flauw ging vallen.
'Stuur Warburton naar binnen. En zorg dat je orde op zaken stelt, hoor je?'
'Ja, meneer. Nogmaals sorry, meneer.' Ian stond op en liep zo voorzichtig mogelijk naar de deur.
Simon zat op een stoel in de hal. 'Gaat het wel? Je ziet helemaal groen!'
'Ik weet het. Moet rennen. Jouw beurt.'
Simon zag Ian naar de toiletten rennen en stond op om op de deur te kloppen.
'Binnen.'
Jenkins glimlachte naar hem. 'Neem plaats, Warburton.'

'Bedankt.'

'Ten eerste wil ik je vragen, zonder dat je eventuele loyaliteit en vriendschap tussen jullie op het spel hoeft te zetten, of je denkt dat Simpson last heeft van de druk. Of hij misschien toe is aan een... vakantie.'

'Hij heeft gisteravond zijn veertigste verjaardag gevierd, meneer.'

'Dat is niet echt een excuus, maar toch... Ik heb hem gezegd op zijn tellen te passen. Wil je hem in de gaten houden? Hij is een goed lid van het team, maar ik heb anderen dezelfde kant op zien gaan. Maar goed, genoeg over Simpson. Je wordt over tien minuten boven verwacht voor een bespreking.'

'Echt waar, meneer? Waarom?' Simon wist dat 'boven' in Thames House was voorbehouden aan de hogere rangen.

'Ik heb je persoonlijk aanbevolen. Het is een uiterst delicate opdracht, Warburton. Stel me niet teleur, wil je?'

'Ik zal mijn best doen, meneer.'

'Mooi.' Jenkins knikte. 'Dat was het.'

Simon verliet Jenkins' kantoor en nam de lift naar de bovenste verdieping, waar een gang met hoogpolig tapijt naar een oudere receptioniste helemaal aan het einde ervan leidde.

'Meneer Warburton?' vroeg ze.

'Ja.'

De vrouw drukte op een knop op haar bureau en stond toen op. 'Volgt u mij maar.'

Ze ging hem voor nog een gang door en klopte uiteindelijk op een dikke deur van eikenhouten panelen.

'Binnen!' blafte een stem. Ze duwde de deur open.

'Warburton voor u, meneer.'

'Dank je.'

Simon liep naar het bureau toe en merkte de enorme kroonluchter op die het ruimte vertrek verlichtte, en de zwartfluwelen gordijnen aan weerszijden van de hoge ramen. Het grootse decor was in sterk contrast met de petieterige, hoogbejaarde figuur die in een rolstoel achter het bureau zat. Toch domineerde zijn aanwezigheid de ruimte.

'Ga zitten, Warburton.'

Dat deed Simon, op een leren stoel met hoge rugleuning.

Indringende ogen keken hem onderzoekend aan. 'Jenkins vertelde me goede dingen over jou.'

'Dat is fijn om te horen, meneer.'

'Ik heb je dossier gelezen en ben onder de indruk. Wil je op een dag zitten waar ik zit, Warburton?'

Simon nam aan dat hij zijn positie bedoelde en niet de rolstoel. 'Natuurlijk, meneer.'

'Als je je volgende opdracht goed uitvoert, garandeer ik je onmiddellijke promotie. Je gaat vanaf morgen permanent naar de beveiligingsdienst van het koninklijk huis.'

Simon kon zijn teleurstelling nauwelijks verhullen. Hij had zich een veel uitdagendere opdracht voorgesteld. 'Mag ik vragen waarom, meneer?'

'We denken dat jij de meest geschikte persoon voor deze opdracht bent. Ik geloof dat je Zoe Harrison al hebt ontmoet? Zoals je vast wel zult hebben geconcludeerd, hebben zij en Zijne Koninklijke Hoogheid een "relatie". Je wordt aan haar toegewezen als haar fulltime persoonlijke beveiliger. Vanmiddag zal een van hun functionarissen je briefen.'

'Aha. Meneer, mag ik vragen waarom u het nodig acht een MI5-agent als ik als bodyguard in te zetten? Ik wil niet onbeleefd zijn, maar dat is niet bepaald waar ik voor opgeleid ben.'

Er zweefde een zweem van een glimlach om de lippen van de oude man. 'Toevallig vind ik van wel.' Hij schoof een map naar Simon toe. 'Ik moet nu naar een vergadering. Jij blijft hier, leest dit dossier en kent het uit je hoofd tegen de tijd dat ik terug ben. De deur blijft op slot terwijl je het leest.'

'Begrepen, meneer.'

'Als je het hebt gelezen, zul je precies begrijpen waarom ik je in de buurt van mevrouw Harrison wil hebben. De situatie komt ons goed uit.'

'Ja, meneer.' Simon pakte het dikke dossier op.

'Maak geen aantekeningen. Je wordt bij het weggaan gefouilleerd.' De oude man rolde zichzelf om het bureau heen en over het tapijt naar de deur. 'Als je de informatie tot je hebt genomen, kunnen we het verder bespreken.'

Simon stond op, liep naar de deur en deed die open zodat de man er met de rolstoel door kon. De deur ging achter hem dicht en hij hoorde aan de buitenkant een sleutel omgedraaid worden. Hij ging weer zitten om het dossier te bestuderen. De rode stempel op de voorkant vertelde hem dat hij uiterst geheime informatie ging lezen. Maar weinig mensen zouden dit onder ogen hebben gehad. Hij sloeg de map open en begon te lezen.

Een uur later werd de sleutel in het slot omgedraaid en ging de deur open.

'Heb je alles gelezen en begrepen, Warburton?'

'Ja, meneer.' Simon was nog een beetje van slag.

'Begrijp je nu waarom wij denken dat het een goed idee is dat jij de komende tijd Zoe Harrisons bodyguard zult zijn?'

'Ik denk het wel, meneer.'

'Ik heb jou gekozen omdat Jenkins en je collega's een hoge dunk hebben van jouw discretie en jouw capaciteiten hoog achten. Je bent een voorkomende jongeman die goed in staat is zich te ontfermen over een vrouwspersoon als mevrouw Harrison. Ze zal door het paleis op de hoogte worden gesteld dat jij vanaf dit weekend bij haar in komt wonen en haar overal naartoe zult vergezellen.'

'Jawel, meneer.'

'Dat moet je ruim de gelegenheid geven om te ontdekken wat ze weet. Haar telefoonlijnen in Dorset en Londen worden al afgeluisterd. Je zult ook de juiste hardware krijgen om in het huis te plaatsen. Je zult nu wel begrijpen dat het uiterst dringend is dat we de betreffende brief vinden. Helaas heeft Sir James besloten vanuit het graf spelletjes met ons te spelen. De brief die je ons hebt bezorgd, was een valstrik. Jouw opdracht is de brief waar het om gaat te vinden en terug te brengen.'

'Jawel, meneer.'

'Warburton, ik hoef je natuurlijk niet te vertellen dat wat ik je heb toevertrouwd, uiterst delicaat is. Anderen, zoals Simpson, zijn alleen op een need-to-know-basis gebrieft. De kwestie mag onder geen beding buiten deze kamer worden besproken. Als er wordt gelekt, krijg ik de schuld. Maar als de kwestie tot een bevredigend einde wordt gebracht, kan ik je garanderen dat je goed beloond zult worden.'

'Bedankt, meneer.'

'Je zult zo bij je vertrek een mobiele telefoon ontvangen met slechts één nummer erin. Die zul je gebruiken om elke middag om vier uur rechtstreeks verslag aan mij uit te brengen. In verdere zaken zul je in je rol als persoonlijke beveiliger van mevrouw Harrison rapporteren aan de beveiligingsdienst van het paleis.' Hij gebaarde naar een envelop op tafel, die Simon oppakte. 'Daarin zitten je instructies. Zijne Koninklijke Hoogheid verwacht je over een uur in zijn vertrekken in het paleis. Ik reken op je, Warburton. Succes.'

Simon stond op, schudde de uitgestoken hand en liep naar de deur. Daarna draaide hij zich nog een keer om. 'Nog één ding, meneer. Haslam vertelde me dat de naam van de oude dame die haar de brief stuurde "Rose" was.'

De man in de rolstoel glimlachte koeltjes en zijn ogen schitterden. 'Zoals je weet is die situatie afgehandeld. Het volstaat te zeggen dat "Rose" niet helemaal was wie ze leek te zijn.'

'Goed, meneer. Tot ziens.'

Zoe keek uit het raam om het Queen Victoria Memorial dat voor het paleis stond eens vanuit een andere en zeer bevoorrechte hoek te bekijken.

'Kom daar vandaan, lieverd. Je weet tegenwoordig nooit of er iemand met een telelens in een boom hangt.' Art deed het dikke damasten gordijn goed dicht en leidde haar terug naar de bank.

Ze zaten in zijn zitkamer, waarnaast zijn slaapkamer, badkamer en werkkamer gelegen waren. Zoe nestelde zich in zijn armen en hij gaf haar een glas wijn aan.

'Op ons, lieverd,' proostte hij.

'Ja.' Ze tikte haar glas tegen het zijne.
'Heb je je mobiele telefoon trouwens nog gevonden?'
'Ja. Marcus belde om te zeggen dat ik hem op het tafeltje had laten liggen toen ik eerder vandaag een kop thee met hem dronk. Hoezo? Heb je hem gesproken?'
'Nee. Zodra ik besefte dat jij het niet was, heb ik opgehangen. Ik belde alleen maar om je te vragen een mooie foto van jezelf mee te brengen zodat ik die in een lijstje kon doen om naar je te kijken als je niet bij me bent.'
'Jeetje, ik hoop maar dat Marcus je stem niet heeft herkend,' zei Zoe zachtjes terwijl ze werd overspoeld door paniek.
'Dat betwijfel ik. Ik heb maar drie woorden gezegd.'
'Nou, hij zei er niets over. Hopelijk is hij het alweer vergeten.'
'Zoe, we moeten praten. Je beseft toch wel dat als we elkaar blijven zien, het naïef is om ervan uit te gaan dat nabije familie niet zal bedenken hoe het met Jamie zit?'
'Zeg dat alsjeblieft niet, Art! Denk aan het schandaal dat het zal veroorzaken als iemand achter de waarheid komt en aan het effect dat dat op hem zal hebben!' Zoe trok zich los uit zijn armen en ijsbeerde geagiteerd door de kamer. 'Misschien moeten we het maar gewoon vergeten. Misschien moet ik...'
'Nee.' Hij pakte haar hand vast toen ze langs hem liep. 'We hebben al zoveel tijd verspild. Alsjeblieft. Ik zweer je dat ik er alles aan zal doen om ervoor te zorgen dat onze relatie geheim blijft, hoe verschrikkelijk ik dat ook vind. Ik wil je overal bij me hebben. Ik zou morgen met je trouwen als dat kon.'
'O, Art, een alleenstaande moeder lijkt me nog net zo ongeschikt als partner, laat staan echtgenote, voor een prins van Engeland, als tien jaar geleden.' Zoe grinnikte wrang om zijn naïviteit.
'Als je het hebt over het gesprek van tien jaar geleden dat je had met "de pakken" terwijl ik plotseling was weggevoerd op een rondreis door Canada, waarna ik terugkwam en jouw afscheidsbrief vond, daar weet ik alles van.'
'O ja?' Dat verbaasde Zoe.
'Ik dacht altijd al dat je onder druk was gezet om die te schrijven

en me te zeggen dat het voorbij was. Ik heb gisterochtend een confrontatie gehad met de belangrijkste adviseurs van mijn ouders. Ze hebben eindelijk toegegeven dat ze jou hebben gebeld om te zeggen dat de relatie moest worden beëindigd.'

'Dat hebben ze inderdaad gedaan.' Zoe legde haar hoofd in haar handen. 'Zelfs na al die tijd kan ik er nog nauwelijks aan terugdenken.'

'Nou, het hielp vast niet dat ik de familie vertelde dat ik het meisje had ontmoet met wie ik wilde trouwen. Ik was pas eenentwintig, bijna afgestudeerd, en jij was pas achttien. Ik drong erop aan dat onze verloving zo snel mogelijk zou worden aangekondigd.' Art schudde zijn hoofd. 'Wat was ik toch stom, ik zorgde ervoor dat ze van schrik actie ondernamen, zoals iedere andere ouder ook zou doen. Alleen lag mijn situatie natuurlijk onder een vergrootglas.'

'Ik had geen idee dat je dat tegen ze had gezegd,' zei Zoe. Ze stond perplex van deze onthulling.

'Ik heb nog elke dag spijt van hoe ik het heb aangepakt. Ik voel me volledig verantwoordelijk voor wat er vervolgens gebeurde. Als ik niet zo onnadenkend te werk was gegaan, en nog rustig een paar jaar verkering met jou had gehad, zou alles heel anders zijn verlopen. En ondertussen ging jij door een hel.'

'Dat klopt,' gaf Zoe hem gelijk, denkend aan hoe vreselijk het was geweest om die brief te schrijven en vervolgens Arts verwoede brieven en telefoontjes te negeren. 'Ik heb ze natuurlijk niet over de zwangerschap verteld. Maar ik wist dat als ik dat wél had gedaan, ze zouden opperen dat ik die zou laten afbreken. Ik heb me vaak afgevraagd of ze wisten van Jamies geboorte. Ik was elke dag bang dat ze zouden komen en hem bij me weg zouden halen. Toen hij klein was, liet ik hem geen seconde alleen.' Zoe zuchtte diep, denkend aan de angst en hoe ze zich in het belang van de baby aan Haycroft House en anonimiteit had vastgeklampt.

'Toen ik uit Canada terugkwam, werd ik naar het buitenland gestuurd voor een marineopleiding en kreeg ik maandenlang niets mee van wat er thuis gebeurde. Had ik het toen maar geweten...'

'Het zou toch geen verschil hebben gemaakt? Ze zouden ons nooit hebben laten trouwen.'

'Nee. Maar dat ligt nu allemaal achter ons. We zijn volwassen en geen kinderen meer. Mijn ouders weten wat ik voor je voel. Ze kunnen lastig de gevoelens van een tweeëndertigjarige man verwerpen zoals ze dat bij een eenentwintigjarige deden, en ze weten dat ik serieus ben.'

'Jezus.' Zoe kreunde. 'En wat zeiden ze? Gaan ze me terug de goot in duwen, waar ik uit ben gekropen?'

'Nee, ik heb ze gezegd dat als ze niet bereid zijn jou te accepteren, ik bereid ben afstand te doen van mijn recht op de troon.' Art glimlachte wrang. 'Zoveel stelt dat nou ook weer niet voor, ik ben de tweede reserve, dus het is uiterst onwaarschijnlijk dat ik ooit in aanmerking zou komen.'

Zoe staarde hem vol verbazing aan. 'Zou je dat voor me doen?' fluisterde ze.

'Absoluut. Mijn leven is een schijnvertoning. Ik heb geen specifieke rol. Ik heb ook al tegen mijn ouders gezegd dat het volk in opstand komt doordat de jongere leden van het koninklijk huis het zo makkelijk hebben. Tien jaar bij de marine zien ze natuurlijk niet als werk. Ze zijn ervan overtuigd dat ik speciale kussens met veren in mijn kooi had en een donzen dekbed met het koninklijke wapen erop terwijl alle anderen op stenen onder een deken van paardenhaar lagen... Allemachtig, ik had het waarschijnlijk juist zwaarder dan de anderen.' Hij zuchtte. 'Het is óf het een óf het ander. Als ik me aan de wens van het volk conformeer dat ik "gewoon" moet zijn, dan moeten ze ook respecteren dat ik verliefd ben geworden op een vrouw die al een kind heeft. Wat in deze tijd helemaal niet ongewoon is.'

'Het klinkt in theorie allemaal geweldig, Art, maar ik zie het nog niet gebeuren. Hoe is dat gesprek afgelopen?'

'Nou, ik denk dat de houding van het paleis in de afgelopen jaren milder is geworden, met alle scheidingen in de familie. We zijn het er uiteindelijk over eens geworden dat jij en ik voorlopig zo discreet mogelijk met elkaar afspreken. Dat je hier zo vaak als je wilt naar mij kunt komen. Dat je binnen de familie en de kring van adviseurs een open geheim zult zijn.'

'En als dat geheim naar buiten komt?'

Art haalde zijn schouders op. 'Niemand weet precies hoe het volk zal reageren. We vermoeden allemaal dat het een mengeling van sentimenten zal zijn. Sommigen zullen onze relatie misdadig vinden, anderen zullen instemmen met de modernere kijk op een koninklijke relatie. En ik verwacht dat het gevolgen zal hebben voor Jamie, helemaal als ze erachter komen dat ik zijn vader ben.'

'Het zou een heksenjacht worden,' zei Zoe huiverend. 'Art, we móéten dit echt geheim houden. Zweer dat niemand hierbinnen het zal doorvertellen. Als er ook maar één gerucht de ronde gaat doen, ga ik ervandoor met Jamie. Dan verhuis ik naar LA. Ik...'

'Zoe.' Hij kwam naar haar toe en pakte haar handen vast. 'Ik snap het helemaal. Wat moet ik zeggen? Vertrouw me. Ik doe alles wat binnen mijn macht ligt om jou en Jamie te beschermen. En dat brengt me nog op iets anders.'

'En dat is?'

'Ik vrees dat de mensen achter de schermen – en ikzelf ook, als ik eerlijk ben – op één ding staan, en dat is dat we een persoonlijke beveiliger bij je thuis stationeren. Voor het geval dat.'

'Voor het geval van wat?' Zoe was verontwaardigd. 'Bij mij thúís?'

'Rustig, lieverd. Je zei net dat je wilt dat dit zo lang mogelijk ons geheim blijft. Een persoonlijke beveiliger, een bodyguard, in feite, is ook je eerste verdedigingslinie. Zijn aanwezigheid kan nuttig zijn om ervoor te zorgen dat niemand je huis of je telefoonlijn afluistert. Je weet maar al te goed dat zodra je in contact komt met iemand van het huis, je een doelwit wordt.'

'O god, het wordt steeds erger... Wat moet ik in godsnaam tegen Jamie zeggen? Denk je niet dat hij het gek zal vinden als hij thuis is van school en er een vreemde man in de logeerkamer slaapt?'

'Als je er nog niet aan toe bent om hem over ons te vertellen, dan kunnen we vast wel een of ander verhaal verzinnen. Maar op een gegeven moment moet hij het toch weten.'

'Dat je zijn vader bent? Of dat we iets hebben samen? Weet je wat me nog het meeste stoort aan dit alles?' Zoe wreef wanhopig in haar handen. 'Dat als jij ieder ander was geweest, het een volkomen natuurlijk en prachtig gegeven zou zijn dat we met z'n allen een gezin zouden vormen.'

'Vertel mij wat.' Art zuchtte en keek er zo ellendig bij dat Zoe zich meteen schuldig voelde. Hij had er tenslotte ook geen invloed op gehad in welke familie hij was geboren. En hij deed zijn best om bij haar te kunnen zijn.

'Sorry,' fluisterde ze. 'Het is gewoon allemaal zo ingewikkeld terwijl het heel simpel hoort te zijn.'

'Maar niet hopeloos?' Hij keek haar aan met wanhoop in zijn blik.

'Nee, niet hopeloos,' zei ze.

'Je hebt de man die we voor je hebben gekozen al ontmoet: Simon Warburton, de chauffeur die je naar Sandringham en terug heeft gereden. Ik heb vanmorgen uitvoerig met hem gesproken en het is een aardige vent, met zeer veel training. Alsjeblieft, Zoe, zullen we het op z'n minst een kans geven? Bekijk het gewoon van dag tot dag. En ik beloof je dat ik het volkomen begrijp als je het allemaal te veel vindt en je moet besluiten er een punt achter te zetten.'

Ze leunde tegen zijn schouder en hij streelde haar haar.

'Ik weet wat je denkt,' zei Art. 'Is hij het allemaal waard?'

'Dat klopt inderdaad.'

'En ben ik dat?'

'God sta me bij,' kreunde Zoe. 'Ik weet dat je dat bent.'

21

Joanna staarde naar haar computerscherm en bladerde vervolgens door haar synoniemenwoordenboek op zoek naar nieuwe inspirerende manieren om de gelukzaligheid op de snuit van een bepaalde spaniël te omschrijven als hij luidruchtig aanviel op de bak hondenvoer die hij aan het testen was. Ze had kiespijn. Na haar lunchpauze was die zo hevig geworden dat ze Alice om het nummer van een tandarts had gevraagd waar ze met spoed terechtkon.

Het toestel op haar bureau ging over en ze nam op. 'Met Joanna Haslam.'

'Hoi, lieverd, met mij.'

'O, hoi,' zei ze zacht tegen Marcus zodat niemand het kon horen.

'Kun je me al vergeven? Ik raak nog bankroet van alle bloemen die ik je stuur.'

Ze keek naar de drie vazen vol rozen die in de afgelopen dagen waren bezorgd en onderdrukte een glimlach. Ze miste hem inderdaad. Meer dan dat zelfs... 'Misschien.'

'Mooi, want ik heb informatie voor je, iets wat Zoe me verteld heeft.'

'Wat dan?'

'Geef me je faxnummer. Gezien de omstandigheden kan ik het niet mailen of over de telefoon vertellen. Ik wil weten of jij tot dezelfde conclusie komt als ik.'

'Oké.' Ze gaf hem het nummer. 'Als je het nu verzendt, ga ik bij het apparaat staan.'

'Bel me zodra je het hebt gelezen. We moeten even kijken wanneer we elkaar onder vier ogen kunnen spreken.'

'Oké, ik bel je als hij binnen is. Dag.' Joanna legde de hoorn neer en liep gauw naar de fax voordat iemand anders op kantoor het bericht zou zien. Terwijl ze wachtte tot de boodschap door zou komen, peinsde ze weer over haar gevoelens voor Marcus. Hij was zo anders dan de serieuze en evenwichtige Matthew. En misschien was hij ondanks al zijn tekortkomingen juist precies wat ze nodig had. Toen ze de avond ervoor alleen in haar nieuwe bed lag en zijn armen om haar heen miste, had ze besloten hem te vertrouwen en hem te geloven als hij zei dat hij van haar hield, wat de consequenties ook zouden zijn. Zichzelf en haar hart beschermen tegen nog meer verdriet was veilig, maar was dat echt leven?

Hoi, lieverd, ik mis je. Hieronder vind je...

'Hoe is het met je kies?'

Ze schrok zich kapot toen Alice ineens achter haar stond en probeerde over haar schouder de fax te lezen. Joanna trok het bericht uit het apparaat en vouwde het dubbel.

'Vreselijk.' Ze liep naar haar bureau. Ze wilde zo snel mogelijk van Alice af komen en de fax lezen.

Alice ging op de hoek van Joanna's bureau zitten en sloeg haar armen over elkaar. 'Mevrouw Haslam, ik zie gevaar.'

'Telkens wanneer we rauwe eieren eten of in een auto stappen, lopen we gevaar. Ik zal het risico gewoon maar moeten nemen.'

'Dat klopt wel. Konden we maar terug naar de tijd dat vrouwen met de zoon van de buurman trouwden en zwanger en op blote voeten aan het aanrecht stonden! Toen hoefden we tenminste geen psychologische spelletjes te spelen met mannen. Ze maakten ons het hof en moesten met ons trouwens als ze een beurt wilden.'

'Alsjeblieft, zeg!' Joanna rolde met haar ogen. 'Ik ben blij dat de suffragettes zich aan de hekken hebben geketend.'

'Ja, want nu mag je je dagen slijten met je ontwikkelen tot hondenvoerexpert en je nachten of alleen doorbrengen of met iemand van wie je niet weet of hij er de volgende dag ook nog is.'

'Zo, Alice!' Joanna keek naar haar collega. 'Ik wist niet dat je zo ouderwets was.'

'Dat kan wel zijn, maar hoeveel van jouw vrijgezelle vriendin-

nen boven de vijfentwintig zijn daadwerkelijk gelukkig?'
'Vast heel veel.'
'Oké, maar wanneer zijn ze het gelukkigst? En jij?'
'Als ze een lekker dagje hebben gewerkt of iemand hebben ont...' Joanna maakte haar zin niet af.
'Zie je nou?' Alice grijnsde triomfantelijk. 'Precies wat ik bedoel.'
'We hebben tenminste keuzevrijheid.'
'Te veel vrijheid, als je het mij vraagt. We zijn veel te kieskeurig. Als zijn aftershavemerk ons niet bevalt of zijn irritante zapgewoontes als we het nieuwste kostuumdrama op de BBC willen kijken, dumpen we hem en zoeken een nieuwe prooi. We denken dat we op zoek moeten naar perfectie, maar dat bestaat natuurlijk niet.'

'Dan moet ik het toch juist bij de man houden die op dit moment geïnteresseerd is, ook al is hij niet perfect?' bracht Joanna daartegen in.

'Touché,' gaf Alice toe en ze liet zich van het bureau glijden. 'En als Marcus Harrison op één knie gaat, aarzel dan niet en grijp hem met beide handen aan. Als hij je daarna bedriegt, heb je tenminste de helft van al zijn bezittingen om op terug te vallen, en dat is meer dan wanneer je het uitmaakt met een of andere sloeber met wie je een "moderne" vrijblijvende relatie zou hebben. Oké, aan het werk. Ik hoop dat mijn tandarts je kan helpen.' Ze zwaaide en liep naar haar eigen bureau.

Joanna zuchtte en vroeg zich af door welke 'sloeber' Alice nu weer was gedumpt. Ze vouwde de fax van Marcus open en las hem.

Vraag het Rose. Hof...

Er kwam een gedachte bij haar op. Misschien was Rose een hofdame geweest? Ze belde Marcus.

'Denk jij wat ik denk?' vroeg hij haar.
'Ik denk het.'
'Laten we vanavond afspreken, dan kunnen we het erover hebben.'

'Ik zou graag willen, maar dat lukt niet. Ik heb vreselijke kiespijn en ik moet naar de tandarts.'

'Daarna dan? Er is nog iets wat ik je echt moet vertellen en dat wil ik niet over de telefoon doen.'

'Oké, hoewel ik misschien niet goed zal kunnen praten. Kom maar naar mijn huis.'

'Goed. Mis je mij ook? Een piepklein beetje maar?'

'Ja, ik mis je.' Joanna lachte. 'Tot vanavond.'

Ze stopte de fax in haar broekzak, zette haar computer uit en liep naar de deur. Alec zat ineengedoken achter zijn bureau, zich voor haar verschuilend zoals hij steeds deed. Ze draaide om en ging achter hem staan.

'Wanneer komt mijn stuk over Marcus Harrison en zijn herdenkingsbeurs erin? Hij blijft het maar vragen en het wordt ondertussen gênant.'

'Moet je aan de redactie vragen. Dat is hun pakkie-an,' mompelde hij.

'Oké, ik...' Joanna keek op Alecs scherm en herkende de naam bovenaan. 'William Fielding. Waarom schrijf je een stuk over hem?'

'Omdat hij is overleden. Had je nog meer vragen?'

Ze slikte moeizaam. Misschien was dat wat Marcus haar wilde vertellen? 'Waar? Wanneer? Hoe?'

'Hij is een paar dagen geleden in elkaar geslagen en vanmiddag in het ziekenhuis overleden. De baas lanceert gelijk een campagne waarmee hij de regering onder druk wil zetten voor gratis beveiligingsapparatuur voor ouderen en zieken, en hogere straffen voor het tuig dat de misdaden pleegt.'

Joanna liet zich op de stoel naast Alec neerzakken.

'Wat is er? Gaat het?'

'O god, Alec. O god.'

Hij keek nerveus in de richting van de kamer van de hoofdredacteur. 'Wat is er, Jo?'

Ze probeerde haar gedachten op een rij te krijgen. 'Hij... William wist dingen over Sir James Harrison. Dit was geen ongeluk!

Het is gepland, dat moet wel, net als de dood van Rose.'

'Dat is onzin,' snauwde Alec. 'Ze hebben een verdachte aangehouden.'

'Nou, ik kan je zo vertellen dat die het niet heeft gedaan.'

'Dat kun je niet weten, Jo.'

'Jawel. Wil je het horen of niet?'

Hij aarzelde. 'Oké, snel dan.'

Toen Jo haar theorie uit de doeken had gedaan, sloeg Alec nadenkend zijn armen over elkaar. 'Oké, stel dat je gelijk hebt en hij is vermoord. Hoe konden ze dat zo snel weten?'

'Ik weet het niet. Tenzij… Marcus' flat wordt afgeluisterd. Hij faxte me een paar minuten geleden en zei dat het niet veilig was om het over de telefoon te bespreken.' Joanna haalde de fax uit haar broekzak en legde hem op zijn bureau. 'Volgens hem heeft William deze woorden tegen Zoe gezegd. Misschien is ze bij hem langs geweest in het ziekenhuis voor hij overleed.'

Hij las de fax en keek toen naar Joanna. 'Jij denkt hetzelfde, neem ik aan?'

'Ja. William probeerde te zeggen dat Rose een hofdame was. Alec…' Joanna wreef in haar handen. 'Dit wordt te heftig. Ik ben bang. Echt bang.'

'De eerste regel tot we weten waar je mee te maken hebt: pas op met wat je bij jou thuis zegt. Ik heb vaker met dit soort dingen te maken gehad, toen ik verslag deed over de IRA. Afluisterapparaatjes zijn verdomd lastig te vinden, maar als ik jou was, zou ik je flat eens goed doorzoeken. Ze kunnen best geplaatst zijn toen die overhoop is gehaald. Misschien zelfs in de muren.'

'En waarschijnlijk ook in Marcus' huis.' Ze zuchtte.

'Jezus, Jo. Volgens mij kun je het beter opgeven.'

'Dat heb ik geprobeerd, maar het lijkt me te achtervolgen.' Ze haalde gefrustreerd een hand door haar haren. 'Ik weet echt niet wat ik moet doen. Sorry, Alec. Ik weet dat je het niet wilt horen.' Ze stond op en liep naar de deur. 'O, trouwens, je had gelijk, die brief heb ik niet meer teruggekregen. Fijne avond.'

Alec stak nog een sigaret op en staarde naar het scherm. Over minder dan twee jaar zou hij met pensioen gaan, na een prima carrière. Hij zou dat niet op het spel moeten zetten. Aan de andere kant wist hij dat hij er de rest van zijn leven spijt van zou hebben als hij dit verhaal liet schieten.

Uiteindelijk stond hij op en nam de lift omlaag naar de archieven om zoveel mogelijk artikelen over Sir James Harrison te verzamelen en te proberen iets op te delven over een hofdame met de voornaam Rose.

Joanna kwam twee uur later de praktijk van de tandarts in Harley Street uit. Haar hoofd bonkte door het boren en de ene helft van haar mond was nog verdoofd. Langzaam liep ze het trapje af en de straat door. Ze voelde zich behoorlijk suf. Vanachter botste een vrouw tegen haar aan. Joanna schrok en haar hart bonsde veel te hard in haar borstkas.

Wáren ze die avond in Marcus' flat afgeluisterd? Werd ze nu ook in de gaten gehouden? Het zweet brak haar uit en er verschenen paarse vlekken voor haar ogen. Ze liet zich op haar hurken zakken voor een gebouw, stak haar hoofd tussen haar benen en probeerde langzaam en diep te ademen om haar ademhaling te vertragen. Toen leunde ze tegen de richel die langs de hele gevel liep en keek op naar de avondlijke hemel.

'Verdomme,' gromde ze zacht. Ze wilde dat een taxi vlak voor haar neus zou stoppen om haar naar huis te brengen. Wankelend kwam ze overeind en besloot dat de bus of de metro vandaag geen optie waren. Ze liep weer verder en hoopte een taxi te kunnen vinden in de doolhof van wegen achter Oxford Street. In Harley Street stak ze steeds haar hand op naar volle taxi's, ging toen de hoek om en belandde in Welbeck Street. Hier woonde Zoe, schoot haar te binnen, op nummer 10. Zoe had na het gezamenlijke etentje haar adres voor haar opgeschreven.

Joanna hield stil op straat en zag dat ze bijna pal voor nummer 10 stond. Ze werd overvallen door nog een golf flauwte en vroeg zich af of het erg opdringerig was om op Zoe's deur te kloppen en om een kop warme zoete thee te vragen om haar weer op weg te helpen. Ze zag dat het licht aan was in het huis en besloot aan te kloppen.

Net toen ze weer in beweging wilde komen, zag ze de voordeur opengaan. Vanwaar ze stond, zag ze Zoe om de deur gluren, waarna iemand anders uit een auto sprong die voor het huis stond, en het korte eindje naar haar toe sprintte. Ze verdwenen het huis in en de deur ging achter hen dicht.

Joanna wist dat ze als een dwaas met open mond stond te kijken. Maar ze was er heel zeker van dat ze zojuist Arthur James Henry, hertog van York – door familie en de media 'Art' genoemd – prins en de derde in lijn van troonsopvolging, Zoe Harrisons huis had zien binnengaan.

Na eindelijk een taxi te hebben gevonden, lag Joanna drie kwartier later onderuit op haar comfortabele beigekleurige bank met een glas cognac dat ze had ingeschonken om haar kiespijn te verlichten. Ze staarde wezenloos naar het gescheurde magnoliawitte plafond. Vergeet brieven van vreemde oude vrouwtjes, overleden bejaarde acteurs, samenzweringen… Tenzij ze hallucineerde, was ze zojuist getuige geweest van een of andere affaire tussen een van de meest begerenswaardige, en nieuwswaardige, vrijgezellen en een jonge en beeldschone actrice.

Die een kind had.

Er ging een rilling van opwinding over Joanna's ruggengraat. Als ze dat moment op beeld had kunnen vastleggen, had ze nu waarschijnlijk honderdduizend pond kunnen vangen van elke willekeurige Britse krant.

'Zoe Harrison en prins Arthur, hertog van York. Dat is nog eens een scoop!' fluisterde ze.

Morgen zou ze er eens in duiken om te zien of die twee een verleden hadden en ze wat ze had gezien wellicht moest afdoen als een afspraak tussen twee 'goede vrienden'. Ze had zaterdag afgesproken met Zoe. Misschien kon ze subtiel wat informatie lospeuteren. Een scoop als dit zou haar zonder twijfel sneller bij Huisdier en Tuin vandaan krijgen dan je 'mest' kon zeggen.

Toen kreunde Joanna. Ze schrok van haar valse gedachten. Hoe kon ze er ook maar aan dénken om uit de school te klappen? Ze ging met Zoe's broer – op wie ze heel heel heel misschien zelfs verliefd was geworden – en zij en Zoe hadden het zo goed met elkaar kunnen vinden dat ze dacht dat het de basis voor een hechte vriendschap kon zijn. Ze dacht ook somber terug aan wat ze tijdens hun eerste ontmoeting tegen Marcus had gezegd over dat ze blij zou zijn met de nieuwe privacywetgeving.

Het jammere was dat als de prins en Zoe inderdaad een relatie hadden, het verhaal in de nabije toekomst toch wel uit zou komen, of het nu van haar kwam of niet. De nieuwsjagers roken een schandaal vaak al voordat de betrokkenen een eerste kus hadden gedeeld.

Er werd op de voordeur geklopt en Joanna kwam met tegenzin overeind om open te doen. Marcus grijnsde naar haar en stak haar een halve fles cognac toe.

'Hoi, lief, hoe is het met de kiespijn?' mompelde hij terwijl hij haar een kus gaf.

'Beter na een cognacje. Dank je, die van mij is net op, dus dit is perfect. Je zei over de telefoon dat we moesten praten...' Ze liet haar stem wegsterven omdat Marcus een vinger tegen zijn lippen hield. Toen pakte hij een stuk papier en gaf het haar.

> *William Fielding aangevallen. Ik denk dat onze flats worden afgeluisterd. Had vreemde bouwvakker in mijn huis vanwege vocht. Moeten eerst huis doorzoeken. Zet luide muziek op.*

Joanna knikte toen werd bevestigd wat ze al vermoedde. Ze zette de cd-speler aan op vol volume en ze doorzochten haar flat grondig, zochten naar nieuwe groeven in de muur, langs de vloerplanken, onder lampenkappen en achter in kastjes.

'Dit is belachelijk,' zei ze na een veertig minuten durende vruchteloze zoektocht. Ze zuchtte en ging onderuitgezakt op de bank hangen. Marcus kwam bij haar zitten. 'We hebben alles uitgepluisd. Er is niets, tenzij ze iets in de muren hebben gestopt,' fluisterde ze in zijn oor zodat hij haar kon verstaan boven de muziek uit die uit de stereo schalde.

'Denk eens na, wie is er sinds dit allemaal begon in je huis geweest?'

'Ik, Simon, jij, minstens vier verschillende politieagenten, drie bezorgers…' antwoordde ze zachtjes terwijl ze ze allemaal op haar vingers telde. Toen viel ze stil.

Zonder nog iets te zeggen sprong ze van de bank en liep naar haar vaste telefoontoestel dat op een bijzettafeltje in een hoek van de kamer stond. Ze bekeek het snoer en volgde het naar beneden tot waar het de muur in ging. Met grote ogen wees ze ernaar. Ze hield een waarschuwende vinger tegen haar lippen, trok Marcus toen mee het halletje in, pakte hun jassen en nam hem mee de flat uit.

Ze liepen door een rustige, door straatlantaarns beschenen straat. Joanna voelde dat ze trilde en Marcus sloeg zijn arm stevig om haar heen.

'O god, Marcus… Mijn telefoon… Ik vond het al zo gek dat de telefoonmonteur toen zomaar op de stoep stond nadat er was ingebroken!'

'Rustig maar, schat, het komt goed.'

'Het zit er al sinds januari! Wat ze wel niet allemaal moeten hebben gehoord! Alec heeft me nog gewaarschuwd. Wat nu? Moet ik het snoer er gewoon uit trekken? Hoe kom je van zoiets af?'

Hij zweeg even en schudde vervolgens zijn hoofd. 'Nee, dan weten ze dat we ze doorhebben. En dan komen ze gewoon terug om een nieuwe te plaatsen.'

'Ik wil niet weer iemand in mijn flat! Jezus!'

'Luister, Jo, we zijn in het voordeel. We zijn ze eindelijk een stap voor…'

'Hoe weet je dat nou? We hebben geen idee waar de afluisterapparatuur is en hoeveel er is geplaatst.'

'We moeten gewoon oppassen wat we zeggen,' zei hij langzaam. 'En waar. We weten niet of ze alleen je telefoongesprekken kunnen afluisteren of alle geluiden uit je flat. Maar we mogen ze niet laten weten dat we het weten. We moeten ook voorzichtig zijn met onze mobiele telefoons… Misschien luisteren ze die ook wel af.'

Ze knikte en beet toen op haar lip. 'De moord op William Fielding was geen toeval,' zei ze uiteindelijk. 'Dat kunnen we nu wel met zekerheid zeggen.'

'Wacht, is Fielding dood dan? Ik dacht…'

Ze knikte somber. 'Mijn chef was erover aan het schrijven toen ik wegging van het werk. Hij is aan het eind van de middag in het ziekenhuis overleden. Dit wordt gevaarlijk… Moeten we niet ophouden met ons onderzoek? Het gewoon laten zitten?'

Marcus bleef staan en trok haar dicht tegen zich aan in een omhelzing. 'Nee. We zoeken dit samen uit. Kom, dan gaan we weer op jacht naar afluisterapparaatjes.' Hij gaf haar een kus en ze liepen terug naar de flat.

Joanna was nu nog vastberadener. Ze probeerde te bedenken welke delen van haar flat tijdens de inbraak niet leken te zijn aangeraakt. Zij en Marcus voelden langs alle plinten en de architraven tot haar vinger uiteindelijk op een klein rubberen knopje stuitte boven op de deurpost van haar woonkamerdeur. Ze trok het voorzichtig los, hield het bij het licht en Marcus kwam bij haar kijken.

Hij tikte tegen zijn neus en plakte het toen terug waar het vandaan kwam. Vervolgens ging hij naar buiten om aan te bellen en het daaropvolgende halve uur kwam hij de flat binnen en verliet hij hem weer als verschillende belachelijke typetjes met een grote verscheidenheid aan accenten. Joanna moest denkbeeldige gesprekken voeren met een Jamaicaanse rumimporteur, een Russische nazaat van de tsaar en een Zuid-Afrikaanse jager. Uiteindelijk moest ze zelf naar buiten om haar tegen die tijd hysterische lachbui te kalmeren. Ze concludeerde dat Marcus zijn roeping had gemist. Hij was een geweldige acteur en imitator. Toen het spelletje voorbij was, haalde Joanna het afluisterapparaatje weg, wikkelde het in meerdere lagen watten en propte die in een doosje tampons.

Het was lang geleden dat ze zo had gelachen, en toen ze eindelijk naar bed gingen, vrijde Marcus zo teder met haar dat ze voor de tweede keer die avond tranen in haar ogen kreeg.

Ik voel me... gelukkig, dacht ze.

'Ik hou van je,' mompelde hij vlak voor hij zijn ogen dichtdeed.

Met Marcus naast haar diep in slaap voelde Joanna zich voldaan en veilig, ondanks de spanning van oudevrouwtjesgate en hun ontdekking van die avond. Tegen zijn warme lijf aan genesteld sliep ze in terwijl ze probeerde de nachtmerrieachtige gedachte dat de muren oren hadden te verbannen door te denken dat ze misschien ook wel van hém hield.

Simon klopte om tien uur de volgende morgen aan bij Welbeck Street 10.

Zoe deed open. 'Hoi.'

'Hallo, mevrouw Harrison.'

'Kom maar binnen dan, hè?' Ze stapte met tegenzin opzij zodat hij binnen kon komen.

'Bedankt.'

Ze deed de deur achter hem dicht en ze stonden in de hal.

'Ik heb boven een kamer voor je gereedgemaakt. Die is niet erg groot, maar heeft wel een eigen douche en toilet,' zei ze.

'Bedankt. Ik zal mijn best doen me niet op te dringen. Het spijt me dat het zo moet.'

Zoe zag dat Simon de situatie net zo ongemakkelijk vond als zij en haar antipathie nam wat af. Ze hadden tenslotte geen van beiden een keus in deze kwestie. 'Als je even je spullen boven zet, kun je daarna naar beneden komen voor een kop koffie. Het is helemaal bovenaan de linkerdeur.'

'Oké, is goed.' Hij glimlachte dankbaar. Ze keek hoe hij de trap op liep met zijn weekendtas en ging vervolgens koffiezetten.

'Melk of suiker?' vroeg ze toen hij tien minuten later de keuken binnenkwam.

'Zwart met één suikerklontje, graag.'

Ze zette een mok voor hem neer.

'Wat een prachtig oud huis, mevrouw Harrison.'

'Dank je. Noem me maar Zoe als we toch samenwonen...' zei ze. 'Ik bedoel onder één dak wonen,' verbeterde ze zichzelf snel.

'Oké. En mij graag Simon. Ik begrijp dat je helemaal niet op mijn aanwezigheid zit te wachten. Ik beloof je dat je zo weinig mogelijk last van me zult hebben. Je weet vast al wel dat ik overal met je mee naartoe moet gaan. Ik kan achter je aan rijden of ik kan je rondrijden, mocht je dat liever hebben.'

'Nee, dat was me niet verteld.' Zoe zuchtte. 'Ik moet mijn zoon Jamie vanmiddag van school halen. Dan hoef je toch zeker niet mee?'

'Het spijt me, mevrouw Ha... Zoe, maar dat moet wel.'

'Jezus!' Zoes moeizaam verworven kalmte vervloog en veranderde in volledige paniek. 'Ik heb hier echt nog niet goed over nagedacht. Hoe moet ik je aanwezigheid verklaren?'

'Misschien kun je het beste zeggen dat ik een oude vriend van de familie ben, een ver familielid uit het buitenland dat een tijdje in Londen verblijft, en dat ik een poos bij jou logeer tot ik een woning heb gevonden.'

'Nou, Jamie is een slimme knul. Hij gaat je ongetwijfeld uithoren over van welke kant van de familie je precies bent en zal alle details willen weten.' Zoe dacht even na. 'Ik denk dat je het beste kunt zeggen dat je een achterneefje bent van Grace, de jong overleden vrouw van mijn opa.'

'Dat is goed. Dan is het misschien het makkelijkst dat ik je vanmiddag naar de school rij. Ik denk dat je zoon het vreemd zal vinden als hij merkt dat ik achter jullie aan ben gereden.'

'Oké.' Zoe beet op haar lip. 'En nog wat, ik wil ook niet dat mijn familie dit weet. Niet dat ik ze niet vertrouw, maar...'

'Je vertrouwt ze niet,' maakte hij haar zin af, en ze moesten allebei lachen.

'Precies. Jeetje, wat een gedoe, zeg. Ik ga morgen winkelen met een vriendin. Moet je dan ook met ons mee?'

'Ik vrees van wel, maar op een discrete afstand, dat beloof ik.'

Zoe nam een slok van haar koffie. 'Ik krijg steeds meer sympathie voor de koninklijke familie. Het moet een vreselijk gevoel zijn om zowel buiten als binnen je eigen huis geen privacy te hebben.'

'Ze zijn ermee opgegroeid en accepteren dat het erbij hoort.'

'Voor jou is het vast ook niet leuk. Ik bedoel, hoe zit het met jouw privéleven? Heb je een vrouw, een gezin dat je mist als je er niet bent?'

'Nee. Mannen die dit werk doen, zijn vaak vrijgezel.'

'Naar voor je dat je nu zo'n saaie stationering hebt. Ik kan me niet echt voorstellen dat internationale veiligheidsdiensten mijn naam op hun zwarte lijst hebben staan. Ik bedoel, niemand weet het van Art en mij.'

'Nog niet.'

'Ja, nou, wat mij betreft blijft dat zo lang mogelijk zo,' zei ze stellig, waarna ze opstond. 'Als je me nu wilt excuseren, ik moet nog wat dingen doen voordat ik, we, Jamie gaan ophalen.'

22

Marcus was de hele vrijdagmiddag bezig zijn flat ondersteboven te halen. Hij had naar het stuk muur gekeken waar hij wist dat de 'bouwvakker' zondagavond zijn spullen had liggen en dat was inderdaad precies naast het snoer van zijn vaste telefoontoestel.
 Uiteindelijk vond hij ook een klein zwart apparaatje in de vorm van een knoopje achter de rand van de salontafel. Hij verwijderde het voorzichtig, zich verwonderend over de minuscule elektronica die erin moest zitten.
 Joanna kwam na het werk naar hem toe en Marcus legde zijn vinger op zijn lippen en liet haar een pot oploskoffie zien, waaruit hij behoedzaam het apparaatje haalde dat hij tussen de donkerbruine korrels had verstopt.
 'Lieveling, waarom ga je niet even lekker douchen voor we uit eten gaan?' zei hij luid. 'En als we terugkomen, ga ik je van top tot teen beschilderen met chocoladesaus en het er allemaal af likken.'
 Ze pakte een pen en een vel papier uit haar rugtas en schreef in grote letters: *Kan niet wachten.* Daarna legde ze het met een opgetrokken wenkbrauw waar Marcus het kon zien op het tafeltje en ging naar de badkamer.

De volgende ochtend, na een snelle kop koffie en wat geroosterd brood dat Marcus op een dienblad op bed had geserveerd, kleedden ze zich aan en liepen over straat om de bus naar Welbeck Street te nemen. Toen ze eenmaal een zitplaats hadden gevonden, keek Marcus haar met een ernstige blik aan.
 'Ik weet dat we grapjes hebben gemaakt over dat hele afluistergedoe, maar ik word er naar van als ik eraan denk dat ze elk woord hebben gehoord dat we hebben gezegd.'

'Ja, hè. Het is toch zeker verboden om telefoons af te luisteren en afluisterapparaat te plaatsen? Zullen we de autoriteiten inlichten?'

'Dat lijkt me niet! De "autoriteiten" zijn juist degenen die die apparatuur daar hebben geplaatst.'

'O, Marcus, ik had je hier nooit bij moeten betrekken. Het is allemaal mijn schuld.'

'Nee hoor, lief.' Marcus voelde een steek van schuldgevoel door zich heen gaan. Hij keek naar Joanna's hoofd, dat tegen zijn schouder rustte, en vroeg zich af of hij haar gewoon moest vertellen over zijn ontmoeting met Ian en het geld dat hij had aangenomen. Nee. Daar had hij al te lang mee gewacht. Ze zou alleen maar boos op hem zijn, en misschien zelfs hun relatie beëindigen...

Die gedachte kon hij simpelweg niet verdragen.

'Hé, tortelduifjes, kom binnen.' Zoe ging hun voor haar huis in. 'Zullen we meteen gaan? Ik kan niet wachten om te gaan shoppen.'

'Helemaal goed,' antwoordde Joanna terwijl Zoe hen naar de keuken bracht.

'Jamie zit boven op zijn kamer achter zijn computer. Daar moet hij zich wel een tijdje mee kunnen vermaken. Ik ren even naar boven om gedag te zeggen en mijn jas te pakken, en dan gaan we.' Marcus stak een sigaret op en ze fronste. 'En rook alsjeblieft niet waar Jamie bij is.'

'Jemig! Ik doe dit voor jou!' zei hij prikkelbaar. 'Blijf niet te lang weg, Jo. Ik kan wel leukere manieren bedenken om mijn zaterdag aan te besteden dan op mijn neefje passen.' Hij knipoogde naar haar.

'En ik kan me niets beters bij een zaterdag voorstellen dan winkelen!' Joanna gaf Marcus een liefdevolle zoen.

'Je staat bij me in het krijt.'

'Zoe, ik...' hoorde Joanna een bekende stem achter zich zeggen. Ze draaide zich om en zag Simon naar haar staren vanuit de deuropening van de keuken, al net zo verbaasd als zij.

Zoe stond achter hem met haar jas aan.

'Had ik al gezegd dat Simon hier logeert, Marcus?'

'Simon wie?' vroeg Marcus.

'Warburton. Hij is een verre neef van ons uit Auckland in Nieuw-Zeeland, van de kant van oma Grace. Hij schreef om te zeggen dat hij naar Engeland zou komen en vroeg of hij een tijdje bij ons kon logeren. Dus,' zei ze, 'daar is-ie dan.'

Marcus fronste. 'Ik wist helemaal niet dat we verre neven hadden.'

'Ik ook niet, tot James' herdenkingsdienst,' improviseerde Zoe snel.

Joanna keek sprakeloos toe hoe Marcus en Simon elkaar de hand schudden.

'Leuk je te ontmoeten, Simon. Dus we zijn verre familie?'

'Ja, daar lijkt het wel op.' Simon had zichzelf herpakt.

'Blijf je lang in Engeland?'

'Een tijdje, ja.'

'Oké. Nou, dan moeten we een keer samen op stap, mannen onder elkaar. Laat ik je de leukste tenten in de stad zien.'

'Lijkt me leuk.'

'Kom, Jo, we gaan. Jo?' vroeg Zoe.

Joanna stond nog steeds naar Simon te staren. Zoe werd er zenuwachtig van.

'Ja, ik kom eraan. Nou, dag, Simon. Dag, Marcus.' Joanna draaide zich om en liep met Zoe de voordeur uit.

Simon trok de jas aan die hij in zijn handen had gehad. 'Ik ga er ook vandoor. Een beetje sightseeën. Leuk je te ontmoeten, Marcus.'

Zoe en Joanna brachten een aangenaam ochtendje door in King's Road, waarna ze de bus naar Knightsbridge namen. Ze slenterden door de Harvey Nichols tot hun voeten pijn deden en zochten toen hun toevlucht tot het café op de bovenste etage.

'Ik trakteer trouwens,' zei Zoe toen ze een menukaart van de bar pakte. 'Een vrouw die bereid is het met mijn broer te proberen, heeft op z'n minst een gratis lunch verdiend!'

'Bedankt. Denk ik,' zei Joanna met een grijns.

Zoe bestelde twee glazen champagne. 'Weet je, volgens mij heb je een goede invloed op Marcus. Hij heeft een stabiele invloed nodig en hij is echt verzot op je. Als hij je ten huwelijk vraagt, zeg dan alsjeblieft ja, dan kunnen we zoiets als dit nog heel vaak doen.'

Joanna was geroerd door Zoe's verlangen om vriendinnen te worden, en voelde zich opnieuw enorm schuldig voor de vluchtige dubbelhartige gedachte om haar aan een krant te verraden. Toen hun lunch werd geserveerd, begon Joanna enthousiast aan haar heerlijke belegde sandwich met parmaham en rucola. Ze zag dat Zoe nauwelijks iets at.

'Tragisch, hè, van William Fielding?' opperde ze voor ze een slok champagne nam.

'Verschrikkelijk. Ik ben nog bij hem langs geweest in het ziekenhuis, wist je dat, de dag voor hij stierf?'

'Ja, dat vertelde Marcus.'

'Hij was vreselijk toegetakeld. Ik ben er erg van geschrokken, vooral omdat we een paar dagen daarvoor nog over mijn opa hadden gekletst. Hij gaf me een prachtige zegelring in bewaring. Hier, moet je zien.' Zoe zocht in het ritszakje van haar handtas en haalde er een ring uit, die ze aan Joanna gaf.

'Wauw, die is zwaar zeg.' Joanna draaide de ring om in haar handpalm en keek naar het zegel. 'Wat ga je er nu mee doen?'

'Ik neem hem volgende week mee naar zijn begrafenis en dan zie ik wel of er misschien familieleden zijn.' Zoe stopte de ring veilig terug in haar handtas.

'En hoe gaat het verder met je film? Wordt die nog wel afgemaakt?'

'Ze denken dat ze net genoeg beeld hebben om om Williams... afwezigheid heen te werken. Ik ga woensdag weer naar Norfolk.'

'En hoe lang blijft je, eh, vriend Simon logeren?' vroeg Joanna terloops.

'Dat weet ik niet precies. Hij is een poosje in Londen en ik heb gezegd dat hij zo lang mag blijven als hij wil. Het huis is zo groot dat we er prima allebei kunnen wonen.'

'Aha.' Joanna wist niet wat ze verder moest zeggen.

'Ik heb je gezicht gezien toen je hem bij mij thuis zag. Je keek alsof je hem herkende. Ken je hem?'

'Ik...' Joanna bloosde. Ze kon niet liegen. 'Ja.'

Zoe kromp zichtbaar ineen. 'Dat dacht ik al. Waarvan?'

'Ik ken Simon al bijna mijn hele leven. We zijn praktisch samen opgegroeid in Yorkshire. Niet in Auckland dus!'

'Dan weet je neem ik aan ook dat hij geen familie van me is?' vroeg Zoe langzaam.

'Ja. Of als dat wel zo is, heeft hij dat nooit gezegd.'

Zoe keek aarzelend naar Joanna. 'Weet je wat hij voor de kost doet?'

'Hij heeft altijd gezegd dat hij een pennenlikker is bij de overheid, al heb ik dat eigenlijk nooit echt geloofd. Hij is cum laude afgestudeerd aan Cambridge en superslim. Maar je hoeft het echt niet uit te leggen, Zoe. Je hebt duidelijk je redenen om een verleden voor Simon te verzinnen voor mij en Marcus. Het is gewoon stom toeval dat we elkaar kennen. Ik beloof dat ik niks zal zeggen.'

'O, Joanna...' Zoe friemelde aan haar servet. 'Ik durf op het moment niemand te vertrouwen. En jou eigenlijk al helemaal niet, aangezien je verslaggever bent. Sorry,' voegde ze er gauw aan toe. 'En toch heb ik het gevoel dat ik het je wil vertellen. Ik denk dat ik gek word als ik er niet met iemand over praat.'

'Als het helpt, volgens mij weet ik het al,' zei Joanna zacht.

'Echt? Hoe dan? Niemand weet het.' Zoe keek geschrokken. 'Is het nu al naar de pers gelekt?'

'Nee, wees maar niet bang,' stelde Joanna haar snel gerust. 'Dit was ook weer puur toeval. Ik zag donderdagavond een... een man je huis binnengaan.'

'Hoe kan dat dan? Hield je me soms in de gaten?'

'Nee.' Ze schudde heftig haar hoofd. 'Ik was bij de tandarts in Harley Street geweest en voelde me beroerd. Op zoek naar een taxi belandde ik in Welbeck Street. Ik wilde net bij je aankloppen en om een kopje flink zoete thee vragen en om even te kunnen zitten toen je voordeur openging.'

Zoe fronste. 'Lieg alsjeblieft niet, Joanna, dat kan ik niet aan. Ben je echt niet getipt door iemand bij de krant?'

'Nee! Als ze al een tip hadden ontvangen, hadden ze er echt niet een junior verslaggever van Huisdier en Tuin op afgestuurd.'

'Dat is waar. Jeetje, Jo.' Zoe keek haar recht in de ogen. 'Heb je gezien wie die man was?'

'Ja.'

'Dan weet je dus waarom Simon bij me woont?'

'Ter beveiliging, neem ik aan?'

'Ja. Ze... Hij drong erop aan.'

'Nou, je kunt je geen beter persoon wensen als oppas. Simon is de aardigste man die ik ken.'

Er trok een zwak glimlachje over Zoe's gezicht. 'O, zit het zo? Dus ik kan Marcus vertellen dat hij concurrentie heeft?'

'Jezus, nee. We zijn eerder broer en zus. We zijn echt alleen maar goede vrienden.'

'Nu we het toch over Marcus hebben, je hebt hem toch niet verteld wat je donderdagavond hebt gezien, hè?' vroeg Zoe benauwd.

'Nee. Ik kan heel goed geheimen bewaren. Je moet het zeggen als je er niet over wilt praten, maar... Is het serieus tussen jullie?'

Zoe's blauwe ogen vulden zich met tranen. 'Heel erg. Helaas.'

'Waarom helaas?'

'Omdat ik zou willen dat Art een accountant in Guildford was, of zelfs een getrouwde man, maar niet... Nou ja, wie hij is.'

'Dat begrijp ik volkomen. Je hebt niet in de hand op wie je verliefd wordt, Zoe.'

'Nee, maar kun je je voorstellen wat voor effect het op Jamie zou hebben als het bekend wordt? Ik vind het doodeng.'

'Ja. Ik dacht al meteen dat het op een gegeven moment toch zou worden ontdekt, vooral als jullie allebei serieus met elkaar verder willen.'

'Ik durf er bijna niet aan te denken. Het ergste is nog dat ik er gewoon niets aan lijk te kunnen doen, hoe graag ik dat ook wil voor Jamie. Art en ik... Nou ja, zo is het altijd geweest.'

'Kennen jullie elkaar al lang dan?'

'Ja. Al jaren. Ik zweer het je, als ik ooit over dit gesprek lees in jouw krant, sta ik niet voor mezelf in,' zei Zoe fel.

'Ik geef toe dat ik dolgraag degene zou zijn die met deze scoop bij mijn hoofdredacteur aanklopte, maar ik kom uit Yorkshire, en die mensen kun je op hun woord vertrouwen. Dus ik doe het niet, oké?'

'Oké. Jemig, ik kan nog wel een borrel gebruiken.' Zoe wenkte de kelner en vroeg om nog twee glazen champagne. 'Nou, nu je het meeste toch al lijkt te weten, en ik er gewoon met iemand over móét praten, kan ik je net zo goed het hele verhaal vertellen...

Vanuit zijn verdekt, maar precies goed opgestelde positie achter een pilaar zag Simon dat de twee vrouwen diep in gesprek waren. Hij maakte van de gelegenheid gebruik om naar het toilet te gaan, deed de deur dicht en belde een nummer op zijn mobiel.

'Met Warburton, meneer.'

'Ja.'

'Een probleem vanmorgen: Haslam verscheen onverwachts bij mevrouw Harrison thuis. Ze heeft me natuurlijk herkend. Wat moet ik zeggen als ze ernaar vraagt?'

'Dat je voor de beveiligingsdienst van het koninklijk huis werkt, wat feitelijk ook zo is. Heb je bij aankomst de afluisterapparatuur geplaatst?'

'Ja, meneer.'

'Mooi. Verder nog iets te melden?'

'Nee, niets.'

'Goed, Warburton. Succes.'

Marcus werkte zich kijkend naar de rugbywedstrijd Wales-Ierland op tv door Zoe's biervoorraad heen. Om kwart over vier waren de vrouwen nog steeds niet terug. Gelukkig zat Jamie lekker op zijn kamer verdiept in een of ander ingewikkeld computerspel. Marcus was kort bij hem geweest, maar toen de jongen was begonnen over 'magische munten' was hij er snel vandoor gegaan. Hij had in de loop der jaren echt wel pogingen gedaan, dacht hij bij zichzelf.

Chocolade, dierentuinbezoekjes... maar niets leek indruk te maken op Jamie en uiteindelijk had Marcus het opgegeven. Het was alsof de liefde van zijn neefje was gefocust op Groot-James en zijn moeder, en er geen plek voor hem was.

'Hoi, ome Marcus.' Jamie stak zijn hoofd om de deur. 'Mag ik binnenkomen?'

'Natuurlijk. Het is jouw huis.' Marcus kreeg het voor elkaar te glimlachen.

De jongen liep de kamer in en ging met zijn handen in zijn zakken naar de tv staan kijken. 'Wie wint er?'

'Ierland. Wales wordt verpletterd.'

'Groot-James heeft me een keer over Ierland verteld.'

'O ja?'

'Ja. Hij vertelde dat hij daar een keer was geweest, in een plaatsje aan zee.'

'Ja, nou ja, Ierland heeft natuurlijk een flinke kustlijn.'

Jamie liep naar het raam en schoof de vitrage wat opzij om te zien of er al een teken van zijn moeders terugkomst was. 'Hij heeft me in de grote atlas aangewezen waar hij was geweest. Het was een gigantisch huis, vertelde hij, omgeven door water, alsof het midden in zee stond. En toen vertelde hij een verhaal over een jonge man die verliefd werd op een beeldschoon Iers meisje. Ik weet nog dat het verhaal niet goed afliep. Ik zei tegen Groot-James dat het een goed verhaal voor een film was.'

Marcus spitste zijn oren. Hij keek naar Jamie, die nog steeds naar buiten keek. 'Wanneer heeft hij je dat allemaal verteld?'

'Vlak voor hij overleed.'

Marcus stond op en liep naar de boekenkast. Zijn blik gleed over de titels tot hij de oude atlas vond. Hij bladerde naar de pagina met Ierland en legde het boek op de salontafel. Hij wenkte Jamie.

'Waar zei Groot-James dat het was?'

Jamies vinger ging onmiddellijk naar de onderkant van de kaart en wees een plek aan halverwege de zuidkust. 'Daar. Het huis ligt in de baai. Hij zei dat ik het er leuk zou vinden, dat het een magische plek was.'

'Hm.' Marcus sloeg de atlas dicht en keek naar Jamie. 'Wil je wat eten?'

'Nee, mama zei dat ze zou koken als ze terugkwam. Ze blijft lang weg.'

'Ja, hè? Vrouwen…' Hij rolde samenzweerderig met zijn ogen.

'Mama zei dat de vrouw met wie ze is gaan winkelen, jouw vriendin is.'

'Dat klopt.'

'Gaan jullie trouwen?'

'Misschien wel,' antwoordde Marcus met een glimlach. 'Ik vind haar heel erg leuk.'

'Dan heb ik een tante. Dat is leuk. Nou, ik ga nu weer naar mijn kamer.'

'Is goed.'

Toen Jamie weg was, pakte Marcus een stuk papier en schreef de naam van het plaatsje op dat hij had aangewezen.

Zoe en Joanna kwamen rond half zes beladen met tassen binnenvallen.

'Goh, dames, nu al terug?' vroeg Marcus toen hij ze in de hal tegenkwam. Zijn stem droop van het sarcasme. 'Leuk gehad?'

'Ja hoor,' zei Zoe.

'Zo leuk dat we het morgen nog eens overdoen. We hebben nog niet alles kunnen bekijken wat we wilden zien,' zei Joanna met een grijns.

'Morgen is het zondag!' riep Marcus ontzet uit.

'Ja, en tegenwoordig zijn alle winkels dan open, lieverd.'

'We maken maar een grapje, broertjelief,' zei Zoe. 'Bovendien moet ik mijn creditcard twee weken naar een wellnessresort sturen na wat hij vandaag heeft moeten verduren.'

De deur ging weer open en Simon kwam binnen. 'Hallo, allemaal.'

'Hallo. Alles kunnen zien?' vroeg Marcus.

'Ja.'

'Wat heb je allemaal gezien dan, Simon?' Joanna kon het niet laten.

'O, je weet wel, de Tower of London, de St. Paul, Trafalgar Square.' Simon keek haar doodleuk aan. 'Tot later.' Hij knikte naar hen en ging de trap op.

'Waar is Jamie?' vroeg Zoe.

'Op zijn kamer.'

'Marcus, hij heeft toch niet de hele dag achter die computer gezeten?' Zoe fronste.

'Sorry, ik heb het geprobeerd, maar hij is niet echt sociaal, hè? Kom, Jo, hou je jas maar aan, we gaan.'

Zoe gaf Joanna een kus en Marcus ook. 'Tot gauw. En bedankt voor de leuke dag, Jo.'

'Insgelijks. Ik bel je van de week,' antwoordde ze.

Ze wisselden een samenzweerderig glimlachje terwijl Marcus Joanna de deur uit duwde.

Zoe ging naar boven naar Jamie om te vragen of hij aardappelpuree met worst of hartige taart als avondeten wilde. Hij koos het eerste en liep met zijn moeder mee naar beneden om met haar te kletsen terwijl ze het eten klaarmaakte.

'Weet je, volgens mij mag ome Marcus me niet zo,' zei hij.

'Natuurlijk wel! Hij is gewoon niet zo aan kinderen gewend, meer niet. Heeft hij wel iets tegen je gezegd vandaag terwijl hij hier was, liever?'

'Nee, niet echt. Hij heeft alleen maar heel veel bier gedronken. Misschien dat het zal helpen dat hij een nieuwe vriendin heeft. Hij zei dat hij met haar wil trouwen.'

'O ja? Dat lijkt me fantastisch. Jo is geweldig.'

'Heb jij een vriend, mama?'

'Ik... Er is wel iemand die ik heel leuk vind, ja.'

'Is dat Simon?'

'Hemel, nee!'

'Ik mag Simon wel. Hij lijkt me aardig. Hij kwam gisteravond een tijdje met me mee spelen op de computer. Komt hij ook beneden om te eten?'

'Ik dacht eigenlijk dat jij en ik met z'n tweetjes konden eten om even lekker samen te kletsen.'

'Maar is het niet onaardig om hem niet te vragen? Hij is toch te gast?'

'Vraag hem dan maar,' zei ze toegeeflijk, 'kijk maar of hij mee wil eten.'

Vijf minuten later kwam Simon ietwat beschaamd de keuken binnenlopen.

'Is het echt goed, Zoe? Ik kan makkelijk pizza halen.'

'Mijn zoon staat erop dat je mee-eet,' antwoordde ze met een glimlach, 'dus ga lekker zitten.'

Tijdens het eten deed ze haar best haar lach in te houden terwijl Simon Jamie trakteerde op verhalen over de schapenboerderij in Nieuw-Zeeland waar hij vandaan kwam.

'Mama, kunnen we op een dag bij Simon op bezoek gaan in Auckland? Het klinkt cool!'

'Dat denk ik wel, ja.'

'Wil je het nieuwe computerspel zien dat mama vandaag voor me heeft gekocht, Simon? Het is super, maar nog veel beter als je tegen iemand anders kunt spelen.'

'Jamie... Arme Simon.' Zoe zuchtte.

'Nee hoor, het is prima. Ik vind het leuk,' gaf Simon aan.

'Kom!' Jamie stond op en gebaarde dat hij hetzelfde moest doen. Schouderophalend en met een glimlach naar Zoe liep Simon achter Jamie aan de keuken uit en naar boven.

Toen ze een uur later de trap op liep, kwamen de opgewonden kreten van zowel haar zoon als Simon haar al te gemoet.

'Je komt toch niet zeggen dat ik naar bed moet, hè? Het is zaterdag en we zijn bijna bij level drie en ík ben aan het winnen,' zei Jamie zonder zijn ogen van het scherm te halen.

'Dan kun je morgen weer winnen. Het is al half tien geweest.'

'Alsjeblieft, mama!'

'Sorry, Jamie, maar je moeder heeft gelijk. We spelen morgen verder, dat beloof ik. Welterusten.' Simon legde zijn joystick neer en klopte Jamie op zijn schouder.

'Welterusten, Simon,' riep Jamie hem na.

Zoe ruimde Jamies kamer op terwijl ze wachtte tot hij terugkwam van de badkamer. Ze stopte hem in. 'Wat wil je morgen doen?'

'Het spel afmaken.'

'En verder?'

'Niks. Uitslapen, heel veel tv kijken en heel veel cola drinken, alles wat op school niet kan.' Hij grijnsde naar haar.

'Oké, deal. Behalve die cola dan.' Ze gaf hem een zoen. 'Welterusten.'

'Welterusten, mama.'

Simon schonk in de keuken net een glas water voor zichzelf in toen Zoe weer beneden kwam.

'Sorry, ik had dorst gekregen van al die pret. Ik ben zo weer weg.'

'Ik vind dat je wel een slaapmutsje verdient, na dat meesterlijke vertoon van fantasie aan de eettafel. Weet je zeker dat je geen acteur bent?' zei ze met geveinsd wantrouwen.

'Toevallig heb ik het gevoel dat ik Nieuw-Zeeland vrij goed ken. Mijn vriendin, ex-vriendin, bedoel ik, heeft daar het afgelopen jaar rondgereisd.'

'Ex?'

'Ja. Ze vond het er zo leuk dat ze heeft besloten te blijven en met een Nieuw-Zeelander te trouwen.'

'O, dat is niet leuk. Wil je een cognacje? Of whisky?'

'Ik... Zolang ik je niet in de weg zit.'

'Nee. Je-weet-wel-wie is ergens met officiële zaken bezig, dus ik ben dit weekend alleen. De drank staat in de woonkamer. Laten we daarheen gaan en de haard aansteken. Het is fris geworden.'

Simon zat met zijn cognac in de leunstoel en Zoe lag languit op de bank.

'Je valt goed in de smaak bij mijn zoon.'

'Het is een pienter joch. Je bent vast heel trots op hem.'

'Zeker. Marcus zegt altijd dat ik hem te veel in de watten leg.'

'Hij lijkt me een extreem goed aangepaste en normale jongen.'

'Ik doe mijn best, maar het is niet makkelijk om in je eentje een kind groot te brengen, hoewel hij gelukkig wel mijn opa had. Iets anders, ik heb een boodschap van Joanna voor je. Ze wil dat je haar belt.' Zoe bestudeerde Simons gezichtsuitdrukking. 'Ze vertelde me dat ze je al jaren kent en heeft beloofd niet aan Marcus te vertellen wie je echt bent. Denk je dat ze zich aan die belofte houdt?'

'Absoluut. Ik vertrouw Jo onvoorwaardelijk. Ze kent bijna al mijn geheimen.'

'Op eentje na dan. Tot vandaag, tenminste,' bracht Zoe daartegen in. 'Ik heb haar ook over Art verteld. Doordat jij hier was en ze iets anders had gezien, had ze het eigenlijk al geraden. Denk je echt dat ze het voor zich zal houden, ook al is ze journalist?'

'Ja.'

'Nou, ik hoop dat zij en Marcus bij elkaar blijven. Ze heeft een goede invloed op hem.'

Simon knikte zwijgend en nam een slok cognac. 'Je mist je opa vast heel erg.'

'Ja, heel erg inderdaad.'

'Hadden jullie een hechte band?'

'Extreem. Ik weet dat Jamie hem ook mist, hoewel hij er niet veel over zegt. Hij was de man in huis, zijn vaderfiguur. En ik ontdek nu een heleboel over hem wat ik niet wist.'

'O ja? Zoals? Ik dacht dat zijn leven best aardig gedocumenteerd was.'

'William Fielding vertelde me vorige week voordat hij stierf dat mijn opa oorspronkelijk uit Ierland komt. Hij vertelde me nog veel meer dingen over hem. Of het waar was, wie zal het zeggen? Feiten en fictie kunnen makkelijk door elkaar gaan lopen als je een jaar of zeventig terug in de tijd gaat.'

'Ja, vertelde Sir James vaak over vroeger?' informeerde Simon zo terloops mogelijk. 'Hij heeft in zijn tijd vast heel veel beroemde mensen gekend.'

'Dat klopt, ja. Zijn brieven liggen te vergaan op de zolder van het huis in Dorset. Als we klaar zijn met draaien, ga ik erheen om ze uit te zoeken.' Zoe onderdrukte een gaap.

'Je bent moe, ik laat je alleen.' Hij sloeg het laatste beetje cognac achterover en stond op. 'Bedankt voor de cognac.'

'Graag gedaan. Bedankt dat je mijn zoon hebt vermaakt. Welterusten.'

'Welterusten, Zoe.'

Toen Simon de trap op liep naar zijn kamer, was hij er volkomen van overtuigd dat Zoe Harrison geen idee van haar opa's verleden had. Hij hoopte voor haar dat dat zo bleef.

Hoewel ze zich in hun beider flats niet veilig voelden, hadden Marcus en Joanna toch geen andere keus dan die avond voor Crouch End te kiezen omdat, zoals Marcus betoogde, zij tenminste nieuwe sloten op haar deur had.

'Zullen we over twee weken een weekendje naar een knus hotel in Ierland gaan?' vroeg hij haar in bed nadat hij het dekbed over hen heen had getrokken om hun stemmen te dempen.

'Wat? Waarom?'

'Omdat ik denk dat ik weet waar Sir Jim oorspronkelijk vandaan komt.'

'Echt?'

'Ja. Jamie en ik hebben even gekletst. Hij vertelde me dat Sir Jim met een of ander verhaal was gekomen over een magische plek in Ierland waar een man en een vrouw verliefd waren geworden. Hij heeft het aangewezen op de kaart.'

'Waar was het?'

'Volgens Jamie was het een klein dorpje in West Cork genaamd Rosscarbery. En het huis schijnt helemaal alleen midden in de baai te staan. Ik bel maandag wat rond voor aanbevelingen over goede hotels. Zelfs als het een vruchteloze aanwijzing blijkt, is het evengoed een goed excuus om er even tussenuit te gaan, weg van onze afgeluisterde flats. Het zou nog beter zijn als je een extra vrije dag kunt nemen, dan hoeven we ons niet zo te haasten.'

'Ik zal het proberen,' zei ze, 'maar mijn baas is me op het moment niet erg gunstig gezind.'

'Zeg gewoon dat je een tip hebt ontvangen over een mogelijke IRA-aanslag.'

'Ha, eerder over groene aanslag,' zei Joanna snuivend.

23

'Ik kreeg net een telefoontje van het paleis. Ik haal Zijne Koninklijke Hoogheid vanavond om acht uur op.'

'Ja.' Zoe knikte afwezig naar Simon terwijl hij over de oprijlaan wegreed, haar blik nog steeds gericht op Jamie die op de treden voor de school stond. Ze zat voor in de Jaguar, klaar met de formaliteiten. Het voelde beter zo.

'Weet je, volgens mij had Jamie meer moeite met afscheid nemen van jou dan van mij,' zei ze.

'Dat is helemaal niet waar, maar we hebben wel lol gehad. Heeft deze klus toch nog positieve kanten.' Hij reed in de richting van de snelweg naar Londen. 'Zoe?'

'Ja.'

'Ik wil me er niet mee bemoeien, maar zou het niet beter zijn als je Zijne Koninklijke Hoogheid in het paleis bezoekt in plaats van dat hij naar Welbeck Street komt? Dat is veel veiliger.'

'Dat weet ik. Maar ik voel me daar niet op mijn gemak. Ik heb altijd het idee dat er iemand aan de deur meeluistert.'

'Oké. Ik zorg natuurlijk dat jullie vanavond geen last van me hebben.'

'Bedankt. Eh, Simon, als ik deze week weer ga filmen in Norfolk, hoe leg ik dan daar je aanwezigheid uit?'

'O, ik check gewoon in, hang een beetje rond bij de bar, ben een groupie op de filmset...' Hij grijnsde naar haar. 'Ik kan best onopvallend zijn als ik wil.'

'Ik moet je maar op je woord geloven,' antwoordde ze somber.

Buiten bij Welbeck Street 10 wachtte de fotograaf geduldig.

Nadat hij eerder op de dag Zoe had thuisgebracht, liet Simon voor de tweede keer de auto voor Welbeck Street tot stilstand komen. De prins was kregeliger dan Zoe's rustgevende aanwezigheid. Simon klemde zijn kaken op elkaar terwijl hij voelde hoe de prins onrustig ging verzitten en op zijn mobiele telefoon typte.

'Je hoeft het portier niet te openen, ik spring er zo uit,' blafte hij toen Simon aanstalten maakte om uit te stappen.

'Prima, meneer.'

Simon keek toe terwijl hij naar de voordeur liep, maar geen van beiden merkten ze de infrarode lichtflits op aan de overkant. Hij zuchtte en keek op zijn horloge. Dit kon wel uren gaan duren, en hij wilde er niet over nadenken wat ze aan het doen waren. Hij pakte een thriller uit het dashboardkastje, zette de binnenverlichting aan en begon te lezen.

Om tien voor elf ging zijn mobiel.

'Ik kom over vijf minuten naar buiten.'

'Oké. Ik sta recht voor de deur, meneer, klaar om weg te rijden.'

Simon legde zijn boek weg en startte de motor. Precies vijf minuten later ging de voordeur open. Zoe verscheen in de deuropening, ze keek beide kanten op en wenkte vervolgens haar metgezel. In de gang gaf hij haar een vlugge kus op de wang en toen rende hij naar de auto.

Het infrarode licht flitste weer.

'Breng me naar huis, Warburton.'

'Jawel, meneer.'

De eerste ochtend weer terug op de filmset van *Tess* hing er een sombere stemming. Iedereen was geschokt door Williams dood en de joviale sfeer was weg.

'Gelukkig zijn we over een maand klaar,' zei Miranda, de actrice die Tess' moeder speelde. 'Er hangt hier echt een grafstemming. Is dat je nieuwe vriend?' vroeg ze in één adem door over Simon, die aan de bar een glas cola zat te drinken.

'Nee, dat is een journalist die een week met me meeloopt. Voor een interview dat uitkomt met de release van de film,' herhaalde

Zoe het verhaal dat ze samen hadden verzonnen.

Hoewel hij had gezworen op de achtergrond te zullen blijven, merkte iedereen Simons aanwezigheid op. Hij was veel te knap om onopvallend te kunnen zijn, en iedereen zag hem rondhangen op de filmset terwijl hij zogenaamd aantekeningen maakte. Zoe werd er zenuwachtig van dat hij er altijd was, maar 's avonds kon ze hem in elk geval ontlopen, doordat ze zich doodmoe van het zware werk vroeg naar bed sleepte.

Op donderdagochtend, toen ze het script voor de opnamen van de volgende dag aan het instuderen was, ging haar mobiele telefoon.

'Hoi, zusje, met mij. Hoe gaat-ie?'

'Prima, Marcus.'

'Kom je dit weekend nog naar huis? Want je had het erover dat je naar Dorset zou gaan om aan de zolder te beginnen.'

'Dat gaat helaas niet. Ik ben dit weekend weg.'

'Aha. Ga je iets leuks doen?'

'Gewoon een feest bij vrienden thuis.'

'Welke vrienden?'

'Marcus! Zeg gewoon wat je wilt,' snauwde Zoe.

'Nou, zou je het erg vinden als Jo en ik naar Dorset gaan en nog een keer naar de dozen op zolder kijken?'

'Dat lijkt me geen probleem. Maar niets weggooien voor ik het heb gezien, oké?'

'Natuurlijk. Ik verdeel het wel alvast in een stapel "de moeite waard" en "waardeloos".'

'Oké.' Zoe had geen tijd om ruzie te maken. 'Spreek je gauw. Doe Jo de groetjes. Dag.' Terwijl ze de trap af liep, vroeg ze zich vluchtig af of het wel verstandig was om haar broer zijn gang te laten gaan in Dorset, maar ze duwde de gedachte meteen weg. Ze keek erg uit naar een rustig weekend in Arts armen.

Marcus legde de hoorn neer en stapte de telefooncel uit. Hij speurde rond om te zien of iemand hem in de gaten hield. Ian had nog steeds geen contact opgenomen, maar Marcus wist zeker dat hij achter de afluisterapparatuur zat.

Hij pakte de twee koffiebekers en de spekbroodjes van de bakker en liep de trap op naar zijn flat, waar Joanna net onder de douche vandaan kwam, haar natte haar hing glad over één schouder.

'Ik heb Zoe gebeld,' zei hij. 'Ze vindt het goed als we nog een keer naar Dorset gaan om al die zooi op zolder te bekijken. Ga je mee?'

'O, Marcus, ik kan niet. Ik heb dit weekend dienst.' Ze begon haar haren droog te deppen met de handdoek.

'Werken ze in het weekend ook bij Huisdier en Tuin dan?'

'Ja! Heel veel evenementen vinden in het weekend plaats: hondenshows, winterse klaproosverkopen, en de sneeuwklokjes die tevoorschijn komen.'

'Wauw, wat boeiend.'

'Nou ja, er zijn nou eenmaal mensen die moeten werken. Als ik mijn baan kwijtraak, heb ik geen flat en geen eten.'

'Sorry.' Hij zag dat hij haar boos had gemaakt. 'Vind je het erg als ik wél naar Dorset ga?'

'Waarom zou ik dat erg vinden? Ik bepaal jouw leven toch niet?'

'Nee, maar dat wil ik wel.' Hij liep naar haar toe en nam haar in zijn armen. 'Niet boos zijn. Ik heb al sorry gezegd.'

'Dat weet ik, maar ik ben gewoon...'

'Ik begrijp het.' Hij trok haar handdoek weg en zoende haar, en Joanna vergat al het andere.

Toen de auto tot stilstand was gekomen bij de vooringang van het voorname huis in georgiaanse stijl, hielp Simon Zoe en de prins uit de auto, waarna hij hun bagage uit de kofferbak pakte.

'Bedankt, Warburton. Neem dit weekend maar vrij. Mijn mannetje is toch hier. We bellen je als er problemen zijn.'

'Bedankt, meneer.'

'Tot zondag dan, Simon,' zei Zoe vriendelijk over haar schouder terwijl de prins haar naar binnen leidde.

Twee uur later arriveerde Simon bij zijn flat in Highgate en slaakte een zucht van verlichting. Het was meer dan een week geleden dat hij thuis was geweest en iets aan vrije tijd had gehad. Hij luisterde zijn antwoordapparaat af. Hij had vier berichten van Ian, die bij elke boodschap benevelder en onsamenhangender klonk. Hij had het erover dat hij 'die van daarboven' een 'hak' had gezet. Simon had geen flauw idee waar het over ging en vroeg zich af of hij eens zachtjes wat in het juiste oor moest fluisteren over Ians drankgebruik en zijn labiele gedrag.

Hij belde Joanna's nummer en liet een boodschap achter waarin hij voorstelde dat ze de volgende avond bij hem zou komen eten zodat ze konden praten. Die ligt vast bij Marcus Harrison in bed, dacht hij toen hij de hoorn neerlegde. Hij nam een douche, maakte een Spaanse omelet en een salade voor zichzelf en ging een film zitten kijken. Een paar minuten later ging de telefoon.

'Simon? Je bent thuis.' Het was Joanna.

'Dat klopt.'

'Ik dacht dat je misschien in Auckland schapen aan het scheren was.'

'Heel grappig.'

'Ik belde om te vragen of we een keer kunnen afspreken.'

'Is goed. Morgenavond?'

'Dat gaat helaas niet.'

'Een spannende date met Marcus?'

'Nee, een spannende date op een landbouwevenement in Rotherham. De lancering van een nieuwe, revolutionaire onkruidverdelger. Reuzespannend natuurlijk. Ik ben morgen pas laat thuis, maar een brunch op zondag kan wel.'

'Oké. Rond elf uur bij mij?'

'Is goed. Tot dan.'

Hij legde de hoorn neer met de gedachte hoe verdrietig het was dat hun relatie aan het afkoelen was. Hij moest toegeven dat dat was begonnen toen hij haar de brief niet had teruggegeven. Joanna wantrouwde hem, vooral nu ze wist dat hij niet zomaar een ambtenaar was. En dat was zijn fout. Hij had zowel haar vertrouwen als hun vriendschap geschaad voor zijn baan. Simon stond op, pakte een biertje uit de koelkast en nam een grote slok. Kon hij zo maar de scherpe randjes van zijn verraad halen...

Net als Ian.

Hij had nog nooit iemand gedood, maar hij vroeg zich af wat dat met hem zou doen. Als je dat eenmaal had gedaan, een ander menselijk wezen het leven ontnemen, was het hek toch zeker van de dam? Daarna zou niets meer moreel relevant voelen.

Is het het waard?

Hij liep naar de gootsteen, spoelde de rest van het flesje bier door de afvoer en zei tegen zichzelf dat het nog niet was gebeurd. Hij was dol op zijn werk, zijn leven, maar de situatie met Joanna had de zaken wel in perspectief gebracht.

En hij wist dat hij op een dag zou moeten kiezen.

Er werd beneden aangebeld. Simon kreunde en liep naar de intercom.

'Hallo?'

'Ik ben het.'

Als je het over de duivel hebt...

'Hoi, Ian. Ik wilde net naar bed gaan.'

'Mag ik alsjeblieft binnenkomen?'

Met tegenzin drukte Simon op de knop. Hij bekeek Ian aandachtig toen die door de deur wankelde. Hij zag er niet uit. Zijn gezicht was rood en opgezwollen, zijn ogen waren bloeddoorlopen speldenknopjes. Hoewel hij bekendstond om zijn Paul Smith- en Armani-pakken, leek hij vandaag wel een zwerver met zijn vieze regenjas en plastic tasje, waar hij een halflege fles whisky uit haalde.

'Hoi, Simon.' Hij liet zich in een stoel onderuitzakken.

'Wat is er?'

'Die klootzakken hebben me met ziekteverlof gestuurd. Voor een maand. Ik moet twee keer per week naar de zielenknijper alsof ik een of andere gestoorde idioot ben...'

'Wat is er gebeurd?' Simon ging op het puntje van de bank zitten.

'O, ik heb vorige week een klus verkloot. Ging naar de pub voor een paar glazen, heb de tijd uit het oog verloren en ben het doelwit kwijtgeraakt.'

'Aha.'

'Weet je, het is niet bepaald een leuke baan, hè? Waarom moet ik altijd de nare klusjes opknappen?'

'Omdat ze je vertrouwen.'

'Dat déden ze, ja.' Hij liet een boer en dronk toen nog wat whisky rechtstreeks uit de fles.

'Je hebt nu dus eigenlijk een doorbetaalde vakantie. Ik zou ervan genieten als ik jou was.'

'Denk je dat ik weer terug mag komen? Echt niet. Het is voorbij, Simon. Na al die jaren, al dat werk...' En toen begon hij te huilen.

'Kop op, Ian, dat weet je niet. Ze willen je vast niet kwijt. Je bent altijd een van de besten geweest. Als je jezelf weer op de rit kunt krijgen, en bewijst dat dit een kleine inzinking was, weet ik zeker dat je een tweede kans krijgt.'

Ian liet zijn hoofd hangen. 'Nee, Si. Met een beetje mazzel mag ik parkeerboetes gaan uitschrijven. Ik ben bang. Echt waar. Want ik ben een risico, hè? Een dronkaard die allerlei geheimen kent. Stel dat ze...' Ians stem stierf weg en zijn ogen vulden zich met tranen.

'Natuurlijk niet.' Simon hoopte dat hij overtuigend klonk. 'Ze zullen je helpen beter te worden.'

'Bullshit. Denk je echt dat er een speciaal rusthuis is voor opgebrande geheim agenten?' Ian lachte. 'Door James Bond wilde ik het worden. Ik keek altijd naar die bloedmooie vrouwen en dan dacht ik: als dat een gratis extraatje is, dan is dat het werk voor mij.'

Simon hield zijn mond omdat hij wist dat er weinig was wat hij kon zeggen.

'Dit was het,' zei Ian met een zucht. 'Het is voorbij. En wat heb ik overgehouden aan mijn jaren trouwe dienst? Een eenkamerappartement in Clapham en een kapotte lever.' Hij grijnsde om zijn eigen droevige opsomming.

'Kom op. Het ziet er nu misschien somber uit, maar ik weet zeker dat als je een tijdje van de drank afblijft, het beter wordt.'

'Drank is het enige wat me erdoorheen helpt. Maar goed...' Ians gezicht lichtte ineens op. Of het van boosheid of spijt was wist Simon niet. 'Ik heb tenminste wat geld opgespaard. En mijn laatste nevenactiviteit heeft serieus geld opgeleverd. Weet je?' Ian liep wankelend naar hem toe. 'Ik voelde me er zelfs een beetje schuldig over. Je zei dat ze een goed mens is, en het was een akelige streek om een aardig persoon aan te doen.' Hij hikte. 'Maar nu ben ik blij dat ik het heb gedaan.'

'Over wie heb je het, Ian?'

'Niks. Niks... Sorry dat ik je stoorde. Ik moet gaan. Ik wil niet dat je besmet raakt door je omgang met mij.' Hij wankelde naar de deur, schudde toen met een vinger naar Simon. 'Jij gaat het ver schoppen, ouwe. Maar wees op je hoede, en zeg tegen dat journalistenvriendinnetje van je dat ze als de sodemieter Marcus Harrisons bed uit moet. Het is gevaarlijk, en bovendien van wat ik door de koptelefoon heb gehoord, is hij een slechte minnaar.' Ian liet de schim van een glimlach zien en verdween toen door de voordeur.

Na een rustige zaterdag waarop hij rugby had gekeken en had gelezen, ontwaakte Simon op zondagochtend uit zijn eerste diepe slaap in dagen. Hij zag dat het twee over half negen was, ver na zijn gewoonlijk onfeilbare natuurlijke wekker van zeven uur. Hij zette Radio Four op, zette het koffieapparaat aan en wilde net de trap af lopen om zijn zondagkranten te halen, toen de telefoon ging.

'Ja?'

'Problemen. Je moet onmiddellijk naar Welbeck Street. We bellen je nog met verdere instructies.'

'Aha. Wat is er aan de hand?'

'Lees de *Morning Mail*. Dan snap je het wel. Dag.'

Vloekend rende hij de trap af naar de hoofdingang en pakte de *Morning Mail* van de stapel op de mat. Hij kreunde toen hij de kop op de voorpagina las.

'Jezus! Arme Zoe.' Terwijl boosheid en bezorgdheid een knoop in zijn maag vormden, rende hij de trap weer op om snel zijn pak aan te trekken. Verdomde Joanna, dacht hij, dus dit is hoe je wraak op me neemt, door Zoe te verraden voor een paar centen...

Hij wilde net de deur uit gaan, toen de bel ging. Hij besefte dat hij Joanna had uitgenodigd om te komen brunchen. Simon probeerde zijn woede onder controle te krijgen en drukte op de intercomknop. Iedereen is onschuldig tot het tegendeel is bewezen, herinnerde hij zichzelf terwijl hij zijn jas aantrok.

'Hallo,' zei ze opgewekt toen ze binnenkwam, hem een kus op zijn wang gaf en een fles melk aanbood. 'Ik weet dat je melk altijd op is, dus dacht ik...'

Hij gaf haar de krant. 'Heb je dit al gezien?'

'Nee, ik wist dat jij de zondageditie zou hebben, dus heb ik hem niet...' Joanna's oog viel op de kop. 'O, shit. Arme Zoe.'

'Ja, arme Zoe,' praatte hij haar overdreven na.

Joanna bekeek de foto van de hertog van York met zijn arm om Zoe's schouders, en nog eentje van hem waarop hij een zoen boven op haar hoofd drukte. Ze zouden zomaar een stel knappe geliefden kunnen zijn die samen in een landelijke omgeving liepen.

'Prins Arthur en zijn nieuwe liefde, Zoe Harrison, tijdens een weekendje samen in het huis van Richard Bartlett en zijn vrouw Cliona,' las Joanna hardop. 'Heb jij ze daar niet naartoe gereden?'

'Ja. Ik heb ze vrijdag afgezet. En ik moet nu gaan.'

'O, dus de brunch gaat niet door?'

'Nee, die gaat niet door.' Hij keek boos naar haar. 'Joanna?'

'Ja?'

'Heb je gezien welke krant met dit verhaal is gekomen?'

'Natuurlijk. De mijne.'

'Ja, de jóúwe.'

Het kwartje viel toen ze zijn boze gezichtsuitdrukking bestudeerde.

'Ik hoop dat je niet denkt wat ik denk dat je denkt.'

'Die kans is toch wel vrij groot.'

Joanna bloosde, niet uit schuldgevoel, maar van verontwaardiging. 'Jezus, Simon! Hoe kun je dat ook maar dénken? Wie denk je dat ik ben?'

'Een ambitieuze verslaggever, die de scoop van het jaar voor haar neus zag bungelen.'

'Hoe durf je! Zoe is mijn vriendin. Bovendien ga je er dus van uit dat ze het me heeft verteld.'

'Zoe zei dat ze er met jou over had gesproken. Ik ben bijna vierentwintig uur per dag bij haar en ik weet niet hoe iemand anders erachter moet zijn gekomen. Misschien was het niet je bedoeling, maar kon je het uiteindelijk toch niet laten om...'

'Hoe durf je zo over me te praten! Ik ben heel erg gek op Zoe. Oké, ik moet toegeven dat ik eraan heb gedacht...'

'Zie je wel!'

'Maar ik zou natuurlijk nooit een vriendin verraden!' wierp ze tegen.

'Het is jóuw krant, Jo! Zoe vroeg me of ze je kon vertrouwen en ik heb gezegd dat je uiterst discreet bent! Had ik dat maar niet gedaan.'

'Alsjeblieft, Simon, ik zweer dat ik het niet heb gelekt.'

'Die arme vrouw. Ze heeft een zoontje dat ze probeert te beschermen, op wie nu jacht zal worden gemaakt. Ze zal er kapot van zijn en...'

'Jezus, Si.' Joanna schudde verbijsterd en gekwetst haar hoofd. 'Ben je verliefd op haar of zo? Je bent haar bodyguard maar. De prins hoort haar te troosten, niet jij.'

'Doe niet zo belachelijk. En jij hebt trouwens geen recht van spreken. Een beetje met die lul van een Marcus aanpappen om meer informatie over die liefdesbrief te kunnen krijgen, denkend dat je een of andere hedendaagse Sherlock Holmes bent...'

'Hou je mond! Ik mag Marcus toevallig heel erg graag. Misschien ben ik zelfs wel verliefd op hem, niet dat het jou iets aangaat met wie ik omga en...'

'Hoe kun je haar zo gevoelloos hebben misleid?'

'Dat heb ik verdomme helemaal niet gedaan! En als je me niet goed genoeg kent om te beseffen dat ik een vriendin nooit zo zou verraden, dan vraag ik me af wat al ónze jaren van vriendschap eigenlijk voorstellen. En alsof jij zo onschuldig bent! Je hebt tegen me gelogen over de brief die ik je had toevertrouwd. "Uit elkaar gevallen", zei je. Ik weet heel goed dat je me hebt gebruikt om hem naar je mensen bij MI5 door te spelen!'

Simon stond met zijn mond vol tanden.

'Dat is dus waar?' ging ze verder toen ze wist dat het raak was geweest.

'Ik ga.' Bevend van woede pakte hij zijn weekendtas en liep naar de deur, bleef toen staan en draaide zich om. 'En ik voel het als mijn plicht om je te waarschuwen dat Marcus Harrison door "mijn mensen" wordt betaald om met je naar bed te gaan. Vraag maar aan Ian Simpson. Je laat jezelf wel uit, hè?' De deur sloeg met een klap achter hem dicht.

Joanna bleef verbijsterd achter in de stilte. Ze kon nauwelijks geloven wat er in de afgelopen paar minuten allemaal was gebeurd. In alle jaren dat ze elkaar kenden, kon ze zich zelfs geen woordenwisseling tussen hen herinneren. Als dat al de reactie was van een man die haar al zo lang kende, had ze geen hoop dat Zoe haar zou geloven. En wat had Simon nou voor onzin uitgekraamd over dat Marcus betaald zou worden om met haar naar bed te gaan? Dat kon toch zeker niet? Marcus had niets over oudevrouwtjesgate geweten toen ze het hem die eerste keer vertelde.

Ze slaakte een kreet van frustratie omdat ze het gevoel had dat haar wereld langzaam aan het instorten was. Toen zocht ze in haar rugtas naar haar portemonnee. Ze haalde Ian Simpsons kaartje eruit, dacht even na, liep toen naar Simons telefoon en pakte de hoorn op. Ze wist niet goed wat ze zou gaan zeggen, maar wel dat ze hem moest spreken, dus belde ze hem op.

De telefoon ging een eeuwigheid over voor hij eindelijk opnam.

'Hoi, Simon,' hoorde ze een slaperige stem zeggen.

'Spreek ik met Ian Simpson?'

'Met wie spreek ík?'

'Joanna Haslam, een vriendin van Simon Warburton. Luister, ik weet dat dit misschien belachelijk klinkt, en ik wil Simon er niet bij betrekken, maar hij zei dat mijn vriend, Marcus Harrison, schijnbaar... eh.... werkt voor de mensen voor wie jij werkt?'

Het bleef stil aan de andere kant van de lijn.

'Misschien kun je gewoon blijven zwijgen als het antwoord "ja" is.'

Het bleef lang stil, waarna ze een klik hoorde toen hij ophing.

Joanna legde de hoorn neer en wist dat Simon de waarheid had gesproken. De gedachten wervelden door haar hoofd terwijl ze zich elk gesprek probeerde te herinneren dat ze ooit met Marcus had gehad. Ze nam een grote en schokkerige ademteug vol boosheid en gekwetstheid en bedacht toen wat haar volgende stap zou zijn.

Simon was met hoge snelheid weggereden, maar toen hij besefte dat hij veel te boos was om veilig te rijden, zette hij de auto aan de kant en zette de motor uit om te kalmeren.

'Klotezooi!' Hij sloeg met zijn handpalmen tegen het stuur. Het was de eerste keer in zijn volwassen leven dat hij zijn zelfbeheersing had verloren. Joanna was zijn beste vriendin. Hij had haar niet eens de kans gegeven het uit te leggen, en haar gewoon veroordeeld voordat ze ook maar haar mond had opengedaan.

De vraag was: waarom?

Had Ians bezoekje hem in de war gebracht? Of was het, zoals Joanna had geopperd, omdat hij veel gekker op Zoe Harrison begon te worden dan zou moeten? 'Verdomme,' hijgde hij, terwijl hij zijn gevoelens probeerde te analyseren. Hij was toch zeker niet verliefd? Dat kon toch niet? Hij kende haar pas een paar weken en dan nog het grootste deel van de tijd van een afstandje. Toch had ze iets wat hem raakte, een kwetsbaarheid die zorgde dat hij haar wilde beschermen. En niet, moest hij uiteindelijk aan zichzelf toegeven, alleen maar omdat het zijn werk was.

Hij realiseerde zich dat dit zijn irrationele aversie tegen haar koninklijke geliefde verklaarde. Hij leek een fatsoenlijke vent en hij was altijd beleefd tegen Simon, toch voelde hij een animositeit jegens hem. Het verbaasde hem dat de intelligente en warme Zoe verliefd op hem was. Maar... hij was een 'prins'. Dat compenseerde misschien een hoop.

Hij kreunde toen hij dacht aan de laatste woorden die hij tegen Joanna had gezegd. Hij had de regels overtreden door te vertellen dat Marcus werd betaald om erachter te komen wat ze wist.

Je zei dat ze een goed mens is...

Hij dacht aan Ians dronken gebrabbel.

Stel dat...'

'O, shit!' Hij sloeg met zijn vuist op het stuur toen het hele scenario hem duidelijk werd. Hij had aangenomen dat Ian het over Joanna had gehad. Maar hij had zelf de afluisterapparatuur in de telefoon en het huis aan Welbeck Street geplaatst. Hij had geweten dat ze meeluisterden...

Stel dat Ian het over Zoe had gehad? Hij had laten doorschemeren dat hij onlangs wat had bijverdiend, en Joanna was geen doelwit voor de pers, niet iemand waar de kranten een fortuin voor zouden betalen om roddels over te weten te komen.

Maar Zoe wél...

Terwijl Simon de motor startte, besefte hij dat hij het helemaal verkeerd had begrepen.

Toen hij in Welbeck Street aankwam, stond er een horde fotografen, cameraploegen en verslaggevers voor het huis. Hij baande zich er een weg doorheen, negeerde alle vragen en liet zichzelf binnen. Hij sloot de deur met een klap en sloot hem af met elk slot en grendel die erop zat.

'Zoe? Zoe?' riep hij.

Er kwam geen antwoord. Misschien was ze nog niet terug uit Hampshire, hoewel hem verteld was dat dat wel het geval was toen hij onderweg naar zijn werk had gebeld. Hij keek in de woonkamer en zag een lange cameralens door een kier van de oude damasten gordijnen, dus hij rende erheen om ze beter dicht te trekken. Hij liep de eetkamer binnen, daarna de werkkamer en de keuken, en riep ondertussen haar naam. Boven keek hij in de grote slaapkamer, Jamies kamer, de logeerkamer en de badkamer.

'Zoe? Ik ben het, Simon. Waar ben je?' riep hij weer, steeds ongeruster.

Hij rende de trap op naar de twee kleine zolderkamers en zag dat zijn eigen kamer leeg was. Hij duwde de deur aan de overkant van de smalle overloop open. Die stond vol met in onbruik geraakte meubels en babyspeelgoed van Jamie. En daar, in elkaar gedoken in een hoek op de grond tussen een oude kledingkast en een leunstoel, en met een oude teddybeer tegen zich aan gedrukt, zat Zoe, haar gezicht dik van de tranen, haar haar strak in een paardenstaart getrokken. Ze droeg een oud sweatshirt en een joggingbroek en leek zo niet veel ouder dan haar zoon.

'O, Simon! Wat ben ik blij dat je er bent.' Ze strekte haar arm naar hem uit en Simon knielde naast haar neer. Ze legde haar hoofd tegen zijn borst en snikte het uit.

Hij kon niet veel anders doen dan zijn armen om haar heen slaan en erg zijn best doen te negeren hoe heerlijk het voelde om haar vast te houden.

Uiteindelijk keek ze naar hem op, haar blauwe ogen groot van angst. 'Staan ze nog steeds voor de deur?'

'Ik ben bang van wel.'

'Toen ik hier kwam, zag ik dat een van hen met een ladder pro... probeerde in Jamies kamer te kijken en een foto te maken. Ik... O god, wat heb ik gedaan?'

'Niets, Zoe. Je bent gewoon verliefd geworden op een beroemde man. Hier.' Simon gaf haar zijn zakdoek en keek toe hoe ze haar tranen droogde.

'Sorry dat ik zo zielig doe. Ik ben gewoon heel erg geschrokken.'

'Je hoeft je niet te verontschuldigen. Waar is Zijne Koninklijke Hoogheid?'

'In het paleis, denk ik. Ze maakten ons om vijf uur vanmorgen wakker in Hampshire en zeiden dat we daar weg moesten. Art ging in de ene auto en ik kwam hier met een andere. Toen ik om acht uur aankwam, stond de media al voor de deur. Ik dacht dat je nooit zou komen.'

'Het spijt me, Zoe. Ze belden me pas om half elf vanmorgen. Heb je nog iets van Zijne Koninklijke Hoogheid gehoord sinds je thuis bent?'

'Geen woord, maar daarnaast maak ik me enorme zorgen om

Jamie. Stel dat de pers ook naar zijn school is gegaan, om hem op de foto te krijgen? Hij weet van niets... O god, Simon, wat ben ik toch egoïstisch geweest! Ik had hier nooit aan moeten beginnen en zijn veiligheid op het spel moeten zetten. Ik...'

'Rustig nou maar. Ik weet zeker dat de prins wel belt en dat het paleis ervoor zorgt dat jij en Jamie veilig zijn en zich over jullie ontfermt.'

'Denk je dat echt?'

'Natuurlijk. Ze zullen je niet zomaar aan je lot overlaten. Luister, zal ik mijn baas even bellen?'

'Graag. En kun je hem dan vragen of Art me belt? We hadden vanmorgen geen tijd om iets te bespreken.'

'Als je naar beneden wilt komen, ik heb de gordijnen dichtgedaan. Niemand ziet je.'

Ze schudde haar hoofd. 'Nog niet, bedankt. Ik wil eerst nog even bijkomen.'

'Dan breng ik je wel wat thee. Veel melk en geen suiker, toch?'

'Ja.' Er verscheen een glimp van een glimlach om haar lippen. 'Dank je wel, Simon.'

Hij zette beneden in de keuken de waterkoker aan en voelde zich beroerd dat hij een vrouw moest troosten die bijna zeker was verlinkt door een mol van zijn eigen organisatie die had meegeluisterd door apparatuur die hij had geplaatst. Een organisatie die was bedoeld om niet alleen de veiligheid van Groot-Brittannië te waarborgen, maar ook van degenen die het nodig hadden. Hij meldde zich bij de beveiligingsdienst van het paleis. 'Met Warburton. Ik ben in Welbeck Street en we zijn hier belegerd. Wat is daarvoor het protocol?'

'Op dit moment is er geen protocol. Blijf waar je bent.'

'Echt? Mevrouw Harrison is heel erg van streek. Wordt er een veiliger plek voor haar geregeld?'

'Niet dat ik weet.'

'Misschien is het beter als ze naar het paleis gaat.'

'Dat is niet mogelijk.'

'Aha. En haar zoon? Ze maakt zich grote zorgen over het effect dat dit op hem zal hebben. Hij is op de kostschool in Berkshire.'

'Dan kan ze het beste met de directeur spreken om te zien wat hij qua beveiliging kan regelen. Was dat alles?'

Simon ademde diep in in een poging zijn woede onder controle te houden. 'Ja, bedankt.' Daarna belde hij met Jamies school en liep vervolgens de trap op met twee mokken thee en een bordje met koekjes.

'Heb je ze gesproken?' vroeg Zoe met een hoopvolle blik.

'Ja.' Hij gaf haar een mok en knielde naast haar neer. 'Koekje?'

'Dank je. Wat zeiden ze?'

'Dat we hier moeten blijven. Ze zijn iets aan het regelen. O, en de prins denkt aan je,' loog hij. 'Hij belt straks.'

Zoe's gezicht klaarde op van opluchting. 'En Jamie?'

'Ik heb het schoolhoofd gesproken en ze zijn op de hoogte. De media zijn daar nog niet, maar ze nemen indien nodig extra voorzorgsmaatregelen. De directeur zei dat Jamie het prima maakt. Blijkbaar hebben ze dat "roddelblad" zoals hij het noemde toch niet in de school.'

'Gelukkig maar.' Ze nam een klein hapje van het koekje. 'Wat moet ik in godsnaam tegen hem zeggen? Hoe kan ik dit uitleggen?'

'Heb wat meer vertrouwen in Jamie. Het is een pientere jongen en vergeet niet dat hij in de spotlights is opgegroeid, met jou en je grootvader. Hij redt zich wel.'

'Ja, daar heb je denk ik wel gelijk in. Denk je dat Joanna degene was die het heeft gelekt?' vroeg ze langzaam.

'Nee, ik weet vrij zeker van niet, hoewel ze toevallig bij mij kwam toen ik de krant net had gezien en ik... te snel mijn conclusies trok.'

'Het is wel toevallig.'

'Ja, maar ik denk niet dat zij het was. En dat moet jij ook niet denken,' zei hij overtuigd. 'Ik ken haar al een eeuwigheid en ze is een trouwe vriendin. Echt, Zoe.'

'Ze was de enige die het wist. Wie kan het anders zijn geweest?'

'Ik heb geen idee,' loog Simon. 'Helaas blijken bij dit soort dingen de muren vaak oren te hebben.' Letterlijk, dacht hij erachteraan.

'Dus we zitten hier vast tot ze ons vertellen wat we moeten doen?'

'Daar lijkt het wel op, ja.'

Ze nam een slokje thee, keek hem toen aan en glimlachte. 'Simon?'

'Ja?'

'Ik ben echt heel blij dat je er bent.'

24

Het begon te schemeren in Welbeck Street en ze hadden nog niets van de prins of het paleis vernomen. Zoe was iets gekalmeerd toen Marcus uiteindelijk belde. Omdat hij in Haycroft House de dozen van de zolder aan het sorteren was geweest, had hij het nieuws pas gehoord toen hij naar de pub was gegaan en door de inwoners van het dorp werd aangeklampt die details wilden horen.

'Goed gedaan, hoor, een lid van het koninklijk huis aan de haak slaan, Zo,' zei hij in een poging haar op te vrolijken. 'Ik kom vanavond terug naar Londen, dus als je me nodig hebt, weet je me te vinden. Hou je haaks en negeer die zeikerds in de media. Het waait wel weer over. Hou van je, zusje.'

'Bedankt, Marcus.'

Getroost door Marcus' steun had Zoe opgehangen. Ze besloot uit haar schuilplaats op zolder te komen en ging beneden in de verduisterde woonkamer zitten, Jamies teddybeer nog in haar handen.

Simon liep door het huis omdat hij toch niets anders kon doen en controleerde systematisch op kieren tussen de gordijnen en tekenen van breekijzers onder schuiframen. Hij haalde ook stiekem de afluisterapparatuur weg die hij had geplaatst, en stopte die in een doos tissues in zijn slaapkamer. Hij wilde niet dat ze bij de Dienst smulden van Zoe's leed. Hij wilde dat ze opschoten en zouden besluiten wat ze met Zoe zouden doen, want tot die tijd zaten ze met zijn tweeën vast in dit huis. Hij sloop door de hal en hoorde het geroezemoes van stemmen achter de voordeur. Toen hij de woonkamer binnenkwam, zag hij dat Zoe nog steeds verdoofd op de bank zat.

'Kopje thee? Of koffie? Iets sterkers?' opperde hij.

Ze keek op en schudde haar hoofd. 'Bedankt, maar ik voel me niet zo lekker. Hoe laat is het?'

'Tien voor vijf.'

'Ik moet Jamie bellen. Dat doe ik altijd op zondag rond deze tijd.' Ze beet op haar lip. 'Wat moet ik in godsnaam zeggen?'

'Praat eerst met het schoolhoofd, die heeft vast advies. Als Jamie op dit moment van niets weet, dan is het misschien beter als dat zo blijft.'

'Ja, je hebt gelijk. Bedankt, Simon.' Ze pakte haar mobiel van de vloer en belde het nummer van de school.

Simon ging naar de keuken om kopje thee nummer zoveel voor zichzelf te zetten en peinsde over de vraag waarom de prins Zoe nog steeds niet had gebeld. Als hij beweerde van haar te houden, dan zou een geruststellend gesprekje toch bovenaan zijn prioriteitenlijstje moeten staan? Het zou toch niet zo zijn dat hij en het paleis Zoe niet te hulp zouden schieten en haar gewoon hier lieten zitten om de consequenties in haar eentje te dragen?

'Hij klinkt in orde. Hij weet duidelijk van niets,' onderbrak Zoe op opgeluchte toon zijn gedachten.

Simon draaide zich om en glimlachte naar haar. 'Mooi.'

'Het schoolhoofd zei dat er wat journalisten bij het schoolhek rondhangen, maar hij heeft de politie ingelicht en die houden een oogje in het zeil. Jamie wilde weten hoe mijn week was verlopen en ik heb "heel normaal" geantwoord.' Ze lachte zwakjes. 'Ik ben niet zo dom om te denken dat het lang zal duren voor hij erover hoort... Denk je dat het echt het beste was om niets te zeggen?'

'Voor nu wel, ja. Wat niet weet, wat niet deert. Helemaal als je tien bent. Hij is daar veilig en misschien waait het allemaal wel snel over als er geen verdere informatie komt bovendrijven.'

Zoe ging aan de keukentafel zitten en liet haar hoofd op haar armen rusten. 'Bel nou, Art, alsjeblieft.'

Simon klopte zachtjes op haar schouder. 'Hij belt echt nog wel, Zoe.'

Om acht uur die avond installeerde Simon de draagbare tv uit Jamies kamer in de slaapkamer van Zoe. Hij had er bij haar op aangedrongen dat ze wat zou eten, maar ze had geweigerd. Ze zat onderuitgezakt op het bed, haar gezicht zo bleek als het maanlicht dat door het erkerraam scheen. Hij trok de gordijnen dicht voor het geval iemand daarbeneden een ladder had.

'Waarom bel je Art niet gewoon zelf? Je hebt zijn mobiele nummer, toch?'

'Denk je niet dat ik dat al honderd keer heb gedaan?' keerde Zoe zich woedend tot hem. 'Hij gaat rechtstreeks naar de voicemail.'

'Oké, het spijt me.'

'Mij ook. Jij kunt hier allemaal niets aan doen en ik wil het ook niet op jou afreageren.'

'Dat is niet erg. Het is heel begrijpelijk.'

Zoe stond op en begon te ijsberen terwijl Simon de antennekabel aansloot en de televisie aanzette. Het scherm kwam tot leven en er schalde geluid uit het apparaat.

'... dat prins Arthur, hertog van York en derde in lijn van troonsopvolging, een nieuwe geliefde heeft. Zoe Harrison, actrice en kleindochter van wijlen Sir James Harrison, is samen met de prins gezien tijdens een wandeling over het landgoed van een vriend.'

Zoe en Simon keken zwijgend naar de verslaggever van ITV, die voor haar huis in Welbeck Street stond. Achter hem zagen ze een horde fotografen. Ze blokkeerden de stoep en de straat. De politie leidde auto's erlangs en probeerde de menigte in bedwang te houden.

'Mevrouw Harrison arriveerde vanmorgen vroeg bij haar huis in Londen en heeft tot nu toe geweigerd met de media bij haar voor de deur te spreken. Als mevrouw Harrison een romantische relatie met de hertog heeft, zou dat het paleis voor een dilemma stellen. Mevrouw Harrison is een ongetrouwde moeder met een zoon van tien. Ze heeft nooit bekendgemaakt wie de vader is. Of het paleis zo'n controversiële relatie zal goedkeuren moet nog blijken. Een woordvoerder van Buckingham Palace gaf vanmorgen een korte verklaring, waarin hij bevestigde dat de hertog en mevrouw Harrison samen op een feestweekend waren, maar dat ze niet meer zijn dan goede vrienden.'

Simon keek of hij een reactie op Zoe's gezicht zag. Niets. Haar ogen waren glazig.

'Zoe, ik...'

'Ik had moeten weten dat het zo zou gaan,' zei ze zwakjes terwijl ze naar de slaapkamerdeur liep. 'Ik heb dit al eens meegemaakt.'

De volgende ochtend belde Simon de beveiligingsdienst nog een keer, omdat hij nog steeds geen instructies had ontvangen.

'Al orders?'

'Op dit moment niet. Blijf waar je bent.'

'Mevrouw Harrison moet vandaag naar een studio in Londen voor de postsynchronisatie. Hoe word ik geacht haar hier weg te halen zonder een rel te veroorzaken in een Londense straat?'

Het was even stil aan de andere kant van de lijn. 'Gebruik al die jaren training die de Britse regering heeft gefinancierd. Goeiedag, Warburton.'

'Klootzak!' schold Simon in de hoorn. Het was nu volkomen duidelijk dat het paleis niet van plan was haar te steunen.

'Wie was dat?' Zoe stond bij de keukendeur.

'Mijn baas.'

'Wat zei hij?'

Simon ademde diep in. Het had geen zin om tegen haar te liegen. 'Niks. Dat we hier moeten blijven.'

'Aha. Dus we zijn op onszelf aangewezen?'

'Ja, ik vrees van wel.'

'Oké.' Ze draaide zich om in de deuropening. 'Ik ga Art een brief schrijven.' Ze liep de werkkamer in en trok een van de kleine latjes van haar opa's antieke bureau open en zocht naar zijn mooie vulpen. Toen ze hem vond, haalde ze de dop ervanaf en krabbelde wat op een oude elektriciteitsrekening om hem uit te testen. De pen was leeg. Ze ging in de laden op zoek naar een vulling, trok rekeningen eruit en gooide ze op de grond. Toen ze er eindelijk een had gevonden, knielde ze neer om alle papieren te verzamelen en ze weer in de la te leggen. Haar oog viel op een bedrijfsnaam op een van de rekeningen.

Regan Private Investigation Services Ltd.
Eindafrekening
Totaal = 8.600 pond

James had er 'Betaald' op geschreven, en de datum 19 oktober 1995 eronder. Zoe beet op haar lip en vroeg zich af waarvoor haar opa in godsnaam een privédetective had moeten inhuren, vooral zo tegen het eind van zijn leven. Aan het factuurbedrag te zien was het een omvangrijk onderzoek geweest.

'Gaat het?'

Ze schrok van Simons stem. Hij stond met een bezorgd gezicht in de deuropening.

'Ja hoor.' Ze stopte de rekening terug in de la en duwde die dicht.

'Hoe laat moet je in de studio zijn?'

'Om twee uur.'

'Oké. Dan moeten we rond één uur weg. Ik ga nu naar buiten. Ik verplaats de auto even zodat hij klaarstaat voor een snel vertrek.'

'Moet ik langs die waanzin?'

'Niet als je bereid bent een gek hoedje te dragen, en niet vies bent van inbreken.' Hij grijnsde naar haar. 'Tot over een paar minuutjes.'

Zoe focuste zich weer op de brief en probeerde haar angst en woede opzij te zetten.

Allerliefste Art,

> *Ten eerste wilde ik zeggen dat ik begrijp in wat voor een vreselijke positie jij zit door deze hele situatie. Ik vind...*

Haar mobiel ging en onderbrak haar flow.

'Met Zoe. O, hallo, Michelle.' Ze luisterde naar wat haar agent zei. 'Nee, ik wil niet op GMTV komen of een interview geven aan de *Mail*, de *Express*, *The Times* of de godvergeten *Toytown Gazette*! Sorry dat ze jou lastigvallen... Wat kan ik zeggen behalve dat ik niks te zeggen heb? Geen commentaar... Oké. Doe ik. Dag.'

Ze klemde haar kaken op elkaar. De mobiele telefoon ging weer.
'Wat?!' blafte ze erin.
'Met mij.'
'Art!' Ze slaakte een klein snikje van opluchting. 'Ik dacht dat je nooit zou bellen!'
'Sorry, lieveling. Zoals je je kunt voorstellen, is de hel hier losgebroken.'
'Aan deze kant is het ook niet bepaald prettig.'
'Nee. Dat spijt me ontzettend. Zoe, luister, we moeten praten.'
'Waar?'
'Inderdaad, waar? Is Warburton bij je?'
'Ja, nou ja, niet op dit moment. Hij is de auto aan het verplaatsen. Het lijkt hier wel een belegering. Ik voel me net een gekooid dier.' Ze deed haar uiterste best niet in tranen uit te barsten aan de telefoon.
'Wat ontzettend rot voor je, lieverd. Ik begrijp het echt helemaal. Wat dacht je van het huis van je grootvader in Dorset? Kun je ongezien ontsnappen en daarheen gaan vanavond?'
'Ik denk het wel. En jij?'
'Ik ga mijn uiterste best doen. Ik probeer er rond acht uur te zijn.'
'Oké. Ik hoop dat het lukt.'
'Ik ook. En onthoud dat ik van je hou.'
'Ik ook van jou.'
'Ik moet ophangen. Ik zie je vanavond. Dag, lieverd.'
'Dag.'
Zoe voelde alle spanning en vastberadenheid om de relatie te beëindigen wegvloeien. Alleen al het horen van zijn stem had haar nieuwe moed gegeven. Ze keek naar de brief waaraan ze was begonnen en verscheurde hem. Hij hield nog steeds van haar... Misschien was er tóch een manier...

De voordeur ging open en ze hoorde dat er een spervuur van vragen op Simon werd afgevuurd. Het geschreeuw verstomde een beetje toen hij de deur achter zich dichtgooide.
'Het is net een roedel jankende wolven. Ik kom nu vast op de

voorpagina van een of ander roddelblad met de vraag of ik misschien Jamies vader ben...' zei hij.

Zoe's gezicht betrok. 'Ik mag hopen van niet.'

'Sorry, dat was lomp van me.'

'Maar waarschijnlijk wel waar,' zei ze wrang.

'Je ziet er beter uit,' zei Simon toen hij haar bestudeerde. 'Heb je het van je af kunnen schrijven?'

'Art belde. Hij stelde voor dat ik vanavond naar mijn opa's huis in Dorset zou gaan. Hij gaat proberen daar ook naartoe te komen. Dus we moeten nu zeker dit huis zien te verlaten zonder dat iemand ons ziet. Ik ga eerst even douchen.'

'Is goed, maar neem niet te veel mee. En maak je geen zorgen, ik heb de boel verkend en heb een vernuftig plan.' Hij glimlachte en tikte tegen zijn neus.

'Oké.' Ze glimlachte zwakjes en liep de trap op. Toen Simon het slot van de badkamerdeur hoorde, ging hij naar de werkkamer en trok de la open die hij Zoe dicht had zien doen. Zo snel mogelijk doorzocht hij de inhoud. Hij vond de factuur waar ze zo door in beslag genomen was geweest, vouwde hem op en stopte hem in de zak van zijn jasje. Vervolgens duwde hij de la weer dicht, verliet de kamer en ging de trap op.

Tien minuten later stonden ze samen op het achterplaatsje. Simon onderdrukte een glimlach om de outfit die Zoe had gekozen: zwarte spijkerbroek, zwarte coltrui en een zomerhoed die ze ver over haar blonde haar had getrokken.

'Oké. Ik geef je een steuntje zodat je over die muur kunt klimmen,' zei hij. 'Aan de andere kant is er ongeveer een meter twintig naar beneden een richel waarop je kunt staan. Dan gaan we over het volgende muurtje, en nog eentje. Het antiekwinkeltje vier deuren verderop heeft een achterdeur. We breken in als dat nodig is, zorgen dat we in de winkel komen en lopen aan de andere kant naar buiten alsof we klanten zijn.'

'Zit er geen alarm op die achterdeur?'

'Dat kan natuurlijk, maar dat zien we dan wel weer. Oké. Kom op.'

Langzaam klommen ze over de muren heen die de achtertuinen van alle huizen in de straat scheidden. Simon was blij dat Zoe jong en fit was en met zijn hulp kwamen ze gemakkelijk over de een meter tachtig hoge muren heen. Uiteindelijk stonden ze voor een achterdeur met een hek ervoor. Er knipperde een klein rood lampje boven.

'Shit.' Hij onderzocht de deur. 'Die zit op het nachtslot.' Hij liep naar het raampje ernaast, waar ook tralies voor zaten. Hij haalde een draadschaar uit zijn tas en ging aan het werk tot het onderste deel van de spijlen loskwam en een oud schuifraam onthulde. Er zat een kier van ruim een centimeter tussen het raam en het kozijn.

'Ik weet niet of het alarm ook op dit raam zit, dus sta klaar om snel terug over het hek te klimmen als het afgaat,' waarschuwde hij haar.

Zoe wachtte gespannen af terwijl Simon rood aanliep van de inspanning. Uiteindelijk gaf het raam onder luid gepiep mee en schoof omhoog. Er ging geen alarm af.

Simon klakte met zijn tong en wenkte haar. 'Mensen zouden echt voorzichtiger moeten zijn. Geen wonder dat er zoveel wordt ingebroken. Na u.' Hij gebaarde dat ze door het gat van vijfenveertig centimeter moest kruipen en het raam vanbinnen verder open moest doen om hem door te laten. Een minuutje later stonden ze allebei in een magazijn vol oude, elegante stoelen en mahoniehouten tafels.

'Zonnebril op,' beval hij.

Zoe haalde een enorme zwarte zonnebril uit haar zak en zette die op.

'Hoe zie ik eruit?' vroeg ze grijnzend.

'Als een schattige ninjamier,' fluisterde hij. 'Kom mee.'

Hij nam haar mee door het magazijn en opende zachtjes de deur aan de andere kant. Hij keek om het hoekje, wenkte haar en wees naar een trap achter de deur.

'Oké, zo komen we vast in de showroom,' fluisterde hij. 'We zijn er bijna.'

Simon liep de trap op met Zoe achter hem. Eenmaal boven drukte hij de klink omlaag en gluurde naar binnen. Hij knikte naar haar, opende de deur toen verder en sloop erdoorheen, naar Zoe gebarend dat ze hetzelfde moest doen. Eenmaal binnen liep Simon naar een lange, sierlijke chaise longue in de verlaten showroom en Zoe kwam hem achterna. Uiteindelijk verscheen er een oudere man uit een andere deur om de hoek.

'Excuses, meneer. Ik heb het belletje van de deur niet gehoord.'

'Geeft niets. Eh, mijn vrouw en ik zijn hierin geïnteresseerd. Kunt u me er wat over vertellen?'

Vijf minuten later, na de belofte terug te komen met de afmetingen van hun woonkamer, stapten Zoe en Simon de felle zonneschijn in van een ongewoon lenteachtige dag in februari.

'Niet achter je kijken, Zoe, gewoon blijven lopen,' mompelde Simon toen hij vlug naar de auto liep, die een paar meter verderop in de straat stond.

Toen ze eenmaal in de Jaguar zaten, mengde Simon zich in de verkeersstroom om naar Soho te rijden, waar de opnamestudio was. Zoe draaide zich om en zag het mediagespuis nog voor haar voordeur staan, een meter of vijftig bij hen vandaan. Net toen ze de hoek omgingen, maakte ze een gebaar naar ze.

'Ha, dat was echt leuk,' giechelde ze. 'Ik word helemaal vrolijk van de gedachte dat die aasgieren nu voor een verlaten huis staan.' Ze legde haar hand op de zijne die op de pook lag en kneep er even in. 'Dank je wel, Simon.'

Zoe's lichte aanraking deed zijn concentratie geen goed. 'We doen ons best, mevrouw. Maar pas op voor een vals gevoel van veiligheid. Vroeg of laat zal iemand door hebben dat je niet meer thuis bent.'

'Dat weet ik, maar laten we hopen dat dat pas vanavond is.'

Simon zette haar in Dean Street bij de opnamestudio af en meldde zich daarna via zijn mobiel.

'Sorry dat ik eerder bel dan normaal, meneer, maar straks ben ik misschien niet in de gelegenheid.'

'Duidelijk.'

'Ik heb iets gevonden. Misschien is het niets, maar...' Hij las de gegevens op van de factuur die hij uit de bureaula had gehaald.
'Ik ga erachteraan, Warburton. Zo te horen heb je het druk.'
'Ja. Ik rij mevrouw Harrison vanavond naar Dorset.'
'Blijf met haar praten. Vroeg of laat zal er iets boven tafel komen.'
'Ik ben er niet van overtuigd dat ze iets weet, maar ik zal het doen, meneer. Goedemiddag.'

Simon hing op en reed weg. Nadat hij een plekje had gevonden in een parkeergarage aan Brewer Street, stuurde hij Zoe een berichtje dat ze hem moest bellen als ze klaar was, dan zou hij haar weer voor de studio oppikken. Omdat hij plotseling trek had, ging hij naar de McDonalds. Hij wierp een verlangende blik op de kroeg ertegenover. Simon lustte wel een biertje, maar door de gedachte aan de ranzig dronken en huilerige Ian, liet hij dat wel uit zijn hoofd. Hij at zich een weg door de smakeloze hamburger met friet en probeerde zich op zijn boek te concentreren, maar hij bleef maar terugdenken aan Zoe's hand op de zijne, wat visioenen van haar opriep.

Doe normaal, Warburton, zei hij tegen zichzelf. De eerste regel van een operatie: raak nooit emotioneel betrokken. En toch, terwijl hij vol verlangen op haar telefoontje wachtte, wist hij dat er al geen weg terug meer was. Hij kon niets anders doen dan de schade proberen te beperken en verwachten vreselijk weg te kwijnen als ze zijn diensten niet meer nodig had en hun wegen zouden scheiden.

Toen Zoe twee uur later weer in de auto stapte, zag Simon dat ze zich had opgemaakt. Hij zag haar liever zonder make-up. Ze was zo mooi dat ze het niet nodig had...

Kappen nou, Warburton!

Hij startte de motor en reed in de richting van de M3 naar Dorset.

'Was het een goede post-dinges?' vroeg hij haar terloops.

'Ja hoor. Al was iedereen natuurlijk veel meer geïnteresseerd in mijn relatie met Art.' Zoe haalde haar hand door haar lange blonde haar. 'Mike, de regisseur, deed wel heel lief, hoor. Hij vertelde dat hij een appartement in Zuid-Frankrijk heeft en dat ik dat mocht gebruiken wanneer ik maar wilde.'

'Ik ben bang dat hij ook in zijn achterhoofd heeft dat het feit dat de nieuwe vriendin van een Engelse prins in zijn film speelt, de kaartverkoop over de hele wereld zal stimuleren.'

'Lekker cynisch, maar je hebt vast gelijk.' Zoe zuchtte terwijl ze keek hoe de Theems onder Chiswick Bridge door stroomde.

'Je lijkt in elk geval blijer.'

'Natuurlijk.' Ze draaide zich naar hem toe, haar ogen vol warmte. 'Ik zie Art over een paar uur.'

Simon reed vlak na zes uur de oprit van Haycroft House op. Binnen was het zoals altijd ijskoud. De rommelige inhoud van een stuk of tien dozen lag door de hele woonkamer verspreid.

'O, verdikkeme, Marcus!' riep Zoe uit terwijl Simon een poging deed de haard aan te steken. Ze stopten de stapels oud papier weer in hun dozen. 'Ik wíst dat hij halverwege verveeld zou raken en het zou opgeven. Nu is het helemaal een grote chaos.'

'Ach, nu heb je tenminste wat te doen zolang je hier niet weg kunt.'

'Ik hoop dat Art iets heeft geregeld. Misschien stelt hij wel voor dat we een tijdje naar het buitenland gaan, maar hoe moet het dan met Jamie? O god, ik weet het niet, Simon. Ik zal moeten wachten tot hij hier is. Kun je me voor nu even helpen dit in een hoek te zetten?'

Toen de woonkamer was opgeruimd, het haardvuur was aangestoken en ze het houtfornuis aan de praat hadden gekregen, ging Zoe aan de slag met het opbergen van de etenswaren die Simon had gekocht terwijl zij zich in de auto had verstopt.

'Gelukkig heb ik hier nog wat kleren in de kast hangen,' zei ze afwezig. 'Ik moet me gaan verkleden. Zou hij al gegeten hebben? Moet ik iets maken? Een stoofschotel in de oven zetten misschien, zodat het niet uitmaakt hoe laat hij aankomt?'

Simon reageerde zo goed als hij kon op haar vragen, omdat hij haar spanning aanvoelde. Terwijl zij naar boven ging om zich om te kleden, liep hij naar buiten met zijn verrekijker en verkende het terrein. De moed zonk hem in de schoenen toen hij twee geparkeerde auto's achter het hek ontwaarde, waarna hij zag dat er een ladder werd uitgeschoven en wiebelig tegen de heg om het huis werd gezet. Hoe doen die mensen dat toch, vroeg hij zich af terwijl hij de moed verzamelde om naar binnen te gaan en Zoe in te lichten.

'O, nee toch, hè!' Ze stond in de keuken met een troosteloze uitdrukking op haar gezicht.

'Ik ben bang dat ik de beveiligingsdienst moet inlichten dat de media hier is.'

'Waarom laten ze ons niet met rust? Waarom? Waarom? Waarom?' Ze sloeg steeds harder op tafel.

'Het spijt me, maar ik moet het nu melden.'

'Ja. Doe wat je moet doen.' Ze liet zich op een stoel zakken.

Simon verliet de kamer en gaf de boodschap door. Hij ging terug naar de keuken waar Zoe een sigaret zat te roken.

'Ik wist niet dat je rookte,' merkte hij op.

'Ik denk dat Marcus dit pakje heeft laten liggen, en als er prozac, xtc of heroïne in huis was geweest, zou ik dat vanavond nog hebben genomen.' Haar ogen waren roodomrand van vermoeidheid.

'Nu komt hij zeker niet, hè?'

'Nee. Moet je horen, zal ik iets te eten voor ons maken? Ik heb je niets zien eten sinds mijn aankomst gisterochtend in Welbeck Street.'

'Dat is lief van je, maar ik krijg toch geen hap naar binnen.'

'Oké. Dan maak ik alleen wat voor mezelf.'

Zoe haalde haar schouders op en stond toen op. 'Er zal nu wel genoeg warm water zijn. Ik neem een bad.'

Toen ze de keuken had verlaten, zocht Simon ingrediënten bij elkaar en begon groenten te snijden, waarbij hij zachtjes floot om de doodse stilte van de oude muren om hem heen te verbreken.

Zoe kwam een uur later beneden in de oude paisley kamerjas van haar opa en ging op de aanlokkelijke geur af in de keuken.

'Wat is dat?' Ze tuurde over Simons schouder naar de pan waarin hij stond te roeren.

'Maakt dat uit dan? Jij wilde toch niks?' Hij wees naar een open fles rode wijn op de tafel. 'Schenk maar een glas in voor jezelf. Ik heb hem natuurlijk alleen voor culinaire doeleinden opengemaakt.'

'Natuurlijk.' Ze glimlachte en schonk toen een glas in, ging zitten en keek toe.

'Is dit ook een onderdeel van je opleiding?'

'Nee. Ik hou gewoon van koken. Weet je zeker dat je niets wilt?'

'Doe dan maar. Je hebt je zo uitgesloofd.'

Simon schepte twee borden op en zette er eentje voor Zoe's neus. 'Het is gekruid rundvlees met linzen. Ik had het vlees natuurlijk eigenlijk een paar uur moeten laten marineren, maar het is zo vast ook eetbaar.' Hij ging tegenover haar zitten.

Zoe nam een vork vol. 'Dit is erg lekker, Simon.'

'Klink niet zo verbaasd,' zei hij lachend.

'Je verspilt je talent. Je zou een restaurant moeten openen.'

'Dat zegt Joanna ook altijd.'

'Daar heeft ze dan gelijk in.' Ze at verder. 'Zijn jij en Joanna ooit... je weet wel.'

'Een stel geweest? Nee, nooit. Ik zag haar altijd als mijn zusje. Dat zou... incestueus zijn geweest. Hoewel...'

'Ja?'

'O, het was eigenlijk niets. Een paar weken geleden logeerde ze bij me en hebben we gekust.' Simon voelde dat hij begon te blozen. 'Zij was net gedumpt door haar ex, maar ik dacht dat ik nog een relatie met mijn vriendin had, dus bleef het daarbij.' Simon hield zijn vork halverwege zijn bord stil. 'Ik vraag me af of het anders was gelopen als ik had geweten dat mijn ex op het punt stond me te dumpen.'

'Dat zul je nu nooit weten,' zei Zoe schouderophalend.

'Wil je nog wat? Er is genoeg.' Hij keek naar haar lege bord.

'Heel graag, dank je. Het is heerlijk! Blijf je dit voor altijd doen?' vroeg ze toen hij haar bord nogmaals volschepte en voor haar neerzette.

'Wat?'

'Bodyguard zijn. Je eigen leven in dienst stellen van de veiligheid van anderen.'

'Geen idee.'

'Ik vind het gewoon zo zonde. Is het niet een beetje een uitzichtloos beroep?'

'En bedankt,' zei hij lachend.

'Zo bedoelde ik het niet.' Ze bloosde.

'Geeft niet. Je hebt gelijk. Ik wil dit niet altijd blijven doen.'

Zoe hief haar glas. 'Nou, op het vinden van het juiste pad, voor ons allebei.'

'Op ons.' Simon prooste met zijn glas water.

Op dat moment ging Zoe's mobiel over.

'Excuseer me.' Ze verliet de keuken om het telefoontje aan te nemen.

Simon ruimde de tafel af en zette koffie. Tien minuten later kwam ze terug met een glimlach op haar gezicht. 'O, Simon! Het komt allemaal goed.'

'O ja? Mooi.'

'Dat was Art. Hij heeft geregeld dat we naar het buitenland gaan. Een bevriende prins heeft zijn privéjet en zijn zomerhuis in Spanje ter beschikking gesteld. Het schijnt met de nieuwste technieken beveiligd te zijn, dus we kunnen ons er ontspannen en in alle rust de toekomst bespreken, zonder pottenkijkers.'

'Aha, super. Wanneer vertrek je?'

'Morgenochtend. Art zei dat ze jou nog bellen, maar ik moet om negen uur op Heathrow zijn. We hebben afgesproken in de vipsuite bij Terminal 4. Je zult blij zijn te horen dat je dan van me af bent. Art neemt zijn eigen mensen mee om daar op ons te passen.'

'Oké. Koffie?'

'Graag. Laten we het bij de haard opdrinken,' zei ze en ze ging hem met de koffie voor naar de woonkamer. 'Wat zal het heerlijk zijn als niemand ons bespiedt. We moeten echt eens goed met elkaar praten.' Ze ging in kleermakerszit bij het haardvuur zitten en hield haar mok in beide handen.

Simon nam op de bank plaats en dronk van zijn koffie. 'Als hij een aanzoek zou doen, zou je dan ja zeggen?'

'Denk je dat hij het zal vragen? Kan hij dat wel, in deze situatie?'

'Oké, laat me het anders zeggen: wíl je de rest van je leven met hem doorbrengen?'

Zoe's ogen schitterden. 'O god, ja! Dat wil ik al meer dan tien jaar.'

'Tíén jaar? Jeetje, dan had ik ongelijk, dan heeft het juist heel lang geduurd voordat het is uitgelekt,' plaagde hij haar goedmoedig.

'Ja.' Ze was even stil en plukte aan een los draadje aan het tapijt. 'Meer dan tien jaar geleden ontmoette ik hem voor het eerst. Ik was nog zo jong... Achttien pas. Ik ben niet zo naïef te denken dat het deze keer allemaal van een leien dakje zal gaan. Zijn familie kan een veto over me uitspreken, net als toen. Ik vlieg misschien wel naar Spanje zodat Art me daar zo vriendelijk mogelijk kan vertellen dat het niet gaat.'

Simon zei niets over de discussie die hij op de radio had gehoord over de vraag of de koninklijke familie er klaar voor was een ongetrouwde moeder tot de clan toe te laten. Als je de opiniepeilingen moest geloven niet.

'Ik wilde je nog één ding vragen.' Ze sloeg haar ogen naar hem op.

'Ga je gang.'

'Nou, ik weet niet goed hoelang ik weg zal zijn. Ik vroeg me af of... Nou ja ...'

'Voor de draad ermee.'

'Of je dit weekend bij Jamie langs wilt gaan op school. Ik had beloofd te komen, maar dat ga ik dus niet redden. Hij leek best gek op je en...'

'Natuurlijk doe ik dat. Geen probleem.'

'Ik zal de school laten weten waar ik ben. Misschien vraag ik wel of ze tegen Jamie willen zeggen dat ik aan het filmen ben in Spanje voor een... commercial of zo. Ik wil niet tegen hem liegen, maar ik denk ook dat Art en ik echt tijd samen moeten doorbrengen om te praten.'

'Ja,' stemde Simon afwezig in. Hij vond haar er prachtig uitzien in de gloed van het vuur. Hij stond op omdat hij deze kwelling niet langer wilde ondergaan. 'Ik ga naar mijn bed, Zoe. We moeten morgen vroeg op en misschien moet ik een stevig staaltje rijden laten zien om die ratten buiten af te schudden.'

'Natuurlijk.' Ze stond op en liep naar hem toe, ging op haar tenen staan en drukte een kus op zijn wang. 'Dank je wel, Simon. Ik zal nooit vergeten wat je in de afgelopen twee dagen voor me hebt gedaan. Je hebt ervoor gezorgd dat ik mijn verstand niet verloor.'

'Bedankt.' Hij voelde een steek in zijn borststreek. 'Welterusten,' mompelde hij en hij verliet de kamer.

'Art!' Zoe rende bij Simon vandaan, in de armen van haar prins.

'Hallo, Zoe.' Art drukte een kus boven op haar hoofd. 'Oké, we gaan. Bedankt voor al je hulp, Warburton.' Hij knikte vluchtig naar Simon.

'Ja, dag, Simon.' Zoe zwaaide naar hem terwijl Art haar meenam naar de vipruimte. Er liep een klein groepje beveiligers achter het koppel aan.

Onderweg terug door de doolhof van luchthavengangen ging Simons mobiel over. Hij nam op.

'Warburton.'

'Ja, meneer?'

'Je bent ontheven van beveiligingstaken tot mevrouw Harrison terugkeert. Wees stand-by voor verdere instructies.'

'Prima. Bedankt, meneer.'

Hij bracht de Jaguar terug naar het uitgiftepunt en gaf de sleutels af. Daarna ging hij naar de pub, waar hij zichzelf trakteerde op een heerlijk schuimend biertje om bewust en hartgrondig zijn verdriet in te verdrinken.

De geïsoleerde pion

Een pion waar geen pionnen van dezelfde kleur bij in de buurt staan. Het kan een zwakte zijn, of juist gebruikt worden als mogelijkheid voor een tegenaanval

25

Joanna zat mismoedig aan haar bureau een artikel te typen over de top tien dodelijke planten voor huisdieren. Ze voelde zich verdoofd, leeg, gebruikt en in de war. Ze stond op het punt het op te geven en terug te gaan naar Yorkshire om de rest van haar leven schapen te tellen.

Marcus had haar gisteravond op haar mobiel gebeld en zelfs een paar keer op de vaste telefoon die werd afgeluisterd. Ze had niet opgenomen. Voor hem was ze de rest van haar leven niet beschikbaar, na hoe hij haar had bedrogen. Ze huiverde bij de gedachte dat hij haar tijdens al die fijne momenten die ze samen hadden gehad alleen maar gebruikte om wat ze misschien wist.

Ze telde de minuten tot het half zes werd en het tijd was haar scherm uit te zetten. Hoewel ze niet wist waarom ze zo graag naar huis wilde, naar een lege flat zonder partner en zonder beste vriend. Het hielp niet dat het hele kantoor gonsde van het nieuws over Zoe Harrison en de prins. Of dat Marian, de vrouwelijke chef, haar vanmorgen in haar domein had ontboden.

'Jij hebt het stuk over Zoe's broer, Marcus Harrison, toch geschreven?'

'Ja,' had Joanna nors geantwoord.

'En het schijnt dat je met hem neukt.' Marian nam nooit een blad voor de mond.

'Dat was zo, maar nu niet meer.'

'Sinds wanneer?'

'Sinds gisteren.'

'Jammer, zeg. Ik wilde voorstellen dat je zou proberen een interview met haar te krijgen, aangezien jullie zo goed als familie zijn.'

'Dat is helaas onmogelijk.'

'Zonde. Dan had je afscheid kunnen nemen van Huisdier en Tuin.' Marian had op haar balpen gekauwd terwijl ze Joanna bestudeerde. 'Oké, Jo, zeg het maar. Als jij het niet doet, doet iemand anders het wel. Probeer je haar te beschermen?'
'Nee.'
'Mooi. Want als dat wel zo was, was het beste wat je kon doen haar laten instemmen dat ze met jou praat. Dan kon ze haar zegje doen tegen iemand die sympathiek tegenover haar staat.'
Marian had haar afwijzend weggewuifd en Joanna was afgedropen naar haar bureau.
Eindelijk was het vijf seconden voor half zes. Met een kreun van opluchting zette Joanna haar computer uit en liep naar de deur. Ze stond op de lift te wachten toen Alec haar aansprak.
'Hoi, Jo. Alles goed?'
'Nee, Alec. Niet bepaald.'
'Oké, nou ja, ik wilde je even spreken, maar niet hier. Ik zie je over een uur in The French House. Het ziet ernaar uit dat je gelijk had.' Zonder haar de kans te geven te weigeren, draaide Alec zich vliegensvlug om en ging terug naar zijn kantoor.
Aangezien ze nu het gevoel had dat ze niets meer te verliezen had, hing Joanna een uur doelloos bij Leicester Square en het Trocadero rond, steeds geïrriteerder door de toeristen die haar in de weg liepen. Alec zat al op een kruk toen ze de drukke kroeg binnenkwam.
'Glaasje wijn?'
'Yep,' zei ze met een knikje, en ze trok de kruk naast hem naar zich toe.
'Ik hoorde dat het niet zo'n goeie dag voor je was?'
'Nee.'
'Marian vertelde me dat je weigerde te proberen een interview met Zoe Harrison te regelen. Je had het kunnen gebruiken om weer voor mij te komen werken.'
'Het zou een zinloze poging zijn geweest, Alec. Zoe denkt waarschijnlijk dat ik degene ben die uit de school is geklapt en zou nog liever halfnaakt voor de *News of the Screws* poseren dan met mij praten.'

'Shit!' Alecs mond viel open. 'Je wist het van haar en de prins?'
'Ja. Ze heeft alles verteld. Dank je.' Joanna nam een grote slok wijn. 'En met de nodige details, kan ik daaraan toevoegen.'
'Jezus,' kreunde Alec. 'Dus je had een scoop kunnen hebben?'
'Jazeker. En nu zou ik verdomme willen dat ik het naar buiten had gebracht, want ik krijg nu toch ook de schuld.'
'Jezus, Jo! Je zult echt harder moeten worden. Een verhaal als dat naar buiten brengen had je carrière een boost voor het leven kunnen geven.'
'Denk je dat ik dat niet weet?! Ik heb afgelopen nacht liggen denken dat dit spelletje misschien toch niets voor mij is, want ik heb niet het benodigde gebrek aan normen en waarden. Ik lijk de vreselijke, onjournalistieke kwaliteit te hebben dat ik een geheim kan bewaren.' Ze dronk haar glas leeg. 'Mag ik er nog een?'
'Je begint in elk geval te drinken als een broodschrijver.' Alec wenkte de barman. 'Kop op, je trekt wel weer bij als ik je mijn nieuws heb verteld.'
'Krijg ik mijn baan terug?'
'Nee.'
Ze liet zich voorovervallen en haar hoofd op haar armen rusten. 'Dan kan niets wat je zegt me opvrolijken.'
'Zelfs niet als ik je vertel dat ik wat sappige info over je oude vrouwtje heb ontdekt?' Alec stak een sigaret aan.
'Nee. Dat heb ik opgegeven. Die brief heeft mijn hele leven verwoest. Ik ben er klaar mee.'
'Oké.' Hij nam een haal van zijn sigaret. 'Dan vertel ik je niet dat ik er vrij zeker van ben dat ik weet wie ze was. Dat ze, voordat ze naar Engeland kwam, de afgelopen zestig jaar in Frankrijk heeft gewoond.'
'Ik wil het nog steeds niet weten.'
'Of dat James Harrison zijn huis in Welbeck Street in 1928 zonder hypotheek heeft aangeschaft. Het was daarvóór van een oud-politicus geweest die in het kabinet van Lloyd George had gezeten. Gek dat een blutte acteur zo'n kast van een huis kon betalen, niet? Tenzij hij natuurlijk net een grote som geld had gekregen.'

'Sorry, Alec, ik volg je nog steeds niet.'

'Dan zal ik je tenslotte ook niet vertellen dat ene Rose Alice Fitzgerald als hofdame werkte voor een zeker koninklijk huishouden in de jaren twintig.'

Joanna staarde hem aan. 'Jezus! We nemen een fles.'

Ze verkasten naar een tafeltje in een hoek en Alec vertelde haar wat hij had ontdekt.

'Dus wat je zegt is dat Rose, mijn kleine oude vrouwtje, en James Harrison, alias Michael O'Connell, onder één hoedje speelden en iemand van het koninklijk huis chanteerden?' zei ze.

'Dat is wat ik vermoed, ja. En ik denk dat de brief die ze je stuurde, eigenlijk een liefdesbrief was van Rose zelf aan James, alias Michael, of in die brief "Siam", die niets met het echte plot te maken had.'

'Waarom heeft Rose het er in die brief dan over dat ze James niet kan zien?'

'Omdat de hooggeëerde Rose Fitzgerald hofdame was. Ze kwam uit een aristocratische Schotse familie. Een blutte acteur zou geen goede match voor haar zijn geweest. Ze zullen hun relatie geheim hebben moeten houden.'

'Jezus! Waarom heb ik zoveel gedronken? Mijn hoofd is wazig. Ik kan niet goed nadenken.'

'Dan zal ik voor je denken. Kortom, ik denk dat Rose en Sir James...'

'Michael O'Connell in die tijd,' merkte Joanna op.

'Dat Michael en Rose geliefden waren. Rose had iets sappigs ontdekt tijdens haar werk voor het koninklijk huis, vertelde dat aan Michael, oftewel James, die vervolgens de betreffende persoon chanteerde. De pakketjes die volgens jou door William Fielding voor Michael/James werden opgehaald, nou, ik neem aan dat daar geld in zat. Dan doet Michael een verdwijntruc, vlucht mogelijk het land uit, en dumpt meteen die arme Rose. Een paar maanden later komt hij terug, neemt een andere naam aan, koopt een kast van een huis in Welbeck Street en heeft zijn leven helemaal op de rit.'

'Oké. Als we even uitgaan van jouw veronderstelling,' zei Joanna. 'Ik moet toch toegeven dat ik zelf niets beters heb kunnen bedenken en het lijkt te passen. Vanwaar dan de plotselinge massale paniek als James Harrison overlijdt?'

'Laten we even logisch nadenken. We weten zeker dat Rose vlak nadat Sir James de pijp uit ging, is teruggekomen in het land, na vele jaren in het buitenland. Was Rose misschien van plan alles te onthullen na Sir James' dood? Om hem zwart te maken wellicht, uit wraak omdat hij haar al die tijd geleden heeft gedumpt?'

'Waarom had ze dat dan niet eerder gedaan?'

'Misschien was ze bang. Misschien wist James ook iets over haar, had hij haar bedreigd. En toen ze wist dat ze ziek was en de tijd begon te dringen, besloot ze dat ze niets te verliezen had? Ik weet het niet, Jo, ik gok ook maar wat.' Alec drukte zijn sigaret uit in de asbak en stak een volgende op.

'Maar zou de gevestigde orde daardoor in paniek raken? MI5 is erbij betrokken, Alec. Ik weet wel dat het iets héél groots is,' zei Joanna ademloos. 'Groot genoeg dat de hoge piefen Marcus Harrison zover kregen me te versieren om erachter te komen wat ik wist.'

'Van wie heb je dat?'

'Van mijn vriend Simon.'

'Weet je het zeker?'

'Ja.'

Alec vloekte zacht. 'Jeetje, Jo, waar ben je allemaal in verzeild geraakt?'

'Als we voortborduren op jouw idee, dan is wat Rose en Michael hebben ontdekt echt iets heel groots.' Ze ging nog zachter praten dan ze al deed. 'Jezus, Alec, er zijn al twee mensen onder verdachte omstandigheden overleden... Ik wil niet de derde zijn.'

Ze zwegen een tijdje terwijl Joanna wanhopig probeerde haar wazige hoofd helder te krijgen. Alecs bekende woorden galmden erdoorheen. *Vertrouw niemand...*

'Alec, vanwaar je plotselinge interesse na je eerdere pogingen me te ontlopen?'

Hij lachte blaffend. 'Je hoeft je echt geen zorgen te maken dat ik word betaald om je te bespioneren, hoor. Volgens mij kun je wel wat hulp gebruiken, want dit lijkt niet vanzelf weg te gaan, hè? Je lijkt door iedereen te zijn genaaid. Ik ben dan misschien een onwaarschijnlijke redder in nood, maar je zult het ermee moeten doen.'

'Tenminste, áls ik besluit door te gaan met het onderzoek.'

'Ja. En wat nu?'

'Marcus en ik zouden komend weekend een tripje maken voordat ik achter de reden van zijn omgang met mij kwam. William Fielding had het over een verband met Ierland gehad, en Marcus lijkt te hebben achterhaald waar precies, als het al waar is, Michael O'Connell dan vandaan kwam.'

'Hoe?'

'Hij zei dat de zoon van Zoe het over een plaats in Ierland had waar zijn opa over vertelde voor hij stierf. Misschien klopt er wel niets van, maar...'

'Je moet kinderpraat nooit zomaar van tafel vegen. Ik heb mijn beste scoops uit koters weten te krijgen.'

'Dan ben je echt gewetenloos, Alec.'

'Dat maakt je nou eenmaal een goede journalist.' Hij keek op zijn horloge. 'Ik moet gaan. Dit gesprek heeft natuurlijk nooit plaatsgevonden. En ik zal je niet adviseren naar Ierland te gaan en de plaatselijke kroeg te bezoeken, waar je altijd alle roddels kunt horen, noch zal ik voorstellen dat je het snel doet voordat Marcus, of misschien iemand anders, je voor is. En ik zal zeker niet suggereren dat je er vanavond slecht uitziet en dat het heel goed zo kan zijn dat je in de komende dagen een griep ontwikkelt waardoor je te ziek zult zijn om te komen werken.' Alec stak zijn pakje sigaretten in zijn zak. 'Goeie avond, Jo. Bel me als je hulp nodig hebt.'

'Fijne avond, Alec.'

Ze keek toe hoe hij de kroeg verliet en moest ongewild glimlachen. Alec, of de wijn, of een combinatie van beide, had haar in elk geval opgevrolijkt. Ze hield een taxi aan en besloot er een nachtje over te slapen en de informatie te verwerken voordat ze plannen zou maken.

Toen ze thuiskwam, stonden er acht berichten van Marcus op haar antwoordapparaat. Nog boven op de zeven op haar mobiel, plus de talrijke telefoontjes die ze de receptioniste op het werk had laten tegenhouden.

'Ze moeten je wel heel wat geld hebben betaald, gluiperige, verraderlijke, smerige, rottende pad,' gromde ze tegen het apparaat terwijl ze naar de badkamer liep om een douche te nemen.

De deurbel ging toen ze eronder vandaan kwam. Ze droop nog na en was in een handdoek gewikkeld. Ze gluurde door de gordijnen en zag dat de rottende pad voor haar deur stond.

'Jezus christus!' riep ze uit, waarna ze de tv aanzette. Ze zou hem zo lang als nodig was negeren.

'Joanna,' riep hij nu door de brievenbus. 'Ik ben het, Marcus. Ik weet dat je thuis bent. Ik zag je achter het gordijn. Laat me binnen! Wat heb ik verkeerd gedaan? Joanna!'

'Verdomme, verdomme, verdomme!' gromde Joanna terwijl ze haar badjas aantrok en naar de deur stampte. Hij zou de halve buurt wakker maken als ze hem niet binnenliet. Ze zag zijn ogen door de brievenbus naar haar loeren.

'Hoi. Laat me binnen, Jo.'

'Rot op!'

'Ook hallo. Wil je me misschien laten weten wat ik precies verkeerd heb gedaan?'

'Als je het niet weet, ga ík het je niet vertellen. Verdwijn gewoon voor altijd uit mijn leven.'

'Joanna, ik hou van je.' Zijn stem brak. 'Als je me niet binnenlaat om te bespreken wat ik voor gruwelijks zou hebben gedaan, moet ik hier de hele nacht blijven en... mijn liefde voor je zingen.'

'Marcus, als je niet binnen vijf tellen van mijn stoep verdwijnt, bel ik de politie. Die zal je arresteren voor stalking.'

'Oké, dat maakt me niets uit. Staan we natuurlijk morgen wel op de voorpagina van de krant, met mijn nieuwe status als broer van prins Arthurs nieuwe liefde, maar dat vind je vast niet erg... Ik...'

Marcus viel bijna naar binnen toen ze de voordeur opendeed.

'Oké, jij wint.' Ze beefde van woede. Hij wilde haar aanraken, maar ze kromp ineen en deed een stap achteruit. 'Blijf uit mijn buurt. Ik meen het.'

'Oké, oké. Vertel me dan wat ik heb gedaan.'

Joanna kruiste haar armen voor haar borst. 'Ik moet zeggen dat ik het al gek vond dat je zo lief was, zo overdreven met je genegenheid. Ik bedoel, ik had gehoord dat je een smerige, stinkende rat was. En domme ik besloot je op je blauwe ogen te geloven, dacht dat je voor mij misschien wat anders voelde dan voor de rest van de Londense vrouwelijke populatie.'

'Dat is ook zo. Jo, ik...'

'Mond dicht, ik ben aan het woord. Dan ontdek ik dat jij er helemaal niets bij voelde. Het was jouw portemonnee die van mijn gezelschap genoot.'

'Ik...'

'Ik kreeg een paar dagen geleden te horen dat je bent betaald om me te verleiden.' Joanna zag de koortsachtige rode blos op zijn wangen verschijnen en had de neiging hem een harde klap te verkopen.

'Nee, Joanna. Degene die je dat heeft verteld, had het helemaal verkeerd. Ik bedoel, ik heb wel geld gekregen, maar niet om informatie uit jóú te krijgen. Het was om de vermiste brief te vinden. Ik zweer je dat ik niets over Rose wist toen je het me vertelde, of de eerste keer dat we met elkaar naar bed gingen. Het gebeurde een paar dagen later. Ik wilde je vertellen dat ik was benaderd om te helpen, maar ik dacht dat dat je bang zou maken. En nu geloof je me niet en...'

'Zou jíj jou geloven?'

'Nee, natuurlijk niet. Maar...' Marcus zag eruit alsof hij elk moment in tranen kon uitbarsten. 'Alsjeblieft, je moet me geloven als ik zeg dat ik dit nog nooit heb gevoeld, nog nooit. Het had niets met geld te maken, behalve dat als we onze middelen en kennis zouden bundelen, we misschien de antwoorden zouden vinden, en... ik.... Verdomme!' Hij wreef ruw over zijn oogleden.

Joanna was oprecht verbaasd over zijn reactie. Ze had verwacht dat hij het onberoerd zou ondergaan, of het harteloos zou toegeven als hij wist dat hij had verloren. In plaats daarvan leek ze getuige te zijn van oprechte verwarring en verdriet. Maar na Matthew, Simon en nu Marcus, had ze genoeg van al het verraad.

'Je hebt dat geld aangenomen, Marcus, en het voor me achtergehouden. Ik had iedereen moeten geloven die zei hoe egoïstisch je bent. En je zus? Jij was vast degene die de *Mail* over haar en de prins heeft verteld, hè? Je wist dat iedereen mij de schuld zou geven, maar jij wilde alleen maar even snel geld verdienen!'

'Nee!' zei Marcus fel. 'Ik zou Zoe nooit zo verraden!'

'Maar míj wel! Hoe kan ik je ooit geloven dan?' Ze was nu buiten adem van woede.

'Ik weet niet wat ik moet zeggen zodat je me gelooft!'

'Er valt niets meer te zeggen. Je vijf minuten zijn om. Ik wil dat je gaat.'

'Ik wilde je alleen maar beschermen… Ik weet dat het nergens op slaat, maar… Kun je me niet nog een kans geven?' smeekte hij haar.

'Absoluut niet. Zelfs al vertel je nu de waarheid, je hebt evengoed tegen me gelogen. Voor geld. Je bent een lafaard, Marcus.'

'Je hebt gelijk. Ik heb het je niet verteld omdat ik dacht dat ik je dan zou verliezen. Ik lieg niet als ik zeg dat ik van je hou, Joanna, en ik zal hier de rest van mijn leven spijt van hebben.'

'Dag.' Zonder verder nog iets te zeggen deed ze de deur achter hem dicht voordat hij de tranen in haar eigen ogen kon zien. Van vermoeidheid, emotie en spanning, meer niet, hield ze zichzelf voor toen ze naar bed ging. Marcus was een pas aangeleerde gewoonte die ze makkelijk kon afleren.

Ze lag in bed en wilde dolgraag slapen, dus ging ze in gedachten naar wat Alec had gezegd zodat ze niet aan Marcus hoefde te denken. Haar gedachtestroom leek net een pasgeboren haasje dat van het ene verse feit naar het andere sprong, en uiteindelijk gaf ze het op, stapte uit bed en zette de waterkoker aan. Nadat ze een kop hete, sterke thee had gezet, ging Joanna in kleermakerszit op het bed zitten en pakte het mapje met informatie over Rose uit haar rugtas. Ze bestudeerde de feiten, tekende toen nauwkeurig een diagram met daarin alle informatie die ze tot nu toe had.

Zou ze nog een poging wagen? Naar verluidt was Ierland extreem mooi, en vlucht en verblijf waren toch al geboekt. Ze kon het reisje op zijn minst gebruiken als broodnodige pauze van Londen en alles wat er sinds kerst was gebeurd.

'Wat zou het ook,' zei ze met een zucht. Ze was het zichzelf verschuldigd om nog even door te zetten. Anders zou ze het zich haar hele leven blijven afvragen. En ze had echt niets meer te verliezen...

'Behalve mijn leven,' mompelde ze duister.

Drie dagen later pakte Joanna na het inchecken voor de vlucht naar Cork onderweg naar de gate haar mobiel.

'Hallo?'

'Alec?'

'Ja?'

'Met mij. Kun je tegen de hoofdredacteur zeggen dat ik vreselijk de griep heb? Zelfs zo erg dat ik me misschien pas weer halverwege volgende week beter voel.'

'Dag, Jo. Succes! En pas goed op jezelf. Je weet me te vinden.'

'Bedankt, Alec. Dag.'

Pas toen ze in de lucht was op weg naar haar bestemming aan de andere kant van de Ierse Zee, slaakte ze een zucht van verlichting.

26

Terwijl Joanna op Cork Airport landde, lag Marcus in bed. Het was al middag, maar hij zag het nut van opstaan niet in. Dat was zo ongeveer het patroon geweest sinds Joanna hem haar flat had uit gegooid. Hij was er kapot van dat hij haar kwijt was en dat hij alleen zichzelf de schuld kon geven.

Hij sleepte zich uit bed en dwaalde naar de woonkamer, waar hij besloot zijn gevoelens voor haar op papier te zetten. Hij pakte een onbekende gouden pen van het nachtkastje en voelde een steek in zijn hart toen hij besefte dat die van Joanna moest zijn, waarna hij een brief aan haar begon te schrijven. Hij sloot zijn ogen en zag haar voor zich, zoals al honderd keer was gebeurd sinds hij die ochtend wakker was geworden. Voor het eerst in zijn leven was hij écht verliefd. Het was geen lust of obsessie, of zoals andere oppervlakkige gevoelens die hij voor andere vrouwen had gehad. Dit ging veel dieper. Hij voelde het in zijn binnenste. Zijn hoofd en hart smachtten alsof hij een ziekte had. Hij kon aan niets anders denken. Hij haatte zijn dierbare filmproject, de reden dat hij het geld van die klootzak van een Ian had aangenomen...

Later die avond nam hij de bus naar Crouch End en liep naar Joanna's flat. Omdat hij zag dat er geen licht brandde, deed hij de brief door de brievenbus en hoopte maar dat ze hem zou lezen en contact met hem zou opnemen. Toen ging hij naar huis en kroop zijn bed weer in, met een fles whisky.

Vlak voor middernacht ging de deurbel.

Marcus sprong uit bed als een konijn dat loskwam uit een val, in de hoop dat het Joanna was, die op zijn oprechte brief reageerde. Hij deed de deur open en verwachtte haar daar te zien. In plaats daarvan herkende hij de lange, potige gestalte van Ian Simpson.

'Wat wil je op dit tijdstip?' vroeg Marcus hem.

Ian stapte binnen zonder te vragen of hij mocht binnenkomen. 'Waar is Joanna Haslam?' wilde hij weten en zijn blik schoot de woonkamer door.

'Niet hier in elk geval.'

'Waar dan wel?' Hij liep naar hem toe. Zijn lengte was intimiderend.

'Ik heb geen idee. Wist ik het maar.'

Ian stond zo dicht bij hem dat Marcus zijn onregelmatige ademhaling kon horen en de alcoholdampen kon ruiken die van hem af walmden. Of misschien was het zijn eigen whiskydamp, dacht hij, en hij onderdrukte de neiging om over te geven.

'We betaalden je om haar in de gaten te houden, weet je nog? Dan heeft haar vriend Simon haar gewaarschuwd.'

'Si... Wat?'

'Simon, sufferd! De bodyguard van je zus.'

Marcus deed een stap achteruit en ging met een hand over zijn slaperige ogen. 'Luister, ik heb mijn best gedaan om die brief voor jullie te vinden, maar Joanna heeft me in de steek gelaten en...'

Ian greep Marcus' kraag vast. 'Je weet waar ze is, hè? Vuile leugenaar!'

'Ik weet het echt niet. Ik...' Van dichtbij zag Marcus dat Ians ogen bloeddoorlopen waren. De man was buiten zichzelf van woede en drank. 'K-Kun je me loslaten en hier redelijk over praten?'

Een stomp in zijn maag zorgde ervoor dat hij richting de sofa wankelde. Zijn hoofd raakte de muur en hij zag sterretjes.

'Rustig aan, man! We staan toch aan dezelfde kant?'

Ian lachte. 'Dat dacht ik niet.'

Marcus kwam met moeite overeind en keek toe hoe Ian door de kamer ijsbeerde.

'Ze is ergens heen gegaan, hè?' wilde Ian weten. 'Ze is iets op het spoor.'

'Welk spoor? Ik...'

Ian kwam op hem af en schopte hem in zijn kruis, waardoor hij jammerend van de pijn over de grond rolde.

'Je kunt het me maar beter vertellen. Ik weet dat je haar beschermt.'
'Nee! Ik weet echt...'
Een schop in zijn nieren maakte dat hij het nog meer uitschreeuwde van de pijn en overvloedig braakte.
'Wat zijn jullie van plan? Vertel!'
'Niets. Ik...' Marcus kon niet meer en hij zocht uit alle macht naar iets wat hij Ian kon vertellen om van hem af te komen en te zorgen dat hij hen met rust liet. Toen had hij een ingeving. 'We wilden dit weekend naar Ierland gaan. Ik had haar verteld dat ik dacht dat Sir James daar oorspronkelijk vandaan kwam.'
'Waar in Ierland?'
'County Cork.'
'Welk deel?'
Ian knielde naast hem en tuurde in zijn gezicht, zijn vuist in de aanslag. 'Zeg op, gozer, want dit was nog niets.'
'Ik...' Hij moest zijn uiterste best doen zich de naam van het plaatsje te kunnen herinneren. 'Rosscarbery.'
'Ik ga even rondbellen. Als ik erachter kom dat je liegt, kom ik terug, begrepen?'
'Ja,' zei Marcus, naar adem happend.
Ian maakte een snuivend geluid dat van alles kon zijn geweest, van lachen tot medelijden of een combinatie van beide. 'Je was op school ook altijd al een lafaard. Je bent niets veranderd, hè, Marcus?' Hij haalde met zijn schoen uit naar Marcus' neus. Marcus kromp ineen toen de punt zijn wang raakte. 'Zie je later.'
Marcus wachtte tot hij de deur achter Ian dicht hoorde gaan, rolde toen op zijn knieën, bewoog zijn kaak heen en weer en vloekte van de pijn. Hij kreeg het voor elkaar zich overeind te hijsen, ging onderuitgezakt tegen de bank zitten en staarde in het niets. Zijn gezicht, kruis en buik bonkten.
'Jezus!'
Godzijdank was dat over Ierland hem te binnen geschoten. Ian zou natuurlijk terugkomen als hij ontdekte dat Joanna daar niet was – het was de laatste plek op aarde waar ze naartoe zou gaan

als ze dacht dat er ook maar een kans was dat híj daar was – maar dan zou hij in elk geval voorbereid zijn. Misschien moest hij een tijdje bij Zoe gaan logeren tot dit was overgewaaid...

Toen nestelde zich een plotselinge angststeek in Marcus' al pijnlijke borstkas. Stel dat ze wél was gegaan... Nee... Waarom zou ze dat doen? Aan de andere kant had Ian wel gezegd dat ze iets op het spoor was...

'Kut!'

Had hij Joanna net onopzettelijk aan een mentaal labiele, dronken leeuw overgeleverd? Hij rende naar de keuken en zocht door de stapel papieren naar het telefoonnummer van het hotel dat hij voor hen had geboekt. Hij pakte de telefoon.

Simon floot mee met Ella Fitzgerald terwijl hij over de snelweg naar Jamies school in Berkshire reed. Hij had eigenlijk allang recht gehad op deze vrije dagen waarin hij op instructies wachtte. Hij voelde zich nu uitgerust en kalmer dan hij zich in tijden had gevoeld, ook al had de vrije tijd hem alle gelegenheid gegeven om aan Zoe te denken. Het voordeel was wel dat hij nu wist dat hij over Sarah heen was. Het nadeel was dat die gevoelens die hij nu voor iemand anders voelde, duizend keer sterker waren. Zelfs het feit dat hij Zoe's zoon over een half uur zou zien, vervulde hem van heimelijk plezier omdat het toch indirect een beetje contact met haar was.

Nadat hij een restaurant had gevonden dat beweerde een heerlijke zondagse lunch te serveren, haalde hij Jamie op en reed er met hem over de smalle landweggetjes heen. Omdat hij niet zo goed snapte dat Simon hem nu uit lunchen nam, was de jongen stiller dan hij thuis in Londen was geweest.

'Ik denk dat ik rundvlees neem,' zei Simon nadat hij de menukaart had bekeken. Hij keek naar Jamie. 'En jij?'

'De kip, graag.'

Hij bestelde het eten, met een biertje voor zichzelf en een cola voor Jamie.

'Hoe was je week?' Hij kon er niets aan doen dat het hem opviel hoeveel de jongen op zijn moeder leek. Dezelfde ontstellend blauwe ogen, het dikke blonde haar en de fijne gelaatstrekken.

'Prima,' zei Jamie onzeker. 'Hoelang blijft mama weg?'

'Dat weet ik niet precies. Ik denk dat ze ergens volgende week terugkomt.'

'O. Wat voor klus is het?'

'Een tv-reclame, dacht ik. Ik weet het niet precies.'

Jamie nam een slok cola. 'En jij logeert nog in het huis in Londen?'

'Ik zat er eigenlijk aan te denken vanaf morgen wat te gaan toeren. Schotland, Ierland misschien. Hoe is het op school?' veranderde Simon van onderwerp.

'Wel goed. Je weet wel, hetzelfde.'

'Aha.'

Simon was blij toen hun eten werd geserveerd. Jamie prikte wat in zijn kip en beantwoordde de meeste pogingen tot gesprekken met eenlettergrepige woorden. Hij hoefde geen toetje, ook al hadden ze zelfgemaakte appeltaart met ijs op de kaart staan.

'Ik schrokte vroeger alles naar binnen als mijn ouders me vanuit school mee uit lunchen namen. Weet je zeker dat het goed met je gaat, makker?'

'Ja. Hebben ze in Nieuw-Zeeland dan ook kostscholen?'

'Ik... Ja, natuurlijk. Als je kilometers ver van alles af woont op een schapenboerderij, moet je in de stad naar kostschool,' verzon Simon. 'Kan ik je echt niet overhalen een toetje te nemen?'

'Nee.'

Simon was opgelucht toen het tijd was om de jongen weer naar school te brengen. Jamie neuriede in zichzelf en staarde uit het autoraam.

'Wat neurie je daar?'

'Een oud rijmpje, "Ring a Ring o' Roses". Groot-James zong dat altijd voor me. Toen ik ouder werd, vertelde hij me dat het ging over mensen die aan de Zwarte Dood stierven.'

'Mis je hem?'

'Ja. Maar ik weet dat hij vanuit de hemel nog steeds op me past.'

'Dat denk ik ook.'
'En zijn rozen zijn er nog om hem op aarde te herinneren.'
'Rozen?'
'Ja. Groot-James was dol op rozen. Ze staan ook op zijn graf.'
Simon liet de auto voor de school tot stilstand komen en Jamie maakte het portier open om uit te stappen. 'Bedankt voor de lunch, Simon. Veilige terugreis naar Londen.'
'Graag gedaan. Dag, Jamie.'
Simon keek hoe hij de traptreden op rende en de school binnenging. Met een zucht reed hij over het grindpad weg. Toen hij een uur later bij zijn flat terugkwam, stond er een bericht op zijn antwoordapparaat.
'Neem om achthonderd uur morgenochtend contact met me op.'
Omdat hij wist dat dat het einde was van zijn korte vakantie, maakte Simon een caesarsalade klaar, douchte en ging naar bed, waar hij zijn best deed niet de hele tijd Zoe samen met haar prins in Spanje voor zich te zien.

27

Na haar aankomst op de luchthaven van Cork ging Joanna naar de autoverhuurbalie en koos een Ford Fiesta. Ze schafte een wegenkaart en wat Ierse ponden aan, volgde de borden naar de N71 en was verbaasd dat de hoofdweg bij de luchthaven vandaan veel weg had van een landweg uit haar geboorteregio. Het was een zonnige dag eind februari en ze genoot van de golvende heuvels met het ontspruitende groen.

Een uur later reed ze een steile bult af naar Rosscarbery. Links van haar stroomde een diepliggende riviermonding met een lage muur erlangs, die een eind verderop in de zee uitkwam. Aan beide oevers stonden hier en daar huizen, cottages en bungalows. Toen ze onderaan de heuvel kwam, stopte Joanna om beter te kijken. Het was eb en allerlei watervogels waren op het zand gedoken. Een groepje zwanen dreef sierlijk in een grote poel die door het getij was achtergelaten.

Nadat ze was uitgestapt, leunde Joanna op het muurtje en ademde diep in. De lucht rook zo anders dan in Londen, schoon, fris, met een zweempje zout dat aangaf dat de Atlantische Oceaan vlakbij was. Toen zag ze het huis. Het stond in de monding aan het eind van een smalle verhoogde weg, gebouwd op een rotsachtige ondergrond en met water aan drie kanten. Het was groot, bedekt met grijze leistenen, een windvaan op de schoorsteen draaide lichtjes in het briesje. Van de beschrijving die Marcus haar had gegeven van een groot huis in de baai moest dit het toch zijn?

Een wolk dreef voor de zon langs en wierp een schaduw over de baai en het huis. Joanna huiverde plotseling, liep terug naar haar auto, startte de motor en reed verder.

Die avond zat ze in de knusse bar van het hotel waar ze had

ingecheckt en nipte aan een glaasje warme port bij het haardvuur. Ze voelde zich meer ontspannen dan ze zich in weken had gevoeld, en ook al vulden gedachten aan Marcus – op wiens naam de reservering stond – haar hoofd, toch was ze die middag in slaap gevallen op het grote, oude tweepersoonsbed in haar kamer. Ze was alleen maar even gaan liggen om de kaart van Rosscarbery te bestuderen, maar voor ze het wist, was het zeven uur en was de kamer in duisternis gehuld.

Dat komt doordat ik me hier veilig voel, dacht ze.

'Wil je je prakkie in de eetzaal of hier bij de haard?'

Het was Margaret, de vrouw van Willie, de joviale eigenaar en gastheer.

'Hier is prima, hoor.'

Joanna at haar spek, kool en aardappelen en zag een hele stroom dorpsbewoners binnenkomen. Jong en oud, iedereen kende elkaar en leek op de hoogte van elkaars leven. Verzadigd van de maaltijd liep ze naar de bar en bestelde een laatste warme port als slaapmutsje.

'Hier voor vakantie?' vroeg een man van middelbare leeftijd in overall en rubberlaarzen vanaf zijn kruk aan de bar.

'Gedeeltelijk,' antwoordde ze. 'Ik ben ook op zoek naar informatie over een familielid van me.'

'Er komen hier voortdurend mensen die op zoek zijn naar familie. Volgens mij heeft ons gezegende land het halve westelijk halfrond verwekt.'

Dit ontlokte gegniffel aan de andere drinkers in de bar.

'En hoe heet dat familielid van u dan?' vroeg de man.

'Michael O'Connell. Hij moet hier rond de eeuwwisseling zijn geboren.'

De man wreef over zijn kin. 'Daar zijn er wel een paar van, aangezien het hier in de buurt een veelvoorkomende naam is.'

'Hebt u enig idee waar ik dat kan opzoeken?'

'Bij de burgerlijke stand, naast de drogisterij op het plein. En de kerken natuurlijk. Of u kunt naar Clonakilty gaan, daar is iemand een bedrijfje gestart dat Ierse stambomen uitpluist.' De man sloeg zijn glas donker bier achterover. 'Die kan tegen betaling vast op zijn computer een O'Connell vinden die familie van u is.' Hij knipoogde naar de man op de kruk naast hem. 'Gek eigenlijk, hoe de tijden veranderen. Zestig jaar geleden waren we nog veenmannen die onder een steen vandaan waren gekropen. Niemand gunde ons een blik waardig. En nu wil zelfs de president van de Verenigde Staten familie van ons zijn.'

'Helemaal waar,' zei zijn buurman knikkend.

'Weet u toevallig van wie het huis is dat in de baai staat? Het grijze stenen gebouw met de windvaan?' vroeg Joanna voorzichtig.

Een oude vrouw in een ouderwetse anorak en met een wollen muts over haar haar bestudeerde Joanna vanaf haar stoel in de hoek ineens geboeid.

'Ah, jeetje, dat oude krot?' zei de man. 'Dat staat al leeg zo lang ik hier woon. U kunt het aan Fergal Mulcahy vragen, de plaatselijke historicus. Het werd gebruikt als kustwachtpost, maar daarna... In deze contreien staan wel meer gebouwen zonder eigenaar die ze onderhoudt.'

'Evengoed bedankt.' Joanna nam haar warme port mee. 'Goedenavond.'

'Goedenavond, mejuffrouw. Ik hoop dat u uw voorouders vindt.'

Vlak na Joanna's vertrek stond de oude vrouw in de hoek op en liep naar de deur.

De man aan de bar gaf zijn buurman een por. 'We hadden haar naar gekke Ciara Deasy moeten sturen. Die zit vast vol verhalen over de O'Connells van Rosscarbery.'

Beide mannen grinnikten en bestelden nog een rondje bier om de grap.

Na een uitgebreid ontbijt maakte Joanna zich de volgende ochtend klaar om de deur uit te gaan. Het was smerig weer, de belofte van lente gedwarsboomd door een meedogenloze grijze regen die de baai in mist hulde.

Ze dwaalde door het mooie protestantse kerkgebouw en sprak met de vriendelijke dominee die haar in de doop- en trouwregisters liet kijken. 'Je zult meer kans hebben de betreffende meneer in het register van St. Mary's te vinden, de katholieke kerk verderop. Wij protestanten zijn hier altijd in de minderheid geweest.' Hij glimlachte quasibedroefd.

Toen de pastoor van St. Mary's klaar was met de biecht afnemen, maakte hij het kastje open waar de kerkboeken werden bewaard. 'Als hij in Ross geboren is, staat hij erin. In die tijd werden zonder uitzondering alle baby's gedoopt. We zijn op zoek naar 1900, toch?'

'Ja.'

Joanna ging het volgende halve uur de namen langs van de mensen die er gedoopt waren. Er was in dat jaar niet één baby met de achternaam O'Connell. Evenmin als in de jaren ervoor en erna.

'Weet je zeker dat je de juiste naam hebt? Want als het O'Connor was, heb je meer kans,' zei de pastoor.

Joanna wist niets zeker. Ze was hier vanwege de schijnbare woorden van een oude man en een terloopse opmerking van een jochie. Verkleumd tot op het bot verliet ze de kerk en liep over het plein terug naar het hotel om met een kom warme soep op te warmen.

'Iets gevonden?' vroeg Margaret.

'Nee.'

'Je kunt het aan een van de oudjes vragen. Die herkennen de naam misschien. Of aan Fergal Mulcahy, zoals die man gisteravond aan de bar al zei. Hij geeft geschiedenis op de jongensschool.'

Joanna bedankte haar en die middag kwam ze er tot haar ergernis achter dat de burgerlijke stand dicht was. Omdat ze zag dat het niet meer regende en ze wat frisse lucht en beweging nodig had, leende ze een fiets van Margarets dochter. Ze fietste vanuit het dorp naar de riviermonding. De wind sneed in haar gezicht terwijl de fiets met de plakkerige versnellingen trilde. De smalle verhoogde weg kronkelde bijna een kilometer verder voordat het oude kustwachthuis in zicht kwam. Toen ze vlakbij was, zette ze de fiets tegen de muur. Zelfs vanaf hier kon ze zien dat er gaten in het leistenen dak zaten. De meeste ruiten waren kapot en dichtgetimmerd.

Joanna zette een stap naar het roestige hek. Het ging krakend open. Ze liep de treden naar de voordeur op en probeerde voorzichtig de klink. Het oude slot was misschien verroest, maar hield nog steeds ongenode bezoekers buiten. Met haar mouw veegde ze wat vuil van het raam links naast de deur. Ze gluurde naar binnen, maar zag niets dan duisternis.

Ze deed een stap naar achteren en dacht na over andere mogelijke manieren om binnen te komen. Aan de achterkant, uitkijkend op de baai, zag ze een kapotte ruit. De enige manier om er te komen was door de riviermonding te lopen en op de hoge, schuine zeemuur achter het huis te klimmen. Gelukkig was het eb, dus Joanna liep de traptreden af die glad en groen waren van het zeewier, het natte zand op. Ze schatte dat de muur zo'n drie meter hoog was. Hij beschermde het huis tegen het water eromheen.

Het lukte om haar voeten in het afbrokkelende steen te zetten en ze klom moeizaam op de muur en vervolgens op een halve meter brede richel. Vlak boven haar bevond zich het kapotte raam. Ze trok zichzelf op en keek naar binnen. Hoewel het buiten niet zo hard waaide, hoorde ze de wind binnen zacht huilen. De kamer aan de andere kant van de ruit moest de keuken zijn geweest. Er stond nog een oud houtfornuis, roestig van verwaarlozing, langs één muur en een gootsteen met een ouderwetse waterpomp erboven aan de andere. Joanna keek omlaag en zag een dode rat midden op de vloer van grijs leisteen liggen.

Plotseling klapperde er een deur binnen in het huis. Ze schrok en viel bijna van de richel. Ze draaide zich om, ging zitten en liet haar benen over de rand bungelen om zichzelf een stukje naar beneden te laten zakken voordat ze sprong. Ze landde op het zachte, natte zand eronder. Ze veegde het stof van haar spijkerbroek en liep snel terug naar haar fiets, stapte erop en trapte zo hard ze kon bij het huis vandaan.

Ciara Deasy zag Joanna door het raam van haar cottage. Ze had altijd geweten dat er op een dag iemand zou komen en ze het verhaal eindelijk zou kunnen vertellen.

'Hem moet je hebben, Fergal Mulcahy,' kondigde Margaret de volgende dag aan, en ze wees hem haar bij de bar.
'Hallo.' Joanna glimlachte en probeerde haar verrassing niet in haar stem te laten doorklinken. Ze had verwacht dat Fergal Mulcahy een duf professortype zou zijn met een volle grijze baard. Maar Fergal was waarschijnlijk niet veel ouder dan zij en was vlot gekleed in een spijkerbroek en een schipperstrui. Hij had dik zwart haar, blauwe ogen en deed Joanna pijnlijk veel aan Marcus denken. Toen stond hij op en zag ze dat hij veel langer was dan haar ex-vriendje, en slanker gebouwd.
'Aangenaam kennis te maken, Joanna. Ik hoor dat je op zoek bent naar een familielid.' Zijn ogen rimpelden vriendelijk toen hij glimlachte.
'Ja.'
Fergal klopte op de barkruk naast zich. 'Ga zitten, dan kun je me er alles over vertellen onder het genot van een drankje. Een fluitje en een pint graag, Margaret.'
Joanna, die nog nooit van haar leven zulk donker bier had gedronken, vond de crèmige, ijzerachtige smaak van de Murphy's verrassend lekker.
'En, wat is de naam van dat familielid?'
'Michael O'Connell.'
'Je hebt de kerken geprobeerd, neem ik aan?'
'Ja. Hij staat niet in de doopregisters. Of de huwelijksregisters. Ik wilde de burgerlijke stand proberen, maar...'
'Die is in het weekend dicht, ik weet het. Nou, dat kan ik wel voor je oplossen. Want de ambtenaar is toevallig mijn vader.' Fergal liet een sleutel voor haar neus bungelen. 'En hij woont boven zijn werk.'
'Bedankt.'
'Ik hoorde ook dat je geïnteresseerd bent in het kustwachthuis?'
'Ja, hoewel ik niet zeker weet of het iets met mijn verloren familielid te maken heeft.'

'Ooit was het een huis met aanzien. Mijn vader heeft er nog ergens foto's van liggen. Zonde dat het zo verwaarloosd is, maar niemand in het dorp wilde er natuurlijk zijn handen aan branden.'
'Waarom niet?'
Hij nam een slok van zijn biertje. 'Misschien weet je wel hoe het in dit soort kleine plaatsjes gaat. Mythen en legenden komen voort uit kleine beetjes waarheid en grote hoeveelheden roddel en achterklap. En omdat het al zo lang leegstaat, heeft dat huis aanzienlijk wat verhalen vergaard. Ik denk dat er ooit een rijke Amerikaan komt die het ding voor een prikkie inpikt.'
'Wat waren die verhalen dan, meneer Mulcahy?'
'Noem me alsjeblieft Fergal.' Hij glimlachte naar haar. 'Ik ben historicus. Ik verzamel feiten, geen fictie, dus ik heb er nooit een woord van geloofd.' Zijn ogen schitterden. 'Alleen zul je me er bij volle maan ook niet rond middernacht vinden.'
'Echt? Waarom niet?'
'Er wordt hier in de buurt gezegd dat een jaar of zeventig geleden een jongedame uit het dorp genaamd Niamh Deasy in de problemen kwam door een man die in dat huis verbleef. De man ging terug naar zijn thuisland Engeland en liet haar zwanger achter. Ze werd gek van verdriet, zeggen ze, beviel in het huis van een dode baby en overleed kort daarna zelf ook. Er zijn mensen in het dorp die denken dat ze er nog steeds rondspookt, dat Niamhs geschreeuw van pijn en angst op een stormachtige nacht nog na-echoën uit het huis. Sommigen zeggen zelfs dat ze iemand achter het raam hebben gezien, haar handen vol met bloed.'
Joanna's eigen bloed stolde in haar aderen. Zenuwachtig nam ze een slokje van haar bier en stikte er bijna in.
'Het is maar een verhaal.' Fergal keek bezorgd naar haar. 'Ik wilde je niet bang maken.'
'Nee... Dat heb je ook niet gedaan, niet echt. Het is fascinerend. Zeventig jaar geleden, zeg je? Er moeten dus nog mensen uit die tijd leven.'
'Dat klopt. Ciara, de jongere zus van het meisje, woont nog steeds op de boerderij van de familie. Maar doe geen poging met

haar te praten. Die heeft ze al van kinds af aan niet allemaal op een rijtje. Ze gelooft elk woord van het gerucht en voegt er zelf nog wat finishing touches aan toe, kan ik je zeggen.'

'Die baby is dus gestorven?'

'Dat is het verhaal, hoewel sommigen zeggen dat Niamhs vader het kindje heeft vermoord. Ik heb zelfs horen vertellen dat de baby is meegenomen door dwergen...' Hij glimlachte en schudde zijn hoofd. 'Probeer je een tijd niet zo lang geleden voor te stellen, zonder elektriciteit, toen de enige vorm van sport samenkomen was en drinken, muziek maken en elkaar verhalen vertellen, waar gebeurd of niet. In Ierland heeft het nieuws altijd bestaan uit doorgeefverhaaltjes, waarbij iedereen zijn best deed het verhaal steeds groter en mooier te maken. In dit geval klopt het inderdaad dat het meisje is overleden. Maar in dat huis, gek geworden door gedwarsboomde liefde?' Fergal haalde zijn schouders op. 'Dat betwijfel ik.'

'Waar woont die Ciara?'

'In de roze cottage die op de baai uitkijkt, tegenover de oude kustwachtpost. Een beangstigend uitzicht voor haar, zou je zeggen. Maar goed, zullen we naar de overkant van de straat gaan en eens in de registers van mijn vader kijken?'

'Ja, als het je schikt?'

'Prima, hoor. En rustig aan.' Hij knikte naar Joanna's bier. 'We gaan als je zover bent.'

Het kleine kantoortje waar alle geboortes en sterfgevallen van het dorp Rosscarbery van de afgelopen honderdvijftig jaar werden bijgehouden, leek in al die tijd ook niet veel te zijn veranderd, op het felle tl-licht na dat op het eikenhouten bureau viel.

Fergal ging in het achterkamertje op zoek naar de archieven van rond de eeuwwisseling. 'Oké, neem jij de geboortes, dan neem ik de sterfgevallen.'

'Oké.'

Ze gingen allebei aan een kant van het bureau zitten en namen zwijgend de inschrijvingen door. Joanna vond een Fionnuala en een Kathleen O'Connell, maar niet één jongen met die achternaam tussen 1897 en 1905.

'Heb jij iets?' vroeg ze.

'Nee, niks. Ik heb het overleden meisje Niamh Deasy wél gevonden. Haar dood is geregistreerd op 2 januari 1927. Maar er staat niet bij dat haar baby samen met haar is gestorven, dus laten we eens kijken of iemand anders misschien de geboorte van de baby heeft aangegeven.'

Fergal zocht een ander antiek, in leer gebonden boek en ze bladerden samen door de gelende pagina's met geboortes.

'Niks.' Hij sloot het weer en er steeg een stofwolk op, waar Joanna hard van moest niezen. 'Misschien was die baby toch een mythe. Weet je trouwens zeker dat Michael O'Connell hier in Rosscarbery is geboren? Elk *townland* of district hield zijn eigen archieven bij, zie je. Hij kan bijvoorbeeld een paar kilometer verderop in Clonakilty of in Skibbereen zijn geboren en dan is hij daar geregistreerd.'

Joanna wreef over haar voorhoofd. 'Om eerlijk te zijn weet ik helemaal niets, Fergal.'

'Nou, dan is het misschien de moeite waard in die plaatsen ook de archieven te raadplegen. Ik sluit hier af en dan loop ik met je mee naar het hotel.'

Het was voller in de bar dan de avond ervoor. Er verscheen nog een Murphy's voor Joanna's neus en ze werd bij een groepje mensen betrokken met wie Fergal stond te praten.

'Je moet voor de grap gewoon eens bij Ciara Deasy langsgaan!' lachte een jonge vrouw met vrolijke ogen en een dikke bos rood haar toen ze hoorde dat Joanna gefascineerd was door het kustwachthuis. 'Toen we klein waren, joeg ze ons altijd de stuipen op het lijf. Volgens mij is ze een heks.'

'Ach, hou op, Eileen. We zijn geen boeren meer die in zulke onzin geloven,' vermaande Fergal haar.

'Elk land heeft toch zo zijn fabels?' vroeg Eileen, die met haar wimpers naar Fergal knipperde. 'En zijn excentriekelingen? Zelfs de EU kan die niet verbieden, hoor.'

Vervolgens ontstond er een verhitte discussie tussen voor- en tegenstanders van de EU.

Joanna gaapte onopvallend. 'Het was leuk jullie te ontmoeten en bedankt voor je hulp. Ik ga naar bed.'

'Een jong Londens ding als jij? Ik dacht dat jullie pas bij zonsopgang je bed in kropen,' zei een van de mannen.

'Het komt door al die frisse lucht hier. Mijn longen zijn in shock. Goeienavond, allemaal.' Ze liep in de richting van de trap, maar iemand tikte op haar schouder, dus bleef ze staan.

'Ik hoef morgen pas om twaalf uur te werken,' zei Fergal. 'Ik kan je naar de burgerlijke stand in Clonakilty brengen. Die is groter dan hier, en daar is geregistreerd wie de eigenaar van het kustwachthuis is. We kunnen ook even in de kerk gaan kijken om te zien of daar iets te vinden is. Dan haal ik je morgenochtend om negen uur op.'

Joanna glimlachte naar hem. 'Graag, bedankt. Dat is super. Goeienacht.'

Om negen uur de volgende ochtend wachtte Fergal in de verlaten bar op haar. Twintig minuten later stonden ze in een groot, pas gebouwd gemeentehuis. Fergal leek de baliemedewerkster te kennen en hij gebaarde naar Joanna dat ze hem en de vrouw moest volgen naar een opslagruimte.

'Dat zijn alle tekeningen van Rosscarbery.' De vrouw wees naar een plank vol mappen. Ze liep naar de deur. 'Roep maar als je nog iets nodig hebt, Fergal.'

'Zal ik doen. Bedankt, Ginny.'

Toen Joanna achter hem aan naar de plank liep, kreeg ze het gevoel dat Fergal de droom van alle plaatselijke jonge vrouwen was.

'Oké. Neem jij die stapel, dan neem ik deze. Het huis moet hier ergens tussen zitten.'

Een uur lang doorzochten ze vergeelde, stoffige mappen, tot Fergal een triomfantelijke kreet slaakte. 'Hebbes! Kom kijken.'

In de map zaten de tekeningen van het kustwachthuis in Rosscarbery.

'Getekend door meneer O. Bentinck, Drumnogue House, Rosscarbery 1869,' las Fergal hardop voor. 'Dat was een Engelsman die hier toen woonde. Hij is vertrokken tijdens de Troubles, zoals veel Engelsen.'

'Maar het betekent toch niet dat het nog steeds van hem is? Dat is meer dan honderdtwintig jaar geleden.'

'Nou, zijn achterachterkleinkind, Emily Bentinck, woont nog steeds in Ardfield. Dat ligt tussen hier en Ross. Ze heeft van het landgoed een onderneming gemaakt en traint er renpaarden. Je zou haar moeten gaan vragen of ze er meer van weet.' Fergal keek op zijn horloge. 'Ik moet over een half uur naar mijn werk. Laten we deze plattegronden kopiëren en dan op een drafje naar de kerk, oké?'

Nadat Fergal de pastoor had begroet en een vlugge uitleg had gegeven, werden de oude doopregisters uit hun kast gepakt en voor hen geopend.

Joanna ging er met haar vinger vlug doorheen. 'Kijk!' Haar ogen lichtten op van opwinding. 'Michael James O'Connell. Gedoopt op 10 april 1900. Dat moet hem zijn!'

'Kijk eens aan, Joanna,' zei Fergal met een brede glimlach. Hij keek op zijn horloge. 'Ik moet nu terug naar Ross, anders zit mijn klas op me te wachten. Ik schrijf onderweg wel een routebeschrijving naar het landgoed van Bentinck voor je.'

'En wat ga je doen nu je hem hebt gevonden?' vroeg hij toen Joanna Clonakilty uit reed op weg naar Rosscarbery.

'Dat weet ik niet. Maar nu heb ik tenminste het gevoel dat mijn zoektocht niet voor niets is geweest.'

Nadat ze Fergal bij zijn school had afgezet, volgde Joanna zijn aanwijzingen naar Ardfield, en na een frustrerende rit van twintig minuten over smalle landweggetjes ging ze het hek van Drumnogue House binnen. Ze reed over de hobbelige oprijlaan en er rees een groot wit huis voor haar op. Ze parkeerde naast een modderige Land Rover. Het huis had een prachtig uitzicht op de Atlantische Oceaan, die zich in de verte uitstrekte.

Joanna zocht naar tekenen van leven, maar die waren er niet achter de hoge georgiaanse ramen. Aan weerszijden van de voordeur stonden iconische pilaren en toen ze dichterbij kwam, zag ze dat de deur op een kier stond. Ze klopte. Er kwam geen reactie, dus duwde ze er zachtjes tegen. 'Hallo?' riep ze. Haar stem echode in de grote hal. Ze had niet het gevoel dat ze verder moest gaan, dus liep ze terug en om het gebouw heen naar de achterkant waar ze stallen had gezien. Een vrouw in een vale parka en een rijbroek was een paard aan het borstelen.

'Hallo, sorry dat ik stoor, maar ik zoek Emily Bentinck.'

'Je hebt haar gevonden' zei de vrouw met een afgemeten Engels accent. 'Kan ik je helpen?'

'Ja. Ik ben Joanna Haslam. Ik doe familieonderzoek. Ik vroeg me af of u me kunt vertellen of het kustwachthuis in Rosscarbery nog steeds eigendom van uw familie is?'

'Wilde je het kopen?'

'Nee, dat kan ik me helaas niet veroorloven,' zei Joanna glimlachend. 'Ik ben meer geïnteresseerd in de geschiedenis ervan.'

'Aha.' Emily borstelde het paard met stevige slagen. 'Ik weet er niet zoveel van af, behalve dat mijn overovergrootvader het in de negentiende eeuw heeft gebouwd voor de Britse regering. Ze wilden een buitenpost in de baai om te proberen het smokkelen een halt toe te roepen. Ik geloof niet dat het ooit echt eigendom van onze familie is geweest.'

'Aha. Weet u hoe ik erachter kan komen van wie dan wel?'

'Goed zo, Sergeant, braaf.' Emily gaf het paard een klopje op zijn romp en leidde hem een van de stallen in. Ze kwam naar buiten en keek op haar horloge. 'Kom maar binnen voor een kop thee. Ik ging toch net zetten.'

Joanna zat in de gigantische, rommelige keuken terwijl Emily de ketel op het houtfornuis zette. Elk beschikbaar stukje muur was bedekt met honderden rozetten van paardrijwedstrijden binnen en buiten Ierland.

'Ik moet toegeven dat ik een beetje nalatig ben geweest met het uitzoeken van de familiegeschiedenis. Ik heb het zo druk met de paarden en het hier weer een beetje op te kalefateren.' Emily schonk een kop thee voor Joanna in uit een grote roestvrijstalen theepot. 'Mijn grootmoeder heeft hier tot haar dood gewoond. Ze gebruikte slechts twee kamers beneden. Toen ik hier tien jaar geleden kwam, stond de boel op instorten. Helaas zijn sommige dingen voor altijd verloren gegaan. Door de vochtige lucht gaat alles rotten.'

'Het is wel een prachtig oud huis.'

'Ja, op zijn hoogtepunt genoot het veel aanzien. De gala's, feesten en jachtpartijen waren legendarisch. Mijn overgrootvader onthaalde vooraanstaande mensen uit heel Europa, inclusief leden van het Engelse koningshuis. De prins van Wales schijnt hier zelfs te zijn geweest voor een rendez-vous met zijn maîtresse. Het was namelijk de perfecte schuilplaats. De katoenschepen zeilden regelmatig van Engeland naar Clonakilty en vanaf daar kon je op een boot stappen en langs de kust varen zonder dat iemand wist dat je er was.'

'Wil je het restaureren?'

'Dat probeer ik. Hopelijk keren de paarden volgende week met een paar overwinningen terug uit Cheltenham, dat zal ons een eind op weg helpen. Het huis is te groot voor mij alleen. Als een groter deel bewoonbaar is, wil ik het voor zichzelf laten betalen door het voor toeristen open te stellen als exclusieve bed and breakfast. Maar goed, dan zitten we ondertussen vast al in het nieuwe millennium. En...' Emily's heldere ogen bestudeerden Joanna. 'Wat doe jij voor de kost?'

'Ik ben journaliste, maar ik ben hier niet voor mijn werk. Ik ben op zoek naar een familielid. Voor hij stierf had hij het over Rosscarbery en een huis dat in de baai stond.'

'Was hij Iers?'

'Ja. Ik heb zijn doopregistratie in de kerk van Clonakilty gevonden.'

'Hoe heette hij?'

'Michael O'Connell.'

'Aha. Waar logeer je?'

'Het Ross Hotel.'

'Nou, ik zal later vandaag eens in de oude aktes en documenten in de bibliotheek kijken om te zien of ik iets over dat huis kan vinden. Maar nu moet ik echt terug naar de stallen.'

'Bedankt, Emily.' Joanna dronk haar thee op, stond op en ze liepen samen de keuken uit.

'Rij jij paard?'

'Jazeker. Ik ben opgegroeid in Yorkshire en had het grootste deel van mijn jeugd vier benen onder me.'

'Als je eens wilt rijden tijdens je verblijf hier, ben je van harte welkom er eentje te lenen. Tot ziens.' Emily zwaaide haar uit.

Later die avond zat Joanna op haar vaste plek in de bar bij de haard toen de waard haar riep.

'Joanna, telefoon voor je. Emily, van Drumnogue.'

'Bedankt.' Ze stond op en liep om de bar heen om de hoorn aan te nemen.

'Hallo?'

'Joanna, met Emily. Ik ben wat interessante dingen tegengekomen toen ik in de bibliotheek op zoek was. Het lijkt erop dat onze buurman minstens vier hectare heeft ingepikt en met bomen omheind terwijl mijn lieve oude omaatje niet oplette.'

'Wat vervelend. Kun je het nog terugkrijgen?'

'Nee. Hier geldt dat als je een stuk land zeven jaar hebt omheind en niemand het heeft geclaimd, het van jou is. Dat verklaart waarom de buurman telkens wanneer ik hem tegenkom, bang wegrent. Maar ik heb nog een paar honderd hectare over, al ga ik er wel over nadenken die te omheinen.'

'Lieve help. En heb je nog documenten gevonden die het kustwachthuis betreffen?'

'Helaas niet. Ik heb een paar eigendomsaktes gevonden van hutjes die nu waarschijnlijk niet meer dan een ruïne zijn, maar niets wat met het kustwachthuis te maken heeft. Je zou de eigendomsakte bij het kadaster in Dublin kunnen opvragen.'

'Hoelang duurt zoiets?'

'Een week of twee misschien.'

'En kan ik dat zelf doen?'

'Ik denk het wel. Het is wel nogal een reis naar Dublin, zeker vier uur met de auto. Met de sneltrein vanuit Cork is het sneller.'

'Dan ga ik dat morgen misschien wel doen. Ik ben nog nooit in Dublin geweest en wil het graag eens zien. Evengoed ontzettend bedankt voor je hulp, Emily.'

'Wacht even, Joanna. Ik zei dat ik geen eigendomsakte heb gevonden, maar ik vond wel een paar andere dingen die misschien interessant voor je zijn. Ten eerste, en het kan toeval zijn, heb ik een oud grootboek gevonden waarin in 1919 de loonbetalingen van het personeel werden bijgehouden. Er staat een man genaamd Michael O'Connell in.'

'Aha. Dus misschien heeft hij lang geleden in jullie huis gewerkt?'

'Ja, daar lijkt het op.'

'En wat deed hij dan?'

'Dat staat er helaas niet bij. Maar in 1922 verdwijnt zijn naam van de lijst, dus ik neem aan dat hij toen is weggegaan.'

'Bedankt, Emily. Daar heb ik zeker wat aan.'

'En ik heb ook nog een brief gevonden. Geschreven aan mijn overgrootvader Stanley in 1925. Wil je morgen langskomen om hem te bekijken?'

'Kun je hem nu niet aan me voorlezen? Pak ik even een pen en papier om aantekeningen te maken.' Joanna gebaarde naar Margaret of ze pen en papier voor haar had.

'Okidoki, daar gaat-ie. Hij is gedateerd op 11 november 1925.

Beste Stanley,

Ik hoop dat je het goed maakt. Lord Ashley heeft me gevraagd je te schrijven om je te informeren over de komst van een jongeman bij jou aan de kust, een gast van de Britse regering. Hij zal in eerste instantie verblijven in het kustwachthuis en zal daar op 2 januari 1926 arriveren. We willen je vragen of je hem, zo mogelijk, van de boot kunt halen, die om ongeveer één uur 's nachts in de haven van Clona-

kilty zal afmeren, en hem naar zijn nieuwe onderdak kunt brengen? Kun je alsjeblieft regelen dat een vrouw uit het dorp het huis schoonmaakt voordat hij arriveert? Wellicht wil deze zelfde vrouw wel vaker voor de jongeheer werken, het huis schoonhouden en voor hem koken?
De situatie omtrent deze jongeheer is uiterst delicaat. We zouden graag zien dat zijn aanwezigheid in het kustwachthuis stil wordt gehouden. Lord Ashley heeft aangegeven dat hij nog contact met je zal opnemen met verdere details hierover. Alle kosten worden natuurlijk betaald door de Britse regering. Stuur de rekeningen maar naar mij. Tot slot nog de groeten aan Amelia en de kinderen.

Hoogachtend, Lt. John Moore

'Dat was het,' zei Emily. 'Heb je dat?'

'Yep.' Joanna liet haar blik over haar stenografische aantekeningen gaan. 'Je hebt zeker geen correspondentie gevonden waarin stond wie deze jongeman zou kunnen zijn?'

'Nee, helaas niet. Maar goed, hopelijk heb je hier wat aan. Succes in Dublin. Goedenavond, Joanna.'

28

Zoe opende de luiken en liep het brede terras op. De Middellandse Zee glinsterde onder haar. De hemel was een wolkeloos blauw, de zon al fel. Het zou een julidag in Engeland kunnen zijn, zelfs het dienstmeisje had gezegd dat het ongewoon warm was voor eind februari op Menorca.

De villa waar ze met Art verbleef, was gewoonweg schitterend. Hij was van een van de broers van de Spaanse koning en de witgekalkte gevel met torentjes lag diep genesteld in zestien hectare welig begroeid terrein. In de villa blies het warme briesje zachtjes door de kamerhoge ramen en de gigantische tegelvloeren werden glanzend gehouden door onzichtbare handen. Hij was op een hoge plek gebouwd, met uitzicht op de zee, dus tenzij paparazzi bereid waren twintig meter hoge rotsen te beklimmen of de rottweilers tegen het lijf te lopen die langs de hoge muren met het dodelijke schrikdraad erop patrouilleerden, konden Zoe en Art ongestoord van elkaars gezelschap genieten.

Ze ging op een ligstoel zitten en staarde in de verte. Art lag nog binnen te slapen en ze wilde hem niet wakker maken. In alle opzichten was de afgelopen week hemels geweest. Voor het eerst trok niets of niemand hen uit elkaar. De wereld draaide ergens anders gewoon door, en kon dat prima zonder hen.

Dag en nacht had Art haar zijn eeuwige liefde verklaard, beloofd dat niets of niemand hun in de weg zou staan. Hij hield van haar, hij wilde bij haar zijn, en als anderen dat niet wilden accepteren, was hij bereid tot drastische maatregelen over te gaan.

Het was een scenario waarvan ze al jaren droomde. Ze begreep dan ook niet waarom ze niet extatischer van geluk was.

Misschien was het gewoon de stress van de afgelopen weken die nu ineens toesloeg. Vaak zeiden mensen dat hun huwelijksreis niet zo perfect was omdat de werkelijkheid niet tegen de verwachtingen op kon. Of misschien was Zoe gaan beseffen dat zij en Art elkaar amper kenden in het dagelijks leven. Tijdens hun korte affaire jaren geleden waren ze tieners geweest, onvolwassen en kwetsbare mensen, die op de tast hun weg naar volwassenheid zochten. En in de afgelopen weken hadden ze elkaar niet meer dan drie of vier dagen gezien, en nog minder nachten.

'Gestolen momenten...' mompelde Zoe in zichzelf. Maar nu waren ze hier, en in plaats van dat ze zich ontspannen voelde, was ze ontegenzeglijk gespannen. Gisteravond had de kok een heerlijke paella voor hen bereid. Toen die werd opgediend, had Art zuur gekeken en voorgesteld dat de kok de volgende keer met hem zou overleggen over het menu voordat hij het opdiende. Hij had blijkbaar een hekel aan alle soorten schaaldieren. Zoe had met smaak aangevallen op de paella en de kok overdreven gecomplimenteerd met het recept, waardoor Art aan het mokken was geslagen. Hij had haar er ook van beschuldigd dat ze te joviaal met het personeel omging.

Er waren de afgelopen paar dagen talrijke andere dingetjes geweest die Zoe misschien niet boos hadden gemaakt, maar wel geirriteerd. Het leek wel alsof ze altijd deden wat híj wilde. Niet dat hij niet eerst haar mening vroeg, maar dan praatte hij haar haar ideeën uit haar hoofd en stemde ze maar met zijn plannen in om de lieve vrede te bewaren. Ze had ook ontdekt dat ze maar weinig gemeen hadden, wat niet zo gek was aangezien ze in zulke verschillende werelden opgegroeid waren. Hoewel Art geschoold was op een kostschool en de universiteit, hij een brede culturele kennis had en veel van politiek wist, had hij geen idee uit wat voor routines een dag in het leven van gewone mensen bestond. Zoals koken, soaps kijken, winkelen... gewoon normale, aangename activiteiten. Ze realiseerde zich hoe moeilijk hij kon ontspannen, hoe vol hij zat met nerveuze energie. En als hij al zou hebben ingestemd een film met haar te kijken, betwijfelde ze of ze consensus hadden kunnen bereiken over wélke film dat dan moest worden.

Zoe zuchtte. Ze was ervan overtuigd dat elk stel dat ineens vierentwintig uur per dag op elkaars lip zat zulke verschillen ontdekte. Het zou wel loslopen, stelde ze zichzelf gerust, en hun magische romance uit het verleden zou weer ontbranden.

Het probleem werd natuurlijk nog verergerd door het feit dat ze gevangenzaten in de meest luxe gevangenis die je je kon voorstellen. Zoe keek naar beneden en dacht eraan hoe graag ze het huis uit zou willen voor een lange wandeling over het strand in haar eentje. Maar dat zou betekenen dat ze Dennis, de bodyguard, moest waarschuwen, die in de auto achter haar aan zou rijden, wat het hele punt van het alleen zijn tenietdeed. En toch, dacht ze, had ze er om de een of andere reden geen bezwaar tegen gehad Simon om zich heen te hebben. Zijn aanwezigheid en gezelschap had ze als kalmerend ervaren.

Ze stond op en steunde met haar ellebogen op de reling van het balkon terwijl ze terugdacht aan de vierentwintig uur die zij en Simon samen hadden doorgebracht in Welbeck Street. Hoe hij voor haar had gekookt, haar had getroost toen ze zo overstuur was. Toen had ze zich als zichzelf gevoeld, als Zoe. Op haar gemak om te zijn wie ze was.

Was ze zichzelf bij Art?

Ze wist het niet.

'Goeiemorgen, lieverd,' zei hij vanuit het bed toen ze op haar tenen door de kamer naar de badkamer liep.

'Goeiemorgen,' antwoordde ze opgewekt.

'Kom eens hier.' Art strekte zijn armen naar haar uit.

Ze liet zich door hem omhelzen. Zijn kus was lang, sensueel, en ze verloor zichzelf erin.

'Weer een dag in het paradijs,' mompelde hij. 'Ik ben uitgehongerd. Heb je al om ontbijt gevraagd?'

'Nee, nog niet.'

'Ga maar even naar Maria en vraag of ze wat verse jus d'orange, croissants en kipper brengt. Ze zei gisteren dat ze ze kon laten overvliegen en mijn smaakpapillen snakken ernaar.' Hij gaf haar een tikje op haar kont. 'Terwijl jij dat doet, neem ik een douche. Zie ik je beneden op het terras.'

'O, maar Art, ik wilde net gaan douchen...'

'Wat, lieverd?'

'Niks,' zei ze met een zucht. 'Ik zie je beneden.'

De rest van de ochtend zaten ze in het zonnetje bij het zwembad. Zoe las een boek en Art las de Engelse kranten vluchtig door.

'Moet je dit horen, schat. "Mag de zoon van een vorst met een alleenstaande moeder trouwen?"'

'Echt, Art, ik wil het niet weten.'

'Jawel, dat wil je wel. De krant heeft een telefonische enquête gehouden en vijfentwintigduizend lezers hebben gebeld om hun mening te geven. Achttienduizend zeiden ja. Dat is meer dan twee derde. Ik vraag me af of pa en ma dat hebben gelezen.'

'Zou dat verschil maken dan?'

'Natuurlijk. Ze zijn heel gevoelig voor de publieke opinie, vooral op dit moment. Kijk, er wordt zelfs een bisschop in *The Times* geïnterviewd die zich voor ons uitspreekt. Hij zegt dat als de monarchie in het nieuwe millennium wil blijven bestaan, het zich van de ketenen moet ontdoen en moet laten zien dat het zich kan aanpassen.'

'En ik durf te wedden dat een of andere klagende moralist in *The Daily Telegraph* zegt dat het de plicht van publieke figuren is om een voorbeeld te stellen, en niet het losbandige seksuele gedrag van het volk als uitvlucht te gebruiken,' mompelde Zoe bitter.

'Natuurlijk. Maar luister, lieverd.' Art stond op uit zijn stoel en ging bij haar op de ligstoel zitten. Hij pakte haar hand en plantte er een kus op. 'Ik hou van je. En Jamie is mijn vlees en bloed. Van welk standpunt je het ook bekijkt, het is juist als we met elkaar trouwen.'

'Maar niemand mag dat ooit weten, toch? Dat is precies het punt.' Zoe kwam van de ligstoel af en begon te ijsberen. 'Ik weet gewoon niet hoe ik Jamie ooit moet vertellen over ons.'

'Lieverd, je hebt meer dan tien jaar van je leven voor hem opgegeven. Hij was een foutje dat...'

Ze draaide zich vliegensvlug om. Haar ogen schoten vuur. 'Waag het niet om Jamie een foutje te noemen!'

'Zo bedoelde ik het niet. Echt. Ik zeg alleen maar dat hij aan het opgroeien is en een eigen leven zal opbouwen. Dit gaat toch zeker om jou en mij en onze kans op geluk voor het te laat is?'

'We hebben het hier niet over een volwassene, Art! Bij lange na niet. Jamie is een jochie van tien. En zoals jij het zegt, klinkt het alsof het een offer was om hem groot te brengen. Zo was het helemaal niet. Hij is het middelpunt van mijn leven. Ik zou het zo weer doen.'

'Ik weet het, ik weet het. Sorry. Pff, ik lijk wel alles verkeerd te doen vanmorgen,' mompelde Art. 'Maar goed, ik heb goed nieuws. Ik heb geregeld dat we vanmiddag met een boot worden opgepikt. We cruisen naar Mallorca en treffen daar in de haven een vriend van me, prins Antonio, en zijn vrouw Mariella. Je zult ze geweldig vinden en ze leven mee met deze hele toestand.' Hij stak een arm naar haar uit en streelde haar haar. 'Kom op, lieverd, wees eens wat vrolijker.'

Toen de hulp na de lunch Zoe's kleding aan het inpakken was voor op de boot, ging haar mobieltje. Ze zag dat het de directeur van Jamies school was en nam meteen op.

'Hallo?'

'Mevrouw Harrison? U spreekt met meneer West.'

'Hallo, meneer West. Is alles in orde?'

'Ik vrees van niet. Jamie is zoek. Hij is vanmorgen vlak na het ontbijt verdwenen. We hebben de school en het hele terrein grondig doorzocht, maar tot nu toe is er geen teken van hem.'

'O god!' Zoe hoorde het bloed door haar lijf pompen. Ze ging op het bed zitten voordat ze in elkaar zou zakken op de vloer. 'Ik… Heeft hij niets meegenomen? Kleren? Geld?'

'Geen kleren, maar de leerlingen hebben gisteren wel hun zakgeld gekregen, dus dat heeft hij misschien bij zich. Mevrouw Harrison, ik wil u niet bang maken, en alles is vast goed met hem, maar het is wel zo dat ik me zorgen maak dat er gezien de omstandigheden een kleine kans is dat Jamie ontvoerd is.'

Zoe's hand schoot naar haar mond. 'O god, o god! Hebt u de politie gebeld?'

'Daar bel ik u voor. Ik wilde uw toestemming daarvoor vragen.'

'Ja, natuurlijk! Doe het meteen. Ik ga regelen dat ik zo snel mogelijk terugvlieg. Belt u me alstublieft als u iets weet.'

'Natuurlijk. Probeer rustig te blijven, mevrouw Harrison. Het is alleen voor de zekerheid. Dit soort dingen gebeurt relatief vaak, ruzie met een vriendje, een standje van de meester... Ze zijn meestal binnen een paar uur weer terug. En misschien is dat het ook wel gewoon. Ik ga nu alle jongens uit zijn klas ondervragen, kijken of ze wat licht kunnen werpen op zijn verdwijning.'

'Ja, bedankt. G-Goeiedag, meneer West.'

Zoe stond op van het bed en haar hele lijf trilde terwijl ze moed probeerde te verzamelen. 'A-Alstublieft, G-God... Ik heb er alles voor over, maar laat alles in orde met hem zijn, breng hem heelhuids terug!'

'Señora? Alles in orde?'

Maria kreeg geen antwoord.

'Ik Zijne Koninklijke Hoogheid halen, oké?'

Art kwam een paar minuten later de kamer binnen. 'Wat is er aan de hand, lieverd?'

'Jamie!' Ze keek hem met een gekwelde blik aan. 'Hij is zoek. De schooldirecteur denkt dat hij misschien ontvoerd is!' Zoe wreef met haar handpalm de tranen weg. 'Als er iets met hem is gebeurd door mijn egoïsme...'

'Wacht even, Zoe. Luister even goed naar me. Jongens lopen weleens weg van school. Zelfs ik heb het een keer gedaan en mijn agenten de schrik op het lijf gejaagd, en...'

'Ja, maar jij hád agenten, hè?! Ik heb je gevraagd of Jamie ook bescherming kreeg, maar jij vond dat niet nodig en moet je nu zien wat er is gebeurd!'

'Er is geen enkele reden om kwade opzet te vermoeden. Ik weet zeker dat Jamie het prima maakt en dat hij ongedeerd op school terugkomt voor het avondeten, dus...'

'Als er geen reden was om kwade opzet te vermoeden, waarom

heb je míj dan een bodyguard gegeven en je zoon niet? Je eigen zoon, die veel kwetsbaarder is dan ik! O god! O god!'

'Zoe! Kalmeer een beetje. Je blaast de zaak op.'

'Wát? Mijn zoon is verdwenen en jij vindt me te dramatisch? Ik wil nú naar huis!' Ze begon spullen in de al half gepakte koffer te gooien.

'Doe niet zo raar. Als hij morgenochtend nog niet terug is, zorgen we natuurlijk dat je thuiskomt, maar vanavond kun je toch lekker mee op de boot en van het eten met Antonio en Mariella genieten? Ze kijken er ontzettend naar uit je te ontmoeten. Het zal je afleiden.'

Zoe gooide uit frustratie een schoen naar hem. 'Me afleiden! Jezus christus! We hebben het hier over mijn zoon, niet een huisdier dat aan het zwerven is geslagen! Jamie wordt vermist! Ik kan niet een beetje op zee gaan dobberen terwijl mijn zoon, mijn kindje…' Ze snikte luid. 'Misschien in gevaar is.'

'Je overdrijft verschrikkelijk.' Art perste geïrriteerd zijn lippen op elkaar. 'Bovendien betwijfel ik of je vanavond thuis kunt komen. Je zult morgenochtend moeten vliegen.'

'Nee, je kunt me wél vanavond nog thuis krijgen, Art. Ben je soms vergeten dat je een prins bent? Jouw wens is ieders bevel. Regel nú een vliegtuig waarmee ik naar huis kan, anders doe ik het zelf!' Ze schreeuwde nu, het kon haar niet meer schelen wat hij van haar vond.

'Oké, oké.' Hij stak zijn handen op en liep achteruit naar de deur. 'Ik zal kijken wat ik kan doen.'

Drie uur later stond Zoe in de kleine vipruimte van luchthaven Mahon. Ze zou met een privévliegtuig naar Barcelona reizen en daar op een late vlucht naar Heathrow stappen.

Art was niet met haar meegegaan naar het vliegveld, maar op de boot naar Mallorca gestapt. Ze hadden kort afscheid genomen en elkaar beleefd op de wang gekust toen Zoe in de auto stapte.

Ze zocht in haar handtas naar haar telefoon. Ze zou pas rond middernacht op Britse bodem zijn en naar haar zoon kunnen zoeken. In de tussentijd was er maar één persoon op wie ze compleet kon vertrouwen om haar te helpen hem te vinden.

Ze belde hem en hoopte dat hij zou opnemen. Dat deed hij.
'Hallo?'
'Simon? Met Zoe Harrison.'

29

Joanna zat in de sneltrein van Cork naar Dublin naar de stroompjes water te kijken die over het glas naar beneden gleden. Het tikken van de regendruppels had haar de afgelopen nacht wakker gehouden. Als een soort hypnotische marteling was het zachte geluid in haar hoofd uitgegroeid tot hagelstenen. Al had ze anders toch ook niet kunnen slapen. Ze was veel te gespannen geweest en had het grootste deel van de nacht naar de scheuren in het plafond gestaard terwijl ze probeerde te bedenken waar de nieuwe informatie haar zou brengen.

De situatie omtrent deze jongeheer is uiterst delicaat.

Wat betekende dat? Wat heeft het allemáál te betekenen, dacht Joanna moe. Ze sloeg haar armen over elkaar en sloot haar ogen in een poging de resterende uren van de treinreis wat te slapen.

'Is deze plaats vrij?'

De stem was mannelijk en Amerikaans. Ze opende haar ogen en zag een lange, gespierde man in een geruit overhemd en spijkerbroek.

'Ja.'

'Mooi. Het is ongewoon om een rookcoupé in een trein te vinden. Die hebben we bij ons niet meer.'

Joanna was lichtelijk verbaasd dát ze in een rookcoupé zat. Dat zou ze normaal niet hebben gedaan. Maar normaal was ze ook niet zo moe en in de war.

De man ging aan de andere kant van het tafeltje zitten en stak een sigaret op. 'Wil je ook?'

'Nee, bedankt. Ik rook niet,' antwoordde ze, hopend dat de man niet eindeloos zou gaan zitten roken en haar de komende tweeënhalf uur aan de praat zou houden.

'Zal ik hem uitmaken?'
'Nee, dat hoeft niet.'
Hij nam nog een trekje en nam haar in zich op. 'Kom je uit Engeland?'
'Ja.'
'Daar ben ik ook geweest voordat ik hier kwam. Ik heb een tijdje in Londen doorgebracht. Dat was super.'
'Mooi,' zei ze kortaf.
'Maar ik ben nou eenmaal gek op Ierland. Ben je hier op vakantie?'
'Dat zou je kunnen zeggen. Een werkvakantie.'
'Ben je reisboekenschrijfster?'
'Nee, journalist.'
De man bekeek de kadastrale kaart van Rosscarbery die voor haar op tafel lag. 'Ben je van plan iets te kopen?'
Het leek een terloopse vraag, maar Joanna verstijfde en wierp een voorzichtige blik op de man. 'Nee. Ik onderzoek de geschiedenis van een huis waarin ik geïnteresseerd ben.'
'Familieconnectie?'
'Ja.'
De theetrolley kwam langs.
'Zo, ik rammel van de honger. Dat komt zeker van al die frisse lucht. Ik wil graag koffie en zo'n gebakje, mevrouw. En een pakje tonijnsandwiches. Wil jij ook iets... eh...
'Lucy,' loog ze vlug. 'Ik wil graag koffie,' zei ze tegen de jonge vrouw achter de trolley. Ze stak haar hand in haar rugtas om haar portemonnee te pakken, maar de man wuifde het weg.
'Hé, een kopje koffie kan er wel vanaf.' Hij gaf haar het bekertje aan en glimlachte. 'Kurt Brosnan. Geen familie van Pierce, hoor, voor je het vraagt.'
'Bedankt voor de koffie, Kurt.' Ze vouwde de kaart op, maar hij leek toch alle interesse te zijn verloren nu hij zijn broodje tonijn uit het plastic had gehaald en een grote hap nam.
'Graag gedaan,' zei hij. 'Dus je denkt dat je wat erfgoed hier in Ierland hebt?'

'Misschien, ja.' Joanna berustte erin dat ze haar dutje wel kon vergeten zolang deze Kurt in de trein zat. Nu hij op zijn sandwich zat te kauwen en op het tafeltje kruimelde, kon ze zichzelf wel een schop verkopen vanwege haar eerdere paranoia. Niet iedereen heeft het op je gemunt, bracht ze zich in herinnering. En hij was Amerikaan, had er niets mee te maken.

'Ik ook. In een klein dorpje aan de kust in West Cork. Mijn over-overgrootvader was afkomstig uit Clonakilty, naar het schijnt.'

'Ik verblijf in het dorp ernaast, Rosscarbery.'

'O, echt?' Kurt glimlachte als een klein kind, blij met de toevalligheid. 'Daar was ik gisteren nog, in die mooie kathedraal. Daarna heb ik mijn lekkerste donkere biertje ooit gedronken in dat hotel in het centrum...'

'Het Ross? Daar logeer ik.'

'Nee maar! En nu dus een dagje Dublin?'

'Ja.'

'Eerste keer?'

'Ja. Ik moet daar iets doen, en daarna dacht ik wat door de stad te kuieren. En voor jou?'

'Voor mij ook. Misschien kunnen we samen gaan?'

'Ik moet naar het kadaster. Het kan wel uren duren om te vinden wat ik zoek.'

'Bewaren ze daar de eigendomsaktes van onroerend goed?' informeerde Kurt, die nu op zijn gebakje aanviel.

'Ja.'

'Probeer je te achterhalen of je iets hebt geërfd?'

'Zoiets. Er staat een huis in Rosscarbery waarvan niemand lijkt te weten van wie het is.'

'Het gaat er hier allemaal wat losser aan toe.' Kurt rolde met zijn ogen. 'Ik bedoel, niemand heeft een autoalarm, of een slot op de voordeur. Ik zat gisteravond in een restaurant toen de eigenaar zei dat hij even weg moest en of ik mijn bord in de gootsteen wilde zetten en de deur achter me dicht wilde trekken! Echt heel anders dan thuis.' Hij gebaarde naar de kaart. 'Nou, laat me dat huis eens zien.'

Ondanks haar aanvankelijke wantrouwen verliep de reis naar Dublin zeer aangenaam. Kurt was prettig gezelschap en vermaakte haar met verhalen over zijn geboortestad Chicago. Toen de trein station Heuston bereikte, pakte Kurt een notitieboekje en een gouden pen uit zijn zak.

'Geef me je nummer in Rosscarbery maar. Kunnen we daar misschien een drankje doen als je weer terug bent.'

Joanna schreef haar mobiele nummer op een velletje papier en gaf het hem. Hij stopte het met een tevreden grijns in zijn jaszak.

'Nou, al kletsend gaat zo'n reis snel, hè. Wanneer ga je weer terug naar West Cork?'

'O, dat weet ik nog niet. Ik ben flexibel.' Ze stond op toen de trein tot stilstand kwam. 'Leuk je te ontmoeten, Kurt.'

'Insgelijks, Lucy. Misschien tot snel.'

'Wie weet. Dag.' Ze glimlachte naar hem en liep vervolgens achter de andere passagiers aan de coupé uit.

Joanna nam een taxi naar het kadaster vlak bij de rivier bij het Four Courts-gebouw. Nadat ze eindeloos veel formulieren had ingevuld, ging ze in de rij staan voor de balie en kreeg uiteindelijk een dossier.

'Er is daar een tafel vrij, waar je de akte kunt bekijken,' zei de jonge vrouw achter de balie.

'Bedankt.' Joanna liep ernaartoe en ging zitten. Ze voelde een golf van teleurstelling toen ze zag dat het kustwachthuis op 27 juni 1928 door de Britse regering was opgegeven om eigendom te worden van 'de Ierse Vrijstaat'. Nadat ze een foto van de eigendomsakte en de kadastertekeningen had gemaakt, gaf ze het dossier terug, bedankte de vrouw en verliet het kantoor.

Buiten regende het nog steeds pijpenstelen. Ze klapte haar zielige Londense parapluutje uit en liep stevig door tot ze Grafton Street bereikte met zijn talloze smalle zijstraatjes vol verleidelijke pubs. Ze sprintte de dichtstbijzijnde pub in om een glas Guinness te bestellen. Ze trok haar jas uit, die niet geheel aan de belofte waterproof te zijn had voldaan, en haalde haar hand door haar natte haar.

'Lekker zacht dagje vandaag, hè?' zei de barman.
'Houdt het hier weleens op met regenen?'
'Niet zo vaak,' zei hij met ironie. 'En dan vragen ze zich af waarom iedereen hier alcoholist is.'

Joanna wilde net een broodje kaas bestellen toen er een figuur die ze herkende binnenkwam.

Hij zag haar ook en zwaaide verrukt. 'Lucy! Hoi!'

Kurt kwam naast haar zitten aan de bar. Het water van zijn jas vormde een plasje op de grond. 'Voor mij graag een Guinness, en voor deze dame nog eentje,' zei hij tegen de barman.

'Ik... Ik heb er al eentje, bedankt,' zei ze, terwijl ze haar ongeloof over dit toeval probeerde te verbergen.

Hij leek haar toon te snappen. 'Hé, zo gek is het niet, je bent in een van de beroemdste pubs van Dublin. The Bailey staat op elk lijstje van iedere toerist. James Joyce kwam hier altijd.'

'Echt? De naam was me niet opgevallen. Ik ben naar binnen gerend om aan de regen te ontsnappen.'

'En, nog iets te weten gekomen?'

'Nee.' Ze pakte haar Guinness op.

'Tja, ach, mijn ochtend viel ook een beetje in het water. Het is zo verdomde nat dat je ruitenwissers nodig hebt om iets te kunnen zien. Ik heb besloten het op te geven, de hele avond te drinken en vannacht lekker luxe te slapen. Ik heb een kamer in het Shelbourne geboekt, wat het beste hotel van de stad moet zijn.'

'Aha. Mag ik een broodje kaas?' vroeg Joanna aan de barman.

'Zeg, anders kom je vanavond bij me eten in het hotel? Ik trakteer, om je op te vrolijken.'

'Bedankt voor het aanbod, maar...'

Kurt hief zijn handen. 'Ik zweer dat ik er geen bedoelingen mee heb. Ik dacht gewoon: jij bent hier alleen, ik ben hier alleen, en misschien zouden we een leukere avond hebben als we elkaar gezelschap hielden.'

'Nee, dank je.' Joanna stond op, nu echt bang. Kurts gezicht leek vrij serieus, maar ze was nog niet helemaal over zijn plotselinge verschijning heen.

'Oké.' Hij leek van zijn stuk gebracht. 'Wanneer ga je terug naar West Cork?'
'Ik... eh... weet het nog niet.'
'Nou, misschien zie ik je dan nog wel als ik weer daar ben.'
'Misschien. Dag, Kurt.'

'Daar tekenen graag,' wees Margaret de jongeman die voor haar balie bij de receptie stond.
'Bedankt.' Hij sloeg zijn ogen op en keek haar aan. 'Bent u toevallig een jonge Engelse genaamd Joanna Haslam tegengekomen in de afgelopen dagen?'
'En wie wil dat weten?'
'Ik ben haar vriend,' zei hij met een warme glimlach.
'O ja, er verblijft hier een jongedame met die naam. Maar ze is vandaag landinwaarts gereisd. Komt vanavond of morgen terug,' zei ze.
'Super. Ik wil niet dat ze weet dat ik hier ben. Ze... is morgen jarig en ik wilde haar verrassen.' Hij hield een vinger voor zijn mond. 'Niets zeggen, hè?'
'Is goed, hoor.'
Margaret gaf hem zijn sleutel en keek hem na toen hij de trap op liep. Was ik maar weer jong, dacht ze dromerig voordat ze naar de kelder ging om het biervat te wisselen.

Slaan

Een stuk van de tegenstander van het bord nemen

30

Zoals hem was opgedragen zat Simon om acht uur in de stoel voor het bureau met het leren schrijfblad.
'Simpson is verdwenen,' zei de oude man tegenover hem.
'Aha.'
'En jouw vriendinnetje Haslam ook.'
Simon wilde grappen dat ze er misschien samen vandoor waren, maar dat leek hem niet verstandig.
'Kan het toeval zijn, meneer?'
'Dat betwijfel ik, onder de omstandigheden. We hebben net de uitslag van Simpsons psychologische onderzoek. De psycholoog was zo bezorgd dat ze dringend onmiddellijke behandeling voorstelt.' Hij reed met zijn rolstoel om het bureau. 'Hij weet te veel, Warburton. Ik wil dat je hem vindt, en snel. Mijn intuïtie zegt me dat hij misschien achter Haslam aan is.'
'Ik dacht dat haar flat werd afgeluisterd? En die van Marcus Harrison? Hebben degenen die meeluisteren geen indicatie kunnen geven van waar ze kan zijn?'
'Nee. We denken dat ze de afluisterapparatuur hebben gevonden, want de afgelopen dagen is er niets van belang gehoord. Het apparaat in Harrisons flat zendt niet goed, maar onze mannen bereiden een vervanging voor. Bij mevrouw Haslam is er helemaal niets meer gehoord, behalve woedende telefoontjes van Marcus Harrison op haar vaste lijn, die wilde weten waar ze was.'
'En niemand heeft een idee waar Ian of Joanna kunnen zijn?'
'Je hebt het dossier gelezen, Warburton,' antwoordde hij geïrriteerd. 'Als jij Haslam was en meer informatie over deze man wilde vinden, waar zou je dan naartoe gaan?'
'Dorset misschien? Om verder te zoeken op de zolder van het

landhuis? Ik ben de vorige keer dat ik daar was op die zolder gaan kijken en er staan oneindig veel dozen vol materiaal, meneer.'

'Denk je dat wij dat niet weten?! Een dozijn mannen is er dag en nacht mee bezig sinds Zoe Harrison met ZKH naar Spanje is vertrokken. Ze hebben niets gevonden.' Hij rolde weer terug achter zijn bureau. 'Harrison zit nog in zijn flat in Londen. Misschien moet je met hem gaan praten.'

'Jawel, meneer. Ik zal bij hem langsgaan.'

'Breng verslag uit zodra je dat hebt gedaan. En dan zien we daarna verder.'

'Zal ik doen.'

'Ik hoorde dat je gisteren bij de jonge Jamie Harrison op bezoek bent geweest.'

'Jawel, meneer, dat klopt.'

'Voor het werk of...'

'Als gunst voor Zoe Harrison.'

'Pas daarmee op, Warburton. Je kent de regels.'

'Natuurlijk, meneer.'

'Okido. Laat het me weten als er nieuws is.'

'Doe ik.'

Simon kwam overeind en verliet de kamer, hopend dat de oude man niet had gezien hoe verhit zijn gezicht ineens was geworden. Zijn lichaam en geest konden worden getraind en gedrild, maar het was duidelijk dat dat niet voor zijn hart gold.

Toen er niemand thuis bleek te zijn bij Marcus' flat, was Simon terug naar kantoor gegaan en had Joanna's ouders gebeld, die ook niets van haar hadden gehoord. Hij was ervan overtuigd dat ze nog steeds het spoor volgde. Frankrijk misschien, dacht hij, waarna hij tevergeefs uren passagierslijsten van alle vliegtuigen en veerboten doorzocht die in de afgelopen dagen waren vertrokken. Haar naam stond er niet op.

Welke plaats had nog meer te maken met het mysterie dat ze allebei zo graag wilden ontrafelen?

Simon dacht terug aan de dag waarop hij het dossier in zijn

hoofd had gestampt. Hij had niets mogen opschrijven. Er werd geen andere plaats in genoemd, dat wist hij zeker...

Toen bedacht hij het ineens.

Drie kwartier later had hij Joanna's naam gevonden op een vlucht naar Cork drie dagen eerder en onmiddellijk een latemiddagvlucht voor zichzelf geboekt. Hij was onderweg naar Heathrow door de overvolle wijk Hammersmith toen zijn mobiel ging.

'Hallo, Zoe.' Simon was zo verrast door haar stem dat hij zijn auto langs de kant van de weg stil moest zetten, wat nog een lastige manoeuvre bleek in het drukke verkeer. 'Waar ben je?'

'Op luchthaven Mahon in Menorca. O, Simon.'

Hij hoorde haar een snik wegslikken.

'Wat is er? Wat is er aan de hand?'

'Jamie. Hij wordt vermist. De schooldirecteur denkt dat hij misschien is gekidnapt. Jezus, Simon, misschien is hij wel dood. Ik...'

'Wacht even, Zoe. Vertel eens rustig wat er precies is gebeurd.'

Ze deed haar best.

'Heeft de directeur de politie gebeld?'

'Ja, maar Art wil het zo low key mogelijk houden. Hij zegt dat hij de media er niet bij wil betrekken tenzij het echt niet anders kan, omdat...'

'Jij, Jamie en hij dan weer in de spotlights komen te staan,' maakte Simon haar zin voor haar af. 'Nou, hij zal er misschien toch aan moeten geloven. Het gaat erom dat Jamie wordt gevonden en het helpt altijd als de mensen weten dat een kind wordt vermist.'

'Hoe kwam Jamie over toen je bij hem op bezoek was?'

'Een beetje stil, maar verder prima.'

'Hij zei niet dat hij zich ergens zorgen om maakte?'

'Nee, maar ik kreeg wel een beetje het gevoel dat dat zo was, waardoor ik nu ook denk dat hij ongedeerd is. Misschien had hij even wat tijd voor zichzelf nodig. Het is een verstandige jongen, Zoe. Probeer rustig te blijven.'

'Het duurt nog uren voordat ik in Londen ben. Wil je iets voor me doen?'

'Natuurlijk.'

'Wil je naar het huis in Londen gaan? Je hebt de sleutel toch nog? En als hij daar niet is, wil je dan Dorset proberen? De sleutel ligt onder de waterton aan de achterkant van het huis.'

'De politie zal toch wel...'

'Simon, jou kent hij. Hij vertrouwt je. Alsjeblieft. Ik...' Ze viel weg.

'Zoe? Zoe? Ben je er nog?'

'Verdomme!' Hij sloeg met zijn handen op het stuur. Hij moest onmiddellijk naar Ierland toe, iemand anders helpen die niet wist dat ze kwetsbaar was, iemand die hem ook nodig had.

Dus... waar lag zijn loyaliteit?

Verstandelijk gezien was de keuze niet moeilijk. Die lag bij zijn oudste vriendin, en zijn trouw aan de regering die hij diende. Maar zijn verraderlijke hart behoorde toe aan een vrouw en een kind die hij pas een paar weken kende. Hij dacht even diep na en deed toen zijn knipperlicht aan om de verkeersstroom weer in te gaan. Zodra dat veilig kon, keerde hij om en reed terug naar het centrum van Londen.

Het huis aan Welbeck Street was in duisternis gehuld en er leek ook geen teken te zijn dat er iemand buiten was. Simon had half verwacht dat de media er nog zouden zijn, wachtend op een spook dat allang was verdwenen. Hij maakte de voordeur open en deed het licht aan. Hij controleerde alle kamers beneden, maar wist door zijn uiterst getrainde instinct dat de doorzoeking tevergeefs zou zijn. Het huis voelde leeg.

Toch keek hij in Zoe's kamer en in die van Jamie. Hij ging op Jamies bed zitten en keek rond in de jongenskamer. De mengelmoes van knuffels en op afstand bestuurbare auto's getuigde van de tussenleeftijd die Jamie op dit moment had. Zijn muren waren bedekt met verschillende kinderlijke prints en aan de achterkant van de deur hing een poster van de Power Rangers.

'Waar ben je, mannetje?' vroeg hij aan de lucht terwijl hij naar het kleine maar complexe wandtapijtje boven Jamies bed keek. Hij kreeg geen antwoord en ging verder naar boven om de bovenste verdieping van het huis te doorzoeken.

Weer beneden liep hij de woonkamer in en zag dat er een Fiat Panda voor het huis tot stilstand kwam. Er stapte een politieagent uit die naar de voordeur liep. Hij had hem al open voordat de man op de bel kon drukken.

'Hallo.'

'Hallo, meneer, woont u hier?' informeerde de agent.

'Nee.' Simon haalde zijn identiteitsbewijs tevoorschijn.

'Aha. Meneer Warburton, ik neem aan dat u naar de jongeman zoekt die ertussenuit is geknepen?'

'Ja.'

'Schijnt voor het ogenblik allemaal stil te moeten worden gehouden. De hoge heren willen niet dat zijn verdwijning in de krant komt, vanwege zijn moeder en haar... vriend.'

'Inderdaad. Nou, ik heb het huis doorzocht en hij is hier niet. Blijft u, voor het geval hij hier opduikt?'

'Nee, ik ben alleen gevraagd een kijkje te nemen. Ik kan wel iemand regelen, als jullie dat willen.'

'Dat lijkt me verstandig. De jongeman in kwestie zal waarschijnlijk naar huis toe komen als hij daartoe in staat is,' zei Simon. 'Ik moet nu weg, maar zorg ervoor dat hier een mannetje wordt neergezet, goed?'

'Okido, meneer, zal ik doen.'

Een kleine twee uur later liet Simon zijn auto tot stilstand komen voor Haycroft House. Hij keek op zijn horloge en zag dat het al tien uur was geweest. Met de zaklamp uit zijn handschoenenkastje in zijn handen stapte hij uit en ging op zoek naar de waterton en de verborgen sleutel. Met een huivering van teleurstelling vond hij die. Jamie was hem duidelijk niet voor geweest. Hij sjokte naar de voorkant van het huis en maakte de zware voordeur open.

Nadat hij de lampen had aangedaan, ging hij van kamer naar kamer en zag de pannen nog op het afdruiprek staan van de maaltijd die hij voor Zoe had gemaakt, haar bed boven onopgemaakt van de ochtend dat ze vroeg waren vertrokken.

Niets. Het huis was leeg.

Hij ging weer naar beneden en belde de agent die nu in Welbeck Street was gestationeerd om te vragen of Jamie daar al was aangekomen. Dat was niet zo. Nadat hij hem had laten weten dat in Dorset ook geen enkel teken van de jongen was, zette Simon in de keuken water op voor een bak sterke koffie voordat hij aan de rit terug naar Londen zou beginnen. Hij ging aan tafel zitten, wreef stevig met zijn handen door zijn haar en probeerde na te denken. Als Jamie morgenochtend nog niet terecht was, kon het paleis de pot op. Ze zouden de openbaarheid moeten opzoeken. Hij stond op, schepte wat oploskoffie in een mok en voegde er het kokende water aan toe, terwijl hij het laatste gesprek dat hij met de jongen had gevoerd steeds opnieuw afspeelde in zijn hoofd.

Na zijn derde kop koffie, waar hij misselijk van werd, stond Simon op en doorzocht het huis nog een laatste keer. Hij zette de nachtlampen buiten aan en opende de keukendeuren naar de achtertuin. De tuin was groot en stond vol planten en bloemen, hoewel de huidige toestand van dit seizoen een schets was die wachtte om geschilderd te worden. In een hoek van de tuin, waarschijnlijk omdat daar de meeste zon was, bevond zich een kleine pergola. Daaronder stond een stenen bankje. Simon liep ernaartoe en ging zitten. De pergola was bedekt met een of andere klimplant. Hij stak een hand uit en riep 'au!' toen een gemene doorn in zijn vinger prikte.

Rozen, dacht hij, dat moet er prachtig uitzien als het hoog zomer is.

Rozen...

Groot-James was dol op rozen. Ze staan ook op zijn graf...

Hij sprong meteen op en rende naar de achterdeur om een telefoontje te plegen.

De begraafplaats lag maar vierhonderd meter bij het huis vandaan aan dezelfde weg, achter de kerk. Simon parkeerde zijn auto buiten het ijzeren hek. Toen hij ontdekte dat daar een hangslot op zat, sprong hij eroverheen en liep vervolgens langs de graven en bescheen de namen met zijn zaklamp. Hij huiverde onwillekeurig. Een halve maan verscheen achter een wolk vandaan en het kerkhof baadde in een spookachtig licht. De kerkklok sloeg middernacht. Het klonk langzaam en bedroefd, alsof de klok aan de doden dacht die aan zijn voeten lagen.

Uiteindelijk bereikte Simon de jaren zeventig en toen de jaren tachtig. Helemaal achter op de begraafplaats bespeurde hij een grafsteen waar 1991 in gebeiteld stond. Terwijl hij erlangs liep, werden de data langzaam recenter. Hij was nu bijna bij de rand van het kerkhof, er was nog één graf over, op een afstandje van de rest en met een kleine struik bij de grafsteen.

SIR JAMES HARRISON

ACTEUR
1900-1995
'Goodnight, sweet prince,
and flights and angels sing
thee to thy rest.'

En daar, opgerold boven op het graf, lag Jamie.

Simon liep zachtjes naar de jongen toe. Aan zijn ademhaling kon hij zien dat hij diep in slaap was. Hij knielde naast hem en hield de zaklamp zo dat hij zijn gezicht kon zien, maar Jamie er tegelijkertijd geen last van zou hebben. Simon voelde zijn pols, zijn hartslag was krachtig, en daarna zijn hand. Die was koud, maar niet gevaarlijk koud. Simon slaakte een zucht van opluchting en aaide hem zachtjes over zijn blonde haar.

'Mammie?' Jamie werd wakker.

'Nee, ik ben het, Simon, maar je bent helemaal veilig, mannetje.'

Jamie schoot omhoog uit zijn liggende positie, zijn ogen groot en angstig.

'Wat... Waar ben ik?' Hij keek om zich heen en begon toen te rillen.

'Alles is goed, Jamie. Ik ben hier.' Instinctief trok Simon de jongen tegen zich aan. 'Ik ga je nu optillen, in mijn auto zetten en je naar het huis verderop rijden. We gaan een groot vuur in de haard van de woonkamer aansteken en dan mag je me bij een warme kop thee vertellen wat er is gebeurd, oké?'

Jamie keek naar hem op, zijn eerder bange ogen nu vol vertrouwen. 'Oké.'

Bij het huis aangekomen haalde Simon het donzen dekbed van Zoe's bed naar beneden en drapeerde dat om de rillende jongen op de bank. Hij maakte vuur terwijl Jamie zwijgend in de verte staarde. Nadat hij voor hen allebei een kop thee had gehaald en de agent in Londen en Zoe's mobiele telefoon had laten weten dat Jamie veilig terug was, ging Simon aan de andere kant van de bank zitten.

'Drink op, Jamie. Daar word je warm van.'

Met zijn handen om de mok nam hij een slokje van de hete vloeistof. 'Ben je boos op me?'

'Nee, natuurlijk niet. We waren natuurlijk allemaal ongerust, maar we zijn niet boos.'

'Mama wordt woedend als ze erachter komt.'

'Ze weet al dat je van school bent verdwenen. Ze is onderweg naar huis vanuit Spanje en als het goed is al geland. Ik weet zeker dat ze belt zodra dat kan. Dan kun je met haar praten en haar laten weten dat je veilig bent.'

Jamie nam nog een slok thee. 'Ze was niet aan het filmen in Spanje, hè?' zei hij langzaam. 'Ze was bij hem, hè?'

'Hem?'

'Haar verkering, de prins. Prins Arthur.'

'Ja.' Simon bestudeerde de jongen. 'Hoe wist je dat?'

'Een van de oudere jongens heeft een pagina van een krant in mijn kluisje gelegd.'

'Aha.'

'En toen noemde Dickie Sisman, die een hekel aan me heeft omdat ik in het selectierugbyteam zit en hij niet, m-mama steeds een p-prinsenhoer.'

Simons gezicht vertrok, maar hij zei niets.

'En toen vroeg hij wie mijn vader w-was. Ik antwoordde Groot-James en Dickie en de anderen lachten me uit en zeiden dat hij niet mijn vader kon zijn, omdat hij mijn overgrootvader was en dat ik dom was. Ik weet ook wel dat hij niet echt mijn vader is, m-maar dat was hij wél, Simon. Groot-James was mijn vader en nu is hij er niet m-meer.'

Simon zag Jamies schouders schokken.

'Hij zei dat hij me nooit in de steek zou laten, dat hij er altijd zou zijn als ik hem nodig had, dat ik hem alleen maar hoefde te roepen en hij dan zou komen... Maar dat deed hij niet! W-Want hij is dood!'

Simon nam voorzichtig de theemok uit zijn handen, ging naast hem zitten en trok de jongen in zijn armen.

'Ik dacht dat hij niet echt weg was,' ging Jamie verder. 'Ik b-bedoel, ik wist wel dat hij er niet meer was, dat had hij ook gezegd, maar dat hij altijd ergens zou zijn. Maar toen ik hem nodig had, was hij nergens!' Meer snikken lieten zijn borstkas schokken. 'En toen was mama ook weg. En was er niemand meer. Op school hield ik het niet meer uit. Ik moest daar weg, dus ging ik n-naar Groot-James.'

'Dat begrijp ik,' zei Simon zacht.

'En het ergste is n-nog dat mama tegen me heeft gelogen!'

'Niet expres, Jamie. Ze deed het om je te beschermen.'

'Vroeger vertelde ze me altijd alles. We hadden geen geheimen. Als ik het had geweten, had ik mezelf kunnen verdedigen toen die jongens zo vervelend deden.'

'Nou, soms schatten volwassenen situaties verkeerd in. Ik denk dat dat je moeder is overkomen.'

'Nee.' Hij schudde langzaam zijn hoofd. 'Het is omdat ik niet meer op nummer één sta. Prins Arthur wel. Ze houdt meer van hem dan van mij.'

'O, Jamie. Je zit er volledig naast, je moeder is gek op je. Geloof me, ze was helemaal overstuur toen ze hoorde dat je weg was. Ze heeft hemel en aarde bewogen om op een vliegtuig te kunnen stappen en naar huis toe te komen om je te zoeken.'

'Echt waar?' Stuurs veegde Jamie zijn neus af. 'Simon?'

'Ja?'

'Moet ik nu verhuizen naar een van hun huizen?'

'Dat weet ik niet, Jamie. Ik denk dat zo'n beslissing nog ver in de toekomst ligt.'

'Ik hoorde een van de meesters in zijn werkkamer lachen met de gymleraar. Hij zei dat het niet de eerste keer zou zijn dat een bastaard in een p-paleis ging wonen.'

In stilte vervloekte Simon de wreedheid van de mens. 'Jamie, je moeder komt nu zo thuis. Ik wil dat je me belooft dat je haar alles vertelt wat je mij hebt verteld, zodat er in de toekomst geen misverstanden meer zullen zijn.'

Jamie sloeg zijn ogen naar hem op. 'Heb jij hem ontmoet?'

'Ja.'

'Hoe is hij?'

'Aardig. Het is een aardige man. Je mag hem vast.'

'Ik denk het niet. Spelen prinsen rugby?'

Simon lachte. 'Ja.'

'En eten ze pizza, en witte bonen?'

'Vast wel.'

'Gaat mama met hem trouwen, Simon?'

'Ik denk dat alleen je moeder je dat kan vertellen.' Zijn telefoon ging over in zijn zak. 'Hallo? Zoe? Heb je mijn bericht ontvangen? Ja, Jamie is terecht en helemaal in orde. We zijn in Dorset. Wil je hem spreken?' Simon gaf de telefoon aan Jamie en verliet de kamer zodat hij wat privacy had. Toen hij terugkwam, zag hij dat Jamie weer een beetje kleur op zijn wangen kreeg.

'Denk je dat ze erg boos op me is?'

'Klonk ze boos?'

'Nee,' gaf Jamie toe. 'Ze klonk blij. Ze komt meteen hierheen.'

'Zie je wel?'

Simon ging naast hem zitten en de jongen ging gapend op zijn schoot liggen. 'Ik zou willen dat jij de prins was, Simon,' zei hij slaperig.

Ik ook, dacht Simon.

Jamie tilde zijn hoofd op en glimlachte naar hem. 'Bedankt dat je wist waar je me moest zoeken.'

'Graag gedaan, jochie. Graag gedaan.'

Het was al drie uur geweest toen Zoe de taxichauffeur betaalde en de voordeur van Haycroft House opende. Het was er helemaal stil. Ze ging eerst naar de keuken en toen naar de woonkamer. Jamie lag opgerold op Simons knie, diep in slaap. Simons hoofd rustte tegen de rugleuning van de bank, zijn ogen waren ook dicht. Tranen vulden haar ogen toen ze haar zoon zag. En Simon, die hen zo onbaatzuchtig had geholpen toen niemand anders dat deed.

Hij opende zijn ogen toen ze naar hen toe liep. Heel voorzichtig wurmde hij zich onder Jamie vandaan, verwisselde zijn schoot met een kussen en gebaarde dat ze de kamer uit moesten gaan.

Ze liepen in stilte naar de keuken. Simon deed de deur achter hen dicht.

'Is hij echt helemaal in orde?'

'Ja hoor, niets aan de hand, geloof me maar.'

Zoe ging op een stoel zitten en legde haar hoofd in haar handen. 'Godzijdank. Je wilt niet weten wat er op die eindeloze vlucht allemaal door mijn hoofd is gegaan.'

'Nee.' Simon liep naar de waterketel. 'Thee?'

'Doe mij maar kamillethee. Dat staat in dat kastje. Waar heb je hem gevonden?'

'Slapend op je opa's graf.'

'O, Simon! Ik...' Ze sloeg vol afgrijzen een hand voor haar mond.

'Je moet jezelf niets verwijten, Zoe, echt niet. Ik denk dat wat er met Jamie is gebeurd een ongelukkige combinatie was van onaardige, maar normale pesterijen op school, uitgestelde rouw en...'

'Het feit dat ik er ook niet was.'

'Ja. Dat was het dus.' Hij zette de thee voor haar neer.

'Dus hij heeft het van de andere jongens gehoord.'

'Ik vrees van wel.'

'Verdomme! Ik had het hem moeten vertellen.'

'We maken allemaal fouten. Ik ook, weet je nog? Ik raadde je aan het hem niet te vertellen. Maar gelukkig kan dit makkelijk worden rechtgezet.'

'Ik wist dat hij er te rustig onder was toen James stierf.' Ze nam een slok thee. 'Ik had het moeten zien aankomen.'

'Ik denk dat op het moment dat Jamie iemand nodig had, hij zich voor het eerst realiseerde dat de man die hij aanbad, zijn vaderfiguur, echt voor altijd weg was. Vooral toen anderen plagend een vervanger voorstelden. Maar het is een goeie jongen, hij redt het wel. Luister, nu je hier bent, moet ik helaas gaan.'

Zoe was verbaasd. 'Waarnaartoe?'

'De plicht roept.' Simon liep op zijn tenen naar de woonkamer om zijn jas van de stoel te pakken en trof Zoe toen weer in de hal. 'Jamie slaapt nog steeds diep. Ik denk dat wat liefdevolle aandacht van zijn moeder het enige medicijn is dat hij nodig heeft.'

'Ja, én we hebben het een en ander te bespreken.' Ze liep met hem mee naar de voordeur. 'Hoe kan ik je ooit bedanken?'

'Dat hoeft echt niet. Zorg goed voor jullie allebei, en doe Jamie de groetjes van me. Zeg hem dat het me spijt dat ik zonder afscheid moest gaan.'

'Zal ik doen.' Zoe knikte weemoedig. 'Simon?'

Hij draaide zich om en keek haar in de ogen. 'Ja?'

Ze zweeg even, schudde toen haar hoofd. 'Niks.'

'Dag, Zoe.' Hij glimlachte kort naar haar, trok de deur open en vertrok.

31

Joanna parkeerde haar gehuurde Ford Fiesta langs de stoep voor het Ross Hotel en zette dankbaar de motor uit. Ze was uitgeput van een slapeloze nacht in een goedkope bed and breakfast in Dublin, waar ze elke keer was opgeschrokken als ze gekraak hoorde. Dat Kurt in die pub was verschenen, had haar van slag gemaakt. De vraag was: volgde hij haar of was ze gewoon volkomen paranoïde?

Ze bleef even zitten en staarde naar de regen die nog steeds naar beneden plensde op het pittoreske plein.

'Dat stomme oude vrouwtje,' mompelde ze in zichzelf. Als ze haar maar niet had ontmoet... waar zou ze dan nu zijn? Thuis in Londen, nog steeds op de nieuwsredactie, en niet in de regen in een desolaat Iers plaatsje.

Ze had er genoeg van. Ze had besloten dat ze zo snel mogelijk terug naar Engeland ging en de afgelopen weken achter zich zou laten en haar best zou doen om alles te vergeten. Ze zou alle informatie die ze had verzameld naar Simon sturen en hij kon ermee doen wat hij wilde. Ze vermoedde dat hij in Zoe Harrisons huis was neergezet om te ontdekken wat ze wist en welke geheimen er in het huis te vinden waren. Nou, hij mocht alles hebben wat ze had. En daarmee was het klaar.

Joanna stapte uit de auto, pakte haar weekendtas uit de kofferbak en liep naar de hoofdingang van het hotel.

'Goeie reis gehad?' informeerde Margaret, die achter de bar verscheen.

'Ja. Het was... prima, dank je.'

'Mooi.'

'Ik wil nu graag uitchecken, Margaret. Ik vlieg naar huis. Als ik vanavond tenminste nog een stoel kan boeken op een vlucht naar Londen.'

'Oké.' Een van Margarets wenkbrauwen ging ietsje omhoog. 'Er heeft iemand een envelop voor je achtergelaten toen je er niet was.' Ze draaide zich om en pakte hem uit Joanna's postvakje. 'Alsjeblieft.'

'Bedankt.'

'Zal wel een verjaardagskaart zijn?'

'Nee, ik ben pas in augustus jarig. Evengoed bedankt.'

Margaret keek toe hoe ze de trap op liep. Ze dacht even na en belde toen haar neefje Sean bij het plaatselijke politiebureau. 'Weet je nog dat je me gisteren naar die jongeman vroeg die incheckte? Nou, Sean, misschien is hij toch niet wie hij lijkt. Hij is de deur uit, zei dat hij rond zes uur terug zou zijn... Dat lijkt me een goed idee, ja.'

Joanna opende haar hotelkamerdeur, zette haar weekendtas neer en maakte de brief open. Ze las hem vlug door en liet zich op het bed ploffen. Het duurde even voordat ze het gekrabbel vol spelfouten helemaal had ontcijferd.

Geagte mevrouw,

Ik hoorde u in de bar ofer het kustwagthuis praten. Ik weet erfan. kom met mu prate en dan weet u de waarheid. roze kottutsj tegenofer kustwagthuis, daar ben ik.

Mevrouw ciara deasy

Ciara... Ze had die naam eerder gehoord. Joanna groef in haar geheugen om te bedenken wie die naam had genoemd. Het was Fergal Mulcahy geweest, de historicus. Hij had gezegd dat ze gek was.

Had het zin om met haar te gaan praten? Het zou alleen maar tot een nieuwe vergeefse zoektocht leiden, flarden van verhalen die weinig te maken hadden met een situatie van lang geleden waarmee ze niets meer van doen wilde hebben.

Kijk eens naar de problemen die halfgekke oude vrouwtjes je nu al hebben opgeleverd, zei ze streng tegen zichzelf.

Joanna verfrommelde de brief en gooide hem in de prullenmand. Ze pakte de telefoon op, toetste een negen voor een buitenlijn en belde de reserveringslijn van Aer Lingus. Ze kon een stoel krijgen op de vlucht van tien over half zeven vanuit Cork. Die betaalde ze met haar geduldige creditcard en ze begon haar spullen te pakken. Toen pakte ze de telefoon weer op om Alec op de nieuwsredactie te bellen.

'Met mij.'

'Jezus, Joanna! Ik dacht dat je me wel eerder zou bellen.'

'Sorry. De tijd vliegt hier ongemerkt voorbij.'

'Ja, nou ja, de hoofdredacteur heeft me de hele dag in mijn nek zitten hijgen omdat hij wilde weten waar het briefje met de doktersverklaring was. Hij heeft iemand langs je flat gestuurd, dus ze weten dat je daar ook niet was. Ik heb mijn best gedaan, maar de uitkomst is helaas dat je ontslagen bent.'

Ze liet zich op het bed zakken met een brok in haar keel. 'O god, Alec!'

'Sorry, lieverd. Ik weet niet of hij ertoe werd gedwongen, maar het is nu eenmaal een feit.'

Joanna zat daar in stilte en deed erg haar best niet te huilen.

'Jo, ben je er nog?'

'Ik had net besloten die hele kolerezooi op te geven! Ik vlieg vanavond terug naar Londen. Als ik morgen met hem praat, me aan zijn voeten werp, me uitput in verontschuldigingen, denk je dan dat ik een kans heb?'

'Neuh.'

'Dacht ik al.' Ellendig staarde ze naar het bloemetjesbehang. De vervaagde rozen dansten voor haar ogen.

'Als ik het goed begrijp, heb je dus niks gevonden?'

'Bijna niks. Alleen dat een Michael James O'Connell een paar kilometer verderop langs de kust is geboren en mogelijk in zijn beginjaren in een groot huis heeft gewerkt voor de overgrootvader van iemand die ik heb gesproken. O, en er is een oude brief van een Britse ambtenaar waarin staat dat een jongeheer werd vervoerd naar het huis om daar als gast van de Britse regering te verblijven. In 1926.'

'Wie was dat?'

'Geen idee.'

'Moet je dat dan niet uitzoeken?'

'Nee. Ik ben er klaar mee. Ik wil...' Joanna beet op haar lip. 'Ik wil naar huis en ik wil mijn vroegere leven terug.'

'Nou, aangezien dat niet kan, heb je iets te verliezen door het verder te onderzoeken?'

'Ik kan niet meer, Alec, echt.'

'Kom op, Jo. Zoals ik het zie, kun je je carrière alleen maar weer op de rit krijgen door met een gigantische scoop te komen en die aan de hoogste bieder te slijten. Je hebt nu geen banden meer met onze krant. En als anderen het niet willen publiceren, doen ze dat wel in het buitenland. Ik heb zo'n gevoel dat je dicht bij antwoorden bent. Geef verdomme niet op bij de laatste horde, Jo.'

'Wat voor antwoorden? Er valt geen chocola van te maken.'

'Iemand zal iets weten. Dat is altijd zo. Maar pas goed op jezelf. Het zal niet lang duren voordat ze je hebben opgespoord.'

'Ik ga, Alec. Ik bel je als ik in Londen ben.'

'Oké, doe dat. Hou je taai.'

Een paar minuten lang zat Joanna verlamd op het bed te bedenken dat dit jaar in korte tijd haar relatie uit was gegaan, ze de meeste van haar bezittingen was kwijtgeraakt, haar beste vriend, en nu ook nog haar baan. In tegenstelling tot wat Alec dacht, had ze nog steeds veel te verliezen.

'Mijn leven bijvoorbeeld,' mompelde ze tegen zichzelf.

Vijf minuten later had ze haar weekendtas opgepakt, de hotelkamerdeur achter zich op slot gedaan en liep ze de trap af.

'Dus je gaat ons verlaten?' vroeg Margaret opgewekt van achter de receptie.

'Ja.' Joanna gaf Margaret haar creditcard. 'Bedankt dat jullie mijn verblijf zo aangenaam hebben gemaakt.'

'Graag gedaan. Hopelijk kom je nog eens terug.'

Ze ondertekende de creditcardbon die Margaret haar voorhield. 'Alsjeblieft. Dag, en bedankt.' Ze pakte haar tas op en liep de deur uit.

'Joanna, je verwachtte geen bezoek, hè?'

'Hoezo? Vroeg er iemand naar me?'

'Nee.' Margaret schudde haar hoofd. 'Veilige terugreis en pas goed op jezelf.'

'Doe ik.'

Joanna legde haar tas in de achterbak van de Fiesta, reed het plein af en richting de riviermonding. Toen ze haar richtingaanwijzer naar links aanzette en wachtte tot een auto voorbij was, zag ze een kleine roze cottage eenzaam aan de andere kant van de monding van het kustwachthuis staan. Er zat nog geen vijftig meter tussen de beide oevers en de huizen. Joanna aarzelde even, schudde toen gelaten haar hoofd en zette haar richtingaanwijzer naar rechts aan. Als ze snel was, kon ze evengoed haar vlucht nog halen. Ze merkte niet dat de auto achter haar ook zijn andere knipperlicht aanzette en haar op een afstandje volgde.

'Kom binnen,' zei een stem binnen toen ze op de voordeur klopte. Ze opende de deur en ging naar binnen. De kleine voorkamer was erg rustiek en deed denken aan een ander tijdperk. Er brandde een flink vuur in de grote haard, met een zwarte ketel aan een ketting erboven. De spaarzame houten meubels zagen er afgeleefd uit en de enige versiering aan de muren waren grote kruisbeelden en een vergeelde afbeelding van Madonna met Kind.

Ciara Deasy zat op een houten stoel met hoge rugleuning aan één kant van de haard. Haar gezicht had zachte rimpels, dus ze moest ergens tussen de zeventig en tachtig zijn. Haar grijze haar was slordig kort geknipt en toen ze opstond om Joanna te begroeten, verraadden haar benen geen onstabiliteit.

'De dame van het hotel?' Ciara schudde Joanna stevig de hand.

'Joanna Haslam,' bevestigde ze.

'Ga zitten,' zei Ciara, wijzend naar een stoel aan de andere kant van de haard. 'Vertel eens, waarom ben je in het kustwachthuis geïnteresseerd?'

'Dat is een lang verhaal, mevrouw Deasy.'
'Dat zijn mijn lievelingsverhalen. En noem me maar Ciara, goed? Als je mevrouw Deasy zegt, voel ik me zo oud. En dat ben ik ook wel, dat hoor je mij niet ontkennen, hoor,' zei ze lachend.
'Nou, ik ben journalist en ik ben hier omdat ik onderzoek doe naar iemand genaamd Michael O'Connell. Het kan goed zijn dat hij in Engeland onder een andere naam bekendstond.'
Ciara's blik werd scherp. 'Michael wist ik, geen achternaam. Hij gebruikte inderdaad een andere naam.'
'Wist je dat hij een andere identiteit had aangenomen?'
'Dat weet ik al sinds mijn achtste. Bijna zeventig jaar is een lange tijd om een leugenaar te worden genoemd, een fantast. Het dorp denkt sinds die tijd dat ik mijn verstand kwijt ben, maar dat is natuurlijk niet zo. Ik ben net zo goed bij mijn hoofd als jij.'
'En weet je toevallig of deze "Michael" connecties met het kustwachthuis heeft?'
'Hij verbleef daar toen hij ziek was. Hij moest uit het zicht blijven tot hij weer beter was.'
'Je hebt hem ontmoet?'
'Ik zou niet willen zeggen dat we officieel aan elkaar zijn voorgesteld, nee, maar ik ben een paar keer naar het huis geweest met Niamh, God hebbe haar ziel.' De oude vrouw sloeg een kruis.
'Niamh?'
'Mijn oudere zus. Beeldschoon was ze, zo mooi, met lang donker haar en blauwe ogen...' Ciara staarde in het vuur. 'Iedere man zou voor haar zijn gevallen.'
'Michael ook?'
'Dat is de naam die hij gebruikte, ja, maar wij weten wel beter, hè?'
'Ciara, waarom vertel je me het verhaal niet vanaf het begin?'
'Goed, dat zal ik proberen, maar het is lang geleden dat ik het heb verteld.' Ze haalde diep adem. 'Stanley Bentinck was degene die het voorstelde. Hij woonde in het grote huis in Ardfield. Niamh was daar hulp in de huishouding. Hij zei tegen haar dat er een belangrijke bezoeker zou komen en omdat we op een steenworp afstand van het kustwachthuis woonden, moest zij van meneer Ben-

tinck voor de gast in het kustwachthuis zorgen. Als ze thuiskwam, schitterden haar blauwe ogen en glimlachte ze geheimzinnig. Ze vertelde me niets anders dan dat de meneer Engels was. Ik was toen natuurlijk ook nog maar een deerntje, niet oud genoeg om te snappen wat er tussen hen gebeurde. Ik ging weleens mee naar de overkant om te helpen met schoonmaken en heb ze een keer in de keuken in elkaars armen betrapt. Maar op die leeftijd wist ik niets over liefde of fysieke zaken. Toen verdween hij die nacht de zee op voordat ze hem kwamen halen…'

'Ze?' onderbrak Joanna haar.

'Degenen die achter hem aan zaten. Ze had hem namelijk gewaarschuwd, ook al wist ze dat ze hem dan kwijt zou raken. Hij moest vertrekken om in leven te kunnen blijven. Maar ze was ervan overtuigd dat hij haar zou laten ophalen als hij terug in Londen was. Nu ik erop terugkijk, kon daar nooit sprake van zijn geweest, maar dat wist zij niet.'

'Wie zat er achter hem aan, Ciara?'

'Dat komt zo. Nadat hij was vertrokken, hadden Niamh en mijn vader grote ruzie. Ze gingen vreselijk tegen elkaar tekeer. De volgende ochtend was zij ook verdwenen.'

'Aha. Weet je waar ze naartoe ging?'

'Nee. De eerste paar maanden in elk geval niet. Sommige mensen uit het dorp zeggen dat ze haar bij de zigeuners op de kermis van Ballybunion hebben gezien, anderen dat ze haar in Bandon zagen.'

'Waarom is ze weggegaan?'

'Als je ophoudt met vragen stellen, krijg je antwoorden, Joanna. Zes maanden nadat ze verdween, gingen papa en mama naar de kerk met mijn andere zussen, maar ik bleef thuis omdat ik erg verkouden was. Mama wilde niet dat ik door de hele preek heen hoestte. Ik lag in bed en hoorde iets. Een vreselijk geluid was het, als een dier in doodsnood. Ik ging in mijn nachthemd naar die deur…' Ciara wees met haar hand naar de voordeur. '… en luisterde. En ik wist dat het uit het kustwachthuis kwam. Dus liep ik erheen met dat afschuwelijke geluid in mijn oren.'

'Was je niet bang?'

'Doodsbang, maar het was alsof ik ernaartoe gezogen werd, alsof ik geen macht had over mijn eigen lichaam.' Ciara keek naar de overkant van de baai. 'De voordeur stond open. Ik ging naar binnen en vond haar boven, op zíjn bed, haar benen onder het bloed...' Ze sloeg haar kleine handen voor haar gezicht. 'Ik zie haar nog steeds helder voor me. De pijn die zichtbaar was op haar gezicht heeft me mijn hele leven achtervolgd.'

Koude rillingen kropen omhoog over Joanna's ruggengraat. 'Het was je zus Niamh?'

'Ja. En tussen haar benen, nog met haar verbonden, lag een pasgeboren baby.'

Joanna slikte en staarde Ciara zwijgend aan terwijl ze zichzelf vermande.

'Ik... Ik dacht dat het kindje dood was toen ik het zag, want het was blauw en huilde niet. Ik pakte het op en beet de navelstreng met mijn tanden door zoals ik mijn vader had zien doen bij onze koeien. Ik hield het in mijn armen om te proberen het warmte te geven, maar het bewoog niet.'

'O god.' Joanna had tranen in haar ogen.

'Dus ging ik naar Niamh, die nu was gestopt met schreeuwen. Ze lag stil, haar ogen gesloten, en ik zag het bloed uit haar stromen. Ik probeerde haar wakker te maken om haar de baby te geven, om te zien of zij het kon helpen, maar ze bewoog niet.' Ciara's ogen waren groot en hadden een gekwelde blik, in gedachten was ze al die jaren teruggegaan om de verschrikkelijke scène te herleven.

'Dus zat ik op het bed, met de levenloze baby in mijn armen en probeerde mijn zus wakker te maken. Uiteindelijk gingen haar ogen open. Ik zei tegen haar: "Niamh, je hebt een kindje. Wil je het vasthouden?" Ze gebaarde dat ik dichterbij moest komen en mijn oor bij haar mond moest houden, zodat ze me iets kon zeggen.'

'Wat zei ze?'

'Dat er een brief was, in de zak van haar rok, voor de vader van de baby in Londen. Dat het kindje naar hem toe moest. Toen tilde ze haar hoofd op, gaf de baby een kus op het voorhoofd en zei niets meer.'

Ciara kneep haar ogen dicht, maar de tranen ontsnapten evengoed en de twee vrouwen zaten een ogenblik in stilte.

'Wat vreselijk voor je om dat zo jong te moeten meemaken,' fluisterde Joanna uiteindelijk. 'Wat deed je toen?'

'Ik heb het kindje in een laken van het bed gewikkeld. Die was nat van al het bloed, maar iets was beter dan niets. Daarna pakte ik de brief uit Niamhs zak. Ik wist dat ik met de baby naar de dokter moest rennen en omdat ik geen zak in mijn nachthemd had en de brief niet wilde verliezen, tilde ik een vloerplank op en stopte hem eronder om later op te halen. Ik stond op en legde Niamhs handen over haar borst zoals ik de begrafenisondernemer bij mijn oma had zien doen. Toen pakte ik de baby op en ging hulp zoeken.'

'Wat is er met het kindje gebeurd?' vroeg Joanna langzaam.

'Nou, hier raak ik een beetje in de war. Er is mij verteld dat toen ze me vonden, ik midden in de riviermonding stond te schreeuwen dat Niamh dood in het huis lag. Joanna, ik ben daarna vele maanden ziek geweest. Stanley Bentinck heeft voor mijn opname in het ziekenhuis in Cork betaald. Ik had longontsteking en toen ik daarvan was genezen, zeiden ze dat mijn hoofd zo vol verhalen zat dat ze me in het gekkenhuis hebben gestopt. Mijn papa en mama kwamen op bezoek. Ze vertelden me dat het allemaal een droom was geweest, van de koorts. Niamh was niet teruggekomen en er was ook geen baby geweest. Ik had het allemaal verzonnen.' Ciara trok een grimas. 'Wekenlang heb ik ze proberen duidelijk te maken dat ze nog steeds dood in dat huis lag en heb ik naar het baby'tje gevraagd, maar hoe meer ik erover sprak, hoe meer ze hun hoofd schudden en hoe langer ze me op die godvergeten plek hielden.'

'Hoe konden ze dat doen?' Joanna huiverde. 'Iemand moet die baby uit je armen hebben gehaald!'

'Ja. En ik wist dat ik alles echt had gezien, alleen ik begon ook te begrijpen dat als ik dat bleef volhouden, ik mijn hele leven tussen de andere gekke mensen zou zitten. Dus uiteindelijk heb ik tegen de artsen gezegd dat ik niets had gezien. De volgende keer dat mijn vader op bezoek kwam, deed ik alsof mijn inzinking voorbij was, dat er niets was gebeurd, dat ik door de koorts was gaan hallucineren.' Ciara glimlachte wrang. 'Dezelfde dag nog regelde hij dat ik naar huis kon. Vanaf dat moment dacht iedereen in het dorp dat ik stapelgek was. De andere kinderen lachten me uit, scholden me uit ... Ik wende eraan, speelde hun spelletje mee en maakte ze uit wraak bang met gekke praatjes,' vertelde ze lachend.

'En je ouders hebben het nooit meer gehad over wat je hebt gezien?'

'Nooit. Maar je weet wat ik heb gedaan, hè?'

'Je bent teruggegaan naar het huis om te zien of de brief er nog was?'

'Inderdaad. Ik moest weten dat ik gelijk had en zij niet.'

'En lag hij daar?'

'Ja.'

'Heb je hem gelezen?'

'Toen niet. Dat kon ik niet, ik kon niet lezen. Maar later, toen ik dat had geleerd, wel. Absoluut.'

Joanna ademde diep in. 'Wat stond er in de brief?'

Ciara keek haar bedachtzaam aan. 'Dat vertel ik je misschien zo. Eerst luisteren, ik ben nog niet klaar.'

Vertelt ze de waarheid, vroeg Joanna zich af. Of was ze, zoals de andere inwoners van het plaatsje schenen te denken, volkomen de weg kwijt?

'Pas vele jaren later begreep ik alles. Ik was achttien toen ik de reden ontdekte waarom ze het stil hadden gehouden, waarom het zo belangrijk was dat ze bereid waren geweest hun dochter weg te stoppen en haar voor gek te verklaren om wat ze beweerde te hebben gezien...'

'Vertel,' moedigde Joanna haar aan.

'Ik was in Cork om wat linnen voor nieuwe lakens te kopen voor mama en ik zag daar een krant, *The Irish Times*. Er stond een ge-

zicht op de voorpagina dat ik herkende. Het was de man die ik in het kustwachthuis had gezien.
 'Wie was het?'
 Ciara Deasy vertelde het haar.

32

Hij slenterde de trap op naar zijn hotelkamer en ontdekte dat de kamerdeur niet op slot zat. Hij haalde zijn schouders op om het nonchalante gedrag van het kamermeisje dat hem moest hebben vergeten af te sluiten nadat ze had schoongemaakt en duwde de deur open.
 Er stonden twee agenten in uniform in zijn kamer.
 'Hallo. Kan ik u helpen?'
 'Bent u toevallig Ian C. Simpson?'
 'Nee, toevallig niet,' antwoordde hij.
 'Kunt u ons dan vertellen waarom u een pen naast uw bed heeft met zijn initialen erop?' vroeg de andere, oudere agent.
 'Natuurlijk. Daar is een simpele verklaring voor.'
 'Mooi. Vertel maar. Op het bureau.'
 'Wat? Waarom? Ik ben Ian Simpson niet en ik heb niets misdaan!'
 'Dat is mooi, meneer. Als u ons wilt vergezellen, weet ik zeker dat we er wel uit komen samen.'
 'Dat doe ik niet! Dit is belachelijk! Ik ben te gast in uw land. Excuseert u mij, maar ik ga ervandoor.' Hij draaide zich om en liep naar de deur. De agenten grepen hem en hielden hem stevig vast bij zijn armen terwijl hij zich probeerde los te worstelen.
 'Laat me los! Wat is hier in godsnaam aan de hand? Kijk dan in mijn portemonnee. Ik kan bewijzen dat ik niet Ian Simpson ben!'
 'Alles op z'n tijd, meneer. Komt u nu rustig mee? We willen Margaret en de clientèle beneden niet van streek maken.'
 Hij zuchtte en gaf zich over aan de ijzeren greep van de agenten. Ze voerden hem af via de gang. 'Ik neem hier contact over op met de Britse ambassade. Je kunt niet zomaar in iemands hotelkamer

inbreken, hem beschuldigen iemand anders te zijn en hem dan in de bak gooien! Ik wil een advocaat!'

De stamgasten in de bar keken geïnteresseerd toe toen de agenten de man naar buiten escorteerden en in de wachtende auto plaatsten.

Simon kwam die middag om tien over vier aan op luchthaven Cork. Hij had een uitbrander gekregen van Thames House omdat hij noch de voorgaande avond, noch die ochtend vroeg op het vliegtuig was gestapt. Hij had onderweg terug van Dorset bij een benzinestation geparkeerd, omdat hij besefte dat hij bijna achter het stuur in slaap viel en was vier uur lang van de wereld geweest. Toen hij wakker werd, was het na negenen en moest hij zich haasten om de vlucht van één uur halen, die ook nog eens twee uur vertraging bleek te hebben.

In de aankomsthal aangekomen pleegde Simon een telefoontje.

'Nog nieuws?'

'De Ierse politie denkt dat ze Simpson hebben gelokaliseerd. Hij zat in hetzelfde hotel als Haslam. Ze hebben hem meegenomen naar het bureau, zoals we hebben gevraagd, en wachten nu op jou voor een positieve identificatie.'

'Mooi.'

'Hij was blijkbaar ongewapend en ze hebben ook geen wapen in zijn kamer aangetroffen, maar ik denk dat we toch een paar mensen moeten sturen om je te helpen hem terug te halen.'

'Goed. En... Haslam?'

'Onze Ierse collega's vertelden ons dat ze heeft uitgecheckt. Het lijkt erop dat ze terugkomt naar Londen. Haar naam staat op de passagierslijst van de vlucht van tien over half zeven vanuit Cork. Aangezien Simpson voor dit moment achter slot en grendel zit, wil ik dat je haar opwacht op het vliegveld. Zoek uit wat ze heeft ontdekt, áls ze iets heeft ontdekt. Bel me later voor verder instructies.'

'Goed, meneer.' Simon zuchtte diep, want hij had geen zin om nog eens twee uur op een vliegveld te wachten, en ook niet in het daaropvolgende gesprek met Joanna. Hij liep naar de krantenkiosk, kocht een krant en nam plaats op een stoel waarvandaan hij de ingang van de vertrekhal goed kon overzien.

Om half zeven werd de laatste oproep voor de vlucht naar Heathrow gedaan. Omdat hij al bij de incheckbalie had gehoord dat mevrouw Haslam niet was komen opdagen, waarna hij naar de luchtzijde was gegaan om de vertrekhal nog eens zorgvuldig uit te kammen, was Simon er zeker van dat ze er niet was. Hij keek toe hoe de laatste passagiers door de gate gingen en de trap af daalden naar het wachtende vliegtuig.

'Dat waren de laatsten, meneer. We sluiten de gate,' zei de jonge Ierse baliemedewerkster.

Simon liep met grote passen naar het brede raam en keek toe hoe de trap geluidloos wegleed bij het vliegtuig en de deur dichtging. Hij zuchtte berustend. Het leek ook al allemaal te makkelijk.

Twintig minuten later sjeesde hij in een huurauto over de N71 naar Rosscarbery.

De woonkamer werd verlicht door vlammen van het vuur die spookachtige, flakkerende schaduwen op de muren wierpen. De twee vrouwen zaten in stilte en merkten amper dat de avond viel, zozeer waren ze beiden in gedachten verzonken.

'Je gelooft me toch wel?'

Joanna nam aan dat het niet verbazingwekkend was dat Ciara Deasy gerustgesteld wilde worden, nadat ze al die jaren voor gek was verklaard. 'Ja.' Ze legde haar vingers op haar slapen. 'Ik kan alleen... niet zo goed nadenken op dit moment. Ik wil je zoveel dingen vragen.'

'We hebben genoeg tijd, Joanna. Morgen misschien, kunnen we dan praten. Je moet nu uitrusten en je gedachten op een rijtje zetten, daarna kun je terugkomen om met me praten.'

'Ciara, heb je de brief bewaard?'

'Nee.'

Teleurgesteld liet Joanna haar schouders hangen. 'Dan kunnen we wat je me hebt verteld niet bewijzen.'

'Het huis wel.'
'Sorry?'
'Ik heb hem daar onder de vloer laten liggen. Dat leek me het veiligst.'
'Zal hij nu dan niet aangetast zijn door het vocht?'
'Nee. Dat huis is misschien oud, maar het is droog. Het is gebouwd om tegen het slechtste weer bestand te zijn.' Ciara's ogen glinsterden. 'Bovendien heb ik hem in een tinnen doosje gedaan en onder het raam gezet van de kamer waarin ze stierf. Het raam van waaruit je deze cottage kunt zien.'
'Dan... zal ik hem gaan halen? Als ik wil bewijzen dat we geen van beiden gek zijn, heb ik hem nodig.'
'Wees voorzichtig, Joanna. Het spookt in dat huis. Ik hoor haar nog steeds schreeuwen, soms, van de andere kant van de baai...'
'Zal ik doen.' Joanna weigerde zich angst aan te laten jagen. 'Zal ik hem morgenochtend halen als het licht is?'
Ciara keek uit het raam, even in gedachten verzonken. 'Er is storm op komst. Het water in de monding zal morgenochtend veel hoger staan...'
'Oké.' Joanna stond op. De duisternis en het gepraat over storm en spoken spoorden haar aan tot actie. 'Bedankt, Ciara, dat je me alles hebt verteld wat je weet.'
'Doe voorzichtig.' Ze kneep in Joanna's hand. 'Niemand vertrouwen, hoor.'
'Nee. Hopelijk kom ik morgen terug met de brief.'
Buiten joeg de wind nu over de riviermonding en de regen sloeg schuin neer. Joanna huiverde oncontroleerbaar toen ze de zwarte kolos van het kustwachthuis zag afsteken tegen de lucht. In het donker had ze wat moeite haar auto open te maken. Ze stapte opgelucht in en sloeg het portier tegen de wind in dicht. Ze startte de motor om het lawaai van buiten niet meer te horen en reed richting het dorp. Een glaasje warme port en de warmte van de haard zouden haar zenuwen wel tot rust brengen, zei ze tegen zichzelf, en haar de kans geven haar gedachten op een rijtje te zetten.
Ze wilde net de motor afzetten en het hotel binnengaan om

Margaret te zeggen dat ze toch nog een nachtje bleef toen ze een paar meter bij haar vandaan een bekende gestalte uit de voordeur van het hotel zag komen. Ze dook instinctief weg.

Laat hem me alsjeblieft niet zien...

Het bloed pompte in haar oren toen een paar kwellende seconden lang felle koplampen de auto in het licht lieten baden, waarna de duisternis weer terugkeerde. Ze ging rechtop zitten, liet haar hoofd tegen de hoofdsteun rusten en ademde weer. Ze wisten duidelijk waar ze was, wat betekende dat ze nog maar weinig tijd had en niet tot morgenochtend kon wachten. Ze moest nu naar het kustwachthuis gaan om de brief te halen voordat iemand anders dat deed.

Er werd op de achterruit geklopt en Joanna schrok zich een hoedje. Ze draaide zich om en zag nóg een bekend gezicht door het glas naar haar glimlachen. Ze rolde met tegenzin haar raampje omlaag toen hij om de auto heen liep.

'Hallo, Lucy.'

'Hallo, Kurt,' zei ze behoedzaam. 'Hoe gaat-ie?'

'Prima.'

'Mooi.'

'Ik dacht dat ik je was misgelopen. Ik was in het hotel en ze zeiden dat je was vertrokken. Ik wilde net teruggaan naar mijn hotel in Clonakilty toen ik je hier in je auto zag zitten.' Hij keek haar aandachtig aan. 'Je ziet vreselijk bleek. Is er iets mis?'

'Nee hoor.'

'Ga je ergens naartoe?'

'Ik... nee. Ik ben net terug. Ik moet nodig naar bed.'

'Oké. Weet je zeker dat er niks is?'

'Ja hoor. Dag, Kurt.'

'Ja, dag.' Hij zwaaide vrolijk naar haar toen ze het raampje weer omhoogdeed en wachtte tot ze hem weg zag lopen. Toen sprintte ze door de regen naar de ingang van het hotel. Ze tuurde door het raampje tot ze Kurts auto had zien wegrijden, waarna ze weer naar haar auto rende en de motor startte.

Ze reed terug over de toegangsweg naar het huis terwijl haar blik constant naar de achteruitkijkspiegel schoot, maar er verscheen geen andere auto achter haar.

Simon reed door de stromende regen naar het plaatselijke Garda-bureau aan de andere kant van het plaatsje Rosscarbery. Voordat hij Simpson ging identificeren, was hij bij het hotel geweest om even snel de kamer te bekijken waarin Ian had gelogeerd. Margaret, de vrouw die het hotel runde, had hem verteld dat de kamer al door de politie was doorzocht en Ians bezittingen een half uur geleden waren meegenomen naar het bureau. Joanna had ze niet meer gezien sinds ze had uitgecheckt en om vier uur die middag naar de luchthaven was vertrokken.

Hij parkeerde voor een wit rijtjeshuis waarvan het verlichte bord met 'Garda' erop het enige teken was dat aangaf dat dit een politiebureau was. De receptie was verlaten. Hij drukte op het belletje en uiteindelijk kwam er een jongeman tevoorschijn.

'Goedenavond, meneer. Weertje, hè? Hoe kan ik u helpen?'

'Mijn naam is Simon Warburton. Ik kom voor Ian Simpson.' Simon liet zijn identificatie zien.

'Ik ben Sean Ryan. Goed dat je er bent. Jullie mannetje geeft alleen maar problemen. Hij is niet blij…. Maar om eerlijk te zijn is dat altijd zo.'

'Is hij nuchter?'

'Ik zou zeggen van wel, ja. We hebben hem laten blazen en hij zit onder de limiet.'

Dat is weer eens wat anders, dacht Simon. 'Goed, laat me hem maar eens bekijken dan.'

Hij liep achter Sean aan door de korte, smalle gang. 'Ik moest hem in de achterkamer opsluiten, Simon, zo'n drukte maakte hij. Doe je wel voorzichtig?'

'Ja,' antwoordde Simon toen Sean de deur van het slot haalde en opzijstapte om hem voor te laten. Er hing een man over het bureau, zijn hoofd rustte op zijn armen en een sigaret brandde tot het filter in een asbak. Hij keek op naar Simon en slaakte een zucht van opluchting.

'Godzijdank! Misschien kun jij deze onnozele Ierse sufferds vertellen dat ik verdomme niet Ian Simpson ben!'
De moed zonk Simon in de schoenen. 'Hallo, Marcus.'

Joanna parkeerde de auto in een berm tegenover het kustwachthuis, zette de motor af en pakte haar zaklamp. Ze raapte al haar moed bijeen om uit te stappen en de toegangsweg over te steken naar het huis.

Ze knipte de zaklamp aan. Haar benen voelden slap. Ze scheen met de straal van de zaklamp op de zanderige oever en zag dat het vloed begon te worden en de baai zich langzaam vulde. Ze wist dat ze alleen in het huis kon komen door erdoorheen te waden, over de muur te klimmen en door het keukenraam naar binnen te gaan.

Toen ze via het trapje de zee in liep, klemde ze haar kaken op elkaar tegen de schok van het ijskoude water dat tot net onder haar knieën kwam, terwijl de striemende regen haar bovenlijf doordrenkte. Ze waadde naar de hoog oprijzende muur en scheen omhoog om het keukenraam te lokaliseren. Nog een paar stappen en ze stond er recht onder. Ze strekte haar vingertoppen uit naar de bovenkant van de muur en trok toen haar lichaam omhoog. Haar spieren spanden zich tot het uiterste aan om steun te vinden. Ze gaf een schreeuw van pijn toen ze haar grip verloor en bijna achterover in het water viel. Na nog drie pogingen vond haar voet een inkeping in het steen zodat ze zichzelf omhoog kon hijsen.

Zwaar hijgend lag ze nu boven op de muur. Ze stond voorzichtig op op de glibberige richel en scheen met de zaklamp om de kapotte ruit te zoeken. Toen ze besefte dat het gat niet breed genoeg was om zich doorheen te kunnen wurmen, trok ze de mouw van haar jas over haar hand en stompte tegen de onderste hoek van het overgebleven glas, dat versplinterde en uiteindelijk wegviel tot er genoeg ruimte was om doorheen te klimmen. Nadat ze de laatste restjes glas uit het kozijn had geslagen, dook ze met haar hoofd vooruit naar binnen.

In de straal van de zaklamp zag ze dat de keukenvloer zich ongeveer een meter onder haar bevond. Ze strekte haar armen uit, haar benen hingen nog uit het raam, en haar vingertoppen raakten de vochtige vloer. Ze viel met een harde kreet naar voren en landde met een bons op de vloer, waar ze een paar seconden bleef liggen. Ze voelde iets zachts. Joanna sprong op, scheen omlaag met de zaklamp en zag de dode rat liggen.

'Ah!' zei ze hijgend. Haar borst ging snel op en neer van schrik en afkeer en haar schouder deed pijn van de val.

Terwijl ze daar stond, krulde de atmosfeer van het huis zich om haar heen. Al haar zenuwen in haar lijf voelden het gevaar, de angst en de dood die uit de muren sijpelden. Haar intuïtie zei haar hier zo snel mogelijk weg te gaan.

'Nee, nee,' mompelde ze bij zichzelf. 'Haal gewoon die brief. Je bent er bijna.'

Haar handen trilden zo erg dat de straal van de zaklamp flikkerde. Joanna vond de keukendeur, deed hem open en bevond zich toen in een hal, met de trap voor haar. Ze liep langzaam naar boven en hoorde buiten de storm zijn hoogtepunt bereiken. Elke tree kraakte en kreunde onder haar gewicht. Bovenaan stond ze even stil. Haar richtingsgevoel was verlamd van de angst en ze wist niet welke kant ze op moest.

'Denk na, Joanna, denk na… Ze zei dat het de kamer was die uitkeek op de cottage…' Ze oriënteerde zich, sloeg links af, liep de gang door en opende de deur aan het einde van de overloop.

'Verdomme, Simon! Kun je me vertellen wat er in godsnaam aan de hand is?' Marcus liep achter hem aan naar de auto en liet zich op de passagiersstoel zakken.

'We dachten dat een… weerzinwekkende figuur genaamd Ian Simpson Joanna hiernaartoe gevolgd was. We namen aan dat jij hem was.'

'Alsjeblieft, zeg, ik weet van Ian en ik weet dat hij haar op de hielen zat, daarom ben ik ook hierheen gekomen! Maar maak je geen zorgen, Joanna is naar huis. Ze is veilig. Dat hoorde ik van

Margaret. Ik wilde ook net uitchecken en achter haar aan reizen naar Londen toen die agenten me oppakten.'

'Ze is niet van luchthaven Cork vertrokken. Ik heb daar op haar gewacht, maar ze is niet komen opdagen voor de vlucht.'

'Jezus!' De angst viel op Marcus' gezicht te lezen. 'Weet je waar ze is? Als die klootzak haar heeft... Jezus, Simon. Het is een beest!'

'Maak je geen zorgen, ik vind haar wel. Luister, ik breng je terug naar het hotel. Ik wil toch even in Joanna's kamer kijken.'

'Al die tijd die ik in dat klotepolitiebureau heb verspild, terwijl ik haar had kunnen zoeken! Dat stelletje idioten had een hele rits creditcards met mijn naam erop en nog wilden ze niet geloven dat ik het was!'

'Je had ook Ian Simpsons pen met zijn initialen bij je bed liggen.'

'Die had Jo in mijn flat laten liggen, ik heb hem alleen maar opgepakt! Wat een teringzooi.'

'Excuses voor het misverstand, Marcus. Het belangrijkste is nu dat we de echte Ian Simpson traceren, en Joanna.'

Marcus schudde gepijnigd zijn hoofd, terwijl Simon voor het hotel parkeerde. 'Joost mag weten waar ze is, maar we moeten haar vinden voor hij dat doet.'

Ze gingen samen naar binnen.

Er schoot een paniekerige uitdrukking over Margarets gezicht toen ze Marcus zag. 'Is hij... veilig?'

'Helemaal,' zei Simon knikkend. 'Er was sprake van een persoonsverwisseling, meer niet. Mag ik de sleutels van mevrouw Haslams kamer? We maken ons zorgen om haar. Ze is niet op het vliegtuig naar Londen gestapt.'

'Natuurlijk. Hij is nog niet schoongemaakt. Het was hier te druk.' Margaret gaf Simon de sleutel.

'Bedankt.'

'Ik ga met je mee naar boven,' zei Marcus en hij rende voor Simon uit de trap op.

Simon maakte Joanna's kamerdeur open. Hij doorzocht systematisch de gebruikelijke plaatsen, terwijl Marcus lukraak voorwerpen optilde. Omdat hij niets vond, ging Marcus op het bed zitten en legde zijn hoofd in zijn handen. 'Kom op, Jo, waar ben je?'

Simons blik viel op de prullenmand. Die gooide hij leeg op de vloer en viste er een verfrommeld vel papier uit. Hij streek het glad en ontcijferde de tekst.

'Ze is naar een vrouw toe gegaan,' zei hij, 'in een roze cottage tegenover het huis in de baai.'

'Wie... Waar?'

'Marcus, ik regel dit. Jij blijft hier en zorgt dat je uit de problemen blijft en dan zie ik je later.'

'Wacht...' Maar voordat hij zijn zin kon afmaken, was Simon al door de deur verdwenen.

Simon reed over de toegangsweg naar de riviermonding zoals Margaret had geïnstrueerd en vond Ciara Deasys cottage, die alleen stond en uitkeek op de zandbanken en de onheilspellende zwarte vorm van het huis in de baai. Hij stapte uit en liep naar de deur.

33

Joanna stond net zo roerloos als de muren om haar heen. De kamer was kaal, door onbekende handen ontdaan van alles wat er ooit in had gestaan.
Ze scheen met de zaklamp op de vloer, keek naar de dikke houten vloerplanken en liep naar het raam dat uitkeek op Ciara's cottage. Ze ging op haar hurken zitten om met haar handen aan de vloerplank te trekken. Hij knerpte en kwam vervolgens gemakkelijk los. Joanna slikte toen ze een plotseling gekras hoorde. Kleine pootjes die zich wegrepten.
Ze ging op de grond zitten, haar vingers verdoofd van de kou, en trok aan nog een rotte plank, die weinig weerstand bood, terwijl de klamme lucht zich vulde met stof en houtsplinters. Toen ze met de zaklamp in het gat eronder scheen, zag ze een verroest blik glimmen. Ze pakte het gauw op en maakte met trillende vingers moeizaam het deksel open.
Toen hoorde ze voetstappen achter de deur. Langzaam en afgemeten, alsof de eigenaar van de voeten ze bevel gaf zich zo stil mogelijk te verplaatsen. Instinctief liet Joanna het blik terug in de bergplaats vallen, knipte de zaklamp uit en verstijfde. Ze kon zich nergens verstoppen, kon nergens naartoe. Haar handen grepen naar een kapotte vloerplank, haar ademhaling kwam in korte, scherpe stoten toen ze de deur krakend hoorde opengaan.

Simon stapte de roze cottage binnen en zag dat de woonkamer leeg was. Het vuur was uit, maar gloeide nog wat na. Hij opende de deur naar de keuken. Er was een emaillen gootsteen met een pomp erboven en een voorraadkast met een verzameling ingeblikte groente, een half sodabrood, wat boter en kaas.

De achterdeur bracht hem naar buiten naar een buiten-wc. Simon liep terug door de woonkamer en ging de trap op. De deur bovenaan was dicht. Hij klopte zacht, bang de oude vrouw de stuipen op het lijf te jagen als ze lag te slapen. Hij klopte luider, denkend dat ze misschien doof was. Er kwam nog steeds geen antwoord. Simon voelde aan de klink en opende de deur. De kamer was in duisternis gehuld.

'Mevrouw Deasy?' fluisterde hij in de lucht. Hij zocht zijn zaklamp in zijn zak en knipte hem aan. Er lag iemand in het bed, dus Simon liep ernaartoe, boog zich eroverheen en scheen met de zaklamp in het gezicht. De mond hing slap open en een paar groene ogen staarde roerloos naar hem terug.

Met zwaar gemoed vond hij de lichtknop en knipte de lamp aan. Hij onderzocht het lichaam op blauwe plekken of andere verwondingen en vond niets, al vertelde de doodsangst die voor altijd in haar blik was gevat Simon het hele verhaal. Dit was geen natuurlijke dood, maar het werk van een professional.

Joanna hoorde de voetstappen de kamer binnenkomen. Het was pikdonker, maar door het gewicht van de passen wist ze dat het een man was die op haar afkwam. Plotseling scheen er een felle lichtstraal in haar ogen. Ze hief de vloerplank en haalde uit naar de lucht voor haar.

'Wauw! Lucy?'

De voeten kwamen naar haar toe en het licht van de zaklamp brandde in haar netvliezen. Ze haalde nog een keer uit.

'Stop, alsjeblieft! Ik ben het, Lucy. Kurt. Rustig maar, ik doe je niks.'

Het duurde even voor haar hersenen door de verblindende angst heen braken en ze besefte dat dit inderdaad een stem was die ze herkende. Haar handen trilden nu hevig en ze liet de vloerplank vallen en tilde haar eigen zaklamp op om zijn gezicht te beschijnen.

'W-wat... Wat doe je... h-hier?' Ze rilde, haar tanden klapperden van angst en kou.

'Sorry dat ik je liet schrikken, schat. Ik maakte me gewoon zorgen om je. Je leek een beetje... nerveus toen ik je net zag. Dus ben ik je hierheen gevolgd om er zeker van te zijn dat alles goed met je is.'

'Je bent me gevolgd?'

'Jeetje, Lu, je bent helemaal doorweekt. Zo loop je nog iets op. Hier.' Kurt legde zijn zaklamp op de grond en haalde een heupflacon uit zijn zak. 'Drink hier wat van.' Hij deed een stap naar voren, pakte toen plotseling de achterkant van haar hoofd en drukte de fles tegen haar lippen. Ze kneep haar mond dicht om te voorkomen dat ze de smerige vloeistof binnenkreeg, Het liep over haar shirt omlaag.

'Kom op, Lu,' moedigde Kurt haar aan. 'Het is alleen maar wat whisky. Daar krijg je het weer warm van.'

Nu zijn zaklamp op de grond lag en die van haar langs haar zij omlaag was gericht, wenden haar ogen aan de duisternis en zag ze waar de deur was. 'Sorry, ik kan niet zo goed tegen sterkedrank.' Ze lachte geforceerd en schokkerig en draaide haar lichaam naar de openstaande deur, maar hij hield haar stevig vast. 'Wat doe je hier?'

Hij pakte zijn zaklamp weer op en zijn tanden leken plotseling scherp en wit toen de straal even over zijn gezicht flitste. 'Zoals ik al zei, ik maakte me zorgen om je. En ik kan jou dezelfde vraag stellen. Wat doe je midden in de nacht in een verlaten huis?'

'Dat is een lang verhaal. Waarom gaan we niet naar buiten, dan leg ik het je uit als we weer in het hotel zijn?'

'Je bent op zoek naar iets en denkt dat het hier is, hè?' Kurt scheen met zijn lamp over de losgetrokken vloerplanken. 'Een verborgen schat?'

'Ja, dat is het, maar ik heb nog niets gevonden. Het kan onder elke plank liggen.' Joanna gebaarde naar de vloer.

'Oké, zal ik je helpen? En dan gaan we hier weg en naar het dichtstbijzijnde haardvuur voordat je doodvriest.'

Joanna dacht na over mogelijkheden om weg te komen. Hij was te lang en te breed om lichamelijk aan te kunnen. Haar enige voordeel was dat hij het niet zou zien aankomen. 'Oké... Ga ik aan deze kant verder, begin jij maar aan die kant.' Ze knikte naar de verste hoek van de kamer, weg van het verroeste blik dat vlak bij haar voeten verborgen lag.

'En dan treffen we elkaar in het midden,' zei hij lachend.

Terwijl hij zich bukte om een vloerplank eruit te tillen, boog ze zich voorover en schoof het blik heimelijk verder onder de nog niet losgewrikte planken.

'Hier is helemaal niks. Heb jij al iets?' riep hij.

'Nee. Laat maar zitten, we gaan,' riep ze terug om zich boven de gierende wind uit verstaanbaar te maken. Het voelde alsof het huis zou worden losgetrokken van de fundering, zo ging de storm tekeer.

'Nee, we zijn hier nu toch, dus kunnen we net zo goed doorgaan. Ik ben klaar aan deze kant, ik zal je daar helpen.'

'Nee, ik ben ook bijna klaar...'

Maar hij was al bij haar en zocht tussen de kapotte vloerplanken. Toen hij het blik vond, knepen zijn ogen zich met een veelbetekenende blik samen.

'Kijk hier eens, Jo,' kraaide hij. Zijn grote handen grepen het vast en trokken moeiteloos het deksel los. Er fladderde een envelop op de grond.

'Wacht...' zei ze.

'Ik zal er voor je op passen, Jo.'

'Nee, ik...'

Met stijgende angst realiseerde ze zich dat hij haar echte naam gebruikte. Ze keek toe hoe Kurt de brief in de zak van zijn waterdichte jack stopte en die dichtritste.

'Nou, dat was makkelijker dan ik dacht.' Hij grijnsde zelfgenoegzaam en kwam op haar af. Ze deinsde achteruit en deed haar best niet in de gaten in de vloer te vallen. 'Laten we geen spelletjes meer spelen, Jo,' zei hij en er was geen spoor meer van de Amerikaanse warmte in zijn stem.

In de bijna volledig in duisternis gehulde kamer was zijn gezicht in schaduwen gehuld, zijn lichaam massief en dreigend. Ze plantte haar voeten stevig op de grond, haar lichaam was gespannen, haar hart klopte snel.

'Wat voor spelletje?' Ze glimlachte zo zelfverzekerd mogelijk naar hem. 'Hier, ik heb nog iets gevonden. Moet je daar kijken.' Ze wees met haar zaklamp naar het gat tussen de vloerplanken. Toen hij zich bij haar vandaan draaide om de lichtstraal te volgen, gooide ze haar volle gewicht tegen hem aan en duwde hem naar voren.

Met een verbaasde kreun verloor hij zijn evenwicht en struikelde, maar de muur brak zijn val. Hij herstelde zich en draaide zich naar haar om. Ze gaf hem een keihard knietje in zijn kruis.

'Ah! Kreng!' zei hij kreunend. Hij klapte dubbel.

Ze rende naar de deur, besefte dat ze haar zaklamp had laten vallen en niets kon zien. Hij greep haar bij haar enkel en ze viel. Terwijl ze stil bleef liggen om zich te oriënteren, werd ze van achteren vastgepakt. Hij nam haar in een ijzeren greep om haar middel vast. Schoppend en schreeuwend werd ze meegesleept tot ze met een harde duw een trap af viel in de duisternis beneden.

Simon stond voor de cottage, nog misselijk van wat hij boven had ontdekt. De wind loeide als een banshee in zijn oren en de regen striemde in zijn gezicht.

'Joanna, waar ben je in godsnaam?' schreeuwde hij tegen de wind.

Boven het geloei uit kwam een ander geluid. Een vrouw schreeuwde van angst, of pijn, hij wist niet welke van de twee. Toen de maan achter een langsscherende wolk vandaan kwam, wierp Simon een blik op het grote huis dat afgezonderd in de riviermonding stond. De golven eromheen schuimden dansend. Het geschreeuw kwam vanuit het huis. Hij zag dat het water te diep was om erdoorheen te waden, dus rende hij terug naar zijn auto en startte de motor.

Met een kreun van pijn werd Joanna wakker, bijgebracht door spetters water op haar gezicht. Haar hoofd voelde alsof het in dikke mist was gehuld en door haar wazige blik was de maan boven haar een steeds veranderend, besneeuwd eiland in de lucht. Ze richtte zich op en dwong haar hersenen zich te oriënteren. Ze besefte dat ze voor de voordeur van het huis lag. Bij het inademen voelde ze een verschrikkelijke pijn aan haar linkerkant. Een gil ontsnapte haar toen ze op de ruwe kiezels viel en een aanval van duizeligheid haar haar bewustzijn weer dreigde te ontnemen. Handen grepen haar onder haar schouders vast en iemand begon haar over het grind te slepen.

'Wat... Hou op... Alsjeblieft...' Ze worstelde en schopte tegen de grond, maar ze had niet veel kracht meer en de ijzeren greep was muurvast.

'Suffe, kleine meid! Je vond jezelf erg slim, hè?'

Voor zich zag ze de ruwe trap die de riviermonding in leidde. Het water klotste al tegen de bovenste tree.

'Wie ben je? Laat me gaan!'

'Dat zal niet gaan, schatje,' zei Kurt lachend.

Hij liet haar op de koude, harde stenen bij de waterrand vallen. Hij legde haar met haar gezicht omlaag en pinde haar armen ruw op haar rug vast, duwde haar toen naar beneden en hield haar zo dat haar hoofd en schouders boven het water hingen. Haar doodsbange ogen keken recht in de woeste golven vlak onder haar. Het was intussen vloed en het water deinde door de sterke stroming.

'Weet je hoeveel last je iedereen hebt bezorgd? Nou?' Hij trok haar hoofd aan haar haren naar achteren tot ze dacht dat haar nek zou breken.

'Voor wie werk je?' vroeg ze buiten adem. 'Wat wil je...'

Joanna kon amper een pijnlijke hap lucht nemen voordat haar gezicht in het ijskoude water werd ondergedompeld. Ze worstelde om haar armen vrij te krijgen, maar ze had geen lucht meer. Felle lichtflitsen verschenen voor haar ogen toen ze geen energie meer had om te vechten.

Net op het moment dat ze op het punt stond haar laatste flardje bewustzijn te verliezen, liet hij plotseling haar hoofd los. Ze hapte proestend naar adem en rolde ongehinderd bij de waterrand vandaan. Ze nam grote happen lucht. Ze zag dat Kurt als in een trance naar het huis achter hem staarde.

'Wie is dat?' riep hij. 'Wie is daar?'

Joanna's hersenen registreerden vaag een ver, schel geluid naast dat van haar eigen zware ademhaling en het water dat wervelde in de storm.

Kurt legde zijn handen op zijn oren en schudde zijn hoofd. 'Hou daarmee op! Hou op!' Hij zakte naar één kant, schreeuwend van de pijn, zijn handen nog op zijn oren.

Dit was haar kans om te ontsnappen. Maar de brief...

Laat zitten, hoorde ze een stem zeggen, laat zitten en vlucht.

Wankelend kwam ze overeind op de natte, glibberige stenen. De afschuwelijke pijn in haar zij schoot nu door haar hele lijf. Joanna realiseerde zich dat haar enige weg naar veiligheid door het water onder haar was. Als ze naar de oever kon zwemmen en erop kon klimmen, maakte ze een kans. Hoewel haar longen nog om zuurstof schreeuwden en elke ademhaling vreselijk pijnlijk was, dook ze in het ijskoude water. Ze ging van schrik onder, maar ontdekte tot haar opluchting dat ze er kon staan. Zo kon ze tenminste waden in plaats van zwemmen, al kwam het water tot haar nek.

Kom op, Jo, kom op, je kunt het, zei ze tegen zichzelf terwijl een nieuwe golf van duizeligheid en misselijkheid een black-out aankondigden. Ze draaide zich om om te kijken of Kurt had gezien dat ze ervandoor was gegaan, en toen zag ze de gedaante, in de slaapkamer op de bovenverdieping van het huis, de armen uitgestrekt alsof ze Joanna naar zich toe wenkte. Ze knipperde en schudde haar hoofd, zeker dat haar naar zuurstof snakkende brein haar voor de gek hield. Maar de gedaante was er nog steeds toen ze haar ogen weer opende. De gedaante knikte, draaide zich toen om en verdween.

Terwijl Joanna haar benen voorwaarts dwong, merkte ze dat de storm plotseling minder hevig was. Het water om haar heen kalmeerde en in plaats van de loeiende wind, heerste er een spookachtige stilte. Ze sleepte zich met nieuwe moed door het water omdat de muur dichterbij kwam.

Kom op, Jo, je bent er bijna, bijna...
Een plotselinge plons achter haar waarschuwde haar voor gezelschap en ze dwong haar lichaam sneller door het water te waden.
Nog iets meer dan een meter, nog iets meer...
'JOANNA!'
Een bekende stem riep haar naam. Ze stopte even om te luisteren. Toen wierp iemand zich boven op haar en ging ze weer kopje-onder. Haar longen vulden zich met het koude zoute water, terwijl ze uit alle macht probeerde lucht binnen te krijgen.
Ik heb geen lucht meer...
Onder water schudde en schokte haar lijf, waarna ze ophield met worstelen.

Toen Simon een kwartier eerder was vertrokken, was Marcus naar de bar gegaan. Hij had een dubbele whisky achterovergeslagen en keek voor de zoveelste keer op zijn mobieltje, in de hoop dat die daardoor over zou gaan.

Hij had Simon moeten dwingen hem mee te nemen. Als er iets met Jo zou gebeuren, zou hij Simon met zijn blote handen de nek omdraaien.

De barvrouw wierp hem een meelevende blik toe en knikte naar de ramen, waardoor niets was te zien vanwege de kletterende regen. 'Je maat is niet goed wijs dat hij op een avond als deze naar buiten gaat. Een maand geleden is er nog iemand tijdens zo'n storm in de riviermonding terechtgekomen.' Ze schudde haar hoofd. 'Nog eentje?'

'Maak er maar een dubbele van, dank je.'

'En wat moet je vriend met Ciara?' klonk een stem van de tafel achter hem.

'Sorry?' Marcus draaide zich om en zag een oude man met een dikke snor die een groot glas donker bier in zijn handen had.

'Ik zag zijn auto over de toegangsweg naar de cottage van die gekke Deasy rijden. Wat wil hij van haar? Die kun je beter met rust laten.'

'Geen idee, we zoeken mijn vriendin...' Zijn stem viel weg

doordat zijn keel werd samengeknepen. Ze werd vermist en hij zat hier op zijn gat niets te doen... 'Wie is die Deasy en waar woont ze?'

'Zo'n achthonderd meter verderop, tegenover het grote huis in de baai. Een roze cottage, je kunt er niet omheen,' zei Margaret.

'Aha.' Marcus sloeg zijn whisky achterover en liep naar de deur.

'Je gaat daar toch niet heen?' zei de oude man. 'Het is daar gevaarlijk op een avond als deze.'

Marcus negeerde hem en stapte de loeiende wind in. Hij zette zich schrap om ertegenin te lopen en binnen een paar stappen was hij doorweekt van de regen. De whisky en angst brandden in hem terwijl hij het met bonzend hart op een hollen zette. De straatverlichting weerkaatste in de plassen op de ongelijkmatige weg. Aan zijn linkerkant zag hij het rijzende zwarte water van de baai, waarvan de golven tegen de muur sloegen.

Een gil doorkliefde de nacht en deed hem verstijven. In de verte zag hij een donker huis eenzaam in de baai staan. Het gegil leek daarvandaan te komen. Toen hij dichterbij kwam, stopte hij om op adem te komen en te luisteren. De wind was plotseling gaan liggen en het was stil. Hij rende weer verder en naderde het huis, waar hij een luide plons hoorde. In het maanlicht zag hij twee mensen in het water. Hij herkende Joanna's donkere haar, nu zo nat als van een zeehond. De andere persoon had haar bijna bereikt.

De schrik schoot door zijn lijf. 'JOANNA!' Marcus rende naar de plek waarvandaan hij het dichtst bij hen in het water kon springen en dook erin. Hij zwom naar hen toe, voelde het ijskoude water amper en zag dat de figuur Joanna van achteren vastgreep en onderduwde. Hij herkende Ian meteen. 'Laat haar los!' schreeuwde hij toen hij hem bereikte.

Ian hield haar stevig vast, hoewel ze was gestopt met spartelen. Hij begon te lachen. 'Ik dacht dat ik jou in Londen had afgehandeld, vriend.'

Met een woedende brul wierp Marcus zich boven op hem. Ze gingen allebei onder, een kluwen vechtende ledematen. Marcus was half blind, omdat het zoute water in zijn ogen prikte. Hij probeerde Ians jas vast te grijpen en hem te schoppen, toen hij een flits van staal zag en achteruitdeinsde. Er weerklonken twee schoten over het water, gevolgd door een afschuwelijke pijn in zijn onderbuik.

Hij probeerde zijn ledematen te dwingen ertegen te vechten, maar kon de kracht niet meer opbrengen. Hij knipperde en keek op in Ians triomfantelijke gezicht terwijl hij zichzelf als een steen in het water voelde zakken.

Simon bracht de auto tot stilstand, hoorde de schoten door de stille nacht klinken en volgde het geluid naar de waterrand. Toen hij met zijn zaklamp over het water scheen, zag hij twee gedaanten. Simon sprong erin en zwom zo snel hij kon naar hen toe.

'Niet dichterbij komen, Warburton, of ik schiet je zonder pardon neer.'

'Jezus, Ian! Waar ben je mee bezig? Wie heb je geraakt?' Simon scheen met de lichtstraal om zich heen en zag een lichaam op de trappen en een ander met het gezicht omhoog in het water drijven.

'Je vriendinnetje heeft me er rechtstreeks heen geleid, zoals ik al dacht.'

'Waar is ze?'

Ian knikte met zijn hoofd naar de trap. 'Ze zwemt belabberd,' grinnikte hij. 'Maar ik heb hem. Ik denk zomaar dat ik volgende week mijn oude baantje weer terug heb, denk je niet? Dit toont ze dat ik het nog steeds kan, toch?'

'Natuurlijk.' Simon knikte terwijl hij naar voren waadde en zag dat het pistool in Ians trillende hand recht op hem was gericht.

'Sorry, Warburton, ik kan niet hebben dat je...'

Simon haalde uit en stompte hem op zijn neus. Hij hoorde een bevredigend gekraak en Ian viel achteruit het water in, het pistool vloog uit zijn hand. Simon pakte het snel en er weerklonken nog twee schoten door de nachtelijke lucht. Een paar seconden later verdween Ian voor de laatste keer onder de golven.

Simon waadde naar Joanna en zag dat de stroming haar een half ondergelopen trap op had gestuwd, die haar lijf ondersteunde. Hij droeg haar in veiligheid en controleerde haar polsslag. Die was zwak, maar aanwezig.

Zijn training nam het over en hij kneep haar neusgaten dicht terwijl hij een paar keer lucht in haar mond blies, voordat hij met reanimeren begon.

'Haal adem! Haal godverdomme adem!' mompelde hij terwijl hij met zijn platte handpalmen ritmisch op haar borstkas duwde.

Uiteindelijk vloog er een hele guts water uit haar mond. Ze hoestte en hapte naar lucht. Het was het mooiste geluid dat Simon ooit had gehoord.

'Alles komt goed, lieverd,' stelde hij haar gerust terwijl ze onbeheersbaar begon te beven.

'Dank je wel,' zei ze zonder geluid en ze glimlachte zwakjes naar hem.

'Blijf hier rustig liggen. Ik moet nog iemand helpen,' zei hij en hij stond op en waadde door het water om het andere lichaam uit het water te halen.

'Marcus, jezus christus!' Hij sleepte hem naar de trap en hees hem uit het water. Marcus' gezicht was wit in het maanlicht en er sijpelde een glanzende, donkere vloeistof uit zijn mond. Zijn pols was nog zwakker dan die van Joanna was geweest, maar hij leefde nog. Zonder veel hoop begon Simon weer met reanimeren. Toch deed Marcus uiteindelijk zijn ogen open.

'Zo voelt het dus om te worden neergeschoten,' fluisterde hij. 'Joanna?'

'Met mij komt alles goed.'

Simon keek op en zag dat Joanna naast hen stond. Ze liet zich bij Marcus op de grond zakken, uitgeput van de paar stappen die ze had gezet.

'Ik ren naar de auto om om hulp te bellen. Blijf bij hem... Blijf tegen hem praten...' Simon verdween in het donker.

'Marcus, het komt goed,' zei ze zacht.

'Probeerde... jou te redden...' Hij hoestte en kreunde terwijl er nog meer bloed uit zijn mond vloeide.

'Dat weet ik. En dat heb je ook gedaan. Dank je wel, Marcus, maar probeer maar niet te praten.'
'S-Sorry voor alles. Ik... hou van je.'
'En ik van jou,' fluisterde ze. Toen nam ze hem in haar armen en huilde tegen zijn schouder.

Schaak

*Als de koning door een vijandelijk stuk wordt
aangevallen en de tegenstander hem bij de
volgende beurt zou kunnen slaan*

34

Noord-Yorkshire, april 1996

Joanna zat stijfjes in het grove heidegras. Ze keek op naar de lucht en wist dat ze nog hooguit een half uur had voordat het blauw zou worden vervangen door grijze wolken vanuit het westen. Ze bewoog zich behoedzaam en probeerde een comfortabelere manier te vinden om te zitten. Ademhalen en bewegen deden nog steeds pijn. Röntgenfoto's hadden aangetoond dat ze drie ribben had gebroken bij haar val van de trap. Ze zat ook onder de enorme paarse plekken. De arts had haar verzekerd dat als ze een tijd rust nam, ze volledig zou herstellen. Ze voelde een misselijkmakende steek in haar buik bij de gedachte en kon zich niet voorstellen dat ze óóit volledig zou herstellen.

Beelden van de nacht waarop het zo weinig had gescheeld of ze had het niet overleefd, overvielen haar dag en nacht, herinneringen die in onwillekeurige volgorde terugkwamen en haar dromen plaagden. De afgelopen dagen had ze pas de mentale kracht gehad om te beginnen met de verwerking van wat er was gebeurd en te proberen de feiten op een rij te krijgen.

De paar uur nadat Simon haar leven had gered, waren nog één waas. De ambulancemedewerkers waren gearriveerd en hadden haar een sterke pijnstillende injectie gegeven, waardoor ze tijdens de rit naar het ziekenhuis half buiten bewustzijn was geweest. Er waren vage herinneringen van röntgenapparaten, gezichten van vreemden die zich over haar heen bogen en vroegen of het hier pijn deed of daar, het prikken van een naald toen ze een infuus in haar arm kreeg. En toen, eindelijk, hadden ze haar met rust gelaten en volgde hemelse slaap.

En toen ze de volgende ochtend gedesoriënteerd wakker was geworden, kon ze amper geloven dat ze nog leefde. Ondanks alle pijn voelde ze zich euforisch dat ze het had overleefd, tot Simon met een ernstig gezicht bij haar bed kwam staan en ze wist dat het ergste nog moest komen...

'Hoi, Jo, hoe voel je je?'

'Ik heb me weleens beter gevoeld,' grapte ze en ze keek naar zijn gezicht op zoek naar een flardje van een glimlach.

'Ja. Luister, alles... Nou ja, dat komt later wel. We hebben het er wel over als je bent aangesterkt. Ik vind het gewoon zo erg dat je erbij betrokken bent geraakt. En dat ik niet genoeg heb gedaan om je te beschermen.'

Joanna zag dat hij zijn handen steeds samenkneep. Een teken van onrust dat ze van jaren terug kende als hij slecht nieuws moest vertellen.

'Wat is er?' vroeg ze hem. 'Zeg op.'

Simon schraapte zijn keel en keek weg. 'Jo, ik moet... Ik moet je iets heel moeilijks vertellen.'

Joanna wist nog dat ze zich afvroeg of er op dit moment iets 'moeilijkers' zou kunnen zijn. 'Toe dan, vertel.'

'Ik weet niet hoeveel je je herinnert van gisteravond...'

'Ik weet het ook niet. Zég het gewoon, Si,' spoorde ze hem aan.

'Oké, oké. Weet je nog dat Marcus er ook was?'

'Ik... Vaag,' antwoordde ze. En toen een beeld van hem, liggend op de grond met een straaltje bloed bij zijn mondhoek. 'O god...' Ze keek op in Simons gezicht toen hij zijn hoofd schudde en zijn hand op de hare legde.

'Het spijt me ontzettend, Jo. Hij heeft het niet gered.'

Simon ging verder met vertellen over de fatale inwendige verwondingen die Marcus had opgelopen, dat hij dood was verklaard toen hij bij het ziekenhuis aankwam, maar ze luisterde niet.

Ik hou van je, had hij gezegd voordat hij misschien wel voor het laatst zijn ogen sloot. Een traan ontsnapte uit een van haar ooghoeken.

Joanna!

'O god!' mompelde ze toen ze besefte dat de stem die ze had gehoord toen ze door de riviermonding waadde die van Marcus was geweest. Hij was er eerder geweest dan Simon, dat wist ze zeker. Ze had niet gezien wie haar aanvaller van haar af had getrokken vlak voordat ze het bewustzijn verloor... maar plotseling werd het haar allemaal duidelijk.

'Hij heeft mijn leven gered,' fluisterde ze.

'Inderdaad.'

Joanna had haar ogen gesloten en gedacht dat misschien, als ze helemaal niet bewoog, de hele nachtmerrie weg zou gaan. Maar dat zou nooit gebeuren, en Marcus zou ook nooit terugkomen om haar te irriteren, op te winden en van haar te houden, want hij was dood, voorgoed... En nu kon ze hem nooit bedanken voor wat hij had gedaan.

De volgende ochtend was ze op de luchthaven van Cork met een brancard een vliegtuig van de luchtmacht in gerold en vervolgens naar Guy's Hospital in Londen gebracht. Tijdens de vlucht had Simon zijn verontschuldigingen aangeboden dat hij haar een alternatieve versie moest inprenten van wat er in Ierland was gebeurd, maar ze had amper naar hem geluisterd.

De volgende dag was Zoe naast haar bed verschenen en had haar kleine hand in die van Joanna gelegd. Joanna had opgekeken in haar blauwe ogen, die zoveel op die van Marcus leken en glazig waren van verdriet.

'Ik kan gewoon niet geloven dat hij er niet meer is,' fluisterde Zoe. Toen had ze haar armen om Joanna heen geslagen en hadden de twee vrouwen elkaar vastgehouden en samen gehuild.

'Simon vertelde dat jullie samen een paar dagen weg waren toen het gebeurde,' zei Zoe nadat ze weer een beetje was gekalmeerd.

'Ja.' Simon had haar op het hart gedrukt dat ze moest zeggen dat het een ongeluk was geweest, eendenjagers in de baai. En dat ze de schutter niet hadden gepakt. Ze was in het water gevallen en bijna verdronken in de verraderlijke golven en het was haar uiteindelijk gelukt om Simon te bellen, die een vliegtuig van de luchtmacht had geregeld om haar naar Engeland terug te brengen. Joanna begreep nog steeds niet dat iemand dat kon geloven, maar ja, de waarheid zou toch ook niemand geloven?

'Hij hield echt van je, Jo,' zei Zoe zacht. 'Hij kon een egoïstisch stuk vreten zijn, zoals je weet, maar ik denk echt dat hij probeerde te veranderen. En jij hebt hem daarbij geholpen.'

Joanna had gezwegen, verdoofd door shock en verdriet, en ze wilde niet nog meer toevoegen aan het web van leugens dat zo dicht geweven leek en waaruit niet te ontsnappen viel. Ze voelden als een fysieke druk op haar borst, waarvan ze betwijfelde of die ooit minder zou worden.

Ze was niet aanwezig geweest op Marcus' begrafenis, die een paar dagen later had plaatsgevonden. Simon had gezegd dat ze het beste niet kon opvallen. Ze was ontslagen uit het ziekenhuis en naar Yorkshire gebracht om bij haar ouders te zijn. Haar moeder had haar eindeloos veel zelfgemaakte soepjes gevoerd, haar geholpen met wassen en aankleden, en ervan genoten weer voor haar te mogen zorgen.

Zoe had haar thuis gebeld om te vertellen dat de begrafenis in kleine kring had plaatsgevonden met alleen familie en een paar vrienden. Hij was begraven in het familiegraf in Dorset, naast zijn grootvader James.

Er was nu meer dan een maand verstreken sinds die afschuwelijke avond, maar de gruwel ervan was nog niet afgewakt in haar geheugen. Ze zuchtte. Misschien zouden morgen een aantal van haar vragen worden beantwoord. Simon had gebeld om te zeggen dat hij een paar dagen naar zijn ouders ging en bij haar langs zou komen. Hij had blijkbaar verlof gehad, vandaar dat hij nog niet eerder naar Yorkshire was gekomen.

Joanna staarde naar de honderden witte stippen op de helling. Het was lammerseizoen en de heuvel leek net een overvolle, wollige crèche.

'De kringloop van het leven,' mompelde ze en ze slikte een brok in haar keel weg. Ze moest steeds om de kleinste dingen huilen. 'Marcus heeft die van hem niet kunnen afmaken doordat hij mij...' Ze slikte tranen weg. Ze was nog niet in staat geweest ook maar te begínnen aan het verwerken van zijn dood, omdat het feit dat hij zich voor haar had opgeofferd haar dag en nacht kwelde. En hoezeer ze ongelijk had gehad toen ze hem een lafaard had genoemd. Hij was het tegenovergestelde gebleken...

'Jo! Hoe gaat-ie?' Een gebruinde en gezond uitziende Simon kwam de keuken van de boerderij binnen.

'Gaat wel.' Ze haalde haar schouders op terwijl hij haar op beide wangen kuste.

'Mooi. En met u, mevrouw Haslam?'

'Hetzelfde als altijd, lieve Simon. Zoals je weet, verandert er hier niet zoveel.' Laura, Joanna's moeder, glimlachte naar hem met de waterkoker in haar hand. 'Thee? Koffie? Een stukje taart?'

'Misschien later, mevrouw Haslam. Wat dacht je van een lunch in de pub, Jo?'

'Ik blijf liever thuis als je het niet erg vindt.'

'Ach, toe nou, schat,' moedigde haar moeder haar aan terwijl ze bezorgd naar Simon keek. 'Je bent de deur niet uit geweest sinds je hier bent.'

'Mam, ik heb elke middag gewandeld.'

'Je weet wat ik bedoel, Jo. Naar plekken waar mensen zijn, geen schapen. Schiet op, ga je vermaken.'

'En het betekent ook dat ik een schuimend glas John Smith's kan krijgen. In Londen smaakt het toch anders,' zei Simon toen Joanna met tegenzin opstond om haar jas uit de bijkeuken te pakken. 'Hoe gaat het met haar?' vroeg hij met gedempte stem aan Laura.

'Haar lichaam geneest, maar... Ik ken haar niet zo stil. Die hele toestand met die arme vriend van haar heeft haar echt aangegrepen'

'Dat geloof ik. Nou, ik zal mijn best doen haar op te vrolijken.'

Ze reden over de heide naar Haworth en kozen voor The Black Bull, een tent waar ze als tieners veel hadden rondgehangen.

Simon zette een glas bier en een sinaasappelsap op tafel.

'Proost, Jo,' toostte hij. 'Het is fijn je te zien.'

'Proost.' Ze tikte haar glas halfslachtig tegen dat van hem.

Hij legde een hand op de hare. 'Ik ben zo trots op je. Je hebt een vreselijke beproeving overleefd. Je hebt je kranig geweerd, en wat er met Marcus is gebeurd...'

'Zonder mij zou hij daar nooit geweest zijn, Simon. Die hele avond is zo... zo'n warboel in mijn hoofd, maar ik herinner me zijn gezicht toen hij daar lag. Hij zei dat hij van me hield...' Met een heftige beweging veegde ze een traan weg. 'Ik kan het niet verdragen dat hij door mij dood is.'

'Jo, niets van dit alles is jouw schuld. Als het iemands schuld is, is het de mijne. Ik had eerder bij je moeten zijn. Ik wist dat je in gevaar was.' Simon werd ook gekweld, door het moment dat hij was omgekeerd om Zoe te helpen Jamie te vinden.

'Maar als ik die avond niet naar Ciara was gegaan en gewoon op het vliegtuig was gestapt, en niet zo koppig was geweest en per se die hele verdomde klotezooi wilde onderzoeken, terwijl jij me had gewaarschuwd niet voor Sherlock Holmes te gaan spelen...'

Ze brachten allebei met moeite een zwak glimlachje voort bij de herinnering.

'Het spijt me ook dat ik die dag bij mijn flat tegen je tekeerging toen het verhaal van de prins en Zoe was gelekt. Ik had op jouw integriteit moeten vertrouwen.'

'Ja, dat had je inderdaad moeten doen,' zei Joanna streng. 'Niet dat het er nu nog iets toe doet. Het valt in het niet bij Marcus' dood.'

'Ja. Nou, probeer in gedachten te houden dat jij niet degene bent die de trekker heeft overgehaald.'

'Nee, dat was "Kurt",' zei Joanna bars. 'Wie was hij? Zeg het me alsjeblieft, Simon. Ik breek mijn hoofd er al over sinds ik in het ziekenhuis wakker werd.'

'Ian Simpson, die collega van me.'

Joanna zweeg even. 'Mijn god. Degene die ook mijn flat overhoop heeft gehaald?'

'Hij is daar zeker geweest, ja.' Simon zuchtte. 'Luister, Jo, ik weet hoe je je voelt. Je wilt natuurlijk alles weten en begrijpen, maar soms, zoals je al hebt ondervonden, is het beter om het erbij te laten.'

'Nee!' Haar ogen schoten vuur. 'Ik weet dat die Ian voor jullie werkte en probeerde te voorkomen dat ik de waarheid ontdekte. En toen ik er bijna was, wilde hij me dood hebben en schoot hij Marcus neer!'

'Jo, Ian werkte op dat moment niet meer voor ons. Hij was met ziekteverlof, omdat hij meerdere psychische problemen had, die werden versterkt doordat hij dronk. Hij was een gevaarlijk ongeleid projectiel op zoek naar roem om zijn baan terug te krijgen. Hij was ook degene die het nieuws over Zoe en de prins aan de *Morning Mail* heeft verteld. Het huis in Welbeck Street werd afgeluisterd, dus Ian wist alles. Hij bleek al jaren "steekpenningen", zoals hij het noemde, aan te nemen van journalisten. Hij had meer dan vierhonderdduizend pond op zijn bankrekening staan, waarvan de meest recente storting zeventigduizend was, op de dag dat het verhaal de voorpagina haalde. Om het even simpel te zeggen: zijn morele kompas was aan flarden.'

'O, Simon!' Joanna legde haar handen op haar brandende wangen. 'Ik heb tegen Marcus gezegd dat ik hém verdacht. Ik…'

'Wat naar.' Simon pakte haar hand vast toen haar ogen zich weer met tranen vulden. Zijn hart brak voor haar.

'Waar is die klootzak nu?' vroeg ze.

'Hij is dood, Jo.'

De kleur trok uit haar gezicht weg. 'Die avond?'

'Ja.'

'Hoe?'

'Doodgeschoten.'

'Door wie?'

'Door mij.'

'O god.' Ze sloeg haar handen voor haar gezicht. 'Is dat wat je voor de kost doet?'

'Nee, maar zoiets kan tijdens het werk gebeuren, net als wanneer je bij de politie werkt. Het was de eerste keer dat ik het ooit heb moeten doen, maar liever hij dan jij. Ik haal nog een drankje. Gin-tonic deze keer?'

Joanna haalde haar schouders op en keek toe terwijl Simon naar de bar liep en terugkwam met hun drankjes. Ze nam een slokje van haar gin en ving zijn blik.

'Ik weet waar het allemaal om gaat, Simon.'

'O ja?'

'Ja. Niet dat het er nog toe doet. De brief die ik heb ontdekt, ligt waarschijnlijk samen met Ian op de bodem van de zee. En als dat niet zo is, is hij naar een plek waar ik hem nooit zal kunnen vinden.'

'Ik heb de brief uit zijn jas gehaald, al had het weinig zin. Het was een natte, pappige prop.'

'Is dit Simon, Jo's beste vriend, aan het woord of Simon, eersteklas geheim agent?' Jo keek hem indringend aan.

'Allebei.' Hij haalde een plastic envelop uit zijn jaszak. 'Ik wist dat je ernaar zou vragen, dus heb ik de overblijfselen meegenomen zodat je het zelf kunt zien.'

Ze pakte de envelop en keek naar de stukjes uit elkaar gevallen papier met uitgelopen inkt.

'Kijk maar goed,' spoorde Simon aan. 'Het is belangrijk dat je me gelooft.'

'Wat heeft dat voor zin? Dit is toch makkelijk na te maken.' Ze wapperde met de envelop naar hem. 'Dus al het gedoe, Marcus' leven... Hiervoor?'

'Ik weet niet wat ik moet zeggen,' zei hij zacht. 'Om eerlijk te zijn zou het niet zijn gebeurd als we geen verwarde, afvallige agent hadden gehad die op oorlogspad was. Het heeft in elk geval de ogen geopend van de lui boven mij. Ze vergeten de psychologische prijs die een carrière als deze kan hebben. Agenten kunnen niet zomaar op straat worden gezet met de mededeling dat ze niet langer nodig zijn. Je wilt dit vast niet horen, maar toen ik bij de dienst begon, keek ik tegen Ian op. Hij was in zijn tijd een briljante agent, een van de besten.'

'Dat weet ik. Zelfs in verwarde toestand, staand in een ruwe zee, was hij een uitstekend schutter. En dat kostte Marcus zijn leven,' mompelde Joanna. 'Staat dit jou ook te wachten?'

'Jezus, ik mag hopen van niet. Deze hele situatie heeft me eens goed laten nadenken over mijn toekomst, kan ik je vertellen.'

'Mooi. Komt hier tenminste nog íets positiefs uit voort.'

'Ik ben blij dat jij nog leeft en dat dit voorbij is. En dan gaan we nu wat eten voor je regelen, je bent vel over been.'

Hij bestelde voor hen beiden een lamsschotel. Simon at die van hem met smaak op, terwijl Joanna die van haar amper aanraakte.

'Geen trek?'

'Nee.' Ze stond op en haar gezicht vertrok van de zeurende pijn in haar ribben. 'Laten we gaan. Ik wil voor eens en voor altijd weten of ik alle feiten op een rijtje heb en ik ben zo paranoïde dat ik het ergens wil bespreken waar ik zeker weet dat niemand meeluistert. Dan kan ik daarna misschien beginnen mijn leven weer op de rails te krijgen.'

Ze liepen langzaam de heuvel op, Joanna gesteund door Simon, langs de kerk van Haworth en daarna de heide op achter het dorp.

'Ik moet even zitten,' zei ze hijgend terwijl ze zich voorzichtig in het ruwe gras liet zakken. Ze ging op haar rug liggen en probeerde te ontspannen en rustiger te ademen. 'Er zijn een hoop dingen die niet logisch zijn,' zei ze na een tijdje, 'maar ik denk dat ik het grote geheel zie.' Ze ademde diep in. 'Mijn oude vrouwtje met de theekisten was in dienst van de koninklijke hofhouding. Ze was een hofdame genaamd Rose Fitzgerald, die verliefd werd op een Ierse acteur genaamd Michael O'Connell. Of zoals we hem nu kennen, Sir James Harrison. Hun relatie was geheim omdat ze van hoge komaf was. De brief die ze mij stuurde, was van haar aan hem, maar als ik gelijk heb, was dat een afleidingsmanoeuvre, want het was zeker niet de brief waar jullie naar zochten, toch?'

'Nee. Ga door.'

'Stel dat Michael, toen hij op bezoek was bij familie in Ierland, hoorde dat er een Engelse heer was die in het kustwachthuis vlakbij verbleef en een affaire had met een plaatselijk meisje. En dat hij hem had herkend?'

'En wie was deze heer dan, Joanna?'

'Dat heeft Ciara Deasy me verteld. Ze heeft zijn foto op de voorkant van *The Irish Times* zien staan op de dag van zijn kroning, tien jaar later.' Joanna staarde in de verte. 'Het was de hertog van York. De man die, toen zijn broer aftrad, koning van Engeland werd.'

'Ja.' Hij knikte langzaam. 'Goed gedaan.'

'Toen kwam Michael erachter dat het meisje zwanger was. En verder ben ik eigenlijk niet gekomen. Kun je... Wil je misschien de details voor me invullen? Hoe jullie van de brief afwisten die Niamh Deasy had geschreven, waar ongetwijfeld uit bleek dat ze een affaire met hem had gehad. En, natuurlijk, dat ze zwanger van hem was. Ik kan alleen maar aannemen dat Michael O'Connell van het bestaan van die brief op de hoogte was en dat heeft gebruikt als pressiemiddel om hem en zijn familie veilig te houden tot hij stierf? Het zou een ongelooflijk schandaal hebben veroorzaakt als het uitkwam, zeker nadat de hertog koning was geworden.'

'Ja. De deal was dat de brief aan ons zou worden gegeven als Michael, James, stierf. Toen dat niet gebeurde, brak er grote paniek uit.'

'Maar waarom hebben jullie dan niet in het kustwachthuis gekeken waar Niamh stierf? Dat was toch de meest logische plek?'

'Soms zien mensen de dingen niet die recht voor hun neus liggen, Jo. Iedereen nam aan dat Michael de brief bij zich had gehouden, tussen zijn bezittingen.' Simon keek trots naar haar. 'Goed speurwerk, hoor. Wil je mijn baan?'

'In geen miljoen jaar.' Joanna glimlachte zwakjes naar hem. 'Ciara vertelde me dat de baby was gestorven. Kun je je voorstellen als het was blijven leven? Dan was het het kind van de toekomstige koning van Engeland. Een halfzusje of -broertje van onze koningin!'

'Ja.' Simon zweeg even. 'Ik kan het me voorstellen.'

'En die arme Ciara Deasy kreeg te horen dat ze gek was. Ik moet haar schrijven, of naar haar toe gaan om te zeggen dat de brief daar weg is, dat het eindelijk voorbij is.'

Simon legde zijn hand op die van Joanna en kneep erin. 'Ciara is helaas ook die avond overleden, Jo. Ian…'

'O god, nee toch!' Ze schudde haar hoofd en vroeg zich af of ze nog meer verschrikkingen wel aankon. 'Het is allemaal zo afschuwelijk. Iets wat meer dan zeventig jaar geleden is gebeurd, kost zoveel mensen het leven.'

'Ik weet het en ik ben het met je eens. Maar zoals je net zei, als het was uitgelekt, zou het een enorm schandaal hebben veroorzaakt, zelfs zeventig jaar na dato.'

'Maar toch…' Joanna haalde diep adem en voelde dat haar longen zeurden door al het praten. 'Er zijn nog steeds dingen die niet helemaal kloppen. Waarom zou het paleis bijvoorbeeld in godsnaam de hertog van York naar Ierland sturen vlak na de afscheiding? Ik bedoel, de Engelsen werden er gehaat en de zoon van de vorst moet een voornaam doelwit voor de IRA zijn geweest. Waarom niet naar Zwitserland? Of in elk geval een warm land?'

'Dat weet ik niet. Waarschijnlijk omdat het de laatste plek was waar iemand hem zou zoeken. Hij was ziek en moest in volledige rust en stilte herstellen. Maar goed,' Simon zuchtte, 'het is tijd om dat boek nu te sluiten.'

'Er klopt nog steeds iets niet.' Joanna drukte met haar laars in een graspol. 'Maar je zult blij zijn te horen dat ik het officieel opgeef. Ik voel me zo… verbitterd en boos.'

'Daar heb je alle recht toe. Maar het gaat over, het verdriet, de boosheid… Op een dag word je wakker en zal het niet meer je leven beheersen,' verzekerde hij haar. 'En ik heb ook nog goed nieuws voor je.' Hij haalde een brief uit de zak van zijn jasje. 'Maak maar open.'

Dat deed ze. Het was een brief van de hoofdredacteur van de krant, die haar haar baan op de nieuwsredactie bij Alec teruggaf zodra ze fit genoeg was om terug te komen. Ze keek op naar Simon, haar mond open van verbazing. 'Hoe kom je hieraan?'

'Die werd mij gegeven om aan jou te geven. De situatie is uitgelegd aan degenen die het moesten weten en gerectificeerd. Persoonlijk vind ik het alleen maar jammer dat je niet glorieus kunt terugkeren met de scoop van de eeuw. Jij bereikte de pot met goud tenslotte eerder dan wij. Kom, we gaan. Ik wil niet dat je kouvat.'

Hij hielp haar voorzichtig overeind en gaf haar een behoedzame knuffel. 'Ik heb je gemist, weet je dat? Ik vond het vreselijk toen we geen vrienden waren.'

'Ik ook.'

Ze liepen arm in arm de heuvel af.

'Simon, er is nog één ding wat ik je wilde vragen over die avond.'

'Wat?'

'Nou, het klinkt vast heel suf, en je weet dat ik niet in dat soort dingen geloof, maar... Hoorde jij ook een schreeuw van een vrouw uit het huis komen?'

'Ja. Ik dacht eerst dat jij het was. Daardoor wist ik waar je was.'

'Nou, ik was het niet, maar volgens mij hoorde Ian het ook. Hij duwde mijn hoofd onder water en ineens liet hij los en legde zijn handen over zijn oren alsof hij iets ondraaglijks hoorde. Heb je... Zag je ook een vrouw bij het bovenraam?'

'Nee, Jo, dat heb ik niet gezien.' Simon grijnsde naar haar. 'Ik denk dat je aan het hallucineren was, liverd.'

'Misschien,' gaf Joanna toe toen ze in de auto stapten. Ze zuchtte. Ze zag het gezicht van de vrouw nog glashelder voor zich. 'Misschien.'

Een uur later reed Simon weg van de boerderij met een laatste armzwaai naar Joanna en haar ouders. Voordat hij terug naar het huis van zijn ouders aan de overkant van de laan ging, moest hij een telefoontje plegen.

'Meneer? Met Warburton.'

'Hoe ging het?'

'Ze kwam in de buurt, maar geen reden voor paniek.'

'Godzijdank. En je hebt haar aangemoedigd het erbij te laten?'

'Dat was niet nodig,' verzekerde Simon hem. 'Ze is er klaar mee. Ze vertelde me trouwens wel iets wat ik vind dat u moet weten. Iets wat William Fielding voor zijn dood aan Zoe Harrison vertelde.'

'Wat?'

'De volledige naam van de boodschapper van onze "Dame". Ik denk dat daar enige verwarring is.'

'Niet over de telefoon, Warburton. Pas het gebruikelijke protocol toe en ik zie je morgen om negen uur op kantoor.'

'Prima, meneer. Goedendag.'

35

De dag voordat Joanna terug zou gaan naar Londen om de brokstukken van haar leven weer op te rapen, reed ze naar Dora, haar grootmoeder van vaderskant in het nabijgelegen Keighley. Dora was halverwege de tachtig, maar nog heel goed bij de pinken. Ze woonde in een comfortabele aanleunwoning.

Toen ze werd verwelkomd met een knuffel en vol vreugde naar binnen werd geleid naar een schaal versgebakken scones, voelde Joanna zich meteen schuldig dat ze niet vaker op bezoek kwam. Dora was altijd een constante geweest in haar leven, omdat ze tot vijf jaar geleden maar zes kilometer van haar zoon en zijn gezin woonde. Joanna had de gezellige cottage als haar tweede huis gezien en haar oma als tweede moeder.

'Vertel me nu maar eens precies hoe je in het ziekenhuis bent beland, jongedame.' Dora glimlachte terwijl ze thee in twee sierlijke porseleinen kopjes schonk. 'En gecondoleerd met je vriend.' Haar warme bruine ogen stonden bezorgd. 'Je weet dat je opa op zijn tweeëndertigste stierf, in de oorlog. Dat brak mijn hart.'

Joanna gaf de oppervlakkige uitleg die Simon haar had geïnstrueerd aan iedereen te geven die erom vroeg.

'Dat is wat je vader zei. Dat je bijna was verdronken.' Dora's intelligente ogen bestudeerden Joanna. 'Maar mij hou je niet voor de gek. In tegenstelling tot hen, herinner ik me nog hoeveel medailles en bekers je op school met zwemmen hebt gewonnen. Toen ik het hoorde, dacht ik bij mezelf: Dora, daar zit meer achter. Dus, lieverd...' Ze nam een slokje van haar thee en keek haar kleindochter toen recht aan. 'Wie heeft geprobeerd je te verdrinken?'

Joanna kon niet voorkomen dat ze een beetje moest glimlachen. Haar oma was zo'n geslepen oude dame. 'Dat is een heel lang verhaal, oma,' mompelde ze terwijl ze haar tweede scone soldaat maakte.

'Ik ben dol op goede verhalen. En hoe langer, hoe beter,' moedigde ze haar aan. 'Ik heb tegenwoordig helaas tijd in overvloed.'

Joanna woog de situatie af. Omdat ze bedacht dat ze niemand op aarde méér vertrouwde dan haar oma, en omdat ze graag haar nog altijd verwarde gedachten in woorden wilde omzetten, begon ze te praten. Dora kon geweldig goed luisteren. Ze onderbrak haar maar zelden, alleen als ze iets had gemist omdat ze een beetje doof was.

'Dus dat is wat er echt is gebeurd,' eindigde Joanna. 'Pap en mam weten natuurlijk niets. Ik wilde ze niet ongerust maken.'

Dora nam Joanna's handen in de hare. 'O, lieverd...' Ze schudde haar hoofd met een mengeling van boosheid en medeleven in haar ogen. 'Ik ben trots op je dat je je hier zo goed doorheen hebt geslagen. Wat vreselijk. Maar jeetjemina, wat een verhaal! Het beste wat ik in jaren heb gehoord. Doet me denken aan Bletchley Park. Daar heb ik tijdens de oorlog twee jaar achter de morsecodemachines doorgebracht.'

Dat was een verhaal dat Joanna al heel vaak had gehoord. Als men het moest geloven, was de Tweede Wereldoorlog gewonnen dankzij Dora's decodeertalent. 'Dat moet een geweldige tijd zijn geweest.'

'De dingen die ik je kan vertellen die achter gesloten deuren plaatsvonden, lieverd. Maar ik heb een geheimhoudingsverklaring getekend en ik neem ze met me mee het graf in. Daardoor ben ik wel gaan geloven dat alles mogelijk was, waar de gewone man nooit weet van zal hebben. Nog thee?'

'Ik zet het wel.'

'Dan help ik je.'

Ze liepen naar de brandschone keuken. Joanna zette de waterkoker aan en Dora spoelde de theepot uit onder de kraan.

'Wat ga je nu doen?' vroeg Dora haar.

'Waarmee?'

'Met je verhaal. Jíj hebt geen geheimhoudingsverklaring getekend. Je kunt het openbaar maken en er een smak geld mee verdienen.'

'Ik heb niet genoeg bewijs, oma. Bovendien is dit een geheim waarvoor hooggeplaatste mensen moorden plegen om te voorkomen dat het naar buiten komt, zoals ik helaas heb ondervonden. Er zijn al te veel mensen voor gestorven.'

'Wat heb je voor bewijs?'

'Rose' eerste brief aan mij, een kopie van de liefdesbrief die ze aan Michael O'Connell schreef en een programmaboekje van het Hackney Empire dat weinig met het verhaal te maken lijkt te hebben, behalve dat James Harrison er onder een andere naam in staat.'

'Heb je die bij je?'

'Ja, ze zitten in mijn rugzak en 's nachts liggen ze onder mijn kussen. Ik kijk nog steeds voortdurend om me heen om te zien of niet iemand zich ergens verschuilt. Ik heb er niets meer aan. Misschien wil jij ze hebben voor bij je andere koninklijke memorabilia?'

Dora's verzameling oude krantenknipsels en foto's die haar hartstochtelijke liefde voor de monarchie verraadde, was een bekende grap in de familie.

'Laat ze maar eens zien, dan.' Haar oma liep de woonkamer weer in met de theepot, schonk een kop verse thee voor hen in en ging in haar lievelingsstoel zitten.

'Het verbaast me dat je bereid bent te geloven dat een van je dierbare koningen misschien een buitenechtelijke verhouding heeft gehad, helemaal die met jouw lievelingslid van het koninklijk huis is getrouwd,' merkte Joanna op terwijl ze in haar rugzak naar de bruine envelop zocht.

'Zo zijn mannen nu eenmaal,' bracht Dora daartegen in. 'Bovendien was het tot voor kort doodnormaal dat koningen en koninginnen maîtresses en minnaars hadden. Het is alom bekend dat er heel wat vorsten zijn geweest met een twijfelachtige afkomst. Er was in die tijd geen anticonceptie, lieverd. Ik had in Bletchley Park een vriendin wier moeder dienstmeid was in Windsor. De dingen die zij me kon vertellen over Edward VII. Hij had een hele rits maîtresses en volgens haar heeft hij minstens twee van hen bezwangerd. Bedankt, lieverd.' Dora pakte de envelop aan en haalde de inhoud eruit. 'Goed, wat hebben we hier?'

Joanna keek toe terwijl haar oma de brieven bestudeerde en daarna het programmaboekje van het theater opensloeg.

'Ik heb Sir James heel wat keren in het theater gezien. Maar hier ziet hij er wel wat anders uit, hè? Ik dacht dat hij donker haar had. Op deze foto is hij blond.'

'Hij heeft het zwart geverfd en een snor laten groeien toen hij James Harrison werd en zijn nieuwe identiteit aannam.'

'Wat is dit?' Dora bekeek de foto die Joanna op de zolder van Haycroft House had gevonden.

'Dat zijn James Harrison, Noël Coward en Gertrude Lawrence. Aan hun avondkleding te zien waarschijnlijk op een of andere première.'

Dora bestudeerde de foto aandachtig en keek toen naar de andere foto van James Harrison in het programmaboekje. 'Lieve hemel!' Ze zuchtte even en schudde toen verwonderd haar hoofd. 'Nee, dat kan toch niet!'

'Wat kan niet?'

'De man die hier naast Noël Coward staat is zeker weten niet James Harrison. Wacht even, dan zal ik het bewijzen.'

Dora stond op en liep de kamer uit. Joanna hoorde het geluid van een la die openging, toen wat gerommel, geritsel van papier, waarna Dora terugkwam met triomfantelijk glinsterende ogen. Ze ging zitten, legde een hele stapel vergeelde krantenknipsels op tafel en wenkte Joanna dichterbij. Ze wees naar een vervaagde, korrelige foto en toen naar de andere. Daarna legde ze Joanna's foto ernaast.

'Zie je? Dat is dezelfde persoon. Geen twijfel mogelijk. Een geval van persoonsverwisseling, lieverd.'

'Maar...' Joanna kreeg geen lucht meer en voelde zich een beetje naar worden toen haar hersenen probeerden te begrijpen wat ze zag. Ze wees naar het gezicht in het programmaboekje, het gezicht

van de jonge Michael O'Connell. 'Dat kan hem toch niet ook zijn?'
Dora haalde haar bril van haar neus en keek Joanna aandachtig aan. 'Ik denk niet dat de toen tweede in lijn van troonsopvolging in een toneelstuk in het Hackney Empire zou spelen, jij?'
'Je wilt zeggen dat de man die naast Noël Coward staat de hertog van York is?'
'Vergelijk die maar eens met deze foto's, op zijn trouwdag, in zijn officiersuniform van de marine, tijdens zijn kroning...' Dora priemde met haar vinger in het gezicht. 'Ik zeg je dat het hem is.'
'Maar de foto van Michael O'Connell in het programmaboekje... Ik bedoel, ze lijken wel een en dezelfde persoon.'
'Het lijkt wel of we dubbel zien, hè? O, en hier moet je ook naar kijken.' Dora haalde nog een krantenknipsel tevoorschijn. 'Het leek me al zo raar toen je het over die "bezoeker" in januari 1926 had. Hier zie je de hertog en hertogin van York tijdens een bezoek aan de York Minster in januari 1926. Mijn ouders hebben nog staan zwaaien in de menigte. Dus het is onwaarschijnlijk dat de hertog rond diezelfde tijd in Zuid-Ierland kan zijn geweest, want in die tijd was dat een lange reis. En bovendien was de hertogin op dat moment zes maanden in verwachting van hun eerste kind. Voor zover ik weet, hebben die twee de Engelse bodem pas weer verlaten voor hun rondreis door Australië het jaar erna.'
Joanna legde haar handen op haar hoofd terwijl haar hersenen worstelden alles te verwerken. 'Dus ik... Dan kan het dus niet de hertog van York zijn geweest in Ierland?'
'Weet je,' zei Dora langzaam, 'in die tijd gebruikten veel beroemde mensen dubbelgangers. Monty stond er bekend om. En Hitler natuurlijk. Daarom konden ze hem niet pakken, ze zouden nooit weten of ze de juiste man hadden.'
'Dus je wilt zeggen dat Michael O'Connell misschien als vervanger is gebruikt voor de hertog van York? Maar waarom dan?'
'Schiet mij maar lek. Maar de hertog heeft altijd een zwakke gezondheid gehad. Als jongen was hij ziek geweest. En hij stotterde natuurlijk ook vreselijk. Hij heeft zijn hele leven last gehad van bronchitisaanvallen.'

'Maar dat moet toch iemand zijn opgevallen? Alle foto's in de kranten...'

'De kwaliteit daarvan was niet zoals tegenwoordig, lieverd. Geen nieuwerwetse lenzen die in je gezicht werden geduwd, en geen tv. Als je geluk had, zag je de leden van het koninklijk huis van een afstandje, of hoorde je ze op de radio. Ik zou denken dat als ze een vervanger nodig hadden, bijvoorbeeld als de hertog ziek was en ze niet wilden dat het volk het wist, ze daar makkelijk mee weg waren gekomen.'

'Oké, oké.' Joanna probeerde al deze nieuwe informatie in zich op te nemen. 'Dus als dat het geval was, en Michael O'Connell werd gebruikt als dubbelganger van de hertog van York, waarom is dat dan nu nog zo belangrijk?'

'Dat moet je niet aan mij vragen, lieverd. Jij bent hier de onderzoeksjournalist.'

'Jeetje!' Gefrustreerd schudde Joanna haar hoofd. 'Ik dacht dat ik het allemaal snapte, maar als dat wat jij nu zegt waar is, ben ik terug bij af. Waarom moesten er dan zoveel mensen overlijden? En wat stond er in godsnaam in de brief die ze koste wat kost in handen wilden krijgen?' Ze staarde in het niets met wild bonzend hart. 'Als... áls je gelijk hebt, heeft Simon me volledig om de tuin geleid.'

'Misschien dacht hij dat het beter was dan dat je in de rivier verdronk,' zei Dora wijs. 'Simon is een goede Yorkshireman en jij bent als een zus voor hem. Wat hij ook heeft gedaan, hij deed het om je te beschermen.'

'Daar ben ik het niet mee eens. Hij geeft misschien wel om me, maar in de afgelopen weken ben ik erachter gekomen waar zijn loyaliteit echt ligt. Jeetjemina, oma, ik ben zo in de war. Ik dacht dat het allemaal voorbij was, dat ik het misschien kon vergeten en verder kon met mijn leven.'

'Nou, dat kun je natuurlijk doen, lieverd. We hebben alleen maar de overeenkomst tussen de ene jonge man en de andere ontdekt...'

'Overeenkomst? Op die foto's zou bijna niemand het verschil zien! Het is té toevallig. Ik ga terug naar Londen en alles nog eens overdenken. Mag ik deze krantenknipsels lenen?'

'Natuurlijk, zolang ik ze maar terugkrijg.'

'Dank je wel.' Joanna pakte de knipsels op en vouwde ze in haar rugzak.

'Laat je me weten hoe het gaat, lieverd? Mijn intuïtie zegt me dat je nu op het juiste spoor bent.'

'God sta me bij, maar de mijne ook.' Ze gaf haar oma een zoen. 'Dit klinkt misschien overdreven, maar zeg alsjeblieft tegen niemand iets over wat we vandaag hebben besproken, oma. De mensen die hierbij betrokken raken, hebben de vreselijke gewoonte gewond of gedood te worden.'

'Zal ik doen, ook al is de helft van de ouden van dagen hier om me heen te seniel om zich te herinneren welke dag het is, laat staan een verhaal als dit,' zei Dora grinnikend.

'Ik kom er zelf wel uit.'

'Ja. Doe voorzichtig, Joanna. En wat je ook vindt, als je iemand moet vertrouwen, vertrouw dan Simon.'

Joanna riep gedag vanuit de hal, deed de voordeur achter zich dicht en liep naar de auto. Toen ze wegreed, mijmerde ze dat Dora haar misschien per ongeluk naar de waarheid had geleid, maar dat ze er met haar laatste woorden over Simon vreselijk naast zat.

36

Toen Simon op kantoor kwam, hing er een vage zweem van een duur parfum bij Ians oude bureau, en zijn uitpuilende asbakken en half leeggedronken koffiemokken waren vervangen door een orchidee in een pot. Een handtas van Chanel hing aan zijn elegante ketting aan de rugleuning van de stoel.

'Wie is de nieuwe?' vroeg Simon aan Richard, de systeemmanager van het kantoor die altijd van alle nieuwtjes op de hoogte was.

'Monica Burrows.' Richard trok een wenkbrauw op. 'Gedetacheerd vanuit de CIA.'

'Aha.' Simon ging aan zijn eigen bureau zitten en zette zijn computer aan om zijn mail te checken. Hij was de afgelopen maand bijna niet op kantoor geweest. Toen hij nog een blik op Ians bureau wierp, werd hij overvallen door een heel scala aan gevoelens. Een stekend schuldgevoel dat hij degene was geweest die Ians leven had beëindigd...

Er waren geen woorden om zijn gevoelens op papier te zetten, niets wat hij kon zeggen om het uit te leggen. Hij was zijn eigen rechter en jury. Hij zou nooit worden berecht voor zijn misdaad, maar hij zou ook nooit vergeven of veroordeeld worden en voor de rest van zijn leven in een moreel niemandsland vastzitten. Hij twijfelde steeds meer of deze carrière wel wat voor hem was.

Het is niet Monica's schuld dat ze het bureau heeft gekregen van een man die er niet meer is, dacht Simon bij zichzelf.

'Het leven is als een emmer vol water. Haal er een kopje water uit en de emmer loopt over,' had iemand ooit tegen hem gezegd.

Hij wekte zichzelf uit zijn dagdroom, keek hoe laat het was en besefte dat hij nog maar een kwartier had voor hij verslag moest uitbrengen.

'Hoi,' zei een onbekende stem achter hem.

Simon draaide zich om naar een lange brunette in een jasje en rok van goede snit. De vrouw zag er onberispelijk uit, van top tot teen gestyled. Ze stak haar hand uit. 'Monica Burrows, aangenaam kennis te maken.'

'Simon Warburton.' Simon schudde haar hand en merkte op dat haar glimlach hartelijk was, maar haar perfect opgemaakte groene ogen kil stonden.

'Het lijkt erop dat we buren zijn,' zei ze liefjes toen ze ging zitten en haar lange, slanke benen over elkaar sloeg. 'Misschien kun je me helpen wegwijs te worden.'

'Natuurlijk, maar helaas moet ik net weg.' Simon stond op, knikte naar haar en liep naar de deur.

'Tot later,' hoorde hij haar zeggen toen hij de deur openduwde.

Het leven gaat door, dacht hij terwijl hij de lift uit stapte op de bovenste etage en door de gang liep over het dikke tapijt. 'Zelfs als dat niet zo is,' mompelde hij toen hij zich meldde bij de trouwe receptioniste die in haar eentje midden op de bovenste etage zat.

De felle ochtendzon stroomde naar binnen door de hoge ramen. Hij stapte de kamer binnen en dacht hoe broos de man eruitzag. Het felle licht accentueerde de diepe rimpels op zijn gezicht.

'Goedemorgen, meneer,' zei hij toen hij naar het bureau liep.

'Ga zitten, Warburton. Als eerste, ben je nog iets te weten gekomen over dat detectivebureau dat James Harrison had ingehuurd?'

'De privédetective die ik heb ondervraagd, vertelde dat James Harrison hem had gevraagd te onderzoeken wat er al die jaren geleden in Ierland met Niamh Deasy was gebeurd.'

'Schuldgevoel in zijn laatste levensfase,' zuchtte de oude man. 'Ik neem aan dat ze niets hebben kunnen vinden?'

'Niet meer dan dat zij en het kind bij de bevalling zijn overleden, meneer.'

'Nou, ik kan er tenminste troost uit putten dat de Britse geheime dienst in die zaak wél zijn sporen adequaat heeft uitgewist. En de toestand omtrent Marcus Harrison is netjes gladgestreken, neem ik aan?'

'Ja, het is gerapporteerd als een jachtongeluk en ik betwijfel dat iemand dieper zal graven. De begrafenisplechtigheid was vorige maand.'

'Mooi. Goed, de naam die mevrouw Haslam je gaf, is interessant, zeer interessant. Ik heb me altijd afgevraagd wie onze "Dame" genoeg vertrouwde om die vermaledijde brieven af te leveren. Dit was zeker een goede vriendin van haar, hoewel als ik het me goed herinner, ze toen dit allemaal speelde, al was vertrokken om te trouwen. Ik heb er wat mannen op gezet, maar de kans is groot dat ze toch al dood is.'

'Waarschijnlijk, meneer, maar op dit moment is elke mogelijkheid de moeite waard om te onderzoeken.'

'We hebben elk stukje papier op die zolder bekeken. Kun je nog een andere opbergplaats bedenken, Warburton?'

'Helaas niet, hoewel ik me ernstig begin af te vragen of hij de brief misschien heeft vernietigd en die gewoon niet meer bestaat. Het is voor mij heel duidelijk dat de familie Harrison niets over Sir James' verleden weet.'

'Maar kijk eens hoe dicht Haslam bij de waarheid is gekomen. We hebben geluk gehad dat Harrisons link met Ierland het perfecte rookgordijn vormde.' De oude man zuchtte weer. 'Hij zal die rotbrief hebben bewaard, en ik rust niet voordat hij gevonden en vernietigd is. Let op mijn woorden, als wij hem niet in handen krijgen, dan doet iemand anders dat wel.'

'Ja, meneer.'

'Omdat er weinig andere opties lijken te zijn stel ik je weer in dienst van Zoe Harrison. Het paleis twijfelt erover hoe ze de situatie moeten aanpakken. Zijne Koninklijke Hoogheid weigert nog steeds bij zinnen te komen. Voorlopig gaan ze niet tegen hem in en hopen ze dat de relatie uit zichzelf uitdooft.'

Simon bestudeerde somber zijn handen. 'Ja, meneer.'

'Hij dringt er ook op aan dat mevrouw Harrison en hij officieel samen in het openbaar gaan verschijnen. Het paleis heeft ermee ingestemd dat ze hem over een paar weken vergezelt naar een filmpremière. Hij wil haar ook graag verhuizen. Dat houden ze tegen. Afgelopen week was ze met haar zoon op vakantie, maar er is haar verteld dat ze je maandagochtend in Welbeck Street kan verwachten.'

'Ja, meneer. Nog één ding, Monica Burrows van de CIA. Jenkins vertelde me dat ze met ons zal samenwerken. Ik neem aan dat ze niets weet?'

'Zeker niet. Persoonlijk keur ik al dat samenwerken met andere inlichtingendiensten, methoden delen en ideeën samenbrengen af. Jenkins zal haar licht surveillancewerk geven, zodat ze tijd kan doorbrengen met mensen van de afdeling, met ze kan meelopen, dat soort dingen. Bedankt, Warburton. We spreken elkaar morgen op het gebruikelijke tijdstip.'

Simon verliet het kantoor en bedacht hoe moe de oude man eruit had gezien. Maar hij had het geheim dan ook vele jaren alleen gedragen en die last was genoeg om het sterkste gestel van zijn kracht te ontdoen.

Bij hém gebeurde dat in elk geval.

'Joanna!' Er werd een stel dikke, harige armen om haar schouders geslagen.

'Hoi, Alec.' Ze was overdonderd door zijn genegenheid.

Hij liet haar los en deed een stap achteruit om naar haar te kijken. 'Hoe gaat het, lieverd?'

'Prima.'

'Je ziet er verschrikkelijk uit. Vel over been. Gaat het echt?'

'Ja. Om eerlijk te zijn wil ik gewoon graag aan het werk, Alec. En de afgelopen paar weken proberen te vergeten.'

'Oké. Goed, dan zie ik je voor een broodje in de pub om één uur. Ik moet je over een paar dingen bijpraten. Er hebben wat… veranderingen plaatsgevonden sinds je vertrek. Huppakee, naar je oude bureau nu jij, dan kun je je mail bijwerken.' Hij knipoogde naar haar en ging weer achter zijn computer zitten.

Joanna liep door de ruimte en ademde de bedompte kantoorgeur in. Hoeveel bordjes met 'NIET ROKEN' het management ook ophing, er hing steevast een sigarettenwolk boven de bureaus van de nieuwsredactie. Joanna was blij te zien dat Alice' stoel naast haar leeg was. Had ze even de tijd om te acclimatiseren zonder een spervuur van vragen. Ze ging zitten en zette haar computer aan.

Nietsziend staarde ze naar het scherm terwijl haar gedachten over de nieuwe feiten bleven gaan. Sinds ze Dora had gezien, had ze meer foto's van de jonge hertog vergeleken met die van de jonge Michael O'Connell in het programmaboekje. De mannen waren niet van elkaar te onderscheiden.

Aan de hand van haar oma's idee van een 'dubbelganger' was Joanna de grote lijnen gaan bedenken van wat er gebeurd zou kunnen zijn: een jonge acteur die qua uiterlijk en leeftijd veel op de hertog van York leek, was uitgekozen om de rol van zijn leven te spelen. De hertog kon op dat moment niet in Ierland zijn geweest wegens officiële verplichtingen en het feit dat zijn vrouw in verwachting was, dus moest het wel Michael O'Connell zijn geweest die in het kustwachthuis verbleef. En daarom was het ook Michael O'Connell die een affaire met Niamh Deasy had gehad. De arme Ciara had tien jaar later de foto van de hertog van Yorks kroning op de voorpagina van *The Irish Times* gezien en begrijpelijkerwijs gedacht dat híj het was geweest die in het huis aan de overkant van de baai had verbleven, dat híj degene was geweest die een affaire met haar zus zaliger had gehad. En, dacht Joanna bedroefd, de brief die zoveel jaren onder de vloerplanken van het huis was verborgen, was waarschijnlijk niets meer geweest dan de laatste verdrietige woorden van een stervende vrouw aan Michael, de man van wie ze hield.

Als dat het geval was, waarom had Michael O'Connell dan een andere identiteit aangenomen? Wat had hij geweten dat hem een groot huis in Welbeck Street, geld, een aristocratische vrouw en enorm succes als acteur had opgeleverd? En hoe zat het met de liefdesbrief aan 'Siam' van de mysterieuze dame, de brief waarmee haar zoektocht was begonnen? Had Rose die geschreven, zoals ze eerder had gedacht, of iemand anders…

Joanna slaakte een gefrustreerde zucht. De crux was dat er, ook al leken de twee mannen als twee druppels water op elkaar, nergens bewijs voor was.

Ze keek om zich heen in een poging weer in de realiteit te landen. Er was een grote kans dat als iemand er lucht van kreeg dat ze ook nog maar een beetje geïnteresseerd was, ze er meteen bovenop zouden zitten. Ze hadden haar alleen maar haar leven teruggegeven omdat ze dachten dat ze toch niets wist. De grote vraag was: had ze de moed en de kracht om de waarheid na te jagen? Zelfs al had ze geen overtuigende antwoorden, Joanna's intuïtie vertelde haar dat ze er gevaarlijk dichtbij was.

Ondanks haar protest duwde Alec haar stipt om één uur de plaatselijke pub in, benieuwd naar het hele verhaal.

Hij keek haar over zijn glas bier aan en zei: 'Dus, vertel me alles.'

'Er valt niets te vertellen. Er waren eendenjagers en Marcus en ik zaten er ineens middenin. Hij is doodgeschoten. Ik ben weggerend en in de baai gevallen, waarna ik door de stroom werd meegesleurd en bijna ben verdronken,' herhaalde ze als een mantra.

'Eendenjagers!' Alec snoof. 'Godsamme, Jo! Je hebt het tegen míj. Wat heb je ontdekt waardoor je voor je leven moest vechten en Marcus het zijne heeft verloren?'

'Niets, Alec. Echt,' zei ze vermoeid. 'Alle sporen liepen dood. Wat mij betreft is dat hoofdstuk gesloten. Ik heb mijn fantastische baan terug en ik ben van plan me te focussen op het ontdekken van sappige geheimen van supermodellen en soapsterren in plaats van te worden meegesleept door fantasietjes van verzonnen intriges die door oude dametjes in mijn oor worden gefluisterd.'

'Haslam, je kunt verdomd slecht liegen, maar ik begrijp dat de hoge heren erin zijn geslaagd je goed bang te maken. Wat jammer is, want ik heb zelf ook nog wat graafwerk verricht.'

'Bespaar je de moeite, Alec. Dat leidt nergens toe.'

'Ik hou er niet van om op mijn strepen te gaan staan, lieve schat, maar ik zit al langer in dit vak dan jij op deze aardkloot rondloopt en ik ruik een schandaal op kilometers afstand. Wil je het horen of niet?'

Joanna haalde nonchalant haar schouders op. 'Niet echt, nee.'

'Ik vertel het je toch. Ik heb een van die autobiografieën van Sir James gelezen en er viel me iets op.'

Joanna deed haar best ongeïnteresseerd te kijken terwijl Alec verderging.

'Er werd verteld hoe close Sir James met zijn vrouw Grace was. Hoe goed hun huwelijk was en hoe kapot hij van haar dood was.'

'Ja. En?'

'Grace schijnt in Frankrijk te zijn overleden. Als je geliefde in het buitenland overlijdt, zul je toch het lichaam willen ophalen om het op eigen bodem te begraven? Zodat je op een dag voor altijd naast elkaar zult liggen? En we weten dat Sir Jim in Dorset ligt begraven. In zijn eentje,' voegde hij eraan toe.

'Misschien. Marcus is ook thuisgebracht vanuit Ierland.' Joanna moest slikken. 'Hoewel ik niet naar de begrafenis kon.'

'En dat vind ik echt heel erg voor je, meid. Maar dat dus. Waarom heeft Sir James niet hetzelfde gedaan voor zijn geliefde vrouw? Of is ze misschien helemaal niet overleden?'

'Ik weet het niet. Mag ik nu mijn sandwich? Ik ben uitgehongerd.'

'Is goed. Kaas?'

'Graag.'

Schreeuwend boven het kabaal uit bestelde Alec de sandwich en nog wat te drinken. 'Maar goed, ze zou nu in de negentig zijn, dus de kans dat ze nog leeft en bij haar volle verstand is, is klein.'

'Denk je echt dat ze misschien nog leeft? Dat ze hier ook bij betrokken was?'

'Zou kunnen, Jo, zou kunnen.' Hij nam een grote slok bier.

'Dit is allemaal erg interessant, Alec, maar zoals ik al zei, ik ben er klaar mee.'

'Wat jij wilt, meid.'

'Bovendien, hoe ga je in godsnaam te werk als je iemand wilt opsporen die al bijna zestig jaar dood wordt gewaand?'

'Ah, dat zijn nou de kneepjes van het vak. Er is altijd een manier om ze uit de tent te lokken, als je het goed verwoordt.'

'Als je wat goed verwoordt?'

'Een advertentie op de pagina met overlijdensberichten. Ieder oud besje leest die om te zien of iemand die ze kennen, de pijp uit is gegaan. Kom op, Jo, eet je sandwich op. Je kunt wel een pondje extra gebruiken.'

Joanna stapte die avond dodelijk vermoeid haar flat binnen. Ze liet het bad vollopen. Na de schone lucht in Yorkshire voelde Londen, en zijzelf ook, groezelig. Toen ze eenmaal in bad was geweest en haar badjas en donzige pantoffels aan had getrokken, ging ze op de bank in de woonkamer zitten. Ze vroeg zich nu af of ze te vroeg was teruggekomen. In Yorkshire had ze zich tenminste veilig gevoeld, en niet zo alleen als nu.

Ze pakte de stapel post erbij die zich had opgehoopt tijdens haar afwezigheid, en begon die open te maken. Er was een lieve brief van Zoe, die schreef dat ze blij was dat Joanna weer in Londen was en vroeg of ze haar wilde bellen zodat ze een keer samen konden gaan lunchen. Er was ook een angstaanjagende stapel onbetaalde rekeningen, dus Joanna was blij dat ze haar baan weer terug had. Terwijl ze de stapel verdeelde in 'belangrijk' en 'prullenbak', gleed er een dunne witte envelop op de vloer. Ze pakte hem op en toen ze zag dat het een brief was met alleen haar naam, handgeschreven, op de voorkant, maakte ze hem open.

Lieve Jo,

Verscheur deze brief alsjeblieft niet. Ik weet dat ik een grote eikel ben geweest. Toen ik zag hoe gekwetst en boos je was... Ik heb mezelf echt nog nooit zoveel gehaat als nu.
Mijn leven lang heb ik anderen de schuld gegeven van mijn problemen en ik besef nu dat ik een lafaard ben. Ik ben zo'n enorme lafaard dat ik je niet de waarheid heb verteld over het geld. Ik heb je nooit verdiend.
Vanaf het moment dat ik je in dat restaurant zag, wist ik dat ik je wilde. Dat je bijzonder en anders was. Je bent een geweldige vrouw en jouw kracht en dapperheid laten mij zien wat voor sneue persoon ik ben.

Ik weet dat je waarschijnlijk je hoofd schudt terwijl je dit leest, als je deze brief niet al in de prullenbak hebt gegooid. Ik·ben niet welbespraakt of romantisch, maar ik leg mijn hart hier bloot voor jou. Het is waar, Joanna Haslam, ik hou van je. Er is niets wat ik kan doen om het verleden te veranderen. Maar ik hoop dat ik de toekomst kan veranderen. Als je me kunt vergeven, wil ik voor jou een betere man zijn en je laten zien wie ik kan zijn.

Nogmaals, ik hou van je
Marcus

P.S. Ik heb de krant trouwens niet over Zoe verteld. Ze is mijn zus. Dat zou ik haar nooit aandoen.

'O god. O god, Marcus...' De tranen rolden over haar wangen. 'Maar je hebt het me laten zien schat, echt waar!'

Ze barstte in snikken uit toen het afschuwelijke definitieve van de dood, het feit dat ze hem nooit zou kunnen bedanken voor wat hij voor haar had gedaan, met een schok tot haar doordrong op het moment dat ze zijn laatste woorden aan haar nog eens las. Ze realiseerde zich dat er, ondanks zijn gebreken, nog nooit iemand zoveel van haar gehouden had als Marcus. En nu was hij er niet meer.

'Ik ben niet sterk of dapper,' mompelde ze terwijl ze naar de slaapkamer liep en in haar rugzak zocht naar de slaappillen die de arts haar had gegeven bij haar ontslag uit het ziekenhuis. Die zou ze vanavond zeker nodig hebben.

Joanna haalde de oude krantenknipsels eruit en de envelop met al haar 'bewijs'. Ze stapte in bed en keek naar de stapel. Weer moest ze de foto's vergelijken, en weer zocht haar hoofd naar antwoorden.

'Het was jóúw grootvader, Marcus,' fluisterde ze tegen de stille kamer, waarna ze een pil slikte en probeerde een fijne houding te vinden op haar nieuwe matras. 'Wie wás hij?' vroeg ze aan de ether.

Nog steeds niet in staat in slaap te komen ondanks de pil, ging Joanna een uur later rechtop zitten. Ze was toch zeker verplicht het uit te zoeken voor Marcus, die zijn leven had verloren tijdens de zoektocht?

Op Alecs advies besloot ze haar computer te pakken om een zoekertje te plaatsen. Er bestonden meer dan tien nationale Franse kranten, plus talrijke plaatselijke. Ze besloot te beginnen met *Le Monde* en *The Times*, die Grace misschien kocht om bij te blijven aangezien ze van Engelse origine was. Als advertenties in die twee niets opleverden, zou ze de volgende twee pakken, enzovoorts. Er was ten slotte geen garantie dat Grace nog steeds in Frankrijk woonde. Ze kon goed al die tijd geleden vlak na haar in scène gezette dood zijn vertrokken.

Maar hoe moest ze de advertentie verwoorden zodat Grace zou weten dat het veilig was zichzelf bekend te maken? En tegelijkertijd niet iemand anders alarmeren die misschien toekeek en afwachtte? Joanna zat tot diep in de nacht in kleermakerszit op haar bed en de stapel verfrommelde vellen papier – waarvan ze wist dat ze ze allemaal zou moeten verbranden voor de ochtend kwam – groeide terwijl ze haar hersenen pijnigde om de juiste woorden te vinden.

Toen de dageraad inzette, typte Joanna de advertentie en verwijderde hem meteen van haar computer nadat ze hem had geprint. Op haar werk gebruikte ze de fax van kantoor om hem in te sturen, met de vraag of ze de advertentie zo snel mogelijk wilden plaatsen. Ze zouden over twee dagen in de krant staan. Het was een grote gok, dat wist ze. Nu kon ze alleen maar afwachten.

Tijdens haar pauze zat ze in de plaatselijke bibliotheek in Hornton Street te werken, de tafel vol boeken over de geschiedenis van de koninklijke familie. Ze bestudeerde nog een foto van de jonge hertog van York en zijn bruid. Toen liet ze haar blik omlaagglijden en zag een ring aan een vinger van zijn linkerhand. Ook al bevond hij zich deels in de schaduw, de vorm en het zegel kwamen haar bekend voor.

Joanna sloot haar ogen om haar brein te doorzoeken. Waar had ze die ring eerder gezien? Ze vloekte hardop omdat ze er niet op kwam, keek op de klok en besefte dat haar lunchpauze voorbij was.

Om vier uur gaf ze ineens opgetogen een klap op haar bureau toen ze even een kop thee zat te drinken.

'Natuurlijk!'

Ze pakte de telefoon en belde Zoe.

'Hoe gaat het met je?' Zoe deed die avond de deur in Welbeck Street open, keek snel heen en weer in de straat en gebaarde Joanna toen binnen te komen, waar ze haar hartelijk omhelsde.

'Het... gaat.'

'Echt? Je ziet er erg mager uit, Jo.'

'Dat kan. Hoe gaat het met jou?'

'Ja, nou ja... Je weet wel. Hetzelfde. Thee? Koffie? Wijn? Ik ga voor het laatste, want de vijf zit allang in de klok.'

'Ik doe met je mee,' zei Joanna terwijl ze achter haar aan de keuken in liep.

Zoe pakte een halflege fles en schonk de wijn in twee glazen.

'Jij ziet er ook niet heel geweldig uit,' zei Joanna.

'Om eerlijk te zijn voel ik me ook ellendig.'

'Ik ook.'

'Proost.' Ze tikten zogenaamd feestelijk hun glazen tegen elkaar en gingen aan de keukentafel zitten.

'Hoe is het om weer in Londen te zijn?'

'Lastig,' gaf Joanna toe. 'En ik vond dit gisteravond tussen de post,' zei ze zacht terwijl ze Zoe de brief gaf. 'Van Marcus. Hij moet hem hebben geschreven nadat we ruzie hadden gemaakt... Ik dacht dat je... Nou ja, dat je hem misschien wel wilde lezen.'

'Dank je.' Zoe maakte de envelop open. Joanna keek toe terwijl ze het las en zag de tranen in haar blauwe ogen fonkelen. 'Bedankt dat je me dit laat zien.' Ze pakte Joanna's hand vast. 'Het betekent veel voor me dat Marcus zoveel van je hield. Ik dacht niet dat hij dat ooit zou ervaren en ik ben zo blij dat hij liefde heeft gekend, al was het maar voor even.'

'Ik zou zo graag willen dat ik toen had geloofd dat hij van me hield, maar het was heel moeilijk, gezien zijn gedrag en eerdere reputatie. We hadden ook ruzie. Ik voel me zo afschuwelijk. Ik betichtte hem ervan dat hij jou en Art aan de kranten had verkocht.' Dat was tenminste de halve waarheid.

'Aha. Ik dacht dat jij het misschien was geweest, maar Simon bezwoer me dat dat niet zo kon zijn.'

'Dat is aardig van hem. Maar goed, het bleek toch iemand anders.'

'Wie dan?'

'Wie zal het zeggen? Een van de buren, misschien, die Art het huis in en uit heeft zien gaan? Jeetje, Zoe, ik schaam me zo dat ik Marcus heb beschuldigd.'

'Nou, jullie hebben het in elk geval weer goedgemaakt in Ierland.'

'Ja, dat klopt,' loog Joanna. Ze vond het vreselijk dat ze zijn zus nooit zou kunnen vertellen dat Marcus haar leven had gered. 'En ik mis hem verschrikkelijk.'

'Ik ook. Ook al was hij irritant, egoïstisch en kon hij niet met geld omgaan, hij was zo gepassioneerd. En vol levenslust. Zullen we het ergens anders over hebben voor we allebei weer in snikken uitbarsten? Je zei dat je William Fieldings ring wilde zien?'

'Ja.'

Zoe pakte een klein leren doosje uit haar handtas en gaf het aan Joanna, die het openmaakte en de ring bestudeerde.

'En? Is het dezelfde die je in de catalogus zag waar je het aan de telefoon over had? Een verloren erfstuk van tsaristisch Rusland? Een ring van onschatbare waarde die van de vinger van een vermoorde aartsbisschop is gestolen tijdens de Reformatie?'

'Ik weet het niet helemaal zeker, maar hij zou weleens heel veel geld waard kunnen zijn... Mag ik hem een paar dagen lenen zodat ik kan kijken of het dezelfde is? Ik beloof dat ik er goed op zal passen.'

'Natuurlijk mag dat. Hij is trouwens niet eens van mij. Die arme William had geen familie meer. Ik heb het nog nagevraagd bij de begrafenis, maar alle mensen die er waren, waren of oude acteursvrienden of anderen die hem uit het vak kenden. Als de ring echt veel waard blijkt, zou hij misschien willen dat het geld naar het steunfonds voor acteurs gaat.'

'Dat is een goed idee.' Joanna deed het doosje dicht en stopte hem in haar rugzak. 'Ik bel je zodra ik meer weet. Vertel me nu eens alles over je prins.'

'Wat zal ik ervan zeggen?' Zoe nam een grote slok wijn. 'Wat zal ik ervan zeggen? Dat lijkt me niet echt de juiste bewoording voor de liefde van je leven, de sprookjesrelatie van het decennium, het...'

'We hebben elkaar al een tijdje niet gezien. Ik heb de paasvakantie met Jamie doorgebracht. Hij is nog van de wijs door wat er is gebeurd en hij is bang dat hij op school geplaagd gaat worden vanwege zijn moeder.'

'Arme Jamie. Sorry, Zoe, ik heb het niet zo erg meegekregen, die weken dat ik ertussenuit was.'

'Nou, hij werd op school geplaagd om mijn relatie met Art. Ik had het hem niet verteld en terwijl Art en ik in Spanje waren, is hij van school weggelopen. Simon vond hem uiteindelijk, slapend op het graf van zijn overgrootvader.' Zoe's gezichtsuitdrukking werd mild. 'Het verbaast me nog steeds dat Simon Jamie zo goed kende dat hij wist waar hij moest zoeken. Het is zo'n aardige man, Joanna. Jamie is weg van hem.'

'Maar tussen jou en Art, dat zit toch nog wel goed?'

'Ik moet toegeven dat ik erg boos op hem was toen ik uit Spanje vertrok. Hij scheen gewoon niet te begrijpen hoe bang ik was en het leek hem eerlijk gezegd ook weinig te kunnen schelen dat Jamie vermist was. Hoewel hij toen hij eenmaal weer terug was in Londen wel bloemen heeft gestuurd, zich uitputte in verontschuldigingen en beloofde ervoor te zorgen dat Jamie in de toekomst beter beschermd was.'

'Dus nu is alles weer goed?'

'Ik denk het. Art beweegt hemel en aarde om ervoor te zorgen dat zijn ouders en de rest van de familie me accepteren. Maar...' Zoe draaide het wijnglas in haar vingers. 'Even tussen jou en mij, ik begin ernstig te twijfelen aan mijn gevoelens voor hem. Ik wil graag geloven dat wat ik zo lang heb gevoeld echt is. Art is alles wat ik jaren heb gewild, en nu ik hem heb… Tsja…' Ze schudde haar hoofd. 'Nu begin ik zijn gebreken te zien.'

'Persoonlijk lijkt me dat begrijpelijk, Zoe. Niemand kan helemaal zo zijn als de prins van je dromen.'

'Dat zeg ik ook steeds tegen mezelf, maar ik weet gewoon niet of we wel wat gemeen hebben. Hij vindt de dingen die ik grappig vind nog niet eens een beetje amusant. Om eerlijk te zijn lacht hij zelfs maar zelden. En hij is zo…' Ze zocht naar het juiste woord. 'Rigide. Hij bezit geen enkele spontaniteit.'

'Dat zal toch wel meer met zijn positie dan met zijn karakter te maken hebben?'

'Misschien. Maar ken je het dat je bij sommige mannen niet helemaal jezelf bent? Dat je het gevoel hebt dat je altijd acteert? Dat je nooit echt kunt ontspannen?'

'Absoluut. Zo eentje heb ik er vijf jaar gehad, hoewel ik dat pas besefte nadat hij me dumpte. Matthew, mijn ex, bracht gewoon niet het beste in me boven. We maakten bijna nooit lol.'

'Dat is het precies, Jo. Art en ik hebben voortdurend intense gesprekken over de toekomst, maar genieten nooit van het moment. En ik heb nog steeds niet de moed bij elkaar geraapt om hem aan Jamie voor te stellen. Ik heb gewoon het akelige gevoel dat mijn zoon hem niet erg zal mogen. Hij is zo… stijf.' Zoe zuchtte. 'En bovendien is het ook nog de gedachte aan het vergrootglas waar ik de rest van mijn leven onder zal liggen. Dat de media elke beweging die ik maak, analyseert, overal waar ik ga camera's in mijn gezicht.'

'Als je genoeg van Art houdt, kan hij je daar vast doorheen helpen. Het gaat erom dat je voor jezelf duidelijk hebt wat je voor hem voelt.'

'Liefde overwint alles, bedoel je?'

'Precies.'

'Nou, dat is het hem nou juist, denk ik. Ik voel me een beetje als Winnie de Poeh die vastzit in het konijnenhol. Ik zit er nu al zo ver in dat ik niet weet hoe ik er nog uit kan komen. Jeetje, op dit soort momenten zou ik echt graag willen dat mijn opa er nog was. Hij zou met nuchtere, wijze woorden komen.'

'Jullie waren heel close, hè?'

'Zeker. Ik zou willen dat je hem had ontmoet, Jo. Je zou dol op hem zijn geweest en hij op jou. Hij was gek op pittige tantes.'

'Was je oma ook pittig?' peilde Joanna.

'Dat weet ik niet. Ik weet wel dat ze uit een rijke Engelse familie kwam. De familie White was vreselijk chic, ze was een "dame". Haar titel raakte ze natuurlijk kwijt toen ze met mijn opa trouwde. Een goede vangst voor een acteur, helemaal eentje die schijnbaar van Ierse komaf was.'

Joanna's hart sloeg een slag over.

Praat dan met de Witte Dame...

'Was Grace' meisjesnaam White?'

'Ja. Ze was heel mooi... Tenger en sierlijk.'

'Net als jij.'

'Misschien. Het zou kunnen dat James daarom zo dol op me was. Over dode echtgenotes gesproken, er is iets wat ik je wil vertellen. Ik ben gevraagd er eentje te spelen.'

'Sorry?' Joanna dwong zichzelf zich te concentreren op wat Zoe zei.

'Paramount maakt een remake van *Blithe Spirit*, een megaproductie. Ze willen dat ik Elvira speel.'

'Zo! Hebben we het hier over Hollywood?'

'Zeker weten, en als ik wil, heb ik de rol. Ze hebben de ruwe opnames van *Tess* gezien, belden me voor een doorleessessie en hebben gisteren mijn agent benaderd met een bod dat bijna obsceen te noemen is.'

'Wat fantastisch! Goed gedaan, hoor! Helemaal verdiend.'

'Kom op, Jo.' Zoe rolde met haar ogen. 'Ze denken gewoon dat hun Amerikaanse publiek in de rij zal staan om de film te zien omdat ik het vriendinnetje van een Engelse prins ben. Ik wil niet cynisch overkomen, maar ik denk niet dat ze me de rol hadden aangeboden als mijn gezicht niet in alle Amerikaanse kranten stond met Art aan mijn zij.'

'Zoe, je moet jezelf niet zo onderschatten,' bemoedigde Joanna. 'Je bent een extreem getalenteerd actrice. Hollywood zou uiteindelijk toch wel hebben gebeld, Art of geen Art.'

'Ja. Maar ik kan het toch niet doen, hè?'

'Waarom niet?'

'Jo, even serieus. Het enige wat ik nog zal doen als ik met Art trouw, is canapés eten en eindeloos veel handen schudden op benefietbijeenkomsten, áls ze dat niet door iemand van mijn schoonfamilie kunnen laten doen.'

'Tijden veranderen, Zoe. Misschien ben jij wel precies wat de koninklijke familie nodig heeft om ze het nieuwe millennium in te sleuren. Vrouwen hebben tegenwoordig een carrière. Punt.'

'Misschien, maar niet een carrière waarbij ze uit de kleren hoeven, of de hoofdrolspeler moeten zoenen.'

'Ik herinner me geen naaktscènes in *Blithe Spirit*,' zei Joanna grinnikend.

'Die zijn er ook niet, maar je begrijpt wat ik bedoel.' Zoe zuchtte. 'Nee, als ik met hem trouw, kan ik mijn carrière gedag zeggen. Kijk maar naar Grace Kelly.'

'Dat was in de jaren vijftig! Heb je het er met Art over gehad?'

'Eh, nee, nog niet.'

'Dan moet je dat misschien doen. En snel, voordat iemand het naar de pers lekt.'

'Dat bedoel ik dus!' zei Zoe, haar blauwe ogen fel. 'Ik word al gefotografeerd als ik een fles melk ga kopen. Maar goed, ik heb twee weken om te beslissen of ik die rol wil. Jamie gaat zondag weer naar school, ik breng hem en dan ga ik een paar dagen naar Dorset om alles op een rijtje te krijgen.'

'Alleen?'

'Natuurlijk niet.' Zoe trok een wenkbrauw op. 'Die tijd ligt ver achter me. Simon gaat mee, niet dat ik het erg vind om hem om me heen te hebben. Hij kan geweldig koken. En luisteren.'

Joanna keek in Zoe's ogen en zag dat haar blik plotseling zacht was geworden.

'Weet je, ik denk dat het erop neerkomt of je genoeg van Art houdt om alles voor hem op te geven. Of je leven leeg zou zijn zonder hem aan je zij.'

'Ik weet het. En dat is de beslissing die ik moet maken. Jo, hield je van Marcus?'

'Ik denk dat ik absoluut van hem begon te houden, ja. Het probleem was dat tegen de tijd dat ik hem vertrouwde, zijn reputatie kon negeren en geloven dat hij écht gevoelens voor me had, het te laat was. Ik zou willen dat we langer hadden gehad samen... Het was een heel speciale man.'

'O, Jo.' Zoe strekte over tafel een hand naar haar uit. 'Wat is het allemaal toch verdrietig. Jij bracht het beste in hem boven.'

'Hij maakte me aan het lachen, nam de dingen niet te serieus. Behalve zijn dierbare films, natuurlijk. Ik kon helemaal mezelf zijn bij hem en ik mis hem verschrikkelijk,' gaf Joanna toe. 'Maar goed, ik moet gaan. Ik... moet nog wat doen op kantoor.'

'Oké. En sorry dat ik ook maar even heb gedacht dat jij degene was die Art en mij aan de krant had verlinkt.'

'Maak je niet druk. Om eerlijk te zijn héb ik er ook even over nagedacht!' Ze glimlachte toen ze opstond en Zoe een kus gaf. 'Je weet me te vinden als je wilt praten.'

'Ja, en voor jou geldt hetzelfde. Kun je eind deze week naar de lancering van de herdenkingsbeurs komen? Ik geef in Marcus' plaats een toespraak.' Zoe gaf haar een uitnodiging van een stapel op het werkblad.

'Natuurlijk.'

'En kom je hier binnenkort een keer eten? Ik denk dat het tijd wordt dat Art een paar van mijn vrienden ontmoet. Kun je zelf oordelen. Ik kan wel een second opinion gebruiken.'

'Is goed. We bellen tussendoor. Hou je haaks.'

Joanna verliet het huis en omdat ze een bus aan zag komen rijden bij de halte aan de overkant, rende ze tussen het verkeer door en sprong erin. Ze ging boven achterin zitten en opende haar rugzak. Daar haalde ze de foto uit die ze de avond ervoor zo grondig had bestudeerd. Haar vingers trilden toen ze het doosje met de ring openmaakte.

Er was geen twijfel mogelijk. De ring op haar handpalm was dezelfde als die de hertog van York om zijn pink droeg.

Ze staarde uit het raam terwijl de bus zich een weg baande door Oxford Street. Was dit het bewijs dat ze nodig had? Was deze ring garantie genoeg dat waar haar lieve oude oma haar zo onschuldig op had gewezen de waarheid was? Dat Michael O'Connell was gebruikt als tijdelijke vervanger voor de ziekelijke hertog van York?

En er was nog iets...

Nadat ze de ring veilig in het doosje had opgeborgen en weer in haar rugzak had gedaan, pakte Joanna de brief van Rose en herlas hem.

Als ik er al niet meer ben, praat dan met de Witte Dame...

Grace, James' vrouw, was niet alleen een 'dame', maar ook nog een 'White'.

Joanna voelde kriebels in haar buik. Het leek erop dat Alec gelijk had.

37

De deurbel ging en Zoe deed open. Ze glimlachte toen ze zag wie het was.

'Hallo, Simon.' Ze ging op haar tenen staan en gaf hem een kus op zijn wang. 'Wat fijn je te zien. Hoe gaat het?'

'Goed. Met jou?'

'Het gaat.' Ze zuchtte. Simon liep met zijn weekendtas naar de trap. 'Jamie vond het jammer dat hij je misliep,' voegde ze eraan toe terwijl ze achter hem aan de trap op liep. 'Ik heb hem gisteren weer naar school gebracht. Hij was zo nerveus, arm ding, maar ik heb een goed gesprek gehad met de directeur en die heeft beloofd een oogje in het zeil te houden.' Zoe keek toe hoe Simon zijn tas op zijn bed zette en pakte een kaartje op met daarop twee mensen die een spel speelden op een computer. Ze gaf het aan Simon. 'Deze is van Jamie, om je te verwelkomen. Hij was niet zo blij met je vervanger, die was lang niet zo leuk als jij, zei hij.'

Simon glimlachte toen hij las wat er op het kaartje stond. 'Dat is lief van hem.'

'Nou, installeer je, en kom dan beneden een drankje doen. Ik heb avondeten gemaakt. Dat ben ik je verschuldigd.'

'Dat is lief aangeboden, maar ik heb al gegeten en moet nog een berg werk doen vanavond. Misschien een andere keer, oké?'

Ze keek beteuterd. 'Ik heb de hele middag in de keuken gestaan. Ik...' Ze viel stil toen ze zijn gesloten gezicht zag. 'Ach, laat ook maar.'

Simon reageerde niet en ging druk in de weer met het uitladen van de paar spullen in zijn tas.

'Is het goed als we morgen naar het huis in Dorset gaan?' vroeg ze in de stilte. 'Ik heb wat tijd nodig om dingen te overdenken. Ik moet op donderdag in Londen zijn voor de lancering van de herdenkingsbeurs, maar we kunnen op één dag heen en weer, toch?'

'Natuurlijk. Wat jij wilt.'

Zoe kreeg sterk het gevoel dat haar aanwezigheid niet vereist was. 'Nou, dan laat ik je met rust. Kom dan maar naar beneden voor een kop koffie als je je werk af hebt.'

'Graag.'

Teleurgesteld deed ze de deur achter zich dicht. Ze liep de trap af naar de heerlijk geurende keuken, schonk een glas wijn voor zichzelf in uit de oude fles die ze in de wijnkelder had uitgekozen, en ging aan tafel zitten.

Ze had de hele dag zo vol manische energie gezeten, had het huis opgeruimd, boodschappen gedaan op de markt in Berwick Street om verse ingrediënten voor het avondeten te halen en was thuisgekomen met handenvol bloemen om de lente in huis te halen.

Ze kreunde toen het besef voor het eerst tot haar doordrong. Haar acties van vandaag waren die van een vrouw die opgewonden was omdat ze een man die ze heel leuk vond, die avond zou zien...

Simon verscheen niet beneden voor een kop koffie. Zoe liet het grootste deel van de moussaka en Griekse salade onaangeroerd. Ze verdronk haar verdriet liever in de uitstekende fles wijn.

Om tien uur belde Art om te zeggen dat hij van haar hield en haar miste, en om haar eraan te herinneren dat ze over een week voor het eerst in het openbaar met hem zou verschijnen en ze dus achter een jurk aan moest – die niet te bloot mocht zijn, merkte hij daarbij op – wat haar spanning alleen maar vererger de. Ze wenste hem kortaf een goede nacht en ging naar bed.

Terwijl ze daar slapeloos lag, berispte ze zichzelf dat ze haar fantasie over Simon de vrije loop had gelaten, zoals ze ook al die jaren over Art had gedaan. Ze had gedacht dat Simon om haar gaf, dat ze zijn warmte voor haar kon voelen op de momenten dat ze samen waren geweest. Maar vanavond was hij kil, afstandelijk...

maakte hij duidelijk dat hij daar was om zijn werk te doen, meer niet. Tranen van frustratie rolden over haar wangen toen ze ineens heel zeker wist dat het niet de liefde van haar leven was bij wie ze graag wilde zijn, maar de man die een paar meter verderop in de zolderslaapkamer lag te slapen.

De rit naar Dorset de volgende dag brachten ze bijna geheel in stilte door. Zoe, die een kater had en gespannen was, zat achterin en probeerde tegelijkertijd het filmscript van *Blithe Spirit* aandachtig door te lezen en tot een beslissing te komen.

Na een boodschappenstop bij de supermarkt in Blandford Forum, reden ze naar Haycroft House. Toen Simon haar reistas en de boodschappen naar binnen had gedragen, vroeg hij haar bruusk of hij nog iets voor haar kon doen en verdween vervolgens naar zijn slaapkamer boven.

Om zeven uur die avond, terwijl ze een beetje in een saaie varkenskarbonade zat te prikken die was bedekt met een laag klonterige jus, kwam Simon de keuken binnen.

'Goed als ik koffie voor mezelf zet?'

'Natuurlijk,' antwoordde ze. 'En in de Aga staat varkenskarbonade met aardappels die ik voor je heb warm gehouden.'

'Bedankt, Zoe, maar je hoeft echt niet voor me te koken. Dat is nergens voor nodig, dus doe vooral geen moeite.'

'Kom op, Simon, jij hebt toch ook voor mij gekookt? En ik moest toch iets voor mezelf maken.'

'Nou... bedankt dan. Ik neem het mee naar boven, als je het niet erg vindt?'

Zoe keek toe terwijl hij het bord pakte. 'Heb ik iets verkeerd gedaan?' vroeg ze hem bedroefd.

'Nee.'

'Weet je het zeker? Want het lijkt alsof je me probeert te ontlopen.'

Hij keek haar niet aan. 'Nee hoor. Ik realiseer me dat het al moeilijk genoeg is om een vreemde in je huis te hebben die inbreuk op je privacy maakt zonder dat hij zich aan je opdringt als je even wat tijd voor jezelf wilt.'

'Je bent geen vreemde, Simon. Ik zie je als een vriend. Hoe kan het ook anders, na wat je voor Jamie hebt gedaan...'

'Dat hoort gewoon bij het werk.' Simon zette zijn koffie en bord met eten op een dienblad en liep naar de deur. 'Je weet me te vinden als er iets is. Goedenacht.' En de keukendeur ging achter hem dicht.

Zoe schoof haar onaangeraakte bord met eten aan de kant en legde haar hoofd op haar armen. 'Hoort gewoon bij het werk,' mompelde ze verdrietig.

'Goed nieuws, onze "boodschapper" leeft nog.'

'Hebben jullie haar gevonden?' vroeg Simon terwijl hij met zijn mobiel aan zijn oor door de slaapkamer ijsbeerde.

'Nee, maar we weten waar ze heeft gewoond. Na het overlijden van haar man een paar jaar geleden is ze verhuisd. Er zijn sinds die tijd drie nieuwe eigenaars geweest en de huidige weet geen adres, maar ik denk dat we haar morgen wel hebben getraceerd. Dan komen we ergens. Ik wil dat je naar Frankrijk vliegt, Warburton. Ik neem contact met je op zodra we haar verblijfplaats hebben vastgesteld.'

'Jawel, meneer.'

'Je hoort morgen van me. Goedenavond.'

'Je moet als de sodemieter naar de South Bank. Daar is de lancering van James Harrisons herdenkingsbeurs in de foyer van het National.'

'Dat weet ik, Alec. Ik ging er toch al heen om Zoe te steunen,' antwoordde Joanna nors.

'We publiceren morgen jouw interview met Marcus Harrison, als vervolg op zijn necrologie. Omdat jij het stuk hebt geschreven, kun je meteen verslag doen van de lancering als je er toch bent.'

'Alec, alsjeblieft... Ik ga er echt liever als vriendin heen. Van... hen beiden.'

'Kom op, Jo.'

'Trouwens, ik dacht dat mijn interview met Marcus was geschrapt. Waarom komt het er dan nu in?'

'Omdat, lieve schat, de familie Harrison plotseling weer nieuwswaardig is geworden. Een kiekje van Zoe die in haar broers plaats spreekt op de lancering zal het goed doen op de voorpagina.'

'Jezus, Alec! Heb je dan echt geen hart?' Joanna schudde vertwijfeld haar hoofd.

'Sorry, Jo, ik weet dat je in de rouw bent,' ging Alec op mildere toon verder. 'Je wilt toch ook niet dat iemand die hem niet kende dit doet? Steve gaat met je mee voor de foto's. Tot later.'

De foyer van het National Theatre was afgeladen met verslaggevers en fotografen, plus hier en daar een televisiecamera. Het was een enorme opkomst voor een evenement waar normaal gesproken alleen een handjevol nauwelijks geïnteresseerde jonge verslaggevers op af zou komen.

Joanna pakte een glas Buck's Fizz aan van een kelner en nam een grote slok. Na een maand in Yorkshire was ze niet meer gewend aan deze hoeveelheid luidruchtige, uitbundige mensen. Ze zag Simon aan de andere kant van de foyer. Hij knikte naar haar.

'Godzijdank, je bent er,' hijgde een stem in haar oor.

Ze draaide zich geschrokken om. Het was Zoe, die er heel elegant uitzag in een turquoise jurk.

'Ik had me niet gerealiseerd dat dit zo'n happening zou zijn,' zei Joanna nadat ze Zoe had omhelsd.

'Ik ook niet, en ik geloof ook niet dat iemand hier ter nagedachtenis aan Marcus of James is, maar dat ze hopen dat je-weet-wel-wie acte de présence zal geven.' Zoe stak afkeurend haar neus in de lucht. 'Maar goed, ík doe het voor mijn broer en opa.'

'Natuurlijk, en ik kan nu tenminste een mooi stuk schrijven over Marcus en zijn passie voor de herdenkingsbeurs.'

'Bedankt, Jo. Dat zou heel erg fijn zijn. Als je op me wacht, gaan we straks nog even ergens wat drinken.'

Terwijl Zoe met de andere perslieden sprak, bestudeerde Joanna de vergrote foto's van Sir James Harrison die op borden overal in de foyer waren neergezet. Daar was hij als koning Lear in een dramatische pose, zijn handen naar de hemel gericht, een zware gouden kroon op zijn hoofd.

Bootst de kunst het leven na of het leven de kunst, mijmerde ze.

Tussen de foto's hing er ook een van Marcus, Sir James en Zoe samen bij waarschijnlijk een filmpremière. Joanna vocht tegen de neiging met haar vingers over Marcus' zorgeloze gezicht te strijken. Hij keek zelfverzekerd in de camera. Ze draaide zich om en zag een aantrekkelijke vrouw van ongeveer haar leeftijd zo'n meter bij haar vandaan staan. Toen hun blikken elkaar kruisten, glimlachte de vrouw naar haar, waarna ze wegliep.

Het was twee uur voordat de laatste journalist Zoe alleen liet. Joanna zat stilletjes in een hoek van de lege foyer notities te maken uit Zoe's korte en emotionele toespraak en het persbericht dat haar was aangereikt.

'Was het oké? Ik heb de hele tijd mijn tranen binnen staan houden.' Zoe liet zich naast haar op een van de paarse stoelen zakken.

'Je deed het super. Ik ga ervan uit dat jij en de herdenkingsbeurs morgen volop in de kranten zullen staan.'

Zoe rolde met haar ogen. 'Deze keer tenminste voor het goede doel.'

Toen ze het theater verlieten, zag Joanna dat de vrouw die ze eerder had gezien, in een folder met toekomstige voorstellingen staan bladeren.

'Wie is dat?' vroeg ze toen ze het warme zonlicht van een lentemiddag op de South Bank in liepen en de Theems onder hen glinsterde.

Zoe draaide zich om om te kijken. 'Geen idee. Vast een journalist.'

'Ik herken haar niet. En de verslaggevers die ik ken, dragen geen dure designpakken.'

'Dat jij in een spijkerbroek en trui woont, betekent niet dat anderen niet van mode een prioriteit kunnen maken,' plaagde Zoe haar. 'Kom, we gaan wat drinken.'

Arm in arm wandelden ze langs de rivier tot ze stopten bij een bodega. Zoe draaide zich om naar Simon, die een stukje achter hen liep. 'Meidenpraat, vrees ik. Het duurt niet lang.'

Toen ze naar binnen gingen, wees hij naar een tafel. 'Ik zit daar.'

'Wauw,' mompelde Joanna toen ze zelf ook plaatsnamen en twee glazen wijn bestelden. 'Al is het Simon, ik zou er gek van worden als er constant iemand achter me aan loopt.'

'Zie je nou wat ik bedoel?' Zoe pakte een menukaart en verstopte zich erachter.

Joanna zag dat elk paar ogen in het café naar Zoe staarde. Ze zag ook dat Simon naar de achterkant van het café liep en vervolgens in de keuken verdween. 'Waar gaat-ie heen?'

'O, kijken of er een vluchtroute is, voor het geval dat. Hij heeft iets met achteruitgangen. Ik bedoel...'

De vrouwen giechelden toen de attente kelner met hun twee glazen wijn arriveerde.

'Echt, Jo...' Zoe leunde naar voren. 'Ik weet niet of ik dit wel kan. Maar goed, proost.'

'Proost,' herhaalde Joanna.

Het was na vieren toen ze afscheid had genomen van Zoe en de bus terug naar kantoor nam.

'En wat noem je dit voor tijd?' gromde Alec toen ze uit de lift stapte.

'Ik had een exclusief interview met Zoe Harrison, oké?'

'Goed zo.'

Toen ze ging zitten en zich omdraaide naar haar scherm, gaf hij haar een klein pakje. 'Dit is vandaag voor je bezorgd bij de receptie.'

'O. Bedankt.' Ze nam het van hem aan en legde het naast haar toetsenbord.

'Ga je het niet openmaken?' vroeg hij.

'Ja, zo. Ik wil dit eerst uittypen.' Ze richtte haar aandacht op het scherm.

'Het lijkt wel een brandbommetje.'

'Wat?!' Ze zag dat hij glimlachte, zuchtte toen berustend en gaf het aan hem. 'Maak jij het maar open.'

'Zeker weten?'

'Ja.'
Alec scheurde de zijkant van het pakketje open en haalde er een klein doosje en een brief uit.

'Van wie komt het?' Joanna typte ondertussen door. 'Tikt het?'

'Tot nu toe niet. In het briefje staat: "Beste Joanna, ik wilde contact met je opnemen, maar ik had geen adres of telefoonnummer. Toen zag ik gisteren jouw naam onder een verhaal in mijn krant. Bijgesloten vind je het medaillon dat je tante Rose me afgelopen kerst gaf. Ik was bezig met de voorjaarsschoonmaak en vond het in een la. En ik dacht dat het eerder aan jou toebehoort dan aan mij, aangezien je verder niets van haar hebt. Kun je me laten weten of je het goed hebt ontvangen? Kom gerust een keer langs voor een kopje thee. Het lijkt me leuk je weer te zien. Ik hoop dat je je tante hebt gevonden, God hebbe haar ziel. Het beste, Muriel Bateman."'

Alec gaf het doosje aan Joanna. 'Alsjeblieft. Wil je dat ik het openmaak?'

'Nee, dat lukt wel, dank je.'

Ze haalde het deksel eraf en een laag beschermende watten, waarna een gouden medaillon met een ingewikkeld filigreinpatroon aan een dikke, zware roségouden ketting zichtbaar werd. Joanna pakte het voorzichtig uit de doos en legde het medaillon op haar hand. 'Wat mooi.'

'Victoriaans, denk ik.' Alec bestudeerde hem. 'Een bom duiten waard, vooral die ketting. Dus dit is van de mysterieuze Rose geweest.'

'Schijnbaar, ja.' Joanna friemelde aan de sluiting waarmee het medaillon openging.

'Als er een foto in zit, gok ik dat het er eentje van Sir James is,' merkte Alec op toen haar vingertoppen eindelijk de uitputtingsslag wonnen.

Alec keek naar haar terwijl ze staarde naar wat erin zat. Ze fronste haar wenkbrauwen en alle kleur verdween uit haar wangen.

'Jo, gaat het wel? Wat is het?'

Toen ze eindelijk haar blik opsloeg om hem aan te kijken, glansden haar hazelnootkleurige ogen in haar bleke gezicht.

'Ik...' Haar woorden bleven in haar keel steken terwijl ze probeerde haar stem onder controle te krijgen. 'Ik weet het, Alec. God sta me bij, maar ik weet het.'

38

'Ik ben haar kwijtgeraakt, vrees ik.'
 Monica Burrows zat tegenover Jenkins aan het bureau met haar balpen te klikken alsof ze een tic had.
 'Waar? Hoe laat?'
 'Ik ben haar gisteravond naar kantoor gevolgd, maar ze is daar nooit meer weggegaan.'
 'Misschien heeft ze de hele nacht aan een verhaal gewerkt.'
 'Ja, dat dacht ik ook, maar toen ik vanmorgen aan de balie naar haar vroeg, kreeg ik te horen dat ze niet op kantoor was, maar ziek thuis.'
 'Heb je bij haar flat gekeken?'
 'Natuurlijk, maar daar is niemand. Ik weet niet hoe ze het heeft gedaan, meneer Jenkins, maar ze is zeker weten op de een of andere manier door het net geglipt.'
 'Je begrijpt vast wel dat dat niet goed genoeg is, Burrows. Typ je verslag en ik kom naar beneden zodra ik mijn collega heb gesproken.'
 'Ja, meneer. Sorry.'
 Monica verliet zijn kantoor en Lawrence Jenkins belde naar de bovenste verdieping. 'Met Jenkins. Die Haslam is weer spoorloos. Ik had Burrows op haar gezet, aangezien u zei dat het een makkelijk surveillanceklusje was, maar ze is haar gisteren kwijtgeraakt. Ja, meneer, ik kom meteen naar boven.'

Simon liep naar het raam van zijn slaapkamer in Haycroft House en keek naar de tuin beneden. Zoe zat onder het rozenprieel met een strooien hoed op haar hoofd, haar beeldschone gezicht schuin omhoog naar de zon gericht. Ze waren twee avonden geleden laat naar het landgoed gereden en Simon was rechtstreeks naar zijn slaapkamer gegaan. Hij zuchtte diep. De afgelopen dagen waren verschrikkelijk geweest. Vierentwintig uur per dag zat hij aan haar vast. De aard van zijn werk voorkwam elke vorm van ontsnapping of respijt van de nabijheid van de vrouw van wie hij – dat wist hij nu zeker – hield. En toch was ze onbereikbaar. Dus had hij gedaan wat hij dacht dat het beste was om niet gek te worden en had zich afgesloten, haar aardige gebaren afgeslagen, walgend van zichzelf om de verwarring die hij in haar gekwetste blik zag.

Zijn mobiele telefoon trilde in zijn zak en hij pakte hem eruit.
'Meneer?'
'Heb je iets van Haslam gehoord?'
'Nee. Hoezo?'
'Ze is weer kwijt. Ik dacht dat je zei dat ze van het spoor af was?'
'Dat was ook echt zo, meneer. Weet u zeker dat ze expres zoek is? Kan haar afwezigheid niet volkomen onschuldig zijn?'
'Niets aan deze situatie is onschuldig, Warburton. Wanneer ben je weer in Londen?'
'Ik rij mevrouw Harrison vanmiddag terug vanuit Dorset.'
'Neem contact met me op zodra je in de stad bent.'
'Ja, meneer. Nog nieuws over de "boodschapper"?'
'Het huis waar ze nu zou moeten wonen, was verlaten. Op vakantie, volgens de buren. Of het is toeval, of ze is in beweging gekomen. We doen ons best haar op te sporen, maar zelfs tegenwoordig is de wereld dan nog groot.'
'Aha,' antwoordde Simon, die de teleurstelling in zijn stem niet kon verbloemen.
'Haslam is iets op het spoor, neem dat maar van mij aan, Warburton. En we kunnen er verdomme beter maar snel achter komen wat dat is.'
'Ja, meneer.'
De verbinding werd verbroken.

Joanna legde de menukaart neer en keek op haar horloge. Het strijkorkest in de Palm Court-theesalon begon de eerste dans te spelen. Bejaarde dames en heren in mooie kleding die aan een eleganter tijdperk deed denken, stonden op van de tafels om haar heen en zochten de dansvloer op.

'Wil mevrouw iets bestellen?'

'Ja. Afternoon tea voor twee, graag.'

'Komt voor elkaar, mevrouw.'

Joanna friemelde nerveus aan het medaillon om haar hals en voelde zich ongemakkelijk in de zomerjurk die ze vanmorgen met contant geld had gekocht om in de beroemde theesalon van het Waldorf naar binnen te mogen. Ze had zich zo gepositioneerd dat ze een ononderbroken zicht had op de ingang. Het was tien voor half vier. Met elke verstrijkende minuut nam haar vertrouwen af en haar hartslag toe.

Een half uur later was de earlgreythee koud geworden in de glanzend zilveren theepot. De randjes van de onaangeraakte sandwiches met komkommer en roomkaas krulden om op het verfijnde porseleinen bord. Om half vijf maakten de zenuwen en het feit dat ze meerdere koppen thee had gedronken een tripje naar het toilet dringende noodzaak. De thé dansant zou over een half uur afgelopen zijn. Voor alle zekerheid moest ze het tot die tijd volhouden.

Om vijf uur, na een daverend applaus voor de musici, begonnen de gasten te vertrekken. Joanna betaalde de rekening, pakte haar handtas en liep naar het damestoilet. Ze herstelde haar kapsel, dat ze nogal onhandig had opgestoken met kammetjes, en bracht haar lippenstift opnieuw aan.

Natuurlijk, moest ze nu aan zichzelf toegeven, was het een belachelijke gok geweest. Grace Harrison was waarschijnlijk al lang dood en begraven. En zelfs als dat niet zo was, was de kans dat ze én de advertentie zag én erop zou reageren minuscuul.

Ze werd zich plotseling bewust van een gezicht achter haar in de spiegel. Een gezicht dat, ondanks de hoge leeftijd, nog steeds tekenen vertoonde van een edele afkomst. Grijs, onberispelijk gekapt haar, zorgvuldig aangebrachte make-up.

'Ik hoorde dat de Ridder eens in het Waldorf verbleef?' zei de vrouw.

Joanna draaide zich langzaam om, staarde in de fletse, maar intelligente ogen, en knikte.

'En zijn Dame in het Wit vergezelde hem.'

De vrouw ging haar voor een aantal trappen op en toen door een gang met dikke vloerbedekking, tot ze de deur van haar suite bereikten. Joanna deed de deur open met de sleutel die de vrouw haar gaf, waarna de oude dame haar gebaarde naar binnen te gaan, waarna ze de deur achter hen dicht en op slot deed. Ze liep meteen naar het raam, met het uitzicht op de drukke Londense straat beneden vol theatergangers en toeristen, en sloot de gordijnen.

'Ga alsjeblieft zitten,' zei ze.

'Bedankt... Eh, mag ik u Grace noemen?'

'Dat mag natuurlijk, meisje, als jou dat een plezier doet.' De vrouw grinnikte even en liet zich toen langzaam in een van de comfortabele leunstoelen van de barokke zitkamer zakken.

Joanna nam tegenover haar plaats. 'U bént toch de echtgenote van Sir James Harrison? Grace Harrison, meisjesnaam White, die meer dan zestig jaar geleden in Frankrijk zou zijn overleden?'

'Nee.'

'Wie bent u dan wel?'

De oude vrouw glimlachte naar haar. 'Als we bevriend willen raken, en dat weet ik wel zeker, denk ik dat je me beter Rose kunt noemen.'

Zodra Simon met Zoe in het huis in Londen aankwam, rende hij naar de slaapkamer op zolder, sloot de deur en keek op zijn mobiel. Hij zag dat hij vier oproepen had gemist en belde het nummer terug.

'Ik heb zojuist de hoofdredacteur van Haslams krant gesproken,' grauwde Jenkins. 'Het lijkt erop dat zij niet de enige is die wordt vermist. De chef van de nieuwsredactie, Alec O'Farrell, is ook zoek. Hij heeft tegen zijn baas gezegd dat hij iets groots op het spoor was en een paar dagen nodig had om het uit te zoeken. Ze zitten ons op de hielen, Warburton.'

Simon hoorde de amper verholen paniek in de stem van zijn baas.

'Ik zet er ogenblikkelijk elke beschikbare man op,' ging Jenkins verder. 'Als we O'Farrell vinden, zorgen we dat hij ons vertelt waar Haslam heen is gegaan.'

'Ze zullen het verhaal toch niet kunnen publiceren, meneer? Daar hebt u toch zeker controle over?'

'Warburton, er zijn een stuk of twee subversieve uitgevers die in hun handen zouden klappen van verrukking bij zo'n verhaal, de buitenlandse pers nog buiten beschouwing gelaten. Het is verdomme het verhaal van de eeuw!'

'Wat wilt u dat ik doe, meneer?'

'Vraag mevrouw Harrison of ze iets van Haslam heeft gehoord. Ze zagen elkaar nog bij de lancering van de herdenkingsbeurs en zijn daarna samen wat gaan drinken. Haslam is toen naar kantoor gegaan, waar Burrows haar is kwijtgeraakt. Blijf waar je bent. Ik neem later weer contact met je op.'

Joanna staarde de oude vrouw aan.

'Maar u kunt "Rose" niet zijn. Ik heb Rose op de herdenkingsdienst van James Harrison ontmoet en dat was u niet. Bovendien is ze nu dood.'

'Rose is een veelvoorkomende naam, zeker in mijn tijd. Je hebt helemaal gelijk, lieve meid; je hebt een Rose ontmoet. Alleen was dat Grace Rose Harrison, de zogenaamd lang geleden overleden vrouw van Sir James Harrison.'

'Dat oude besje was Grace Harrison? James Harrisons dode vrouw?' vroeg Joanna verbaasd ter bevestiging.

'Ja.'

'Waarom gebruikte ze haar tweede voornaam?'

'Een suffe poging tot zelfbescherming. Ze wilde per se naar Engeland toen James was overleden. Een paar weken later schreef ze me vanuit Londen om te zeggen dat ze naar de herdenkingsdienst zou gaan. Ze was ontzettend ziek, weet je, ze zou niet lang meer leven. Ze dacht dat het dé kans was om haar zoon Charles nog een laatste keer te zien en haar kleinkinderen Marcus en Zoe voor het eerst. Ik wist dat er gedoe van zou komen, dat het gevaarlijk was, maar ze was vastberaden. Ze dacht dat toch niemand haar meer zou herkennen en ze allemaal allang dood en begraven waren. Maar dat had ze natuurlijk mis.'

'Ik zat naast haar in de kerkbank toen ze een man in een rolstoel zag. Het bezorgde Rose, ik bedoel Grace, een of andere aanval. Ze kreeg geen lucht en ik heb haar de kerk uit geholpen.'

'Dat weet ik. In haar laatste brief heeft ze me alles over jou verteld en over de aanwijzingen die ze je had gegeven. Ik verwachtte al eerder van je te horen, hoewel ik wist dat er tijd overheen zou gaan voordat je alles zou hebben uitgepuzzeld. Grace kon je namelijk niet te veel informatie geven, zie je, want dan zou ze jou en mij in gevaar brengen.'

'Hoe wist u dat ik naar u op zoek was? Ik had mijn advertentie speciaal voor Grace opgesteld.'

'Omdat ik van alles op de hoogte was, lieverd. Van het begin af aan. Toen ik in de krant jouw advertentie zag staan, dat de "Dame in het Wit" werd verzocht haar "Ridder op het Witte Paard" in het Waldorf te vergezellen voor een kop thee, wist ik dat het voor mij bestemd was.'

'Maar de aanwijzing in Grace' brief, "Praat met de Witte Dame", hoe verwees dat dan naar u?'

'Dat is omdat, meisje, ik met een Franse graaf ben getrouwd. Zijn naam was Le Blanc, en...'

'*Blanc*, ook wit. O god, ik zat er helemaal naast!'

'Nee hoor. Ik ben er en alles is goed,' zei Rose met een glimlach.

'Waarom koos Grace ervoor om het aan mij te vertellen?'

'Ze schreef dat je een slimme en aardige meid was, en dat ze niet veel tijd meer had. Zodra hij haar had gezien, wist ze namelijk dat haar einde naderde. Hij zou haar vinden en doden.' Rose zuchtte. 'Ik weet echt niet waarom ze dit allemaal weer moest oprakelen. Ze was zo verbitterd... Misschien was het uit wraak.'

'Ik denk dat ik weet waarom ze zo verbitterd was,' zei Joanna zacht.

Roos keek haar vragend aan. 'O ja? Dan moet je de zaak grondig hebben onderzocht sinds de dood van die arme Grace.'

'Ja. Je zou wel kunnen stellen dat het mijn leven beheerst.'

Rose legde haar kleine handen netjes in haar schoot. 'Mag ik vragen wat je precies wilt gaan doen met de informatie die je hebt verzameld?'

Dit was geen tijd voor leugens. 'Ik ga het publiceren.'

'Aha.' Rose viel even stil om dit te verwerken. 'Het was natuurlijk ook de reden waarom Grace jou heeft geschreven. Het is wat ze wilde. Vergelding van degenen die haar leven hebben verwoest. Een bommetje onder de gevestigde orde. Ikzelf, nou ja, laten we zeggen dat ik nog wat loyaliteit bezit, God mag weten waarom.'

'Wilt u daarmee zeggen dat u me niet gaat helpen de stukjes in elkaar te passen? Ik denk dat we behoorlijk wat geld kunnen krijgen voor dit verhaal. U zou rijk worden.'

'En wat moet een oude vrouw als ik met geld? Een sportwagen kopen?' Rose grinnikte en schudde haar hoofd. 'Bovendien ben ik al rijk zat. Wijlen mijn man heeft me goed verzorgd achtergelaten. Lieve meid, heb je je niet afgevraagd waarom zoveel mensen om je heen zijn gestorven? Ik ben de enige die het kan navertellen.' Ze leunde naar voren. 'Discretie is wat mij in leven heeft gehouden. Ik heb altijd goed geheimen kunnen bewaren. Ik had natuurlijk nooit verwacht dat het best bewaarde geheim van de eeuw er daar eentje van zou zijn, maar zo is het leven. Wat ik wil zeggen is dat ik je ernaartoe kan leiden, voor Grace. Maar niet rechtstreeks, voor mezelf.'

'Ik snap het.'

'Grace stelde vertrouwen in jou en daarom moet ik dat ook doen, al moet ik aandringen op absolute anonimiteit. Als mijn naam of mijn bezoek aan dit hotel ooit wordt genoemd, zal mijn daaropvolgende dood op jouw geweten drukken. Elke seconde dat ik hier bij jou in Engeland ben, zijn we allebei in groot gevaar.'

'Waarom bent u dan gekomen?'

Rose zuchtte. 'Deels vanwege James, maar vooral voor Grace. Ik maakte misschien per ongeluk door mijn komaf deel uit van de gevestigde orde, maar dat wil niet zeggen dat ik de dingen die ze hebben gedaan, goedkeur. Hoe ze het leven van anderen hebben verwoest omwille van de stilte. Ik weet dat ik ergens de komende jaren het leven zal laten en wil graag dat Hij weet dat ik heb gedaan wat ik kon voor degenen om wie ik op deze aarde gaf.'

'Ik begrijp het.'

'Wil je wat te drinken voor ons bestellen? Ik lust wel een lekker kopje thee. Daarna kun je me vertellen wat je weet en kijken we verder.'

Toen de roomservice was gebracht, kostte het Joanna bijna een half uur om Rose alles te vertellen, deels omdat ze erachter kwam dat haar gezelschap een beetje doof was, maar ook omdat Rose elk feit dat Joanna had ontdekt, twee keer wilde toelichten.

'En toen het medaillon op het kantoor werd bezorgd en ik de foto van de hertogin erin zag, viel alles op zijn plek.' Joanna zuchtte en nam een slok van haar witte wijn. Ze was ademloos van de spanning.

Rose knikte wijs. 'Het was ook het medaillon om je nek dat me ervan overtuigde dat jij de jongedame was die de advertentie had geplaatst. Die kon je alleen van Grace zelf hebben gekregen.'

'Eigenlijk had ze het aan haar buurvrouw Muriel gegeven als geschenk omdat die zo aardig voor haar was geweest.'

'Dan moet ze hebben geweten dat haar laatste uur geslagen had. Het medaillon was een geschenk van mij, zie je. Grace was er altijd al dol op. Ik heb het haar gegeven toen ze naar Londen ging, als talisman. Om de een of andere reden heb ik altijd het gevoel gehad dat het me beschermde. Helaas weten we nu dat het niet net zo voor haar werkte...'

Toen Simon later die avond de keuken binnenkwam, zat Zoe aan tafel een lijstje te schrijven en een glas wijn te drinken.

'Hallo,' zei hij.

'Hoi.' Ze keek niet op.

'Is het goed als ik koffie voor mezelf maak?'

'Natuurlijk, Simon. Dat hoef je niet te vragen, dat weet je,' antwoordde ze geïrriteerd.

'Sorry.' Hij liep naar de waterkoker.

Zoe legde haar pen neer en staarde naar zijn rug. 'Ook sorry van mij. Ik ben een beetje gespannen.'

'Je hebt ook veel op je bordje.' Hij schepte wat koffiepoeder en suiker in een mok. 'Heb je onlangs nog iets van Joanna gehoord?'

'Nee, na de lancering niet meer. Had dat wel gemoeten dan?'

Hij haalde zijn schouders op. 'Nee.'

'Is alles echt goed, Simon? Ik bedoel, ik heb toch niets verkeerd gedaan?'

'Nee hoor. Ik ben alleen... druk geweest met wat gedoe, meer niet.'

'Rondom een vrouw?' Ze probeerde haar stem licht te houden.

'Dat zou je wel kunnen zeggen, ja.'

'O.' Beteuterd vulde ze haar wijnglas bij. 'De liefde. Het maakt het leven soms verdomd ingewikkeld, hè?'

'Ja.'

'Ik bedoel...' Ze keek hem recht in de ogen. 'Wat zou je doen als je verliefd zou moeten zijn op de ene persoon, maar er dan achter komt dat je eigenlijk gek bent op iemand anders?'

'Mag ik vragen wie?' Simons hart ging tekeer van hoe ze naar hem keek.

'Ja.' Ze bloosde en sloeg haar blik neer. 'Dat...'

Zijn mobiele telefoon ging. 'Sorry, deze moet ik boven aannemen.' Hij rende de kamer uit en sloot de deur achter zich.

Zoe kon wel janken.

Tien minuten later was hij weer beneden, met zijn jas aan. 'Ik vrees dat ik weg moet. Mijn tijdelijke vervanger kan hier elk moment zijn. Monica is een aardige meid, een Amerikaanse. Jullie zullen het vast goed met elkaar kunnen vinden.'

'Oké.' Ze haalde haar schouders op. 'Dag.'

'Dag.' Simon kon zich er amper toe brengen haar in de ogen te kijken voor hij de keuken uit liep.

39

Op Rose' verzoek had Joanna een paar kleine flesjes whisky uit de minibar gepakt, ze in twee glazen geschonken en er ijs bij gedaan.
'Hartelijk bedankt.' Rose nam een slokje. 'Dit is veel te veel opwinding voor een oude dame als ik.' Ze nestelde zich in haar stoel met haar whisky in haar handen. 'Zoals je al weet, werkte ik een poosje als hofdame voor de hertogin van York. Onze families kenden elkaar al jaren en daarom was het logisch dat ik vanuit Schotland met haar mee reisde toen ze met de hertog trouwde. Ze waren heel gelukkig samen en woonden een deel van de tijd in Sandringham en het andere deel in Londen. Toen begon de gezondheid van de hertog te verslechteren. Hij had een aandoening aan de bronchiën, die gezien de gezondheidsproblemen die hij als kind had gehad, reden was voor bezorgdheid. De artsen adviseerden een paar maanden absolute rust en frisse lucht om te herstellen. Maar er was het probleem wat ze tegen het volk moesten zeggen. In die tijd werd een koninklijke familie op een bepaalde manier als onsterfelijk gezien, snap je.'
'Dus werd het idee van een dubbelganger aangedragen om hem te vervangen tijdens zijn afwezigheid?' bracht Joanna in.
'Ja. Daar maakten publieke figuren regelmatig gebruik van, zoals je vast wel weet. Toevallig bezocht een hoge adviseur van het paleis op een avond het theater en zag daar een jonge acteur van wie hij dacht dat hij goed voor de hertog van York zou kunnen doorgaan. De jongeman, ene Michael O'Connell, werd gesommeerd en kreeg een paar weken "hertoglessen", zoals de hertogin en ik samen grapten. Toen hij eenmaal was geslaagd, werd de echte hertog meteen naar Zwitserland verscheept om te herstellen.'

'Ze leken sprekend op elkaar,' zei Joanna. 'Ik was er volledig van overtuigd dat het een en dezelfde persoon was.'

'Ja. Michael O'Connell was al een extreem getalenteerd acteur. Hij was altijd goed geweest in mensen imiteren, dat was zijn act in die tijd. Zijn zware Ierse accent liet hij helemaal varen en hij perfectioneerde zelfs het lichte gestotter.' Rose glimlachte. 'En hij wérd letterlijk de hertog. Hij werd zonder enige problemen in de koninklijke hofhouding geplaatst.'

'Hoeveel mensen wisten ervan?'

'Alleen degenen die het absoluut moesten weten. De bedienden zullen vast vreemd hebben opgekeken toen de "hertog" 's morgens tijdens het scheren Ierse balladen zong, maar ze werden betaald om discreet te zijn.'

'Raakten jij en Michael toen bevriend?'

'Ja. Het was zo'n aardige man, zo plichtsgetrouw, en hij maakte totaal niets van de hele toestand. En toch had ik medelijden met hem. Ik wist dat hij werd gebruikt en dat als hij niet meer nodig was, hij zou worden betaald en zonder blikken of blozen worden afgedankt.'

'Maar het liep anders, hè?'

'Ja,' verzuchtte Rose. 'Hij had namelijk enorm veel charisma. Hij was de hertog, met nog een extra dimensie erbij. Hij had een geweldig gevoel voor humor en bezorgde de hertogin voortdurend de slappe lach vlak voor ze ergens moesten verschijnen. Ik ben er altijd van overtuigd geweest dat hij haar het bed in gelachen heeft, als je me de smakeloze uitdrukking kunt vergeven.'

'Wanneer besefte je dat ze geliefden waren?'

'Pas lang erna. Ik dacht net als ieder ander die haar kende dat de hertogin zo goed meespeelde omdat ze gewoon zo'n geweldig mens was. Toen kwam de hertog een paar maanden later weer helemaal gezond thuis en werd Michael O'Connell terug naar zijn oude leventje gestuurd. En dat zou dat zijn geweest als de hertogin niet...' Rose hield haar adem in.

'Wat?'

'De hertogin dacht dat ze stapelverliefd was op Michael. In die tijd had ik het paleis verlaten om me voor te bereiden op mijn huwelijk met François. Toen ik op een dag bij haar op bezoek ging, vroeg ze of ik bereid was haar te helpen en haar "boodschapper" wilde zijn zodat zij en Michael contact konden houden. Ze was behoorlijk wanhopig. Ik kon niets anders dan instemmen.'

'Dus zo begonnen jouw ontmoetingen met William Fielding voor de Swan and Edgar?'

'Heette hij zo? De jongen van het theater, in elk geval,' verhelderde Rose.

'Hij werd later zelf ook een vrij bekende acteur.'

'Niet in Frankrijk,' zei Rose lichtelijk hooghartig. 'Ik was in die tijd natuurlijk stapelverliefd op François, dus het feit dat de hertogin ook zo verliefd was, schiep een band. We waren allebei nog zo jong.' Ze zuchtte. 'We geloofden in romantiek. Dat Michael en de hertogin bij elkaar waren gezet en daarna weer uit elkaar getrokken zonder een kans op een toekomst samen, maakte de situatie alleen maar schrijnender.'

'Hebben ze elkaar nog ontmoet nadat hij uit de hofhouding was ontslagen?'

'Maar één keer. De hertogin maakte zich ernstig zorgen over zijn veiligheid, vooral toen haar geheim, zo zou je kunnen zeggen, werd blootgelegd.'

'Kwam iemand achter de affaire?'

Rose' ogen schitterden. 'Zeker weten. Meerdere mensen.'

'Is dat het moment waarop ze Michael O'Connell naar het kustwachthuis in Ierland stuurden?'

'Ja. Zie je nou?' Rose glimlachte goedkeurend. 'Je kent het grootste deel van het verhaal al. De hertogin kwam op een dag huilend bij me. Ze vertelde dat hij had geschreven om te zeggen dat hij terug naar Ierland werd gestuurd. Hij wilde niets doen om haar gevoelige positie te bezoedelen, dus hij dacht dat het beter was ermee in te stemmen en het land te verlaten zoals ze van hem verlangden.' Ze trok een wenkbrauw op. 'Het was natuurlijk niet de bedoeling dat hij ooit nog terug zou komen.'

'Wat bedoel je?'

'Zie je niet dat de situatie hun perfect uitkwam? Michael die terugging naar Ierland, terwijl hij zo ontzettend op de hertog van York leek. Onthou dat ze zich net hadden afgescheiden. De Ieren hadden een hekel aan de Engelsen. Men hoefde alleen maar ter plaatse bekend te maken dat er een lid van het Britse koningshuis in de buurt logeerde en de rest zou vanzelf gaan. Het was het perfecte doelwit voor de Ierse republikeinse beweging op dat moment.'

'Je bedoelt dat de regering hem dood wilde hebben?'

'Natuurlijk. Gezien de omstandigheden was het van groot belang dat hij voorgoed uit de weg werd geruimd. Maar het moest wel discreet gebeuren en op zo'n manier worden gebracht bij de hertogin dat ze er geen vraagtekens bij zou zetten. Niemand wist namelijk hoe ze zou reageren, zie je, gezien haar...' Rose koos haar woorden zorgvuldig. '... delicate toestand.'

'En wat gebeurde er toen?'

'Degene die Michael van een gewisse dood redde, was zijn Ierse liefje, Niamh heette ze volgens mij, die hij had ontmoet toen ze daar voor hem in huis werkte. Blijkbaar hoorde ze op een avond haar eigen, zeer republikeinse vader plannen maken om Michael te vermoorden. Dus regelden Niamh en Michael zijn ontsnapping naar Engeland op een katoenboot.'

'Ik heb Niamhs zuster, Ciara, in Rosscarbery ontmoet. Niamh Deasy is een paar maanden daarna bevallen van een baby. Zowel zij als de baby overleefden het niet,' voegde Joanna eraan toe.

'Ach, jee.' Er verscheen een traan in Rose' oog. Ze haalde een zakdoek uit haar mouw en depte haar ogen. 'Nog een tragisch slachtoffer in dit bedrieglijke web van leugens. Michael heeft zich altijd afgevraagd wat er van haar was geworden nadat hij Ierland had verlaten. Hij had verwacht dat ze hem achterna zou reizen naar Engeland, maar hij kon natuurlijk niet schrijven om erachter te komen wanneer. Of aan papier toevertrouwen waar hij was. Nu weet ik waarom ze nooit is gekomen. Hij was erg gek op haar, al betwijfel ik of het liefde was. Maar ik heb hem nooit over een kind gehoord.'

'Misschien wist hij het niet,' mijmerde Joanna. 'Misschien heeft Niamh hem niet op de hoogte gebracht.'

'En misschien realiseerde ze het zelf ook pas toen haar buik steeds dikker werd.' Rose zuchtte. 'Het waren veel onschuldiger tijden. Meisjes leerden nauwelijks iets over het leven. Zeker wij katholieke meisjes niet.'

'Arme Niamh, en de baby. Ze was zo onschuldig... Ze had geen idee voor wat voor complexe man ze was gevallen. Vertel alsjeblieft verder,' moedigde Joanna haar aan.

'Nou, Michael kwam dus terug en het lukte hem in contact te komen met de hertogin. Ze zagen elkaar in mijn huis in Londen. Hij vertelde haar dat de regering had geprobeerd zijn dood te bewerkstelligen. De hertogin was begrijpelijkerwijs hysterisch van woede. Na een slapeloze nacht waarin ze had proberen te bedenken hoe ze hem kon beschermen, wendde ze zich tot mij. Toen ze me vertelde wat ze van plan was, heb ik gezegd dat het zowel haar als haar familie in een zeer compromitterende positie zou brengen als het ooit uitkwam. Maar ze wilde er niets van weten. Michael O'Connell mocht niets overkomen, punt uit. Niemand anders beschermde hem tenslotte. Hij was gebruikt en afgedankt en de hertogin wilde – uit liefde, of uit principe – doen wat juist was.'

'Wat deed ze dan?'

'Ze schreef hem nog een brief, die ik persoonlijk, op de gewoonlijke verborgen manier, bij zijn onderkomen heb afgeleverd.'

'Aha.' Joanna deed haar best de feiten te verwerken terwijl ze werden verteld. 'En Michael O'Connell gebruikte wat er ook in die brief stond om zijn veiligheid af te kopen. Een nieuwe identiteit, een fraai huis en een schitterende toekomst?'

'Helemaal raak, jongedame. Ik betwijfel of hij ooit om iets zou hebben gevraagd als ze niet zo duidelijk van hem af hadden proberen te komen. Het was geen hebzuchtige man. Maar...' Rose zuchtte. 'Hij dacht dat hoe meer hij in het oog viel, hoe veiliger hij zou zijn. Bovendien verdiende hij zijn succes. Hij had een van de grootste acteerklussen van de twintigste eeuw klaargespeeld.'

'Ja, dat klopt. En het lijkt me ook veel makkelijker om een nobody te vermoorden dan een rijke en succesvolle acteur. Je hebt hem duidelijk goed gekend, Rose.'

'Dat klopt, en ik heb het gevoel dat ik heb gedaan wat ik kon. Het was een goede man. Maar goed, na dat alles leek de storm te zijn gaan liggen. De hertogin accepteerde dat hij weg was, dat ze haar best had gedaan hem te beschermen, en zij en de echte hertog hervatten hun relatie.'

'Mag ik zeggen dat ik me daar in de afgelopen paar dagen nog het meest over verbaasd heb,' zei Joanna. 'Het huwelijk van de hertog en de hertogin werd altijd gezien als een van de grootste succesverhalen van de monarchie.'

'En ik geloof ook oprecht dat het dat was. Er zijn verschillende soorten liefde, mevrouw Haslam,' zei Rose. 'De relatie van Michael en de hertogin was er eentje die je een korte, maar hartstochtelijke affaire kon noemen. Of het langer dan die paar maanden zou hebben standgehouden, zullen we nooit weten. Toen de hertogin eenmaal zeker wist dat hij veilig was, stond ze gedurende alle uitdagingen die volgden vol achter de hertog. Ze heeft Michaels naam nooit meer genoemd.'

'Toen hij later de beroemde James Harrison werd, moeten hun paden zich toch weleens hebben gekruist?'

'Ja, maar gelukkig had hij tegen die tijd Grace ontmoet. Stomtoevallig kende ik haar ook al jaren, aangezien we tegelijk aan het hof geïntroduceerd waren. Ze was altijd al zo gek als een deur, maar James viel als een blok voor haar.'

'Dus dat was een echte liefdesmatch?'

'Nou en of. Ze aanbaden elkaar. Grace had James nodig om haar te beschermen tegen een wereld waar ze zich nooit helemaal fijn in had gevoeld.'

'Hoe bedoel je?'

'Zoals ik al zei, was Grace White emotioneel labiel. Altijd geweest. Als ze geen deel had uitgemaakt van de aristocratie, was ze al jaren eerder weggestopt in een gekkenhuis. Haar ouders waren reuzeblij dat ze hun uit handen werd genomen. Maar met James leek ze op te bloeien. Zijn liefde bracht evenwicht in haar enigszins excentrieke karaktertrekken. Ze kregen een zoon, Charles, en het ging hun beiden goed... tot de toenmalige koning aftrad.'

'Natuurlijk. De hertog werd koning en de hertogin koningin. Ik neem aan dat het toen nog belangrijker werd dat de geheime affaire nooit zou uitkomen?'

'O ja, absoluut. Het vertrouwen in de koninklijke familie was op een dieptepunt. De oude koning had het ondenkbare gedaan en de Engelse troon opgegeven om met een Amerikaanse te trouwen.'

'Wat betekende dat zijn broer, de hertog van York, het moest overnemen,' mijmerde Joanna.

'Ja. Ik was toen in Frankrijk omdat ik inmiddels met François was getrouwd, maar je kon de schokgolven daar voelen. Noch de hertog, noch de hertogin had er ooit maar over nagedacht dat ze tot koning en koningin van Engeland zouden worden gekroond. En hetzelfde, en dat was misschien nog wel belangrijker, gold voor degenen achter de schermen, die precies wisten wat er tien jaar eerder was voorgevallen.'

'Wat deden ze toen?'

'Herinner je je de man in de rolstoel nog, van wie Grace tijdens de herdenkingsdienst zo schrok?'

'Die vergeet je niet snel.' Joanna herinnerde zich de kille blik die hij op Grace had geworpen toen ze de kerk verlieten.

'Hij was een zeer hooggeplaatst lid van de Britse geheime dienst. Hij was in die tijd verantwoordelijk voor de bescherming van de koninklijke familie. Hij toog naar het huis van de Harrisons en eiste van James dat hij de brief zou afgeven die de hertogin aan hem had geschreven. In het belang van de toekomst van de monarchie. James weigerde dat natuurlijk. Hij wist dat hij zonder die brief onbeschermd zou zijn. Helaas luisterde Grace van achter de deur mee en hoorde zo ongeveer waar het gesprek over ging.'

'O jee.'

'Misschien zou het niet zo erg zijn geweest als ze niet zo'n neurotisch en afhankelijk mens was, maar ze voelde zich verraden door de enige persoon in wie ze al haar vertrouwen had gesteld. Hier was het absolute bewijs van een eerdere, en duidelijk imposante, relatie van haar man met een andere vrouw. Een vrouw met wie Grace nooit kon dromen te kunnen concurreren. Ze beschuldigde hem ervan dat hij geheimen voor haar had, dat hij nog steeds verliefd was op de hertogin. Je moet begrijpen, Joanna, dat we het hier niet over een rationeel denkende vrouw hebben. Deze ontdekking zorgde ervoor dat ze compleet ontspoorde. Ze hield wel van een borrel en begon in dronken buien in het openbaar te zinspelen op een geheim dat koste wat kost bewaard moest blijven. Kort gezegd, ze werd een bedreiging.'

'O god. Wat erg. Wat deed James toen?'

'Hij vertelde me later dat Grace helemaal door het lint was gegaan na dat gesprek. Ze had hem ermee geconfronteerd en geëist de brief te mogen zien. Toen hij weigerde, begon ze het huis overhoop te halen in een poging de verstopplaats van de brief te vinden. Dus James deed het enige wat hij kon doen en haalde een van de andere brieven tevoorschijn die de hertogin hem had gestuurd. Natuurlijk niet de brief die de geheime dienst terug wilde.'

'Maar Grace geloofde dat dat de brief was die ze wilden hebben?'

'Ja.'

'Was het de brief die ze mij stuurde?'

'Ja.' Rose zuchtte. 'Er stond niet echt iets belangrijks in, maar dat hoefde zij niet te weten. Ze weigerde hem aan James terug te geven en zei dat ze hem voor altijd zou bewaren als bewijs van zijn ontrouw. Ze heeft die brief de rest van haar leven bij zich gehouden. Waar ze hem heeft verstopt toen ze in het sanatorium zat, is een raadsel, maar ze heeft hem me in elk geval laten zien vlak voor ze afgelopen november naar Engeland ging.'

'Maar die affaire was jaren voor James en Grace elkaar hadden ontmoet!'

'Dat weet ik, lieverd, maar zoals ik al zei, was ze behoorlijk de weg kwijt. Omdat hij wist dat ik een vriendin van Grace was en een van de mensen die op de hoogte waren van de waarheid, schreef hij me in Frankrijk en vertelde dat hij voor haar vreesde. Hij wist dat het niet lang zou duren voor onze vriend in de rolstoel en zijn kornuiten er lucht van zouden krijgen dat Grace ervan wist, en van haar indiscrete gedrag. Ze had tegen die tijd ook geprobeerd zich van het leven te beroven en gaf James de schuld van die poging tot zelfdoding vanwege zijn affaire met de hertogin. Hij was zich maar al te goed bewust hoe ver ze zouden gaan, en dat zelfs de brief die hij in bezit had, niet een vrouw zou kunnen beschermen die dreigde uit de school te klappen. Dus besloot hij te handelen voordat zij dat zouden doen.'

'Hoe heeft hij haar in veiligheid gebracht?'

'Hij ging met Grace naar Frankrijk. Ze verbleven een poos bij mij terwijl hij regelde dat ze in een fijne instelling in Bern in Zwitserland terechtkon. Ik weet zeker dat het arme schaap tegenwoordig de diagnose manische depressie of iets dergelijks zou hebben gekregen, maar ik kan je verzekeren dat het op dat moment ook gewoon het beste was. Ze heette daar "Rose White". James had haar onder haar tweede naam ingeschreven. Een paar maanden later maakte hij aan de mensen in Engeland bekend dat Grace tijdens een vakantie bij mij, haar goede vriendin, zelfmoord had gepleegd. In Londen waren de meeste mensen op de hoogte van haar labiliteit, dus het was een geloofwaardig verhaal. We hielden een begrafenis in Parijs met een lege kist.' Rose staarde in het niets. 'Ik kan je wel zeggen dat het voor James geen verschil maakte dat ze er niet echt in lag. Ik heb nog nooit een man zo radeloos van verdriet gezien. Hij wist dat hij haar voor haar eigen veiligheid nooit meer zou kunnen zien.'

'Goeie God.' Droevig schudde Joanna haar hoofd. 'Daarom is hij daarna nooit meer getrouwd. Zijn vrouw leefde nog.'

'Precies, maar dat wist verder niemand. Toen kwam natuurlijk de oorlog. De Duitsers vielen Frankrijk binnen en mijn man en ik vertrokken naar ons huis in Zwitserland. We woonden niet ver van het sanatorium en ik ging zo vaak ik kon bij Grace op bezoek. Ze tierde en raaskalde, vroeg me waar James was, smeekte me almaar haar naar huis te brengen. Mijn man en ik hoopten voor haar dat haar gezondheid het zou begeven, want dit was geen leven. Maar ze was een taaie, lichamelijk dan.'

'Is ze al die jaren in de Zwitserse instelling gebleven?'

'Ja. Ik moet toegeven dat ik haar steeds minder vaak opzocht, omdat het allemaal zo nutteloos leek. En het was vreselijk naar. Op een ochtend, zeven jaar geleden, ontving ik ineens een brief van een van haar artsen. Hij wilde dat ik met hem kwam praten. Toen ik daar kwam, vertelde de arts me dat Grace' toestand was verbeterd. Ik denk dat ze, met alle vooruitgang in de medische wetenschap, een medicijn hadden gevonden dat haar toestand stabiliseerde. Het ging zoveel beter dat hij vond dat ze goed genoeg was om een stap in de buitenwereld te zetten. Ik moet toegeven dat ik mijn bedenkingen had, maar ik ben haar gaan opzoeken en heb met haar gepraat, en er was geen enkele twijfel dat het een stuk beter ging. Ze sprak rationeel over het verleden en wat er allemaal was gebeurd. En ze smeekte me haar te helpen de laatste jaren van haar leven soort van normaal door te brengen.' Rose tilde met een elegant schouderophalen haar armen op. 'Wat kon ik doen? Mijn geliefde echtgenoot was een paar maanden daarvoor overleden. Ik rommelde in mijn eentje wat aan in een gigantisch kasteel. Dus besloot ik een kleiner huis te kopen en Grace bij me te laten intrekken. We spraken met de arts af dat als er een verslechtering optrad, ze meteen terug naar de instelling zou kunnen.'

'Hoe ga je in godsnaam met de buitenwereld om na zo lang weggestopt te zijn geweest?' mompelde Joanna, meer tegen zichzelf dan tegen Rose.

'Ze vond alles helemaal geweldig. Alleen al het feit dat ze zelf kon beslissen wat ze als ontbijt nam en hoe laat ze het at, bezorgde haar ongekend plezier. Ze was eindelijk vrij, na al die jaren. Het arme mens.'

Joanna glimlachte. 'Ja.'

'Dus zo gingen we ons leven samen delen, twee oude dames die blij waren met elkaars gezelschap en een gezamenlijk verleden hadden dat hen verbond. Ongeveer een jaar geleden kreeg Grace een kuchje waar ze maar niet vanaf kwam. Het heeft maanden geduurd voordat ik haar zover had dat ze naar de dokter ging. Je kunt je voorstellen dat ze doodsbang voor artsen was geworden. Toen ze uiteindelijk ging, wezen testen uit dat ze longkanker had.

De arts wilde haar natuurlijk opnemen en opereren, maar je zult begrijpen hoe Grace op dat idee reageerde. Ze weigerde pertinent. Dat is nog het meest tragische aan het hele verhaal. Na al die jaren opgesloten te hebben gezeten, had ze eindelijk rust en een beetje geluk en kreeg ze te horen dat ze nog maar een jaar te leven had.' Rose pakte haar zakdoek er weer bij en depte haar ogen droog. 'Sorry. Het is allemaal nog zo vers. Ik mis haar verschrikkelijk.'

'Dat geloof ik.' Joanna keek toe terwijl Rose zich vermande voor ze verder vertelde.

'Een paar maanden daarna zag Grace in de Engelse krant *The Times* het artikel over James' overlijden. Ze haalde het in haar hoofd dat ze naar Engeland wilde. Ik wist dat het haar dood zou worden, want ze was tegen die tijd al ernstig ziek.'

'Ja, en je had moeten zien in wat voor viezigheid ze leefde. Wat zat er in godsnaam in die theekisten?'

Die opmerking bracht een glimlach op Grace' lippen. 'Haar leven, lieve schat. Ze was een vreselijke kruimeldief. Ze stal lepels uit restaurants, wc-rollen en zeep uit toiletten en verstopte zelfs eten uit onze keuken onder haar bed. Misschien kwam het door het materiële gemis in de instelling, maar ze verzamelde álles. Toen ze uit Frankrijk vertrok, wilde ze koste wat kost haar kisten met zich meenemen. Toen ik afscheid van haar nam, wist ik... dat ik haar nooit meer zou zien. Maar ik begreep wel dat ze vond dat ze niets te verliezen had.'

Joanna zag dat de oude vrouw een stukje onderuitzakte in haar stoel, overmand door verdriet. Aangezien haar energie zichtbaar afnam, wist Joanna dat het nu of nooit was. 'Rose, weet je waar die brief is?'

'Ik kan echt niet verder praten tot ik een stevige maaltijd achter de kiezen heb. We bestellen roomservice,' besloot Rose. 'Wil je zo lief zijn de menukaart even te geven?'

Dat deed Joanna, omdat ze wist dat er nog zoveel vragen waren die ze wilde stellen. Ze dwong zichzelf geduldig te zijn terwijl de oude vrouw in haar handtas naar haar bril zocht en vervolgens de menukaart aandachtig bestudeerde.

Rose stond vermoeid op om naar de telefoon bij het bed te lopen. 'Hallo, kunt u twee kortgebakken stukken entrecote met bearnaisesaus en een fles Côte-Rôtie naar boven sturen? Bedankt.' Ze legde de hoorn neer en glimlachte naar Joanna, waarna ze als een uitgelaten kind in haar handen klapte. 'O, ik ben toch zo dol op eten in een hotelkamer, jij niet?'

Als het mogelijk was om gezeten in een rolstoel in gedachten te ijsberen, dan was dat wat de oude man aan het doen was. Hij zat niet achter zijn bureau en reed zelfs naar Simon toe toen die de deur opendeed, blij met de aanwezigheid van de enige andere persoon die zijn zorgen kon delen.
'Nog nieuws?'
'Nee, meneer. We proberen het morgen weer.'
'Morgen is het misschien te laat, verdomme!' grauwde hij.
'Hier nog geen teken van Haslam of Alec O'Farrell?' vroeg Simon.
'Er was wel een aanwijzing over waar O'Farrell zich zou bevinden, die wordt op dit moment nagetrokken. Ik durf te wedden dat ze zich ergens in een hotel schuilhouden en de klapper van de eeuw voorbereiden met hun onfrisse verhaal. Ze zijn in elk geval waarschijnlijk nog in het land. Mijn mensen hebben de passagierslijsten van luchthavens en veerdiensten uitgepluisd. Tenzij ze natuurlijk met een vals paspoort hebben gereisd.' Hij zuchtte.
'En onze "boodschapper"? Rose Le Blanc, meisjesnaam Fitzgerald?'
'Geen passagier met die naam op binnengekomen vluchten, maar dat betekent natuurlijk niets. Ze kan makkelijk met de auto of de trein het land zijn binnengekomen. We vinden haar wel als ze hier is, maar, jezus, als Haslam ons voor is... Ik weet zeker dat Madame Le Blanc weet waar die godvergeten brief is.'
'Meneer, tot ze hem daadwerkelijk in handen hebben, hebben ze geen bewijs.'
Hij leek niet te luisteren. 'Ik heb altijd geweten dat we op een ramp afstevenden, dat die dwaas hem nooit zou teruggeven. Die

gluiperd is zelfs geridderd op grond van zijn belofte!'
'Meneer, ik denk dat u een groter net moet uitwerpen, anderen moet laten weten wat ze precies zoeken.'
'Nee! Ze moeten het blind doen. We kunnen geen risico lopen op nog meer lekken. Ik vertrouw op jou, Warburton. Zorg dat je precies blijft waar je bent. Mijn intuïtie heeft me altijd gezegd dat als de brief ergens is, dat in een van Harrisons huizen moet zijn. Als Haslam erachter komt waar hij is, zal ze hem komen halen. Beide huizen staan onder scherpe surveillance. Wanneer ze zich laat zien, moet er met haar worden afgerekend. Laat onder geen beding je emoties je beoordelingsvermogen vertroebelen. Zeg het me nu als je denkt de taak niet te kunnen uitvoeren.'
Er viel een stilte, waarna Simon zei: 'Nee, meneer. Komt in orde.'
'Als jij het niet kunt, doet iemand anders het wel. Ik hoop dat je dat beseft.'
'Jawel, meneer.'
'Zorg dat je verdergaat alsof er niets aan de hand is. Ik wil niet dat Haslam of O'Farrell er lucht van krijgen dat we ze doorhebben. Laat hen ons ernaartoe leiden, begrepen?'
'Ja, meneer.'
Hij draaide zijn rolstoel zo dat hij naar de rivier keek. Na een lange stilte zuchtte hij diep. 'Je beseft dat als dit naar buiten komt, dat het einde van de Britse monarchie betekent. Goedenavond, Warburton.'

Gekweld door spanning keek Joanna vol verwachting toe terwijl Rose zich pijnlijk langzaam een weg door alles op haar bord kauwde. Ze had haar eigen eten naar binnen gepropt zonder het echt te proeven, maar alleen omdat ze wist dat ze moest eten.
Eindelijk depte Rose haar mond schoon met haar servet. 'Dat is beter. Nu alleen nog een kopje koffie terwijl we verder kletsen.'
Joanna deed haar best haar frustratie in bedwang te houden en belde nog een keer naar beneden.
Toen de koffie eenmaal was gearriveerd, stak Rose weer van wal. 'Goed, het is algemeen bekend dat leden van het koninklijke huis

al maîtresses en minnaars hebben gehad sinds het begin van de monarchie. Dat de hertogin van York verliefd werd op de dubbelganger van haar man was natuurlijk niet waar het paleis op zat te wachten, maar het was beheersbaar. Zelfs het feit dat ze hem gevaarlijke liefdesbrieven bleef schrijven, waarvan jij er eentje hebt gezien, was te behappen. Op dat moment was het tenslotte onwaarschijnlijk dat ze ooit koningin zou worden.' Rose zweeg even en glimlachte kortstondig. 'Ironisch genoeg wijzigde de koers van de geschiedenis van de ene op de andere dag door de meest simpele en toch sterkste kracht ter wereld.'

'De liefde.'

'Ja, de liefde.'

'En ze werd wél koningin.'

Rose knikte en nam een slok koffie. 'Denk eens na, Joanna. Wat kan het zijn? Wat kan er tussen Michael O'Connell en de hertogin van York zijn gebeurd dat het best bewaakte geheim van de twintigste eeuw kon worden? En wat zou er gebeuren als bewijs hiervan in een eenvoudige brief stond? Met opzet geschreven door een vrouw die hem, midden in een verliefdheid, wilde redden. Vervolgens goed opgeborgen en gebruikt als zijn bescherming tegen het grootse arsenaal van degenen die hem dood wilden hebben.'

Joanna hief haar ogen op, keek om zich heen in de kamer op zoek naar een antwoord. De geluiden van het verkeer buiten op straat verdwenen naar de achtergrond op het moment dat het tot haar doordrong.

'O god! Dat zal toch niet?'

'Jawel.' Het was Rose' beurt om nu whisky in te schenken voor een geschokte en trillende Joanna.

'Niemand kan ooit zeggen dat ik het je heb verteld. Je hebt het zelf geraden.' Rose schudde haar hoofd. 'Zo'n schok heb ik maar op één ander gezicht gezien, en dat was toen ik Grace bevestigde wat ze door de deur van de werkkamer in Welbeck Street dacht gehoord te hebben.'

'Had u niet beter tegen haar kunnen liegen? Haar laten geloven dat ze het verkeerd had gehoord? Mijn god.' Joanna nam een grote slok whisky. 'Ik zou mezelf geestelijk volkomen gezond noemen, maar nu ik eindelijk de waarheid weet… ben ik een bazelend wrak.'

'Dat kan ik geloven. En ja, ik heb overwogen Grace ervan te overtuigen dat ze het niet goed had gehoord, maar ik wist natuurlijk dat ze het er niet bij zou laten. Er was een kans dat ze het uit eerste hand zou willen horen, dat ze naar de man zou gaan met wie ze James die dag in de werkkamer had horen praten. Een man die later Sir Henry Scott-Thomas, hoofd van MI5, zou worden. Een man die in staat was zowel haar als James kapot te maken als hij erachter kwam dat ze het wist. Een man die later door een paardrijongeval tot zijn middel verlamd is geraakt.'

'De man in de rolstoel…' Het voelde alsof Joanna's brein stilstond. Ze zocht in de grijze mist, wetend dat er meer vragen waren die ze moest stellen.

'De brief… Bevestigt die dat… Waar we het net over hadden?' Joanna kon zich er niet toe brengen de woorden uit te spreken.

'Ik heb hem dan wel bezorgd, maar toen was hij al goed in het pakket verborgen. Als hij James al die jaren in leven heeft gehouden, heeft gezorgd dat hij recht onder de neus van degenen die hem dood wilden hebben, faam en rijkdom heeft kunnen vergaren, dan ja, denk ik dat inderdaad.'

'En waarom zijn ze nooit achter jou aan gegaan? Jij hebt die brieven tenslotte afgeleverd.'

'Tegen die tijd was ik verloofd met mijn lieve François en had ik het paleis al verlaten. Na het bezorgen van dat pakketje ben ik getrouwd en naar de Loire vertrokken. Niemand wist dat ik erbij betrokken was.' Rose grinnikte zacht. 'De hertogin verborg het geheim dat ze bij zich droeg heel goed, tot het niet langer te verhullen viel.'

Joanna besefte met een schok dat zijzelf twee weken geleden Simon in Yorkshire de naam van de 'boodschapper' had verteld.

'U verkeert echt in groot gevaar! Ik heb pas geleden iemand uw naam verteld. O god, het spijt me ontzettend.' Joanna stond op. 'Er zijn al zoveel mensen dood. Ze laten zich door niets of niemand tegenhouden… U moet hier meteen weg!'

'Ik ben veilig. Voor nu, tenminste. Ik ben tenslotte de enige die weet waar de brief is. En bovendien boden mijn oude, vervalste identiteitspapieren uit de Tweede Wereldoorlog uitkomst. François heeft toentertijd een expert een hele berg geld betaald om ervoor te zorgen dat we door het leven gingen als Madame en Monsieur Levoy, Zwitserse burgers. Hij had wat Joods bloed aan moederskant, zie je. Ik heb altijd een paspoort aangehouden met die naam, voor het geval dat. François stond erop.' Rose glimlachte. 'Zo ben ik het land binnengekomen en onder die naam heb ik dit hotel ook geboekt.'

Joanna keek vol bewondering naar deze uitzonderlijke vrouw, die het geheim zo lang had bewaard en haar leven op het spel zette uit liefde voor haar goede vriendin. 'U had het over een pakketje in plaats van een brief?'

'Klopt.'

'Wat zat er in dat pakketje?'

'Lieve help.' Rose gaapte. 'Ik word erg slaperig. Nou, het zat zo: de brieven waren natuurlijk uiterst geheim, en die al helemaal. Als ze in de verkeerde handen zouden vallen, zou dat rampzalig geweest zijn. Dus bedacht de hertogin een slimme manier om ze te verbergen.'

'Hoe?'

'Je hebt de brief gezien die Grace je heeft gestuurd. Hij was al oud, maar er moet je iets vreemds aan zijn opgevallen.'

Joanna dacht diep na. 'Ik... Ja, ik weet het weer, er zaten piepkleine gaatjes langs de randen.'

Rose knikte goedkeurend. 'Omdat we niet veel tijd meer hebben, moet ik je misschien maar helpen met het laatste stukje van de puzzel. Onthoud dat ik dit allemaal voor de arme Grace doe.'

'Natuurlijk.' Joanna knikte murw.

'De hertogin had twee hobby's: het kweken van de prachtigste rozen en bijzonder verfijnde borduurwerkjes maken.' Ze keek veelzeggend naar Joanna, die wezenloos naar haar terug staarde. 'Het wordt de hoogste tijd dat ik naar bed ga. Ik ben van plan Engeland binnen afzienbare tijd te verlaten en bij vrienden in Amerika te logeren tot dit is overgewaaid. Het lijkt me het beste als ik mezelf de komende maanden uit de voeten maak, tot het stof is gaan liggen.'

'Alsjeblieft, Rose, doe me dit niet aan! Vertel me waar de brief is,' smeekte Joanna haar.

'Lieve schat, ik héb het je al verteld. Nu moet je alleen nog die snelle hersenen en die mooie ogen van je goed gebruiken.'

Joanna wist dat het geen zin had verder aan te dringen. 'Zie ik u nog eens, denkt u?'

'Dat lijkt me onwaarschijnlijk.' Rose' ogen glinsterden. 'Ik heb er alle vertrouwen in dat je hem zult vinden.'

'Maar ik niet! Rozen... Borduurwerkjes...'

'Ja, lieve meid. Zodra je hem hebt, moet ik *tout de suite* Engeland verlaten. Ga je het er echt op wagen om het te publiceren?'

'Dat is wel de bedoeling, ja. Het heeft zoveel mensen het leven gekost... En ik ben het iemand verschuldigd...' Joanna's ogen vulden zich spontaan met tranen.

'Iemand van wie je hield?'

'Ik... Ja,' zei ze met een zucht. 'Hij stierf terwijl hij mijn leven probeerde te redden. En dat allemaal om die brief.'

'Nou, daar heb je het weer. De liefde zorgt dat we de meest roekeloze – en vaak ondoordachte – beslissingen nemen, zoals je al hebt gezien.'

'Ja.'

Rose stond op en legde in een vriendelijk gebaar haar hand op Joanna's schouder. 'Ik laat je aan je geweten over. En aan het lot. Dag, lieverd. Als je dit overleeft en kunt navertellen, druk je hoe dan ook je stempel op de wereld, daar bestaat geen enkele twijfel over. Laat je jezelf even uit?' Ze liep naar de slaapkamer en deed de deur achter zich dicht.

Eindspel

*De fase van het spel waarin er nog maar een
paar stukken op het bord staan*

40

'Hoi, Simon,' zei Zoe toen hij de volgende dag rond de lunch in de keuken in Welbeck Street verscheen.
'Hoi. Alles in orde?'
'Ja.' Ze vond hem er gespannen uitzien. 'Is mevrouw Burrows vertrokken nu jij er weer bent?'
'Ja, zodra ik arriveerde. Ik zag het niet echt zitten om mijn kamer met haar te delen.'
'Oké.' Ze doopte een vinger in de saus waarin ze op het fornuis stond te roeren. 'Het is een aantrekkelijke meid.'
'Niet mijn type, vrees ik,' antwoordde Simon kortaf, terwijl hij oploskoffie in een mok schepte en er heet water over goot. 'Wat kook je?'
'Wat kook je voor een prins?' verzuchtte ze. 'Ik ga voor mijn vaste recept, stroganoff. Niet bepaald kreeft thermidor, maar het moet maar goed genoeg zijn.'
'O god, natuurlijk! Dat etentje is vanavond. Ik was het helemaal vergeten.'
'Art belde me gisteravond. Hij zei dat hij je aan het eind van de middag in Sandringham verwacht om hem hierheen te brengen. Ik heb een boodschap bij Joanna achtergelaten en haar gevraagd om acht uur hier te zijn, ze zouden dan ongeveer gelijk moeten arriveren. Helaas hebben twee van mijn vriendinnen afgezegd, dus zijn we maar met z'n drietjes.'
Simons hart sloeg een slag over. 'Komt Joanna ook?'
'Ja, maar zelfs zij heeft nog niet op mijn bericht geantwoord. We zijn heel close geworden en ik wil graag weten wat ze van Art vindt.'

'Misschien moet je haar nog een keer bellen om je ervan te verzekeren dat ze komt?'

'Ja, dat is een goed idee.' Ze veegde haar handen aan haar schort af. 'Wil jij voor me blijven roeren?'

Ze was niet veel later weer terug. 'Antwoordapparaat,' zei ze terwijl ze hem in de keukenkastjes naar iets zag zoeken. Hij draaide zich om met een fles in zijn hand. 'Doe er wat tabasco bij, dat geeft de saus extra pit.'

Later die dag ging Simons mobiel. 'We hebben O'Farrell gelokaliseerd. We wisten dat hij niet lang zonder whisky zou kunnen. Hij heeft een creditcardbon ondertekend in een slijterij in de Docklands.'

'Aha.'

'We hebben zijn kennissenkring onderzocht en een bevriende journalist uit de vs bleek een flat vlak bij die slijterij te hebben. Mijn mannen zijn erheen gegaan. Er zijn tekenen van leven in het appartement. Hij staat onder zware bewaking en we houden de telefoonlijn in de gaten. Als hij online gaat om het verhaal te versturen, kunnen we dat zo tegenhouden.'

'En Haslam?'

'Geen enkel spoor.'

'Ze is hier vanavond uitgenodigd voor het eten, hoewel ik betwijfel of ze zal komen opdagen. Ik denk niet dat ze zomaar het hol van de leeuw binnenstapt. Ga ik voorlopig op normale voet verder?'

'Ja. Zonder tegenbericht haal je ZKH zoals gepland in Norfolk op. Burrows zal ter plaatse blijven terwijl je dat doet. Zorg dat je gewapend bent, Warburton. Ik neem nog contact met je op.'

Vlak voor vijf uur die middag arriveerde Simon bij het afgelegen landgoed in Sandringham en parkeerde de auto. Toen hij het portier opende en uitstapte zag hij dat de butler de voordeur al opende.

'Zijne Koninklijke Hoogheid is een weinig vertraagd, ben ik bang. Omdat het nog wel even kan duren, stelde hij voor dat u binnen een kopje thee drinkt.'

'Bedankt.' Simon liep achter hem aan naar binnen door de hal en een kleine, maar goed gemeubileerde zitkamer in.
'Earl grey of darjeeling?'
'Dat maakt me echt niet uit.'
'Prima, meneer.'
De butler verliet de kamer en Simon begon te ijsberen, zich afvragend waarom de prins in godsnaam juist net vandaag vertraagd was. Elke seconde dat hij niet in Welbeck Street was, maakte hem meer gespannen.

De butler kwam zijn thee brengen en vertrok weer. Simon dronk de thee terwijl hij nog steeds afwezig door de kamer ijsbeerde. Toen viel zijn blik op iets aan de muur dat onschuldig tussen talloze waarschijnlijk onbetaalbare schilderijen hing. Het leek op iets wat hij onlangs had gezien. Hij liep ernaartoe om het te bestuderen. De hand waarin hij zijn theekopje hield, begon te trillen.

Hij was er vrij zeker van dat het identiek was, tot in het detail.

Hij haalde zijn mobiele telefoon tevoorschijn om een telefoontje te plegen, maar op dat moment arriveerde de butler.

'Zijne Koninklijke Hoogheid is nu klaar om te vertrekken.'

Het theekopje werd resoluut uit zijn hand genomen en hij werd de kamer weer uit geleid.

Vanuit haar positie in de telefooncel aan de overkant van Zoe's woning in Welbeck Street draaide Joanna een mobiel nummer. 'Steve? Met Jo. Vraag me niet waar ik ben, maar als je een mooi shot wilt, moet je als de donder naar het huis van Zoe Harrison komen. De hertog staat op het punt daar te arriveren. Ja, echt! O, en er is een achteringang, als je binnen een foto wilt maken. Moet je wel over een paar muurtjes klimmen. Wacht daarna buiten tot je weer wat van me hoort. Dag.'

Ze belde nog een nummer, en nog een, tot ze elke fotoredactie van alle Londense kranten had ingelicht waar prins Arthur, hertog van York, die avond zou dineren. Nu hoefde ze alleen maar te wachten tot ze zouden komen.

Een van de fotografen ontdekte de auto zodra Simon vlak voor acht uur Welbeck Street in reed.

'O, shit!' vloekte de prins toen hij het legertje fotografen voor Zoe's deur zag staan.

'Zullen we doorrijden, Uwe Koninklijke Hoogheid?'

'Daar is het nu een beetje laat voor, hè? Toe nou maar.'

Joanna zag dat het portier van de Jaguar openging en de fotografen om de auto heen dromden. Ze sprintte de straat over, de menigte in, en kwam er vóór de prins en Simon weer uit. Zoals ze had geweten, ging de deur als bij toverslag open. Ze struikelde naar binnen.

'Jo! Je bent toch gekomen!' begroette Zoe haar afwezig terwijl ze nerveus toekeek hoe Art en Simon de deur dichtsloegen en achter zich op slot deden.

'Ja,' hijgde ze en ze deed haar vilthoed af en schudde haar haren los. 'Wat een zootje buiten.'

'Mooie jurk. Ik heb je nog nooit in iets anders dan een spijkerbroek gezien.'

'Omdat ik ook nooit wat anders draag. Maar ik dacht: speciaal voor vanavond.'

'En die bril staat je goed. Je ziet er anders uit.'

'Mooi,' zei Joanna en ze meende het.

Zoe gaf haar een kus op haar wang en richtte haar aandacht vervolgens op Art, die achter haar stond. 'Hallo, lieverd. Hoe gaat het?' begon ze, waarna ze allemaal schrokken omdat de brievenbus openging en er een telelens doorheen werd geschoven. Simon duwde hem meteen weer dicht. Er klonk een bevredigend gekraak van plastic toen de lens werd teruggetrokken.

'Ik stel voor dat jullie naar de zitkamer gaan. Geef me een paar seconden om de gordijnen dicht te doen,' zei Simon tegen de misnoegde prins.

'Bedankt, Warburton.' Art liep achter hem aan door de hal, en Zoe legde een hand op Joanna's arm.

'Ik zal je zo officieel aan hem voorstellen,' fluisterde ze.

'Moet ik een knicksje maken? Hoe spreek ik hem eigenlijk aan?' vroeg Joanna.

Zoe onderdrukte een lach. 'Hij laat wel weten hoe hij wil dat je hem noemt. En wees gewoon jezelf. Al kun je misschien beter niet zeggen dat je journalist bent,' zei ze op licht ironische toon.

Joanna knikte toen ze samen naar de zitkamer liepen. 'Begrepen. Vanavond ben ik een agent van de hondenbrigade.' Bij de deur draaide ze zich naar haar vriendin om. 'Sorry, ik moet even naar het toilet.' Ze rende de trap op voordat Zoe iets kon zeggen.

'Simon, wil je misschien de champagne pakken?' vroeg Zoe toen hij de zitkamer weer uit kwam. 'Die heb ik in de keuken op ijs gezet.'

'Natuurlijk.'

Simon schoot de keuken in, pakte de champagne en zette die op de tafel. 'Dan laat ik jullie nu met rust.' Hij liep de kamer uit en nam de trap met twee treden tegelijk.

Monica Burrows stond op de overloop. 'Ze is hier. Ze was in de slaapkamer van de jongen. Toen ze mij zag, liep ze de badkamer ernaast in,' fluisterde ze.

'Oké. Laat dit maar aan mij over. Stel je beneden bij de voordeur op.'

'Prima. Geef een gil als je me nodig hebt.'

Simon wachtte terwijl Monica de trap af rende. Toen posteerde hij zich voor de badkamerdeur om Joanna op te wachten.

Er klonk een schreeuw van Zoe vanuit de keuken. 'Simon!' riep ze. 'In de keuken!'

'Warburton!' sloot de stem van de hertog zich bij haar aan.

Simon daalde met hoge snelheid de trap af, de hal door en de keuken in.

'Werk hem weg!' riep Zoe, van haar stuk gebracht door de man die in de deuropening van de achterdeur stoïcijns foto's maakte, zelfs terwijl Simon hem tegen de grond werkte en de camera afpakte.

'Ik doe alleen maar mijn werk, joh.' De man trok een grimas toen hij de camera weer in zijn handen gedrukt kreeg, minus het filmrolletje, en door het huis naar de voordeur werd geduwd. Simon pakte de portemonnee van de man uit zijn achterzak en prentte zich de naam op het rijbewijs in.

'Je krijgt een aanklacht voor inbraak aan je broek. En nu opsodemieteren.' Hij deed de voordeur open, smeet de fotograaf naar buiten en sloeg de deur weer dicht.

Een geschrokken Zoe werd in de keuken door de prins gekalmeerd.

'Gaat het?' vroeg hij.

'Ja. Het is mijn eigen schuld. Ik had de achterdeur niet op slot gedaan.'

'Nee hoor. Veiligheidsaangelegenheden zijn Warburtons taak. Waardeloos werk, Warburton.'

'Mijn excuses, meneer.'

'Het is niet zijn schuld, Art. Hij herinnert me er altijd aan om alles op slot te doen. Hij is een kanjer en ik weet niet wat ik zonder hem zou moeten,' verdedigde Zoe hem.

'En of! Simon is een geweldige vent, hè?' Joanna kwam de keuken binnen.

Simon draaide zich om en wist meteen dat ze hem had.

'Nou, ik zou nu graag gaan zitten en de avond vervolgen,' merkte de prins geïrriteerd op. 'We roepen je als we je nodig hebben. Oké, Warburton?'

'Ja, meneer.' Simon liep de keuken uit en de trap op naar Jamies slaapkamer. Zoals hij al verwachtte, was het verdwenen. Hij liep de badkamer in en zag daar het lege lijstje in de vuilnisbak. Het zorgvuldig geborduurde kinderversje dat al die jaren onschuldig achter glas had gezeten en het geheim bewaard had, was weg.

'Ring a ring o' roses,' mompelde Simon onhoorbaar het begin van het rijmpje toen hij de badkamer uit liep en de trap op naar zijn slaapkamer. Snel pakte hij zijn mobieltje uit zijn zak en toetste een nummer in.

'Ze is hier, meneer. En ze heeft hem.'

'Waar is ze?'

'Beneden, gezellig aan tafel met de derde in lijn van troonsopvolging. We kunnen haar niets doen en dat weet ze.'

'We hebben ervoor gezorgd dat O'Farrell haar niet meer kan helpen. Het verhaal stond op zijn computer, hij wachtte alleen nog op de brief. En Welbeck Street is omsingeld. Deze keer kan ze niet ontsnappen.'

'Nee, maar op dit moment, met ZKH hier in huis, kunnen we vrij weinig doen.'

'Dan moet hij daar ogenblikkelijk weg.'

'Jawel, meneer. En als ik zo vrij mag zijn, ik heb wel een idee hoe.'

'Brand los.'

Simon vertelde het hem.

'Dit bewijst het alleen maar weer. Zoe, je kunt hier niet blijven. Ik wil dat je met onmiddellijke ingang in het paleis komt wonen, waar je tenminste veilig zult zijn.' Art legde zijn mes en vork neer. 'Dat was trouwens heerlijk. Als jullie me nu even willen excuseren, dames. Ik moet naar het toilet.'

Joanna en Zoe keken hem na toen hij de kamer uit liep.

'Wat denk je?' vroeg Zoe.

'Waarvan?'

'Art natuurlijk! Wat ben je afwezig vanavond, Jo. Je hebt amper een woord gezegd tijdens het eten. Is alles wel in orde?'

'Ja, sorry. Ik ben moe. Ik vind je prins... erg aardig.'

'Echt? Je klinkt niet erg overtuigd,' zei Zoe fronsend.

'Nou, hij is een beetje... koninklijk en zo, maar daar kan hij niets aan doen,' zei Joanna gedachteloos.

'Ja, wel een beetje, hè?' Zoe lachte onzeker. 'Ik... Ik weet het gewoon echt niet meer,' fluisterde ze.

'Waarom niet?'

'O, ik weet niet.'

'Is er soms een ander?' Joanna besloot haar voorgevoel uit te spreken. Ze had vanavond gezien hoe Zoe naar Simon keek.

'Ja... zou kunnen. Maar ik weet niet of hij mij ook leuk vindt.'

'Nou, ik weet niet wie er teleurgestelder zal zijn als je er een punt achter zet, Art of je galante beschermengel,' zei Joanna luchtig.

'Wat bedoel je?'

Joanna keek zenuwachtig op haar horloge. 'Ik... eh... niets. Simon is erg op je gesteld.'

'Echt?' Er verscheen een schittering in Zoe's ogen.

'Ja, en ik denk dat je je hart moet volgen. Ik zou willen dat ik meer tijd met Marcus had gehad. Verspil je tijd niet,' fluisterde Joanna in haar oor toen Art weer verscheen. 'Oké, mijn beurt voor een bezoekje aan het toilet. Zo terug.'

Joanna's ogen vulden zich met spontane tranen toen ze opstond, nog een laatste keer naar Zoe keek en de kamer verliet.

Monica gebaarde naar Simon, die achter de deur van de eetkamer stond, toen Joanna de hal in liep naar de trap. Hij knikte en pakte zijn telefoon.

'Nu, meneer.'

Op het toilet toetste Joanna koortsachtig Steve's nummer in.

'Met mij. Ik kom over twee minuten naar buiten. Zorg dat de motor klaarstaat. En niet blijven rondhangen om vragen te stellen.'

Ze had de deur van het toilet net van het slot gehaald, toen ze sirenes hoorde loeien en een stem door een megafoon hoorde schallen.

'Dit is de politie. Er is een bommelding in Welbeck Street. Alle bewoners wordt verzocht onmiddellijk het huis te verlaten. Ik herhaal, verlaat uw...'

Gefrustreerd sloeg Joanna met haar knokkels tegen de muur. 'Shit! Shit! Shit!'

Simon verscheen in de zitkamer. 'We moeten weg. Uwe Koninklijke Hoogheid, mevrouw Harrison.'

'Wat is er? Wat is er aan de hand?' vroeg Zoe terwijl ze opstond.

'Wat gebeurt daar allemaal?' vroeg de prins geïrriteerd.

'Een bommelding, meneer. We moeten het gebouw evacueren. Als u me wilt volgen, buiten staat een auto te wachten.'

'Waar is Joanna?' vroeg Zoe toen ze met Art achter Simon aan liep.

'Ze is hierboven, in de badkamer. Ik loop wel met haar mee naar buiten,' riep Monica Burrows van bovenaan de trap.

'We moeten op haar wachten,' zei Zoe.

Boven voelde Joanna koud, hard staal in haar rug drukken.

'Zeg dat ze alvast moeten gaan,' siste de vrouw.

'Ik zie jullie buiten, goed?' riep Joanna met bevende stem.

'Oké!' hoorde ze Zoe roepen, waarna de voordeur dichtsloeg en het stil werd in huis.

'Geen beweging. Ik heb opdracht je dood te schieten.' Monica duwde haar Jamies kamer in terwijl ze het pistool op haar onderrug gericht hield. Simon vervoegde zich een paar minuten later bij hen.

'Laat haar maar gaan, Monica. Ik heb haar onder schot.' Hij tilde zijn arm op en Joanna zag zijn pistool. De kolf die in haar rug drukte, verdween. Ze liet zich op het bed zakken. Ze keek naar de vrouw en herkende haar van de lancering van de herdenkingsbeurs.

'Joanna.'

Ze keek Simon aan. 'Wat?'

'Waarom liet je het er niet bij zitten toen je de kans had?'

'Waarom heb je tegen me gelogen? Al die bullshit in Yorkshire! Ik… Je liet me geloven dat het klopte.'

'Omdat ik je leven probeerde te redden.'

'Je bent toch al te laat,' zei ze met een vertoon van bravoure die ze niet voelde. 'Alec weet alles. Hij heeft het verhaal waarschijnlijk al verzonden. En als mij iets overkomt, weet hij waarom.'

'Alec is dood, Joanna. Ze hebben hem in het appartement van zijn kennis in de Docklands gevonden en hem op tijd tegengehouden. Het spel is uit, vrees ik.'

Geschrokken hapte ze naar lucht. 'Klootzak! Maar… Ik heb de brief en jij niet,' voegde ze er uitdagend aan toe.

'Fouilleer haar, Burrows.'

'Blijf van me af!' Terwijl Joanna probeerde uit de greep van de vrouw los te komen, klonk er een geluid uit Simons wapen. Joanna en Burrows draaiden zich om en zagen dat de kogel in de muur terecht was gekomen en vastzat in het pleisterwerk. Er verscheen pure angst op Joanna's gezicht toen ze Simons kille, harde blik zag. Het pistool in zijn hand was strak op haar gericht.

'Waarom geef je ons niet gewoon wat we willen, Jo, in plaats van je te onderwerpen aan de vernedering van een volledige visitatie? Dan raakt er niemand gewond.'

Joanna knikte gebroken. Ze kon geen woord meer uitbrengen. Ze stak haar hand in de zak van haar jurk, haalde er een klein vierkantje stof uit en gaf het aan Simon. 'Alsjeblieft. Nu heb je wat je wilde. Hoeveel mensen hebben jullie moeten doden om het terug te halen, Simon?'

Hij negeerde haar, gebaarde naar Burrows dat ze Joanna weer onder schot moest nemen en concentreerde zich op het vierkant in zijn hand.

Ring a Ring o' Roses...

De woorden waren nauwgezet in de stof geborduurd, samen met de bloemen die in het rijmpje werden genoemd. Simon draaide het om en ondanks haar angst was Joanna gefascineerd door het feit dat na al die jaren de waarheid eindelijk onthuld zou worden. Ze keek toe terwijl hij voorzichtig de achterkant eraf haalde. Daar, aan het borduurwerk zelf bevestigd, zat een stuk dik crèmekleurig velijnpapier, identiek aan dat van de brief die Grace naar haar had opgestuurd.

Simon pakte een zakmes en sneed de nette rijgsteken door. Eindelijk kwam het papier los. Hij las het en knikte naar Monica. 'Dit moesten we hebben.'

Voorzichtig vouwde hij de brief en stopte hem in de binnenzak van zijn jasje, waarna hij weer zijn pistool op haar richtte. 'En wat moeten we nu met jou? Volgens mij weet je iets te veel.'

Ze kon hem niet meer in zijn ogen kijken, die kille, stalen spleetjes waren geworden. 'Je kunt me toch niet in koelen bloede doodschieten, Simon? Jezus, we kennen elkaar al jaren, zijn al bijna ons hele leven bevriend. Ik... Geef me de kans om te vluchten. Ik... Ik zorg dat ik verdwijn. Je zult me nooit meer zien.'

Monica zag Simon aarzelen. 'Ik doe het wel,' zei ze.

'Nee! Dit is mijn taak.' Hij deed een stap naar voren en Joanna deinsde achteruit, haar hart ging als een razende tekeer en haar hoofd tolde.

'Jezus christus, Simon!' gilde ze terwijl ze in elkaar dook in de hoek van de kamer. Hij leunde naar voren tot zijn gezicht dicht bij dat van haar was, het wapen op haar borst gericht.

'Simon, alsjeblieft!' riep ze.

Hij schudde zijn hoofd. 'Dit is míjn spel, Joanna, dus spelen we het volgens mijn regels.'

Ze staarde hem aan, haar stem hees van angst. 'Ik geef me over.'

'Pang, pang, je bent dood!'

Ze had amper tijd om te gillen. Hij loste van korte afstand twee schoten en ze viel op de grond.

Simon knielde bij haar neer om haar pols te voelen, luisterde daarna of hij een hartslag hoorde. 'Ze is dood. Bel de baas, zeg dat de missie op alle vlakken volbracht is. Ik ruim op en breng haar naar de auto.'

Burrows deed wat haar was gezegd, keek toen naar Joanna's uitgestrekte lichaam. 'Je kende haar al heel lang?'

'Ja.'

'Jezus,' zei ze ademloos, 'daar moet lef voor nodig zijn geweest.' Ze liep dichter naar het lichaam toe en bukte alsof ze Joanna's polsslag wilde voelen.

Hij draaide zich om en keek haar aan. 'Je kent de regels, Burrows, geen ruimte voor gevoelens. Ik neem het zekere voor het onzekere,' zei hij en hij schoot weer.

Een kwartier later ging de voordeur open naar een verlaten Welbeck Street. Het surveillanceteam aan de overkant van de straat keek mee hoe Warburton en Burrows een figuur tussen zich in omhooghielden en naar de auto liepen die een paar meter verderop geparkeerd stond.

'Ze rijden,' zei een van hen in zijn portofoon.

Tien minuten later parkeerden ze in een straat aan de rand van een industrieterrein. Ze tilden het lijk uit de auto, zetten het in een voertuig dat daar geparkeerd stond en reden met grote snelheid weg. Twintig minuten later werd de rust in de omliggende straten verstoord door een enorme explosie.

41

Simon pakte de brief uit zijn binnenzak en gaf hem aan de man tegenover zich aan het bureau.

'Alstublieft, meneer. Eindelijk in veilige handen.'

Sir Henry Scott-Thomas las de brief zonder enige emotie door. 'Bedankt, Warburton. En het lichaam is succesvol geplaatst?'

'Ja.'

Sir Henry bestudeerde Warburtons gezicht. 'Je ziet er uitgeput uit, man.'

'Ik moet toegeven dat het een bijzonder onaangename taak was, meneer. Ze was mijn beste jeugdvriendin.'

'En ik kan je verzekeren dat daar niet zomaar aan voorbij zal worden gegaan. Dergelijke loyaliteit is zeldzaam, kan ik je wel zeggen. Ik zal je aanbevelen voor onmiddellijke promotie. En aan het einde van de maand wordt er een aanzienlijke bonus op je bankrekening gestort voor al je harde werk.'

'Ik denk dat ik het beste naar huis kan gaan om te slapen.' Simons maag kwam in opstand. 'Morgen wordt weer een moeilijke dag als bekend wordt gemaakt wie er precies is omgekomen bij die aanslag.'

Sir Henry knikte. 'Ik stel voor dat je na de begrafenis verlof neemt, vlieg naar een warm en zonnig land.'

'Daar zat ik net aan te denken, meneer.'

'Nog twee vragen voordat je gaat: hoe ging Burrows ermee om?'

'Ze was behoorlijk aangedaan. Ik had het gevoel dat het de eerste keer was dat ze iemand van dichtbij gedood zag worden.'

'Dit soort dingen scheidt de mannen van de jongens, bij wijze van spreken. En heeft ze de inhoud van de brief gelezen?'

'Nee, meneer, daar heb ik wel voor gezorgd. Ik kan u verzekeren dat ze geen idee had wat er gaande was,' antwoordde Simon.

'Goed gedaan. Je hebt geweldig werk geleverd, Warburton, geweldig werk. Een goedenavond.'

'Goedenavond, meneer.' Simon stond op en liep naar de deur. Toen kwam hij tot stilstand en draaide zich om.

'Eén ding, meneer.'

'Ja?'

'Misschien is dit wat sentimenteel, maar weet u toevallig waar het stoffelijk overschot van Grace is? Het leek me na dit alles wel juist om haar te herenigen met de man van wie ze zoveel heeft gehouden.'

Het was even stil. 'Je hebt gelijk. Ik zal het regelen. Goedenavond, Warburton.'

Het lukte Simon maar net zich goed te houden tot hij het mannentoilet verderop in de gang bereikte. Daar gaf hij veelvuldig over, liet zich op de grond zakken, veegde zijn mond af met zijn mouw en kon zich indenken wat Ian over het randje had gedreven.

Hij zou de angst in haar ogen nooit vergeten, de verraden blik toen hij de trekker overhaalde. Simon legde zijn hoofd in zijn handen en huilde.

Op weg naar Dorset de volgende ochtend bij zonsopgang bestudeerde Sir Henry Scott-Thomas het korte artikel op de derde pagina van *The Times*.

JOURNALISTEN OMGEKOMEN BIJ BOMAANSLAG

Gisteravond explodeerde een autobom op een industrieterrein in Bermondsey. Daar zijn twee personen bij om het leven gekomen. De explosie kwam na een avond vol valse bommeldingen, waardoor de helft van West End twee uur lang voor alle verkeer afgesloten is geweest. Men gaat ervan uit dat de slachtoffers Joanna Haslam en Alec O'Farrell zijn, beiden medewerkers van de *Morning Mail*. De politie vermoedt dat ze op het punt stonden een plan van de IRA te onthullen. Na de bomaanslag bij Canary Wharf vrijdag is de politie in hoge staat van paraatheid...

Hij bladerde door de andere artikelen in de krant tot zijn blik viel op een kort stukje onderaan pagina veertien.

RAVEN TERUGGEKEERD NAAR TOREN
Vanmorgen werd door de Yeomen Warders bekendgemaakt dat de wereldberoemde raven zijn teruggekeerd naar de Tower of Londen. De raven, die de toren al negenhonderd jaar traditioneel bewaken, verdwenen zes maanden geleden op mysterieuze wijze. Een tevergeefse landelijke zoekactie volgde. Hoewel hun aantal door de onrust veroorzaakt door de Luftwaffe-bombardementen tijdens de Tweede Wereldoorlog was gereduceerd tot slechts één exemplaar, is de toren nog niet eerder zonder bewakende raaf geweest. Beschermd per koninklijk decreet van koning Charles II, wil de legende dat als deze vogels de toren voorgoed verlaten, de monarchie zal vallen.
Met grote opluchting vond de ravenmeester gisteravond Cedric, Gwylum, Hardey en de rest van de raven weer op hun vaste plek op de binnenplaats. De meester gaf ze een goede maaltijd en stelde vast dat ze in uitstekende lichamelijke conditie verkeren, maar kon hun tijdelijke afwezigheid niet verklaren.

'We zijn er, meneer.'
'Bedankt.'
De chauffeur voerde de noodzakelijke verrichtingen uit om Sir Henry en zijn rolstoel uit de auto te krijgen.
'Waarnaartoe, meneer?'
Sir Henry wees naar de plek.
'Laat me maar alleen en kom me over tien minuten ophalen.'

'Is goed, meneer.'

Toen de chauffeur eenmaal weg was, bestudeerde Sir Henry het graf dat voor hem lag.

'Zo, Michael. Ontmoeten we elkaar wederom.'

Het kostte hem al zijn energie om het deksel van de bus die hij in zijn hand had eraf te draaien.

'Rust in vrede,' mompelde hij toen hij de inhoud op het graf strooide. De as leek te dansen in de gloed van de vroege ochtendzon. Veel deeltjes streken neer op de rozenstruik op het graf.

Sir Henry zag dat zijn knokige handen trilden en was zich bewust van een aanhoudende en toenemende pijn op zijn borst.

Maakt niet uit. Het was eindelijk volbracht.

42

Zoe keek naar de in de grond zakkende kist en probeerde haar snikken te onderdrukken. Ze zag de afgetobde, bleke gezichten van Joanna's ouders tegenover zich aan het hoofdeind van het graf. En Simon, zijn gezicht een masker van verdriet.

Toen het voorbij was, verliet iedereen de begraafplaats. Sommigen zouden thee gaan drinken op de boerderij van de familie Haslam, anderen keerden direct terug naar Londen en hun kranten. Zoe liep langzaam naar de poort. Ze dacht eraan wat een vredig, mooi plekje dit was, zo aan de rand van een klein dorpje op de hei.

Simon liep achter haar aan. 'Hallo, Zoe. Hoe gaat het?'

'Redelijk tot absoluut verschrikkelijk,' verzuchtte ze. 'Ik kan het gewoon niet bevatten. Zo omhelst ze me nog in de keuken en nu... O god, ze is er niet meer. En James niet, en Marcus ook niet... Ik begin me af te vragen of onze familie vervloekt is.'

'Je kunt je hersenen er wel mee blijven pijnigen, maar dat brengt Joanna, je opa of Marcus niet terug.'

'In de krant stond dat ze samen met haar chef een terroristisch plan op het spoor was. Ze heeft er niets over tegen me gezegd.'

'Nou, dat is toch ook niet vreemd?'

'Nee. En...' Zoe slikte omdat haar mond droog werd van alle tegenstrijdige gevoelens. 'Hoe gaat het met jou?'

'Ook niet zo geweldig, om eerlijk te zijn. Ik blijf in gedachten steeds teruggaan naar die avond. Was ze maar met jullie meegegaan, zoals je voorstelde.' Simon stopte bij de poort en keek om naar het graf. De felle zon scheen op de verse aarde. 'Ik heb een sabbatical aangevraagd. Ik heb tijd nodig om mijn gedachten op een rij te zetten.'

'Waar ga je heen?'

'Weet ik niet. Misschien gewoon wat reizen.' Hij glimlachte zwakjes. 'Er is niets wat me hier in Engeland houdt.'
'Wanneer ga je?'
'Ergens de komende paar dagen.'
'Ik zal je missen.' De woorden waren uit haar mond voordat ze het doorhad.
'Ik zal jou ook missen.' Hij schraapte zijn keel. 'Hoe is het met de prins, en bevalt het een beetje om in het paleis te wonen?'
'Wel oké,' antwoordde ze. 'Het was vast verstandig om daarheen te verkassen na wat er is gebeurd. Om eerlijk te zijn ben ik nog niet helemaal gewend, maar ik woon er ook pas kort. Morgen verschijnen we voor het eerst samen in het openbaar. Een filmpremière nog wel.' Ze glimlachte.
'Het leven kan soms ironisch zijn,' zei Simon schouderophalend.
'Zeg dat wel.'
'Ga je ook naar het huis van Joanna's ouders?' vroeg hij. 'Ik kan je aan haar vader en moeder voorstellen? Ze zijn heel erg onder de indruk dat ik je ken.'
'Ik ben bang dat dat niet gaat. Ik heb Art beloofd meteen terug te gaan. Mijn nieuwe chauffeur wacht op me.' Ze knikte naar de Jaguar op het kleine parkeerterreintje. 'Nou, tot ziens dan. Bedankt voor alles.' Ze gaf hem een kus op zijn wang.
Hij kneep stevig in haar hand. 'Bedankt. Tot ziens, Zoe. Het was een enorm genoegen om op je te mogen passen.'
Ze liep snel weg omdat ze niet wilde dat hij haar tranen zag. Ze hoorde hem nog zachtjes iets mompelen, dus draaide ze zich hoopvol om. 'Zei je iets?'
'Nee. Alleen… het allerbeste.'
'Oké. Dank je.' Zoe glimlachte droevig naar hem. 'Dag.'
Hij keek toe hoe ze in de Jaguar stapte. 'Mijn liefste,' voegde hij eraan toe toen de auto wegreed en uit het zicht verdween.

De volgende middag liep Simon over het hoogpolige tapijt van Thames House naar de oudere receptioniste.
'Hallo, ik heb om drie uur een afspraak met Sir Henry,' zei hij. Ze

reageerde niet, maar haar ogen vulden zich met tranen.

'O, meneer Warburton!'

'Wat is er?'

'Sir Henry is gisteravond thuis overleden. Een hartaanval, schijnt. Niemand kon iets doen.' Het gezicht van de vrouw verdween achter haar doorweekte kanten zakdoek.

'Aha. Wat... tragisch.' Simon kon net voorkomen dat het woord 'ironisch' over zijn lippen rolde. 'Wat ongelukkig dat me dat niet is verteld.'

'Niemand weet het nog. Het wordt vanavond in het journaal van zes uur bekendgemaakt,' zei ze sniffend. 'Maar er is ons gezegd gewoon ons werk te blijven doen. Meneer Jenkins wacht op u in de kamer van Sir Henry. Loop maar door.'

'Bedankt.' Hij liep naar de deur met de eiken panelen en klopte.

'Warburton! Kom binnen, beste jongen.'

'Hallo, meneer.' Simon was niet verbaasd Jenkins als een schooljongen te zien grijnzen van achter het enorme bureau. 'U had ik hier niet verwacht.'

'Wil je een borrel? Het is een beetje een achtbaan vandaag, zoals je je kunt voorstellen. Jammer die ouwe te zien gaan, maar ik moet toegeven dat we beneden ook allemaal een beetje opgelucht waren. Sir Henry blééf maar plakken. We hielden hem natuurlijk tevreden, maar in wezen deed ik al jaren zijn werk. Al blijft dat natuurlijk wel tussen deze muren. Alsjeblieft.' Jenkins gaf hem een glas met cognac. 'Op je gezondheid.'

'Op uw nieuwe positie?' Simon trok een vragende wenkbrauw op tijdens het proosten.

Jenkins tikte op zijn neus. 'Je zult op de officiële bekendmaking moeten wachten.'

'Gefeliciteerd.' Simon keek op zijn horloge. 'Ik wil u niet opjagen, meneer, maar ik vertrek vanavond voor mijn sabbatical en ik ben nog niet thuis geweest om te pakken. Waarom wilde u me spreken?'

'Laten we even gaan zitten.' Jenkins gebaarde naar de leren stoelen in een hoek van de kamer. 'Het zit namelijk zo dat je absoluut een vakantie verdient na dat, eh, voorval. Maar het komt toevallig zo uit dat we een taak voor je hebben in het buitenland. Gezien het gevoelige karakter ervan wil ik niemand anders alarmeren.'

'Meneer, ik...'

'Monica Burrows is verdwenen. We weten dat ze terug naar Amerika is gevlogen de dag na dat gebeuren in Welbeck Street, want de paspoortcontrole in Washington heeft haar aankomst bevestigd. Alleen is ze tot nu toe niet op haar werk verschenen.'

'Als ze terug naar de vs is gegaan, is ze toch niet langer onze verantwoordelijkheid? Het kan ons toch niet worden aangerekend dat ze heeft besloten naar huis te gaan?'

'Dat is waar, maar weet je heel zeker dat ze geen idee had waar het allemaal over ging?'

'Absoluut,' zei Simon resoluut.

'Toch ben ik er gezien de omstandigheden niet gerust op. Stel dat zulke gevoelige informatie de Atlantische Oceaan oversteekt... Het laatste wat we na dit alles kunnen gebruiken, is losse eindjes.'

'Dat begrijp ik, maar u kunt gerust zijn dat die er niet zijn.'

'Bovendien wil de CIA weten wat er met Monica is gebeurd. Als gebaar van goede wil heb ik beloofd je naar hen toe te sturen. Aangezien je toch die kant op gaat, leek het me geen probleem.'

'Hoe wist u dat? Ik heb mijn vlucht naar New York vanmorgen pas geboekt!'

'Op die vraag geef ik niet eens antwoord.' Jenkins trok een wenkbrauw op. 'Gezien het feit dat Washington maar een klein stukje vliegen is vanuit New York, en voor zowel de CIA – met wie ik een hechtere band hoop te kweken dan mijn voorganger – als vanwege de onfortuinlijke situatie die jij aan deze kant zo bekwaam hebt afgehandeld, moet ik wel iemand sturen. Van alle kanten bekeken is het het beste als jij dat bent. Ze willen een volledig verslag van wat er die avond is gebeurd. Burrows' gemoedstoestand, dat soort dingen. Het goede nieuws is dat dat betekent dat de kosten voor je hele sabbatical gedekt zijn, alles first class. We hebben je huidige ticket al geüpgraded en het zal je twee, hooguit drie dagen kosten om ze gunstig te stemmen.'

'Oké.' Simon slikte. 'Om eerlijk te zijn wilde ik er gewoon even tussenuit. Even geen dienst,' voegde hij er ferm aan toe.

'En dat krijg je ook. Maar eens een agent, altijd een agent. Je kent de spelregels, Warburton.'

'Jawel, meneer.'

'Mooi. Teken onderweg naar buiten even voor een dienstcreditcard. Maar maak het niet te bont.'

'Ik zal me inhouden, meneer.' Simon zette zijn glas op tafel en stond op.

'En wanneer je terugkomt, wacht er een mooie promotie op je.' Jenkins kwam ook overeind en schudde hem de hand. 'Tot ziens, Warburton. Hou contact.'

Jenkins keek toe hoe Warburton de kamer uit liep. Hij was een getalenteerde agent, en hij zag net als Sir Henry dat er een grote toekomst voor hem was weggelegd. Tijdens die hele Haslam-saga had de kerel laten zien uit welk hout hij gesneden was. Misschien zou een luxe sabbatical de pijn verzachten. Hij schonk nog een keer bij uit Sir Henry's karaf en overzag met genoegen zijn nieuwe domein.

Zoe bekeek zichzelf in de spiegel. Ze trok aan haar haar, dat was opgestoken in een Franse twist door de kapster die naar haar vertrekken in het paleis was gekomen. 'Veel te strak,' mompelde ze geïrriteerd terwijl ze het kapsel wat losser probeerde te maken. Ze was ook veel te zwaar opgemaakt, dus waste ze het er allemaal af en begon opnieuw. Haar jurk, een zee van middernachtsblauw chiffon van Givenchy, was tenminste adembenemend, ook al zou ze hem zelf nooit hebben uitgekozen.

'Ik voel me net een pop, zo opgetut,' fluisterde ze ellendig tegen haar spiegelbeeld.

En tot overmaat van ramp had Art laten weten dat hij werd opgehouden bij een andere verplichting. Dat betekende dat ze elkaar pas in de bioscoop zouden zien. Wat weer betekende dat ze bij het uitstappen uit de auto in haar eentje de pers onder ogen moest komen. En nog erger, Jamie had net gebeld en uitermate ellendig geklonken. Hij had het niet meer naar zijn zin op school. Het geplaag van de jongens werd hem te veel.

Bovendien had ze nog vierentwintig uur om nee te zeggen tegen Hollywood, en ze had het nog steeds niet aan Art verteld...

'James, Joanna en Marcus zijn dood en Simon is weg!' riep ze uit, waarna ze zich wanhopig op de grond liet zakken en terugdacht aan de voorgaande dag, toen ze Simon weer had gezien...

Ik zal jou ook missen, had hij gezegd.

'O god! Ik hou verdomme van hem!' kreunde ze, in de wetenschap dat ze zich in zelfmedelijden wentelde terwijl de rest van de wereld alleen maar jaloers op haar was. Op dit moment voelde ze zich de eenzaamste persoon op aarde.

Haar mobieltje ging over. Ze kwam overeind, zag dat het Jamie was en nam gauw op.

'Hoi, liever,' zei ze zo opgewekt als ze kon. 'Hoe gaat het nu?'

'O, gaat wel. Ik vroeg me gewoon af wat we volgende week in de vakantie gaan doen.'

'Ik... Nou, wat zou je willen doen?'

'Ik weet niet. Ik wil gewoon weg van school. Weg uit Engeland.'

'Oké, schat, dan boeken we iets.'

'Kan dat wel? Nu je in het paleis woont?'

'Ik...' Daar had hij een punt. 'Dat zoek ik uit.'

'Oké. Maar Simon kan ons toch gewoon komen ophalen?'

'Jamie, Simon werkt hier niet meer.'

'O.' Zoe hoorde zijn stem overslaan. 'Ik zal hem missen.'

'Ja. Ik ook. Luister, ik praat met Art en zie wat ik kan doen.'

'Oké,' zei Jamie weer, en hij klonk zo ellendig als zij zich voelde. 'Ik hou van je, mama.'

'Ik ook van jou. Zie je volgende week vrijdag.'

'Ja. Dag.'

Zoe hing op en liep naar de ramen, die uitkeken op de grandioze paleistuin. Ze verlangde ernaar de deur van de kamer uit te lopen, de God mocht weten hoeveel trappen af te rennen en door talloze gangen vol kostbare tapijten, en naar die tuin te ontsnappen. In de afgelopen tien dagen was ze bijna gek geworden van claustrofobie, wat belachelijk leek omdat het complex gigantisch was. Het had net zo gevoeld als de dag dat ze het huis in Welbeck Street niet uit had gekund. Alleen was toen Simon bij haar geweest, die haar gerustgesteld had.

Ze verlangde er zo naar achter die hoge muren te zijn, de voordeur uit te kunnen lopen en over straat naar de winkel, helemaal alleen, om een fles melk te kopen. Hierbinnen was elke wens het bevel van het personeel, alles wat ze maar kon bedenken. Behalve dan de vrijheid om te gaan en staan waar ze wilde.

'Ik kan dit niet,' fluisterde ze tegen zichzelf en ze schrok toen ze haar gevoelens voor het eerst verwoordde. 'Zo word ik gek. O god, ik word gek...'

Ze ging weg bij het raam en begon te ijsberen door de enorme slaapkamer om te bedenken wat ze moest doen.

Hield ze genoeg van Art om al het andere wat ze ook was op te geven? Laat staan het geluk van haar zoon? Wat zou het voor hem voor leven zijn? Na tien dagen in het paleis was ze zich ervan bewust dat de 'familie' van mening was dat hij ver op de achtergrond moest worden gehouden. Ze had geprobeerd Art te vragen wat dat in realiteit betekende.

'Hij heeft toch nog acht jaar kostschool te gaan, liever. En wat vakanties betreft komen we er wel uit.'

'Het gaat hier wel om jouw zoon,' had ze tegen hem gesist.

Er werd op de deur geklopt.

'Kom eraan,' riep ze. Ze stopte haar mobieltje in het kleine tasje dat de styliste bij de jurk had uitgekozen, ademde diep in en liep naar de deur.

Simon was maar net op tijd bij de gate.

'Gaat u meteen aan boord, meneer Warburton? De gate gaat dicht.'

'Natuurlijk.' Hij gaf net zijn boardingpass en zijn paspoort af toen zijn mobiele telefoon ging.

Hij zag dat het Zoe was. Hij kon niets anders dan meteen opnemen.

'Zoe, alles goed?'
'Vreselijk,' hoorde hij haar snikken. 'Ik ben weggelopen.'
'Waar ben je van weggelopen?'
'Het paleis.'
'Waarom? Hoe... Waar ben je?'
'Verstopt op het toilet van een café in Soho.'
'Wát?!' Simon kon haar nauwelijks verstaan.
'Ik was onderweg naar een première en heb de chauffeur gezegd dat ik eerst dringend naar het toilet moest. Ik kan dit niet. Ik... kan het gewoon niet. Simon, wat moet ik doen?'
Hij negeerde het zenuwachtige geroep van het luchtvaartpersoneel bij de gate toen hij haar weer hoorde snikken.
'Ik weet het niet, Zoe. Wat wíl je doen?'
'Ik wil...'
Het was even stil op de lijn en de vrouw van de gate maakte met haar vinger een gebaar alsof ze haar keel doorsneed terwijl ze naar de deur wees die naar het vliegtuig leidde.
'Ja?' vroeg hij.
'Simon, ik wil bij jou zijn!'
'Ik...' Hij moest slikken. 'Weet je dat zeker?'
'Ja! Waarom zou ik hier anders in een jurk van duizenden ponden in een stinkend toilet staan? Ik... Ik hou van je!'
De vrouw bij de gate schudde haar hoofd, haalde haar schouders op en sloot de deur. Simon lachte naar haar.
'Oké,' ging hij verder, 'waarvandaan moet ik je deze keer komen redden?'
Zoe gaf hem het adres.
'Goed,' zei hij terwijl hij terug door de hal naar de uitgang liep, 'probeer een achteruitgang te vinden, daar moet je meestal voor door de keuken, en laat het me dan weten.'
'Ik weet het, en dat zal ik doen. Bedankt, Simon.' Zoe lachte in haar toestel.
'Ik ben binnen een uur bij je. O, en trouwens...'
'Ja?'
'Ik hou ook van jou.'

Promotie tot dame

Promotie van een pion die de overkant bereikt en verandert in het sterkste stuk op het bord: de dame

43

La Paz, Mexico, juni 1996

Simon liep het Cabana Café binnen. De sjofelheid sprak de exotische naam tegen. Zijn taxi had de schilderachtige promenade en de toeristische gebieden overgeslagen en was in een slonziger deel van een verder prachtige stad gestopt. Onder de graffiti op de muur aan de overkant hing een groepje jonge mannen rond op zoek naar een verzetje. Maar het strand voor hem was oogverblindend, de Grote Oceaan een aquamarijne glinstering achter een strook wit zand, met hier en daar een zonnende toerist in de felle zon.

Hij bestelde een dubbele espresso bij de Mexicaan die achter de bar stond te zweten en ging aan een tafeltje bij het open raam zitten.

Hij keek om zich heen, maar de enige vrouw die hij in de tent zag, was een lange blondine met het soepele goudbruine lichaam van iemand uit Californië. Hij keek naar haar toen ze zich van haar barkruk liet glijden.

'Is deze stoel bezet?' vroeg ze met een Amerikaans accent.

'Nee, maar ik wacht wel op iemand.'

Ze ging zitten en zei nu met een zwaar accent uit Yorkshire: 'Ja, Simon, sufferd. Je wacht op mij!'

Simon was verbijsterd over haar transformatie. Hoewel hij haar al kende vanaf dat ze een peuter was, had hij haar in geen miljoen jaar herkend. Het enige wat nog over was van haar vroegere identiteit waren haar hazelnootbruine ogen.

Ze bleven niet lang in het café. Ze liepen over het strand en gingen in het zand zitten. Zoals altijd wilde ze alles tot in het kleinste detail weten.

'Heb ik een mooie begrafenis gehad?'

'Ja, heel ontroerend. Iedereen was in tranen. Ik ook.'

'Ik ben blij te horen dat iemand iets om me geeft,' grapte ze. 'Om eerlijk te zijn móét ik er wel om lachen, anders moet ik huilen.'

'Echt, ze geven om je.'

'Hoe ging het met mijn vader en moeder?'

'Wil je een eerlijk antwoord?'

'Natuurlijk.'

'Ze waren er kapot van.'

'O god, Simon, ik...' Haar stem brak. Ze schopte haar sandalen uit en drukte haar tenen in het zand. 'Ik zou willen dat...' Ze schudde haar hoofd. 'Kon ik het ze maar vertellen.'

'Dit was de enige manier, Jo.'

'Dat weet ik.'

Ze keken een tijdje zwijgend naar de zee.

'Hoe gaat het met je?' vroeg hij.

'O, ik red me. Wel maar net. Het is best moeilijk om naamloos door het leven te gaan. Ik heb gedaan wat je zei en Monica Burrows' paspoort en creditcards weggegooid zodra ik in Washington was, daarna ben ik naar Californië gereisd en heb die contactpersoon van je een groot bedrag betaald om me over de grens te rijden. De afgelopen weken heb ik in een bar hier vlakbij gewerkt, maar mijn geld raakt op.'

'Nou, je bent in elk geval levend uit het Verenigd Koninkrijk weggekomen.'

'Ja, hoewel ik me soms ook wel afvraag of ik niet beter dood had kunnen zijn. Jezus, dit is zwaar, Simon. Ik probeer niet op te geven, maar...'

'Kom hier.' Hij nam haar in zijn armen en ze snikte al haar verdriet bij hem uit. Hij streelde voorzichtig haar haar, wetende dat hij er alles voor zou geven om ervoor te zorgen dat het niet zo had hoeven aflopen.

'Sorry, ik...' Joanna ging rechtop zitten en veegde met haar knokkels haar tranen weg. 'Het komt doordat ik jou nu zie. Ik red me wel, echt.'

'Jeetje, je hoeft geen sorry te zeggen, Jo. Je hebt het super gedaan. Ik heb iets voor je.' Hij haalde een envelop uit zijn zak. 'Zoals beloofd.'

'Bedankt.' Ze nam hem aan en haalde er een Amerikaans geboortebewijs, een Amerikaans paspoort en een kaartje met een nummer erop uit. 'Margaret Jane Cunningham,' las ze. 'Geboren in Michigan in 1967... Hé! Je hebt me een jaar ouder gemaakt! Leuk, hoor.'

'Sorry. Een betere identiteit was niet leverbaar. Daar staat je burgerservicenummer op, dat zal je werkproblemen oplossen.'

'Weet je zeker dat het allemaal in orde is?'

'Vertrouw me maar, Joanna. Je moet er nog wel een foto bij doen. Ik heb expres het plastic open gelaten. Gelukkig maar, want je lijkt nu zo uit *Baywatch* te zijn gestapt. Ik vind het wel aantrekkelijk.'

'Nou, we zullen eens zien of blondjes echt dom zijn,' snoof Joanna. 'Over blondjes gesproken, hoe is het met Zoe?'

'Die zit heerlijk met Jamie in een luxe villa in Bel Air, met dank aan Paramount.'

'Wat?! Is ze bij Art weg?'

'Ja. Heb je daar niet over gelezen?'

'Nee, ik heb de afgelopen weken geen krant durven openslaan. Veel te bang dat ik op de voorpagina zou staan met "GEZOCHT" eronder.' Joanna lachte even. 'Maar ik wist wel dat Zoe haar twijfels had over Art. Was het het aanbod van die filmrol waardoor ze uiteindelijk de knoop heeft doorgehakt?'

'Dat en, eh, nog iets anders.'

Ze zag bekende rode vlekken in zijn hals verschijnen. 'Bedoel je...'

Hij glimlachte. 'Ja. En we zijn belachelijk gelukkig samen.'

'Wat heerlijk voor jullie! Mag je goede vriendin Margaret Cunningham op de bruiloft komen?' vroeg ze hem. 'Alsjeblieft? Niemand die me herkent. Zelfs jij niet.'

'Jo, je weet het antwoord al. Bovendien zou het niet eerlijk zijn tegenover Zoe en Jamie. We hebben allebei geleerd wat voor last een geheim kan zijn. Sorry als ik cru klink, maar zo is het nu eenmaal.'

'Dat weet ik. Ik... mis haar gewoon. En alle andere mensen van wie ik hield.' Joanna ging in het zand liggen en keek naar de blauwe lucht. 'Nou, loopt dit hele afschuwelijke verhaal toch nog voor een paar personen goed af. Zoveel mensen zijn erdoor aan hun eind gekomen. Die arme Alec ook nog.'

'Weet je? Op een vreemde manier denk ik dat hij het best een passend levenseinde zal hebben gevonden. Hij ging tenslotte zijn graf in met de gedachte dat hij net het grootste schandaal van de twintigste eeuw had onthuld. Hij was tot het einde toe een geweldige nieuwsjager.'

'Sorry, Simon, maar ik vrees dat ik niet kan vergoelijken dat ook maar íémand ervoor is gestorven.'

'Nee, natuurlijk niet.'

'Ik heb nog steeds nachtmerries over de avond dat ik "stierf".' Ze huiverde. 'Ik was er tot op het allerlaatste moment honderd procent van overtuigd dat je me dood zou schieten.'

'Ik moest ook zorgen dat het honderd procent echt leek, Jo, vanwege Monica. Ik had een getuige nodig die zou melden dat ik mijn taak had uitgevoerd.'

'Al die stomme keren dat we als kind cowboy en indiaantje speelden op de hei,' mijmerde ze. '"Dit is míjn spel, dus spelen we het volgens mijn regels," en dan moest ik zeggen: "Ik geef me over", en dan zei jij...'

'"Pang, pang, je bent dood,"' maakte Simon de zin voor haar af. 'Was het toch nog ergens goed voor. Het bood me godzijdank de perfecte manier om je te waarschuwen dat je moest spelen dat je dood was.'

'De kogel die je in de muur van Jamies slaapkamer schoot, was echt, toch?'

'Jazeker.' Hij knikte. 'En ik kan je vertellen dat hoewel de twee erna losse flodders waren, het zweet op mijn rug stond, aangezien ik niet de tijd had gehad voor de gewoonlijke nauwgezette procedures. Ik heb het wapen op de trap onderweg naar Jamies slaapkamer moeten laden, want als ik niet snel genoeg was geweest, zou Monica je hebben gedood en dat kon ik niet riskeren.'

'Hoe heb je het gedaan?'

'Ze lette niet op haar pistool toen ze je hartslag wilde controleren. Ik trok hem uit haar hand voordat ze wist wat er gebeurde.'

'Jeetje, Simon. Ze was jonger dan ik...'

'Aan het feit dat ze zo onervaren was, heb je je leven te danken, Jo.'

Joanna kwam een stukje overeind en steunde op haar ellebogen. Ze keek hem aan. 'En dan te bedenken dat ik aan je twijfelde. Wat je die avond voor me hebt gedaan... Ik zal nooit genoeg kunnen terugdoen.'

'Nou, ik hoop maar dat als de dag des oordeels komt, Hij me vergeeft. Het was jij of zij, dat is waar het op neerkwam.'

'Was je baas dankbaar dat hij na al die tijd zijn pot met goud in handen had?' vroeg Joanna.

'Extreem. Het klinkt misschien stom, maar ik had uiteindelijk medelijden met hem. Hij deed alleen maar zijn werk, beschermen waar hij in geloofde.'

'Nee, Simon, het valt echt niet goed te praten. Denk aan alle mensen die zijn gestorven: Grace, William, Ciara, Ian Simpson, Alec, mijn arme Marcus...'

'Maar hij heeft het toch niet veroorzaakt?'

'Nee, dat zal dan wel niet.'

'Nou, de ouwe brompot is de dag nadat ik hem de brief heb gegeven aan een gigantische hartaanval gestorven.'

'Verwacht niet dat ik een traan laat.'

'Nee. Maar het gekke was dat ik pas een paar uur voordat jij in Welbeck Street opdook ineens besefte waar de brief verstopt was.'

'Hoe dan?'

'Ik zat op de hertog van York te wachten om hem naar Londen te brengen en zag een ingelijste lap stof aan de muur hangen. Hij was bijna identiek aan het borduurwerk dat ik een paar weken daarvoor boven Jamies bed had zien hangen. Als ik er eerder was geweest, had dit allemaal voorkomen kunnen worden.' Hij leunde achterover op het zand. 'Ik weet hoe jij wist waar je moest zoeken, trouwens.'

'O, ja?'

'Ja. Een sluw oud vogeltje heeft het je ingefluisterd.' Simons ogen schitterden.

'Is alles wel goed met haar?'

'Volgens mij wel. Veilig in Amerika aangekomen, heb ik gehoord.'

'Gelukkig. Ze is me er eentje,' zei Joanna zacht. 'Ik neem aan dat je de ironie van dit alles al hebt ingezien? Dat Zoe's ex-vriend naar hem is vernoemd?'

'Ja. Vreemd, hè? De hertog schijnt er kapot van te zijn geweest toen Zoe hem verliet... Je zou kunnen zeggen dat de geschiedenis zich herhaalt.'

'Nou, zeker,' was Joanna het met hem eens. 'En bovendien ben je er nu vast ook wel achter waarom het paleis zo faliekant tegen de relatie tussen Zoe en de hertog was? Ik bedoel, ze waren via James familie van elkaar. Ze waren neef en nicht, wat betekent dat Jamie...'

'Ik wil er niets over horen, Jo.' Simon huiverde. 'Ik kan alleen maar zeggen dat het onder de aristocratie niet ongewoon is om met verwanten te trouwen. De meeste leden van Europese koningshuizen zijn familie van elkaar.'

'Wat een zootje,' zei Joanna met een zucht.

'Ja. Maar goed, ander onderwerp. Heb je al besloten wat je nu gaat doen?'

'Nee, behalve dat ik Maggie genoemd wil worden, ik heb Margaret altijd een vreselijke naam gevonden.' Joanna glimlachte zwak naar hem. 'Nu ik een echt Amerikaans staatsburger ben, kan ik daar tenminste over gaan nadenken. Niet lachen, maar het heeft me altijd al leuk geleken om een detectiveroman te schrijven.'

'Jo...'

'Ik ben serieus. Laten we wel wezen, niemand zou het verhaal ooit geloven, dus waarom niet? Ik zou de namen natuurlijk veranderen.'

'Ik waarschuw je, doe het niet.'

'We zullen zien. En jij?' vroeg ze hem.

'Zoe en ik hebben besloten voorlopig in LA te blijven. We vonden het wel een goed idee om een nieuwe start te maken en het lijkt erop dat ze zal worden overspoeld door aanbiedingen als *Blithe Spirit* uitkomt. We zijn een paar weken geleden naar een school voor Jamie wezen kijken. Hij was zo ongelukkig op zijn vorige school, maar op deze zijn alle vaders en moeders beroemd en is hij gewoon normaal.'

'En je werk?'

Simon haalde zijn schouders op. 'Ik ben er nog niet uit. De Dienst heeft aangeboden me hierheen over te plaatsen, maar Zoe heeft het in haar hoofd gehaald dat ik een restaurant moet openen. Ze wil erin investeren.'

Joanna giechelde. 'Nou, daar hadden we het altijd al over. Maar denk je dat je je oude levensstijl achter je kunt laten?'

'Ik ben gewoon geen moordenaar, eigenlijk. Het feit dat ik levens heb moeten nemen tijdens dit hele gebeuren, zal me voor altijd blijven achtervolgen.' Simon schudde zijn hoofd. 'God sta me bij als Zoe er ooit achter komt wat ik heb gedaan, of Jamie.'

Joanna legde haar hand op de zijne. 'Je hebt mijn leven gered, dat is wat je hebt gedaan.'

'Ja.' Hij pakte haar hand vast en kneep erin. 'Joanna, je weet dat ik je, voor jouw veiligheid, hierna nooit meer kan zien.'

'Dat weet ik,' zei ze. Ze haalde bedroefd haar schouders op.

'Ik heb trouwens nóg iets voor je.' Hij trok een envelop uit de zak van zijn korte broek en gaf hem aan haar.

'Wat is het?'

'Twintigduizend pond, in dollars. Het is de bonus die ik kreeg voor het vinden van de brief. Daar heb jij dus eigenlijk gewoon recht op, en het kan je helpen iets op te bouwen.'

Tranen welden op in Joanna's ogen. 'Dat kan ik niet aannemen. Simon.'

'Natuurlijk wel. Zoe verdient een fortuin en mijn baas stond erop al mijn kosten te dekken terwijl ik in de Verenigde Staten Monica's verdwijning onderzocht.'

'Bedankt. Ik beloof dat ik het goed zal besteden.'
'Daar twijfel ik niet aan.' Hij keek toe hoe ze de envelop een keer dubbelvouwde en in haar rugtas stopte.
'Er zit nog iets anders in, iets waarvan ik vond dat je op z'n minst het genoegen moest hebben het te mogen lezen,' voegde hij eraan toe. 'Nou...' Hij trok haar overeind. 'Dan vrees ik dat we nu afscheid moeten nemen.' Hij omhelsde haar stevig.
'O god.' Ze huilde tegen zijn schouder. 'Ik wil er niet aan denken dat ik je nooit meer zal zien.'
'Ik ook niet.' Met een vinger veegde hij voorzichtig haar tranen weg. 'Vaarwel, Butch.'
'Hou je haaks, Sundance,' fluisterde ze.
Hij zwaaide en draaide zich om. Pas toen hij het strand had verlaten, pakte ze haar rugtas op en liep naar de waterkant.
Ze knielde in het zand en zocht een zakdoekje om haar neus mee te snuiten. Toen pakte ze de envelop die hij haar had gegeven, haalde er een vel papier uit en vouwde het open.

York Cottage
Sandringham
10 mei 1926

Allerliefste Siam,

Begrijp dat mijn liefde voor jou me noopt dit te schrijven. De angst dat anderen je kwaad zouden willen doen, overstemt zorgen om mijn eigen welzijn of gezonde verstand. Laat het bij de gratie Gods ongehinderd bij je worden bezorgd door de handen die het dragen.
Ik moet je het vreugdevolle nieuws meedelen van de geboorte van ons dochtertje. Ze heeft nu al jouw ogen, en misschien ook wel jouw neus. Al stroomt er dan misschien geen koninklijk bloed door haar aderen, jouw kind is een echte prinses. Ik zou dolgraag willen dat haar echte vader haar kon zien en zijn kind in zijn armen kon houden, maar dat

is natuurlijk onmogelijk. Een vreselijk gemis waar ik voor altijd mee zal moeten leven.
Liefste, ik smeek je deze brief goed te bewaren. De dreiging van het bestaan ervan bij degenen die de waarheid kennen, zou genoeg moeten zijn om je je hele leven veilig te houden. Ik vertrouw erop dat je je ervan zult ontdoen wanneer het tijd is deze aarde te verlaten. Voor onze dochter, en zodat het nooit zal worden vastgelegd in de geschiedenis.
Dit was de laatste keer dat ik je schrijf, lieveling.

Voor altijd de jouwe

De brief was met de bekende sierlijke letters ondertekend. Dat het een kopie was, deed niets af aan het belang van wat Joanna zojuist had gelezen.

Een prinsesje, geboren in het paleis, verwekt in de meest buitengewone omstandigheid door een burger. Een baby die op dat moment de derde in lijn was, met maar een kleine kans op troonsopvolging. Maar toen, door een wending van het lot, doordat anderen liefde boven plicht verkozen, werd de kleine prinses koningin.

Joanna kwam overeind met de brief in haar hand. De verleiding om wraak te nemen omdat haar eigen leven en dat van anderen was verwoest, hield haar even stevig in zijn greep. Maar de woede verliet haar net zo snel als hij was gekomen.

'Het is eindelijk voorbij,' fluisterde ze tegen de geesten die misschien meeluisterden.

Ze liep naar de waterkant, verscheurde het papier en keek hoe de stukjes door de wind werden meegenomen. Toen draaide ze zich om en ging terug naar het Cabana Café om haar verdriet met een tequila te verdrinken.

Aan de bar met haar drankje in haar hand wist Joanna dat haar nieuwe leven vandaag begon. Op de een of andere manier moest ze de kracht vinden het te omarmen, door te gaan en het verleden achter zich te laten.

Normaal gesproken zou iemand dat doen met steun van vrienden en familie. Zij was helemaal alleen.

'Hoe doe ik dit?' mompelde ze toen ze nog een cocktail had besteld en besefte dat ze Simons aanstaande bezoekje als reddingslijn had gebruikt. Nu dat voorbij was, was de draad met alles wat ze ooit had gekend, voorgoed verbroken.

'O god,' fluisterde ze toen de ware omvang van de situatie tot haar doordrong.

'Hoi, heb je een vuurtje?'

'Sorry, ik rook niet.' Joanna negeerde de mannenstem met het sterke Amerikaanse accent. Hier in Mexico hingen mannen om haar heen als bijen om honing.

'Oké, voor mij graag een vuurtje en een sinaasappelsap,' hoorde ze de stem tegen de barman zeggen toen ze vanuit haar ooghoeken zag dat de man op de kruk naast haar plaatsnam.

'Wil je er nog eentje?'

'Ik...'

Het nu ineens zwaar Britse accent maakte dat ze zich omdraaide naar haar buurman. Hij was diep roodbruin gekleurd door de zon, droeg een felgekleurde korte broek, een T-shirt en een strohoed die hij laag over zijn lange donkere haar had getrokken. Pas toen ze zijn ogen zag – de donkerdere huid liet het blauw nog meer uitkomen – herkende ze hem.

'Ken ik jou niet ergens van?' Hij grijnsde naar haar. 'Jij bent toch Maggie Cunningham? Ik denk dat we ooit samen op NYU hebben gezeten.'

'Ik...' stamelde Joanna. Haar hart ging wild tekeer. Was dit een of andere bizarre hallucinatie door de tequila? Of een test van Simon om te zien of ze het zou verknallen? Maar hij had haar 'Maggie' genoemd.

Joanna wist dat ze hem met open mond aanstaarde. Ze wilde graag geloven wat haar ogen haar vertelden dat ze zag, maar...

'Ik bestel er eentje voor je.' Hij gebaarde naar de barman om haar nog een drankje te geven. 'Bijkletsen?'

Toen ze met hem mee liep naar de deur van het café, besloot ze dat ze maar beter haar mond kon houden, want dit kon gewoon niet... Het kón gewoon niet echt zijn.

Terwijl hij haar naar een rustig tafeltje op een gammel houten terras leidde, zag ze dat hij mank liep. Ze liet zich met een plof op de stoel zakken.

'Wie ben je?' mompelde ze met een frons.

'Dat weet je, Maggie,' zei hij op zijn bekende compacte manier. 'Proost.' Hij tikte met zijn glas tegen het hare.

'Ik... Hoe ben je hier gekomen?'

'Net zoals jij, denk ik. Ik heet trouwens Casper, je eigen vriendelijke spookje.' Hij keek haar met een grijns aan. 'Zonder grappen.'

'O god,' zei ze ademloos, terwijl een van haar handen onbewust naar voren schoot om hem aan te raken, om te bevestigen dat hij echt was.

'En mijn achternaam is James. Vond ik wel passend. Ik had de mazzel dat ik zelf mijn naam mocht kiezen.'

'Hoe? Waar? Waarom... Marcus, ik dacht dat je...'

'Dood was. Ja. En noem me alsjeblieft Casper,' mompelde hij. 'Zoals je weet, hebben muren soms oren. Ze dáchten ook dat ik het loodje zou leggen. Er waren meerdere organen uitgevallen en na de operatie heb ik een tijd in coma gelegen. Toen ik eindelijk bijkwam, hadden ze mijn familie en de media al laten weten dat ik was overleden.'

'Waarom hebben ze dat gedaan?'

'Ik ben er sindsdien achter gekomen dat het waarschijnlijk was omdat ze geen idee hadden hoeveel ik wist, dus hebben ze me afgevoerd naar een privékliniek en onder constante bewaking gezet. Ze konden niet het risico lopen dat ik bij zou komen en alles zou vertellen aan een arts of verpleegkundige die toevallig in de buurt was. Aangezien ze natuurlijk wilden dat het eruit zou zien als een doodgewoon jachtongeluk, zonder verdere vragen, en ze ervan overtuigd waren dat ik toch dood zou gaan, zijn ze op de zaken vooruitgelopen. Dus toen ik wakker werd en mijn lichaam weer begon te functioneren, hadden ze een probleem.'

'Het verbaast me dat ze je niet meteen hebben afgemaakt,' mompelde Joanna. 'Dat is wat ze meestal doen.'

'Simon, die vriend van jou, of moet ik zeggen mijn verre neef uit Amerika...' Marcus trok een wenkbrauw op. '... heeft daar de hand in gehad. Hij vertelde me later dat hij tegen zijn meerderen had gezegd dat ik de brief van Ian Simpson had afgepakt en hem ergens had verstopt voor ik in het water viel. Daarom had die rotzak op me geschoten. Dus ze moesten me nog even in leven houden toen ik wakker was, om uit te vogelen of dat klopte. Snap je?'

'Simon heeft je beschermd...'

'Inderdaad. En toen gaf hij me de brief, of wat er van over was, om aan hen terug te geven. En ik moest van hem zeggen dat ik niets wist, dat Ian Simpson me alleen maar wat geld had gegeven om de brief te vinden. En meteen daarna vertelde Simon me dat ik officieel overleden was en vroeg me hoe ik in mijn nieuwe leven genoemd wilde worden.'

'Heb je geweigerd?'

'Maggie,' verzuchtte Marcus, 'je zult me vast weer een lafaard noemen, maar die lui... Wauw, die laten zich door niets of niemand tegenhouden. Ik was net uit de dood opgestaan en ik had er niet veel trek in daar snel naar terug te keren.'

'Je bent geen lafaard, Marcus... ik bedoel Casper.' Voorzichtig stak ze haar hand uit en legde hem op de zijne. 'Je hebt die avond mijn leven gered.'

'En ik weet zeker dat Simon dat van mij heeft gered. Hij is echt een goeie gozer, hoewel ik nog steeds geen flauw idee heb wat er allemaal gaande was. Misschien kun je het me op een dag vertellen.' Hij stak een sigaret op. Joanna zag dat zijn linkerhand continu beefde.

'Misschien doe ik dat wel.'

'Dus,' zei hij met een glimlach, 'hier ben ik dan.'

'Waar ben je al die tijd geweest?'

'In een revalidatiecentrum in Miami. De kogels in mijn buik hebben mijn ruggengraat geschampt en toen ik bijkwam, was mijn onderlijf verlamd. Het gaat nu beter, hoewel leren lopen wel heel lang duurde. En voor mij geen whisky's meer, gelukkig.' Hij gebaarde naar het sap voor zijn neus. 'Simon heeft een mooi onderkomen voor me geregeld, alles volledig betaald...' Hij grijnsde.

'Goed zo.'

Ze zaten een tijdje zwijgend naar elkaar te staren.

'Dit is onwerkelijk,' zei Marcus uiteindelijk.

'En dat zeg je tegen mij,' antwoordde Joanna.

'Ik dacht dat Simon een loopje met me nam toen hij belde om te zeggen dat ik naar Mexico moest komen om een bekende te ontmoeten. Ik... Ik kan niet geloven dat je hier bent.' Verwonderd schudde hij zijn hoofd.

'Nee... Helemaal aangezien we allebei "dood" zijn.'

'Misschien is dit het hiernamaals. Als dat zo is...' Hij gebaarde naar het strand. '... dan bevalt het me prima. En je weet dat ik altijd al op blond viel...'

'Mar... Casper, gedraag je!'

'Nou, sommige dingen veranderen nooit.' Hij lachte naar haar, pakte haar hand en kneep erin. 'Ik heb je gemist, Jo,' fluisterde hij.

'Ontzettend.'

'Ik jou ook.'

'Dus, waar gaan we nu naartoe?' vroeg hij.

'Waar we maar willen. Op Engeland na ligt de wereld voor ons open.'

'Wat dacht je van Brazilië?' stelde hij voor. 'Ik ken daar nog een geweldig filmproject.'

Joanna grinnikte. 'Nou, ik denk dat zelfs MI5 moeite zal hebben ons in de Amazone te vinden. Het lijkt me wel wat.'

'Mooi, kom op,' zei hij en hij stond op. 'Wil je eerst wat er nog van me over is naar het strand helpen voordat we de rest van onze gezamenlijke toekomst plannen? Ik heb een hevige neiging je liggend in het zand overal te kussen. Zelfs zonder chocoladesaus.'

'Oké.' Joanna glimlachte en stond ook op.

Vanaf zijn uitkijkpunt boven het strand keek Simon naar het jonge stel dat met de armen stevig om elkaar heen geslagen langzaam over het zand hun nieuwe leven tegemoet liep.

EPILOOG

Los Angeles, september 2017

Simon vond Zoe op de ligstoel bij het zwembad. Hij keek naar haar nog altijd strakke lichaam met licht gebruinde huid, dat helemaal niet ouder leek te zijn geworden in twintig jaar en na nog twee zwangerschappen.

Hij kuste haar boven op haar hoofd. 'Waar zijn de kinderen?'

'Joanna is naar de achttiende verjaardag van een vriendin, in de kortste minirok die ik ooit heb gezien, en Tom is bij een basketbalwedstrijd. Je bent vroeg thuis. Was het rustig in het restaurant vandaag?'

'Nee, topdrukte. Maar ik ben naar huis gekomen om wat administratie te doen. Ik kan me daar niet concentreren, zelfs in het kantoortje komen ze me constant storen.' Hij keek over haar schouder naar het boek dat ze in haar handen had. 'Wat lees je daar?'

'O, een nieuwe thriller waar iedereen het over heeft. Het gaat over verborgen geheimen in de Britse koninklijke familie, dus dat wilde ik wel lezen,' zei ze met een glimlach.

Simon keek op de cover en zijn hart begon te bonzen op een manier zoals het niet meer had gedaan sinds hij zijn oude baan had opgezegd.

De liefdesbrief
door
M. Cunningham

Nee toch, Joanna!

'Aha,' zei hij.

'Het is best boeiend. Totaal ongeloofwaardig, natuurlijk. Ik bedoel, dit soort dingen gebeuren niet echt, toch? Toch, Simon?' wilde ze weten.

'Nee, natuurlijk niet. Goed, ik ga binnen iets kouds te drinken pakken. Wil je ook wat?'

'IJsthee graag.'

Ineens hevig zwetend liep Simon het huis weer in. Hij ging naar zijn werkkamer en smeet de mappen met de administratie van het restaurant op zijn bureau, waarna hij op zijn iPhone zijn mail checkte.

Van: i.jenkins@thameshouse.gov.uk
Onderwerp: Dringend
Bel me. Er zijn ontwikkelingen.

Lees ook nummer 1-bestseller
De zilverboom

*Een statig landgoed, duistere familiegeheimen
en een verloren verleden*

Ontdek de Beschermengeltjes-reeks

Prachtig geïllustreerde kinderboeken van Lucinda Riley en haar zoon Harry Whittaker